1ʳ Danielle Mathieu
2ⁱᵉᵐ Madeleine Harcourt
Lu

# La rose et la vigne

# La rose et la vigne

## Unity Hall

Traduit de l'anglais par
Gabriel Pospisil

Titre original : **The rose and the vine**
© 1988 by Unity Hall
Published by Headline Book Publishing PLC

© 1990 pour la traduction française
par les Éditions Flammarion Ltée

ISBN : 2-89077-059-1

Typographie TAPAL'ŒIL

Photographie de la couverture :
Super Stock

Dépôt légal : 4ᵉ trimestre 1990

*À mon cher Philip Wrack,*
*pour toute l'aide, le soutien*
*et le remarquable dévouement dont il a fait preuve*
*en m'assistant dans les recherches sur le champagne.*

# Remerciements

Je voudrais remercier chaleureusement les nombreuses personnes qui m'ont aidée pour ce livre.

En particulier le merveilleux et enthousiaste Philippe Tisserant, Délégué Extérieur d'Affaire du Comité Interprofessionnel du Vin de Champagne, qui a donné si généreusement de son temps pour répondre à mes questions et m'ouvrir des portes en Champagne.

Mes remerciements vont aussi au colonel François Bonal qui, historien passionné de la Champagne, n'a pas ménagé son temps et s'est révélé une source d'informations inépuisable.

Également à monsieur Christian Bizot et à sa charmante épouse Hélène, de Bollinger, qui surent non seulement répondre à mes questions mais encore me recevoir avec splendeur et courtoisie.

Ainsi qu'à Malcom McIntyre du C.I.V.C. à Londres qui eut la gentillesse d'entreprendre des démarches qui me furent de la plus grande utilité.

Enfin, aux viticulteurs de la Champagne qui ont eu la gentillesse de me révéler les secrets de leur art. Grâce à eux, le champagne sera toujours synonyme de fête.

# Livre premier

# Chapitre 1

— Et que voulez-vous ?

La note perpétuelle de belligérance transparaissait dans la voix de son père. Elle l'entendait distinctement depuis la cuisine où elle nettoyait la table en bois blanc. Elle avait déjà entendu le bruit de pas étrangers sur la véranda de bois qui s'étendait le long de la façade de la maison ; des pas d'homme mais certainement pas ceux de son frère. On avait frappé à la porte vitrée et son père était sorti en grommelant pour voir qui c'était.

— J'ai dit, que voulez-vous ? répéta-t-il.

— Du travail…

La voix qui répondait à son père était moins grave et ne sonnait pas américain. Le parfum de l'Europe filtrait dans ces seuls mots.

Curieuse, elle posa sa brosse et s'avança jusqu'à l'entrée d'où elle pouvait voir à l'extérieur.

— Je n'ai pas de travail à vous donner.

L'accent de son père devenait plus marqué lorsqu'il était irrité. Son attitude laissait deviner de l'impatience et de la colère tandis qu'il se tenait à contre-jour dans l'encadrement de la porte, les rayons du soleil de fin d'été dessinant nettement sa silhouette. Son crâne dégarni ressemblait à un boulet de canon couronnant son corps.

— Je pense que si, peut-être.

Elle ne pouvait pas voir l'autre homme, caché par la corpulence de son père mais sa voix paraissait jeune et assurée. L'accent n'était pas germanique mais avait une résonnance familière.

— Ah oui ! grogna son père et, tout en se dissimulant dans l'ombre, elle eut un sourire fugitif et redressa ses épaules dans un mouvement de satisfaction. Peu de gens tenaient tête à Hans Brunner. Comme tous les tyrans, il était déconcerté lorsque cela se produisait. Elle se réjouissait de ces rares moments de déconfiture.

— Oui, dit l'étranger d'une voix confiante. J'ai examiné vos vignes. Elles ont besoin de soins.

C'était vrai. Douze arpents de vignes, c'était trop pour que son frère Peter, son père et elle puissent les cultiver correctement. Il y avait de la rouille dans un autre champ et les mauvaises herbes envahissaient le coteau. Le redoutable phylloxera avait détruit une parcelle qu'ils avaient dû brûler. Les restes calcinés et tordus formaient un tableau sinistre sous le soleil californien. Son père craignait que la maladie se transmette aux vignes saines.

— Et que savez-vous de la vigne ?

Son père s'était avancé sur la véranda, dégageant la vue, ce qui lui permit de voir l'étranger. Il était grand, mince et musclé à la fois. Il était vêtu d'une salopette et d'une chemise en cotonnade de fermier. Cependant, son visage ne correspondait pas à son habillement. Une masse de cheveux bouclés noirs de satyre couronnait son ample front et ses grands yeux bien écartés, séparés par une arête de nez fine. Son menton était court et carré et sa bouche presque trop rouge avec sa lèvre inférieure bien pleine. C'était un visage soigneusement dessiné, comme celui d'un bel homme, peint par un artiste. Il avait l'apparence, pensa-t-elle, d'un homme distingué.

— Je suis *vigneron*.

Il paraissait fier et redressa ses épaules, tendant le tissu de coton qui les recouvrait.

— *Vigneron ?* Son père sembla réfléchir sur ce terme.

— De quelle région ?

— De Champagne.

C'était approprié, pensa Rosie sans se laisser impressionner par le froncement de sourcils et la posture menaçante de son père.

On disait que le champagne était le vin suprême qui produisait les meilleurs hommes, comme celui qui se tenait sur la véranda usée par les intempéries. Elle s'avança, cherchant à dissimuler l'empressement dans sa voix et dit :

— Papa, ne pourriez-vous pas entrer et vous mettre à l'abri de la chaleur ?

Son père se tourna vers elle, se plaçant ainsi à contre jour. Elle ne distinguait pas l'expression de son visage mais devinait que le seul mot de champagne l'avait impressionné. Son père aimait les grappes et les vignes bien plus que ses enfants. Il peinait et transpirait dans la chaleur de la vallée rocheuse et boisée où ils s'étaient établis, s'efforçant de reproduire les récoltes blondes et parfumées de son Rheingau natal. Il n'avait pas encore atteint cet objectif, pas plus qu'aucun de ses rêves dorés du Nouveau monde.

L'étranger s'était avancé à la hauteur de son père et plissa les yeux pour regarder dans l'entrée où elle se tenait. Elle se sentit soudain peinée et gênée par sa robe ordinaire, son tablier taché, ses mains abîmées et ses cheveux décoiffés. Elle recula dans l'ombre, retardant le moment où ses yeux, habitués à la pénombre, la verraient distinctement : une fille trop maigre de dix-huit ans qui n'avait jamais trouvé d'homme à son goût. Non pas que les propositions avaient manqué dans cette communauté où les femmes, surtout les jolies femmes qui savaient travailler, étaient rares et recherchées.

— Madame, dit-il en s'inclinant légèrement, encore aveuglé par le soleil.

— Entrez, fit-elle précipitamment. Vous allez attraper un coup de soleil si vous restez dans cette chaleur.

Il rit.

— J'ai l'habitude du soleil, dit-il et elle eut une vision de coteaux ordonnés où l'homme avait conquis la terre et où la terre rendait ce qu'on attendait d'elle. Peut-être semblables aux collines qui avaient bercé l'enfance de son père et qu'il leur décrivait dans ces moments fugitifs où le whisky l'adoucissait avant que le verre suivant ne le durcisse.

L'étranger l'avait prise au mot et s'avançait dans l'entrée. Lorsqu'il fut à l'intérieur, elle dit impulsivement :

— Le pays de Champagne ? Y fait-il chaud ?

— En hiver, il fait très froid en Champagne.

Il avait prononcé le mot d'une façon différente cette fois, avec un accent nasal à la fin.

— Il y a de la neige et il pleut beaucoup. Mais lorsque le soleil brille, il fait chaud et c'est très beau.

— Où est-ce ? demanda-t-elle brusquement. En Allemagne ?

— Pas du tout, dit-il en levant les sourcils. En France.

C'était donc cela, la trace d'accent qui éveillait quelque chose dans sa mémoire.

— Ma mère venait de France, lui expliqua-t-elle, de Paris.

— Une belle ville, répondit-il d'un ton mélancolique.

Elle vit qu'il la scrutait du regard et se hâta de retrousser son tablier pour en cacher les taches.

— Vous voulez du travail ? demanda-t-elle.

Il hocha la tête.

— Écoute, Papa, nous avons certainement besoin d'aide.

Elle s'entendit prendre un ton impérieux, celui qu'elle avait adopté depuis qu'elle était trop grande pour recevoir des fessées et depuis que les défaites continuelles qu'il avait subies après l'appel du Nouveau Monde avaient tempéré son caractère belliqueux.

— Combien de gens dans cette région savent quelque chose sur la vigne ? Si ce monsieur vient de France, il vous sera d'une grande utilité, à toi et à Peter.

Sa confiance naturelle lui revenait. Elle tourna le visage vers le Français, les mains sur les hanches.

— Papa n'est pas riche mais nous pouvons vous loger, vous nourrir et peut-être vous payer quelques dollars, n'est-ce pas, Papa ?

Toute sa vie, elle se souviendrait de l'instant de silence qui suivit.

Les formes sombres des hommes, debout devant elle, la lumière extérieure, dorée et tachetée de l'ombre que faisait le chêne, planté devant la maison, au milieu de la pelouse, tout cela resterait gravé dans sa mémoire. La lumière vacilla tandis que son père réfléchissait.

— Vous savez tailler ? demanda-t-il d'un ton bourru.

— Bien sûr et aussi sarcler, marcotter et cueillir. Il est d'ailleurs bientôt temps de s'y mettre. Je sais faire tout ce qui est nécessaire.

Sa voix était impatiente comme si la question était superflue.

— En Champagne, mon frère et moi cultivions notre vignoble ensemble, *les deux*...

— Il devait être petit, grommela son père.

— Peut-être moins que le vôtre. Pas suffisant, *hélas,* pour nous deux. Et avec l'apparition du phylloxera...

Il haussa les épaules.

Son père se redoucissait et ses épaules se détendirent.

— Nous l'avons ici également, dans toute la Californie.

— J'ai vu que vous aviez brûlé une parcelle. Pourtant, cela ne sert à rien. Est-ce mauvais ?

— Bien assez. Cette parcelle que vous avez vue était une première plantation de pieds de vignes d'origine européenne. Je pensais qu'ils pourraient y résister mais ils l'ont attrapé aussi.

Il se râcla la gorge comme il le faisait toujours lorsqu'il changeait d'avis contre son gré.

— Voulez-vous une goutte de whisky ? demanda-t-il. Ou voulez-vous goûter le vin qui provient de cette parcelle ? Il n'est pas mauvais. Je viens moi-même d'une famille de vignerons. En Allemagne. Rheingau...

Il attendit et obtint la réaction qu'il espérait lorsque le Français fit un signe d'approbation respectueuse. Son père se dirigea bruyamment vers la cuisine, priant d'un geste le jeune homme de le suivre tout en s'écriant :

— Apporte-nous de quoi manger, Rosie, et apporte le whisky et le vin.

Elle retourna à la cuisine, d'un pas mesuré, soucieuse de ne pas montrer sa joie à son père. Elle et lui menaient une guerre d'usure qui ne lassait que son jeune frère, Peter. La nature s'était trompée lorsqu'elle et son frère étaient nés. Lui avait le visage doux et un corps fin, presque féminin. Les traits qu'ils avaient en commun étaient trop délicats chez Peter et presque trop marqués chez elle. À une époque où la mode était aux blondes fragiles, elle avait les cheveux noirs de sa mère et sa bouche large et mobile.

C'était elle la combattive et lui le pacifiste.

Si Peter avait été à la maison, son père aurait sans doute été moins revêche avec le Français. Rosie savait que son père n'arrivait jamais à se détendre devant elle. Elle était trop affirmée à son goût. Il avait besoin d'être la figure masculine dominante. Mais en dépit de sa compétence de ménagère et de ses aspirations cachées à une vie de couple épanouie, c'était elle l'homme de la famille. Sa force rendait l'existence supportable dans l'isolement que leur avait imposé son père.

À présent, avec le Français installé à la table récemment astiquée et qui sirotait pensivement le vin de son père en écoutant les histoires de sa vie dans le Rheingau où vieillissaient des vins parmi les meilleurs du monde, elle se laissait envahir par une chaleur grandissante. Elle avait pleinement conscience de ses seins et de sa respiration. Elle sentait des picotements à la plante de ses pieds et aux extrémités de ses doigts comme une série de particules brûlantes rayonnantes, brillant chacune d'une flamme vive.

Elle savait que son corps réagissait à la présence de l'homme assis devant elle dont le visage était éclairé par les rayons du soleil filtrant à travers la fenêtre de la cuisine. Le soleil se reflétait sur lui comme sur un miroir attirant toute la lumière et, lorsqu'il hochait la tête en assentiment ou simplement pour ponctuer les propos de son père, elle se surprenait à craindre qu'une telle luminosité ne se consumât d'elle-même pour disparaître dans le néant.

Si elle était attentive à lui, il l'était à elle. Elle le savait, bien que son manque total de vanité lui fît mettre cela sur le compte de la curiosité. Ses longs cils d'enfant qui voilaient ses yeux se relevaient lorsqu'elle s'approchait. Assez pour révéler la blancheur bleutée qui entourait l'iris bleu.

— Je suis venu pour la ruée vers l'or, disait son père tout en versant du vin au Français. Ach, et comme toujours, je suis arrivé trop tard. J'aurais dû rester à la maison. Mais nous étions comme vous. Une trop grande famille et une terre trop petite pour nous faire vivre. J'allais faire fortune et revenir chez moi avec un sac d'or.

Il poussa un grognement.

— Je suis toujours là et il n'y a pas d'or dans les grappes.

— C'était il y a longtemps, la ruée vers l'or, dit le Français dans son anglais précautionneux.

— Quarante-neuf. Je suis arrivé ici en 1851 – trop tard. C'était quasiment terminé. Et maintenant, nous abordons un siècle nouveau. Où sont passées les années ? C'est la question que je pose. J'étais un homme jeune alors. J'avais juste vingt ans. Les mêmes espoirs, les mêmes rêves que vous devez avoir. Mais ils ne se sont pas réalisés.

— Pour moi, cela va marcher.

Le Français avait dit ces mots comme on constate un fait.

Son père grogna, poussa un soupir et se reversa un whisky.

— C'est ce que je croyais aussi autrefois. Il secoua la tête puis demanda : Comment vous appelez-vous et quel âge avez-vous ?

— J'ai vingt trois ans et je m'appelle Jean-Paul Dupuis. Et vous, Monsieur ? Et votre fille ?

— Hans Brunner. Et voici Rosie. Mon fils s'appelle Peter. Il ne devrait pas tarder.

Rosie avait trouvé une nappe propre et mettait la table, plaçant les couteaux et les fourchettes que sa mère avait apportés de France, devant les hommes, et deux autres couverts pour elle et Peter.

— Rosie... dit pensivement le jeune homme et elle n'avait jamais trouvé son nom aussi joli, tel qu'il le prononçait en accentuant la dernière syllabe.

— *Enchanté,* Rosie, dit-il et il se leva pour s'incliner devant elle.

Elle se sentit rougir tandis qu'elle se tenait devant lui, couteaux et fourchettes à la main, troublée sous son visage impassible. Elle voulait lui dire que Rosie était le diminutif de Rosanne. Elle se présentait toujours comme Rosanne mais son assurance avait disparu à nouveau.

— Heureuse de faire votre connaissance, Jean, dit-elle en s'efforçant de prononcer son nom comme lui.

— Jean-Paul, corrigea-t-il avec douceur. En France, nous disons les deux noms.

Elle voulait être impassible et sophistiquée comme les femmes qu'il avait dû connaître en France, les femmes avec qui il buvait du champagne. À quoi ressemblait le champagne ? Elle savait qu'il pétillait et qu'il était cher mais ne pouvait imaginer ni son goût ni son apparence. Cela devait ressembler à du miel liquide, décida-t-elle mais elle s'entendit dire :

— Jean-Paul ? C'est bien long.

Il rit.

— Pas du tout. Cela coule de source.

Intimidée, elle retourna en silence vers le fourneau de bois où cuisait un ragoût de viande dans une marmite noircie. Elle y rajouta des pommes de terre pelées en se penchant sur la vapeur tourbillonnante pour justifier ses joues enflammées.

Elle était certaine qu'il continuait à l'observer bien qu'elle lui tournât le dos et cela lui faisait plaisir.

Elle s'activa autour du ragoût, vérifia l'assaisonnement, et brassa le tout en observant les bulles qui se formaient à la surface.

Dans des moments comme celui-ci, quand son père parlait et qu'elle travaillait, Rosie avait coutume de se retrancher dans un monde de rêves mais aujourd'hui, ce n'était pas possible. D'habitude, elle se détachait du monde environnant et songeait à ce qu'aurait pu être son existence sans les événements qui avaient bouleversé leur vie lorsqu'elle avait neuf ans.

Son père racontait justement le désastre à Jean-Paul qui l'écoutait avec intérêt, penché sur la table, toute son attention dirigée vers le vieil homme.

— Je pensais que cela marcherait aussi et, pendant quelque temps, ce fut presque le cas, disait son père. Après la fin de la ruée vers l'or, en cinquante-sept, il y eut un essai de production de vins fins califoriens à Anaheim. C'est assez loin au sud. Une région plus chaude. Tous les gens impliqués dans ce projet étaient allemands. J'avais vingt-quatre ans et je traînais dans les environs de San Francisco. J'avais mis de côté quelques économies durant la ruée vers l'or. Je me suis donc dirigé vers le sud et ils m'ont permis de me joindre à eux. Ils m'ont même accueilli à bras ouverts. J'étais allemand et je connaissais le vin. J'étais un des rares à m'y connaître.

— Ce fut un succès ? demanda le Français.

Son père secoua la tête lentement.

Elle entendit Peter dehors actionner le levier de la pompe pour laver la poussière du matin avant de rentrer. Il serait surpris de voir l'étranger. Surpris et content, pensa-t-elle.

— Pendant un moment, c'était formidable. Nous avons eu des hauts et des bas puis, en cinquante-neuf, cinquante de nous autres Allemands avons acheté le fonds. J'ai reçu ma part et tout allait bien. Nous étions dans une des meilleures régions de production de vin de tout ce satané pays. Nous avions la superficie et la production. Mais nous cultivions les vieilles vignes des missionnaires et trop peu de gens s'y connaissaient en production de vin. En fait, c'était la pagaille. Ce que nous produisions avait le goût de pisse de chat mais cela se vendait. Personne ne savait faire mieux. Il y eut une inondation en soixante-deux mais on arriva à s'en sortir tant bien que mal jusque dans les années quatre-vingt, quand la maladie s'installa dans les vignes et que le projet fut détruit pour de bon. Ce fut la faillite.

Il s'était replongé dans le passé, parlant de ce qui aurait pu être.

— J'ai perdu pratiquement tout ce que je possédais, disait-il. Je suis donc venu ici où le climat ressemble plus à celui de mon pays pour essayer de produire quelque chose de meilleur. Mon vin n'est pas fantastique mais il n'a pas le goût de pipi de chat.

Peter arriva dans la cuisine. Rosie l'attendait avec une serviette pour essuyer son visage et sécher ses cheveux. Il la regarda d'un air interrogateur en se frottant les doigts, un à un. Hans se retourna vers son fils.

— Je parlais justement à ce jeune homme du bon vieux temps où nous avions un peu d'argent. Il est vigneron aussi. Il vient de France. Il va nous donner un coup de main.

Rosie savait toujours ce que pensait son frère. Lorsqu'il avait franchi la porte et vu l'étranger assis à table, sa curiosité s'était transformée en colère en voyant son père boire. Ensuite, il avait éprouvé de l'ennui en entendant la même vieille histoire. Puis elle sentit son changement d'humeur soudain et son soulagement à l'idée d'avoir de l'aide. Le gros du travail retombait toujours sur ses épaules.

— Heureux de faire votre connaissance, monsieur, dit-il en souriant.

— Enchanté, fit le Français en se levant.

— Les enfants ne se rappellent pas de cette époque lointaine, poursuivit son père tandis que Peter s'installait à table et qu'elle se mettait à servir. Mais c'était le bon temps, même si le vin était mauvais.

— Quelles vignes cultivez-vous ?

Le Français entamait son repas comme s'il n'avait pas mangé depuis longtemps tout en faisant attention de ne pas en renverser. Elle reconnut les façons que sa mère leur avait apprises, à Peter et à elle.

— Des vignes de missionnaires. Celles que les prêtres espagnols ont apportées en Californie lorsqu'ils se sont installés dans la région. C'était bien avant que la Californie fasse partie des États-Unis. Chaque mission avait son vignoble pour faire du vin de messe. C'est tout ce que valent ces vignes. Mais elles sont résistantes. Ils les utilisent toujours dans le secteur. Au moment où nous avons fait faillite à Anaheim, nous faisions mieux, en utilisant des ceps d'origine européenne. C'est ce que j'ai essayé de faire ici.

Il engouffrait la nourriture tout en parlant et le whisky commençait à lui monter à la tête.

Jean-Paul eut un bref éclat de rire.

— En France, pour combattre le phylloxera, nous utilisons des greffons d'origine américaine. Notre vin aura-t-il le goût de pipi de chat ?

— Dieu seul sait, dit son père sur un ton dubitatif. Ils disent que lorsque les greffes prennent, le vin est aussi bon que chez nous. Il pourrait devenir meilleur un jour.

— Vous avez raison, acquiesça Jean-Paul. Il est vrai que cela pourrait être un succès.

Tandis qu'elle s'installait pour manger, rejetant mentalement les rêves de son père, Rosie était consciente que le Français l'observait, toujours à travers ses sombres cils, tout comme elle le faisait elle-même. Il se tenait en retrait et son visage, dans l'ombre, paraissait plus fin et son teint plus mat. Il ressemblait à un personnage des histoires qu'elle avait lues lorsqu'elle et Peter étaient petits et qu'ils vivaient à Anaheim avec leur mère pour s'occuper d'eux et leur parler du monde extérieur.

Le Français mangeait lentement et soigneusement maintenant que sa faim était apaisée. Elle aimait la façon dont il se tenait à table et fit un effort pour l'imiter. Ils avaient vécu trop longtemps dans ce coin isolé. Peter et son père avaient, pour se préserver, adopté la façon de parler et les coutumes des petits fermiers, leurs voisins. Mais elle avait refusé obstinément de changer et, à l'école, ses manières plus raffinées lui avaient causé bien des ennuis. Par moquerie, les garçons balayaient le trottoir devant elle avec leurs casquettes et, par représailles, elle l'acceptait comme son dû.

— La mère des enfants était française, dit son père en reposant sa fourchette. Elle leur apprenait sa langue. Dis quelque chose en français, Rosie.

Elle se souvenait de sa mère, de ses yeux pétillants dans un visage au teint olivâtre, disant, « *Répétez après moi... ma chérie* ».

— *Répétez après moi, ma chérie,* dit-elle en riant.

Le Français rit aussi, la tête rejetée en arrière, bouche ouverte et elle apercevait le rouge tendre de son palais.

— Et que répétiez-vous, mademoiselle ? demanda-t-il.

Elle revit en esprit le visage de sa mère, ses cheveux noirs ramenés en arrière, articulant la leçon, encourageante, aimante... disparue. Elle récita :

— *J'ai, tu as, il a, elle a, nous avons, vous avez, ils ont, elles ont.*

— Ah, vous connaissez le verbe avoir, dit-il, vous avez un accent *formidable,* mademoiselle. Mais pouvez-vous me *dire* quelque chose en français ?

Elle regarda son visage éclairé par le soleil et c'était comme si sa mère se trouvait devant elle, attisant sa mémoire.

— *Il fait beau, monsieur,* dit-elle.

— En effet, c'est une très belle journée, répondit-il, les yeux fixés sur sa bouche, une journée splendide.

— Depuis combien de temps êtes-vous dans ce pays ? demanda son père en essuyant le reste de la sauce dans son assiette avec un morceau du pain qu'elle avait cuit ce matin-là.

— Deux ans, dit l'étranger. Je suis venu en bateau jusqu'à la Nouvelle Orléans. De là, je suis venu par étapes.

— En train ?

— Oui. Petit à petit. Lorsque j'avais besoin d'argent, je m'arrêtais un moment. Je trouvais du travail. Puis je reprenais la route.

— J'ai entendu dire qu'ils cultivaient la vigne dans l'État de New York, dit son père. C'était moins loin.

— Trop froid, dit le Français catégoriquement. Je voulais du soleil. Et une nouvelle vie, loin de l'Europe. Ici, nous en sommes très loin.

— En effet. Moi, je suis venu par l'Isthme, dit son père. À Panama. C'était ça ou contourner le Cap Horn. Chagres, où nous prenions le bateau pour venir à San Francisco, doit être le pire endroit du monde. Seigneur ! La crasse, les gens venant de tous les coins du monde à cause de l'or. Des Chinois, des Irlandais, des

Japonais. On entendait parler toutes les langues et on avait intérêt à se tenir sur ses gardes.

L'histoire de son voyage allait l'occuper pendant un bon moment encore. Rosie se leva, débarrassa les assiettes et les mit dans la bassine, prêtes à être lavées lorsqu'elle aurait fait bouillir de l'eau. Peter se leva pour l'aider et jeta des restes dans la cour pour les poulets.

— Il a l'air bien, ce Français, chuchota-t-il.

Elle se contenta de hocher la tête, les lèvres serrées, tandis qu'elle prenait dans le garde-manger du raisin et des pommes pour la table.

— Ce serait bien d'avoir un peu d'aide, dit Peter, toujours à voix basse.

Elle se tourna vers lui et sourit, un sourire qui agrandit sa bouche pulpeuse, découvrant une rangée de belles dents, et alluma des paillettes dans ses yeux d'ambre.

— Il est temps, dit-elle. Il t'en demande trop.

— À toi aussi, répondit-il.

— Mets simplement les fruits sur la table, lui dit-elle.

Elle entendait la voix de son père qui répétait la même vieille histoire tandis qu'elle se glissait par la porte de la cuisine après avoir rempli son tablier de graines pour les poulets. Elle se retrouva à l'extérieur en plein soleil et jeta des poignées de graines sur le sol tout en se dirigeant vers les arbres. Ce n'était pas l'heure habituelle à laquelle elle les nourrissait mais elle avait besoin de temps pour réfléchir. Elle se sentait désarçonnée. Quel était le mot qu'utilisait sa mère ? *Bouleversée,* c'était cela. Elle avait l'impression que quelque chose qu'elle attendait depuis longtemps s'était enfin produit.

À sa gauche se dressaient les bâtiments principaux du vignoble. Construits grossièrement à l'aide de planches avec des toits très pentus recouverts de séquoïa, les bâtiments avaient l'air branlants et négligés. Un peu plus loin, le vignoble s'élevait doucement sur une colline baignée par le soleil, jusqu'aux taches vertes des arbres, comme un dessin d'enfant. Plus loin encore, on apercevait la roche grise des montagnes qui dominaient la vallée où son père avait choisi de s'établir.

Il racontait peut-être à présent comment il avait gagné le terrain, la maison et la cave, au cours d'une partie de poker. Elle se demandait parfois si c'était vrai. Il avait peut-être acquis la maison de pierre dans laquelle ils vivaient par des procédés encore moins recommandables. À l'école de Calistoga, elle avait entendu des histoires d'élèves dont les parents avaient dépossédé les anciens colons par la force et la ruse, en revenant des mines d'or.

Elle s'en voulait de toujours penser le pire de lui. Lorsque les mineurs faisaient des excès dans la Napa Valley, son père se trouvait plus au sud, avec les Allemands, à Anaheim. Il avait amené sa famille à Calistoga peu avant la mort de sa mère. Elle avait tout de suite aimé la petite ville bien plus à cause de son école qu'en raison des sources chaudes et de la station thermale qui attiraient les gens chics de San Francisco. Calistoga avait une allure prospère et civilisée et de belles maisons. Après la mort de sa mère, ils s'étaient installés à l'extérieur de la ville, dans la vallée. Ils retournaient rarement à Calistoga maintenant qu'ils n'allaient plus à l'école.

Au souvenir de sa mère, Rosie pensa au Français, tandis qu'elle se dirigeait à droite, vers la partie boisée de la propriété. C'était un terrain que son père avait toujours eu l'intention de défricher pour y planter de la vigne. Il ne l'avait jamais fait et maintenant, à soixante-dix ans, il était trop vieux. Son fils qui en avait seize, était trop jeune et trop fragile pour se lancer dans cette entreprise.

À présent que le Français était là, il en serait peut-être question à nouveau, pensa-t-elle, tout en espérant que cela ne se produirait jamais. Au milieu des arbres, se cachait un petit étang rempli de poissons. Alimenté par une source de montagne, il ne se desséchait jamais, même au plus fort des chaleurs de l'été. Elle avait pris l'habitude de se baigner dans cet étang et lorsqu'elle atteignait l'autre rive, elle pouvait s'étendre presque nue, à l'ombre des grands chênes, au pied d'une pente abrupte et rocheuse. Il fallait prendre garde au sumac vénéneux et aux vipères mais à part cela, c'était le plus bel endroit du monde.

Le moment était idéal pour aller à l'étang. L'ombre des arbres se reflétait dans l'eau en y laissant des taches brillantes éclairées par le soleil.

Elle hésitait à aller plus loin lorsqu'elle entendit la voix de son père.

— Rosie ! Alors, où est ce fichu café ?

Elle fit demi-tour, sans se presser. La cafetière en fer était au coin du feu. Pourquoi ne se servaient-ils pas eux-mêmes ? Les hommes ! pensa-t-elle en pénétrant dans la pièce où ils étaient assis. Elle prit un chiffon pour ne pas se brûler, remplit trois tasses et les posa devant eux.

— Tu n'en prends pas, sœurette ? demanda Peter. Il avait senti son irritation.

— Non merci, répondit-elle sèchement.

— Prenez un peu de café avec nous, dit Jean-Paul.

Il lui souriait timidement comme si lui aussi avait perçu son irritation. « Je vous en prie » ajouta-t-il.

Elle remarqua que son père lui jetait un regard rapide et incertain tandis qu'elle hochait la tête et retournait à sa place en se servant une tasse.

— Maintenant, dit son père d'une voix cordiale, où allons-nous installer ce jeune homme ? Où va-t-il dormir ?

Elle ouvrit la bouche pour suggérer la chambre d'amis qui se trouvait dans la soupente dans leur maison mais son père n'attendit pas sa réponse.

— Je pense que tu peux transformer le grenier au-dessus de la grange en chambre confortable, Rosie. Jean-Paul est impatient de se mettre au travail demain matin. Vous viendrez vous joindre à nous pour le petit déjeuner, n'est-ce pas ? Rosie se lève tôt. Oui, vraiment très tôt.

— Vous avez une montre ?

— Oui, répondit Jean-Paul en tapotant sur sa salopette. Et j'ai un sac de couchage. J'ai laissé mes affaires sous votre véranda. Je serai très bien.

— Mais Papa…

— C'est réglé, Rosie, dit son père de sa voix autoritaire. Va montrer sa chambre à Jean-Paul.

Elle rougit au manque de considération envers le Français que son père avait manifesté à sa façon de dire « sa chambre ». Elle posa sa tasse de café auquel elle n'avait pas touché puis se mit debout dans un tourbillon de jupons.

— Lorsque Jean-Paul aura terminé son café, dit-elle d'un ton froid, sachant que même son père ne pouvait pas être grossier à ce point avec un hôte.

Elle apprécia la façon dont le jeune homme termina sa tasse. Pas trop vite pour ne pas paraître servile et pas trop lentement pour ne pas sembler insolent. Puis il la suivit jusqu'à la véranda où, à côté de la porte, il avait laissé un gros paquet, soigneusement roulé en boule.

— Ce sont vos affaires ? demanda-t-elle tout en sachant qu'elles ne pouvaient appartenir à personne d'autre.

— Oui, répondit-il d'une voix triste, pas grand chose. Pour le moment.

Ils descendirent les marches côte à côte. Il avait soulevé son paquet avec aisance et elle constata qu'il n'était pas si grand qu'elle le pensait mais avait un bon demi-pied de plus qu'elle.

— Par ici, dit-elle en le conduisant vers l'arrière de la maison où les vieux bâtiments déparaient le paysage.

— C'est là.

Elle indiqua un hangar qu'ils appelaient la grange mais qui abritait les presses et quelques tonneaux.

— Il y a une pièce assez grande au-dessus. Elle est meublée de choses que nous ne pouvions pas caser dans la maison lorsque nous nous sommes installés ici.

— En venant d'Anaheim ?

— Oui. Nous avions une maison vraiment grande là-bas.

— Et votre mère ?

— Elle est morte en accouchant d'un autre bébé.

— Quel âge aviez-vous ?

— Neuf ans. Peter en avait sept. C'est moi qui l'ai élevé, en quelque sorte.

— Elle vous manque ?

— Terriblement, répondit-elle lentement.

— C'est parce qu'elle vous aimait, dit-il en regardant vers les montagnes. Dans ce pays, la lutte est trop âpre pour laisser beaucoup de place à l'amour.

Elle comprenait exactement ce qu'il voulait dire.

— Ma mère disait toujours que l'amour est la chose la plus importante au monde et que je devais aimer mon père, Peter et mon mari lorsque j'en aurais un.

— Votre mère était Française, dit-il en riant.

— Nous autres, Français, croyons à l'amour. À beaucoup de formes d'amour, ajouta-t-il mais cette fois elle ne fut pas certaine de comprendre ce qu'il voulait dire.

Ils avaient atteint la grange et grimpaient à l'échelle vers la chambre située au-dessus. Une odeur forte et persistante de vin s'élevait des tonneaux. En haut, le soleil tapait sur les tuiles et la pièce était chaude. Par endroits, il manquait une tuile et le soleil s'engouffrait par ces ouvertures carrées, éclairant la poussière en suspension que leur arrivée avait soulevée.

Il n'aurait pas besoin de son sac de couchage. Il y avait un matelas usé mais grand, posé sur un pied de lit en laiton rouillé. Une commode en chêne et un fauteuil dont le rembourrage en crin s'échappait par le dessous, se trouvaient à côté de l'unique petite fenêtre. Il y avait par terre des carpettes que sa mère avait confectionnées et un miroir taché, dans un cadre doré abîmé par le temps.

— C'est un *château,* dit-il.

Elle le regarda d'un air soupçonneux, certaine qu'il se moquait d'elle.

Il surprit son expression.

— Non, non, c'est vrai. Vous n'avez pas vu les endroits où j'ai logé avant de venir ici. Je vous assure que c'est un *château.*

Il posa ses affaires sur le lit puis renifla, sentant l'odeur qui montait des tonneaux en bas.

— Il n'y a que du raisin rouge ici ? demanda-t-il.

— En majorité, répondit-elle. Cette partie de la vallée est chaude.

— Il y a du raison blanc à d'autres endroits ?

Pourquoi voulait-il du raisin blanc ? Allait-il partir à cause de cela ?

— Un peu, dit-elle en restant délibérément vague.

— Alors, un jour, je fabriquerai du champagne ici. J'ai étudié le terrain et le climat, et il n'y a aucune raison pour ne pas y arriver.

Il s'était jeté dans le vieux fauteuil, un jambe passée par-dessus le bras usé. Un carré de soleil éclairait son épaule mais son visage, rendu sérieux par la réfléxion, était dans la pénombre.

— Du champagne ?

— Quelle question ! Il est doré et il pétille comme le soleil dans vos yeux dorés. Il caresse les lèvres et la langue et il est plein

28

de petites bulles qui chatouillent délicatement le nez et le palais. C'est le plus séduisant des vins. Aussi séduisant qu'une femme. Le vin des fêtes et de l'amour.

Il dit ces dernières paroles lentement en observant son visage. Elle sentit la chaleur monter du creux de son estomac et pria pour que ses joues ne soient pas rouges.

— Cela semble délicieux, dit-elle en prenant une voix posée. Il vaut mieux que je m'en retourne. Papa doit se demander où je suis.

Il se leva et s'approcha, lentement, sans la quitter du regard. Il s'arrêta à un pas et elle resta pétrifiée. Elle aurait été incapable de faire demi-tour et de partir, pas plus qu'elle n'aurait pu s'envoler à travers le toit de tuiles.

Il lui prit le menton dans ses deux mains et elle sentit la rugosité de sa peau durcie par le labeur. Il la regardait, les yeux remplis de mélancolie.

— Merci, *petite* Rosie, d'avoir parlé en ma faveur. Je vous en suis reconnaissant.

Il se pencha ensuite et déposa un baiser léger sur son front. Elle sentit l'odeur du vin de son père dans son souffle et le frôlement de sa barbe naissante.

Personne ne l'avait embrassée depuis la mort de sa mère et elle savait que son père aurait eu une bonne raison de la battre s'il avait vu ce qui venait de se passer.

Découvrant que ses jambes pouvaient bouger, elle se tourna comme si rien ne s'était passé et descendit l'échelle vers la fraîcheur du bas. Elle était envahie d'une chaleur nouvelle et éprouvait une sensation merveilleuse. Elle traversa toutefois la cour poussiéreuse avec la même maîtrise que quand les garçons balayaient le sol devant son passage à l'école, et pénétra dans la maison.

# Chapitre 2

Le lendemain de l'arrivée du Français, Hans Brunner annonça qu'ils commenceraient la cueillette du raisin le jour suivant. Il l'avait fait solennellement après le repas du soir alors que Rosie et les trois hommes étaient encore assis à la table de la cuisine, dans la lumière pâle et jaune des lampes à pétrole. La pièce était étouffante à cause de la chaleur qui régnait à l'extérieur. Dehors, les papillons de nuit venaient se frapper contre les volets qui couvraient les fenêtres.

— Le petit déjeuner à cinq heures trente, Rosie, ordonna-t-il.

— Entendu, Papa, dit-elle en se levant pour laver la vaisselle.

Ils étaient tous de retour à leur place le lendemain matin avant le lever du soleil, le visage blanc dans la faible lumière, bâillant, silencieux.

Elle servit le café avec d'épaisses tranches de pain chaud beurré tartiné de gelée de raisin au goût prononcé qu'elle faisait à partir de vignes sauvages qui poussaient à profusion dans la vallée. Il y avait aussi du lait venant de l'unique vache qu'ils gardaient dans la vieille étable près des chars où leurs deux chevaux passaient également la nuit.

— C'est aujourd'hui que cela commence, dit Hans en avalant son café. Tu feras la cueillette aussi, ajouta-t-il en pointant un de ses doigts épais vers Rosie qui se tenait près de la fenêtre.

Le Français – elle n'arrivait toujours pas à l'appeler Jean-Paul – hocha la tête.

— Il est temps, dit-il d'une voix affirmée.

Son père lui jeta un bref regard de ressentiment puis hocha la tête aussi.

— Huit mains valent mieux que six, dit-il.

— J'aime bien la cueillette, dit Rosie pensivement. C'est une sorte d'accomplissement. C'est réconfortant. Comme... comme..., elle hésita, comme quand on arrive enfin quelque part.

— C'est un dur travail et cela fait mal au dos quand on a mon âge, dit son père en la regardant d'un air courroucé comme si elle avait dit quelque chose d'idiot. Sa mauvaise humeur mit fin à la conversation. Le silence s'installa dans la cuisine. D'ailleurs, pensa Rosie, il mettait toujours fin aux conversations avant d'avoir bu le whisky qui semblait le remonter comme une horloge. Puis, tic-tac, tic-tac, il entamait un monologue aussi monotone que le balancement du pendule. C'était un raseur et un cochon, décida-t-elle.

Elle regarda le Français tout en s'installant pour manger son pain et boire son café. Sans se préoccuper de son père, il lui sourit.

— Bonjour, petite Rosie, dit-il.

— Bonjour, répondit-elle en le regardant bien en face et en remarquant que la chemise grossière qu'il portait était propre. Ses cheveux brillaient et se détachaient en petites mèches encore mouillées après qu'il se soit sans doute passé la tête sous la pompe dans la cour. Ses yeux bleu foncé pétillaient en la regardant et, le pain à la main, il se tourna vers Hans pour lui poser la question qu'il lui avait posée la veille.

— Dites-moi, monsieur Brunner, y a-t-il du raisin blanc ici?

— Où? demanda son père d'une voix aussi âcre que les vapeurs du whisky du soir précédent.

— Dans cette vallée. Du Chardonnet peut-être? Du Pinot Blanc? Du raisin avec lequel on pourrait faire du champagne?

Son père grogna.

— Ils en fabriquent déjà dans la Sonoma Valley. Je ne connais pas les cépages. Le vieux Schram – il vient de Rheingau aussi – a essayé. Il habite plus bas dans la vallée. Nous en avons fabriqué pendant un certain temps à Anaheim.

— C'est donc possible?

— Dans ce pays, tout est possible, dit son père. Et aussi impossible, ajouta-t-il.

— Je crois qu'il est mieux de dire possible, dit Jean-Paul.

Il regarda Rosie et son sourire semblait avoir une signification spéciale.

Ils travaillèrent ensemble, côte à côte dans le brouillard froid et pénétrant de l'aube, avançant dans les rangées alignées, cueillant les grappes serrées de Zinfandel, d'un rouge violet, qu'ils déposaient dans des paniers en osier. Elle aimait la façon dont Jean-Paul prenait soigneusement les grappes dans ses mains fines pour les détacher du pied de vigne, puis les coupait d'un geste précis de son couteau.

La première chose qu'il avait faite avant qu'ils ne commencent la récolte était de prendre une grappe dans sa main et de la presser doucement, presque amoureusement, entre ses doigts jusqu'à ce que le jus jaillisse de la peau pourpre.

— Regardez, avait-il dit triomphalement, c'est bien ce que je disais – il est prêt à être pressé.

Puis, sans la quitter des yeux, il avait léché le jus et ajouté : « Parfait ».

Elle s'était sentie frissonner.

Le soleil s'élevait petit à petit dans le ciel, chassant le froid matinal. Les oiseaux de la vallée se mirent à voleter au-dessus d'eux. Quelque part, un pic frappait un arbre de son bec ou peut-être le vieux bois des chais et le son résonnait comme une moquerie. À neuf heures, les montagnes se détachaient clairement sur le bleu du ciel.

Le Français avait roulé les manches de sa chemise et la vue des poils noirs sur ses bras provoqua un nouveau frisson chez Rosie. Son front haut était couvert de sueur et elle savait que le sien l'était aussi. Elle avait chaud dans sa blouse noire et, avec audace, elle déboutonna le haut et roula ses manches, dévoilant des bras charnus et couverts de taches de rousseur. Sa longue jupe noire lui collait au dos des jambes et elle avait l'impression que ses pieds avaient doublé de volume.

— Quand j'étais petite, dit-elle impulsivement, ma mère me laissait aider mon père à faire la cueillette. Elle me laissait y aller pieds nus dans ma robe de coton. Est-ce comme cela qu'ils font en France ?

— Parfois, dit-il en se redressant pour s'étirer le dos. Mais ce n'est pas si dur en France. Dans les villages, tout le monde vient pour les *vendanges*. C'est un festival, une fête. Lorsque le dur travail de la cueillette est terminé, on boit beaucoup de vin et on chante.

Il resta silencieux un moment, comme plongé dans ses souvenirs et elle lui posa la main sur son bras nu.

— Peut-être que Papa nous donnera du vin ce soir.

— *Peut-être,* dit-il comme s'il se parlait à lui-même.

Elle se souvint du mot.

— *Peut-être,* répéta-t-elle en souriant.

À l'heure du déjeuner, ils avaient fini de cueillir le carré de Zinfandel et ils se reposèrent à l'ombre d'un des grands chênes qui bordaient les vignes. Rosie sortit d'un des paniers à raisins un pique-nique de porc froid salé et de poulet qu'elle partagea entre les trois hommes. Elle avait peu d'appétit mais les hommes étaient affamés et ils mangèrent vite. Elle resta assise en rêvassant, devant le chariot chargé de grappes. Les deux chevaux de trait, Castor et Pollux, appelés ainsi par sa mère lorsqu'ils étaient poulains mais à présent solennels et lourds dans leur maturité, attendaient patiemment d'avancer en remuant leurs oreilles.

Ses mains et son visage étaient poussiéreux à cause de la vigne et elle sentait l'odeur indéfinissable des grappes, du sol riche, des feuilles désséchées, des fleurs et des herbes sauvages. L'aspect de la vallée et les odeurs de vendange n'avaient pas changé mais la présence de Jean-Paul y ajoutait quelque chose. Sa chemise bleue lui collait à la peau par endroits, soulignant les muscles de son dos et il avait des auréoles d'humidité sous les bras. Il avait ouvert sa chemise presque jusqu'à la taille et sa poitrine était couverte de poils noirs comme ses bras. Elle voyait la désapprobation de son père devant cette hardiesse mais ses pensées s'attardèrent sur la taille élancée du Français, aussi mince que la sienne. Le ceinturon clouté qui retenait ses jeans le rendait encore plus séduisant, plus désirable.

C'est à ce moment qu'elle décida de l'épouser.

Peter retenait son attention, parlant trop vite, lui racontant leur vie à Calistoga et San Francisco où il avait été une fois. Sa petite main reposait sur l'épaule du Français et Jean-Paul l'écoutait, un faible sourire aux lèvres mais en la surveillant du regard. Cela n'échappait pas à son père qui ne les quittait pas des yeux.

— Bien, dit-il brusquement en se relevant, à présent c'est le tour du Cabernet Sauvigon.

— Vous avez du Cabernet ? demanda Jean-Paul sur un ton respectueux. Il est déjà mûr ?

Son père hocha la tête.

— Une parcelle – la mieux exposée au soleil du coteau. Il est prêt. L'été a été bon et il pousse bien. Un dénommé Crabb, qui vit plus loin dans la vallée, importe les greffons. Je les lui ai rachetés une année où la récolte avait été mauvaise. Le vin allait chercher presque deux dollars la barrique. J'ai eu de la chance pour une fois. Les greffes ont bien pris. Mais, ajouta-t-il d'un air morose en secouant la tête, je suppose que ce fichu phylloxera s'y mettra un jour.

Ils montèrent dans la charrette pour aller à l'endroit où le Cabernet poussait à profusion, plus léger sur les plants que le Zinfandel, moins serré mais d'un rouge plus sombre. Alors qu'ils se mettaient au travail, Rosie demanda à Jean-Paul :

— Vous aimez ce raisin ?

— C'est avec lui que l'on fait les grands crus de Bordeaux, dit-il en posant une grappe soigneusement dans le panier qui se trouvait entre eux.

— Qui est ce monsieur Crabb qui les a fait venir ici ?

— Je ne crois pas qu'il soit encore dans la région, répondit Rosie. Il avait de nombreux greffons différents d'Europe. Des centaines, je crois. Mais je suppose que le phylloxera les a tous détruits.

— *Quel dommage,* murmura-t-il.

— Je ne me souviens pas de cela, dit Rosie anxieuse de ne pas perdre son attention. Qu'est-ce que cela veut dire ?

— Voulez-vous que je vous enseigne le français, *petite Rosie ?*

— Oui, j'aimerais beaucoup, fit-elle d'un air grave. J'en ai déjà beaucoup appris avec ma mère.

Ils travaillèrent en silence pendant un moment. Elle entendait la respiration pénible de son père à deux rangées de là et le sifflotement de son frère qui se déplaçait silencieusement dans les rangées.

Une brume retombait sur la vallée, devant un soleil rouge. Bientôt, ce soleil disparaîtrait derrière l'horizon comme un disque en ignition. Inconsciemment, ils avaient tous les quatre accéléré la cadence. Son père et son frère s'éloignèrent de l'endroit où Jean-Paul et elle cueillaient les grappes sur la vigne.

— Pourquoi êtes-vous venu ici ? demanda-t-elle soudain. Si vous vous y connaissez en vin, si vous êtes de Champagne, vous auriez pu aller dans un des grands vignobles qui réussissent. Ils vous auraient embauché. Pourquoi nous choisir, nous ?

— Je ne voulais peut-être pas aller dans un grand vignoble, répondit-il, je voulais peut-être travailler dans une endroit comme celui-ci.

— Pour quelle raison ? demanda-t-elle.

— Vous ne le devinez pas ? fit-il d'un air taquin.

Il tourna son visage vers elle. Il était près, si près qu'elle voyait les poils de sa barbe naissante. Il était l'un des rares hommes glabres qu'elle connaissait. Son frère avait une petite moustache peu fournie qui retombait en boucles blondes. Celle de son père était épaisse et blanche.

— Vous voulez acheter notre vignoble ?

— Comment le pourrais-je ? Je n'ai pas d'argent.

— Vous ne pouvez pas simplement vouloir nous venir en aide.

Elle paraissait sceptique. D'après son expérience, les gens ne faisaient rien par altruisme.

— J'ai peut-être entendu dire qu'il y avait une jolie fille.

Elle se sentit rougir.

— Vous me taquinez, dit-elle, mais vous perdez votre temps ici, monsieur. Papa ne vendra jamais. Pourtant, il ne fera jamais rien de ce vignoble. Il est avare et pingre. Cet endroit a pourtant besoin d'investissements. Il pourrait être vraiment bien et la vallée est si belle...

Elle resta silencieuse pendant un moment puis dit platement :

— Papa est un perdant. Il a perdu ma mère. Il perdra cet endroit. Je suppose que le phylloxera le détruira complètement un jour si les oiseaux, le gibier et les abeilles ne le font pas... c'est une lutte. Et il perdra Peter et moi dès que nous trouverons un autre endroit où aller. Parce que moi, je n'ai pas envie de perdre.

— A-t-il l'argent nécessaire pour remettre les choses en état ? demanda Jean-Paul d'un air désinvolte.

— Bien sûr… commença-t-elle, puis elle s'interrompit. Enfin, poursuivit-elle prudemment, je pense que oui. Il n'en dépense jamais. Peter et moi ne valons guère plus que ces esclaves dans le sud dont j'ai entendu parler.

— Que voulez-vous faire de votre vie, *petite Rosie ?*

— Oh, beaucoup de choses.

Il se tourna vers elle avant de poser une poignée de grappes dans le panier.

— Vous avez l'air d'une femme remplie de rêves, lui dit-il.

Ses yeux sombres la fascinaient et elle se redressa, une main sur le creux de ses reins. Elle avait l'impression que si elle le regardait, elle serait perdue.

— Regardez-moi, dit-il doucement.

Contre son gré, elle tourna la tête. Les yeux sombres l'envoûtaient ; elle ne pouvait plus détourner le regard.

— Je veux partir d'ici. Pas vraiment d'ici mais quitter Papa, s'entendit-elle dire. Peut-être me marier. Avoir des enfants. Mais vivre. Voir de nouveaux endroits. Peter vous parlait de San Francisco. Je n'y suis jamais allée. Je veux faire quelque chose, devenir quelqu'un. Je ne veux pas rester ignorante toute ma vie. Je vous assure que si cet endroit m'appartenait, si j'avais la possibilité…

Elle se tut. Ce n'étaient pas des choses que les filles étaient censées vouloir et elle le savait.

— De jolies robes, je suppose, ajouta-t-elle pas vraiment sincèrement, et peut-être boire du champagne un jour.

— J'en fabriquerai pour vous et nous le boirons ensemble, dit-il et elle ressentit à nouveau cette chaleur dans les seins, au creux de l'estomac et dans la gorge, agréable et excitante mais qui la laissait avec un sentiment d'insatisfaction lorsqu'elle disparaissait.

Il faisait soudain frais avec le brouillard qui retombait des montagnes, venant quelque part du Pacifique. Le soleil était sur le point de disparaître et elle entendit la voix de son père qui appelait.

— Venez, criait-il. Qu'est-ce que vous faites là-bas ? Il faut rentrer ce raisin et vite.

— *En avant, petite,* dit Jean-Paul. Votre père vous appelle.

Les hommes pressèrent le raisin ce soir-là. Rosie, de retour à la maison, les entendait travailler à la lueur des lampes à pétrole.

Ils versaient les grappes dans la trémie de l'égrappoir qui séparait le grain de la tige, laissant tomber le raisin dans le pressoir. Ils reviendraient à la maison sales, collants et imprégnés de l'odeur du raisin mûr. Prévoyante elle alla chercher des seaux d'eau à la pompe et les fit chauffer sur le poêle. Elle décrocha le grand baquet en fer du crochet sur le mur extérieur de la cuisine. Elle le remplirait progressivement, évaluant le moment où ils rentreraient à la maison, affamés et sales, désirant à la fois manger et se laver.

Avant elle restait toujours dans la cuisine pendant le bain de son père et son frère. Ça ne serait pas correct de rester en présence du Français. Mais aurait-elle l'air stupide si elle partait ? Son esprit était occupé à ce problème pendant qu'elle préparait le repas et le pain pour le lendemain matin. Elle se rendit compte qu'elle voulait rester. Elle voulait savoir quelle allure il avait sans ses vêtements, bien qu'elle baisserait les yeux lorsqu'il entrerait et sortirait de l'eau.

En fait, la question ne se posa pas. Lorsqu'elle entendit les hommes traverser la cour, elle versa en toute hâte le reste de l'eau dans le baquet et apporta les serviettes propres.

— Dehors, dit son père brusquement. Nous t'appellerons lorsque nous serons prêts à manger.

Il posa la lampe sur la table de la cuisine. Sa lueur douce éclaira le visage de Jean-Paul qui se tenait en retrait. Peter se tenait près de lui et tous trois avaient les yeux cernés et paraissaient épuisés, les cheveux collés à la tête, les chemises et les mains tachées de rouge par le jus de raisin.

Elle hocha la tête et quitta la pièce, se dirigeant vers la porte d'entrée puis la véranda. La lune, cerclée de brume, brillait très haut au-dessus des montagnes. L'air était calme. Quelque part, dans l'avancée du toit, un oiseau remua et chanta dans son sommeil. Seul le bruissement des insectes nocturnes troublait le calme de la nuit.

Les lampes étaient toujours allumées dans la cave. Son père devait être fatigué pour avoir oublié de les éteindre. Elle traversa la cour pour baisser les mèches une à une.

Les bâtiments de la cave s'assombrirent. Le jus du raisin se mettrait bientôt à bouillonner dans les barriques et elle eut l'impression de commencer à vivre.

Satisfaite, elle s'assit sur une marche à l'arrière de la maison en attendant l'appel de son père. Elle sourit dans l'obscurité.

À la mi-septembre, les vendanges étaient terminées. Le vignoble était débarrassé de ses fruits et les nouveaux vins remplissaient leurs cuves de fermentation. Le dur travail dans les vignes était fini et son père se déclarait très satisfait des *vendanges*.

Rosie avait eu peu de temps pour faire plus ample connaissance avec Jean-Paul depuis le premier jour de la cueillette du raisin. Son frère s'était attaché au jeune homme, travaillant à ses côtés et lui posant des questions sur le monde au-delà de la vallée. Rosie, qui travaillait avec son père, pouvait entendre leurs voix mais ne saisissait pas bien ce qu'ils disaient. Elle attendait la fin de la récolte avec impatience.

Sa vie était faite d'un labeur incessant et cette époque de l'année était la plus dure. Debout avant l'aube pour la cueillette qui se prolongeait jusqu'au crépuscule lorsque l'obscurité mettait fin au travail, ces longues journées les laissaient épuisés, elle et les hommes. De plus, il fallait chaque soir presser le raisin avant qu'il ne s'abîme. Les hommes travaillaient à la cave tandis qu'elle préparait les repas et faisait cuire le pain du lendemain. Durant les trois semaines qui furent nécessaires pour récolter et presser le raisin, ils s'étaient tous couchés immédiatement après avoir mangé.

Les plus grands vignobles dans la vallée travaillaient encore mais Hans Brunner avait rentré sa récolte sans l'intervention du vent, de la pluie ou de la grêle. La fermentation avait commencé avec chaque nouvelle fournée de raisin, exactement comme cela devait se produire dans un monde parfait. Il n'y avait pas eu de perte. Dans l'esprit de Rosie, toute la chance de ces vendanges de 1899 venait de la présence du Français.

Dans la cave, les vins nouveaux bouillaient dans leurs cuves et la lourde odeur de la fermentation était suspendue dans l'air, envahissant toutes les pièces de la maison. En observant le moût bouger dans la cuve, formant une croûte à la surface, son père dit solennellement : « L'homme ne fait pas le vin. Le vin se fait tout seul. Avec l'aide de Dieu. »

— Je ne savais pas que vous étiez religieux, dit Jean-Paul.

Son père le regarda d'un air soupçonneux, cherchant la moquerie.

— Seulement au moment des vendanges, dit-il. Un homme doit prier à ce moment-là. Il a besoin de toute l'aide qu'il peut trouver.

— Vous devriez peut-être aussi prier pour que le phylloxera n'attaque pas vos vignes au printemps, suggéra Jean-Paul.

Son père grogna et dit avec amertume :

— Ce maudit insecte est un suppôt du diable. Aucune prière ne marche contre lui. Heureusement que c'est une bonne récolte. C'est peut-être notre dernière.

Puis il ajouta sur un ton moqueur :

— Je suppose qu'alors, nous n'aurons plus beaucoup de travail pour vous.

Rosie brossait un des petits tonneaux de chêne où l'on mettait le vin après la fermentation. Elle se sentit devenir glaciale.

— J'ai pensé qu'il serait peut-être possible de planter le terrain que vous n'avez jamais défriché, dit Jean-Paul. Depuis quand n'a-t-il pas été cultivé ?

— Il ne l'a jamais été, répondit Hans, mais avec quoi voulez-vous le planter ? Il n'y a pas d'argent pour de nouveaux plants. Pas avant que cette récolte soit prête et peut-être même pas à ce moment-là.

— Inutile d'acheter des pieds de vigne, dit le Français. Je grefferai votre Cabernet Sauvignon sur les vignes sauvages qui poussent ici pour faire de nouveaux plants. De plants qui résisteront au phylloxera.

Rosie releva la tête, surprise, et écarta les cheveux de son visage. Son frère, qui se tenait avec les hommes, dit :

— Les vignes sauvages ? Celles avec lesquelles Rosie fait de la gelée ?

— Celles-là même, dit Jean-Paul en lui souriant. Elles ont plus à offrir que de la gelée, Rosie. Ne l'avez-vous pas remarqué ? Elles ne meurent pas, c'est parce que leurs racines résistent au phylloxera. Elles survivent alors que les variétés plus délicates dépérissent. Le noble Chardonnet vivra donc grâce à leurs humbles racines.

Son père manifesta de l'intérêt.

— Vous pensez que cela marchera ?

— Je le sais. Rappelez-vous, vous en avez parlé vous-même.

Il l'avait dit avec un brin de confiance arrogante dont son père prenait habituellement ombrage. Mais à présent, il paraissait pensif.

— C'est ainsi que l'on replante les vignes en France, expliqua Jean-Paul. Et ici aussi.

— Vous savez greffer ? demanda Hans.

— Bien sûr.

— Cela semble bien, Papa, dit Peter.

Elle remarqua qu'il avait la main posée sur le bras du Français et elle ressentit un court instant une pointe de jalousie aveugle et stupide.

Son père poussa un soupir.

— Eh bien, cela ne coûte rien d'essayer. Mais nous ne pouvons pas planter avant fin mars. Le gel détruirait tout.

Il pensait au salaire qu'il devrait payer pendant tout ce temps, réalisa Rosie. Et, d'après son attitude, cela ne l'enchantait pas.

— Il y a beaucoup de choses à faire, et vous avec besoin d'aide dans le vignoble. Il faut nettoyer et terrasser les champs de vigne et leur apporter beaucoup de... il chercha le mot, y renonça et dit : fumier.

— Vous voulez dire engrais ? dit Hans. D'accord, nous essaierons les greffes au printemps. Il faudra quatre ans avant qu'elles ne produisent. Je devrais vivre jusque là.

Jean-Paul haussa les épaules.

— Vous vivrez, dit-il.

— Vous avez certainement raison. Pour une fois, rétorqua Hans.

Le travail ardu des trois semaines écoulées avait entamé leurs provisions. Les poulets avaient été décimés et il n'y avait presque plus de farine, de sucre et autres denrées de première nécessité. Le lendemain du jour où ils eurent terminé de presser le raisin, Hans annonça qu'il allait à Calistoga pour le ravitaillement et qu'il emmènerait Peter avec lui.

— Prends soin de toi, dit-il à Rosie d'un ton bourru au moment de partir. Nous serons de retour vers midi.

En regardant Castor et Pollux emprunter le chemin raboteux qui descendait vers la route menant à la ville, Rosie se sentit pleine d'entrain. Elle savait exactement ce qu'elle allait faire et trouver Jean-Paul était sa priorité. Dans sa chambre, elle se regarda avec anxiété dans le miroir. Elle se brossa vigoureusement les cheveux, trop pressée pour leur donner les cent coups de brosse comme le lui avait appris sa mère. Puis elle les ramena en chignon bas à l'arrière de sa nuque. Son visage bruni par le soleil la désespérait. Si seulement son père lui permettait de la protéger avec un peu de poudre. Une peau bronzée était si peu à la mode. Ses yeux d'un ambre profond ressortaient avec le hâle de sa peau – un bronzage qui apparaissait malgré toutes les précautions qu'elle prenait lorsqu'elle travaillait dans les champs. Les hommes aussi étaient bronzés mais cela leur seyait, pensa-t-elle. Elle avait l'air d'une fermière. Elle se mordit la lèvre inférieure pour la rougir et songea à mettre sa plus belle robe de guingan. Cela paraîtrait trop évident, pensa-t-elle et elle choisit de mettre sa jupe noire de tous les jours mais, cette fois, avec un chemisier blanc bordé de dentelle.

Elle n'avait que peu de vêtements et se demanda ce que les Françaises que Jean-Paul avait connues portaient. Sa mère lui avait toujours dit que les Françaises étaient différentes – chics, disait-elle, puis elle ajoutait en riant qu'il y avait des paysannes aussi en France.

Le soleil chauffait déjà fort lorsqu'elle sortit dans la cour et les poules se groupèrent autour d'elle en caquetant. Elle les chassa machinalement en se demandant où Jean-Paul pouvait être. Puis elle se dirigea d'un pas décidé vers la grange.

— Vous êtes là, Jean-Paul ? appela-t-elle du bas de l'échelle. Silence. Elle alla jeter un coup d'œil dehors puis monta rapidement à l'échelle et entra dans sa chambre. Elle était propre et bien rangée. Le lit était fait, la cuvette et le broc vidés. Ses quelques vêtements étaient pliés et elle reconnut son odeur malgré celle du vin qui venait d'en bas – l'odeur d'un homme, réalisa-t-elle, semblable à celle de la chambre de son père et de son frère.

Elle respira profondément et ressentit une vague d'excitation monter en elle. C'était une sensation si agréable qu'elle essaya de la faire durer en aspirant encore une bouffée d'air. Puis, craignant qu'il ne la surprenne dans sa chambre, elle se hâta de redescendre.

L'air était très calme et rien ne bougeait dans la cour. Cependant, elle bouillait d'impatience. Elle se sentait remuée comme le moût au-dessus du vin.

Elle entendit un léger sifflotement qui semblait suspendu dans le silence. Elle ne reconnut pas l'air mais c'était celui que Jean-Paul et son frère sifflaient en cueillant les grappes.

Le son venait de la droite où se trouvaient le terrain qu'ils devaient replanter et l'étang sous les chênes. Elle s'avança dans cette direction. Elle ne savait pas exactement ce qu'elle voulait mais quelque chose devait se produire, d'une manière ou d'une autre. Elle avait la conviction que l'heure d'une décision avait sonné. L'impatience qui l'avait poussée depuis le départ de la charrette lui fit accélérer le pas et elle courait presque en arrivant à l'étang.

Et là, elle s'arrêta brusquement.

Il était dans l'eau, à l'endroit qu'elle savait le plus profond. Lorsqu'elle s'y tenait, elle avait de l'eau presque jusqu'aux épaules mais lui avait le buste hors de l'eau et s'aspergeait. Il ne l'avait pas encore aperçue et il plongea puis remonta à la surface en lissant ses cheveux bouclés avec ses mains brunes.

Il se redressa. Le soleil faisait scintiller son corps mouillé. Il était blanc, à l'exception d'une grande tache en V bronzée, là où sa chemise était restée ouverte durant la cueillette du raisin. Il l'aperçut soudain.

— Bonjour, *petite Rosie,* appela-t-il. *Venez ici.*

Il s'avança vers la berge.

— L'eau est très bonne.

— Je sais, dit-elle en restant pétrifiée, ne sachant pas ce qu'elle devrait faire s'il sortait de l'eau nu comme le dieu Pan ou quelque divinité des forêts. Pourvu qu'il ne soit pas nu, pensa-t-elle fièvreusement.

Tandis qu'il s'avançait, il devint clair qu'il ne l'était pas. Il avait son caleçon long et elle remarqua d'abord son ventre plat puis les larges colonnes de ses cuisses recouvertes de lainage gris-blanc. Pourtant, mouillé comme il l'était, il aurait pu tout aussi bien être nu. Rosie maintint fermement son regard au niveau de ses épaules.

Une fois sorti, il se jeta sur l'étroite plage de schiste bordant l'étang, haletant plutôt de plaisir que de fatigue.

— J'avais chaud, dit-il en guise d'explication. J'ai travaillé, *ma petite Rosie,* pour vous et votre famille.

— Vous n'en avez pas l'air, dit Rosie en le dévisageant.

— Avant de nager, dit-il. Regardez autour de vous et vous verrez.

Elle regarda de l'autre côté de l'étang vers les arbres et les montagnes.

— Non, non, dit-il avec impatience. *Regardez.*

Il bondit sur ses pieds et ramassa une tige interminable de vigne rouge sur laquelle s'accrochaient encore quelques grappes fatiguées et des feuilles fanées. Puis elle vit qu'il en avait coupé un petit tas.

— Ceci, dit-il, et, tout en riant, il se mit à courir autour d'elle, l'entourant de la longue tige souple qu'il agitait dans sa main comme un serpent monstrueux.

— Vous vouliez savoir pourquoi j'avais choisi votre vignoble pour m'y arrêter. C'est à cause de ceci. Le bois en est rempli, mais ma petite Rosie ne les a pas remarquées parce qu'elle ne regarde pas par terre. La vigne sauvage pousse sur le sol comme la nature l'avait prévu. Sans l'aide de l'homme, elle ne peut pas... il chercha le mot... se redresser, dit-il enfin.

— Si, je les avais remarquées, dit Rosie, indignée. Je ramasse même les grappes et je les utilise. Bien sûr que je sais qu'elles sont là.

— Ah, maintenant, elle est *fâchée*. Mais avec cette seule longueur de vigne qui vous tient emprisonnée en ce moment, je produirai au moins trente nouveaux pieds de vigne. Il n'en faut pas beaucoup, vous voyez. Je vous apprendrai comment il faut faire.

— Vous m'avez déjà dit que vous m'apprendriez le français, dit-elle, encore fâchée. Et maintenant, vous voulez m'apprendre à faire de nouvelles vignes avec les vieilles. Y a-t-il autre chose que vous voulez m'apprendre ?

Son expression changea soudain. Le satyre bondissant disparut.

— Oh oui, dit-il avec douceur. Je vous enseignerai beaucoup de choses, *petite Rosie.*

Elle sentait son pouls battre vivement. Elle se secoua, faisant retomber la vigne sur le sol.

— Ah, vous êtes libre, dit-il sur un ton de reproche. Je voulais vous emprisonner.

— Je ne suis pas libre. Mais je le serai un jour, dit-elle un peu irritée.

— La liberté est une chose que vous devrez apprendre vous-même, dit-il en se rapprochant d'elle d'un pas. Je peux vous y aider, *peut-être* en vous apprenant à être une femme.

— Je suis une femme, dit-elle.

— Pas encore, ma *petite Rosie*. Pas pour les Français.

Tout en parlant, il s'était encore rapproché d'elle et son regard la tenait plus prisonnière que ne l'avait fait la vigne. Il lui prit le visage entre ses mains, comme il l'avait fait le soir de son arrivée, et s'avança encore pour l'embrasser. Mais cette fois sa bouche ne se posa pas sur son front mais sur ses lèvres.

Tout d'abord, il l'embrassa avec douceur et elle resta immobile mais consentante. Puis elle sentit ses bras se refermer sur elle et il l'attira contre lui. Sa bouche se fit plus ferme, sa langue écarta ses lèvres et elle s'agrippa à lui, répondant farouchement à son étreinte.

C'était une sensation extraordinaire, la chose la plus excitante qui lui soit jamais arrivée. Son corps semblait enflammé et elle avait l'impression qu'elle se consumerait s'il la serrait un peu plus fort. Elle se blottit encore plus contre lui et sentit quelque chose de dur se presser contre elle tandis qu'il l'embrassait lentement et avec insistance.

— Couchez-vous, murmura-t-il. Ici, où le sol est doux.

Sans la relâcher, il la conduisit vers le limon au bord de l'étang. Elle eut un moment de panique à l'idée qu'ils pourraient être vus, puis elle le chassa. Son père et Peter étaient à Calistoga. Il n'y avait personne d'autre pour les surprendre. Elle savait ce que Jean-Paul était sur le point de faire et elle voulait qu'il le fasse. Elle comprenait son impatience et n'avait pas l'intention de lui résister. Elle n'en avait pas envie, après ces semaines de promiscuité. Elle se laissa glisser sur le sol et s'étendit sur le dos en le regardant s'installer à ses côtés, sa silhouette à contre-jour.

Ses mains n'étaient plus dans son dos. L'une d'elles avait glissé sous sa blouse, cherchant son sein mais son corsage serré par un lacet entrecroisé devant, l'en empêchait.

— Voulez-vous m'aider ? murmura-t-il.

Elle n'entendit rien, toute en expectative.

— Mais c'est *vous* qui devez tout m'apprendre, lui rappela-t-elle.

Il se pencha sur elle et déboutonna sa blouse jusqu'au lacet qui l'arrêta. Elle resta étendue, d'un air provocant. Cela lui paraissait l'attitude naturelle à prendre.

— Qu'allez-vous faire à présent ?

Son pantalon de travail était à portée de main, là où il l'avait posé avant d'aller se baigner. Il tendit la main et elle le vit prendre son lourd couteau recourbé dans sa poche.

— Cela, dit-il en abaissant la pointe vers sa poitrine. Elle sentit le froid de la lame sur sa chair et eut envie de se sauver mais resta souriante à le regarder. Elle ne montrerait pas sa peur. Jamais.

— Voilà ce que je vais faire, dit-il en hésitant puis, d'un geste ferme, il glissa la lame sous le lacet qui maintenant son corsage. Le vêtement s'ouvrit, libérant ses seins et elle s'arc-bouta vers lui.

— C'était plus rapide ainsi, dit-il en penchant la tête vers la pointe de son sein qui attendait, déjà dressé.

La sensation était plus excitante qu'un baiser. Elle s'entendit gémir doucement tandis que ses dents et sa langue titillaient son sein. Elle comprit soudain pourquoi les chats miaulaient la nuit, pourquoi les lièvres dansaient leur folle gavotte au mois de mars et pourquoi certaines des filles de l'école à Calistoga avaient eu des ennuis. Elle comprenait enfin pourquoi ces filles plus mûres étaient tant attirées par les garçons. Elle aussi, maintenant, entrait dans le monde de ce savoir particulier ; elle ne renoncerait plus à ce plaisir qui vous bouleverse et qui se produit chaque fois qu'un homme et une femme font l'amour.

Il avait relevé la tête et elle gémit lorsque le plaisir cessa.

— Défaites votre coiffure, ordonna-t-il.

Obéissante, elle s'assit et, pendant qu'elle ôtait les épingles, il se leva et retira ses sous-vêtements.

Elle fut surprise de voir ce qui arrivait aux hommes dans un moment comme celui-ci. Elle avait envie de tendre la main et de le toucher mais il tomba à genoux puis s'étendit de nouveau à ses côtés et lui passa la main dans les cheveux. Puis, lorsqu'elle lui posa les mains sur les épaules et se mit à lui caresser le dos, il l'embrassa à nouveau.

— Vous avez trop de vêtements, vous ne pensez pas ? murmura-t-il à son oreille, et elle sentit son souffle chaud contre sa peau.

Elle hocha la tête et, s'éloignant de lui, elle retira sa jupe, sa blouse, sa culotte et ses chaussures. Elle n'avait pas de bas sous sa longue jupe. Nue, sentant la brise légère sur sa peau, elle se tint la tête haute, le dos droit, une main couvrant la tache sombre de son pubis, l'autre abritant ses seins.

— Belle, dit-il. *Très belle.* Il tendit la main. *Viens ici.* Vous vous souvenez ?

Elle hocha la tête, les mots semblaient superflus. Elle s'allongea à ses côtés. Il lui caressa d'abord les joues en murmurant en français puis il lui prit la main et la guida plus bas, vers la colonne ferme. Sa peau était très douce et elle le toucha d'abord un peu timidement. Sa chair semblait trop fine pour la force qu'elle renfermait.

— Que dois-je faire ? demanda-t-elle. Apprenez-moi.

— Prends-moi dans ta main et caresse-moi, mais pas trop doucement. Il enfouit son visage contre son épaule.

— Et ensuite vous ferez de moi une femme ? demanda-t-elle en le taquinant de ses doigts.

Il caressa son ventre puis glissa ses doigts entre ses jambes. Elle sentit ses genoux s'écarter involontairement.

— Je crois que tu es prête à devenir une femme, dit-il tout en la caressant doucement jusqu'à ce que le plaisir devienne insupportable.

— Oui, oui, l'encouragea-t-elle.

— Alors c'est maintenant, dit-il. Je ne peux pas attendre plus longtemps.

À l'école, ils avaient chuchoté que cela faisait mal mais elle ne ressentit pas de douleur. Peut-être une fraction de seconde mais le souvenir de cet instant fut oublié dans le plaisir de le sentir la pénétrer en respirant fort tandis qu'elle se cramponnait à lui et, quand ils furent unis, elle l'entoura instinctivement de ses jambes.

Après, il s'assoupit un moment tandis qu'elle restait étendue à ses côtés, un bras autour de sa poitrine. Elle voulait réfléchir à ce qui lui était arrivé et le souvenir qu'elle en conservait était presque aussi bon que l'acte lui-même. Rien que par l'esprit, elle parvenait à réveiller les vagues d'excitation.

Jean-Paul et la façon dont il lui avait fait l'amour étaient tout ce qu'elle avait attendu depuis son adolescence. Elle avait su exactement ce qu'il fallait faire lorsqu'il s'était soulevé au-dessus d'elle. Et, lorsqu'il s'était allongé sur elle avec un grognement de plaisir, elle avait éprouvé une sensation si violente qu'elle s'était écriée: « Oh ! mon Dieu, mon Dieu ! »

Elle changea de position et le mouvement le réveilla. Il la regarda quelques instants comme s'il ne la reconnaissait pas, puis l'embrassa.

— C'était bon ? demanda-t-il.

— C'est la chose la plus merveilleuse qui me soit jamais arrivée, répondit-elle. Si merveilleuse que j'ai failli pleurer.

— La *tristesse* après l'amour, dit-il. Il y a toujours une certaine mélancolie quand c'est bon. Et tu as les dispositions.

— Que voulez-vous dire ?

— Que tu voudras recommencer encore.

— Oh, oui, dit-elle gaiement. Très vite.

Il rit.

— Il est trop tôt encore. Il faut nous baigner et nous rhabiller avant que ton père et ton frère ne reviennent.

— Je les avais oubliés, s'exclama-t-elle. Quelle heure est-il ?

— Pas tard. Nous avons le temps. Viens dans l'eau avec moi.

Il s'était mis debout, audacieusement nu. Maintenant, il était comme Peter et elle essaya de ne pas regarder la transformation qui s'était produite tandis qu'il se penchait pour la prendre par la main et l'aider à se relever.

— Viens, dit-il. Il faut nous laver et nager.

— Entendu, dit-elle, toute heureuse.

Appréciant la liberté de sa nudité, elle courut dans l'eau un peu devant lui et se retourna pour l'éclabousser lorsqu'il la rejoignit. Il nagea rapidement vers elle en riant et, la saisissant par les jambes, la plongea dans l'eau. Elle remonta en s'ébrouant et il l'attira contre sa poitrine ferme. Puis il la repoussa légèrement pour pouvoir caresser ses seins opulents.

— Regarde les jolies pointes roses, dit-il. Se dressent-elles pour moi ou à cause de l'eau froide ?

— Dressées ? demanda-t-elle en repoussant ses mains pour les toucher elle-même. Elles sont encore dures, comme quand j'ai froid ou que...

48

Elle se tut, ne voulant pas parler des nuits où elle explorait son corps pour chercher le plaisir ; un plaisir qui n'atteindrait jamais celui qu'ils venaient de partager.

— Quand tu as froid ou que tu es amoureuse et je te donnerai d'autres leçons, petite vierge, dit-il, ajoutant tendrement, petite vierge enthousiaste. *Ma* petite vierge.

— Y a-t-il d'autre choses à apprendre ? demanda-t-elle.

Il rit.

— Beaucoup d'autres.

Elle se pencha pour embrasser son visage mouillé.

— Nous aurons une autre leçon bientôt, n'est-ce pas ? dit-elle.

# Chapitre 3

Elle avait remis son tablier et était de retour dans la cuisine quand elle vit la poussière s'élever sur le chemin de terre, indiquant que son père et Peter étaient presque arrivés. Tout en préparant la pâte pour le pain du lendemain, elle se dit qu'elle devait faire attention pour ne rien trahir. Si son père avait le moindre soupçon, il renverrait le Français.

Cependant, l'excitation produite par ce qui venait de se produire ne la quittait pas. Elle se sentait pourtant confiante, pensant que Jean-Paul était l'homme qu'il lui fallait et qu'elle était la femme pour lui. Ils se marieraient certainement, se dit-elle en recouvrant le récipient d'une serviette et en le posant près de la cuisinière. Ils se marieraient au printemps, après la plantation des nouvelles vignes. Ils iraient à San Francisco pour leur lune de miel et mettraient un bébé en route tout de suite.

Elle éprouva une vague anxiété à l'idée du bébé mais se consola en pensant que tout le monde disait que cela ne pouvait pas se produire la première fois. D'ailleurs, se dit-elle en épluchant les pommes de terre, si elle était enceinte, il l'épouserait. C'était un homme bien. Un gentleman français.

Jean-Paul ne laissait pas paraître qu'il s'était passé quelque chose entre eux et mangeait son jambon et ses pommes de terre bouillies avec son père et son frère. Comme d'habitude, Peter l'irrita en accaparant toute l'attention de Jean-Paul, bavardant à bâtons rompus et posant des questions bêtes. Son père interrompit ce papotage.

— J'ai réfléchi à ce que vous avez dit à propos des vignes sauvages, dit-il à Jean-Paul. J'en ai entendu parler moi-même, bien sûr, mais vous semblez bien confiant.

— Je suis confiant, répondit Jean-Paul, parce que j'ai l'expérience.

Rosie regarda son père avec appréhension. Elle avait toujours peur de ses éclats périodiques d'arrogance qui risquaient un jour de provoquer une explosion se soldant par le renvoi de Jean-Paul.

Et comment avez-vous acquis cette expérience? demanda son père tout en paraissant porter son attention à son assiette.

— En France, le phylloxera a fait beaucoup de dégats – plus qu'ici, dit Jean-Paul. Nous savions qu'il arriverait jusqu'en Champagne mais, étant donné que nous étions situés très au nord parmi les vignobles du monde, il s'y répandit plus tard et plus lentement. Cela a commencé il y a sept ans. Il y eut cinq vignobles infectés au début dans la vallée de la Marne mais il se dirigeait vers les côteaux de Reims où se trouve le vignoble de ma famille. Je savais qu'il le dévasterait tôt ou tard comme il l'avait fait dans le sud. Nous avons essayé de préserver le Champagne. Monsieur Chandon, le fils d'une grande famille de la région, a payé pour que l'on brûle les premiers champs infectés dans la région d'Ay. Cependant, ainsi que vous l'avez constaté, cela ne sert à rien. La France entière, du sud au nord, a été attaquée par cet insecte effrayant. Les soi-disant cures étaient très onéreuses et ne donnaient pas vraiment de résultat. Beaucoup de gens ont été ruinés. Beaucoup sont morts de faim.

Il resta silencieux pendant un moment puis reprit d'une voix plus légère.

— Cependant, tout ne fut pas perdu. Dans le sud, depuis 1869, ils faisaient des expériences avec des greffes venant de plants sauvages d'Amérique. En fait, certains vignobles avaient déjà été replantés mais les vignerons ne croyaient pas que ces plants pourraient produire du raisin d'aussi bonne qualité. Ils persistèrent à chercher des méthodes pour tuer l'insecte. Ils ne réussirent qu'à tuer les vignes. Pour ma famille, c'était une question d'argent. Nous pensions que les greffes réussiraient mais si nos vieilles vignes venaient à mourir, nous n'avions pas les ressources nécessaires pour attendre que les nouvelles produisent. Nous n'avions peut-être même pas assez d'argent pour acheter les plants. Quand j'ai quitté la maison, un des champs dépérissait. À présent, les autres aussi doivent être morts. J'ai laissé ce qu'il y avait à mon frère et j'ai décidé de venir ici – là où poussent les vignes résistantes. Mais auparavant...

Il s'interrompit et regarda Hans d'un air de défi.

— Auparavant quoi ? demanda Hans en repoussant son assiette.

— Je suis allé dans le sud où on faisait des expériences avec les vignes sauvages d'Amérique. Où on les replantait et les greffait avec succès. Je suis allé dans une ville près de Nîmes, pas loin de la Méditerranée et j'ai appris comment il fallait faire. Puis, de Marseille, je suis venu ici.

— Vous avez appris les procédés ?

— Oui.

— Est-ce difficile ?

— Cela demande de l'adresse.

— M'apprendrez-vous comment faire ? demanda Peter avec ardeur et Rosie ressentit la même jalousie stupide que l'amitié de son frère pour Jean-Paul semblait toujours éveiller.

— C'est à moi qu'il va l'apprendre, dit-elle en se levant dans un tourbillon de jupes.

— Oh, sœurette, ce n'est pas un travail de femmes.

— Curieusement, oui, dit Jean-Paul. En France, la sélection et la coupe des vignes est faite par les femmes. Les hommes sont plus adroits pour les greffes.

— N'importe quel imbécile peut greffer, dit Hans.

Il était irrité et il le montrait.

— J'ai appris à le faire à douze ans. Mais il y a des quantités de variétés de vignes sauvages ici. Laquelle avez-vous l'intention d'utiliser ?

— Celle qui pousse sur le terrain que vous avez l'intention de replanter, dit Jean-Paul. Je ne connais pas son nom mais c'est une de celles qui réussissaient à Nîmes.

— Et c'est cela qui vous a décidé à venir travailler ici, sur mon vignoble, dit Hans de sa voix amère.

— Peut-être, dit Jean-Paul mais il jeta un regard rapide à Rosie qui se souvint des raisons qu'il lui avait données.

— Eh bien, dit son père, nous allons essayer. Mais si les autres vignes meurent, quatre ans c'est long avant de pouvoir récolter quelques grappes.

— Vous n'avez pas le choix, dit Jean-Paul. Personne dans le monde viticole n'a le choix. Je ne crois pas qu'il y ait de cure contre le phylloxera. Seulement les plants résistants.

— Vous avez peut-être raison, dit son père. J'ai entendu dire que les greffes sont le seul remède. Puisque vous en avez l'expérience – eh bien, nous ferons l'essai.

Et ils s'y mirent. Rosie sortit de la cuisine et de la maison et fut mobilisée dans les champs. Les trois hommes transpirèrent pendant ces jours qui s'écourtaient, coupant une profusion de vignes sauvages rouge foncé qui tapissaient le sol du bois et les endroits pierreux. Jean-Paul ne permettait pas que l'on coupât les longs drageons à moins qu'ils n'aient perdu leurs feuilles. Ils empilaient les tiges en bottes jusqu'à la tombée de la nuit, puis, avec l'aide de Castor et Pollux, ils les transportaient jusqu'aux bâtiments de la cave où son père, Jean-Paul et son frère les coupaient en segments de trois pieds et les stockaient dans l'endroit le plus frais et le moins exposé aux courants d'air du bâtiment. Jean-Paul saupoudrait chaque tas avec de la terre fine en se plaignant qu'il était préférable d'utiliser du sable. Mais Hans était trop avare pour en acheter.

— Nous aurions dû sélectionner le meilleur Cabernet Sauvignon pour les greffes, dit Jean-Paul avec regret. Les pieds de vigne portant les plus beaux fruits auraient dû être marqués. À présent nous devrons nous servir de notre jugement et de notre instinct puisque nous commencerons les greffes en février.

Hans Brunner grogna.

— Toutes mes vignes donnent de beaux fruits, dit-il. Cela ne pose pas de problème.

Jean-Paul parut vouloir discuter mais se tut.

Les deux semaines durant lesquelles ils coupèrent les vignes furent une période de frustration pour Rosie. Jean-Paul était si près – et pourtant aussi éloigné que les montagnes qui dominaient la vallée. Ils travaillaient ensemble, elle sentait son odeur, l'entendait respirer mais ne pouvait pas le toucher. Et lui ne faisait pas attention à elle sauf pour la regarder à la dérobée ou, quand son père et son frère n'étaient pas à proximité, faire une rapide allusion à ce qui s'était passé entre eux. Il semblait accorder plus d'attention à Peter et son frère se réjouissait de l'amitié qu'il lui témoignait. Rosie était jalouse et son frère semblait aussi se tenir sur ses gardes vis-à-vis d'elle. Leur vieille camaraderie et le front uni qu'ils présentaient devant leur père s'étaient évanouis. Hans Brunner observait les trois jeunes gens d'un œil cynique et averti.

Ce n'est que lorsque son père annonça à nouveau qu'il allait chercher du ravitaillement à Calistoga qu'elle eut l'espoir de le voir seule. Il n'était pas présent lorsque Hans et Peter attelèrent la charrette et Hans marmonna qu'il avait peut-être de bonnes raisons de ne pas se montrer en ville.

Non, pensa Rosie, il a une bonne raison pour rester. Elle sentit l'excitation monter en elle tandis qu'elle regardait la charrette s'éloigner sur le chemin de terre.

Elle agita la main puis courut d'un pas léger jusqu'à la grange et grimpa à l'échelle en espérant qu'il serait là. Il était allongé sur son lit, vêtu de son seul pantalon. Le V sombre ressortait toujours sur sa poitrine. La fraîcheur de cette journée humide d'octobre envahissait la pièce. Il sourit en la voyant apparaître et tourna la tête pour l'observer.

— Viens ici, dit-il à voix basse. Vite.

— Attendez, répondit-elle et elle se déshabilla d'une façon délibérément provocante. Elle lui tourna le dos pour enlever sa culotte, pensant que le geste manquait de grâce mais lui refit face pour délacer le corset qu'elle portait sous sa blouse.

— Cette fois, je ne vous laisserai pas couper le lacet, dit elle. Vous avez détruit l'autre avec votre couteau.

— Viens, dit-il. Il est temps que tu prennes ta deuxième leçon.

Il lui apprit beaucoup de choses cet après-midi-là sur le lit branlant où ils étaient allongés. Il lui montra comment le satisfaire avec sa bouche et lui donna du plaisir avec la sienne. Il lui fit explorer son corps et explora le sien. Leurs jeux d'amour durèrent longtemps et ils tournèrent, s'agitèrent et transpirèrent tandis que Rosie découvrait de nouvelles sensations. Il jouait de son corps comme d'un violon.

Quand ils eurent fini, elle s'endormit brièvement, la tête posée sur son épaule, son bras sous sa nuque.

Lorsqu'elle se réveilla, elle lui chatouilla les lèvres avec la pointe de ses seins puis se pencha sur lui pour l'embrasser.

— Il faut que je parte maintenant, dit-elle.

— Pas encore. Nous avons le temps.

— Pouvons-nous recommencer ? demanda-t-elle gaiement et il rit.

— C'est vrai que ta mère était française. Tu connais l'amour. Tu es née en le connaissant.

— Cela me semble incroyable que Maman et Papa aient pu faire ça, dit-elle, songeuse. Je ne peux pas du tout imaginer Papa.

— Personne ne peut jamais imaginer ses parents, dit-il. C'est impensable.

Elle avait cependant déjà oublié sa réflexion. Sa main glissa sur son ventre plat jusqu'à la touffe noire et bouclée. Elle le caressa avec impatience.

— Pouvons-nous recommencer ?

— Si tu peux me raviver comme je te l'ai montré.

— Avec plaisir, dit-elle en laissant sa tête rejoindre sa main.

Elle voulut dormir encore après mais il insista pour qu'ils se rhabillent tous les deux.

— Tu dois retrouver ton calme et être assise dans la cuisine à leur retour, dit-il. Et il ne faut jamais revenir ici. C'est trop dangereux pour toi. Imagine un peu que quelqu'un nous surprenne.

— Mais qui pourrait le faire ?

— Je suis très sérieux, dit-il. Ne reviens jamais. Nous trouverons d'autres endroits.

— Quels endroits ? Le lit est agréable.

— Nous verrons. Et maintenant, j'ai un cadeau pour toi.

— Un cadeau ? Pour moi ?

Elle ne pouvait pas cacher la surprise dans sa voix. Elle ne se rappelait pas avoir reçu de cadeau de quiconque. Son père se souvenait à peine de son anniversaire et, à part Noël, on ne célébrait aucune fête chez eux. Hans disait toujours qu'aucun Noël ne valait ceux en Allemange et cela signifiait que, dans ce pays polyglote plein de Juifs, de Chinois et Dieu sait quoi encore, il n'avait aucune signification.

— Oui, pour toi, dit Jean-Paul.

Il boutonna sa chemise et traversa la pièce pour aller vers le gros sac qu'il avait le jour de son arrivée.

— Qu'est-ce que c'est ?

— Un livre.

— Quelle sorte de livre ?

— Un livre spécial.

Il le tenait à la main et elle vit qu'il avait une couverture marron foncé avec des lettres d'or.

— C'est un roman ?

— Non. Regarde.

Elle le prit. Sur la couverture, il y avait inscrit : La pratique de l'anglais.

— Qu'est-ce que c'est ? demanda-t-elle, intriguée.

— C'est un livre qui t'aidera à apprendre le français. Ce ne sera pas facile car il a été fait pour les Français qui veulent apprendre l'anglais. Je l'ai acheté à Marseille quand j'ai quitté la France et c'est avec lui que j'ai appris le peu d'anglais que je parle. Il t'aidera peut-être à apprendre le français. Qui sait si tu n'iras pas là-bas un jour pour connaître le pays de ta mère ?

Elle tenait le livre à la main et le regardait fixement en se demandant s'il voulait dire par là qu'ils iraient ensemble mais elle dit simplement :

— Je l'étudierai tous les jours.

— Et je t'aiderai. Ton père ne s'y opposera pas. Nous ferions bien sans doute d'étudier le français lorsqu'ils rentreront – ce qui ne saurait tarder maintenant.

Elle regarda par la minuscule fenêtre et vit que le ciel s'assombrissait.

— Oh mon Dieu ! s'exclama-t-elle en enfilant rapidement sa blouse. Vous avez raison. Il faut nous dépêcher.

Le dîner était prêt et elle était assise de l'autre côté de la table lorsque son père et Peter rentrèrent dans la maison. Elle lisait : « *Je trouvai ma jolie cousine, dans la cour de l'écurie.* »

Son père lui jeta un regard soupçonneux puis retira sa veste avec un haussement d'épaules.

— Que fais-tu ? demanda-t-il.

— J'apprends le français, Papa. Je viens de dire que j'avais trouvé ma jolie cousine dans la cour.

— Tu n'as pas de jolie cousine, répliqua-t-il. C'est absurde. Où est le dîner ?

— Il est prêt, Papa, dit-elle en repoussant le livre et en se levant.

Il s'avança pour ramasser le livre.

— À quoi cela va-t-il te servir ? demanda-t-il avec irritation.

— À apprendre la langue de Maman.

Il hocha la tête et se dirigea d'un pas lourd vers la porte, le dos voûté.

— Je vais me laver, dit-il. Tu ferais bien d'en faire autant, Peter.

Peter avait aussi un air soupçonneux en allant rejoindre son père et il regarda Rosie et Jean-Paul par-dessus son épaule avant de sortir. Rosie les entendit actionner la pompe et se tourna pour regarder Jean-Paul. Il avait l'air pensif.

— Je crois que ton père aimait ta mère, dit-il. Il acceptera que tu apprennes sa langue.

— Je voudrais bien croire qu'il l'aimait mais pourquoi ne le dit-il jamais ? demanda-t-elle.

— Parce que certains hommes ne le font pas, dit-il, et Rosie songea que lui non plus ne lui avait pas dit qu'il l'aimait.

Au fur et à mesure que l'hiver approchait, les chances de faire l'amour et d'être seule avec lui étaient plus rares. Il insistait toujours pour qu'ils n'aillent pas dans sa chambre et Rosie ne pouvait pas le faire venir dans la sienne qui était à côté de celle de son père.

Le travail continuait. On envoya Jean-Paul terrasser le coteau rocheux négligé où l'on devait planter les nouvelles vignes. Hans et Peter travaillaient au chai, embouteillant, nettoyant les tonneaux, désinfectant et faisant tout le travail d'un producteur de vin. Les vignes, pendant ce temps, dormaient, simulant la mort, leurs branches tordues, noires et dépouillées.

C'est Jean-Paul qui était chargé du travail pénible et parfois, le soir, à la table de la cuisine, son visage était blanc, avec de grands cernes sombres sous les yeux.

Hans exigeait qu'il nettoie de plus en plus de terrain. Pris de hardiesse, Peter protesta un jour et Hans lui répondit :

— Le travail dur l'empêchera de faire du mal.

— Mais ce n'est pas juste, dit Peter en exprimant des choses que Rosie n'osait pas dire. Vous lui en demandez trop. Vous ne lui avez même pas donné son argent. Vous n'êtes qu'un esclavagiste, Papa.

— J'ai mes raisons, dit son père. Il ne restera pas ici longtemps. Nous en tirerons ce que nous pouvons.

Ces paroles effrayèrent Rosie. Elle aussi avait le sentiment de la fragilité de la situation. Elle pressentait que quelque chose de mauvais allait se produire mais, étant d'un naturel optimiste, elle chassait cette pensée. L'affirmation de son père, selon laquelle Jean-Paul allait partir, réveilla toutes ses craintes. Le livre qu'il lui avait donné devint l'une de ses possessions les plus précieuses. Elle l'étudiait tout en faisant son travail dans la maison, mémorisant des phrases comme : « *Chaque homme devrait avoir trois médecins, soigneusement choisis pour pouvoir les consulter discrètement* », tout en se demandant si elle aurait jamais l'occasion de s'en servir.

Mais elle apprenait tout ce qui avait un sens et ce qui n'en avait pas et, le soir, quand Jean-Paul ne tombait pas de fatigue, elle lui récitait ce qu'elle avait appris. Il disait qu'elle avait un accent naturel et effectivement, tout ce qu'elle apprenait lui paraissait familier ou lui revenait à la mémoire. Lorsqu'elle parvenait à tenir une conversation, son père mangeait en silence et son frère faisait la tête parce qu'elle accaparait l'attention de Jean-Paul.

À d'autres moments, il lui apprenait des mots qui n'étaient certainement pas dans le manuel. C'était dans les rares occasions où ils se retrouvaient seuls. Elle avait toujours faim de lui. Les endroits qu'il trouvait pour faire l'amour étaient excitants, comme il l'avait dit, et ajoutaient du piquant à l'acte. Une fois, il la prit à l'arrière de la charrette, tous deux étaient nus, n'ayant pour matelas que leurs vêtements. Une fois, ils firent l'amour rapidement sans se déshabiller, elle avec ses jupes retroussées jusqu'à la taille, derrière l'un des plus grands tonneaux du chai. Une autre fois, alors que son père et Peter s'étaient couchés de bonne heure, ils avaient fait l'amour sur la table de la cuisine.

— On peut faire l'amour n'importe où si on en a envie, lui avait-il dit.

— Le lit est ce qu'il y a de mieux, avait-elle répondu. Ils venaient juste de faire l'amour dans l'écurie où Castor et Pollux mâchaient leur foin, s'ébrouaient et tapaient du pied tandis que, haletante, elle en réclamait davantage. Elle avait de la paille dans les cheveux et dans ses vêtements.

— Aidez-moi à enlever cette paille, Papa risquerait de deviner. Vous savez, si vous parliez de nous à Papa, ce serait plus facile.

— Oh non, dit-il. Si ton père croyait que nous sommes amoureux, il nous surveillerait et ne nous laisserait pas un instant seuls. Que deviendrais-tu alors, ma petite gourmande ?

— Je me marierais je suppose, dit-elle en attendant sa réponse avec appréhension.

— Avec quoi ? demanda-t-il. Ton père ne m'a pas payé un sou. Tu pourrais peut-être le persuader de le faire. Sans argent, comment pourrais-je faire quelque chose ? Comment pourrais-je aller quelque part ? Comment faire vivre une femme ?

Elle ferma les yeux à l'idée d'être sa femme. Elle s'imagina nuit après nuit à ses côtés dans un grand lit, ses envies enfin satisfaites. Il serait à elle pour toujours et elle se sentirait comblée et en sécurité. C'était cela qu'elle voulait. Cela et porter ses enfants. La nuit, quand elle était seule dans son lit, elle se demandait si ce serait si catastrophique d'être enceinte. Le mariage serait alors impératif et leur bébé, magnifique.

— Si vous aviez de l'argent, vous vous marieriez ? demanda-t-elle prudemment.

— C'est possible.

Ce n'était pas exactement ce qu'elle attendait mais il l'avait dit avec des yeux pétillants et le sourire aux lèvres pour lui montrer qu'il la taquinait.

— Mais ton père n'est pas généreux, lui rappela-t-il.

— Mon père est tout simplement avare. Je n'ai jamais reçu un sou de lui non plus, à part pour une nouvelle robe, des sous-vêtements ou des choses indispensables. Jamais d'argent de poche.

Elle regarda le ciel.

— C'est cela que je veux. De l'argent à moi, un jour. N'avoir jamais à en demander.

— Exactement, dit-il. Ne jamais avoir à en demander. Comment pourrais-je en demander à ton père ? Cela manque de dignité. Il faut que ce soit quelqu'un d'autre qui lui parle de mes besoins.

Elle le regarda d'un air calculateur.

— Je le lui dirai, fit-elle. Mais si vous obtenez votre argent, que ferez-vous ?

— Attends et tu verras.

Ses yeux pétillaient et il avait une drôle d'expression. Ses paroles ne voulaient rien dire mais son visage l'assurait que tout irait bien. Elle réprima un soupir. Elle aurait préféré qu'il lui dise tout de suite qu'ils ne se quitteraient jamais – si c'était possible – mais ce n'était peut-être pas sa façon de faire. Les hommes ne disaient pas toujours ce qu'ils pensaient. Pourtant, elle ressentait encore un certain froid, comme celui que l'on ressent l'été en creusant la terre lorsqu'on atteint la roche froide.

L'esprit encore préoccupé par le mariage, elle demanda :

— Votre frère a une femme ?

— Il n'en avait pas lorsque je suis parti.

— Vit-il seul ?

— Avec notre mère.

Elle se rendit compte soudain que, bien qu'il parlât sans fin de la France si on l'encourageait à le faire, il n'avait jamais parlé de sa famille. Sa curiosité se trouva soudain éveillée.

— Comment sont-ils ?

— Comment ? Il haussa les épaules. Comme tout le monde.

— Ils ne vous manquent pas ?

— Du tout, répondit-il et il s'éloigna pour caresser la croupe de Castor. Le cheval hennit doucement et Jean-Paul lui dit quelques paroles apaisantes.

Il lui faisait comprendre clairement qu'il ne voulait pas parler de sa famille mais elle voulait en savoir plus.

— Où habitiez-vous exactement ? insista-t-elle en le rejoignant.

— Je n'habitais pas dans le village mais sur la propriété.

— Mais cela doit bien se trouver quelque part ?

— Un très petit village appelé Chigny-les-Roses.

— Les Roses ! s'exclama-t-elle, ravie. Je m'en souviendrai facilement.

— Sans doute.

— Et comment s'appelle votre frère ?

Il poussa un soupir.

— Clovis.

— Je n'ai jamais entendu ce nom, dit-elle en se le répétant.

Il ne répondit rien et elle enchaîna rapidement, pour briser le silence :

— Je pense que je parviendrai à vous faire payer par Papa. Je trouverai un moyen.

— Vraiment ? Il se fit enjôleur à nouveau, la prit dans ses bras et l'embrassa rapidement sur le nez.

— Oh, tu es une fille maligne, ma petite Rosie.

Elle accepta le baiser comme un compliment puis lui dit passionnément : « Je vous aime. » C'était la première fois qu'elle le disait.

— Et moi aussi. Il l'avait dit sans hésitation. Mais il est temps de retourner au travail avant que ton père ne soupçonne quelque chose.

Elle lui en voulait un peu encore tandis qu'elle se tenait dans la cour arrière en donnant du grain aux poulets qui caquetaient à ses pieds. S'il l'aimait et qu'elle l'aimait aussi, pourquoi ne disaient-ils pas à tout le monde qu'il lui faisait la cour ? Non pas qu'elle veuille renoncer à faire l'amour avec lui maintenant. Ce serait comme de se priver de pain. Cependant, ils avaient réussi à le faire en secret déjà et ils pourraient continuer. De toutes façons, même si son père le devinait, ce ne serait pas grave s'ils devaient se marier.

Cependant, elle ressentait un malaise persistant. Elle décida de l'ignorer et de se concentrer pour trouver un moyen de persuader son père de payer Jean-Paul. Ce serait peut-être la réponse à tout le problème.

Ce soir-là, pendant le dîner, elle traça les grandes lignes d'un plan pour y parvenir pendant que son père posait d'autres questions à Jean-Paul sur les méthodes de greffage qu'il avait apprises en France. En l'écoutant, elle se rendit compte que Jean-Paul avait pris une grande importance dans la vie de son père. Si Hans Brunner utilisait le savoir du Français, il pourrait vaincre le phylloxera et ce serait la clef d'un nouveau départ, la possibilité de se refaire une fortune.

Était-ce possible qu'il n'ait pas payé Jean-Paul parce qu'il pensait que le manque d'argent le ferait rester chez eux ?

Si elle pouvait convaincre Hans que Jean-Paul partirait parce qu'il n'avait *pas* d'argent et qu'il n'avait pas été payé, cela changerait tout. Mais son père devrait d'abord être persuadé qu'il allait perdre son employé avant de se décider à lâcher un sou.

L'occasion d'essayer son plan se présenta après la journée que son père et son frère passèrent à San Francisco pour rencontrer des acheteurs de vin. Pour la première fois, elle avait passé la journée dans son lit avec Jean-Paul. Celui-ci semblait transformé par ce qu'ils y avaient fait. Elle savait qu'elle ressentirait son empreinte et qu'elle désirerait sa présence à ses côtés toutes les nuits de sa vie. Un soupçon de regret la saisit à la perte de ses rêves d'enfance sur l'amour. Elle avait perdu son innocence et ne serait jamais plus la même.

Elle ne parla pas à Jean-Paul de son plan, au cas où il ne marcherait pas. Elle voulait aussi qu'il reste un peu dépendant d'elle. Il voulait connaître son plan. Il la caressa, l'embrassa jusqu'à ce qu'elle fonde comme du beurre au soleil ou une grappe sur le point d'éclater mais elle refusa. Finalement, il se mit à bouder et elle savoura pour la première fois son pouvoir sur les hommes.

Ce soir-là, elle alla trouver son père au chai. Il goûtait le vin d'un tonneau et fronçait les sourcils.

— J'aurais dû mieux remplir ce tonneau. Il est bon, marmonna-t-il.

— Ne vous souciez pas de ça, Papa, dit-elle. Écoutez-moi plutôt. Voulez-vous garder Jean-Paul ici ?

— Je ne le veux pas. Je suppose que j'y suis obligé, dit son père.

— Alors il faut le payer ou il va partir.

Son père posa son verre.

— Que veux-tu dire ?

— Eh bien, aujourd'hui, il m'a posé des questions sur le vieux Schram et son champagne et sur le vieux Crabb et ses vignes importées. Il pensait que s'il allait les voir, ils le paieraient pour son idée au sujet des vignes sauvages. Il voulait savoir où ils habitaient dans la vallée. Je lui ai répondu que je ne le savais pas. Je lui ai dit qu'il devrait vous le demander et il a répondu qu'il ne le ferait pas. Alors j'ai l'impression qu'il a l'intention de partir sans vous le dire. Il a dit qu'il ne pouvait plus se passer d'argent plus longtemps.

Elle attendit pour voir l'effet de ses paroles.

Son père restait immobile, tête baissée et réfléchissait.

— J'imagine que le vieux Schram serait content de le voir. Quant à Crabb, je crois qu'il est parti. Dire que ce jeune chiot s'est souvenu de ces deux noms. Il est dégourdi, je lui accorde ça.

— Qu'allez-vous faire, Papa?

— Je vais lui donner quelque chose, je suppose. Et lui dire qu'il aura davantage plus tard. Quand j'aurai vendu le vin.

Elle retint un soupir de soulagement.

— Cela paraît sensé, dit-elle. Si vous voulez qu'il reste.

— Jusqu'en février seulement, quand les greffes seront faites, dit-il. Il y a quelque chose en lui que je n'aime pas. C'est peut-être parce qu'il est français. Drôles de gens, les Français.

— Maman était française, dit-elle en colère.

— Ta mère était différente, dit-il.

Ce soir-là, au dîner, le seul moment durant les courtes journées d'automne qui les réunissait tous, il tendit à Jean-Paul un rouleau de billets de banque.

— Il est temps que je vous paie quelque chose, dit-il. Voilà trente dollars et il y en a plus à venir quand j'aurai reçu l'argent du vin que j'ai vendu aujourd'hui. Vous vous en contenterez?

Jean-Paul posa les billets sur la table et les regarda. Il ne dit rien puis regarda dans la direction de Rosie qui lui fit un discret signe de la tête. Elle ne voulait pas que son père pense qu'ils étaient de mèche mais tenait à ce que Jean-Paul sache que c'était elle qui avait convaincu son père.

Elle remarqua que Peter était devenu tout rouge.

— C'est épatant, Jean-Paul. Vous n'allez pas partir maintenant, n'est-ce pas?

— Pas si votre père souhaite que je reste.

— Et pas de visites au vieux Schram, dit Hans.

C'était un ordre.

— Je ne veux pas que lui ni personne soit au courant de mes affaires. C'est compris?

— Bien sûr, dit Jean-Paul en levant les sourcils.

— Bien, dit son père en sortant de table. Vous feriez bien de donner sa leçon de français à Rosie. Je vais au salon prendre un whisky.

Peter avait commencé à apprendre le français avec Rosie mais il n'avait pas l'oreille et l'esprit aussi vifs qu'elle. Il se plaignait, disant que ce n'était pas juste et qu'il était trop petit quand sa mère était morte et n'avait pas eu le temps d'en apprendre autant.

— Je me souviens qu'elle te parlait en français tout le temps, dit-il, et je ne savais jamais ce qu'elle disait. Je détestais cela.

— Alors tu te mettais à pleurer, dit Rosie sèchement.

— Vous ne devriez pas vous disputer, leur dit Jean-Paul. Vous devez tous deux être gentils. Pour moi.

Son expression devint si suffisante pendant un instant, si pleine de sous-entendus, qu'elle éprouva le malaise qui la troublait souvent.

Aucun d'eux ne restait éveillé tard. Le vieil homme alla se coucher le premier et ils entendirent son pas, rendu hésitant par le whisky, dans l'escalier. Puis Peter alla aux toilettes, suivi de Jean-Paul qui revint prendre ses trente dollars, les enfouit dans sa poche et leur souhaita bonne nuit à tous les deux.

— Je suis content que Papa vous ait payé, dit Peter, cela aurait été terrible que vous partiez.

Rosie avait eu l'intention de ne rien dire mais elle se demanda soudain si Jean-Paul n'avait pas poussé son frère aussi pour que Hans lui donne de l'argent. S'il l'avait fait, Peter n'avait pas réussi. C'était elle qui y était parvenue et Jean-Paul devait en avoir la certitude.

— J'ai dit à Papa que vous aviez manifesté l'intention d'aller voir le vieux Schram et le vieux Crabb. Je lui ai dit que vous pensiez qu'ils vous paieraient pour votre idée de vignes sauvages. C'est pour cela que vous avez eu votre argent.

— Je vois, dit doucement Jean-Paul. Habile petite Rosie.

Le visage de Peter était tout rouge dans la lumière de la lampe à pétrole.

— Mais je n'ai pas cessé de le lui demander, s'indigna-t-il.

— Tu n'as pas trouvé d'argument convaincant, dit Rosie en souriant. Moi oui.

À cet instant, elle était pleinement consciente de la rivalité qui les séparait et elle comprit que Jean-Paul avait réussi à l'éloigner de son frère. C'était ridicule, pensa-t-elle. Les hommes devaient et pouvaient être amis et les hommes et les femmes devaient être amants. C'étaient deux choses séparées. Il était absurde que Peter et elle soient rivaux à cause d'un homme alors qu'ils en attendaient chacun des choses si différentes. Jean-Paul leur souriait à tous deux et le sentiment qu'il appréciait l'effet qu'il produisait sur leur relation persista.

— Je vais au lit, dit-elle brusquement. À demain matin.

Elle fit sa toilette dans sa chambre où la présence de Jean-Paul semblait omniprésente. Elle laissa retomber ses cheveux et se lava la figure et les mains avec l'eau froide de la grande cuvette de porcelaine bleue. Puis elle se déshabilla rapidement et se mit au lit sans se donner la peine d'enfiler une chemise de nuit. Papa aurait été choqué mais elle savourait la sensation de sa chair contre le tissu des draps et elle revivait en pensée ses ébats de l'après-midi avec Jean-Paul. Elle repensa à chaque détail de leurs jeux amoureux, recréant les sensations, désirant recommencer. Et maintenant, il avait trente dollars. C'était une bonne somme d'argent. Voudrait-il l'épouser ?

Elle soupçonnait fortement que les choses n'allaient pas être si simples.

Elle dormit bien mais se réveilla au milieu de la nuit. Elle entendait son père ronfler dans la chambre d'à côté. La chambre de Peter, comme toujours, était silencieuse. Elle resta étendue, regardant la silhouette du chêne qui se trouvait devant sa fenêtre. Elle pensa à Jean-Paul. Il fallait régler cette affaire. Pourvu qu'il ne parte pas ou que, une fois le greffage terminé, père ne le renvoie pas.

Elle se sentit fiévreuse et impatiente. Maintenant qu'il avait de l'argent, le moment était venu de prendre une décision. Elle sortit du lit et écouta, immobile. La maison était calme, son père ronflait toujours. Elle enfila ses chaussons et sa chemise de nuit puis s'enveloppa dans un manteau noir accroché sur la porte et sortit silencieusement dans le couloir. Il faisait noir mais elle connaissait chacune des marches de l'escalier, les silencieuses et les autres qui grinçaient. Elle descendit prudemment puis entra dans la cuisine où elle prit une lampe à pétrole dont elle baissa la mèche avant de l'allumer, puis elle sortit dans la cour. La maison était toujours endormie à part les craquements nocturnes habituels.

La lune éclairait la cour de ses rayons argentés. Une poule gloussa dans son sommeil ce qui la fit sursauter mais elle courut, le pied léger, jusqu'à la grange où Jean-Paul devait dormir.

La porte était ouverte et, à l'intérieur, elle s'arrêta pour reprendre son souffle. Il serait en colère. Il avait dit qu'elle ne devrait plus jamais revenir dans sa chambre mais c'était ce qu'elle s'apprêtait à faire. Comment pourrait-elle désamorcer sa colère ?

Elle pensa à un moyen et rit sous cape. Elle posa la lampe, enleva son manteau, sa chemise de nuit et ses chaussons, les plia et les posa à l'endroit le plus propre qu'elle put trouver. Puis elle s'arrêta un moment pour s'étirer avant de monter à l'échelle sur la pointe des pieds. L'odeur du vin dans les barriques était enivrante et ajoutait à sa fièvre. Elle ne frapperait pas à la porte, décida-t-elle. Elle l'ouvrirait silencieusement, traverserait doucement la chambre et se glisserait dans son lit à ses côtés. Lorsqu'il la sentirait contre lui, il ne se fâcherait pas.

Elle avait gardé la lampe à pétrole à la main et eut du mal à mettre pied dans le grenier. Elle la posa soigneusement sur le plancher puis se dégagea de l'échelle. Lorsqu'elle fut debout, elle se pencha pour reprendre sa lampe puis se tourna vers le lit.

Dans la lumière vascillante, elle vit que Jean-Paul n'était pas seul. Assis dans son lit, la regardant les yeux écarquillés, une expression horrifiée sur le visage, se trouvait son frère.

# Chapitre 4

La retraite semblait la seule réponse possible. Bouleversée, elle faillit tomber à la renverse dans l'atmosphère fétide de la grange en dessous. Lorsqu'elle eut dévalé l'échelle, seule la raison l'empêcha de fuir, nue, dans la nuit. Elle remit fièvreusement ses chaussons et sa chemise de nuit et, toute tremblante, elle s'enveloppa dans son manteau. Elle réussit à ne pas lâcher la lampe et souffla dessus pour l'éteindre. Un silence absolu régnait en haut. Les deux hommes devaient surveiller ce qu'elle allait faire et cette pensée la mit en colère. À présent qu'elle était habillée, elle était tentée de les confronter mais décida de retourner au lit.

Elle avait presque retrouvé ses moyens lorsqu'elle atteignit la cuisine. Elle se glissa par la porte puis monta l'escalier en silence. Son père dormait toujours. Elle entendait ses ronflements et bénit pour une fois le whisky qu'il avait bu avant de monter se coucher.

Dans sa chambre, elle jeta son manteau par terre de colère, se débarrassa de ses chaussons d'un coup de pied et s'assit dans son lit, les genoux au menton, réfléchissant à ce qu'elle allait faire.

Sa première réaction, en voyant la scène dans la chambre de Jean-Paul, avait été de penser qu'elle s'était ridiculisée à la fois devant son frère et son amant. À présent qu'elle avait retrouvé son souffle, elle se demandait ce que diable son frère faisait là-bas – dans le lit de Jean-Paul. Elle avait entendu murmurer des choses sur des comportements contre-nature entre hommes mais ne savait rien de précis. Ce n'était certainement pas possible. Cela expliquerait pourtant les sentiments de méfiance qu'elle éprouvait depuis quelque semaines vis-à-vis de son frère. Cela expliquerait aussi sa jalousie instinctive. Son frère était un peu efféminé et parfois bête. Il faisait peut-être partie de ces hommes qui n'en étaient pas vraiment. Cette idée était révoltante.

Mais Jean-Paul? Sûrement pas. Elle pensa à l'ardeur avec laquelle il lui faisait l'amour. Que pouvait-il faire de comparable avec un autre homme? Elle ne parvenait pas à croire à cette perversion.

Pourtant, s'il leur faisait l'amour à tous les deux, que se passait-il en ce moment dans la chambre au-dessus des tonneaux de vin? Son frère demandait-il des explications qu'elle-même aurait aimé entendre?

En dépit de sa confusion, elle ne put s'empêcher de pousser un petit grognement de satisfaction au souvenir du visage horrifié de son frère assis, nu lui aussi, la regardant fixement. Jean-Paul n'avait été qu'une silhouette indistincte dans le lit. À présent, Peter devait gémir devant lui comme il le faisait, enfant, quand il était contrarié.

Mais elle se trompait. Elle entendit un faible bruissement. Le même bruit furtif qu'elle avait dû faire dix minutes plus tôt. Elle perçut son pas hésitant devant la porte. Elle retint sa respiration en se demandant ce qu'ils se diraient s'il entrait. Que *pouvaient-ils* se dire? Mais les pas s'éloignèrent et elle entendit la porte de sa chambre s'ouvrir et se refermer.

Elle resta éveillée quelque temps encore puis, ayant passé au crible toutes les explications possibles de ce qui s'était passé cette nuit, elle sentit la colère l'envahir. Jean-Paul avait-il décrété qu'elle ne devrait plus jamais aller dans sa chambre parce que Peter y allait? Si oui, pourquoi? Quelle attitude aurait-il avec eux le lendemain matin? Cela lui paraissait le plus ardu mais, au-delà des questions et de l'embarras, du malaise général, elle avait toujours envie de Jean-Paul. Quelle que fut la raison de ce dont elle avait été témoin, elle désirait toujours Jean-Paul et avait besoin de lui. C'était l'homme le plus charmant, le plus civilisé et le plus intelligent qu'elle ait jamais connu – et sans doute le seul de cette qualité qu'elle rencontrerait jamais, bloquée qu'elle était dans ce coin perdu. Il était à elle. Son frère n'avait aucune chance de les séparer.

Elle se fit la promesse de gagner ce conflit bizarre. En fait, elle se jura de ne jamais être vaincue dans sa vie.

Réconfortée, elle s'endormit.

Elle se leva le lendemain à la même heure que d'habitude et descendit dans la cuisine avant tout le monde pour faire le café et préparer les œufs et le jambon. Elle faisait les gestes quotidiens mais son esprit était en ébullition. Elle était impatiente d'entendre les explications de Jean-Paul. Elle craignait la première confrontation avec son frère, ne sachant quelle attitude adopter.

Sois naturelle, se dit-elle en attendant qu'ils viennent tous à table.

Son père arriva le premier. Elle reconnut son pas lourd dans l'escalier et il entra dans la cuisine en fronçant les sourcils, tête baissée comme un taureau qui charge.

— Bon sang, j'ai besoin d'une tasse de café, dit-il. Je n'ai pas fermé l'œil de la nuit. Que fabriquez-vous, Peter et toi ?

Rosie eut l'impression que son cœur cessait de battre comme dans les romans bon marché qu'elle empruntait à la bibliothèque de Calistoga.

— Je ne sais pas ce que faisait Peter, Papa, dit-elle avec aplomb. Moi, je n'ai rien fait.

Son père lui jeta un coup d'œil rapide, plein de sous-entendus puis grommela.

— Alors, donne-moi du café, dit-il. Et ne fais pas tomber la cafetière en le faisant.

— Vous ne devriez pas boire autant de whisky, Papa, dit-elle, d'une voix délibérément cérémonieuse. Cela vous rend toujours malade.

Elle brûlait de lui dire qu'elle l'avait entendu ronfler mais jugea que ce ne serait pas habile.

D'ailleurs, elle entendait Peter descendre de son pas léger mais qui paraissait plus lent et un peu hésitant aujourd'hui. Cela ne l'étonnait pas. Aucun doute qu'il était aussi mal à l'aise qu'elle. Ils avaient sans doute tous deux quelque chose à cacher, pensa-t-elle en versant le café dans la grande tasse de son père.

— Bonjour, Papa.

Peter se tenait dans l'encadrement de la porte et elle crut voir qu'il transpirait légèrement sur le front. Elle ne voulait pas le regarder de trop près.

Il ne la regarda pas non plus mais s'installa à table et attendit qu'elle lui verse son café.

— Où est le Français ? demanda leur père. Il l'appelait rarement par son nom.

Rosie se posait la même question. Il venait généralement avant Peter mais peut-être que lui aussi n'était pas enthousiaste à l'idée de les affronter.

— Je ne sais pas, dit Peter. Dois-je aller le chercher ?

— Non. S'il ne peut pas se lever à temps pour le petit déjeuner, tant pis pour lui, dit Hans. Fais cuire les œufs, Rosie.

Tandis qu'elle cassait les œufs dans la poêle, son cœur criait : « Où êtes-vous ? Où êtes-vous ? »

Après les avoir servis tous les deux, il n'y avait toujours pas signe de Jean-Paul. Elle prépara son propre petit-déjeuner à contrecœur en mettant la part de Jean-Paul de côté.

Lorsqu'elle se mit à table, le silence devint oppressant. Peter et elle évitaient de se regarder. Son père semblait à des lieues de là.

— Eh bien, finit-il par dire, tu avais tort, Rosie. Il voulait simplement de l'argent pour partir d'ici.

La même pensée terrible l'avait tracassée et sans doute Peter aussi. Il leva la tête et dit d'une voix hésitante :

— Papa, vous ne croyez pas vraiment...

— Oui, dit Hans, c'est exactement ce que je pense.

— Je vais aller voir.

Peter se leva d'un bond et sortit en courant. Elle aurait voulu le suivre mais se maîtrisa tandis que son père terminait son petit déjeuner, impassible, trempant son pain dans l'œuf.

— Il t'a trompée, Rosie, dit-il, et toi, tu m'as induit en erreur. Dommage. J'étais capable de greffer des vignes à douze ans, je devrais pouvoir le faire encore. Nous nous débrouillerons sans lui.

Elle resta silencieuse. Comment aurait-elle pu dire *qu'elle* ne pouvait pas se passer de lui ? Ils se turent et elle essaya de manger, se forçant à avaler chaque bouchée, décidée à ne rien laisser paraître.

Peter revint en courant.

— Il est parti avec ses affaires mais j'ai trouvé ça...

Il jeta un morceau de papier sur la table.

C'est Rosie qui le ramassa et qui lut à voix haute : *Je repars chez moi*. Suivi de sa signature.

Rosie fixa le papier en silence. Chaque mot était un coup de poignard. Peter s'effondra en sanglotant, la tête entre les mains. Hans Brunner le regarda.

— On dirait que je ne ferai jamais un homme de toi, dit-il en repoussant son assiette. C'est toi l'homme de la maison, Rosie.

Il se leva lentement et marcha lourdement vers la porte de la cuisine.

— Va nettoyer ce champ, Peter, ordonna-t-il. Cela te fera au moins un peu de muscles.

Il ferma la porte derrière lui avec une attention exagérée.

Lorsqu'ils furent seuls, ils se regardèrent et Peter essuya les larmes de ses joues.

— Que faisais-tu là-bas hier soir ? demanda-t-elle d'un ton féroce.

— Et toi ? Il était sur la défensive.

— Ce que je faisais était naturel. Que faisais-tu, toi ?

Il était devenu tout rouge et sa voix monta d'un ton.

— Rosie, tu ne penses pas…

— Je ne sais pas quoi penser.

— Tu as tort. Tu as tort, dit-il hystérique. J'y suis allé juste pour lui parler et lui tenir un peu compagnie. Il était tard et je me suis endormi, tout simplement. Mais toi, tu étais dégoûtante. Pas de vêtements. Papa te tuerait.

— Tu dis un mot à Papa et c'est *moi* qui te tuerai, tu m'entends ?

— Je ne lui dirai rien. Je ne l'ai jamais fait, dit-il. Rosie, s'il est parti, nous n'avons plus que l'un l'autre. Il faut que nous redevenions amis.

Elle resta assise, regardant dans la cour par la fenêtre de la cuisine. Elle se sentait totalement épuisée. Tout en ne sachant pas si elle pouvait croire Peter, elle voulait désespérément accepter son explication. S'il disait la vérité, alors son amant restait le sien, où qu'il soit. Jusqu'à ce qu'il ait trouvé une autre femme, pensa-t-elle tristement.

— Tu as sûrement raison, dit-elle lentement. C'était stupide de toutes façons, entre toi et moi.

Son visage s'éclaira puis s'assombrit à nouveau.

— Tu crois vraiment qu'il est reparti en France ?

— Sans doute. Il préférait son pays à celui-ci. Il en parlait tout le temps.

— C'est terrible, murmura-t-il.

— Allons voir dans sa chambre, dit Rosie.

Elle espérait y trouver un indice sur sa destination et la manière dont il avait l'intention de s'y rendre. Plus calme à présent, elle envisageait de le suivre. Mais d'abord, il fallait qu'elle sache où aller.

— Comment est-il parti ? demanda-t-elle en traversant la cour.

— Par le train, je suppose. Il l'aura pris à Calistoga. Il prendra peut-être le bateau à San Francisco mais quand j'y suis allé avec Papa, pour vendre du vin, il m'a dit que c'était un chemin peu fréquenté de nos jours.

Un train. Elle n'avait jamais pris le train ou le bateau de sa vie. À quelle distance se trouvait la France ? Combien de temps cela prendrait-il ? Combien cela coûterait-il ? C'était irréalisable. Elle chassa l'idée de sa tête.

C'est elle qui remarqua qu'une des piles de vignes sauvages entreposées dans la grange avait disparu. C'était à peu près tout ce qu'un homme pouvait porter.

— Regarde ce qu'il a pris, dit-elle en désignant le tas du doigt.

Peter l'examina.

— C'est cela, dit-il. Il les aura emportées pour replanter son vignoble à nouveau. Mais survivront-elles jusque-là ?

— Il a dit qu'elles se dessècheraient si on les transportait, comprenant maintenant ce qu'il avait à l'esprit lorsqu'il lui en avait parlé.

— Il a dit que si cela se produisait, il suffisait de les tremper dans l'eau et qu'elles se remettraient. Mais il n'en a pas assez pour replanter un vignoble. Juste assez pour un début.

Peter fixait le sol comme s'il en attendait une réponse.

— C'est dur de penser que nous ne le reverrons jamais, dit-il tristement. C'était agréable d'avoir un ami.

Elle l'entoura de se bras et le serra contre elle.

— Je sais, dit-elle. Je sais.

Pourtant, elle fut incapable de lui dire que, pour elle, il avait été bien plus qu'un ami.

Au cours du mois de novembre pluvieux, les conséquences de son amour devinrent apparentes. Rosie se rendit compte qu'elle était enceinte.

Cela avait dû se produire lors de leur dernier rendez-vous dans l'écurie ou dans sa chambre. Elle savait qu'elle ne devait s'en prendre qu'à elle-même. Elle avait presque espéré avoir un enfant de lui mais cela, avant qu'il ne parte.

Les dix jours après son départ avaient été un cauchemar. Il lui manquait physiquement, son corps réclamait de l'amour. Pendant tout ce temps, il avait fallu faire semblant que tout était normal mais elle sentait que son père savait. Il posait sur elle des regards intrigués et elle avait parfois l'impression qu'il aurait aimé lui venir en aide s'il avait su comment.

Peter présentait plus de problèmes. Il n'arrêtait pas de lui poser des questions insidieuses sur ses relations avec Jean-Paul. Comme s'il voulait se repaître des détails qu'elle ne voulait pas donner et elle commença à croire qu'il avait dit la vérité au sujet de sa présence là-bas durant cette dernière nuit tragique. Si quelque chose de mal s'était produit, comment aurait-il pu supporter d'entendre parler de son bonheur avec Jean-Paul ?

Si elle avait ressenti du désespoir à cause de la perte de son amant, la pensée d'avoir à porter seule son enfant était plus pénible encore. Deux nuits de suite, elle s'était endormie en sanglotant, le visage enfoui dans ses oreillers pour que son père ne l'entende pas. Elle aurait dû se tuer, avait-elle pensé tout d'abord mais elle savait qu'elle ne voulait pas mourir et qu'il y avait une autre façon de résoudre le problème. Elle pensa un instant à se débarrasser du bébé. On disait que certaines filles le faisaient mais elle ne savait pas comment s'y prendre et quelque chose en elle criait « non ». En dépit du malheur que cela représenterait, elle voulait cet enfant, ne serait-ce que parce qu'il pourrait être aussi beau que son père. Mais elle savait que son père à elle ne le lui pardonnerait jamais. Ce serait une honte pour la famille et la présence de l'enfant le rappellerait sans cesse.

Pendant une semaine, elle songea à nouveau à se tuer mais l'optimisme de Rosie et son courage ne l'abandonnaient jamais longtemps. Il fallait qu'elle se sorte de cette terrible épreuve et elle le ferait, se promit-elle un matin. Le soleil brillait faiblement par sa fenêtre lorsqu'elle se réveilla. La pluie avait cessé et il était temps de sécher ses larmes. Il fallait agir au lieu de s'inquiéter et de se lamenter.

Elle resta étendue à contempler le plafond, abordant le problème logiquement. Que faisaient les filles enceintes qui n'avaient pas de mari ?

Elles se débarrassaient de l'enfant.

Elle ne savait pas comment faire.

Que faisaient-elles d'autre ?

Elles se mariaient, de préférence avec le père, ou étaient contraintes de vivre une vie honteuse.

C'était cela qu'il fallait faire. Se marier et de préférence avec le père. Elle n'avait aucune intention de vivre dans la honte.

Il fallait d'abord trouver le père. S'il était retourné en France, il l'avait fait par ses propres moyens et s'il pouvait y arriver, elle en était capable aussi. C'était une question de temps et d'argent.

Cependant, que se passerait-il si elle parvenait à le rejoindre et qu'il ne voulait pas l'épouser ? Il faudrait qu'elle ait une dot si tentante qu'il ne pourrait pas y résister.

L'argent était la réponse évidente mais l'argent avait déjà posé assez de problèmes. Elle n'avait aucune idée du prix que cela coûterait pour aller en Europe. Elle savait très bien où trouver l'argent pour le voyage mais il n'en resterait plus beaucoup après le règlement de tous les frais.

Qu'est-ce qui le tenterait ? La réponse était évidente. Les vignes. Ajoutées à celles qu'il avait déjà volées à son père, elles suffiraient pour replanter son vignoble.

Chaque seconde était importante. Si elle devait voyager tous ces milliers de kilomètres, il fallait qu'elle parte aussi vite que possible, avant qu'elle ne grossisse davantage et que son état ne devienne apparent pour tout le monde.

Pleine de résolutions, elle établit son plan.

Ce soir-là, peu de temps après le dîner, elle dit à Peter, lorsqu'ils se retrouvèrent seuls :

— Combien de temps, crois-tu, qu'il faille à Jean-Paul pour retourner en France ?

Il réfléchit.

— On dit qu'il est possible de traverser les États-Unis en moins d'une semaine avec les chemins de fer. Il sera sans doute passé par New York pour prendre le bateau mais de là, je ne sais pas combien de temps il faut pour la traversée. Un mois, peut-être.

— Je pense que cela doit être plus rapide, dit-elle. Je ne crois pas que Papa ait mis aussi longtemps autrefois.

— Alors, je ne sais pas, dit Peter, donc il doit déjà être arrivé.

— Oui, acquiesça-t-elle en regrettant qu'il n'ait pas mieux appris sa géographie à l'école.

Elle résolut le problème en convaincant son père de la laisser aller à Calistoga. Cela faisait longtemps qu'elle n'y avait pas mis les pieds. Installée dans la vieille charrette, conduite par Castor et Pollux qui n'avaient pas besoin d'elle pour trouver leur chemin, elle remarqua que la petite ville d'eau, tant appréciée des habitants de San Francisco, s'était beaucoup développée. C'était un endroit agréable, avec des magasins et des hôtels, grouillant de touristes. Elle aurait pu se perdre avec toutes les transformations mais la gare n'avait pas changé de place et elle s'y rendit après avoir laissé Castor et Pollux attachés à une des nombreuses rampes prévues à cet effet.

Le chef de gare, lui, avait changé et elle en remercia le ciel. C'était un homme maigre avec un long visage lugubre mais élégant dans son uniforme noir. Il régnait d'un air suffisant sur le bâtiment en bois au toit pentu qu'elle connaissait depuis sa naissance. Elle était certaine qu'il ne l'avait jamais vue auparavant et qu'il ne la reconnaîtrait pas.

— Pouvez-vous m'aider, s'il-vous-plaît ? lui demanda-t-elle. Comment dois-je m'y prendre pour aller à New York et combien cela me coûtera-t-il ?

Il fit la moue.

— C'est loin, New York, pour un petit bout de femme comme vous.

— Peut-être, dit-elle en parvenant à sourire. Mais combien ça coûte et combien de temps faut-il ?

Il se mordilla les lèvres et dit :

À peu près une semaine, Mademoiselle. Peut-être plus. Il y a beaucoup de neige sur les grandes plaines à cette époque de l'année.

D'ici, vous pouvez aller, soit à San Francisco par le chemin de fer de la compagnie Napa puis prendre le bac pour Oakland et, de là, prendre le train de la Union Pacific, ou bien vous pouvez aller à Sacramento et prendre le train direct.

— Jusqu'au bout?

— Non, Mademoiselle. Il secoua la tête. Jusqu'à Chicago et de là, prendre un autre chemin de fer. Où voulez-vous aller?

— À New York City.

— Jusqu'à la ville?

— Oui.

— Ah bon! Alors il faut prendre la Lake Shore et la Michigan Southern, puis la New York Central de Chicago. Le train vous amènera directement jusqu'à la Grand Central Station au nord de New York City. C'est le plus près que vous pourrez arriver du centre-ville.

— Et ça coûte combien?

— Cela dépend comment vous voyagez.

Il l'examina, détaillant sa vieille robe et son bonnet et jaugea qu'il lui faudrait un moyen économique.

— C'est vraiment bon marché – environ trente dollars, d'un littoral à l'autre, dans un train de marchandises avec un ou deux wagons de passagers. Mais cela prend un peu plus de temps. Il y a beaucoup de détours. Avec un train normal, pour juste une place, il faut compter cinquante dollars.

Elle réfléchissait.

— Cela prend une semaine?

— Comme je vous l'ai dit. Peut-être un peu plus.

— Comment fait-on pour manger, se laver et dormir?

— Vous voulez un wagon-lit dit-il en riant. Je suppose qu'il faut compter le double pour cela.

Elle lui demanda de lui écrire les horaires des trains et les correspondances à la fois par Oakland et Sacramento. Il refusa de lui donner les informations précises pour le changement à Chicago.

— Écoutez, Mademoiselle. Dans ce pays, les horaires sont différents dans chaque état. Quand vous aurez décidé, je ferai le calcul pour vous.

Il y avait une carte aux couleurs vives de l'itinéraire de la Union Pacific à travers le pays jusqu'à Chicago. Elle l'examina et secoua la tête.

— C'est loin, dit-elle.

— Plus de deux mille milles. Vous êtes sûre que vous voulez partir ?

— Oui. Je reviendrai.

— Hé, lança-t-il après qu'elle se soit éloignée, vous n'êtes pas la fille du vieux Brunner ?

— De qui ? demanda-t-elle.

— Je suppose que non, fit-il.

De la gare, elle se rendit à la librairie et y trouva une carte de la France et un livre dans lequel elle découvrit qu'il y avait des liaisons en bateau à vapeur, de New York au Havre. Cela faisait trois mille milles et prenait une semaine ou dix jours. Sur la carte, Le Havre ne semblait pas trop loin de la Champagne mais elle n'avait aucune idée si le chemin de fer pouvait l'y conduire. Elle pensait qu'aucun autre endroit ne pouvait être aussi moderne que les États-Unis et en particulier la Californie. Les Français n'avaient peut-être pas de trains du tout. Quant au nom du village, il ne figurait pas sur la carte. Elle se rendit compte qu'il devait être trop petit.

Elle se hâta de faire les courses qui avaient servi de prétexte à son voyage puis rentra doucement chez elle en réfléchissant. Il faisait humide mais le soleil brillait par moments et son moral était bien meilleur qu'il ne l'avait été depuis longtemps.

Il lui sembla que la meilleure façon de s'y prendre serait de procéder par étapes. Il fallait d'abord se rendre à New York. Ce ne serait pas trop difficile. Au moins les gens parlaient anglais de Calistoga à New York. Là-bas, il faudrait qu'elle trouve un bateau puis, en arrivant en France, elle devrait compter sur sa détermination et son intelligence pour retrouver Jean-Paul. Elle y arriverait. Il le fallait. Elle étudierait encore plus sérieusement le français avec le livre qu'il lui avait donné.

Elle s'enveloppa dans son manteau pour se protéger de l'humidité et pensa que, bientôt, elle dirait au revoir à cet endroit, peut-être pour toujours. Elle n'était pas triste. Elle avait un sentiment de fatalité, pressenti depuis longtemps. Elle n'avait pas peur, bien que la perpective du voyage, en plein hiver, aurait dû l'effrayer. Elle était plutôt excitée. Elle sentait que sa vie était sur le point de commencer.

Prochaine étape : l'argent. Beaucoup d'argent. Une femme seule et enceinte pouvait voyager des milliers de kilomètres de la manière la plus économique mais afin de préserver sa santé et celle du bébé, il serait préférable qu'elle prenne ce que le chef de gare avait appelé un wagon-lit. Plus du double de cinquante dollars, avait-il dit. Elle pensa qu'il fallait compter environ cent cinquante dollars, sans la nourriture, le prix du bateau et le reste du voyage en France. Elle allait avoir besoin d'une somme importante et c'était le souci de l'argent et de la façon dont elle se le procurerait qui la troublait. Si elle ne pouvait pas s'en procurer suffisamment, si les tarifs changeaient, alors elle serait contrainte de prendre le train de marchandises.

Elle commença à mettre ses plans en œuvre le lendemain matin au petit déjeuner.

— Je vais faire un grand nettoyage de la maison aujourd'hui, Papa, dit-elle pendant qu'il buvait son café.

Il grogna.

— Alors ce n'est pas un endroit pour les hommes. Je vais travailler au chai. Toi, Peter, tu vas continuer dans le champ.

Peter semblait frêle et fatigué mais progressait dans les travaux du champ que Jean-Paul avait commencé à défricher. Elle se demanda s'il faisait passer sa solitude et son dépit sur les pierres et les mauvaises herbes, tout comme elle le faisait en établissant des plans.

Aucun des deux hommes ne se hâta pour finir son repas et son impatience grandissait. Elle décida de ne pas s'accorder plus d'un mois, à partir de maintenant, pour rejoindre Jean-Paul. Elle ne voulait pas que sa condition soit trop apparente à son arrivée, à cause de sa mère et de son frère.

Elle craignait que les Français ne soient encore plus stricts que les Californiens et Dieu sait que c'était déjà assez pénible comme ça. Et hypocrites par-dessus le marché. Cela n'avait pas d'importance si le bébé naissait très vite, à condition que la fille soit mariée. Les gens chuchotaient un peu et comptaient les mois, mais une fois le mariage célébré, personne n'y prêtait beaucoup d'attention. Serait-ce pareil en France ?

Après que Peter et son père soient allés chacun de leur côté, elle se lança dans un tourbillon d'activités pour justifier le grand nettoyage dont elle avait parlé. C'était la chambre de son père qui l'intéressait vraiment. Elle avait besoin d'une excuse pour bouger le lit. Elle l'avait déplacé une fois auparavant, quand elle avait quatorze ans, à l'occasion d'un grand nettoyage. En lavant le parquet sous le lit, elle avait mis le pied sur une latte mal fixée. Elle l'avait soulevée et trouvé dans la cachette des photographies de sa mère avec des vieilles lettres et des papiers en allemand qu'elle ne pouvait pas comprendre. Son certificat de naissance et celui de Peter étaient tous deux là. Mais ce qu'elle avait découvert de plus fascinant, c'est l'argent. Beaucoup d'argent. Prise de panique à l'idée que son père pouvait la surprendre, elle avait remis la latte et poussé le lit sans fouiller davantage. Son Père, elle le savait, l'aurait à moitié tuée s'il l'avait surprise à fouiller dans ses affaires.

Elle n'avait jamais plus relevé la latte du parquet et l'idée de fouiner dans ses secrets lui répugnait. Mais elle n'avait pas le choix, à moins de rester ici et de faire face à sa colère. Elle pensa qu'il préfèrerait peut-être perdre son argent que de vivre avec la honte de sa fille.

Doucement, elle appuya sur le bois. La cache était toujours là et il y avait encore plus d'argent. Elle regarda tout cet argent les yeux écarquillés, et sentit la colère l'envahir au point d'en perdre le souffle. Toutes ces années, Peter et elle avaient travaillé sans un sou de récompense. Le travail de Jean-Paul avait, lui aussi, aidé à produire ce trésor sous le plancher. Elle prit les billets à pleines mains, sans éprouver aucune culpabilité. Son père était avare et mesquin. Il leur faisait croire que la pauvreté les guettait alors qu'il mettait de l'argent de côté, plus qu'elle n'en avait jamais vu de sa vie.

Toujours en colère, elle sortit l'argent et le compta. Cela s'élevait à 3 425 dollars et, sous la liasse de billets, elle trouve un sac de cinquante dollars en or et un petit sac de poudre d'or. Elle se rappela l'avoir vu la première fois mais sa peur l'avait empêchée de l'ouvrir et de regarder son contenu.

L'or était entièrement à lui, décida-t-elle. C'était sans aucun doute tout ce qui restait de son passé de prospecteur et il l'avait gardé en cas de pépin.

Elle n'y toucherait jamais. Ni aux dollars en or qui avaient sans doute la même origine.

Quant au reste – Peter et elle avaient aidé à produire cet argent sans la moindre récompense. Elle s'accroupit sur ses talons en maintenant son équilibre du bout de ses doigts posés par terre. Elle connaissait le montant de la somme qu'elle allait prendre. Exactement un tiers. Elle laisserait un tiers pour Peter et un tiers pour son père. Mais pas maintenant, pas avant d'être tout à fait prête, au cas où Hans Brunner compterait son argent tous les soirs dans l'intimité de sa chambre, comme un véritable avare. Elle n'y croyait pas vraiment parce qu'elle ne l'avait jamais entendu déplacer son lit mais elle ne voulut rien risquer. Qui sait si ce soir, exceptionnellement, il n'aurait pas envie de se régaler à la vue de sa fortune. Elle remit tout en place, comme elle l'avait trouvé.

Toute la journée, elle nettoya la maison avec frénésie, battant les tapis sur la corde à linge, époussetant et cirant les meubles du salon, nettoyant la vaisselle et les verres, l'esprit occupé à ses 1 141 dollars, sa part. Cet argent devait lui suffire pour rejoindre Jean-Paul en Champagne. Il en resterait peut-être assez pour tenter Jean-Paul de l'épouser pour son argent. Mais il fallait les greffons de vigne. Avec l'argent, ce serait irrésistible.

Ce soir-là, avant de s'endormir, elle éprouva une profonde tristesse. Les circonstances l'obligeaient à suivre un homme à qui elle ne faisait pas entièrement confiance et avec qui elle devrait négocier pour l'épouser. Cependant, même en reconnaissant la fragilité de cette victoire, elle savait qu'elle l'aimait, qu'elle le voulait et, plus important que tout, elle portait son enfant, un enfant qui aurait besoin d'un père.

Quand son père et son frère eurent quitté la maison le lendemain, elle monta au grenier. Dans la soupente, elle trouva une malle que sa mère avait rapportée de France et décida de la remplir de boutures de vignes sauvages.

Ce serait approprié. Sa mère, qui avait regretté la France jusque sur son lit de mort, l'aurait approuvée. Il y avait aussi un vieux sac usé et une valise fatiguée dont son père s'était jadis servi pour ses voyages.

Aucun des deux ne faisait l'affaire. Elle décida qu'avec plus de mille dollars, elle voyagerait comme une dame. Avant de prendre le train pour Chicago, elle achèterait de nouveaux vêtements et des bagages à San Francisco. Elle avait l'intention de quitter la maison de son père avec seulement la malle de sa mère, remplie de boutures de vigne, les vêtements qu'elle portait et son certificat de naissance. À San Francisco, elle achèterait tout ce qui était nécessaire pour donner l'impression à ses compagnons de route qu'elle était une femme nantie, voyageant seule.

La malle serait un problème. Elle était lourde. Elle s'en rendit compte en la transportant du grenier à sa chambre, première étape avant de la sortir de la maison. Elle n'avait pas peur que son père la découvre dans sa chambre. Le problème se poserait lorsqu'elle l'emmènerait au chai pour la remplir de boutures.

Elle regarda la grande caisse noire avec ses renforts en métal, posée dans un coin de sa chambre, et essaya d'imaginer comment elle parviendrait à la transporter durant son long voyage. Si sa mère l'avait fait, elle le pouvait aussi.

Le nom de sa mère était toujours peint sur le couvercle. « Anne-Marie Crémont – Paris/Le Havre/San Francisco ». Sa mère était partie du Havre et maintenant, sa fille allait y retourner. Comment s'était passé le voyage pour Anne-Marie Crémont ? Combien de temps avait-il duré ? Par quel chemin était-elle venue et pourquoi ? Elle ne connaîtrait jamais la réponse à ces questions.

Sa mère avait amené la malle ici, seule, à une époque moins sophistiquée et avait survécu. Rosie en ferait autant, la ramenant pleine de quelque chose de spécial, des États-Unis en France. Des vignes.

Elle réalisa soudain qu'elle emportait quelque chose de bien plus important. Le petit-fils de sa mère.

Ce soir-là, elle rêva de Jean-Paul. Ils faisaient l'amour entourés de roses et du parfum de ces fleurs. C'était merveilleux et, dans son rêve, elle ne comprenait pas pourquoi les roses n'avaient pas d'épines. Quelque part, un enfant pleurait. Elle savait qu'elle devait le réconforter mais ne pouvait pas quitter Jean-Paul, comme si elle était enchaînée à lui. Soudain son visage se transforma en celui de son père qui criait : « L'enfant ! L'enfant ! » Terrifiée, elle s'enfuit de la tonnelle, nue et craignant de rencontrer quelqu'un et se mit à chercher le bébé. Elle courut à travers une immense maison sombre qu'elle ne connaissait pas et, dans une chambre, tout à fait en haut, elle trouva la source des cris. Dans la pièce vide un berceau se balançait sur le sol sans tapis en faisant un bruit qui noyait presque les cris du bébé. Elle se précipita jusqu'au berceau et l'immobilisa puis tendit la main pour prendre l'enfant et lui donner son sein gonflé. Mais le berceau était vide et elle-même tombait, tombait jusqu'au moment où, Dieu merci, elle se réveilla.

# Chapitre 5

— Sûr Madame, c'est charmant.

La vendeuse, ronde, grisonnante, l'œil vif, se tenait debout, ses deux petites mains potelées jointes, la tête inclinée, l'air d'un oiseau curieux.

— Si je puis me permettre, Madame, on dirait qu'elle a été faite pour vous. Vous seule pouvez la porter.

Rosie hocha la tête d'un air absent en se regardant dans la glace du magasin de mode de Paris de madame Claudine qu'elle avait trouvé dans Union Street à San Francisco. Elle était arrivée à Oakland de l'autre côté de la baie ce matin-là et avait laissé sa malle et un petit paquet à la consigne de la gare. Puis, pour vingt-cinq dollars de plus, elle avait réservé sa place dans un wagon-lit Pullman sur le train qui partait vers l'est le lendemain matin. Tout étant réglé, elle avait ensuite pris le bac pour aller à San Francisco.

À chaque étape qu'elle franchissait, sa confiance en elle augmentait. La recherche de Jean-Paul restait primordiale mais le voyage en lui-même se révélait une aventure exaltante. Jusque-là, les trains, les bateaux et les grandes villes ne l'avaient pas effrayée.

Elle se sentait capable de tout affronter et l'argent, ainsi quelle l'avait prévu, huilait les rouages de la vie de façon satisfaisante. Elle se sentait encore coupable d'avoir subtilisé de la cache ce qu'elle considérait comme son dû, ainsi que son certificat de naissance et un portrait de sa mère, mais se rassurait en se disant que ce n'était pas du vol.

Elle avait choisi de passer par San Francisco parce qu'elle voulait acheter des vêtements. Il y avait de beaux magasins à Calistoga mais elle trouvait dangereux d'y faire ses courses. Les gens auraient pu la reconnaître et se demander d'où elle tenait l'argent pour faire ses achats. Cependant, même à Calistoga, cette petite ville aux grandes idées, on reconnaissait que San Francisco était à la dernière mode et que les magasins y étaient aussi bien sinon meilleurs qu'à New York.

Rosie voulait être à la mode avant de commencer son voyage. Elle avait déjà acheté deux paires de bottines en cuir souple et une paire de chaussons. Elle avait pris plaisir à laisser ses vieilles bottes dans le magasin en invitant le commis à en disposer.

Il lui fallait trouver, maintenant, deux robes, deux chapeaux et un manteau. Rien d'autre car ses formes allaient bientôt s'arrondir et ce serait un gaspillage que d'en acheter plus.

Elle avait rangé elle-même ses dessous, pensant que si personne ne les voyait, l'image qu'elle cherchait à projeter n'en serait pas ternie. Elle passa plusieurs minutes à examiner avec envie un joli corset noir bordé de dentelle que madame Claudine avait discrètement mis en évidence. Ça aussi, serait du gaspillage, décida-t-elle. Ses seins étaient fiers sans aucun soutien.

Madame Claudine attendait pendant que Rosie s'examinait sous tous les angles et, lorsqu'elle hocha enfin la tête en disant : « oui, c'est très bien », elle gloussa de plaisir.

Comme elle était française, Rosie lui dit qu'elle achetait des vêtements pour aller en France. Elles échangèrent quelques mots en Français, ce qui encouragea Rosie qui se rendit compte qu'elle comprenait les plaisanteries de la commerçante et pouvait y répondre. Maintenant, en se voyant dans la glace, elle pensa qu'elle pourrait même tenir sa place parmi les Françaises. Elle n'aurait pas cru qu'elle pouvait être aussi élégante. La robe que madame Claudine lui avait présentée était en laine couleur ambre pâle qui s'accordait à la couleur de ses yeux et à son teint clair. Elle avait des manches bouffantes qui rétrécissaient pour se plaquer sur les avant-bras. Aux poignets, une dentelle délicate, couleur crème, retombait langoureusement sur sa main. La même dentelle ornait un pan de sa jupe et le décolleté de son bustier qui fermait à l'aide de minuscules boutons de jais.

Avec l'aide de madame Claudine, Rosie avait déjà choisi une autre robe d'un rose poudreux ornée de broderies au col et au bas de la jupe.

Madame Claudine se réjouissait de la métamorphose de Rosie qui était arrivée enveloppée dans son manteau, et lui choisit un charmant chapeau à larges bords en velours. De couleur ambre foncé, il s'accordait parfaitement avec le manteau qu'elle poussait Rosie à acheter.

— *Ravissante, ravissante*, soupirait madame Claudine en lui présentant un manchon en fourrure marron. La parfaite touche finale, Madame.

Rosie caressa voluptueusement la fourrure, glissa ses mains à l'intérieur et palpa la doublure en soie. Elle le voulait.

— Oh, très bien, dit-elle de façon aussi désinvolte que possible.

Les yeux de madame Claudine s'ouvrirent tout grands quand Rosie lui demanda le nom d'un magasin qui vendait des bagages. Les petits yeux noirs allèrent du vieux manteau, de la jupe en laine et de la blouse qui restaient abandonnés par terre, à l'élégante jeune femme qui se tenait devant elle.

— Est-ce un enlèvement? chuchota-t-elle en regardant autour, comme si les vêtements eux-mêmes pouvaient trahir le secret.

— Oui, répondit Rosie que tout cela amusait. Souvenez-vous que vous ne m'avez jamais vue.

— Ah, *l'amour, l'amour,* soupira madame Claudine. Vous pouvez compter sur moi, *chère Madame.*

Les vêtements empaquetés, Rosie regarda une fois de plus le corset noir. Il lui disait: « achète-moi » haut et fort. Il était coquin, indécent et elle en avait envie.

— Et je prendrai cela, dit-elle fermement.

Madame Claudine leva les yeux au ciel.

— Ah, l'heureux homme! s'exclama-t-elle.

Rosie paya la note assez élevée avec l'argent qu'elle gardait dans une ceinture autour de sa taille, sous ses vêtements. En comptant les billets, elle se rendit compte que cela faisait un trou important dans son capital et s'en alarma. Mais, depuis l'instant où elle avait laissé Castor et Pollux, sans les attacher, devant la gare de Calistoga (sachant qu'ils retrouveraient le chemin de la maison) elle était arrivée à la conclusion qu'il fallait voyager comme une femme riche.

Les gens riches, elle le savait d'après les romans qu'elle dévorait lorsqu'elle était à l'école à Calistoga, rencontraient des gens riches. Les gens riches avaient la vie plus facile. Sa mère disait toujours que l'argent parlait. Il était essentiel de faire bonne impression.

Jusque là, tout s'était bien passé. Le voyage en train de Calistoga à Vallejo avait été amusant quoique le sifflement de la locomotive l'eût fait sursauter au moment où elle grimpait dans son compartiment. Elle avait été impressionnée par sa vitesse et, tout au long de la Napa Valley, elle s'était agrippée au rebord de la fenêtre. Un halo de brume entourant les montagnes avait été sa dernière vision de l'endroit où elle avait passé la plus grande partie de sa vie. Elle constata qu'elle partait sans regrets. L'excitation avait grandi sur le bac pour Oakland. Le voyage sur l'eau était différent mais elle n'avait pas peur. Jaugeant de l'œil le bateau surchargé, elle pensa que, même s'il coulait, elle pourrait rejoindre la rive à la nage. Et, tandis que le vapeur se dirigeait vers San Francisco, elle avait attendu calmement la fin du trajet.

Laissant madame Claudine qui lui murmurait des paroles d'encouragement et lui souhaitait bonne chance, elle alla acheter ses bagages dans une boutique recommandée par la Française. Puis, trop chargée pour être à l'aise, elle flâna un peu dans les rues de la ville. Dans le froid hivernal et la brise fraîche venant de la mer, elle prit un tramway jusqu'à Nob Hill puis redescendit vers Fisherman's Pier, étourdie par la descente. Elle ne se souvenait pas d'avoir vu la mer auparavant et jouit de l'étendue bleue qui scintillait au soleil. La ville semblait entourée d'eau et de montagnes, avec de petites îles flottant dans la baie. Elle n'avait jamais rien vu d'aussi grand, avec autant de maisons en bois peint très colorées, ni d'aussi impressionnant que ces immeubles de la ville basse se découpant sur l'horizon.

Fatiguée, elle fit signe à un cocher et lui demanda de la conduire à l'hôtel.

— Lequel ? demanda le cocher.

— Le meilleur, répondit-elle.

— Le Palace ?

Elle n'avait aucune idée de ce que c'était mais elle acquiesça.

Lorsqu'il fit tourner son cheval dans l'entrée du Palace, elle fut éblouie. L'hôtel était magnifique ; un bâtiment gracieux de cinq étages construit autour d'une cour ouverte. Les balcons à chaque étage étaient en bois chantourné peint en blanc. On entrait par une arche élégante et, dans le cercle parfait au milieu de la cour, des fiacres noir brillant attendaient.

Pendant un instant, elle se sentit perdue mais elle se dirigea vers l'entrée en s'efforçant d'avoir l'air d'une habituée des grands hôtels. À l'intérieur, elle hésita. Le hall de l'hôtel était aussi impressionnant que l'extérieur. Il y avait même de la lumière électrique. Elle aurait voulu s'arrêter et regarder. Ne sachant trop que faire, elle fut sauvée par un groom dans son bel uniforme rouge et noir qui vint à sa rescousse.

— Par ici, Madame, dit-il en la menant vers le comptoir de la réception.

Elle ne put s'empêcher de remarquer les yeux remplis d'admiration de l'employé qui remplissait sa fiche d'inscription. Elle attendit calmement tandis qu'il s'affairait à trouver sa clef puis sonnait le garçon d'étage pour les bagages. Il pavanait un peu. Pour elle.

Les clients de l'hôtel qui se tenaient dans le hall, des hommes pour la plupart, la regardaient discrètement tandis qu'elle allait jusqu'à l'ascenseur. Ils ne la quittèrent pas des yeux jusqu'à ce qu'elle disparaisse. Rosie releva la tête et rit intérieurement en se demandant quelle attention ils lui auraient accordée dans son vieux manteau et ses bottes usées.

Seule dans sa chambre avec son grand lit de laiton elle se mit à rire après le départ du garçon d'étage à qui elle avait donné un pourboire de dix cents. Lentement, elle retrouva son calme et commença à explorer la chambre qui serait la sienne pour une seule nuit.

Elle était deux fois plus grande que sa propre chambre et, à son grand étonnement, elle avait une salle de bains. C'était la première qu'elle voyait. Avec prudence, elle découvrit comment il fallait se servir des robinets au-dessus de la cuvette puis ceux de la baignoire. Ils fonctionnaient et l'eau était chaude. Impressionnée par un tel luxe, elle décida de prendre son premier vrai bain.

Pendant que l'eau coulait, elle se regarda à nouveau dans le miroir de sa chambre. L'ambre de sa nouvelle robe adoucissait son teint mat et l'excitation faisait briller ses yeux et colorait ses joues. Elle se reconnaissait à peine mais comprenait pourquoi les hommes l'avaient tant regardée, dans le hall.

Elle enleva soigneusement son chapeau, défit sa coiffure et retira sa roble. Soudain, elle fut de nouveau Rosie. Elle caressa son manchon de fourrure, les yeux fermés, jouissant de sa douceur. Puis elle sortit son corset de son emballage de papier et l'essaya, agrafant le devant si haut que ses seins débordaient de la dentelle. Le diamanté au-dessus de la pointe de son sein gauche scintillait malicieusement dans la glace et, les mains sur les hanches, elle fit un clin d'œil à son image, puis éclata de rire. Elle allait devenir une nouvelle Rosie, sophistiquée, une femme expérimentée.

Elle partit très tôt le lendemain matin sur l'Eureka, le grand bateau à aubes blanc, afin d'être à l'heure pour son train. Elle avait faim. Sa nouvelle assurance l'avait quittée à l'heure du dîner et du petit déjeuner à l'hôtel et elle avait sauté les deux repas pour éviter d'aller dans la salle à manger. Elle avait acheté une pomme à un marchand de quatre saisons dans la rue et l'avait mangée en regardant les bâtiments du ferry et la haute tour de l'embarcadère, se sentant un peu triste. San Francisco était une belle ville. Elle eut le sentiment d'un adieu en observant le brouillard tomber sur la baie, masquant les maisons qui bordaient les collines et les immeubles de la ville basse. Elle mit la main sur son ventre en pensant à la vie qui se formait en elle.

Ce serait un garçon. Un fils pour Jean-Paul. Comment l'appelleraient-ils ? Il faudrait que Jean-Paul choisisse son nom. Elle ne connaissait pas assez les prénoms français.

En quittant la ville qui disparaissait dans la brume, elle emportait avec elle une seule chose, à part le bébé, son livre de français.

Elle était en avance pour son train. Elle retira sa malle de la consigne et, avec l'aide d'un porteur, la déposa dans le compartiment à bagages du train. La gare grouillait de monde et elle fut un peu effrayée par la taille de la locomotive qui attendait, vomissant des nuages de vapeur comme un dragon impatient.

Elle suivit toutefois le porteur, tête haute, jusqu'aux wagons Pullman. Ils semblaient élégants et elle fut satisfaite de son nouveau sac et de sa valise qui avaient un aspect aisé, assez pour provoquer la déférence du porteur.

— Par ici, Madame, dit-il, en lui souriant de son sourire d'ébène.

Elle hocha la tête et avança d'un pas en cherchant à monter les marches de la façon la plus gracieuse possible. Elle triomphait intérieurement. Elle avait réussi. Elle s'était échappée. La nouvelle Rosie était en route pour sa nouvelle vie.

À cet instant, quelqu'un la saisit brutalement par le bras.

Elle se retourna vivement, alarmée.

— Que faites… commença-t-elle, puis elle se tut.

C'était son frère qui la regardait, les yeux écarquillés. Il avait son vieux pantalon et paraissait n'avoir pas dormi. Il s'accrochait vicieusement à son bras.

— Je n'arrivais pas à croire que c'était toi. Pas au début, dit-il, essoufflé. Qui te reconnaîtrait dans ces beaux vêtements ? Que fais-tu, Rosie ? Pourquoi es-tu ici ? Papa dit que tu dois rentrer immédiatement. Il m'a envoyé pour te ramener.

Elle n'arrivait pas à croire ce qui lui arrivait, alors que le départ était imminent. Elle se sentit bouillir de colère.

— Peter, lâche-moi, dit-elle d'une voix glaciale en essayant de se dégager de son étreinte.

— Tu te sauves, n'est-ce pas ? dit-il d'une voix angoissée. Tu vas rejoindre Jean-Paul. Je le sais. Ils nous ont dit à Calistoga que tu avais pris un billet pour San Francisco. Papa a dit que tu allais vers l'Est. Mais tu n'iras nulle part, Rosie, pas tant que je serai là pour t'en empêcher.

— Je pars, siffla-t-elle, consciente d'être observée par le porteur. Laisse-moi tranquille.

— Non. Tu vas revenir à la maison. Papa veut te voir. Il est fou de colère. Je ne l'ai jamais vu comme ça. Il est fou à lier.

Ses doigts s'incrustaient dans sa chair et il l'éloignait lentement de la portière du train tandis qu'elle essayait de se dégager.

— Je ne retournerai jamais à la maison.

Elle essaya d'éviter qu'on l'entende, malgré son envie de hurler.

— J'en ai fini avec vous tous. Je pars. Tu comprends ?

Elle pensait à l'argent. Son père devait savoir qu'elle avait pris l'argent. C'est pour cela qu'il était si furieux mais il n'en avait sans doute pas parlé à son frère. Peter, voyant ses vêtements et ses bagages, devait s'imaginer dieu sait quoi.

— Vous devriez monter dans le train, Madame.

Le porteur avait l'air perplexe, ne sachant trop comment l'aider. Un noir avec un travail à accomplir mais aucun droit de se mêler des affaires des blancs.

— Lâche-moi, cria-t-elle presque. Je vais manquer le train.

— Tu ne vas pas le prendre. Tu ne partiras nulle part.

Elle avait envie d'éclater en sanglots mais se domina, essayant de réfléchir à ce qu'elle pouvait faire. Il s'accrochait toujours à elle. Elle ne savait pas qu'il était si fort. Le défrichage du champ avait dû le muscler.

— Madame...

Le visage du porteur était maintenant anxieux. Il poussa un soupir de soulagement en voyant arriver un homme de haute taille en costume sombre et cravate rayée, portant un chapeau haut-de-forme.

— Lâchez le bras de cette dame immédiatement, dit-il à Peter, ou je vous fais arrêter.

Peter le regarda d'un air furieux.

— Cela ne vous regarde pas, dit-il. Laissez-nous tranquilles.

L'homme passa un doigt manucuré sur sa moustache noire.

— Cela me regarde. Je suis le directeur de ce chemin de fer et nous ne tolérons pas que nos passagères soient molestées. Lâchez-la, vous dis-je.

Il prononça ces derniers mots avec tant d'autorité que Rosie sentit la main de Peter la lâcher.

— Montez dans le train, Madame, dit l'homme en faisant signe au porteur. Et si vous n'avez pas quitté cette gare dans trente secondes, dit-il en se tournant vers Peter, vous aurez à répondre à de très sérieuses questions.

Rosie n'attendit pas la fin de l'échange verbal. D'un bond qui manquait de dignité, elle sauta dans le compartiment et se frotta le bras en soupirant de soulagement.

— Asseyez-vous et reprenez votre calme, lui dit une voix féminine. Heureusement que mon mari se trouvait là. Que voulait cet énergumène ?

Rosie découvrait progressivement le décor, un compartiment rempli de fauteuils tapissés de peluche rouge, profonds et confortables dont chaque bras était bordé de passementeries, des rideaux de velours retenus par des cordons de soie blancs, des tapis épais, une profusion de peinture dorée et des petits chandeliers en cristal. La plupart des sièges étaient occupés mais la femme qui lui parlait se tenait debout. Elle avait peut-être trente ans et était vêtue d'un manteau et d'une robe rouge d'une coupe comparable à celle que portait Rosie. Elle avait un grand chapeau à plumes sous lequel s'épanouissaient de larges boucles blondes et son visage était éveillé et amical.

— Que voulait-il ? répéta-t-elle en aidant Rosie à s'asseoir.

— Je ne sais pas.

En dépit de son trouble, Rosie était consciente qu'il fallait parler doucement et avec prudence.

— De l'argent, peut-être.

— Jim devrait le faire arrêter, dit la jeune femme avec indignation. C'est tout simplement terrible.

— Oh, non. Rosie, prise de panique éprouva de la pitié pour son malheureux frère et elle ajouta rapidement : ce n'est pas nécessaire. Il avait peut-être faim.

Le visage de la jeune femme devint triste.

— Pauvre homme. C'est sans doute vrai. Je n'y avais pas pensé. Dois-je dire à Jim de lui donner de l'argent ?

— Je crois qu'il est parti.

Un rapide coup d'œil par la fenêtre lui permit de voir que Peter avait disparu et que Jim montait la garde, sa montre à la main, un pied sur les marches du compartiment.

— Alors asseyez-vous et reposez-vous. Voulez-vous un verre d'eau ou bien mon flacon de sels ? Vous paraissez un peu pâle.

— Non, merci. Je vais bien.

C'était vrai. Elle avait échappé à Peter et Jim les avait rejointes maintenant que le train était en mouvement. Il arborait un air satisfait.

— Voilà un problème de réglé, dit-il. Cette ligne de chemin de fer prend soin de ses passagers, en particulier de ceux qui voyagent en Pullman et surtout s'il s'agit de jeunes femmes voyageant seules. Permettez-moi de me présenter. Je m'appelle James Webster et voici Elizabeth Webster, ma femme.

— Comment vous remercier, monsieur Webster ? dit Rosie. Et votre femme qui a été si bonne pour moi.

— C'est une femme charitable, dit-il en souriant avec indulgence. Maintenant, asseyez-vous, ma chère, pendant que je cherche où est la place de...

Il attendit.

— Je m'appelle Rosanne Brunner, dit Rosie. Je vais à New York puis en France.

— Mon Dieu, dit Mme Webster. C'est bien loin. Allez-vous voyager seule ?

Rosie hocha la tête.

— Vraiment ! Mon mari et moi sommes allés à Paris pour notre lune de miel mais je crois que j'aurais eu vraiment peur d'y aller toute seule.

— Je n'ai pas le choix.

Ils avaient quitté la gare d'Oakland. Le train avançait entre des bâtiments miteux qui bordaient la voie, masquant la lumière. Peter devait se demander comment faire face à son père. Il ne lui dirait peut-être pas qu'il l'avait trouvée.

Le visage de Mme Webster exprimait toute sa sympathie et sa curiosité.

— Pourquoi cela ? demanda-t-elle puis elle ajouta : Si cela ne vous ennuie pas de me le dire.

Cela paraissait déplacé de dire des mensonges à cette femme agréable mais comment pourrait-elle dire la vérité ?

— Mes parents sont morts – au moins la moitié de ceci était vrai. Je suis seule au monde. Ma mère était française et je vais en France pour y retrouver ma famille.

Mme Webster ouvrait des yeux ronds.

— Savez-vous où ils habitaient ?

— Quelque part en Champagne. Un village qui a « Rose » dans son nom.

— Est-ce pour cette raison que vous vous appelez Rosanne ?

— Exactement. Comment l'avez-vous deviné ?

Ils rirent tous les deux.

— Comment y arriverez-vous ? Je vous trouve courageuse, n'est-ce pas, Jim ?

Il devait avoir environ quinze ans de plus que sa jeune femme et il acquiesça, plutôt cérémonieusement.

— Laissez-nous vous prendre sous notre protection, ma chère, jusqu'à New York. Vous tiendrez compagnie à Elizabeth durant ce long voyage.

— Je vous en remercie, M. Webster, lui répondit Rosie.

— Oh, j'en suis ravie, dit Elizabeth en battant des mains.

C'était en effet un heureux hasard pour eux tous. Tandis que le train traversait les montagnes arides, recouvertes de neige, puis s'engageait sur l'étendue aveuglante des plaines, Rosie et Mme Webster bavardaient ensemble pendant que son mari retrouvait, au wagon-club et au bar, la compagnie des autres hommes. Il en revenait avec des couleurs au visage et une bonne humeur qui allait croissant quand il emmenait les deux femmes au wagon-restaurant. Là, il insistait galamment pour payer le dollar du repas de Rosie.

Seule dans son compartiment, détendue quand elle s'allongeait sur son lit, Rosie pensait à l'évolution de sa situation. Elizabeth Webster et elle étaient devenues amies. Elles s'appelaient maintenant Rosie et Lizzie. Lizzie était bonne, douce, manquait un peu de maturité et était la mère de deux enfants, un garçon et une fille qui lui manquaient beaucoup durant ses voyages autour des États-Unis avec son mari prospère.

— Il aime m'avoir auprès de lui, confia-t-elle à Rosie. À vrai dire, cependant, je préférerais de loin rester à la maison avec les enfants. Il doit penser que je pourrais faire des bêtises s'il me laissait seule parce que je suis tellement plus jeune que lui. Des bêtises !

Elle leva ses yeux bleus au ciel.

— Je n'ai vraiment pas envie qu'un autre homme m'approche.

Lizzie venait d'une excellente famille de la Nouvelle-Angleterre, aujourd'hui appauvrie, descendant des colons du Mayflower. Son mari était un Américain de la première génération. Il avait fait son chemin avec tant de succès qu'il avait besoin d'une femme ayant de la classe.

— Il m'a choisie, dit Lizzie. Mes parents l'ont encouragé. Il a beaucoup d'argent et il est gentil avec moi. Je ne l'ai sans doute jamais aimé comme je devrais le faire. Parfois, cela me donne un sentiment de culpabilité.

Rosie écoutait et parlait peu. Elle était fascinée par la façon dont sa nouvelle amie s'exprimait, bougeait et se comportait. Elle pensait qu'il lui fallait apprendre tout cela. Tout ce que faisait Lizzie correspondait à ce que Rosie voulait être lorsqu'elle refusait le laisser-aller de ses camarades de classe qui n'avaient pas hésité à se moquer d'elle. Lizzie était le genre de personne qu'elle voulait devenir.

Tout en la prenant pour modèle, elle se sentait bien en sa compagnie. Rosie n'avait jamais eu de véritable amie auparavant. À présent qu'elle avait trouvé une confidente, elle se sentait bien et détendue.

Durant les longues heures de bavardage dans le Pullman, tandis que l'Amérique interminable défilait devant les fenêtres du wagon, elle se sentait incapable de confier à Lizzie la vérité sur elle-même et doutait qu'elle pourrait jamais le faire.

# Chapitre 6

La nuit tombait lorsque Peter laissa délibérément Castor et Pollux remonter le chemin poussiéreux qui les ramenait à la maison, à l'allure qui leur convenait. Il ne se réjouissait pas de retrouver son père. Ses orteils se crispaient dans ses bottes à l'idée de la colère à laquelle il devrait faire face.

Il avait décidé de ne pas dire à son père à quel point il avait été près de ramener Rosie à la maison. Il lui dirait qu'il ne l'avait pas revue, que le chef de la gare de Calistoga avait dû se tromper et que si Rosie était partie à l'Est, elle avait dû prendre le train à Sacramento. C'était d'ailleurs logique. De Sacramento, c'était le chemin le plus direct pour traverser le pays. En fait, il ne comprenait pas du tout pourquoi elle avait été à San Francisco.

Il ne parvenait pas à oublier l'impression qu'elle lui avait faite. Si élégante, habillée comme une dame avec son manteau bordé de fourrure et son grand manchon. Il n'avait jamais vu un changement aussi extraordinaire et ressentait une pointe d'envie, désirant lui aussi de beaux vêtements et l'assurance dont Rosie avait fait preuve. En la voyant, il s'était senti frustré par sa vieille salopette et ses sweat-shirts. Cet uniforme convenait à son travail sur le vignoble et témoignait de sa condition sociale. Mieux habillé, il se serait mieux débrouillé. Il aurait pu tenir tête à cet homme arrogant à la gare. Il ne l'aurait pas menacé s'il n'avait pas été habillé comme un paysan sorti de son champ du centre de l'Europe.

C'était injuste, pensa-t-il, prêt à pleurer. Avec le départ de Rosie et de Jean-Paul, il resterait toujours un paysan : il ne pourrait jamais partir. En tout cas pas depuis qu'il n'y avait plus personne pour l'encourager. Il gâcherait sa jeunesse à se battre contre le phylloxera et son père. Et pour quelle récompense ? Il n'y en avait pas, puisque Rosie et Jean-Paul l'avaient abandonné.

Où Rosie s'était-elle procuré l'argent pour les vêtements, le billet de train et Pullman et les bagages coûteux déposés par le porteur ? Il aurait aimé avoir l'avis de son père sur cette énigme. Il ne pouvait toutefois pas aborder la question sans que son père se rende compte qu'il avait vu Rosie. Tout était la faute de cet homme arrogant, décida-t-il. Un homme qui l'avait menacé des pires ennuis alors qu'il essayait seulement de ramener sa sœur à la maison.

L'homme devait avoir ses raisons. Peut-être était-ce lui qui avait payé les vêtements. Rosie s'était-elle prostituée ? Elle avait fait la putain avec Jean-Paul ; pourquoi pas avec l'homme aux moustaches ? C'est cela, pensa-t-il vertueusement, elle se prostituait et il ne pourrait jamais le dire à son père. Cela le tuerait.

C'est ainsi que Peter trouva une justification au mensonge qu'il s'appretait à faire. Il se convainquit sans peine que le mensonge était plus charitable que la vérité.

La maison n'était plus qu'à quelques pas et une seule lampe brûlait dans la cuisine, projetant une lumière vacillante sur la véranda. Repoussant la confrontation avec son père, Peter conduisit Castor et Pollux à l'écurie puis se lava lentement et bruyamment à la pompe avant de pousser la porte de la cuisine.

Dans une demi-obscurité, son père était assis à la table de la cuisine, penché sur un verre de whisky, la bouteille posée à côté de son coude. La lumière éclairait son crâne chauve mais son visage restait dans l'ombre.

— Alors, où est-elle ? demanda-t-il.

Peter alla chercher une serviette chaude sur la rampe du fourneau pour se sécher le visage et les cheveux.

— Je ne sais pas, Papa, dit-il, la voix étouffée par la serviette. Il retint sa respiration et attendit les cris de fureur.

— Tu ne l'as pas trouvée ?

— Non. Le chef de gare a dû se tromper. Elle est sans doute passée par Sacramento. Ou peut-être a-t-elle l'intention de rester à San Francisco. Elle n'était pas dans le train partant pour l'Est.

Son père grogna et se versa un autre verre de whisky. Il le but avant de répondre comme s'il se parlait à lui-même.

— Elle ne reviendra plus.

— Je pense que si, dit Peter. Que pourrait-elle faire d'autre ? Je veux dire, elle n'a pas d'argent...

Hans Brunner poussa un grognement de dérision.

— Elle ira dans l'Est, dit-il. Elle ne reviendra pas. Elle est comme sa mère.

— Maman ne s'est pas enfuie de chez nous, protesta Peter, indigné.

— Pas de chez nous. De chez elle. Rosie lui ressemble. Elle attend trop de la vie. Elle n'accepte pas les choses telles qu'elles sont et ne renonce jamais. Déjà, enfant, elle me tenait tête. Quand votre mère est morte, c'est elle qui m'a dit de me tenir convenablement et de ne pas trop boire, tout comme le faisait ta mère. Et si je la giflais ou lui disais de se taire, elle me regardait avec cet air supérieur des Français, le nez en l'air, les yeux étincelants, si semblable à sa mère que cela faisait mal.

Peter n'avait jamais entendu son père parler de cette façon et il était gêné. Il se dandinait sur ses pieds, ne sachant que dire ou faire pendant que Hans avalait une nouvelle gorgée de whisky avant de lever les yeux en clignant des paupières dans la lumière de la lampe.

— Mais toi, dit-il sur un ton méprisant, tu ressembles plus à tes ancêtres allemands quoiqu'il n'y ait pas grand chose de germanique en toi.

Il poussa la bouteille à travers la table, dans la direction de Peter qui se tenait debout.

— Bois un coup, comme un homme. Tu vas en avoir besoin maintenant que ta sœur est partie. Qui va mener tes combats à ta place à présent, fiston ? Tu vas devoir apprendre à le faire toi-même. Tu devras même me tenir tête à moi, n'est-ce pas ? Jusqu'ici, c'est elle qui le faisait à ta place.

Peter sentit avec désespoir qu'il allait se mettre à pleurer et, une fois qu'il aurait commencé, avec toutes les tensions de la journée, il serait incapable de s'arrêter. Les paroles de son père lui rappelaient l'époque où il était à l'école à Calistoga. Rosie avait neuf ans et, cheveux au vent, le poing faisant des moulinets, elle se précipitait à sa rescousse dès que les grands le maltraitaient ou l'injuriaient pour le faire pleurer. Alors ils se moquaient de lui jusqu'à ce que l'intervention de Rosie les disperse comme une volée de moineaux.

Personne ne s'en prenait à Rosie mais ils le tourmentèrent, lui, jusqu'à ce qu'ils découvrent que la colère de Rosie les rattrapait toujours. Il se souvint de tout cela et pour la première fois il ressentit de façon aiguë la perte de sa sœur tandis que les larmes lui coulaient sur les joues.

— Tu pleures ? dit son père. Tu pleures à cause de Rosie et de ton petit ami français ? Tu n'avais pas à lui tenir tête, n'est-ce pas ? Simplement à te courber.

Peter poussa un hoquet comme s'il avait reçu un coup. Il sentit ses larmes tarir et ses joues brûler. Il aurait voulu frapper son père mais avait peur de ses gros poings, de ses larges épaules et de son cou de taureau. Il se battit avec les armes qu'il connaissait.

— Très bien, Papa, dit-il, des années de rancune lui faisant élever la voix. Je ne voulais pas vous le dire. J'ai trouvé Rosie, habillée de riches vêtements, au bras d'un poseur. Elle montait dans le train qui allait vers l'Est et voyageait en Pullman. Vous auriez dû voir ses bagages. Je lui ai dit que vous vouliez qu'elle revienne et elle n'a fait qu'en rire. Elle a dit qu'elle préférait se prostituer plutôt que de passer une journée de plus avec vous, votre avarice, votre ivrognerie et votre mauvais caractère. Elle a dit qu'elle vous détestait depuis toujours et qu'elle ne comprenait pas pourquoi Maman vous avait épousé. Elle pense qu'elle était folle. Elle a rajouté que vous êtes le plus grand fils de pute ayant jamais existé et qu'une vie de honte était meilleure que la vie sous votre toit.

Il avait reculé tout en parlant, prêt à s'enfuir à l'instant même où son père bondirait de sa chaise pour se jeter sur lui. Mais Hans Brunner ne fit rien de la sorte. Il fixa son fils tandis qu'il débitait sa haine et, quand il vit que Peter avait fini, il baissa la tête sur ses bras repliés. Horrifié par ce qu'il venait de faire, Peter vit son père sangloter, ses épaisses épaules secouées par le chagrin.

Pendant un moment, il voulut le réconforter, lui dire que ce n'était pas vrai. Sa main était presque sur l'épaule de son père puis il se souvint de l'affreuse accusation que le vieil homme avait portée contre lui et Jean-Paul. Brûlant de honte et de colère, il s'enfuit dans sa chambre.

C'est au matin du troisième jour de son voyage en train que Rosie eut mal au cœur. Elle fut incapable de manger le petit déjeuner qu'on lui avait apporté. Elle essaya de se lever mais abondonna. Le mouvement du train provoquait chez elle des vagues de nausée.

Le visage soucieux, Lizzie vint la retrouver pour voir ce qu'il en était. Elle lui donna à boire et lui suggéra de se rendormir. Rosie y parvint et, à l'heure du déjeuner, l'affreuse sensation avait disparu. Mais tous les matins, les nausées recommencèrent.

— Je ne comprends pas, dit-elle à Lizzie. Je ne suis jamais malade.

Lizzie paraissait songeuse.

Ils changèrent de train à la station La Salle à Chicago. Une fois de plus, monsieur Webster se chargea de tout mais il leva les sourcils en voyant la taille de la malle de Rosie.

— Elle appartenait à ma mère, expliqua-t-elle rapidement. Je voulais la rapporter en France. Elle est pleine de mes vêtements.

Le porteur noir qui essayait de la charger roula des yeux.

Les nausées poursuivirent Rosie de Chicago, à travers l'Indiana, l'Ohio et jusqu'à l'État de New York. Le dernier matin du voyage, Lizzie, le visage rose de confusion, lui dit :

— Rosie, ma chère, excusez-moi mais ne seriez-vous pas enceinte ?

Rosie constata que Lizzie avait du mal à la regarder tandis qu'elle s'asseyait dans son lit, vêtue de sa chemise de nuit de coton, le visage vert et les mains crispées sur son estomac en révolte.

Elle regarda le visage préoccupé et embarrassé de son amie et, à son grand dépit, éclata en sanglots.

— Oh oui, oh oui !

Les yeux de Lizzie se remplirent instantanément de larmes de sympathie et elle glissa un des ses bras potelés autour des épaules de Rosie pour la bercer.

— J'ai pensé que ce devait être cela, dit-elle. C'est exactement ce que j'ai éprouvé avec mon Emma. Pauvre Rosie. Qu'allez-vous faire ?

— Trouver le père, dit Rosie encore en larmes. Oh, Lizzie, dès que je me sentirai un peu mieux, je vous raconterai tout.

Plus tard, quand les nausées se furent apaisées, elles se retrouvèrent pendant que monsieur Webster buvait avec ses amis. Rosie, avec un énorme sentiment de soulagement, raconta tout à Lizzie. Elle n'oublia pas le moindre détail et Lizzie lui tenait la main pendant qu'elle lui dévoilait toute la vérité.

— Vous avez tant de courage, dit Lizzie à la fin. Je ne pense pas que j'en aurais eu autant.

— Vous n'êtes pas choquée ? lui demanda Rosie. Vous n'avez pas besoin de continuer à être bonne pour moi, vous savez. Je me débrouillerai bien.

Lizzie secoua la tête et fit la moue.

— Cela doit être merveilleux d'aimer quelqu'un comme vous avez aimé Jean-Paul, dit-elle. Je ne peux pas l'imaginer. Je peux seulement vous envier. Il ne faut pas que j'en parle à mon mari, de crainte qu'il ne soit... Il pourrait penser...

Elle hésita.

— Que je ne suis pas une très bonne compagne pour vous ?

— Oui, peut-être. Ce sera notre secret et je vous aiderai comme je le pourrai. Mais, Rosie...

Elle la prit encore impulsivement dans ses bras.

— Comment allez-vous vous débrouiller toute seule quand je vous aurai quittée à New York ?

— Comme avant, sans doute, dit Rosie. La malle a été le morceau le plus dur.

N'étant pas de celles qui se laissent abattre très longtemps, Rosie rit doucement.

— J'ai eu assez de mal à la sortir de la maison. Puis j'ai dû la cacher, vraiment bien, pendant que je rassemblais les greffons de vigne. Je les ai pris dans des piles différentes pour que mon père ne s'en aperçoive pas. Il m'a fallu un certain temps pour trouver comment m'y prendre pour la bouger. Puis j'ai eu cette idée géniale. Ma poussette était toujours dans le grenier. Elle n'était pas en bon état mais les roues étaient encore bonnes. J'en ai pris deux que j'ai fixées à l'avant de la malle. Avec deux morceaux de bois cloués à l'arrière, cela faisait une espèce de brouette. J'ai utilisé deux planches épaisses pour monter la malle sur la charrette et l'ai descendue de la même façon à Calistoga. Je ne savais pas comment je m'en sortirais, mais Papa disait toujours que les gens feraient n'importe quoi pour de l'argent et il avait raison. J'ai montré un quart de dollar au porteur et il s'est empressé de m'aider. Et tout le monde a réagi de la même façon.

Le moment de gaîté s'évanouit.

— Mais, Lizzie, je me sens si coupable de vous avoir menti. Et tout ceci...

Elle désigna l'opulence du wagon Pullman.

— C'est tout nouveau pour moi. Je n'avais jamais rien vu de pareil de ma vie, ni rencontré quelqu'un comme vous. Mais c'est drôle...

Elle secoua la tête.

— Cela me paraît normal. Je ne me sens pas mal à l'aise. J'ai l'impression que c'est ainsi que ma vie aurait dû se passer.

— Bon sang ne ment jamais, dit Lizzie, les yeux pétillants. Votre mère était peut-être de descendance noble.

Elle était ravie par le romantisme de toute cette histoire.

— Je ne sais rien de la vie de ma mère sinon qu'elle nous a appris les bonnes manières, qu'elle voulait que je connaisse le français et ne nous permettait pas de parler d'une façon ordinaire. Maman était une dame et les parents de mon père étaient sûrement des gens bien élevés. Papa disait qu'ils auraient mieux fait de rester là-bas au lieu de venir ici, sur la terre promise. Mais Maman riait et répondait qu'alors ils ne se seraient pas connus. Elle serait toujours gouvernante à Paris et Papa cultiverait de la vigne dans le Rheingau et nous ne serions pas là, Peter et moi.

Elle s'interrompit, surprise.

— C'est drôle, j'avais oublié qu'elle avait été gouvernante. C'est en vous parlant que je m'en suis souvenu. J'aurais aimé demander plus de choses à Papa à son sujet.

— Vous savez au moins son nom. Il est sur la malle. Vous trouverez peut-être des gens de sa famille en arrivant là-bas, suggéra Lizzie.

— Il faut d'abord que je trouve Jean-Paul et que je le contraigne à m'épouser, dit Rosie, démoralisée à nouveau. Oh, Lizzie imaginez qu'il ne veuille pas ? Que ferai-je, si loin de chez moi et peut-être sans le sou ?

— Vous économiserez pour revenir à New York, répliqua promptement Lizzie, et je prendrai soin de vous.

— Je vous en crois capable.

Rosie posa sa tête sur l'épaule de Lizzie et poussa un soupir.

— C'est si bon d'avoir une amie. C'est peut-être la raison pour laquelle je suis tombée si amoureuse de Jean-Paul. À cause de la solitude.

Elles séchaient leurs larmes et riaient à moitié quand James Webster arriva pour les emmener au wagon-restaurant.

— Allons, allons, dit-il avec indulgence. Qu'est-ce qui peut bien troubler deux si jolies femmes ?

— Nous sommes simplement tristes de voir que le voyage est presque fini, répondit rapidement Lizzie, et qu'il faudra se séparer.

— Si c'est le seul problème, répondit Jim Webster, nous pouvons retarder le départ de Rosie. Restez avec nous quelque temps, Rosie. Découvrez New York. Tenez compagnie à Lizzie. Nous serons heureux de vous accueillir chez nous. Dieu sait que nous avons assez d'espace. Votre départ est prévu quand ?

— Je ne sais pas, dit Rosie en hésitant car elle pensait qu'il valait mieux continuer son voyage sans tarder.

— Vous n'avez pas de réservation ?

— Je ne savais pas que cela était nécessaire.

— Ma pauvre enfant, soupira-t-il, ayant l'air d'un homme efficace entouré d'idiots. Vous serez contrainte de rester avec nous. Je prendrai les choses en mains. Je m'arrangerai pour que vous ayiez une cabine et je m'occuperai des documents nécessaires.

Voyant Rosie ouvrir la bouche pour protester poliment, il leva la main impérieusement.

— N'en parlons plus. Nous allons déjeuner et vous pouvez cesser de tourmenter votre jolie petite tête.

Et c'est ce qui se passa. Dès l'instant où le train arriva dans l'immense édifice de la Grand Central Station, Rosie fut prise en charge par les Webster. Leur voiture les attendait à la gare et ils y furent accompagnés avec force courbettes. On aurait dit que Jim Webster était directeur du New York Central et de la Hudson River Railway également.

— Ce n'est pas qu'il travaille pour eux, chuchota Lizzie en tendant gracieusement son ombrelle au porteur, mais ils lui empruntent de l'argent.

La demeure des Webster sur Park Avenue était davantage un manoir qu'une maison. Si Rosie avait été impressionnée par le luxe du Palace Hotel et du wagon Pullman, la maison la laissa sans voix.

Le maître d'hôtel les attendait aux pied de l'escalier de pierre lorsque leur voiture s'arrêta et le cocher les aida à descendre. Rosie regarda l'étendue de Park Avenue, balayée par le vent, surprise par son air de grandeur en dépit du grésil glacial qui tombait en cette froide journée de décembre. Lizzie se hâta de monter les marches.

— Je suis tellement impatiente de vous présenter les enfants, dit-elle en riant, et j'ai tant envie de les voir moi-même.

Deux jeunes enfants, l'un aussi blond que son père et l'autre, la réplique de sa mère, arrivèrent en courant dans le vestibule, suivis d'une nurse empesée. Ils se précipitèrent tous deux dans les bras de leur mère et Lizzie, agenouillée, les embrassa et se tourna vers Rosie.

— Voici ce que sont des enfants adorables, dit-elle, d'une voix chargée de signification.

Plus tard, après que l'on eut installé Rosie dans son élégante chambre, elles prirent toutes deux le thé dans le boudoir privé de Lizzie. Rosie, s'efforçant de ne pas paraître naïve, dit à quel point la maison l'impressionnait.

— Elle est pleine de choses si belles, Lizzie, et elle est si grande. Ne vous y perdez-vous pas, parfois ? Le salon fait toute la surface de la maison de Papa et de la cour arrière en plus.

Lizzie poussa un soupir.

— Je souhaite souvent qu'elle soit plus petite et intime, comme la maison que nous avions à Boston. Elle était beaucoup plus ancienne et donnait sur un jardin public. J'y ai été si heureuse ! Jim possède une autre maison dans le Connecticut. C'est notre résidence de campagne et elle est bien plus grande que celle-ci. À vrai dire, je la déteste. Mais les hommes des chemins de fer gagnent tant d'argent qu'ils s'ingénient à étaler leur fortune pour impressionner les autres. Papa et Mamam trouvent tout cela vulgaire mais ils sont contents de savoir que je ne manquerai jamais de rien et Jim est si bon.

Rosie resta silencieuse. Tandis que Lizzie lui versait une nouvelle tasse de thé et lui passait une assiette de gâteaux, elle se demanda si le mariage sans amour pouvait être compensé par une grande fortune.

— Il faut que nous vous montrions New York, Rosie, au cas où vous deviendriez complètement française et que vous nous quittiez pour toujours. C'est la ville la plus magnifique du monde. Je dois admettre que Paris est une très belle ville mais pas aussi moderne que New York.

En effet, Lizzie lui fit découvrir New York. Rosie fut fascinée par l'opéra et attentive quand elle était reçue dans d'autres maisons riches. Elle s'émerveilla devant Wall Street où se trouvaient les immeubles les plus élevés. On l'emmena déjeuner au Plaza et on l'initia aux merveilles des achats chez Macy's. Elle se sentait comme une éponge, absorbant chaque nouvelle expérience, apprenant tout le temps.

Elle resta chez Lizzie pendant que monsieur Webster s'occupait de sa réservation et des différents documents qu'elle devait signer.

— Il aime bien avoir quelque chose de différent à faire, lui dit un jour Lizzie, tandis qu'elle faisait de la broderie. Cela l'amuse plus que de faire de l'argent.

— Je donnerais n'importe quoi pour pouvoir faire de l'argent, dit Rosie, assise de l'autre côté de la cheminée. Vous n'imaginez pas à quel point la vie est horrible lorsqu'on n'en a pas.

— C'est parfois horrible d'en avoir trop, dit Lizzie tristement.

Dans la chambre spacieuse que ses hôtes avaient choisie pour elle, Rosie rêvait toutes les nuits en regardant les flammes danser dans la cheminée. La servante l'allumait tôt le soir en raison des nuits froides et parce que Lizzie disait qu'un vrai feu était bien plus agréable. Engourdie par la chaleur, Rosie pensait à sa chance. Dans ses rêves les plus fous, elle n'aurait jamais pu imaginer que ses efforts pour paraître riche auraient connu un tel succès.

Mais sa plus grande satisfaction était que Lizzie et Jim Webster semblaient l'apprécier pour elle-même. Elle se disait que même lui, à présent, devait comprendre qu'elle n'était pas aussi à l'aise qu'elle semblait l'être quand ils s'étaient rencontrés sur le quai de la gare.

Elle en parla à Lizzie, et celle-ci lui répondit :

— Ma chère Rosie, Jim n'est pas snob. Comment le serait-il ? Vous comprendriez mieux si vous rencontriez son père et sa mère.

Ils sont venus ici d'Estonie et le vrai nom de Jim n'est pas prononçable. Ses parents ne sont pas vraiment distingués mais Jim insiste pour qu'ils viennent ici tous les ans à Noël et qu'ils viennent séjourner au moins deux semaines l'été dans notre résidence à la campagne. J'aime beaucoup cette attitude de sa part. Tant d'immigrants de la première génération sont de tels snobs. Quand ils réussissent, ils cachent leurs parents à leurs amis. Pouvez-vous imaginer cela? Ils ont honte de leurs propres parents. On peut le comprendre mais Jim n'est pas comme cela.

— D'ailleurs, s'empressa-t-elle d'ajouter, quelle raison aurait-il, lui ou quiconque, d'être snob avec vous? Vous êtes courageuse, charmante, bien élevée et très jolie. Dans d'autres circonstances, je crois qu'il insisterait pour que vous restiez jusqu'à ce qu'il vous ait trouvé un parti convenable.

— Mais j'aime Jean-Paul, dit Rosie, et il y a… Elle posa la main sur son ventre.

— Je sais, dit Lizzie d'un air triste. Je m'inquiète beaucoup pour votre avenir, Rosie.

— Je n'ai pas peur. Regardez quelle chance j'ai eue jusqu'à présent répondit joyeusement Rosie. Vous êtes sans doute ce qui m'est arrivé de mieux au monde. J'ai tant appris de vous, découvert tant de choses et vous avez été si bons. Honnêtement, Lizzie, vous êtes ma bonne étoile.

— J'espère que nous resterons en contact, dit Lizzie. M'écrirez-vous pour me raconter ce que vous devenez? Je serai morte de curiosité.

— Bien sûr, promit Rosie.

Sa chance persista le lendemain. M. Webster revint avec son passeport et son billet de bateau.

— Vous avez une cabine de première sur l'*Aquitaine,* annonça-t-il. C'est le bateau le plus beau et le plus récent sur la ligne Atlantique et je puis vous assurer, Rosie, qu'on s'occupera bien de vous durant la traversée. L'un de mes directeurs a parlé personnellement de vous au capitaine.

— Première classe? Mais…

Elle pensa à son capital qui s'amenuisait.

— C'est, dit Jim Webster, un cadeau de Liz et moi.

Il toussota.

— Enfin, elle a insisté pour que ce soit un billet aller-retour.

— Seulement au cas où... dit Lizzie de sa place à côté du feu. Jim dit que le billet de retour est valable un an ce qui devrait vous donner tout le temps nécessaire pour prendre une décision.

— Ne vous inquiétez pas, dit Jim Webster en voyait l'air effaré de Rosie, si vous ne l'utilisez pas, il me sera remboursé.

Il écalata d'un rire jovial pour montrer qu'il s'agissait d'une plaisanterie. Rosie resta pétrifiée puis, submergée par leur générosité, rit aussi et jeta ses bras autour de Jim Webster et se surprit à lui faire un gros baiser sur la bouche avant de serrer Lizzie dans ses bras à lui couper le souffle.

— Vous êtes les deux personnes les plus merveilleuses que je connaisse au monde, dit-elle puis elle éclata en larmes et s'enfuit de la pièce.

# Chapitre 7

« Ma chère Lizzie,

« Grâce à vous, me voici vraiment en route. Que serais-je devenue sans vous et M. Webster ? Comment vous remercier ? Un jour, je pourrai vous montrer à quel point je vous suis reconnaissante pour tout ce que vous avez fait pour moi.

« Je pense à vous chaque fois que je regarde autour de cette merveilleuse cabine et, ma chère Lizzie, plus je m'approche de la France, plus j'ai du mal à contenir mon excitation. Je fais simplement des prières pour trouver Jean-Paul et qu'il soit heureux de me voir. Il a dû m'aimer lorsque nous étions ensemble mais alors, pourquoi est-il parti ? »

Sa plume hésita. Pourquoi était-il parti ? Rosie préférait ne pas trop s'attarder sur la raison. Elle regarda par le hublot d'où filtrait la pâle lumière de l'Atlantique. Elle évoquait les moments avec Jean-Paul dans son lit, se souvenant de la sensation de ses mains sur elle, de la tiédeur de sa bouche et des instants où ils étaient unis dans une étreinte fébrile. Elle fut traversée par une vague de désir à ce souvenir. Elle chassa cette image, se demandant comment elle pouvait être enceinte et néanmoins brûler encore de désir. Ne lui avait-il pas dit qu'elle était faite pour l'amour, qu'elle éprouverait toujours du désir ? Elle retourna à sa lettre.

« Je dois cesser de penser à des choses négatives. Je dois me montrer positive. Pourtant, je voudrais que vous sachiez à quel point je me sens en sécurité avec ce billet de retour. Cependant, bien que je souhaite vous revoir, j'espère ne pas avoir à l'utiliser.

« Lizzie, dites à votre mari que la petite fête dans ma cabine où nous étions tous les trois était parfaite. J'ai gardé la bouteille et le bouchon de champagne dans mes bagages et les conserve comme porte-bonheur. La bouteille vient d'Ay, l'un des endroits dont Jean-Paul m'a parlé. Quand nous l'avons débouchée, je me suis rappelé ses paroles : le champagne est comme de l'or et il scintille comme le soleil. Il disait qu'il est fait pour les fêtes et pour l'amour et il avait raison.

« C'était le choix parfait à l'occasion de mon départ car je vous aime tellement tous les deux. Oh, Lizzie, nous resterons toujours en contact, n'est-ce pas ?

« Je vais vous raconter maintenant ce qui m'arrive. J'ai éprouvé une impression étrange en voyant la Statue de la Liberté disparaître dans la brume. Elle est si grande que même le bateau paraissait petit à côté. Je me souviens maintenant que M. Webster m'a dit qu'elle venait de l'endroit où j'allais et que ce serait la dernière chose que je verrais de l'Amérique. Je suis certaine qu'il me croit folle de partir mais peut-être lui expliquerez-vous un jour pourquoi. Après la naissance du bébé, quand tout sera rentré dans l'ordre.

« Je n'ai pas été aussi malade que dans le train. Peut-être est-ce dû à l'excitation. Je vous suis également très reconnaissante pour les deux robes que vous m'avez données. Tout le monde ici est si élégant. Mes deux vieilles robes auraient paru bien tristes à côté de toutes ces splendeurs.

« Tout est plus luxueux ici que dans le wagon Pullman. Je suis tout le temps étonnée mais dois faire semblant d'être habituée à cette façon de vivre. Ce n'est pas toujours facile. Heureusement que j'ai pu rester avec vous quelque temps et apprendre ainsi tant de choses. J'arrive même à me sortir du piège des couverts et des plats qui sont servis à chaque repas sans passer pour une idiote.

« Tout a tellement changé. Quand je pense à la façon dont j'ai évité le restaurant de l'Hôtel à San Francisco ! J'aurais pu tout aussi bien mourir de faim dans le train si vous n'aviez pas été là avec M. Webster. Je n'aurais jamais eu le courage d'aller seule au wagon-restaurant.

« Ici, sur le bateau, j'ai une table pour moi toute seule dans un coin tranquille et les serveurs sont aimables. Cependant, je dois avouer que la première fois que je suis entrée dans cette immense salle à manger, j'étais figée de peur. Mais j'ai gardé la tête haute, bien droite comme vous le faites, le nez en l'air, je n'ai regardé personne jusqu'à ce que j'aie rejoint ma place. Maintenant, Dieu merci, je n'ai pas à prendre mon repas seule. J'ai rencontré un homme tout à fait charmant, André Lefèvre. Il est vieux mais si courtois et il m'a prise sous sa protection. Nous avons fait connaissance d'une bien curieuse façon... »

Rosie s'interrompit pour réfléchir à ce qu'elle allait dire au sujet d'André lorsqu'elle entendit frapper discrètement à la porte. Le steward venait livrer une envelope.

— On m'a dit d'attendre une réponse, Madame, dit-il.

Rosie fendit l'envelope à l'aide d'un coupe-papier qui se trouvait sur le bureau. Elle hocha la tête et dit :

— Faites part à M. Lefèvre que je serai ravie de me joindre à lui.

André l'invitait à une petite fête dans sa cabine et lui demandait ensuite de dîner à sa table. Elle sourit. Bien qu'elle ait pris ses repas avec lui les deux derniers jours, il ne considérait pas cela comme une chose acquise et continuait à l'inviter. Et elle acceptait.

Elle avait commencé sa lettre en robe de chambre pour préserver sa garde-robe encore limitée. Laissant tout de côté, elle enfila la robe rose brodée achetée chez Mme Claudine. Elle avait tout le temps nécessaire pour se coiffer et pincer ses joues afin de les rosir. Elle s'était installée pour écrire à Lizzie environ une heure avant le coup de gong conviant les passagers au restaurant. Sébastien était au lit et elle était seule.

C'était à cause de Sébastien que Rosie avait fait la connaissance d'André Lefèvre. C'était un enfant éveillé, actif qui ne restait jamais tranquille et ne cessait pas de poser des questions. C'était le petit-fils d'André.

Rosie avait rencontré le petit garçon la première fois le lendemain de son départ. L'Atlantique était recouvert d'écume blanche et plutôt agité. L'Aquitaine tanguait, roulait et la plupart des passagers avaient disparu dans leur cabine. La salle à manger était presque déserte mais le roulis du bateau n'avait pas gêné Rosie. Elle avait fait sa promenade matinale sur le pont mouillé, appréciant le vent soufflant dans sa chevelure. À son retour, les joues rouges et piquantes à cause du froid et des embruns, elle avait entendu des petits pas courant derrière elle. En se retournant, elle avait alors aperçu un petit enfant en larmes, les poings serrés sur ses yeux. Il avait des cheveux bouclés noirs et frissonnait dans sa chemise blanche légère. Il n'avait pas de manteau.

— Oh, Madame, Madame, s'était-il exclamé en s'accrochant aux jupes de Rosie avant de déverser un torrent de paroles. Rosie mit une seconde avant de comprendre que le petit garçon parlait français. Elle s'était penchée pour mieux l'entendre.

— Doucement, doucement, lui avait-elle dit.

Peu à peu, Rosie avait compris que la nurse de l'enfant était au lit, souffrant du mal de mer. Le petit garçon était perdu. Il n'arrivait pas à trouver son grand-père ni sa cabine.

Rosie avait pris l'enfant par la main et, grâce au steward, frappait quelques minutes après à la porte de la suite appartenant au grand-père de Sébastien. Lorsqu'André Lefèvre avait ouvert la porte, le petit garçon s'était jeté dans ses bras. Grand et mince, vêtu d'une élégante veste en velours noir, l'homme s'était penché vers l'enfant et avait vu son visage couvert de larmes.

— Qu'y a-t-il ? avait-il demandé en français.

Rosie avait été émue par le ton de sa voix et par son inquiétude.

— Pourquoi n'as-tu pas de manteau ? Tu as froid.

— Tout va bien, avait dit Rosie. Il s'était seulement perdu.

L'homme l'avait regardée d'un air si insistant qu'elle avait eu l'impression qu'il voyait à travers elle comme si elle était faite de verre.

— Vous parlez français ? avait-il demandé.

Il avait plus de soixante ans, décida Rosie mais était encore bel homme. Son visage était plus fin que celui de Jean-Paul, avec un long nez mince et des yeux bleus. Il avait d'épais cheveux blancs brossés en arrière, de grands favoris touffus et une fine moustache. Il se tenait droit et ne ressemblait en rien à Jean-Paul mais il y avait quelque chose... un rien indéfinissable qui le lui rappelait. Peut-être son accent. Peut-être simplement le fait que lui aussi était français.

— Vous parlez français, répéta-t-il, cette fois en anglais.

— Un tout petit peu.

Rosie se sentait confuse par sa soudaine timidité.

— Ma mère était française.

— Et vous êtes venue au secours de mon petit Sébastien ? C'est très aimable à vous.

— Grand-père, grand-père, disait l'enfant. Nounou est malade. Elle a le mal de mer.

Le vieil homme avait l'air préoccupé.

— Tu es resté seul toute la matinée ?

— Oui, c'était amusant jusqu'à ce que je me perde.

— N'y a-t-il personne pour s'en occuper ? avait demandé Rosie qui n'avait pas eu de mal à comprendre leur conversation.

— Il y a moi, avait répondu M. Lefèvre, mais je crains que Sébastien n'apprécie guère ma compagnie.

— Voulez-vous que je prenne soin de lui ? demanda Rosie impulsivement. Cela m'aidera à exercer mon français.

— Cela ne vous gênerait pas ? Les enfants peuvent être très fatigants. Sébastien m'épuise, je le crains.

— Pas du tout, répondit Rosie en souriant à l'expression de soulagement qu'il eut en la remerciant avant de se présenter.

— Je m'appelle Rosie Brunner et je vais en France, dit-elle à son tour, encore intimidée par sa présence.

Ses yeux gris pétillèrent.

— Je l'avais deviné, dit-il. Mais où cela, en France ?

— Quelque part en Champagne.

— Quelque part ?

— Un endroit dont le nom contient le mot « Rose ».

Il s'était tapoté la lèvre supérieure avec un long doigt fin.

— C'est tout ce que vous avez comme adresse ?

Elle avait hoché la tête.

— Vous voyagez seule ?

— Oui.

Il avait secoué la tête.

— Vous devriez venir déjeuner à ma table pour m'en parler. Vous verrez que Sébastien se tient bien pour un petit garçon aussi vivant et, d'après la façon dont il se cramponne à votre main, je pense qu'il sera ravi de votre compagnie.

— Cela me fera plaisir. Je me sentais un peu seule.

Elle se demanda après pourquoi elle avait dit cela. Ce n'était pas son habitude de faire de tels aveux mais M. Lefèvre avait l'air si chaleureux et, en dépit de son âge, si masculin, qu'elle voulut paraître féminine et moins indépendante que d'habitude.

Elle promena Sébastien sur le pont, espérant le fatiguer, mais l'enfant était insatiable. Il la regardait d'un air rusé avec ses grands yeux marrons avant de tenter quelque malice. Elle devait se cramponner à sa main et le raisonner dans un mélange de français et d'anglais. Finalement, elle découvrit que son expression suffisait pour le faire obéir. Quand il était gentil, il avait beaucoup de charme. Il tendait ses bras et se blottissait contre elle en la câlinant et en l'embrassant de manière presque frénétique.

— Il n'a pas eu de mère, avait expliqué André au cours du déjeuner. Ma bru est morte à sa naissance. Je fais ce que je peux mais il manque d'amour. Mon fils Philippe supporte parfois difficilement de le regarder. Il ressemble tellement à sa mère et la perte de celle-ci a profondément affecté mon fils. Le garçon est parfois têtu et de mauvaise humeur. Il est difficile mais je suis convaincu que c'est parce qu'il n'a pas de mère. Sa nurse est âgée. Il est attiré par vous parce que vous êtes jeune et belle et il est déjà assez français pour l'apprécier.

Rosie se sentit rougir. Sébastien, assis sur un épais coussin, d'une sagesse exemplaire, mangeait sa soupe en silence, leur jetant parfois un regard interrogateur. Alors que Rosie cherchait une réponse, il lança à son grand-père son regard rusé et frappa sa soupe avec sa cuillère. Une cascade de liquide chaud gicla sur la table, arrosant surtout la robe vert olive que Lizzie avait donnée à Rosie.

Surprise, Rosie bondit sur ses pieds tandis que Sébastien ouvrait la bouche et poussait un cri de frayeur, prévoyant une sanction. Un serveur apparut comme par magie avec une serviette et nettoya la robe tandis que Sébastien restait assis en tremblant. André Lefèvre s'était levé, dominant son petit-fils.

— Présente tes excuses, gronda-t-il.

— Pardon, gémit le petit garçon.

Il avait renversé la tête pour la regarder et ses yeux remplis de larmes firent fondre le cœur de Rosie. Elle se pencha pour le prendre dans ses bras en espérant le réconforter.

— Tu es un méchant garçon, dit-elle en anglais, vraiment insupportable mais tu es adorable aussi.

Là dessus, elle lui planta un baiser sur le nez.

Le visage de Sébastien s'éclaira d'un sourire ; le tremblement de sa lèvre se calma.

— Je vous aime, dit-il en français.

André Lefèvre secoua la tête.

— Vous voyez. Que puis-je faire ?

— Il sera gentil maintenant, dit Rosie.

Sébastien n'était pas près de recommencer. Un peu aidé par Rosie, il mangea son repas comme un petit adulte en se tenant exagérément bien.

— Il est trop précoce pour un si petit garçon, dit André Lefèvre. Si ma femme avait été là, cela aurait été plus facile. Mais elle est morte il y a déjà six ans de cela. Elle n'a jamais connu son petit-fils.

Il secoua la tête comme pour chasser ce souvenir et ajouta :

— Qu'allons-nous faire en ce qui concerne votre robe ? Est-elle abîmée ?

— Je ne crois pas.

Rosie ne s'en inquiétait pas maintenant qu'elle en avait d'autres.

— Et si elle l'est, ce n'est pas la fin du monde.

— Vous êtes très gentille, dit André d'un ton qui n'était pas paternel.

Rosie baissa les yeux. À sa surprise, elle ressentit une légère palpitation, semblable à celle qu'elle éprouvait en pensant à Jean-Paul. Mais cet homme est âgé, pensa-t-elle tout en appréciant son élégance, son charme et son allure. Il avait le même air distingué qui l'avait séduite chez Lizzie. Il avait plus de distinction que Jean-Paul n'en aurait jamais et elle l'appréciait. C'est une qualité qu'elle désirait posséder mais elle comprit que c'était une chose innée et qu'elle ne l'acquerrait jamais complètement.

— Et pourquoi allez-vous à Chigny-les-Roses ? demanda-t-il.

Son visage s'éclaira en entendant ce nom.

— C'est cela ! Comment l'avez-vous deviné ?

— C'est en Champagne, répondit-il, et il n'y a pas beaucoup de villages avec « Rose » dans leur nom. J'ai pensé que c'était sans doute celui-là.

— C'est bien cela.

— Et pourquoi y allez-vous ?

Elle prit une respiration.

— Pour retrouver quelqu'un.

— Un homme ?

Elle acquiesça.

— Un amant ?

Elle fut presque choquée par la façon dont il avait dit cela mais hocha la tête à nouveau.

— Il vous a quittée ?

Elle sentit sa gorge se nouer et ne put que faire un nouveau signe de tête.

— Cet homme doit être un imbécile, dit André Lefèvre et il lui tapota la main.

Le contact de sa main la fit frissonner comme seul Jean-Paul l'avait fait frissonner auparavant. Rouge de confusion, elle dit pour cacher son trouble :

— Vous connaissez la Champagne ?

— La champagne, un peu. Mon fils avait une maison sur la Marne. Le vin, bien. J'en ai bu des quantités autrefois.

— Oh !

Elle était toujours mal à l'aise.

— Cela fait partie de votre travail ?

— Non, ce n'est qu'un loisir agréable. Je ne travaille pas. J'étais dans l'armée et je pourrais me faire appeler colonel si je voulais mais les titres militaires n'ont pas de sens en temps de paix. Je suis entré dans l'armée parce que mes parents voulaient m'occuper et cela semblait une bonne façon de faire jusqu'à ce que je combatte les Boches. Je n'ai pas aimé cela.

Elle ne savait pas qui étaient les Boches et demanda :

— Vous étiez à New York en vacances ?

— Pas exactement. Mon fils y habite. Il est dans le commerce du vin. Pas seulement le champagne. Toutes les sortes de vins français. J'ai trouvé que c'était une meilleure occupation pour un jeune homme que de faire la guerre et de parader en uniforme. Sébastien est allé rendre visite à son père et, à présent, nous rentrons tous les deux à Paris.

— Son père vit à New York ?

— Pour le moment. Les vins français sont appréciés dans votre pays. Mon fils est représentant d'un exportateur de vins de Paris. Ils l'envoient dans le monde entier mais l'année prochaine, il doit retourner à Paris.

— Le vin américain est bon, dit-elle, sur la défensive. Mon père est vigneron.

— Vraiment ?

Il leva ses sourcils bien marqués.

— Dans l'État de New York ?

— En Californie.

— En Californie ? Vous êtes venue de si loin toute seule ?

— Ce n'était pas difficile. Il y a le train et j'ai rencontré des gens qui m'ont aidée.

— Cela ne me surprend guère.

L'après-midi, elle joua avec Sébastien dans le salon de la suite occupée par André Lefèvre. Ensuite, elle baigna le petit garçon et le mit au lit.

Le jour suivant, la mer se calma un peu et un faible soleil éclaira l'étendue grise. La nourrice de Sébastien apparut, une petite femme boulotte avec une bouche aux commissures descentantes. Elle était enocre verte et tremblante de son malaise de la veille mais, même ainsi, Sébastien semblait la craindre.

André insista pour que Rosie déjeunât encore avec lui, sans le garçon.

— Ainsi, nous ne mettrons pas votre robe en péril, dit-il. D'ailleurs, c'est stupide que nous mangions chacun seul. Les repas sont un des grands plaisirs de la vie, particulièrement à mon âge. C'est un plaisir qui doit être partagé. Il y en a si peu de nos jours.

Il la regardait droit dans les yeux et lui parlait sur un ton badin mais elle comprenait exactement ce qu'il voulait dire et savait qu'il lui adressait un message. Elle était étonnée. Les hommes de cet âge recherchaient-ils encore l'amour ? Sûrement pas. Il devait être aussi âgé que son père et son père n'avait jamais regardé d'autre femme après le décès de la sienne. Serait-il possible d'éveiller des hommes de son âge ? se demanda-t-elle.

André et Sébastien devinrent ses compagnons fidèles. Elle se rendait compte que cela ferait chuchoter les autres passagers mais elle n'en avait cure. Elle était heureuse qu'André la traitât comme sa fille. Et il insistait pour qu'ils parlent français.

— À Chigny-les-Roses, personne ne parlera anglais, dit-il. Et si vous n'apprenez pas la langue, vous serez isolée.

Leurs conversations étaient donc lentes tandis qu'elle butait sur les mots en essayant de lui parler.

— Mais c'est impossible, dit-elle en se fâchant un jour. Je veux vous distraire. Comment pourrais-je le faire si je ne connais pas le vocabulaire ?

— Apprenez-le ou vous n'amuserez jamais personne en France.

Il y aurait peut-être des gens qui parlent anglais à sa petite réception, pensa-t-elle en longeant les couloirs surchauffés qui conduisaient à sa suite. Elle n'avait pratiquement pas parlé anglais pendant quatre jours. Mais un babil français l'accueillit quand André la fit entrer dans sa cabine.

Les yeux pétillants, il la présenta aux quatre autres invités qui se tenaient debout, un verre de champagne à la main. Le commissaire de la marine et le capitaine, tous deux français, et un couple âgé, un homme petit et gros, ressemblant à un crapaud et sa femme, une beauté classique qui scintillait de diamants.

Le commissaire, jeune et brun, au regard implorant, s'attacha à Rosie. Mais elle n'avait d'yeux que pour André. Il semblait fasciné par la femme couverte de diamants, ce qui irrita Rosie. « Elle est peut-être plus belle que moi », se dit-elle avec indignation tout en essayant de se concentrer sur les platitudes du commissaire. « Mais je suis plus jeune. »

Elle avait une coupe de champagne à la main et se rendit compte qu'elle l'avait bue trop vite. On la lui remplit immédiatement. Lorsque le commissaire et le capitaine retournèrent à leurs occupations et que l'autre couple prit congé lui aussi, Rosie avait déjà bu trois coupes du délicieux vin pétillant.

— Vous ne m'avez pas parlé, accusa-t-elle lorsque André revint dans la cabine après avoir donné un pourboire au steward.

— Bien sûr que non. La petite fête était destinée à vous faire parler français.

— C'était vraiment difficile.

— Vous vous en êtes très bien sortie. Je suis fier de mon élève.

Quels beaux yeux il a, pensa-t-elle en rêvant. Même s'ils étaient entourés de rides, son regard était encore jeune et brillait en la regardant.

— C'est la deuxième fois que je bois du champagne, murmura-t-elle. Et j'en ai bu trois coupes. Je me sens bizarre.

— Pas malade ?

— Non. J'ai l'impression de flotter. C'est comme si je n'avais pas de jambes. Qui était cette femme ?

— Laquelle ?

— Celle pour qui vous m'avez délaissée.

— Mais le commissaire est tombé amoureux de vous.

— Vraiment ? Je ne l'ai pas remarqué. Elle rit. Quel dommage. J'aurais dû le remarquer. Vous ne m'avez pas répondu. Qui était-ce ?

— Une vicomtesse. Une aventurière. Son mari est très riche.

— Vous êtes très riche ?

— Oui mais il l'est plus que moi. Il s'avança pour lui prendre les deux mains et la regarda en souriant.

— Demain, c'est notre dernière nuit en mer, Rosie.

Elle poussa un soupir.

— Je sais. Tous les problèmes vont recommencer.

Il fit la moue.

— Non. Du moins, pas jusqu'à ce que vous arriviez à Chigny-les-Roses. J'y veillerai. Non. Demain, c'est le bal du capitaine. Puis-je vous y conduire ?

— Oh, oui. C'est merveilleux.

Soudain, elle retrouva presque tous ses esprits.

— Un bal ! Oh, non, c'est impossible.

— Pourquoi ?

Il lui reprit les mains.

Elle le regarda fixement puis éclata de rire.

— Oh, André, cher André, Cendrillon ne peut pas aller au bal parce qu'elle ne sait pas danser et qu'elle n'a pas de robe. André, je ne suis pas vicomtesse. Je suis une fille ordinaire qui vient droit de la campagne. Je n'avais jamais imaginé auparavant que quelqu'un puisse m'inviter au bal. Je triche. Je ne suis pas riche et je n'ai pas d'éducation ni rien du tout. Mes vêtements...

— Bien sûr, c'est évident, dit-il calmement. Vous vous débrouillez très bien, ma petite Rosie, et vous apprenez vite. Bientôt, vous serez exactement la personne que vous souhaitez devenir. Et rien n'a d'importance parce que vous avez du charme, vous êtes belle et vous êtes gentille. Vous ne pouvez pas échouer. J'espère que votre amoureux vous apprécie.

Elle poussa un profond soupir.

— C'est bien que vous vous en rendiez compte, dit-elle. C'est difficile de faire semblant tout le temps. Il y a tellement de choses à apprendre...

— Vous ne savez vraiment pas valser ?

— Non.

— Vous apprendrez en deux minutes. Venez ici.

Il l'attira à lui, la prit par la taille et lui tint la main droite fermement. Elle sentit son corps contre lui et respira l'odeur de son habit de soirée. Il lui montrait les pas en comptant, « Un, deux, trois... un, deux, trois... » Elle se laissa guider et fit de son mieux pour le suivre jusqu'au moment où elle lui marcha lourdement sur le pied.

— Ouille ! s'exclama-t-il involontairement.

— Oh, je suis désolée.

Sans réfléchir, elle l'entoura de ses bras et le serra contre elle.

— Je vous ai fait mal ?

— Non.

Sa voix semblait étrange. Elle leva la tête et vit dans son regard ce qu'elle avait vu tant de fois dans celui de Jean-Paul. Elle soupira et sentit sa tête se renverser en arrière et ses lèvres s'entrouvrir tandis qu'il se penchait sur elle pour poser sa bouche sur la sienne. Il n'embrassait pas de la même façon que Jean-Paul. Il était plus doux. Elle se pressa contre lui puis se rendit compte, avec un sentiment de triomphe, qu'il était possible d'éveiller un homme de son âge.

Il recula instantanément.

— Je pense que nous devrions aller dîner, dit-il en souriant toujours.

Elle avait l'impression d'avoir les jambes en coton et elle se rapprocha pour s'agripper à lui de nouveau.

— Pas maintenant, dit-elle en renversant la tête pour l'embrasser une nouvelle fois.

Il poussa un soupir et passa doucement un doigt sur ses paupières fermées.

— Rosie, je suis trop vieux. Je ne vous donnerais pas de plaisir.

— Alors, c'est moi qui vous en donnerai, lui répliqua-t-elle pleine de confiance en ses capacités.

Il rit.

— Oh, vous pourriez me donner du plaisir, cela ne fait pas de doute. J'aime vous regarder, j'aime vos yeux pleins d'impatience, votre bouche souriante et douce. Belle jeune femme. Vous me donnez du plaisir. Vous êtes gentille et aimante et vous êtes brave, Rosie. Je crois que je vous aime. Aussi, je vais essayer de vous oublier.

Il lui tenait le visage entre ses mains et se pencha pour l'embrasser, mais légèrement, comme si elle avait l'âge de Sébastien.

— D'ailleurs, ajouta-t-il, si nous n'allons pas dîner, la vicomtesse, le commissaire et le capitaine sauront exactement ce que nous faisons. Vous m'observiez avec beaucoup trop d'attention et j'admets que j'en étais ravi. Cependant, je ne suis qu'un vieil idiot.

Elle s'écarta de lui et s'assit dans un fauteuil de cuir. Elle ne voulait pas s'éloigner de lui. Elle voulait qu'il l'embrasse mais elle avait aussi besoin d'un moment pour réfléchir. Elle était encore effarée par l'intensité de ses sentiments pour cet homme qui aurait pu être son grand-père. Il avait fait reculer Jean-Paul dans son esprit, pas complètement, mais le désir brûlant qu'elle éprouvait pour lui avait disparu. Quel mal y aurait-il, pensa-t-elle, à donner du plaisir à André, si gentil et si prévenant? Elle ressentait de l'amour pour lui d'une façon différente. C'était une véritable affection: elle se sentait rassurée quand il était là. Jean-Paul, réalisa-t-elle, ne lui avait donné que de l'amour physique et de l'incertitude.

— André, dit-elle lentement, en anglais, car il était important de s'exprimer correctement, vous êtes âgé mais cela n'a pas d'importance parce que vous êtes particulier. Vous m'avez fait comprendre ce qu'est un gentleman. Nous allons dîner maintenant parce que vous connaissez ces gens et que cela pourrait vous embarrasser si nous n'y allions pas. Je ne les verrai plus jamais après demain donc je me moque de ce qu'ils pensent. Mais demain, je ne peux pas aller au bal. Vous pourriez m'apprendre à danser mais vous ne pouvez pas me faire une robe de bal. Donc, demain soir, le dernier soir, nous resterons seuls ensemble. Personne ne remarquera notre absence et je veux vous donner du plaisir. Je pense aussi que vous me rendrez heureuse.

Il était resté grave en l'observant. Il l'aida à se relever de son fauteuil.

— Rosie, Rosie, si tentante, si jeune et, je pense, si abreuvée de champagne, dit-il, mais sa voix restait tendre. Voyons ce qui arrivera demain. Si rien ne se produit, je me souviendrai toujours de ce que vous m'avez dit.

Au dîner, dans la salle à manger éclairée aux chandelles, il surveilla tous ses gestes tandis qu'elle caressait le pied de son verre de vin. Elle remarqua qu'il avait des mains bien plus grandes que celles de Jean-Paul et qu'il était bien plus raffiné. Il parvint à lui transmettre toute une série de messages non-dits au cours du repas. Ses mains, tenant sa coupe de champagne, avaient l'air de caresser ses seins. Ses yeux, détaillant sa bouche, la couvrait de baisers. C'était délicat et tout en allusions mais cela ne fit qu'augmenter le désir qu'elle avait éprouvé dans la cabine. À son tour, elle apprit à lui faire parvenir des messages similaires.

Il l'embrassa sur le front lorsqu'ils se séparèrent et ajouta « à demain » en chargeant ces mots d'une signification spéciale. Seule dans sa cabine, elle s'installa pour terminer sa lettre à Lizzie. Cela détournerait son esprit de son envie de faire l'amour.

Elle raconta brièvement sa rencontre avec Sébatien et ce qui s'était passé depuis. Devait-elle raconter à Lizzie les événements de la soirée ? Elle hésita, trempa sa plume dans l'encrier et décida de n'en rien faire. Serait-elle toujours contrainte de garder des secrets avec les gens qu'elle aime ? La vie devenait de plus en plus compliquée.

« Il me fait parler français tout le temps et je commence à bien me débrouiller. Il parle lentement pour que je puisse comprendre et pour corriger ma prononciation. Je pense que je m'en sortirai en arrivant à Chigny-les-Roses. Il m'a promis de s'assurer que j'y parvienne sans encombre mais il n'a pas encore vu ma malle. Souvenez-vous de la tête qu'a faite M. Webster ! Lizzie, j'ai eu de la chance. On s'est tellement occupé de moi. Cela doit signifier que le voyage se terminera bien. »

Elle ajouta quelques mots d'amitié puis scella l'enveloppe pour la donner au steward avant de se déshabiller pour se mettre au lit.

La mer était raisonnablement calme et elle se coucha à plat sur le dos, les mains sur la poitrine, en regardant le plafond sombre.

Les moteurs du bateau ronronnaient avec insistance comme ils le faisaient toujours. C'était comme les battements de cœur d'une personne. Une personne. André avait dit que bientôt elle deviendrait la personne qu'elle souhaitait être. Son seul problème était de ne pas savoir encore qui était cette personne.

L'atmosphère était différente sur le bateau le matin suivant tandis que les passagers se préparaient à passer le dernier jour à bord. Rosie s'aventura sur les ponts des deuxième et troisième classes pour voir comment elle aurait voyagé sans la générosité de Lizzie et de son mari. Elle avait le droit d'y aller mais eux n'avaient pas le droit d'aller là d'où elle venait. Ce n'est pas juste, pensa-t-elle. Les installations n'étaient pas très propres, il y avait beaucoup de monde, les moteurs étaient plus bruyants, l'odeur était différente, particulièrement en troisième classe. Rosie se dit à nouveau qu'elle ne serait plus jamais pauvre.

Elle se promena ensuite avec Sébastien et sa nourrice qui les suivaient. Nounou, comme l'appelait Sébastien, ne cachait pas son hostilité envers Rosie. Elle était jalouse et surveillait constamment Rosie d'un air sournois. Elle était sévère avec le garçon qui, en sa présence, n'avait pas son air rusé et se tenait bien. Mais elle régnait par la terreur et Rosie se demanda si elle devait en parler à André.

Comme c'était le dernier jour, Sébastien fut autorisé à rejoindre Rosie et son grand-père pour le déjeuner, ayant fait la promesse solennelle d'être gentil.

Tandis qu'ils attendaient d'être servis, André dit soudain :

— J'ai réfléchi à ce que vous m'avez dit hier soir.

S'attendant à une critique, elle releva vivement le menton.

— Ne soyez pas sur la défensive, dit-il en souriant. Je me demandais simplement si vous aviez fait savoir à votre famille que vous étiez en sécurité.

La question la surprit.

— Ils s'en moquent, dit-elle. Mon père regrettera sans doute le travail que je faisais mais je ne pense pas qu'il se soucie de moi.

— Ah, jeunesse insouciante ! soupira André. Votre père doit être malade d'inquiétude. N'importe quel père le serait, je vous l'assure, ma chère, aussi indifférent qu'il puisse paraître. Voulez-vous faire quelque chose pour moi ?

— Bien sûr, répondit Rosie en se demandant s'il pouvait avoir raison. Son père, elle en était certaine, devait être furieux à cause de la perte de son argent. L'argent était la seule chose qu'il voudrait récupérer.

— Je veux que vous lui écriviez pour lui expliquer la raison qui vous a poussée à prendre son argent et pourquoi vous sentiez que vous aviez le droit de le faire. Vous vous devez cette démarche à vous-même aussi. Et il faut lui dire que vous êtes en sécurité. Le ferez-vous ?

Rosie réfléchit.

— Pensez-vous que j'ai eu tort de prendre l'argent ?

— Pas dans ces circonstances. Cependant, il serait plus honorable et charitable de lui donner une explication. Vous vous sentiriez aussi moins coupable, dit-il en souriant.

Elle se rendit compte qu'il avait raison et hocha la tête.

— Je le ferai cet après-midi, promit-elle.

C'est au moment où l'on servait le gâteau, une pièce exotique avec des noix, de la crème et un biscuit que Sébastien dit :

— Grand-père, pourquoi Rosie ne peut-elle pas rester chez nous à Paris ? Pourquoi doit-elle aller en Champagne ?

André et Rosie se regardèrent et elle surprit la prière fugitive dans son regard.

— Il faut que j'y aille, Sébastien, dit-elle tandis que le regard d'André disait : « Pourquoi ? »

— Rosie pourrait peut-être passer une journée avec nous, suggéra-t-il. Tu pourrais lui montrer Paris, Sébastien, et elle prendrait le train le jour suivant pour Reims.

En disant cela, il ne la regardait pas mais fixait son assiette d'un air neutre.

Elle hésita avant de répondre, pensant que cela lui donnerait un jour de plus avant d'avoir à affronter Jean-Paul, de lui apprendre ce qu'il en était du bébé et d'attendre, pleine de crainte, sa réaction. Ce serait un jour de sécurité de plus sous la protection d'André.

— Je pense que ce serait parfait, dit-elle et elle n'entendit pas les cris de joie de Sébastien car André et elle se souriaient.

— Je vous emmènerai dîner chez Maxim's, lui dit-il.

— Est-ce un endroit spécial ?

— Oui. Et nous valserons.

— Je n'ai pas de robe.

— Vous en aurez une à Paris. Ah, Rosie, buvons du champagne. Si je n'en faisais qu'à ma tête, vous ne boiriez rien d'autre.

Il vint dans sa cabine ce soir-là. Les couloirs étaient silencieux. Même les stewards de cabine étaient mobilisés pour le bal du capitaine. Seul le bruit des moteurs rompait le silence et la tranquillité.

Elle l'attendit vêtue de la robe de chambre et du corset noir qu'elle avait achetés chez Mme Claudine, ne sachant pas si c'était ce qu'elle devait faire. Il ne semblait pas approprié de rester entièrement vêtue et le corset est le genre de vêtement que les hommes apprécient bien qu'elle n'eût, pour aller avec, qu'une petite culotte blanche en coton léger. Elle se souvint des problèmes qu'avait eus Jean-Paul avec son corsage et sourit. Elle devinait instinctivement qu'André ne se montrerait pas aussi violent et qu'il dégraferait chaque crochet jusqu'à ce qu'elle soit libérée. Pendant un court moment, elle se sentit honteuse de ce qu'elle faisait mais son désir était trop grand. Elle ne cessait d'entendre la voix de Jean-Paul, disant : « Tu voudras recommencer, encore et encore. »

André était en habit lorsqu'il arriva. Il l'embrassa et la caressa sans parler puis fit glisser sa robe de chambre. Lorsqu'il vit le corset et la petite culotte légère, il sourit.

— Où avez-vous trouvé cela ? demanda-t-il en essayant de contenir son sourire.

— À San Francisco.

— C'est très joli mais vous l'êtes davantage.

Ainsi qu'elle l'avait prévu, il dégrafa habilement le corset puis la porta jusqu'au lit et la couvrit avec le drap. Puis il se déshabilla rapidement. Elle n'avait laissé qu'une lumière allumée dans la cabine et il ne l'éteignit pas. Il vint se glisser à côté d'elle et ce n'est qu'à ce moment qu'il lui enleva sa petite culotte. Son corps était encore ferme et son buste était recouvert d'une épaisse toison de poils gris. Il n'était pas encore excité, remarqua-t-elle, mais il s'allongea contre elle en la serrant dans ses bras. Il murmurait des mots d'amour tout en lui caressant les cheveux et en l'embrassant légèrement sur les paupières et les joues. Il détailla son corps, s'émerveillant de la beauté de ses seins et de leurs mamelons rouges et durs. Il lui caressa le ventre, puis descendit jusqu'à son épaisse toison. « Si douce, si douce » soupira-t-il. Puis il l'embrassa sur les lèvres, fouillant sa bouche avec sa langue avant de porter son attention à ses seins qu'il mordilla doucement, la faisant défaillir. Il était d'une agilité surprenante pour son âge et se retourna sans mal dans le lit étroit pour s'agenouiller et admirer ce qui se trouvait en dessous de la rondeur naissante de son ventre. « Si beau » dit-il en anglais. Puis il se mit à l'embrasser, à l'explorer, éveillant son désir.

Mais les mains de Rosie découvrirent que, s'il était d'une tendresse et d'une sensualité qui manquaient à Jean-Paul, il n'était ni aussi jeune ni aussi fort et qu'il n'avait pas d'érection.

Il murmura :

— Je vous l'avais dit, je suis vieux. Je vais vous décevoir.

— Non. Il est déjà trop tard pour me décevoir. D'ailleurs...

Elle se souvenait de ses leçons avec Jean-Paul.

« Si tu peux me faire revivre comme je te l'ai montré » avait-il dit lorsqu'il se trouvait dans le même cas qu'André à présent.

Elle rit et, relevant ce défi, se mit à califourchon sur lui, le caressa, l'embrassa et l'éveilla avec sa bouche, improvisant des variations qui n'avaient pas été nécessaires avec Jean-Paul.

— Maintenant, dit-elle enfin en relevant la tête et en se retournant rapidement pour s'allonger contre lui.

Il se tourna vers elle et elle le guida pour qu'il la prenne. Ils s'agrippèrent l'un à l'autre tandis qu'il la caressait encore avec ses mains jusqu'à ce qu'ils éprouvent soudain du plaisir tous les deux. Il y eut un long silence.

— Voilà, fit-elle enfin. Je vous l'avais dit.

— Vous êtes merveilleuse. Une vieille barbe comme moi...

— Non, non. Pas une vieille barbe, dit-elle. Vous êtes simplement plus lent. C'est bon. Cela dure plus longtemps.

— Rosie, chère Rosie. Qu'allons-nous faire de vous, dit-il avec inquiétude. Vous devez être prudente. Je n'aurais pas dû laisser ceci se produire. Si je pouvais vous avoir pour toujours... mais je suis trop vieux et vous êtes trop jeune...

— Et je dois aller en Champagne, dit-elle, le visage enfoui dans son épaule.

— Pourquoi ?

Elle respira profondément et choisit d'être honnête avec lui.

— Parce que je suis enceinte.

126

Il resserra son étreinte.

— Je vois.

Il se leva et éteignit la lumière puis revint s'allonger auprès d'elle.

— Racontez.

Elle lui parla lentement mais sans rien omettre.

— Je dois le retrouver, dit-elle enfin. Je l'aime vraiment et le bébé a besoin d'un père.

— Alors pourquoi moi, ce soir? demanda-t-il dans l'obscurité.

— Je ne sais pas exactement. C'est difficile à expliquer. Je vous trouve mieux que Jean-Paul. Vous êtes plus distingué. Je pense que Jean-Paul avait plus de classe que tous ces fermiers et viticulteurs que je connaissais mais il n'était pas comme vous. Vous avez quelque chose de particulier. Lizzie l'avait aussi. Quelque chose que je désire acquérir. À part cela, je vous trouve beau.

Il rit.

— Vous cherchez peut-être un père?

— Peut-être en effet. J'aurais beaucoup aimé vous avoir comme père mais je vous désirerais de la façon dont nous venons de nous prendre.

Elle l'entendit pousser un soupir.

— Rosie, les appétits des jeunes sont importants. Votre Jean-Paul a éveillé les vôtres et vous a quittée. Je suis le premier homme que vous approchez depuis. Je sais que dans votre pays, les femmes ne doivent pas avoir de désirs. Dans le mien, c'est permis, et les femmes en ont. Les hommes aussi. Mais en vieillissant, ils diminuent. Je n'ai pas pensé à faire l'amour pendant des années. À présent, vous avez éveillé en moi un homme que je croyais disparu. Rosie, j'aimerais pouvoir vous dire que je vais vous épouser et donner un père à votre enfant mais il faut que j'y réfléchisse. Mon instinct me pousserait à vous emprisonner. Comment pourrais-je vous laisser partir? Vous m'avez rendu ma jeunesse. Mais il y a des difficultés. Ma famille…

— N'approuverait pas, dit-elle. Mais, André, il n'en est même pas question. Je veux que mon bébé ait son véritable père.

— Je pourrais lui offrir une vie meilleure, dit-il, sur la défensive.

— Non. Ce ne serait pas bien. N'en parlons plus. Dormons.

— Dormez, dit-il. Il faut que je retourne dans ma cabine avant la fin du bal. Vous avez besoin d'être protégée contre vous-même.

Il se leva et se rhabilla rapidement.

— Dormez bien, dit-il en l'embrassant sur le front. Demain, vous voyagerez avec moi et Sébastien et vous viendrez chez moi. N'oubliez pas, nous dînerons chez Maxim's avant votre départ. Et je vous aime.

La porte s'ouvrit et se referma silencieusement et il disparut. Rosie poussa un profond soupir de contentement et s'endormit.

Le seul accroc durant le débarquement au Havre, le lendemain matin, se produisit lorsqu'André vit la malle de Rosie avec les autres bagages dans les bâtiments du port.

— Je voulais vous prévenir, commença Rosie nerveusement en voyant l'expression d'André. « Elle n'est pas aussi lourde qu'elle en a l'air. Elle est pleine de boutures de vignes.

— Vous avez réussi à venir jusqu'ici avec ça ? André secouait la tête. Je n'arrive pas à y croire.

— On m'a aidée, lui dit-elle.

Elle était impatiente de quitter le port et d'entrer vraiment en France. Toute la matinée, elle s'était tenue au bastingage, regardant la côte étonnamment verte et les villages blancs et ocre au sommet des falaises qui défilaient au loin. Elle ne cessait de penser à sa mère. Sa mère était partie d'ici, il y avait si longtemps maintenant. Et à présent, elle venait du pays que sa mère considérait comme la terre promise pour trouver une terre promise à son tour.

— Vous aurez encore besoin d'aide, dit André en donnant un léger coup de pied du bout de sa botte dans la malle. Ne bougez pas. Je serai de retour dans quelques instants.

Il s'éloigna, laissant Sébastien qui s'agrippait à elle ainsi que la nurse qui surveillait l'activité du port tandis que les passagers débarquaient du bateau pour réclamer leurs bagages.

André arrangea tout. Nounou partit dans une voiture séparée avec tous leurs bagages, y compris la malle de Rosie, jusqu'à la gare. Puis Rosie monta dans un fiacre avec André et Sébastien et ils se dirigèrent à leur tour vers le chemin de fer, à travers les rues étroites et pavées.

— Paris est plus beau, lui assura-t-il en faisant un geste de la main vers le paysage.

— J'aime bien cet endroit, dit-elle. Cela paraît stupide maintenant mais je me demandais s'il y avait des rues et des trains en France. Je croyais que l'Amérique était l'endroit le plus moderne du monde.

— C'est vrai, dit André, mais nous ne sommes pas des sauvages. En fait, à bien des égards... mais vous découvrirez cela vous-même.

Le compartiment de première classe du train était propre et confortable. Il n'était pas aussi luxueux que le Pullman mais le voyage était bien plus court. En moins de deux heures, ils arrivèrent à une gare où les attendaient une voiture à deux chevaux, le cocher et le valet d'André. C'était un bel après-midi clair et un soleil froid brillait. La gare enfumée était remplie d'une foule bruyante : des porteurs vêtus de bleus, de belles dames en manteaux de fourrure et d'importants messieurs à haut-de-forme. Rosie observait tout, essayant de s'habituer à la langue. Même les odeurs semblaient étranges et différentes et les immeubles autour de la gare paraissaient plus solides et plus imposants que là d'où elle venait.

— Grâce à Dieu, je suis avec vous, dit Rosie. J'aurais été perdue toute seule.

— Rosie, si ce n'était pas moi, quelqu'un d'autre s'occuperait de vous. Vous ne serez jamais seule.

Il lui tapota la main.

— Et maintenant, nous allons prendre le chemin des écoliers pour que vous puissiez découvrir un peu la ville. J'habite sur l'île de la Cité mais il faut d'abord que vous voyiez quelques-unes des merveilles de Paris.

Ils parcoururent les Champs Élysées puis traversèrent la place de la Concorde. L'eau jaillissait en scintillant des fontaines entourées par la splendeur et la dignité d'immeubles qui parurent très anciens à Rosie. Elle fut très impressionnée par les quais de la Seine, puis par le Pont Neuf qu'ils traversèrent avant de se retrouver devant la masse imposante de Notre-Dame.

— C'est comme Lizzie me l'avait décrit, dit-elle à André. Ce n'est pas moderne mais c'est si beau. Mais il fait froid, ajouta-t-elle en frissonnant dans son manteau de laine, les mains enfouies dans son manchon.

Sa maison était haute et étroite avec de nombreuses pièces sombres. Des portraits de famille couvraient les murs et les meubles ne ressemblaient à aucun de ceux qu'elle connaissait, sobres et élégants. Elle avait l'impression qu'elle aurait peur de s'asseoir dans les fauteuils tapissés, aux boiseries grises délicates. Cependant, la maison était accueillante. Une bonne odeur venait de la cuisine au sous-sol. Un valet avait ouvert la porte, ne marquant aucune surprise en voyant Rosie. Il appela simplement une femme de chambre pour qu'elle la conduise dans sa chambre où un feu brûlait dans la cheminée comme s'ils attendaient son arrivée.

— Le dîner sera servi à sept heures, Madame, dit la femme de chambre qui parlait vite et en français. Rosie fut soulagée de voir qu'elle comprenait et elle ne fut pas surprise de voir la servante déballer ses affaires lorsqu'on monta ses bagages. Chez Lizzie elle avait appris que c'était ainsi.

Il lui sembla qu'il y avait beaucoup de serviteurs pour s'occuper d'un seul homme et d'un petit garçon. Deux valets les servirent pendant le dîner dans la salle à manger silencieuse ornée de lourds rideaux. Elle était nerveuse durant le repas, se demandant s'il voudrait venir la rejoindre le soir. Mais le lit dans sa chambre était trop étroit et il y avait tant de personnel qu'elle espérait qu'il ne le ferait pas. Elle ressentait la même tendresse pour lui qu'auparavant mais sa soif était apaisée. Ses pensées se tournèrent vers Jean-Paul.

Elle n'avait pas de raison de s'inquiéter. André vint dans sa chambre à dix heures. Il lui prit la main et la baisa.

— Je vous dis bonsoir à présent mais demain nous irons faire des courses, n'est-ce pas ? Sébastien, je le crains, insiste pour venir avec nous. Cela ne vous dérange pas ?

— Certainement pas. Si je suis ici, c'est grâce à lui, n'est-ce pas ?

Elle dormit bien. Seule dans sa chambre, alors que les ombres s'allongeaient et que la lumière baissait avec le feu dans l'âtre, elle pensa que son voyage prendrait fin bientôt. Un jour de plus et elle serait à Chigny-les-Roses et verrait Jean-Paul. La peur de le revoir s'était transformée en impatience fiévreuse. Elle avait hâte de connaître l'issue de cette confrontation. Qu'arriverait-il s'il ne voulait pas d'elle ? Elle avait fort heureusement le billet de retour offert par Lizzie et maintenant qu'elle avait fait la connaissance d'André, celui-ci veillerait à ce qu'il ne lui arrive rien.

Mais l'impatience la tint éveillée jusqu'au petit matin.

André s'était levé tôt et brûlait d'excitation. Il avait bien dormi, heureux de savoir Rosie sous son toit. Il lui suffisait de la savoir près de lui. Il n'avait pas besoin qu'elle soit dans son lit. Il n'appela pas tout de suite Marius, son valet, mais resta dans son lit à faire des plans pour la journée. À sept heures trente, il sonna et Marius apparut presque aussitôt avec une tasse de café sur un plateau d'argent.

— C'est une belle journée, Monsieur, dit-il.

Marius était un petit homme tranquille qui était au service d'André depuis l'armée et il lui indiquait toujours le temps qu'il faisait avant d'ouvrir les rideaux. Ayant laissé entrer la pâle lumière hivernale, il apporta une robe de chambre de soie à côté du lit.

— J'ai préparé le bain de Monsieur,

— Parfait, dit André. Je mettrai mon manteau neuf aujourd'hui.

Marius s'inclina gravement.

Avant de s'habiller pour descendre, André se regarda dans son grand miroir. Il gonfla les biceps, mécontent de la chair flasque de ses bras et rentra son ventre qui restait plus plat que celui de bien des hommes plus jeunes que lui. En tenant compte de son âge, il n'était pas mécontent de ce qu'il voyait. Puis, se souvenant de l'âge de Rosie, il souhaita avoir vingt ans de moins mais ne s'attarda pas à cette pensée futile.

— Idiot, dit-il en s'adressant à son image.

Elle lui avait tout de même permis de lui faire l'amour et recommencerait peut-être un jour. À son âge, il pouvait attendre, le feu se consumait plus lentement. Mais quelle folie de tomber amoureux d'une telle enfant. Pourtant, elle avait une maturité qui manquait à des femmes deux fois plus âgées qu'elle. En dépit de cette maturité, elle était vulnérable et il avait envie de la protéger du monde entier.

André pensa que l'aventure dans laquelle elle s'était lancée corps et âme était vouée à l'échec. Si le jeune homme avait eu l'intelligence de comprendre quel trésor il avait trouvé, il ne serait jamais parti. André admirait le courage avec lequel Rosie s'était lancée pour réparer le mal et donner un père à son enfant. Si le garçon la rejetait, reviendrait-elle à Paris ? Et lui, l'épouserait-il ? C'était une belle chance qui s'offrait.

Il attendait dans son salon privé, une tasse vide devant lui, déjà vêtu pour sortir à l'exception de son manteau et de son haut-de-forme. Il entendit des pas rapides dans le couloir.

Elle entra dans la pièce en trombe, les joues colorées et les cheveux en bataille.

— André, murmura-t-elle en anglais en regardant autour d'elle comme si elle avait peur qu'on l'entende. Si nous achetons une robe, devrai-je l'essayer ?

— Bien entendu.

— Alors c'est impossible.

— Pourquoi ?

— Parce qu'on verra mes sous-vêtements. Ils ne sont pas assez beaux. Je les ai faits moi-même.

Il rit.

— Je vois. Alors, nous devrons acheter des sous-vêtements d'abord, n'est-ce pas ? Peut-être quelque chose de noir pour aller avec votre joli corset ?

Il la taquinait mais se souvenait avec plaisir de son allure provocante qui avait éveillé son désir.

Elle rougit.

— Ce n'est pas ce que je voulais dire. Vous ne pouvez pas m'acheter ces vêtements. Ce n'est pas bien.

Quelque chose dans le ton de sa voix lui indiqua qu'elle était malheureuse. Il cessa de la taquiner.

— Que vous arrive-t-il ?

— Rien, répondit-elle, mais il voyait bien qu'elle était préoccupée.

Il décida de ne pas insister et d'attendre qu'elle lui en parle d'elle-même. Elle parut distraite dans la voiture et répondit d'une façon un peu brusque à Sébastien mais fut vite prise de remords. Elle embrassa l'enfant et le câlina. Elle avait l'esprit ailleurs. Avec Jean-Paul, pensa-t-il en soupirant.

Chez la corsetière, Sébastien babilla doucement, disant qu'elle serait sa reine dans sa nouvelle robe. Rosie semblait incapable de prendre un décision et André, assis sur une chaise dorée, choisit un assortiment de sous-vêtements en soie. Il essaya de dissimuler son embarras quand la vendeuse apporta des quantités de boîtes de lingerie vaporeuse.

— En France, murmura-t-il, les hommes ont coutume de choisir de jolies choses pour leurs femmes.

— C'est étrange, répondit-elle d'un air distrait. Très étrange.

Ils allèrent chez Worth, le plus grand couturier de Paris, et même du monde, lui expliqua André. Il vit qu'elle était fascinée par la richesse des tapis, le scintillement des chandeliers et l'accueil respectueux qu'elle y reçut mais il devina qu'elle était impatiente que cela prenne fin. Quand la présentation des modèles commença, elle parut mal à l'aise en regardant les mannequins qui paradaient en faisant virevolter leurs robes. La confiance qu'elles avaient en leur beauté lui donnait un sentiment d'insécurité. Quelque chose n'allait vraiment pas.

Une fois de plus, il prit une décision. Il choisit une robe blanche en soie, ornée de perles et de strass, très décolletée. Un châle lui couvrait les épaules et les bras.

Il l'observa tandis qu'elle se regardait sans se voir dans le miroir. Des femmes s'activaient autour d'elle, ajustant la robe avec des épingles et disant que Madame était ravissante. Mais Madame n'y prêtait pas attention. Quand l'essayage fut terminé, André insista pour que la robe soit prête le soir même, ignorant les gémissements de la première vendeuse.

— Nous préférerions refaire la même robe pour Madame, dit-elle, mais André insista pour qu'elle soit prête le soir.

Sébastien se cramponnait à la main de Rosie en lui disant qu'elle était belle mais André voyait qu'elle ne montrait que de l'impatience et la joie de cette journée s'évanouit.

La voiture les ramena à la maison où Nounou, le visage acide comme un citron, emmena rapidement Sébastien avec elle.

Il prit la main froide de Rosie dans la sienne.

— Maintenant, ma chère, nous allons prendre une coupe de champagne puis déjeuner. Ensuite, il faudra vous reposer jusqu'à ce soir.

— Ce soir ? dit-elle sans enthousiasme.

— Nous allons chez Maxim's et vous allez mettre votre nouvelle robe, dit-il comme s'il parlait à un enfant capricieux.

Soudain, les yeux de Rosie se remplirent de larmes et elle se couvrit le visage avec ses mains.

Il lui mit les bras autour des épaules et elle posa sa tête sur sa poitrine.

— Ma très chère, que vous arrive-t-il ? Vous n'êtes pas heureuse ? Vous ne l'avez pas été de la journée.

— André, je ne peux pas. Pas ce soir. Pas Maxim's. Pas d'amour. Rien. André, je dois régler cette histoire. J'y ai pensé toute la nuit et toute la matinée. Je veux aller à Chigny, le trouver et m'assurer que tout est en ordre. Je ne peux pas attendre plus longtemps. Je ne supporte pas cette incertitude. Et vous, vous êtes si bon. André, essayez de comprendre !

Il ne comprenait que trop bien et, pendant un instant, sa tristesse fut insupportable. Puis il la conduisit jusqu'à un petit canapé et lui prit les mains dans les siennes.

— Rosie, arrêtez maintenant. Plus de larmes. C'est mauvais pour votre bébé. Vous irez à Chigny à l'instant même. Je vous y emmenerai personnellement.

Il parlait avec assurance bien que l'idée de la conduire vers un autre homme lui était insupportable.

— Non, je vous en prie. J'ai besoin d'y aller seule, dit-elle. Je serais insupportable. André, j'ai peur. Je me sens si stupide. Je ne suis pas comme cela d'habitude, je vous assure.

Il attira sa tête contre son épaule et lui caressa les cheveux, décidé à la réconforter.

— Rosie, écoutez-moi. Vous ne vous rendez pas compte de la tension que vous avez eue à subir ces derniers temps. Pensez à ce que vous avez accompli pour arriver jusqu'ici. Bien sûr que vous avez peur. Vous êtes comme un soldat parti bravement à la guerre, qui a gardé les épaules bien droites et son courage tout entier. Demain, ce sera l'heure de la bataille. C'est normal que vous souhaitiez que tout soit fini. J'ai eu tort de vouloir vous garder un peu plus longtemps. C'était égoïste de ma part. Croyez-moi, je n'avais pas l'intention de... de vous importuner ce soir. C'est votre compagnie que je désire. Il faut cesser de pleurer et redevenir brave. Soyez résolue et confiante. Jean-Paul ne vous accueillera pas bien si vous pleurez. Les hommes n'aiment pas les larmes.

— Elles ne semblent pas vous gêner, dit-elle, désemparée.

— Je suis un vieil homme amoureux et, pour moi, vos larmes sont belles. Maintenant, allez dans votre chambre et faites vos bagages aussi vite que possible. La voiture vous emmènera à la gare. Marius, mon valet, voyagera avec vous. Pas à vos côtés mais tout près, pour s'assurer que vous êtes en sécurité. Il s'occupera de vos bagages et vous trouvera une voiture pour aller de Reims à Chigny bien qu'il serait préférable que vous passiez la nuit à Reims pour vous reposer.

— Je ne peux pas. Il faut que j'y aille le plus vite possible.

— Très bien, dit-il d'un ton apaisant. Maintenant, allez vous préparer.

Soulagée, la promptitude avec laquelle elle se leva lui fit de la peine. Puis soudain, elle s'immobilisa.

— Oh, André, la robe, pouvez-vous la décommander ?

— Je n'en ai pas la moindre envie, dit-il calmement bien que, s'il avait eu la robe sous la main, il l'aurait déchirée en lambeaux. La robe attendra votre retour ici. Vous la mettrez et je vous emmènerai chez Mazim's. Je serai l'homme le plus fier de Paris.

Il dit à la femme de chambre de l'aider à faire ses valises. Il insista pour lui changer ses dollars en francs et elle eut l'impression qu'il lui en donnait trop. En effet, il avait peur de ce qui arriverait à Chigny. Pendant qu'elle était dans sa chambre, il lui prépara une liste d'adresses, y compris la sienne, avec des instructions sur ce qu'elle devrait faire au cas où elle se trouverait en difficulté. Il retrouva son calme en écrivant.

Toujours maître de lui, il donna l'ordre à Nounou de faire descendre Sébastien. L'enfant portait son plus joli costume de marin et avait le visage triste. Quand il vit Rosie dans le vestibule, il se mit à pleurer. Elle se pencha pour l'embrasser et il constata qu'elle pleurait aussi.

— Ne partez pas, gémit Sébastien.

— Je reviendrai, c'est promis, répondit-elle avant de sortir dans la rue.

André la suivit et l'aida à monter en voiture. Il lui sourit de façon rassurante et ne put résister à remettre en place une boucle de cheveux qui s'échappait de son chapeau.

— Je vais télégraphier pour m'assurer qu'une voiture vous attende à Chigny.

Il lui tendit un portefeuille en cuir qui contenait son argent.

— Je vous ai donné mon adresse. Elle est dans le portefeuille avec d'autres qui pourraient vous être utiles en cas de difficultés. Si quelque chose se passe mal, il faut que vous reveniez. Vous avez assez d'argent et je vous souhaite du fond du cœur de réussir et d'être heureuse. Et quoi qu'il arrive, il faut me prévenir et revenir un jour à Paris. Après tout vous l'avez promis à Sébastien.

Elle était à nouveau au bord des larmes, incapable de parler, tandis qu'il refermait la portière et faisait signe au cocher d'avancer. Il suivit la voiture du regard jusqu'à ce qu'elle disparaisse et son sourire se transforma en grimace. Il rentra dans la maison et referma derrière lui. Quelque part, Sébastien pleurait et Nounou le morigénait. Un vendeur ambulant vantait sa marchandise dans la rue et un pigeon roucoulait sur l'appui de sa fenêtre. Soudain, André se sentit très vieux.

Marius prit soin de tout à la gare de l'Est. Il trouva pour Rosie une place près de la fenêtre dans le compartiment de première classe et s'assura que ses valises et sa malle étaient bien embarquées. Lorsqu'elle fut confortablement installée, il s'inclina et dit :

— Je reviendrai quand nous arriverons à Reims, Madame, puis il disparut discrètement.

Elle regarda à peine le paysage vert et vallonné à travers lequel le train roulait en laissant une traînée de fumée. Le voyage prit à peine une heure et lui parut cependant interminable. Elle était si tendue qu'elle eut envie d'arpenter le compartiment mais se força à rester assise en serrant ses mains sur ses genoux et en regardant sans voir par la vitre. Elle se rendait compte de son ingratitude envers André mais remit la réflexion à plus tard.

La lumière commençait à décliner quand le train entra en gare à Reims. Marius se chargea de tout. Elle attendit en tapotant du pied tandis qu'il engageait des porteurs puis trouvait la voiture qui devait les amener à Chigny-les-Roses.

— Le village se trouve à environ vingt kilomètres d'ici, lui dit-il lorsqu'il revint.

Les kilomètres ne lui disaient rien.

— Combien de temps nous faudra-t-il ?

Il haussa les épaules.

— C'est une voiture à deux chevaux. Environ une heure et demie. Mais le cocher a besoin de l'adresse.

— Je n'ai pas d'adresse, lui répondit-elle.

— Pas d'adresse ?

— Je vais chez la famille Dupuis. Ils habitent près de Chigny-les-Roses.

Marius parut perplexe pendant une seconde. Puis il dit :

— Alors il nous faudra aller au village pour nous renseigner.

La lumière déclina rapidement lorsqu'ils eurent quitté les rues étroites de la ville. Une brume légère voilait le paysage. Cela lui parut de mauvais augure et elle décida de ne pas regarder dehors. Elle entendait Marius parler au cocher mais sans saisir ce qu'il disait. Il faisait nuit à présent et, de son siège, elle ne voyait que le halo des deux lampes de la voiture. Soudain fatiguée, elle étendit ses jambes en prenant soin de ne pas salir les sièges. Le sommeil, raisonna-t-elle, ferait passer le temps tout en la reposant en vue de ce qui l'attendait.

Un peu plus tard, elle vit de la lumière et entendit des voix, mais personne n'ouvrit la portière de la voiture. Elle somnola en rêvant de la surprise de Jean-Paul et de son plaisir quand il l'embrasserait et lui ferait l'amour. Pendant les derniers moments du voyage, elle repoussa l'idée qu'il puisse mal la recevoir. Il y avait le bébé dont il fallait tenir compte et elle posa ses mains sur son ventre, d'un geste protecteur.

Elle fut réveillée par l'arrêt de la voiture. Cette fois, elle comprit qu'elle était arrivée. Tout était silencieux à part le bruit des chevaux qui s'ébrouaient, puis elle entendit des pas sur le gravier. La porte s'ouvrit et Marius dit :

— Je crois que nous sommes arrivés, Madame. Voulez-vous que nous nous engagions dans l'allée ? La maison est à quelque distance de la route.

Elle se rassit bien droit.

— Allez-y, dit-elle.

Marius s'inclina et referma la portière. Les chevaux se remirent en marche et, cette fois, elle regarda dehors. Il faisait nuit et elle n'aperçut que des arbres. La voiture tanguait, le chemin était irrégulier. Enfin, elle entendit le cocher crier « Ho, là ! » et les chevaux s'arrêtèrent à nouveau. Elle remit nerveusement son chapeau en place et ajusta sa robe. Il faisait trop sombre pour qu'elle puisse se voir dans son petit miroir mais elle se pinça les joues et se mordit les lèvres pour les rougir avant que Marius ne vienne ouvrir la portière à nouveau.

Elle descendit de voiture et se trouva devant une grande maison ornée de tourelles et entourée d'arbres. À la lueur des feux de la voiture, elle vit qu'il y avait un large escalier menant à une grande porte double. La maison paraissait trop grande pour correspondre à la description qu'en avait faite Jean-Paul et elle hésita.

— Pouvez-vous m'attendre pendant que je m'assure que c'est bien ici, dit-elle à Marius.

— Bien sûr, Madame.

Elle respira profondément puis se força à avancer. À présent, elle regrettait de ne pas avoir attendu. Elle aurait souhaité être à Paris, qu'il fasse jour, être à New York ou n'être pas partie de chez elle. Tout sauf cette terrible incertitude qui la prenait à la gorge, sapait son courage et faisait trembler ses jambes.

Mais, tête haute, elle poursuivit son chemin. Elle monta les marches jusqu'à la grande porte sur laquelle se trouvait un heurtoir en forme de grappe de raisin. Elle tendit lentement la main et frappa un seul coup.

Elle attendit.

Tout resta silencieux pendant de longues secondes puis elle entendit des pas et le bruit des verrous que l'on faisait glisser. La porte s'ouvrit.

Une servante apparut, en uniforme noir et tablier blanc bordé de dentelle. Elle portait aussi un bonnet de dentelle. Elle avait le visage éveillé des des yeux noirs vifs.

— Oui Madame ? elle regarda d'un air soupçonneux la voiture et les deux hommes qui attendaient puis Rosie qui se tenait devant la porte.

— Monsieur Dupuis est-il là ? parvint à dire Rosie.

À cet instant, une porte s'ouvrit, donnant sur le vestibule et un homme apparut.

— Qui est-ce, Marie, demanda-t-il.

Rosie sentit son cœur cesser de battre et elle fit un pas en avant. L'homme s'avança lui aussi. Elle vit ses cheveux noirs bouclés, ses sourcils touffus et ses yeux noirs. Il s'était un peu alourdi depuis la dernière fois qu'elle l'avait vu et paraissait mieux habillé.

— Jean-Paul ! Jean-Paul ! s'écria-t-elle. Oh, Jean...

Le vestibule tournait. Avant de s'évanouir, elle eut le temps de voir une femme âgée. L'homme se précipita en avant et l'attrapa juste avant que le monde ne basculât dans l'obscurité.

# Chapitre 8

— Elle m'a appelé Jean-Paul, dit Clovis.

Il était debout, ne sachant que faire, tenant l'étrangère affaissée sur son bras comme une fleur à la tige brisée.

— Eh bien soulève-la, gros bêta, le gronda sa mère. Soulève-la et amène-la sur le canapé du salon. Ne reste pas planté là.

Clovis fit ce qu'on lui disait. La fille lui parut très légère. Elle avait le visage détendu et ses longs cils noirs traçaient comme un demi-cercle sur ses joues. Lorsqu'il la posa, elle bougea, murmura quelque chose puis ouvrit les yeux. Elle le regardait et des larmes coulaient sur ses joues mais elle ne parlait pas. Il entendait sa mère parler aux deux hommes qui l'avaient accompagnée. Il ne pouvait pas distinguer les paroles car il était trop absorbé par le ravissant visage qui le regardait.

— Vous n'êtes pas Jean-Paul, n'est-ce pas ? demanda-t-elle dans un français hésitant.

— Non, je suis son frère jumeau, répondit-il.

Elle parut surprise pendant un moment, comme si elle ne comprenait pas parfaitement.

— Je vois, dit-elle enfin et elle se redressa. Il m'a dit qu'il avait un frère. Êtes-vous Clovis ?

Il hocha la tête.

— Mais où est Jean-Paul ?

— Je ne sais pas.

— Il n'est pas ici ?

— Non. Il est parti depuis bientôt trois ans.

Elle poussa un soupir et se tordit les mains. Même dans la détresse, elle était belle, pensa-t-il.

— J'étais persuadée de le trouver ici. J'en étais si sûre. Il ne m'est pas venu à l'esprit qu'il pourrait ne pas être là.

Elle ferma les yeux et les larmes se mirent à couler. Il restait silencieux, se sentant impuissant. Il se demandait s'il devait lui apporter un peu de cognac quand sa mère arriva d'un air affairé.

— Elle est à la recherche de Jean-Paul, dit-elle. L'un de ces hommes dit qu'elle est venue d'Amérique pour le retrouver. Pourquoi aurait-elle fait cela ?

Il haussa les épaules. Il ne savait pas mais c'était inutile de le dire à sa mère. Elle le prendrait comme une critique de son frère jumeau.

— Elle n'a pas l'air française, dit-il en guise de compromis.

— Il dit qu'elle est américaine, qu'elle comprend le français si l'on parle lentement.

Dans un froufrou de taffetas noir, elle s'installa à côté de Rosie sur le canapé.

— Madame, dit-elle lentement en prenant soin d'articuler, est-il vrai que vous cherchez mon fils ?

Les yeux sombres s'ouvrirent à nouveau, encore pleins de larmes.

— Vous êtes sa mère ?

— Oui. Vous connaissez mon fils ?

— Oui. Il est ici ?

— Non. Nous ne savons pas où il est. Et vous ?

— Moi non plus, Madame.

— Je vois. Comment vous appelez-vous ?

— Rosie Brunner.

— C'est un nom allemand.

— Mon père est allemand. Ma mère était française.

— Il y a une malle sur les marches que les hommes ont descendue de la voiture. Le nom de Marie Cremont y est écrit sur le côté.

— C'était le nom de ma mère. Je l'ai ramenée en France. Elle est pleine de boutures de vignes.

— Des boutures de vigne ?

— Résistantes au phylloxera.

— Vraiment ! La voix de sa mère était incrédule. Comment savez-vous qu'elles sont résistantes ?

— Votre fils l'a dit.

Elle le croirait maintenant, pensa Clovis. Dieu, – son dieu –, avait parlé, même si ce n'était que par procuration. Et heureusement que cette femme avait du sang français. Sa mère haïssait les Boches d'une haine inexpugnable depuis la guerre franco-prussienne qui avait fait tant de ravages en Champagne.

— Et mon fils était votre amant ?

Rosie acquiesça.

— Quelle ironie du sort ! Elle rit sans joie. Qu'attendiez-vous de lui en venant ici ?

— Trouver un père pour mon bébé, répondit Rosie avec dignité.

— Hum.

Madame Dupuis se leva pour remonter la mèche d'une lampe. Elle voulait regarder la fille de plus près, pensa Clovis.

— Depuis quand connaissiez-vous mon fils avant qu'il ne vous quitte ?

— Deux mois environ.

— Et savait-il que vous attendiez un bébé lorsqu'il est parti ?

— Non, je ne le savais pas moi-même.

Clovis avait l'impression que la fille était sur le point de s'évanouir à nouveau, tant elle était pâle. Il avait l'impression que si elle desserrait ses petites mains, elle tomberait en morceaux.

— Maman, suggéra-t-il, ne devrions-nous pas laisser madame Brunner se reposer et reparler de tout ceci demain matin ?

— Demain matin ? Tu veux dire, la garder ici ?

Sa mère avait une expression outrée.

— Je ne vois pas où elle pourrait aller ce soir. J'ai entendu partir la voiture lorsque vous êtes entrée.

Madame Dupuis n'était pas contente. Elle resta debout à tapoter le dessus de la cheminée du bout des doigts avant de demander :

— Avez-vous de l'argent ?

— J'ai tout ce qu'il faut, merci, Madame.

— Hum.

Cette onomatopée signifiait toujours que madame Dupuis était en train de réfléchir.

— Clovis a peut-être raison, finit-elle par dire. Vous devriez vous reposer ce soir et demain nous déciderons ce qu'il faut faire.

— Jean-Paul est peut-être en chemin, dit Rosie. Il se peut qu'il ait été moins rapide que moi. Peut-être que cette semaine ou la prochaine...

Clovis l'interrompit.

— Il ne reviendra jamais à la maison, Madame. C'est impossible.

— Pourquoi pas?

— C'est tout ce que vous avez besoin de savoir, dit Mme Dubois, indiquant que le sujet était clos. Avez-vous faim?

— En fait, répondit Rosie en hésitant, oui. Je n'ai pas mangé de la journée.

— Et les autres bagages contiennent vos vêtements?

— Oui.

— Alors...

Madame Dubois se dirigea vers le cordon de la sonnette près de la cheminée et l'agita énergiquement. Marie, qui écoutait sans doute derrière la porte, apparut instantanément.

— Marie, emmenez Mme Brunner dans la chambre bleue et dites à Henri de monter ses bagages. Vous lui amènerez ensuite un plateau. Un peu de pâté, du pain et du fromage vous suffiront-ils? Avec une soupe pour commencer? ajouta-t-elle en se tournant vers Rosie.

— Mais bien sûr. Vous êtes très aimable.

— Bon! Alors allez-y.

Elle fit un geste pour la congédier.

— Mangez et dormez, nous parlerons de tout cela demain matin.

— Pauvre fille, dit Clovis après le départ de Rosie et de Marie. Elle est perdue mais si courageuse. Maman, il faut que nous soyons gentils avec elle. Imaginez dans quel état elle doit se trouver en ce moment. En effet, que doit-elle faire? Elle est si jolie!

Madame Dupuis s'installa dans un grand fauteuil à côté de la cheminée. D'un air absent, elle attisa le feu avec un grand tisonnier en bronze.

144

— Que devons-*nous* faire : voilà la question, dit-elle. Maintenant que nous lui avons offert l'hospitalité, il est plus difficile de la renvoyer. Et si c'est vraiment le bébé de Jean-Paul...

— Elle n'a pas l'air de mentir.

Sa mère poussa un soupir.

— La honte que mon fils a attirée sur nous ne cessera-t-elle jamais ?

La tête de Clovis était pleine d'images de la fille américaine. Ses yeux doux, ses cheveux noirs bouclés, son air fier lorsqu'elle avait repris ses esprits et ses bonnes manières.

— Elle est très belle, dit-il brusquement.

Madame Dupuis le regarda sévèrement.

— D'une certaine façon, c'est un soulagement qu'une telle chose se soit produite, dit-elle. Non, tu as raison, il est impossible qu'elle mente. Une personne saine d'esprit n'entreprendrait pas un tel voyage sans motif puissant. Elle n'a pas l'air d'une traînée et elle est courageuse. Demain, nous en saurons plus. Ce sera bon d'avoir des nouvelles de Jean-Paul, en dépit de...

Elle s'interrompit.

— J'aurais aimé lui poser plus de questions mais j'ai eu l'impression qu'elle allait s'effondrer.

— Cela a dû être un choc terrible d'arriver comme elle l'a fait et de découvrir qu'il n'était pas là, dit-il prudemment afin d'éveiller la sympathie de sa mère. Imaginez son désarroi.

Sa mère fit la moue.

— Elle aurait dû avoir plus de bon sens et ne pas se mettre dans une situation pareille, dit-elle. Mais Jean-Paul sait être très persuasif. Et les Américains sont très naïfs.

— Vraiment ?

L'opinion qu'avait sa mère sur les Américains était une découverte pour lui.

— Bien sûr. Ce ne sont que des traîne-savates venus du monde entier. Je ne sais pas ce qui a pu pousser Jean-Paul à aller là-bas.

Elle sortit un mouchoir de dentelle et s'essuya les lèvres d'un air dédaigneux.

— La fille a dit qu'il travaillait sur son vignoble familial. Qu'y faisait-il ? Rien de servile, j'espère. Enfin – nous le saurons demain. À présent, je vais au lit, dit-elle en se levant dans un tourbillon de taffetas.

Clovis se coucha également. Sa chambre était à l'opposé de la chambre bleue où dormait Rosie Brunner mais il l'imaginait couchée dans son lit de plumes, effrayée par ce qui l'attendait le lendemain. Qu'allait-elle faire? Il se demanda paresseusement si Madame Frédéric l'accepterait dans sa maison. L'Américaine était assez belle – plus que la plupart des filles enceintes si elle jugeait qu'elles avaient de l'avenir dans la profession. Et une fois qu'une fille avait perdu sa vertu, que pouvait-elle faire d'autre?

La pensée n'avait été que fugitive mais soudain Clovis se sentit glacé à l'idée que Rosie pourrait passer d'un homme à un autre et que l'enfant de son frère pourrait être élevé dans un bordel. Aucune de ces deux perspectives ne lui plaisait. Clovis éprouvait du désir mais lorsque c'était le cas, Madame Frédéric et la petite Claudette pourvoyaient à ses besoins. À son grand étonnement, il éprouva du désir. Cette fois, ce n'était pas le simple besoin d'une femme mais une attirance très nette pour Rosie.

La sensation s'accrut au souvenir de l'avoir portée jusqu'au salon et il en éprouva un choc. Les femmes n'avaient jamais eu d'importance pour lui. C'est Jean-Paul qui avait hérité de toute la sensualité, de tout l'attrait. Ils se ressemblaient mais étaient pourtant complètement différents. À l'adolescence, les jeunes filles du village avaient poursuivi Jean-Paul (en se faisant rarement repousser) tandis qu'elles n'accordaient pas un regard à Clovis. Depuis la mort de leur père et le départ forcé de Jean-Paul, il était l'héritier du domaine et du vignoble et certaines femmes avaient manifesté leur intérêt. Il connaissait bien leurs raisons. Jusque-là, aucune n'avait retenu son attention. Il se contentait de rendre visite à Claudette toutes les semaines, de s'occuper de ses affaires et de tenir compagnie à sa mère. Mais maintenant, il trouvait inquiétant d'éprouver une telle attirance pour une femme en particulier. Il resta étendu, serrant la preuve tumescente dans sa main et souhaitant que ce soit celle de Rosie.

Clovis pensait qu'il avait peu de chances de trouver une femme qu'il aimerait et qui l'aimerait en retour. Il pouvait faire un mariage de raison et choisir l'une des femmes attirées par sa situation. Peut-être qu'une fille dont personne ne voulait pourrait vraiment l'aimer. Mais il désirait plus.

C'est alors qu'il eut une idée, une solution simple aux problèmes soulevés par l'apparition de l'Américaine dans leurs vies. Il l'épouserait. L'enfant serait un Dupuis légitime. Sa mère aurait un petit-fils de son fils préféré. Il aurait cette fille remarquablement courageuse, quoique impure, et, pour la première fois de sa vie, il prendrait quelque chose à son frère.

La belle Rosie, dans son manteau bordé de fourrure, avec ses bottes élégantes, était spéciale. Et il voulait quelqu'un d'exceptionnel. Comment pourrait-elle se refuser à lui ? Dans sa situation, il y avait peu de chance qu'il subisse l'humiliation d'un refus. Elle serait reconnaissante et l'aimerait peut-être par gratitude.

Il savait que, par rapport à Jean-Paul qu'elle était venue chercher si loin, il était terne, sec et parfois ennuyeux. Mais il s'épanouirait peut-être si elle devenait sa femme.

C'était cela, pensa-t-il en se caressant jusqu'à l'apaisement. Il l'épouserait.

— *Bonjour, Madame.*

La voix qui réveilla Rosie appartenait à la fille qui lui avait ouvert la porte la veille et lui avait monté son dîner. Pendant un moment, Rosie ne sut pas où elle était. Elle cligna des yeux, étonnée, en contemplant le lit à baldaquin mais elle n'éprouva aucune panique comme elle l'aurait fait un mois plus tôt. Elle s'était réveillée dans de si nombreuses chambres inconnues depuis qu'elle avait quitté sa maison.

— Bonjour, répondit-elle d'une voix endormie en observant la fille déposer des serviettes à côté du pot d'eau fumante posé près de la cuvette en porcelaine bleue.

— Il a neigé cette nuit, dit la servante en ouvrant les rideaux, laissant entrer la froide lumière dans la chambre

— C'est très joli mais on gèle. Je déteste l'hiver. Vous aurez besoin de vos vêtements les plus chauds, Madame. Le petit déjeuner sera servi dans une demi-heure.

Elle avait parlé sans reprendre son souffle et disparut, laissant Rosie seule.

En s'asseyant dans son lit, elle fut reprise par ses nausées matinales et dut s'allonger de nouveau.

Elle repensa aux événements de la veille. Elle se souvint de sa confusion en voyant Clovis qu'elle avait pris pour Jean-Paul. Puis, elle s'était évanouie. En reprenant conscience, elle avait compris son erreur. Clovis n'était que l'ombre se son frère. La ressemblance, pourtant, était troublante, sinistre.

Elle resta allongée sans bouger jusqu'à ce que les nausées disparaissent puis se leva prudemment et regarda par la fenêtre. Comme l'avait dit la servante, le paysage était joli. La chambre dans laquelle elle avait dormi donnait sur un vignoble qui descendait en pente douce dans la vallée. Les alignements de vignes noires et tordues s'étendaient à perte de vue. De petits monticules, couverts d'arbres dénudés, semblaient monter la garde sur le vignoble. C'étaient les premières vignes qu'elle voyait depuis la Californie. Le terrain était si différent, si hostile sous le ciel menaçant qu'elle s'étonna que le raisin pousse ici.

Abandonnant le paysage, elle se lava rapidement, s'habilla, se brossa les cheveux et se fit un chignon, s'appliquant pour paraître impeccable devant la sévère mère de Jean-Paul. « Courage, Rosie » murmura-t-elle en s'engageant dans le couloir.

La maison était vaste et bien meublée mais d'un style moins joli et plus lourd que chez André à Paris. Les murs du grand vestibule étaient ornés de tableaux représentant principalement des vignes et des vignerons au travail. Elle aurait aimé les examiner plus attentivement car il lui semblait qu'il y avait des différences entre leurs outils et ceux que son père utilisait. Mais elle était déjà en retard pour le petit déjeuner et ne savait pas où se diriger. Elle finit par retrouver l'endroit où elle s'était évanouie la veille. La petite servante époussetait dans l'entrée. Elle lui sourit et lui indiqua une porte vers l'arrière de la maison.

— Ils vous attendent, Madame, dit-elle.

Rosie entendait des voix et, s'efforçant d'oublier sa nervosité, elle s'avança jusqu'à la porte, frappa et entra. C'était un petite pièce et la mère et son fils étaient déjà attablés devant de grandes tasses de café et des tartines.

À l'expression de leurs visages, elle comprit qu'ils parlaient d'elle. Clovis se leva promptement et lui présenta une chaise à haut dossier. Madame Dupuis lui versa une tasse de café.

— Bonjour. Asseyez-vous. Clovis, appelle Marie pour qu'elle apporte du pain frais.

Rosie murmura des remerciements et s'installa à table. Elle demanda à Madame Dupuis de parler lentement pour être sûre de la comprendre.

— Parlez-moi de Jean-Paul, répondit madame Dupuis.

Rosie poussa un soupir.

— J'essaierai, Madame, mais il faudra pardonner mes fautes et me corriger. Hélas, Jean-Paul ne m'a pas appris autant de français que je l'aurais souhaité.

— Il vous apprenait le français ?

— Oui, Madame.

Du mieux qu'elle le put, Rosie décrivit comment Jean-Paul était arrivé chez son père et comment celui-ci l'avait embauché. Elle omit peu de choses à l'exception des détails concernant leur liaison amoureuse et de l'incident avec Peter. Clovis l'écoutait en silence. De temps en temps, madame Dupuis essayait de l'aider à trouver un mot ou corrigeait son français et sa prononciation. Elle ne réagit que lorsque Rosie décrivit la façon précipitée dont Jean-Paul avait disparu.

— Qu'a-t-il fait d'autre ? A-t-il volé ?

— Oh, non, fit Rosie, choquée. Il a pris autant de boutures qu'un homme peut porter et je croyais que c'était pour les amener ici. Il y avait droit. Nous ne savions même pas que nous pouvions les utiliser avant qu'il ne nous l'apprenne.

— Rien d'autre ?

— Rien, insista Rosie.

Elle ne pouvait pas parler de la nuit au lit avec Peter. D'ailleurs, pensa-t-elle comme des milliers de fois auparavant, il ne s'était sans doute rien passé.

— Vous a-t-il dit qu'il était l'instituteur du village ici ? demanda Mme Dupuis en observant attentivement Rosie.

Rosie secoua la tête, étonnée.

— Non. Il a dit qu'il avait un vignoble mais que depuis l'apparition du phylloxera, la récolte ne suffisait pas aux besoins de toute la famille et c'est la raison pour laquelle il est parti.

— Balivernes !

Madame Dupuis était mécontente et elle reposa brusquement sa tasse, renversant un peu de café dans sa soucoupe.

— Il y a tout ce qu'il faut dans cette famille. Quant au phylloxera, il ne s'est pas attaqué à nos vignes et je doute qu'il le fasse jamais car nous sommes isolés des autres.

— Maman, Maman, dit Clovis en posant sa main sur la sienne pour la calmer. Notre invitée ne fait que rapporter ce qui lui a été dit. Ce n'est pas de sa faute. Calmez-vous.

— Rien que l'idée... murmura Mme Dupuis. Vous êtes certaine qu'il ne s'est rien passé d'autre qui l'aurait poussé à partir ? Mon fils, ajouta-t-elle d'une voix soudain cassante, a l'habitude de disparaître quand il est prudent de le faire.

Rosie secoua la tête à nouveau.

— Y a-t-il une raison pour laquelle il est parti d'ici, Madame ? demanda Rosie.

— Hum.

Un silence.

— Oui, peut-être.

— Laquelle ? demanda Rosie prudemment.

— Ce serait trop compliqué de vous l'expliquer pour l'instant, répondit précipitemment Clovis. Il importe avant tout de décider ce que nous allons faire.

— En effet, dit Mme Dupuis. Quand le bébé doit-il naître ?

— Vers la fin juin, je crois.

Il y eut un long silence durant lequel Clovis et sa mère enregistrèrent l'information. Rosie attendit. En dépit des façons brusques de Mme Dupuis, de son nez aquilin et de ses yeux sombres, sa bouche révélait une certaine douceur et Rosie commençait à se sentir attirée par elle. Clovis lui donnait toujours des frissons. Il paraissait mou et vide, dépourvu de la vie qui animait son frère jumeau. En lui, le feu ne s'était jamais allumé.

— Que voulez-vous faire ? demanda Mme Dupuis brusquement.

La question désarçonna Rosie. Elle n'avait pas réfléchi au-delà du petit déjeuner avec ces deux étrangers dans leur maison inconnue. Elle avait concentré toute son attention sur son maintien et sur l'effort de les comprendre.

— Je ne sais pas, répondit-elle. J'aimerais rester près d'ici pour attendre le retour de Jean-Paul. J'ai toujours l'impression qu'il le fera.

— Il ne le fera pas, dit Mme Dupuis catégoriquement. Il n'y a aucune chance qu'il puisse se montrer dans le village et même dans toute la Champagne. Vous voulez le bébé ?

— Bien sûr que je veux le bébé.

Rosie se battait avec les mots pour s'expliquer.

— Vous comprenez, je me suis fait à cette idée et je me débrouillerai d'une manière ou d'une autre. Si c'est un garçon, je l'appellerai Jean-Paul. Je suis sûre que ce sera un garçon.

— Et comment vous débrouillerez-vous ?

Rosie se redressa.

— Je l'ai fait jusqu'ici.

— Ce sera différent lorsque vous aurez le bébé. Seule, sans un homme, sans respect.

Rosie écoutait, sachant que ce qu'elle disait était vrai. Clovis s'agitait tandis que sa mère parlait. Il se mit à arpenter la pièce autour de la table.

— J'ai une solution, dit-il. J'épouserai Mme Brunner et l'enfant de mon jumeau aura un père. Vous aurez un petit fils. Rosie aura un mari et une maison. C'est la meilleure façon de résoudre le problème.

Rosie n'en croyait pas ses oreilles. Elle regarda cet homme qui lui souriait, déconcertée.

Madame Dupuis s'était levée, surprise. Son visage anguleux se tendit vers son fils d'un air inquisiteur.

— Pourquoi proposes-tu une chose pareille ? demanda-t-elle.

— Parce que, fit-il d'une voix patiente, c'est la solution logique. Vous ne pouvez pas renvoyer cette femme. Elle porte l'enfant de Jean-Paul.

Rosie se leva elle aussi.

— Je vous en prie ! Ce ne sera pas nécessaire. J'ai de l'argent. J'ai un billet de retour. Je peux me débrouiller. Je peux retourner à la maison ou bien rester dans un hôtel à proximité. Je peux dire que je suis une femme mariée. Qui pourra penser le contraire ? Clovis n'a pas besoin de faire ce sacrifice pour moi.

— Ce ne serait pas un sacrifice, dit-il calmement.

Rosie sentit ses cheveux se dresser sur sa tête. Madame Dupuis se dirigea vers la porte et l'ouvrit brusquement.

— Hum ! fit-elle. Pour une fois, cette fille n'écoute pas derrière la porte. Baisse la voix, Clovis. Il est hors de question que tu l'épouses. Elle peut rester ici comme servante jusqu'à la naissance du bébé, puis le laisser ici et repartir chez elle.

— Maman !

Rosie faisait des efforts pour suivre la conversation. Ils parlaient vite tous les deux, en persiflant. Elle ouvrit la bouche pour protester qu'elle ne laisserait jamais son bébé. Clovis prit sa défense.

— A-t-elle l'air d'une femme qui abandonnerait son bébé ?

Il leva les bras d'une manière si théâtrale que si Rosie n'avait pas été si outrée par le tour que prenait la discussion, elle aurait éclaté de rire.

— Bien sûr que non, poursuivit-il. Allons, Maman, nous avons tous deux reconnu son courage et ses qualités hier soir. Une servante ! La mère de l'enfant de Jean-Paul, servante dans cette maison ? Je suis étonnée que vous ayez pu même considérer une chose pareille.

— Grand benêt ! Tu es idiot comme tu l'as toujours été. Tu ne la veux que parce qu'elle a été à Jean-Paul. Tout comme tu as toujours désiré tout ce qu'il avait, ajouta-t-elle en élevant la voix.

— C'est vrai Maman, dit Clovis avec dignité. J'aurais voulu avoir son charme, son énergie, son intelligence et l'amour que vous lui donniez sans réserve.

Le silence se fit soudain dans la pièce. Madame Dupuis ferma la bouche et s'assit lourdement. Pour la première fois, Rosie sentit un peu de sympathie pour l'imposteur qui avait l'apparence de Jean-Paul. Elle comprenait à quel point il devait être douloureux d'être toujours le second. Il lui prit les mains et la fixa droit dans les yeux.

— Rosie, dit-il. Voulez-vous m'épouser ?

Elle voulait crier « non » mais le sentiment de sympathie ne l'avait toujours pas quittée.

— Monsieur Clovis, dit-elle d'une voix hésitante, vous êtes bon et généreux mais vous ne me connaissez pas. Vous ne pouvez pas épouser une inconnue.

— Je veux vous épouser.

Elle avait le sentiment d'être piégée et cela lui nouait la gorge. Elle toussa nerveusement.

— Mais, je ne vous connais pas.

— Quelle importance ?

— Eh bien...

Il prit un ton brutal soudain.

— Je vous le demande, Madame, qui d'autre voudrait de vous ?

— Clovis !

Cette fois, c'était sa mère qui protestait et il se tourna vers elle, le visage cramoisi.

— Mais c'est vrai, Maman. Qui d'autre l'épouserait ? Hier soir, je pensais qu'elle pourrait aller chez madame Frédéric mais cela signifierait que votre petit-fils serait élevé dans un bordel. Aimeriez-vous cela ? Les Américains sont peut-être différents mais je parierais que personne ne voudrait d'elle si elle retournait là-bas. Qui voudrait de son bâtard ?

Atterrée, Rosie sentit le sang quitter ses joues et sa tête se mit à tourner.

— Regarde ce que tu as fait, gronda madame Dupuis. Amène-la au salon et installe-la près du feu.

Heureux de se saisir de ce prétexte, Clovis glissa son bras autour de la taille de Rosie et la conduisit doucement dans le vestibule. Elle se sentait si chancelante qu'elle dut s'appuyer sur lui et il lui fit des excuses pour son indélicatesse tout en marchant.

— Je veux simplement que vous compreniez... lui répéta-t-il.

— Oui, oui, je sais, répondit-elle distraitement.

Une fois assise dans un des grands fauteuils du salon, elle retrouva son calme. Madame Dupuis arriva à son tour en regardant derrière elle avant de refermer la porte.

— Vous sentez-vous bien, mon enfant ? demanda-t-elle.

Rosie hocha la tête.

Madame Dupuis s'installa dans un fauteuil qui lui faisait face.

— Clovis a été cruel mais il a raison, à moins, bien entendu, que vous ayiez suffisamment d'argent pour vivre seule.

— J'ai pas mal d'argent, Madame, dit Rosie en élevant délibérément la voix car la colère la gagnait. C'était ma dot pour Jean-Paul, avec les boutures de vigne. Je pensais qu'avec l'argent et les boutures, il ne me refuserait pas. Je suis cependant touchée par la proposition de votre fils, ajouta-t-elle, incapable de retenir une note de sarcasme dans sa voix. Mais Clovis n'avait pas une oreille suffisamment fine.

— Je vous épouserais même si vous étiez sans le sou, dit-il avec ferveur.

— Nous le savons, dit sèchement sa mère. Maintenant, tais-toi un moment. Pour une fois, tu as fait une suggestion raisonnable. Mais dites-moi, mon enfant, l'épouseriez-vous ?

Rosie regarda le visage soudain rempli de sympathie de Madame Dupuis et celui, ardent, de Clovis. Elle avait besoin de temps. Elle hésita, puis dit :

— Dans deux semaines, ce sera Noël. Puis-je vous suggérer de rester ici, et je paierai pour mon séjour, ou alors dans un hôtel à proximité, jusqu'au Nouvel An ? Si Jean-Paul n'est pas revenu à Noël, nous reparlerons de tout cela.

Clovis poussa un grognement de détresse et lui tourna le dos. Elle se leva, s'approcha de lui et lui posa la main sur le bras.

— Je vous en prie, dit-elle. Je ne veux pas vous blesser mais si Jean-Paul est en route, je pense qu'il fera son possible pour être là à Noël. Et s'il revient, il a le droit de savoir qu'il va avoir un enfant. Il est donc préférable d'attendre. Mais s'il ne revient pas, nous pourrons en reparler.

— Et vous m'épouserez, dit-il avec une joie enfantine. Car je sais que Jean-Paul ne reviendra jamais.

Il se pencha vers elle et l'embrassa sur la joue, timidement. Ses lèvres étaient glacées et ses paroles semblaient sceller son destin.


Madame Dupuis insista pour que Rosie reste à la maison et une amitié se développa progessivement entre les deux femmes. Rosie apprit que le mari de Mme Dupuis avait été vigneron dans les grandes maisons de Champagne. Le père de Madame Dupuis était fabricant de champagne et achetait son raisin à Claude Dupuis.

— Bien sûr, lui confia Madame Dupuis, nous n'étions pas du même milieu et mon père a été furieux quand j'ai voulu l'épouser. Mais je l'aimais tant. Il avait de si belles moustaches, un tel courage et des épaules de taureau. C'était magnifique de le regarder labourer un champ, commander ses ouvriers et faire mieux que tous les autres. Il était si fort ! Il pouvait retourner les roches les plus lourdes.

Ses yeux s'embuèrent en évoquant ces souvenirs.

— Papa se rendit enfin compte qu'il s'agissait d'un véritable amour et il aida Claude à se procurer l'équipement nécessaire pour faire son propre champagne. Nous avions tellement d'ambition quand nous étions jeunes. Claude allait devenir un autre monsieur Bollinger ou monsieur Moët pendant que je m'occuperais des garçons. En vérité, nous n'avions pas tant de désirs et quand Papa mourut et que j'héritai de son argent et de son domaine, Les Hérissons, il nous parut inutile de nous imposer dans le monde du champagne. Jean-Paul était brillant et voulait enseigner. Clovis n'était pas un homme d'affaires. Comme son père, il excellait sur le terrain et, croyez-moi, mon enfant, ce n'est pas chose facile de faire pousser du raisin aussi loin au Nord. Tout dans la nature semble se liguer pour détruire la récolte. Pour être vigneron en Champagne, il faut de la patience, du muscle et un esprit invincible.

— Puis Claude est mort. Je ne lui ai encore pas pardonné de m'avoir laissée. Clovis reprit le vignoble et Jean-Paul continua à enseigner. Un an seulement après, Jean-Paul est parti, et cela m'a brisé le cœur une deuxième fois. Évidemment, ce n'est pas bien d'avoir des préférés mais c'était le mien. Tout scélérat qu'il est. Alors, quand vous êtes arrivée avec des nouvelles de lui, comment aurais-je pu vous renvoyer ? Mais Clovis est un homme meilleur. Il est ennuyeux, un peu simplet même, mais il est gentil et fidèle. J'ai parfois envie de le secouer. S'il vous épouse, il se réveillera peut-être.

Les deux femmes étaient installées dans le salon de madame Dupuis qui se trouvait entre le grand salon et la petite salle à manger. Elles brodaient toutes deux des vêtements pour le bébé. Rosie se sentit glacée par ces paroles. Il semblait que son mariage avec Clovis était une affaire entendue, quels que soient ses propres désirs.

— Dites-moi, Madame, fit Rosie en choisissant ses mots avec soin. Pourquoi êtes-vous si certaine que Jean-Paul ne reviendra jamais ?

L'atmosphère de confidence entre femmes s'évanouit. Madame Dupuis se ferma comme une huître et reposa son ouvrage.

— Il suffit que j'en aie la certitude, dit-elle froidement. Maintenant, il faut que j'aille à la cuisine pour voir où en est le dîner.

Les jours s'écoulaient et Rosie menait une existence paisible. Elle pensait au bébé et ni Jean-Paul, ni Clovis ne paraissaient très importants. Clovis l'observait quand ils étaient à table mais il était timide et parlait peu. Elle avait chaque jour de nouvelles preuves des mensonges de Jean-Paul. Les Dupuis étaient riches, bien qu'ils ne possédassent pas la fortune d'une Lizzie ou d'un André. La maison était deux fois plus spacieuse que celle de son père en Californie et il y avait des domestiques : un cuisinier et une femme de chambre qui s'occupaient de la maison et une quantité d'ouvriers qui travaillaient sur le vignoble.

Rosie avait peu de choses à faire à part bavarder avec la mère de Jean-Paul et coudre pour le bébé. Madame Dupuis lui expliqua qu'à cette époque de l'année il y avait peu de choses à faire parce que la neige recouvrait tout et la maison était éloignée des villages environnants. C'était aussi bien ainsi car la présence de Rosie passait inaperçue.

Elle apprit la signification de « Les Hérissons » et, en effet, les pentes douces couvertes de vignes dénudées ressemblaient à des hérissons accroupis dans la neige.

Madame Dupuis lui faisait faire de petites promenades autour du domaine. Elle visita le chai avec ses tonneaux immenses et son équipement complexe de mise en bouteille. Elle pensa que si Jean-Paul revenait, il ramènerait la vie dans ces bâtiments et pourrait réaliser son ambition de créer le meilleur champagne du monde.

Elle était intriguée par la raison de son départ et de ses mensonges. Cela devint une obsession. Pas plus madame Dupuis que Clovis ne consentaient à lui donner la moindre indication et elle décida de demander à Marie. Avec sa curiosité, elle pourrait sûrement lui venir en aide. Peu des choses qui se passaient à la maison lui échappaient, en dépit des efforts de madame Dupuis pour lui en cacher.

Rosie prit l'habitude de bavarder avec la servante le matin. Quand Marie venait nettoyer sa chambre, Rosie se brossait longuement les cheveux devant la coiffeuse, pendant que Marie refaisait le lit, ravivait le feu, époussetait et astiquait les meubles.

Marie lui parlait de sa famille qui vivait à Rilly, un village voisin et de son amoureux qui travaillait sur le domaine avec Clovis. Un jour, choisissant son moment, Rosie demanda négligemment si elle connaissait le frère de Clovis.

— Monsieur Jean-Paul ? Bien sûr, répondit la fille. Quel charme ! Mais il en avait trop pour son propre bien.

— Il est parti, dit-on.

Marie la regarda attentivement. Rosie se souvint à quel point madame Dupuis s'était inquiétée de savoir si Marie n'écoutait pas derrière la porte le soir de son arrivée. Elle n'avait peut-être rien entendu et cru à l'explication de madame Dupuis, selon laquelle Rosie était une amie d'Amérique en visite, car elle répondit :

— Oui, il y a été contraint.

— Pourquoi ?

— Ils ne vous l'ont pas dit ?

— Je ne l'ai pas demandé. Je suis sûre qu'ils le feraient si je posais la question mais c'est un peu... vous savez bien.

Marie paraissait troublée. Rosie tenait un joli peigne en écaille qu'André lui avait acheté.

— Il ferait très bien dans vos cheveux, Marie, dit-elle. Que disiez-vous à propos de Jean-Paul ?

Marie regardait le peigne avec convoitise.

— Eh bien, Madame, c'était à l'école. C'est si laid que personne n'en parle. Il a eu de la chance que les parents ne le prennent pas. Ils l'auraient fait mais il a disparu.

— Mais qu'a-t-il fait ?

Marie ne savait pas où se mettre.

— Vous devriez le demander à Madame.

Rosie joua ostensiblement avec le peigne puis le glissa en direction de la servante sur la coiffeuse. Elle commençait à craindre ce qu'elle allait apprendre mais voulait que ses pires craintes soient confirmées. Marie tendit la main vers le peigne.

— C'étaient les garçons. Les petits garçons. Il avait, enfin, vous savez. L'un d'eux s'en est plaint.

Rosie poussa brusquement le peigne vers la fille.

— Je vois, dit-elle en luttant pour paraître naturelle. C'est terrible. Maintenant, prenez ceci, Marie, et sauvez-vous.

Marie se saisit du peigne et s'enfuit. Rosie posa ses mains sur son ventre et ferma ses yeux pleins de larmes en pensant à l'affreuse vérité qu'elle venait de découvrir et en se souvenant de la nuit où elle avait surpris Jean-Paul au lit avec son frère nu.

# Chapitre 9

Jean-Paul sifflotait doucement, assis sur les planches de la vieille charrette qu'il conduisait. Son cheval aux côtes apparentes peinait sur le chemin boueux. Jean-Paul lui chatouilla la croupe avec une badine en osier en pensant qu'il était chanceux que la charrette soit si peu chargée. Il n'avait que son baluchon de vêtements, un peu plus que quand il était parti, et une caisse pleine de boutures de vignes.

Les trente dollars de Hans Brunner avaient bien servi. Cela lui avait permis de prospérer un peu, d'acquérir plus de connaissances en plus de lui donner le temps nécessaire pour que l'atmosphère s'apaise chez les Brunner.

Au loin, il apercevait la maison de pierre qui surgissait de la brume. Tout était calme et silencieux. Il n'y avait pas un mouvement mais il entendait le bruit que faisait un pic-vert dans un arbre à proximité. En dépit de la soudaineté de son départ et des circonstances qui l'avaient poussé à partir plus vite qu'il n'en avait l'intention, il ne s'inquiétait pas trop de l'accueil qui l'attendait. Ils avaient besoin de lui. Il sourit. Ils avaient besoin de lui aussi bien pour le plaisir que pour le travail et c'étaient là des atouts imbattables.

Peter aurait trouvé un moyen de mentir à Rosie et de lui fournir une explication plausible pour sa présence dans son lit. Elle serait affamée à présent et prête à lui pardonner n'importe quoi. Peter n'avait pas d'autre solution que de l'accepter à nouveau. Combien de chances avait-il de retrouver un nouvel amant? Il ne pouvait pas afficher ses tendances. C'était étrange que le frère et la sœur aient les mêmes appétits. Il sourit à nouveau en pensant que lui aussi les avait.

Il atteignit la vieille barrière qui marquait la limite de la propriété. Il aperçut une enveloppe dans la boîte aux lettres. Il rit tout haut et sauta à terre. Il était arrivé avant la lettre. Elle aurait pourtant brisé la glace, pensa-t-il en la retirant de la boîte.

Il allait la fourrer dans sa poche lorsqu'il remarqua que le timbre était français. L'écriture lui semblait familière et elle était adressée à M. Hans Brunner.

Brunner avait-il cherché à avoir des renseignements sur lui? Si c'était le cas, il était heureux qu'il ait pu l'intercepter.

Sans hésitation, il ouvrit l'enveloppe et déplia la feuille de papier qui s'y trouvait.

«Cher Papa, je t'écris pour te dire que je vais bien et que j'arriverai en France demain. Je ne pense pas que tu sois inquiet mais je préfère t'avertir.

«Je voulais aussi t'expliquer pourquoi j'ai pris l'argent. Il le fallait pour que je puisse partir. Je n'ai pris que le tiers des billets. Je n'ai pas touché à l'or, pensant qu'il t'appartenait de droit. Il est toujours sous le lit, là où tu l'as caché.

«J'ai pensé que j'avais gagné cet argent par le travail que je fournissais à la maison. J'ai pensé que le reste était à toi et à Peter.

«Je t'écrirai sans doute à nouveau lorsque je serai installée mais je vais bien. Embrasse Peter de ma part. J'espère que vous allez bien et que vous vous débrouillez sans moi. Je t'embrasse. Ta fille, Rosie.»

Jean-Paul laissa échapper un sifflement entre ses dents. Il pensait à ce que cette lettre impliquait. Rosie était partie. À sa recherche? Elle avait dû croire le mot qu'il avait laissé à son intention. Et elle était partie avec de l'argent, en laissant de l'or. De l'or! Pensif, il déchira la lettre en petits fragments qu'il regarda s'éparpiller dans la brise.

Arrivé à la maison, il arrêta le vieux cheval devant la véranda et sauta à terre. Rien ne bougeait. Il monta les marches en courant et frappa à la porte.

— Il y a quelqu'un ? appela-t-il.

Il entendit un bruit de pas. La porte s'entrouvrit et le visage de Peter apparut. Ses yeux bleus s'agrandirent de surprise puis la porte s'ouvrit complètement et Peter se jeta dans ses bras en l'embrassant, le cajolant et lui murmurant des mots de bienvenue.

— Cela fait des semaines, des semaines, répétait-il, hystérique.

— Doucement, doucement, dit Jean-Paul en se dégageant de son étreinte. Je peux entrer ?

— Bien sûr ! Peter l'entraîna dans la maison et le poussa vers la cuisine. Il essuya la poussière d'une chaise et le fit asseoir.

— Oh ! Jean-Paul, c'est bon de te voir. Tu ne peux pas imaginer à quel point tu m'as manqué. Je jure que j'en serais mort de chagrin.

Jean-Paul attira sa chaise vers la table à la place qui avait été la sienne.

— Tu t'es senti seul ? Pourquoi ?

Peter fit la grimace.

— Eh bien, Rosie est partie et, trois mois après, papa a fait une chute. À cause du whisky. Il est tombé à la renverse en allant aux toilettes.

Il fit une grimace de dégoût.

— J'ai dû le nettoyer et le monter. Il ne semblait pas blessé mais ne pouvait plus bouger. Il n'arrêtait pas de parler de Rosie. Je crois qu'elle nous manque à tous les deux. Il n'y a personne pour faire la cuisine et le ménage.

— Je vois.

Jean-Paul regarda autour. La cuisine était en désordre et l'évier plein de vaisselle sale.

— Je fais ce que je peux, dit Peter, sur la défensive. Mais il y a tant à faire. Au début, Papa me donnait des ordres, me disant de faire ceci et cela jusqu'à ce que j'aie envie de le tuer. Puis il devint vraiment malade. Il est au lit maintenant. J'ai fait venir le docteur une fois mais j'ai dû aller le chercher à Calistoga. Il ne veut pas venir jusqu'ici à moins d'être payé d'avance et il n'y a pas d'argent. Papa ne veut pas m'en donner. Chaque fois que je lui en demande, il me dit d'aller trouver Rosie.

— Rosie est partie ?

— Oui. Environ deux semaines après ton départ. Peut-être un peu plus. Un matin, elle a disparu. Elle n'a pas laissé un mot, rien. Nous avons d'abord cru que quelque chose lui était arrivé. Mais Papa est monté dans sa chambre en courant, comme si quelque chose l'avait piqué et je l'ai entendu faire beaucoup de bruit. Ensuite il a dévalé l'escalier si vite que j'ai cru qu'il était tombé. Il m'a crié que je devais la retrouver. Il m'a envoyé à Calistoga. Il m'a même donné de l'argent et m'a dit de la retrouver par tous les moyens et de la ramener. À la gare, j'ai appris qu'elle avait réservé une place pour l'Est. Elle était partie à San Francisco et je l'ai suivie. Je l'ai attendue à la gare et elle est arrivée le lendemain matin, vêtue comme une duchesse. Elle avait un porteur et montait dans un wagon Pullman. Je n'en croyais pas mes yeux. J'ai couru jusqu'à elle et je l'ai prise par le bras et lui ai dit que Papa voulait qu'elle rentre. Elle m'a répondu qu'elle ne reviendrait jamais mais je la tenais fermement et je l'aurais empêchée de partir si un homme n'était pas venu et ne m'avait pas menacé de me faire arrêter si je ne la lâchais pas. Que pouvais-je faire ?

Jean-Paul réfléchissait. Peter ne le regardait pas droit dans les yeux et devait lui mentir un peu.

— Pourquoi allait-elle dans l'Est ? demanda-t-il.

— Je ne sais pas, dit Peter en hésitant.

Il mentait certainement, décida Jean-Paul.

— C'est la façon dont elle était habillée qui m'a le plus étonné, disait Peter. Où a-t-elle trouvé l'argent pour s'acheter cela en si peu de temps ?

Il s'interrompit et demanda, soudain soupçonneux :

— Tu ne lui as pas donné d'argent ?

— Je n'avais pas d'argent à donner à quiconque, répliqua Jean-Paul, mais je pense qu'elle a dû en trouver. Celui de ton père peut-être. C'est sans doute la raison pour laquelle il était si furieux.

— Tu crois ? dit Peter sans conviction. Je crois qu'il était hors de lui parce qu'il n'y avait plus personne pour faire le ménage et la cuisine.

Jean-Paul secoua lentement la tête.

— Elle a dû lui prendre de l'argent pour aller dans l'Est. Où en aurait-elle trouvé autrement ? Mais a-t-elle tout pris ?

— Non, pas Rosie. Rosie ne volerait pas. Je ne peux pas le croire.

— Elle pensait peut-être qu'il lui était dû ? suggéra Jean-Paul.

Peter secoua la tête.

— Je ne sais vraiment pas.

— Alors, nous n'avons qu'à nous en assurer. Où est ton père en ce moment ?

— Malade, je te l'ai dit. Il va peut-être mourir et, dans ce cas, que vais-je devenir ? Le docteur a dit qu'il avait une pneumonie. Je dois tout le temps mettre de l'eau bouillante dans sa chambre pour qu'il y ait de la vapeur, autrement il ne peut pas respirer. Il est vraiment malade et je ne sais pas quoi faire...

— Allons le voir.

— Il ne devrait pas être dérangé.

— Nous ne le dérangerons pas.

Jean-Paul se leva et se dirigea vers l'escalier. Peter le suivit à contre-cœur. Pendant qu'ils montaient à l'étage, Jean-Paul essayait de mettre de l'ordre dans ses idées. Bien qu'il eût souhaité retrouver Rosie, il était peut-être préférable qu'elle soit absente. Et si le vieil homme était mourant, c'était une bonne nouvelle. Sans ces deux-là et avec Peter seulement à manipuler, les choses ne seraient pas trop difficiles. Il avait pensé qu'il devrait se marier. Maintenant, cela ne serait pas nécessaire. Il était de bonne humeur en ouvrant la porte de la chambre de Hans Brunner.

Il y faisait sombre car les rideaux étaient tirés et il n'y avait qu'une faible lampe dans un coin et une marmite sur le feu dont s'échappait un nuage de vapeur. L'atmosphère était fétide. Le vieil homme était couché dans un grand lit de laiton. Jean-Paul s'avança pour regarder le visage émacié du vieillard et vit qu'il respirait péniblement.

— Il semble aller plus mal, dit Peter. Tu crois que je devrais appeler un docteur ?

Jean-Paul ne répondit pas mais alla au pied du lit et regarda le vieillard en réfléchissant. Puis il se mit à ouvrir les tiroirs d'une commode.

— Eh ! Que fais-tu ? murmura Peter.

— Je cherche l'argent.

— Mais tu ne peux pas faire ça.

— Pourquoi pas ? Il est mourant.

Le vieillard était étendu comme mort. Peter continua à protester sans succès, tandis que Jean-Paul fouillait la pièce, armoire

163

après armoire. Il ne fallait pas aller directement jusqu'au lit. Il souleva les vieilles carpettes, regarda autour de la pièce, puis fit semblant de réfléchir.

— Tu l'as entendu faire du bruit ? demanda-t-il finalement.

Peter hocha la tête. Le sifflement de la respiration du vieillard sembla plus fort dans le silence.

— Sous le lit. Ce doit être sous le lit, dit Jean-Paul. Aide-moi à le pousser.

— Non, tu n'en as pas le droit.

— Aide-moi.

Peter protesta mais fit ce qu'on lui dit.

Ils réussirent à repousser le lourd lit contre le mur. Jean-Paul s'agenouilla et se mit à frapper sur le plancher. L'une des lattes de parquet bougea. Il appuya dessus. Elle bascula et son cœur avec.

— Je l'ai ! s'exclama-t-il triomphalement.

À ce moment, l'homme couché se releva. Les vieux yeux féroces étaient grand ouverts, le crâne chauve brillait de sueur. Comme une terrible apparition, il tendit le doigt vers Jean-Paul en sifflant : « Non ! Non ! » Il essaya de se débattre pour sortir du lit et Jean-Paul resta pétrifié tandis que Peter essayait de le calmer.

— Nous cherchons seulement de l'argent pour le médecin, je te le jure, Papa, s'écria-t-il.

— Voleur !

Ce fut une longue plainte terrifiante. Puis le vieil homme toussa d'une toux rauque et retomba sur son oreiller.

Peter se tenait debout, près de lui, pâle et terrifié.

— Oh, mon Dieu, mon Dieu, murmura-t-il. Il est parti. Il est mort. Qu'avons-nous fait ?

— Trouvé l'argent, dit Jean-Paul en fouillant dans le trou du plancher. Trouvé l'argent. Voilà ce que nous avons fait.

Jean-Paul ne s'occupa pas de l'enterrement. Il envoya Peter à Calistoga chercher un prêtre et l'entrepreneur des pompes funèbres pendant qu'il se rendait au champ qu'il avait commencé à défricher avant son départ.

Il fut content de constater que quelqu'un – sans doute Peter – avait poursuivi le travail. La plupart des racines avaient été arrachées et il y avait même une tentative de terrassement. Grognant de satisfaction, il se mit à l'ouvrage. Ce coteau devait devenir la base de sa fortune.

Il fallut trois jours pour disposer des restes de Hans Brunner et, pendant ce temps, Jean-Paul dormit dans sa vieille chambre au-dessus de la grange. Il voyait à peine Peter et il évitait le flot des visiteurs qui venaient rendre leur dernier hommage à Hans Brunner. Peter ne cherchait pas à le retrouver, sans doute par respect pour son père tant que sa dépouille était toujours à la maison. Les deux jeunes gens mangeaient ensemble mais dans un silence presque complet. Peter était terrifié à l'idée de se retrouver seul. Cela aussi ne faisait qu'arranger Jean-Paul.

Le lendemain de l'enterrement, Peter vint le rejoindre sur la colline. Son visage était boursouflé et il avait visiblement pleuré. Il pleuvait. Une brume froide s'élevait de la terre, les glaçant des pieds à la tête. Peter se tenait comme un écolier, les cheveux plaqués sur le crâne.

— Jean-Paul, dit-il nerveusement, je suis désolé de t'avoir vu si peu. Il y avait tant à faire et j'ai préféré attendre que tout soit fini avant de te parler.

— Je comprends, dit Jean-Paul en s'appuyant sur le manche de la pioche avec laquelle il essayait de déloger une roche récalcitrante. Ça va maintenant ?

— Oui, dit Peter dont les mains tremblantes indiquaient qu'il était loin d'être bien. Mais j'aimerais que tu viennes dans la maison maintenant. Tu peux prendre l'ancienne chambre de Rosie. Ce n'est pas normal que tu restes dans cette pièce au-dessus de la grange.

— Cela n'en vaut pas la peine, dit Jean-Paul. Je vais partir bientôt à présent.

— Partir ! La voix de Peter était soudain stridente. Mais pourquoi ? Où vas-tu ?

— Chercher un endroit à moi.

Il tourna son attention à nouveau vers le rocher.

— Mais tu ne peux pas partir. Tu ne peux pas me laisser ici tout seul.

Jean-Paul secoua la tête lentement.

— Ici, Peter, je ne suis qu'un ouvrier agricole. Je veux quelque chose qui soit à moi.

Peter s'approcha de lui jusqu'à pouvoir le toucher.

— C'est facile. Tu peux avoir la moitié de ce domaine. Qu'en ferais-je ? Comment pourrais-je me débrouiller sans Papa et Rosie ? Reste et partage avec moi.

Jean-Paul parut réfléchir puis secoua la tête à nouveau.

— Ce ne serait pas juste. Je n'ai pas assez d'argent pour payer une partie d'une propriété de cette taille.

— L'argent n'a pas d'importance. Oh ! Jean-Paul, je t'en prie, ne me quitte pas. Tu n'imagines pas combien tu m'as manqué. Tu es le seul à m'avoir compris. Le seul à qui j'ai été capable de parler. Tu ne peux pas me laisser seul.

Jean-Paul se redressa et embrassa légèrement le garçon sur le front. Peter frissonna.

— Il est trop tôt pour prendre de telles décisions. Nous en parlerons ce soir au dîner.

Il se remit au travail sous la pluie. Cela ne pouvait être que bénéfique de faire attendre le garçon le reste de la journée. D'une façon ou d'une autre, tout irait bien. Le petit sac de poudre d'or qu'il avait adroitement subtilisé pendant que Peter pleurait auprès de son père, se trouvait maintenant dans sa poche. C'était une promesse de temps meilleurs à venir.

Dépité, Peter s'était éloigné. Le Français le regarda partir. Le garçon avait des fesses comme une pêche, pensa-t-il en appréciant la manière dont ses pantalons trempés par la pluie lui moulait les rondeurs sous sa taille étroite. Il s'installerait peut-être dans la maison ce soir. Cela faisait longtemps depuis Sarah. Il rit brièvement tout en déplaçant la roche dans un dernier effort vigoureux. Longtemps, enfin, cinq jours. Mais son appétit était si insatiable...

À la tombée de la nuit, la pluie était devenue presque insupportable et Jean-Paul cessa son travail.

Il n'y avait signe de Peter nulle part quand il arriva à la maison. Il se mit à ranger. Il prépara le dîner et nettoya la cuisine. Il détestait le désordre.

Dans le garde-manger, il y avait du jambon qui aurait pu être plus frais mais il en fit cuire quatre tranches épaisses dans une poêle avec du vin, des oignons et quelques champignons séchés, puis il mit des pommes de terre à bouillir. Alors qu'il allumait les lampes, Peter arriva.

— J'étais au chai en train de nettoyer les tonneaux, dit-il en s'excusant. Il y avait du travail à faire. Tu es trempé ?

— Jusqu'aux os.

— J'espère que tu ne vas pas attraper froid.

— Je ne m'enrhume jamais. Y a-t-il du pain ?

Peter secoua la tête.

— Je ne sais pas le faire. C'est Rosie qui s'en chargeait.

— Alors, nous nous en passerons, dit Jean-Paul qui ne savait pas non plus en faire.

Sarah faisait du pain remarquablement bon. Une catin qui faisait la cuisine comme un ange. Elle serait utile ici s'il parvenait à la faire accepter.

Peter mit la table et ils s'installèrent tous deux pour manger. Peter l'interpella.

— Tu ne pars pas vraiment, n'est-ce pas ?

— J'ai des rêves à réaliser, dit Jean-Paul d'une voix douce.

— Quels rêves ?

— Je veux fabriquer du champagne, ici, en Californie.

— Pourquoi ?

— Parce que je suis champenois.

· Peter s'agita, mal à l'aise.

— Est-ce possible ?

— Il ne sera jamais possible de faire du vrai champagne mais il est certainement possible de faire du vin pétillant avec les mêmes méthodes.

— Je ne pense pas que quelqu'un l'ait jamais essayé.

— Je t'assure que beaucoup de gens en font et depuis de nombreuses années. Il n'est pas aussi bon que le champagne français, bien sûr, mais je pense qu'on pourrait l'améliorer.

— Comment le sais-tu ?

— Parce que j'ai été dans la propriété où on le fabrique ici.

— Est-ce la raison pour laquelle tu es parti ?

La voix du garçon était si passionnée que Jean-Paul comprit que c'était la réponse qu'il désirait.

— Oui. Et j'ai échangé les boutures de vignes sauvages que j'avais prises avec moi contre des boutures de Chardonnay, le raisin blanc avec lequel on fait le champagne, quoique nous aurions aussi besoin du Pinot Noir si nous voulons avoir un bon produit.

Peter mastiquait son jambon, songeur.

— Pousserait-il ici ? Ne fait-il pas trop chaud ?

— Pas du tout. Ce vignoble est frais en automne, cela, je le sais. Est-il frais au printemps ?

— Parfois, il fait vraiment froid.

— C'est un climat qui n'est pas très différent de celui de la Champagne, quoiqu'il fasse plus chaud ici en été. Le terrain que nous avons défriché serait parfait.

— Alors, pourquoi ne pas y planter tes boutures ?

— Parce que c'est ta propriété.

— Tu peux l'avoir, si tu restes. Comme je l'ai dit, tu peux avoir la moitié du domaine.

Il avala sa salive.

— Je t'aime, Jean-Paul. Je ne veux pas que tu t'en ailles, jamais.

Jean-Paul tendit le bras et prit la main de Peter.

— Tu es très bon, très gentil. Mais je ne peux pas accepter. Tu es jeune. Tu peux trouver quelqu'un d'autre et alors, que deviendrais-je ? Non, Peter, mon doux Peter, il vaut mieux que je parte. Je n'aurai jamais de droits, légalement.

Le garçon reposa brusquement sa fourchette, le visage écarlate.

— Écoute, je n'aimerai jamais personne d'autre. Mais nous pouvons légaliser tout ceci de façon à ce que la moitié t'appartienne. Alors, tu pourras faire ce que tu veux.

— Serais-tu d'accord pour acheter les boutures de Pinot Noir ?

Jean-Paul se dit qu'il fallait patienter. Il sautait les étapes. Il n'aurait pas dû demander cela aussi vite.

— Si tu les veux. Je te l'assure. Tu peux prendre l'argent aussi. C'est toi qui l'as trouvé.

Il rougit en repensant aux circonstances de la mort de son père.

— J'aurais seulement souhaité attendre un peu, murmura-t-il.

— Eh bien… Jean-Paul fit semblant d'être récalcitrant. Son poisson appâté était presque pris… Je ne sais pas.

— Je t'en prie ! Je ne veux pas que tu t'en ailles.

— Ah, Peter, tu crois que je veux te quitter à nouveau ? Bien sûr que non. Nous pourrions être heureux ensemble ici tous les deux. Je pourrais même faire ta fortune.

Il rit et serra la main qu'il tenait encore.

— Peter, tu es si bon et si généreux. Je déteste parler de la propriété de cette façon mais un homme a besoin d'avoir quelque chose à lui. J'ai erré si longtemps. Moi aussi, je me suis senti seul.

— T'ai-je manqué là où tu étais ? Où étais-tu ?

— Dans la vallée, à proximité de la Russian River, et bien sûr que tu m'as manqué. Ce n'est pas loin d'ici. Cela fait partie de la Snoma Valley et ils fabriquent du champagne.

— Papa en a déjà parlé.

La nourriture refroidissait dans leurs assiettes.

— Tout est donc réglé, dit Peter, joyeux. Nous irons à Calistoga voir un homme de loi et nous réglerons tout cela et alors, tu resteras.

— Je resterai, dit Jean-Paul et, à présent que la bataille était gagnée, son esprit se fixa sur les deux rondeurs fermes sous la taille fine de Peter.

— Est-ce que je peux rester avec toi ce soir ?

— Oh, oui ! Dieu merci, oui ! s'exclama Peter. Montons tout de suite !

Ils se rendirent à Calistoga le jour suivant et tout fut réglé par un homme de loi dont le regard acéré qu'il portait sur Jean-Paul indiquait une profonde méfiance. Mais Peter insista pour régler la transaction sur le champ. Jean-Paul ne l'avait jamais vu dans un état d'esprit aussi positif.

Ils retournèrent d'un pas rapide jusqu'à la vieille charrette et Peter bavardait gaiement. Il était parfaitement satisfait. Il ne cessait de donner des petites tapes sur le dos de Jean-Paul, comme pour s'assurer qu'il était toujours là. Toute trace de tristesse, à cause de la mort de son père, s'était évanouie. Il ne cessait de répéter à quel point il était heureux que la propriété leur appartienne et maintenant qu'ils avaient l'argent de son père, ils pourraient y faire de nombreux changements.

— Allons faire des achats à San Francisco et visiter la ville, dit-il, ce sera amusant.

Ils étaient arrivés à la maison. Jean-Paul détela les cheveux.

— Non, dit-il fermement. Cet argent va servir à agrandir le vignoble. Nous avons besoin de vignes résistantes au phylloxera et nous allons les obtenir.

Peter fit la moue.

— Nous pourrions en dépenser juste un peu.

— Non, répéta Jean-Paul. Et tu ferais mieux de te mettre au travail. Je veux que la parcelle de Zinfandel soit taillée et il est temps que nous labourions avant le gel. Mets-toi au travail.

Peter se renfrogna mais fit ce qu'on lui disait.

Le tournant du siècle approchait, et ils prirent des habitudes de fonctionnement. Il y avait trop à faire pour deux hommes seuls et la maison en souffrait. Jean-Paul se plaignait de la saleté et du désordre et enfin de la cuisine. Peter ne pouvait pas faire griller une tranche de lard sans la faire brûler. Il faisait un mauvais café et ne réussissait même pas à cuire des œufs.

— Nous avons besoin d'une femme ici, ronchonna Jean-Paul un jour.

Il était fatigué, debout depuis l'aube et avait remonté la terre emportée par l'érosion pour la mettre au pied des vignes. Les tonneaux avaient besoin d'être relevés et il fallait le faire à la lumière des lampes à pétrole, après la tombée de la nuit.

Peter parut effrayé par sa remarque.

— C'est mieux sans Rosie, dit-il d'un air gêné. Elle semait la discorde entre nous.

Jean-Paul sourit en grimaçant. Peter travaillait sans se plaindre tant qu'il restait à ses côtés et qu'il le satisfaisait la nuit. Il était gourmand, pensa Jean-Paul. Lui-même commençait à se fatiguer de l'absence de variété. Il repensait aux femmes. Ils se souvenait de la douceur de Rosie et de son ardeur. Il pensait à la lascivité de Sarah. Il avait envie de changement.

— Rosie savait cuisiner, dit-il

Peter paraissait anxieux.

— J'apprendrai, je le jure.

— Tu n'es pas doué, trancha Jean-Paul. Mais tu as d'autres dons. Nous avons besoin d'une femme pour s'occuper de la maison.

— Je ne veux pas d'autre femme ici. Le visage de Peter s'était renfrogné. Cela se passera comme la dernière fois.

— Comme la dernière fois ?

— Toi et Rosie.

Jean-Paul leva les sourcils.

— Je sais ce qui se passait entre Rosie et toi. Elle n'est pas venue dans ta chambre toute nue sans raison. Je sais ce que vous faisiez tous les deux. Je pense qu'elle est partie parce que...

— Parce que quoi ?

— Il y eut un silence.

— Parce qu'elle voulait te retrouver.

Jean-Paul réfléchit. Il avait réussi à obtenir la plupart des choses qu'il voulait dans sa vie parce qu'il savait comment s'y prendre avec les gens. Rosie et son frère étaient éperdus d'amour. Il leur avait donné à tous deux le maximum de ce qu'il pouvait donner. Il n'avait pas besoin d'amour sentimental mais seulement d'amour physique. Rosie avait accepté ses enseignements et aimé l'intérêt qu'il lui portait. Mais elle ne tolérait pas d'être rudoyée. Par contre son frère, tout en appréciant l'amour physique qu'il lui donnait, acceptait d'être brimé. En fait, il aimait plutôt cela.

— Rosie est partie, dit-il. Cela ne la concerne plus. Mais nous avons besoin d'une autre femme pour la remplacer.

— Nous pouvons nous débrouiller sans femme.

— Non.

— Je ne l'accepterai pas.

— Peter chéri, nous sommes associés maintenant. Il le dit d'un ton doucereux.

Peter déglutit plusieurs fois.

— Une vieille femme.

— Elles n'ont pas d'énergie.

— Nous en reparlerons plus tard, alors.

Ce soir-là, tandis qu'il contentait Peter, il pensait à Sarah, ouverte et lascive. C'était une catin. Elle se disputerait avec lui mais, en fin de compte, elle était malléable. Et elle cuisinait comme un ange.

Il prépara le petit déjeuner et donna ses ordres à Peter. La terre devait être fertilisée, les tonneaux redressés et les plants de vigne binés.

Il prépara ensuite son propre cheval qui avait repris du poids et l'attela à sa vieille charrette. Le trajet jusqu'à Sonoma ne prendrait pas longtemps.

— Pourquoi me dis-tu tout cela ? demanda Peter.

— Je serai absent quelques jours.

— Tu ne peux pas partir. Pourquoi ? Où vas-tu ? dit Peter d'une voix stridente.

Jean-Paul s'essuya la bouche du dos de la main et se leva de table.

— Où je vais ? Faire la cour à une fille, mon cher Peter. Faire la cour à une fille.

# Chapitre 10

Assis devant son verre de marc de champagne, dans la salle à manger des Hérissons, Clovis n'était pas heureux. Sa mère et Rosie s'étaient retirées dans le salon, observant les rites auxquels madame Dupuis tenait à Noël. Autrefois, ils restaient à trois, son père, Jean-Paul et lui-même. Cela semblait ridicule de rester seul à boire un verre qu'il ne désirait pas vraiment, en attendant de pouvoir rejoindre les dames et retrouver Rosie.

L'oie rôtie lui pesait sur l'estomac et il avait mangé trop de bûche au chocolat. Il éructa d'un air sinistre en pensant que, demain, il pourrait rappeler à Rosie sa promesse de parler du mariage. Le sujet n'avait pas été abordé depuis qu'il lui avait demandé sa main. Allait-elle changer d'avis, se demanda-t-il, mal à l'aise.

Les deux dernières semaines n'avaient pas été favorables à Clovis. Il était de plus en plus obsédé par l'Américaine qui était apparue dans leurs vies de façon si inattendue. Mais elle ne lui avait pas accordé beaucoup d'attention. Elle passait la plupart de son temps avec sa mère et elles semblaient être devenues bonnes amies. C'était bien ainsi mais Clovis regrettait que Rosie lui préférât sa mère.

— Imbécile ! s'était exclamé sa mère quand il lui en avait parlé. Comment pourrait-elle rester seule avec toi ? Ce ne serait pas convenable.

En dépit de ses sentiments pour Rosie, Clovis ne pouvait pas s'empêcher de penser qu'il était un peu tard pour penser aux convenances. Et qui l'aurait su, s'ils avaient passé du temps seuls, ensemble ? Seulement leurs domestiques. Ils avaient peu d'amis dans la région depuis le départ de Jean-Paul. Rosie elle-même avait dit qu'il ne pouvait pas épouser une femme qu'il ne connaissait pas. Mais comment pouvait-il apprendre à la connaître ? Il semblait qu'il devrait attendre le mariage pour pouvoir échanger, ne serait-ce qu'un mot avec elle, en tête à tête.

Les seules conversations avaient lieu pendant les repas, en présence de sa mère. Ils parlaient de champagne et de la culture de la vigne à cette latitude. Elle manifestait un intérêt très peu féminin pour les moindres détails et, bien qu'il prît plaisir à écouter son français hésitant prononcé avec son accent inhabituel, il aurait préféré l'entendre parler de trivialités, pas de choses réservées aux hommes.

Parce qu'elle prenait une telle place dans ses pensées, depuis son arrivée, il quittait rarement la maison, sauf pour travailler dans les vignes. Il voulait être près d'elle tout le temps et la certitude qu'elle avait du retour de Jean-Paul l'affectait. Tous les jours, lorsqu'il n'entendait pas de sifflement en sortant, il respirait plus librement. Il savait qu'il n'y avait aucune chance que son frère revienne mais craignait que la présence de Rosie agisse sur lui comme un aimant. Il avait peur de voir Jean-Paul apparaître, débonnaire, plein de l'énergie que Clovis lui avait enviée toute sa vie. Nul doute que sa mère aussi espérait le retour de son fils prodigue, pensa-t-il avec amertume. Mais son frère n'était pas revenu et il épouserait Rosie dès que possible.

L'idée de se retrouver seul avec la mariée, la nuit de ses noces, l'excita. Puis il fut pris d'un affreux doute. Pourrait-il lui faire l'amour sans faire de mal au bébé ? Ou peut-être même que cela risquait de lui faire mal à elle ? Serait-il contraint d'attendre la naissance du bébé pour la posséder ?

Bouleversé, il but le marc d'un trait et se hissa sur ses jambes en trébuchant un peu. Comme c'était Noël, sa mère s'était montrée généreuse avec leur meilleur champagne. Il resta debout, le regard figé et vide. Demanderait-il s'il n'y avait pas de risques ? Pas à sa mère. Pas à Rosie. À qui ?

Il eut une soudaine inspiration. Claudette saurait. Il irait chez madame Frédéric, décida-t-il et, faisant d'une pierre deux coups, il assouvirait les besoins éveillés par Rosie tout en obtenant le renseignement désiré. Il y avait longtemps qu'il n'avait pas rendu visite à Claudette. C'était peut-être son abstinence qui le mettait de mauvaise humeur.

Il se glissa hors de la maison sans mot dire. Il entendait le bruit léger de la conversation de sa mère et de Rosie et le rire enchanteur de l'Américaine. Il se sentait très seul.

Un des palefreniers sella son cheval et Clovis se dirigea à travers bois vers l'établissement de madame Frédéric, situé sur la route d'Épernay, près de Rilly. Une lune froide éclairait la nuit mais il y avait encore des traces d'un coucher de soleil écarlate qui avait coloré la neige en rouge au crépuscule. Le trot du cheval indisposa son estomac. Il éructa à nouveau, mal à l'aise et conscient d'avoir trop bu. Clovis n'aimait pas beaucoup boire. Cela le rendait belliqueux, lui habituellement si placide. Il croyait en la modération et s'en voulait des excès du jour.

Mais il fut accueilli chaleureusement chez madame Frédéric. Tandis qu'il respirait son odeur familière de tabac et de parfum, Claudette, en corselet noir et dessous affriolants courut à sa rencontre et se jeta dans ses bras.

— Chéri, mon chéri, où étais-tu disparu ? s'écria-t-elle en gloussant et en lui pinçant l'oreille.

— Claudette ! Madame Frédéric faisait des gestes apaisants. Donne le temps à notre invité d'enlever son manteau et de s'installer. Bienvenue, Monsieur. Un verre de champagne ?

Son double menton tremblotant, elle fit signe à un petite serveuse qui n'avait pas plus de dix ans et qui était la fille d'une des pensionnaires de la maison. L'enfant de Jean-Paul aurait eu le même destin s'il n'avait pas été si généreux, pensa-t-il. Il se sentit à nouveau furieux à cause de la façon dont Rosie l'avait traité.

Madame Frédéric lui avait elle-même enlevé son manteau et il prit une coupe sur le plateau que l'enfant lui présentait.

— Asseyez-vous, Monsieur, et réchauffez-vous. C'est un plaisir de vous voir et plus particulièrement à cette époque de fête.

Madame n'avait jamais montré de réprobation à l'endroit de la famille Dupuis, comme l'avaient fait la plupart des gens de la région quand le scandale des mœurs de Jean-Paul était devenu public. Baissant la voix, elle demanda :

— Êtes-vous satisfait de Claudette ?

Clovis la regarda, intrigué. Il ne comprenait pas ce qu'elle voulait.

— Mais bien sûr, répondit-il. J'ai toujours été content d'elle.

Elle hocha la tête, satisfaite. Elle lui sourit.

— Ah bon. Je me demandais. Puisque vous ne veniez plus, j'ai cru que vous lui reprochiez peut-être quelque chose. C'est bien. La plupart des filles sont absentes aujourd'hui mais les parents de Claudette habitent trop loin. J'ai laissé partir les autres pour Noël. D'ailleurs, ajouta-t-elle avec une rare honnêteté, nous n'attendions pas beaucoup de clients aujourd'hui, vous comprenez.

Elle posa sa main grasse couverte de bagues sur son bras et le conduisit à un fauteuil. Il se sentait déjà mieux. Un grand feu brûlait dans la cheminée de marbre dominée par un tableau représentant une femme nue dans le style de Rubens. Madame pensait que les femmes maigres étaient un affront de la nature. Une femme osseuse risquait d'abîmer un homme et elle tenait à ce que ses pensionnaires soient aussi dodues que la femme représentée sur le tableau.

Lorsqu'il fut installé, elle permit à Claudette de quitter le groupe de filles plus ou moins déshabillées et de venir se joindre à eux. Claudette s'assit sur ses genoux, prit sa main et la posa à l'endroit où ses seins débordaient de son corselet.

— Regardez comme mon cœur bat de plaisir en vous revoyant, soupira-t-elle. Et vous verrez qu'il n'y a pas que mon cœur qui brûle pour vous.

Clovis sourit, satisfait. Il s'enorgueuillissait de lui apporter du plaisir, bien qu'elle ne soit qu'une putain. Une fois qu'il l'avait prise, il essayait de ne pas trop profiter de son temps précieux. Elle gémissait toujours et criait de façon excitante, lui disant après qu'il avait été merveilleux et qu'il était le meilleur de ses amants. Il en doutait mais pensait qu'au moins Rosie ne serait pas trop déçue lorsqu'elle serait enfin dans son lit.

Claudette le taquina pendant qu'il buvait son champagne, posant effrontément sa main là où elle n'aurait pas dû se trouver et poussant des exclamations devant ce qu'elle y trouvait. Il buvait son champagne en se demandant s'il aimerait que Rosie le caresse de la même façon. Non, décida-t-il. Il préfèrerait que sa femme soit plus réservée, moins directe. Pourtant, à l'idée qu'elle pourrait le faire, son excitation augmenta ce qui fit réagir Claudette qui augmenta la pression de ses doigts.

Claudette avait un corps épais et de petits seins mais un joli visage avec un petit nez et des lèvres sensuelles. Clovis avait toujours pensé qu'elle ressemblait à une poupée de porcelaine. Aujourd'hui, plus critique, il décida qu'elle avait l'air d'un petit cochon prédateur et il se demanda pourquoi elle l'avait satisfait aussi longtemps.

Pourtant, il l'aimait bien, quoiqu'elle ne soutînt pas la comparaison avec Rosie. Le souvenir de Rosie lui ôta soudain toute envie pour cette fille assise sur ses genoux. Les doigts de Claudette cessèrent leur exploration et elle le regarda, sourcils levés, d'un air interrogateur.

— Allons dans votre chambre, dit-il, soudain pressé.

— Tout de suite, dit-elle en se levant et en lui tendant les mains. Vous m'avez tant manqué, mon chéri.

Elle le conduisit à travers une pièce où deux autres clients réguliers de madame Frédéric buvaient du champagne. Ils lui firent un salut distant. Avant le départ de Jean-Paul, ils lui auraient souri et se seraient inclinés. Clovis nota que l'un d'eux, un vigneron de Mailly, regardait furtivement la petite serveuse. « Hypocrite ! » pensa-t-il, sachant que si Madame pouvait espérer du profit, l'innocence de la petite fille ne durerait pas longtemps.

Claudette l'entraîna vers l'escalier monumental du vestibule. La *maison* de Madame avait été, autrefois, la demeure d'une famille noble. C'était un petit château, du temps de ses anciens propriétaires, les murs n'étaient certainement pas recouverts de tableaux aussi révélateurs que maintenant, destinés à augmenter l'ardeur des clients de Madame au moment où ils s'approchaient des chambres des filles.

Ces toiles n'avaient jamais plu à Clovis. Il trouvait les nombreux détails grossiers et ne les regarda même pas, pas plus que les jambes de Claudette, gainées de soie. Il était préoccupé par les questions qu'il voulait poser.

Sa chambre n'avait pas changé. Le couvre-lit était déjà tiré, révélant des draps propres. Il y avait un broc d'eau fumante à côté de la cuvette en porcelaine. Un autre petit esclave s'était affairé. Les murs de Claudette étaient recouverts de tableaux érotiques mais il y avait aussi des photos de sa famille en Auvergne. Clovis n'avait jamais pensé à lui demander pourquoi elle était venue de si loin.

Elle fit glisser instantanément sa robe et s'avança vers lui en corselet, porte-jaretelles et bas noirs. Elle avait de rares poils au pubis, blonds et enfantins.

— Laissez-moi vous aider, murmura-t-elle en se penchant pour l'aider à enlever sa veste et sa cravate. Il regardait par-dessus sa tête vers les lourds rideaux qui masquaient la fenêtre tandis qu'elle s'affairait à lui défaire les boutons de sa chemise. Tout à coup, il lui demanda sans préambule :

— Est-il possible de faire l'amour à une femme enceinte ?

— Depuis combien de temps ?

— Environ quatre mois.

Elle recula d'un pas.

— Clovis, vous avez engrossé une fille ?

Il n'avait pas voulu être aussi direct mais la réaction de Claudette l'énerva.

— Bien sûr que non. Ne soyez pas stupide.

Elle s'attaqua de nouveau à ses boutons.

— Pourquoi voulez-vous donc le savoir ?

Par curiosité, peut-être.

Elle haussa les épaules.

— À quatre mois, il n'y a pas trop de risques. Les filles, ici, lorsqu'elles sont assez stupides pour se faire engrosser, continuent bien plus longtemps.

Elle l'aida à enlever sa chemise.

— Et plus tard, lorsqu'elles sont… il hésita, cherchant le mot juste. Lorsqu'elle sont plus rondes ?

— C'est simple. Elles le font en levrette.

Au début, Clovis ne comprit pas. Il n'avait fait l'amour à Claudette que lorsqu'elle était allongée sur le dos, sous lui.

— En levrette ?

— Comme ça, idiot.

Elle s'écarta de lui et s'agenouilla sur le lit, les jambes légèrement écartées, les fesses tendues vers lui. Elle s'appuya sur ses coudes et tourna la tête d'un air coquin.

— Essayez, suggéra-t-elle.

Elle avait l'air obscène. Elle lui rappelait le tableau qu'il détestait le plus dans l'escalier, où un femme était agenouillée comme Claudette maintenant avec un  homme qui la pénétrait par derrière tandis qu'une autre était agenouillée devant avec son pénis dans sa bouche. Il avait toujours trouvé la scène bestiale. L'idée de faire l'amour à Rosie de cette façon l'horrifiait.

— Venez !

La fille sur le lit bougeait ses hanches de façon suggestive.

— Essayez. C'est bon et ça rentre loin.

— Non, merci.

Il ramassa sa chemise et la remit.

— Clovis ! dit-elle en geignant.

— Qu'y a-t-il ?

— Je veux une autre coupe de champagne, dit-il, au bord de la panique. Nous le ferons plus tard.

Il était conscient de l'avoir offensée.

— Vous serez contraint de payer deux fois, dit-elle d'un air renfrogné.

Il ne se donna pas la peine de répondre mais quitta la chambre et redescendit au salon où madame Frédéric se hâta vers lui.

— Tout va bien, Monsieur ? demanda-t-elle d'un air inquisiteur.

— Je veux une coupe de champagne, dit-il plein de hargne.

Il ne savait pas comment quitter les lieux sans se couvrir de ridicule.

— Bien sûr.

Madame Frédéric savait arrondir les angles. Elle le conduisit jusqu'au fauteuil le plus confortable de la pièce et bavarda gentiment avec lui jusqu'à ce qu'on lui apporte la coupe de champagne. Il la but rapidement.

— Une autre ? suggéra-t-elle. Il acquiesça.

Il remarqua que Claudette était revenue, à moitié vêtue. Elle s'installa parmi les autres filles.

— Claudette ne vous a pas contenté ? lui demanda doucement madame Frédéric.

— Si, si. J'ai soif. J'ai bu trop de marc après le repas, expliqua-t-il.

— Vous voulez peut-être la bouteille ?

— Oui, amenez-la.

Finalement il ne trouva pas d'excuse pour partir. La bouteille l'acheva. Madame le fit mettre en selle par un des aides-cuisiniers. Il resta prostré un moment dans la nuit glaciale, les bras autour de l'encolure du cheval, aspirant à pleins poumons l'air froid. Il vomit puis, se sentant mieux, réussit à se redresser sur sa selle et donna un coup de talon pour faire avancer le cheval.

Il dormait à moitié tandis que le cheval le ramenait à la maison. Il chassa de son esprit embrumé le souvenir de sa sortie peu glorieuse de chez madame Frédéric et pensa à Rosie. Jean-Paul n'était pas revenu. Elle l'épouserait et il n'aurait plus jamais besoin d'aller dans une maison close. Elle n'avait plus aucune raison maintenant de se refuser à lui.

Tandis qu'il avançait dans la nuit, il se mit à la comparer à Claudette. Il pensa à la lubricité de la position que la fille avait prise devant lui, l'invitant à la prendre comme un animal. Rosie ne se conduirait jamais de cette façon. Il ne pouvait pas imaginer une chose pareille et pourtant, l'idée de la voir écartelée sur le lit, comme la petite putain boulotte de chez madame Frédéric, éveilla en en lui l'excitation qui l'avait quitté dans la chambre de Claudette. Il trouva qu'il s'était montré remarquablement patient avec Rosie et sentit la colère le gagner devant son indifférence. Il était temps de s'affirmer. Il avait été trop doux, trop respectueux, et pourquoi donc puisqu'elle attendait un enfant de son frère ? En vérité, il y avait peu de différence entre elle et les filles de chez madame Frédéric. Celles-là n'avaient pas eu la chance de trouver quelqu'un pour les épouser.

Pourtant, il voulait vraiment épouser Rosie et il aurait aimé savoir si elle l'acceptait. Il réglerait cette question ce soir-même, décida-t-il. Sa patience était à bout. Il lança quelques coups d'étrier et le cheval, surpris, se mit à galoper. Clovis se cramponna, évitant les branches basses qui lui cinglaient la tête. Il n'avait aucune idée de l'heure. Ce soir, il s'assurerait que Rosie serait sienne à jamais. Et si Jean-Paul revenait, même la semaine prochaine, il serait trop tard.

Rosie était restée près du feu, écoutant, fascinée, les vieilles histoires sur la Champagne que lui racontait madame Dupuis. La vieille dame était une véritable conteuse et, grâce à elle, Rosie maîtrisait de mieux en mieux la langue et apprenait à connaître les gens et le pays où, semblait-il, elle était destinée à vivre. Lentement, elle se mit à aimer ce pays, tout différent qu'il fut de l'endroit où elle était née. Il ne lui paraissait plus aussi austère et elle établissait des plans durant ses promenades journalières autour de la propriété. Elle persuaderait madame Dupuis de rénover les chais et de se remettre à fabriquer du champagne. Alors, au retour de Jean-Paul, une partie de son rêve se serait réalisé.

Elle était heureuse. Elle avait réussi à écarter toute idée de mariage avec Clovis. Son optimisme naturel lui disait qu'il n'aurait jamais lieu. Quelque chose l'empêcherait. Madame Dupuis pourrait même prendre son parti en la matière. Cette dernière était ravie de la venue du bébé et avait confié à Rosie qu'elle aurait toujours voulu avoir une fille. Bien qu'elle ne l'ait jamais dit, Rosie pensait qu'elle l'acceptait un peu comme cette fille qu'elle n'avait pas eue et, pour sa part, elle acceptait madame Dupuis comme la mère qui lui avait manqué si longtemps. Elle aurait voulu l'appeler d'un nom plus familier que « Madame » mais une timidité inhabituelle l'avait retenue de lui demander.

Elle eut donc un choc quand madame Dupuis se leva pour remettre une bûche dans le feu en disant :

— Je crois que nous devrions faire des plans pour votre mariage. Il faudra que ce soit quelque chose de très simple. Peut-être à Reims. Cela vous irait-il ?

Rosie fut incapable de répondre et madame Dupuis lui dit doucement :

— Mon enfant, vous le lui avez virtuellement promis. Que pouvez-vous faire d'autre ? Je crains que votre espoir de revoir Jean-Paul ne se réalise pas.

— Je crains que vous ayiez raison, mais je n'avais pas l'intention de faire de promesse à Clovis.

Il y eut un bref silence, puis madame Dupuis dit :

— Clovis n'est pas Jean-Paul mais, pour vous, il sera peut-être mieux en fin de compte. Il est plus facile d'aimer Jean-Paul, je comprends bien cela. Mais vous serez peut-être plus heureuse avec Clovis. Il est plus lent. Il n'a pas le charme de son frère. Quand ils étaient petits, j'avais toujours l'impression que Jean-Paul était le miroir et Clovis le reflet. Ils se ressemblaient tant et pourtant étaient si différents. Avez-vous remarqué que Clovis est gaucher ? Tous mes efforts pour corriger cela n'ont rien donné. Enfants, ils n'abordaient jamais les choses de la même façon. Adultes non plus. Mais Clovis est bon et, quoiqu'il m'en coûte de vous le dire, Jean-Paul ne l'est pas. Il n'a pas le cœur pur de son frère et vous avez peut-être de la chance de lui avoir échappé. Vous n'aurez pas de problème avec Clovis. Il sera votre chien. Avez-vous remarqué qu'il ne vous quitte pas des yeux ? Il a bon caractère et ne se met en colère que lorsqu'il a bu. Il devient alors morose et s'apitoie sur lui-même. Quand Jean-Paul buvait... Mais il faut que nous oublions Jean-Paul toutes les deux. Une nouvelle vie va commencer pour nous tous quand votre bébé sera né.

Rosie resta silencieuse, regardant fixement les flammes bleues et jaunes du feu. Madame Dupuis lui avait rappelé la raison du départ de Jean-Paul, une raison qu'elle aurait préféré ne pas connaître. La plupart du temps elle parvenait à ignorer ce que Marie lui avait dit, tout comme elle arrivait à ne pas penser au mariage avec Clovis. Et même maintenant, elle ne voulait pas s'encombrer de ces deux problèmes. Toute son attention était concentrée sur le bébé. Elle avait l'impression que le bébé avait besoin de tout son calme et que sa seule fonction était de le lui apporter jusqu'à sa naissance. Alors seulement, elle pourrait redevenir elle-même.

— Où est Clovis ? demanda-t-elle dans une faible tentative pour changer de sujet. Cela fait longtemps que nous sommes ici à présent.

— Probablement endormi sur la table. Aujourd'hui, il a bu plus que d'habitude. Mais vous n'avez pas répondu à ma question.

Rosie hésita.

— Ne pouvons-nous pas en parler demain ? Moi aussi, j'ai bu plus que de raison. Le champagne était délicieux, chère Madame, mais je n'ai plus les idées très claires.

La vieille femme poussa un soupir.

— Il faudra prendre votre décision rapidement. Mais, très bien, nous en reparlerons demain.

Elles s'embrassèrent sur les deux joues comme Rosie avait appris à le faire puis elle prit une petite lampe à pétrole pour regagner sa chambre. Un feu brûlait dans la cheminée mais la pièce était encore froide. Elle se déshabilla rapidement et se mit vite au lit dans lequel Marie avec installé une bouillotte chaude.

Elle resta allongée, pensant aux changements dans sa vie depuis qu'elle avait quitté la Californie. Elle était servie, alors qu'autrefois, c'était elle qui servait tout le monde. Elle réfléchissait à ce que madame Dupuis lui avait dit. C'est vrai que Clovis n'avait rien de rebutant. La répulsion qu'elle ressentait à son égard était injuste. Il n'avait rien fait, rien dit. Il s'était seulement montré bon pour elle. Ce n'était pas de sa faute s'il lui apparaissait comme l'ombre de l'homme qu'elle aimait. Et sachant ce qu'elle savait, elle n'avait plus aucune raison de pleurer Jean-Paul. Mais son corps le réclamait toujours.

Dans la chaleur de son lit, elle se sermonna. Demain, elle ferait des plans pour son mariage et elle le ferait de bonne grâce. Puisqu'il n'y avait pas d'autre solution et si elle était forcée d'épouser Clovis, elle ferait en sorte qu'ils soient heureux ensemble. Bien que sa mère ait dit qu'ils étaient l'opposé en tout, il pourrait peut-être la contenter en amour. Si seulement elle pouvait ne plus sentir de répulsion en sa présence...

Elle s'endormit enfin mais fut réveillée par la porte de sa chambre qui s'ouvrait doucement. Il faisait sombre et le feu s'était presque éteint. Elle resta immobile, faisant semblant de dormir, mais tous ses sens étaient en éveil.

— Rosie.

Le chuchotement était rauque mais c'était Clovis sans aucun doute.

Elle s'assit dans le lit en tirant les draps jusqu'à son menton.

— Clovis ! siffla-t-elle. Que faites-vous ici ?

— Il faut que je vous parle.

Il posa la lampe à pétrole sur une petite table près de la porte et s'approcha d'elle. Son manteau était couvert de boue et il semblait vaciller sur ses jambes.

— Êtes-vous ivre, Clovis ? demanda-t-elle.

Il avait quelque chose de menaçant qui la rendait mal à l'aise.

— Que voulez-vous ?

— Je veux vous parler et faire des plans pour le mariage.

Elle eut un haut-le-cœur.

— Mais pas au beau milieu de la nuit !

— Il faut régler cette affaire. Maintenant.

Il avait l'air buté.

— Pas maintenant.

— Si.

Elle sentit sa colère monter.

— Clovis, vous n'avez pas le droit de vous trouver dans ma chambre. Sortez s'il-vous-plaît.

Il rit.

— Votre chambre. Elle est bien bonne ! C'est ma chambre. Je suis l'héritier de cette maison. Vous êtes ici parce que je le veux bien.

— Je suis l'invitée de votre mère, répondit-elle froidement.

— Et cela veut dire la mienne aussi. Les Hérissons m'appartiennent.

Le moment n'était pas choisi pour discuter.

— Nous en reparlerons demain, dit-elle fermement en se glissant dans le lit en en lui tournant le dos.

Elle comprit immédiatement que c'était une erreur. Elle entendit son pas lourd puis sentit l'édredon glisser. Il le jeta par terre.

— Ne me tournez pas le dos, dit-il d'une voix horrible. Regardez-moi.

Elle se rendait compte que sa chemise de nuit était remontée et qu'il verrait ses jambes nues. Elle essaya de la tirer vers le bas.

— Non.

— Oui !

Il posa sa main lourde sur son épaule et la retourna brusquement.

— Alors, allez-vous m'épouser ?

— Certainement pas si vous vous conduisez de cette façon, répliqua-t-elle, furieuse.

— Vous n'avez pas peur ? lui dit-il d'un air moqueur, le visage déformé par la colère.

Il sentait le vin comme un tonneau en fermentation.

— Je n'ai peur de rien, dit-elle. C'était vrai.

— Vous avez tort. Il jeta son manteau par terre et se mit à se déshabiller maladroitement. Elle se retourna pour ne pas avoir à le regarder.

— Vous êtes répugnant, dit-elle. Partez !

— Répugnant ! Vous êtes enceinte et vous vous conduisez comme si vous valiez mieux que les pensionnaires de madame Frédéric. Une grande dame ! Trop grande pour m'épouser !

Elle ne comprenait pas exacement ce qu'il disait mais ne répondit pas.

— Vous n'avez rien à dire ! Eh bien, moi je vous dis que vous allez m'épouser et que nous allons consommer le mariage tout de suite.

Rosie bondit hors du lit. Clovis était maintenant en chemise, chaussures aux pieds et pantalon baissé. Son sexe dressé projetait une ombre sur le mur. Elle rit tout haut.

— Clovis, vous êtes ridicule. Allez vous coucher.

Il contourna le lit et elle se rendit compte qu'elle était prise au piège. Il lui barrait le chemin vers la porte et elle voyait maintenant qu'il était beaucoup plus ivre qu'elle ne l'avait pensé. Marmonnant de façon incohérente, il avançait toujours vers elle. Elle resta immobile, le fixant dans les yeux. Elle n'avait toujours pas peur.

— Je vous en prie, Clovis, ne soyez pas stupide.

Il ne répondit pas mais saisit sa chemise de nuit à l'encolure et d'un coup sec, la fendit jusqu'en bas. La chemise tomba par terre.

— J'en ai assez supporté avec vous, dit-il. Aucune gratitude... qu'auriez-vous fait d'autre... une putain... c'est tout. Rien qu'une autre putain.

Elle était nue, plus en colère qu'elle ne l'avait jamais été de toute sa vie. Pendant des semaines, elle avait contenu son chagrin, sa colère et son angoisse. Elle sentit sa dignité l'abandonner et comprit que, s'il la touchait encore, elle le tuerait. Oui, elle le tuerait décida-telle farouchement en le regardant, tout en se demandant ce qu'il fallait faire. Il titubait devant elle et la remplissait de dégoût. Elle aurait voulu lui griffer le visage mais posa ses mains sur son ventre dans un geste protecteur.

Il la regardait, lubrique et abruti. Il bavait et sa respiration était rauque. Elle devina qu'il était sur le point de l'attirer à lui. Il ne faut pas qu'il devienne violent, pensa-t-elle. Cela pourrait nuire au bébé. Mais jamais, jamais elle ne laisserait cet ivrogne la toucher.

Elle prit sa décision au moment où il se mit en mouvement. Elle sourit et ouvrit ses bras tout grand.

— Venez, Clovis, chuchota-telle. Venez mon mari. Et, tandis qu'il se précipitait dans ses bras, elle lui donna un coup de genou de toutes ses forces dans l'entre-jambes. Au même moment, elle serra le poing et le frappa aussi fort qu'elle le put au visage.

Il poussa un cri et tomba à la renverse en se tenant le bas-ventre. Pendant qu'elle avait encore l'avantage, elle bondit par-dessus le lit, se dégageant du coin où il l'avait prise au piège. Elle ramassa ses affaires et les lui jeta avec colère. Il leva les mains pour se protéger le visage tandis que sa ceinture à grosse boucle volait à travers la pièce. Puis elle saisit un chandelier et le leva au-dessus de sa tête d'un air menaçant, avec l'intention de s'en servir si besoin était.

— Sortez, siffla-t-elle. Sortez avant que je vous tue.

La douleur semblait l'avoir dégrisé. Il se releva en gémissant doucement.

— Je vous tuerai si vous ne partez pas, répéta Rosie d'un air menaçant.

Il se baissa avec peine pour ramasser ses vêtements puis se redressa et s'avança avec précaution, le visage couvert de sang. Sans un mot, il se dirigea vers la porte, l'ouvrit et la referma doucement derrière lui.

Lorsqu'il fut sorti, elle fut prise d'un tremblement incontrôlable. Sa rage ne s'était pas calmée. Il avait eu l'intention de la violer et c'était suffisant pour qu'elle ait envie de lui faire vraiment mal s'il revenait. Son corps lui appartenait et elle le donnait à qui elle voulait mais elle ne permettrait certainement pas à un ivrogne de la prendre de force. Comment osait-il ! Comment osait-il ! Soudain, elle se mit à pleurer. Une petite fille en sanglots à des milliers de kilomètres de chez elle ! Pouvait-elle épouser un homme qui avait essayé de la violer ? Mais que pouvait-elle faire d'autre ? En dépit de tout son orgueil, Rosie comprenait très bien qu'elle ne voulait pas vivre une vie honteuse de fille-mère.

Peu à peu, ses larmes cessèrent. Elle avait peur de se rendormir au cas où Clovis reviendrait. Elle s'enveloppa dans les lambeaux de sa chemise de nuit et s'allongea, les yeux grand ouverts mais bientôt, le sommeil fut plus fort que sa peur.

Lorsqu'elle se réveilla à l'aube, une lourde odeur de vin imprégnait encore la chambre mais Clovis n'était pas revenu. Elle resta allongée, l'esprit en ébullition, jusqu'à l'arrivée de Marie qui lui apportait de l'eau chaude. Puis elle commença à réfléchir sérieusement. Elle pouvait, bien sûr, retourner à New York mais ce n'était pas la bonne solution. Pas pour l'instant. Tout en se lavant et en s'habillant, elle fit des plans. Lorsqu'elle fut prête à sortir, elle savait déjà ce qu'elle allait faire.

Clovis attendait dans le vestibule lorsqu'elle descendit. Il avait le teint gris et le nez enflé, là où elle l'avait frappé, et les yeux injectés de sang. Se souvenant de sa conduite, elle marqua un temps d'arrêt mais il s'avança vers elle et lui tendit la main. Elle sentit qu'il tremblait.

— Je vous en prie, Rosie, dit-il. J'ai à vous parler. Avant le petit déjeuner. C'est urgent.

Elle détourna le visage mais hocha la tête et il la conduisit dehors.

— Marchons un peu, dit-il. Éloignons-nous de la maison.

Elle inclina à nouveau la tête, toujours sans répondre. Il resta silencieux lui aussi jusqu'à ce qu'ils soient hors de vue de la maison. Elle frissonna dans l'air froid.

— Vous avez froid, dit-il. J'en suis désolé. Je n'avais pas songé à cela. Je ne vous garderai pas longtemps.

Il s'arrêta pour lui faire face.

— Je ne sais pas quoi vous dire, Rosie. Je vous prie de m'excuser. Je sais que ce n'est pas une excuse mais j'étais ivre. Je ne me souviens pas de grand chose. J'avais bu et beaucoup pensé à nous. Je ne réagis pas bien lorsque je bois. En rentrant à la maison, j'ai bu encore pour me donner le courage d'aller vous voir dans votre chambre et après...

Il s'interrompit puis reprit à voix basse :

— Je ne me souviens pas de ce qui s'est passé ensuite, Rosie. Je crois que j'ai... l'ai-je fait ?

Tout d'abord, elle pensa ne pas répondre. Qu'il s'imagine avoir réussi, qu'il en ait honte, pensa-t-elle puis elle décida de ne pas lui donner cette satisfaction.

— Non, répondit-elle froidement.

— Vous m'en avez empêché ?

— Oui.

— Dieu merci ! s'exclama-t-il avec ferveur. Je ne vous ai pas fait mal, à vous et au bébé ?

— Je ne crois pas.

Elle choisissait ses mots avec soin. Il ne se souvenait pas de sa capitulation simulée ni de ce qu'elle avait fait ensuite. Sa perte de mémoire était peut-être voulue mais il y avait là une solution. Pourtant, en le voyant si abattu et contrit, elle ressentit une pointe de pitié.

— Pouvez-vous me pardonner ?

— Je ne sais pas.

C'était la vérité.

— Je comprends mais je vous aime. Je jure que je ne ferai plus jamais rien qui pourrait vous nuire. Je le jure.

Il commençait à transpirer.

— Rosie, voulez-vous m'épouser ?

Elle hésita.

— Rosie, sa voix était engoissée. Je sais ce que vous devez ressentir mais je vous jure que je ne vous toucherai jamais plus, que je ne vous demanderai jamais de faire l'amour à moins que vous ne le vouliez... enfin, vous comprenez. Si vous consentez à m'épouser, il ne dépendra que de vous que nous fassions l'amour. Si vous ne le vouliez jamais, je l'accepterai à condition que vous m'épousiez. Vous pourriez m'aimer comme un ami. Ce serait suffisant.

Il avait les mains serrées sur la poitrine et était au bord des larmes. Elle ne savait que dire.

— Rosie ! Épousez-moi !

Elle réfléchissait à toute vitesse. Pourrait-elle un jour partager son lit avec lui ? Instinctivement, elle posa ses mains sur son ventre.

— Il fait froid, dit-elle. Il faut rentrer.

Elle se tourna brusquement et se dirigea vers la maison, toujours déterminée à faire ce qu'elle avait projeté ce matin.

Madame Dupuis était déjà à table et versait le café dans de grandes tasses quand Rosie entra dans la piàce.

— Vous avez l'air gelée, mon enfant. Êtes-vous sortie ?

— Oui, j'ai pris un peu l'air, murmura Rosie.

La vieille femme la regarda d'un air méfiant quand Clovis rentra.

— Et où étais-tu hier soir ? demanda-t-elle d'une voix sèche.

— Je suis sorti m'éclaircir les idées, maman. C'est à cause du champagne, murmura-t-il.

Madame Dupuis fit claquer sa langue.

— Tu sais que tu ne tiens pas l'alcool, dit-elle. Tout comme ton père.

Clovis regarda Rosie à la dérobée, comme pour confirmer les paroles de sa mère.

Ils mangèrent et burent en silence pendant un moment puis Madame Dupuis dit :

— Nous ferions bien de faire des projets pour les noces, n'est-ce pas ?

Rosie entendit Clovis retenir sa respiration mais il ne dit rien. Elle posa son napperon et dit calmement :

— Oui, madame. J'y ai réfléchi. Demain, je prendrai le train pour Paris et je m'achèterai une robe et mon trousseau.

Clovis laissa tomber son couteau bruyamment.

— Vous allez vous sauver, s'écria-il.

Rosie resta de glace.

— Et où me sauverais-je ?

— Vous allez retourner en Amérique, pour le chercher.

— Clovis !

Sa mère exigeait le silence. Personne ne parla jusqu'à ce qu'elle dise :

— Et pourquoi Paris, ma chère ?

— N'est-ce pas le désir de toute femme d'avoir une robe de mariée venant de Paris ?

— Bien sûr ! Clovis vous accompagnera pour s'assurer qu'il ne vous arrive rien.

— Oh non, madame ! Cela gâcherait tout. En Amérique, le marié ne doit rien savoir de ces choses-là. C'est une surprise. Ce n'est pas la même chose ici ?

Madame Dupuis la regarda d'un air interrogateur.

— Et si je vous disais que je vous accompagnerai, diriez-vous que c'est contraire à la coutume américaine ?

Rosie poussa un soupir.

— Non, madame. Mais en vérité, j'aimerais y aller seule. J'ai besoin de temps pour réfléchir. Il ne m'arrivera rien. Souvenez-vous, je suis venue jusqu'ici toute seule.

Clovis avait posé son napperon, en colère.

— Maman, ne la laissez pas partir. Elle ne reviendra pas, j'en suis certain.

— Comment cela ?

Le visage de sa mère était sévère et Rosie se demanda si elle avait eu vent de ce qui s'était passé la veille. Clovis ne répondit pas. Il se prit la tête entre les mains.

— Je prendrai Marie avec moi si vous le désirez, se hâta de dire Rosie. Elle me chaperonnera à l'Hôtel.

— L'hôtel ! Clovis se redressa, la nuque rigide d'indignation. Vous voulez dormir à l'hôtel ?

— Juste une nuit, dit gaiement Rosie. Ce sera ma petite escapade pour faire des achats.

— Mais ce n'est pas convenable, dit Clovis.

— Clovis, Rosie a traversé la moitié du monde. Il est trop tard pour parler de ce qui n'est pas convenable, dit madame Dupuis. Si vous voulez emmener Marie avec vous, faites-le, Rosie. Mais allez-y seule si vous préférez. Je sais que vous me remenerez l'enfant de mon fils.

Madame Dupuis la regardait fermement et Rosie ressentit un pincement de culpabilité. Elle dit :

— Je serai de retour avant sa naissance, Madame. Ne craignez rien.

Clovis quitta la table sans finir son petit déjeuner.

— Il vaut la peine qu'on lui donne sa chance, ma chère, dit sa mère calmement.

— Je sais, dit Rosie. Mais elle priait pour n'avoir jamais à le faire.

# Chapitre 11

« Chère Lizzie,

« J'aimerais tant avoir de vos nouvelles et j'espère que tout va bien là-bas. Vous avez sans doute reçu ma dernière lettre et savez donc que je suis arrivée ici sans encombre. Je me demande parfois si mes lettres vous parviennent.

« Je me suis installée dans ma nouvelle vie ici et madame Dupuis est bonne pour moi. Elle est directe, ne tolère pas de bêtises mais elle a bon cœur et semble m'apprécier. Je l'aime beaucoup.

« La triste nouvelle, c'est que Jean-Paul n'est pas revenu et son retour semble maintenant improbable.

« Je vais sans doute épouser Clovis. Je vous ai écrit qu'il m'a proposé le mariage mais je crains de ne pouvoir l'aimer.

« Oh, Lizzie, je n'ai pas envie de l'épouser mais que faire d'autre ? Je sais que vous me diriez de revenir à New York en prétendant être veuve ou quelque chose du genre mais la vérité se saurait, j'en suis sûre. Et que ferais-je pour vivre ? Je ne veux pas être un poids pour quiconque. Je ne le supporterais pas.

« Je vous écris dans le train. J'ai passé une journée à Paris et j'y suis restée une nuit, une dernière tentative pour changer de situation. Hélas, ce fut un échec. »

Elle s'interrompit pour regarder le paysage vallonné par la vitre. Bien sûr, cela avait été une idée folle mais qui valait la peine d'être

191

tentée. La veille, elle avait eu dix-neuf ans mais elle ne l'avait pas dit à madame Dupuis ni à Clovis. Elle voulait passer son anniversaire avec André et recevoir de lui le plus beau cadeau qu'elle pouvait espérer, une place sous son toit. De la gare, elle avait pris un fiacre qui l'avait emmenée droit chez lui. Elle n'avait pas pu l'avertir et se demandait comment il allait l'accueillir.

Il l'avait fait chaleureusement.

« C'est mon anniversaire » lui avait-elle dit en guise d'explication après que la servante souriante l'eût fait entrer. Sébastien jubilait et André paraissait ravi. Il avait donné l'ordre d'apporter du champagne et déclaré qu'ils dîneraient chez Maxim's comme il le lui avait promis. Il avait envoyé son valet chez Worth pour chercher sa robe puis l'avait installée dans la chambre où elle s'était reposée après le voyage.

Ensuite, il l'avait présentée à son fils.

Ils prenaient le thé avec Sébastien qui avait eu la permission de rester avec eux en son honneur quand ils entendirent une voix d'homme dans le vestibule.

— C'est philippe, avait dit André. Il est de retour de New York. Je crois que Sébastien est heureux de retrouver son père.

Sébastien courait déjà hors de la pièce en criant :

— Papa, Papa, je suis là. Oh, Papa, il faut que tu fasses la connaissance de mon amie, Rosie. Elle est très gentille et c'est son anniversaire. Elle a dix-neuf ans, imagine !

André avait ri en secouant la tête.

— Il parle de vous tout le temps. Vous êtes sa préférée, cela ne fait pas de doute.

— Je me demandais, dit Rosie, consciente que ce n'était pas le meilleur moment pour le faire, si je pouvais devenir sa gouvernante. Je ne suis pas trop mal élevée et je pourrais peut-être apprendre en même temps que lui.

André parut étonné mais, avant qu'il ne puisse répondre, la porte s'ouvrit brusquement et Sébastien entra en tenant la main d'un homme blond.

— Chère Rosie, cria-t-il. Voici mon papa.

— Doucement, doucement, dit l'homme tandis qu'André se levait.

— Philippe, voici la légendaire mademoiselle Rosie Brunner.

L'homme lui prit la main, s'inclina et la baisa.

— Enchanté et bon anniversaire, dit-il.

Rosie ressentit le même choc qu'elle avait éprouvé en voyant Jean-Paul la première fois. Elle sourit bêtement au fils d'André en se demandant comment son cœur pouvait lui jouer de tels tours. Comment pouvait-elle ressentir quelque chose de si similaire pour une personne aussi différente?

Alors que Jean-Paul était de taille moyenne, cet homme était aussi grand que son père. Il avait une moustache blonde et des favoris. Son visage était jeune et ses yeux bleus la regardaient avec une expression douce et interrogative. Il se pencha pour prendre son fils dans ses bras et Rosie se rendit compte que son cher André devait avoir cette allure quand il était jeune.

— On m'a dit que vous aviez été très gentille avec mon fils. Je vous en suis très reconnaissant.

— Ce n'est pas difficile d'être gentille avec lui, dit Rosie. Quand il est sage, il est adorable.

— Et quand il ne l'est pas, il est très méchant? suggéra son père.

Ils rirent tous les trois et Sébastien fit la moue.

— Pas méchant, fit-il, en colère.

— Et la soupe qui a éclaboussé Rosie? demanda André.

Sébastien baissa la tête et resta silencieux.

— Mais il a été pardonné, n'est-ce pas?

Seule à présent dans le train, le crayon à la main, elle n'avait qu'à évoquer cette rencontre et la main de Philippe qui tenait la sienne, ses lèvres effleurant sa peau, pour recréer une sensation de désir. Elle était effrayée de constater que le souvenir de Jean-Paul ne lui produisait plus le même effet.

Elle poursuivit sa lettre:

« C'était mon anniversaire et André et moi sommes allés dîner. Ma robe de Worth était un peu serrée mais pas trop. Je n'ai pas encore beaucoup grossi. Madame Dupuis dit que cela ne commence que vers le quatrième mois. J'ai donc décidé de porter cette robe à mon mariage, bien que ce ne soit pas du meilleur goût. Elle est belle et évoque pour moi de si beaux souvenirs que je ne penserai qu'à eux quand je deviendrai madame Clovis Dupuis. Je me suis inclinée devant le destin, ma chère Lizzie, mais je ne laisserai pas le destin m'écraser.

« J'ai passé une soirée merveilleuse avec André. Je suis sûre que M. Webster vous a amenée chez Maxim's à Paris. Si vous ne m'aviez pas sortie à New York, j'aurais été encore plus impressionnée. C'est la beauté et l'assurance des femmes qui me fascinaient, Lizzie. Je me suis juré qu'un jour, je serai comme elles. Je ne vois aucune raison de ne pas y arriver. J'ai déjà réussi tant de choses et André m'a montré qu'avec du courage et de la détermination, une femme peut avoir la vie qu'elle désire.

« Pendant le dîner, je lui ai exposé mes problèmes, mes réticences à la perspective du mariage avec Clovis et je lui ai demandé de me prendre comme gouvernante pour Sébastien. Mais il m'a dit, d'une façon très douce et délicate, que c'était impossible.

Elle taisait tant de choses, pensa-t-elle. Et pourquoi était-ce plus facile de parler de choses intimes avec André que de les écrire à son amie ?

Elle lui avait expliqué ce qui s'était passé pendant la nuit de Noël et il l'avait écoutée gravement mais avait souri lorsqu'elle lui avait rapporté sa conversation avec Clovis le lendemain matin.

— Et qu'avez-vous l'intention de faire ? lui avait-il demandé.

— Je ne veux plus jamais retourner aux Hérissons. Je veux rester à Paris et être la gouvernante de Sébastien, avait-elle répondu sans hésitation.

Il avait soupiré en se caressant pensivement le menton.

— Vous me tentez, ma chère. Vous avoir sous mon toit... Mais mon fils sera bientôt ici en permanence. Je suis trop vieux pour vous et vous semblez avoir oublié votre bébé. Les Hérissons sont l'endroit où votre enfant doit être, avec sa famille. Peut-être parce que vous avez tout laissé derrière vous. Nous autres Français, tenons à nos ancêtres et à nos descendants. Voudriez-vous priver madame Dupuis de son petit-fils ? Dites-vous que, quand l'enfant sera né, vous aurez une situation stable. Et pour une jeune femme ambitieuse, cela ne semble pas un si mauvais parti. Les Dupuis ont de l'argent et ils ont de la terre. Si vous persévérez dans votre projet de fabriquer du champagne, vous deviendrez peut-être une autre madame Pommery ou madame Cliquot. Le monde du champagne est fait pour les femmes ambitieuses. Je vous fais une promesse. Lorsque vous produirez votre première récolte, mon fils vous la vendra. Que dites-vous de cela ? Et je serai toujours à votre disposition si vous avez besoin de moi. Tant que je serai de ce monde, ajouta-t-il d'un air triste.

— Vous me traitez comme une enfant, dit-elle, fâchée. Vous vous moquez de moi. Vous ne comprenez pas. Comment pourrais-je épouser Clovis alors que je n'ai pas envie de dormir avec lui ?

— Il semblerait que ce ne soit pas nécessaire. Je crois qu'il tiendra parole. Sa fierté l'empêchera de vous importuner. Mais vous feriez bien de trouver une façon d'accomplir vos devoirs de femme envers lui.

Il lui souriait avec tant de gentillesse qu'elle résista à l'envie de lui répliquer ce qu'elle avait sur le bout de la langue. Elle avait envie de dire que tout cela était parfait pour les hommes, que c'était bien beau de lui demander d'accepter, mais surtout très injuste pour les femmes. Cependant, comme s'il lisait dans ses pensées, il s'approcha d'elle et lui prit la main.

— Écoutez, ma chère. Le monde n'est pas facile pour les femmes. Même pour celles qui ont le courage et l'esprit d'entreprise comme vous. Vous ne vous en rendez pas compte en ce moment, mais vous êtes retombée sur vos pieds. Votre Clovis est lent et ennuyeux. Ce soir-là, il a été brutal, mais il était ivre et frustré. Il est fort possible qu'il ne recommence jamais. De plus, il semblerait qu'il vous aime. Aux Hérissons, vous avez la chance de pouvoir élever votre enfant en sécurité, dans une maison où rien ne lui manquera et où il sera aimé. Et si cela ne suffit pas, vous pouvez monter une affaire. Je pense que le jeune Clovis ferait n'importe quoi pour vous rendre heureuse. Il y a une école d'œnologie à Epernay où ils apprennent à combattre le phylloxera. Philippe a l'intention d'y suivre des cours. Il n'y a aucune raison pour que vous n'y alliez pas vous aussi. Apprenez. Utilisez votre cervelle. Vous avez l'énergie et l'esprit d'entreprise nécessaires pour sauver vos vignes. Si vous ne faites rien, le phylloxera les détruira, ainsi que tous ceux de la Champagne, comme il l'a fait dans d'autres régions. Quand Jean-Paul vous a dit qu'il fallait replanter avec des vignes américaines, il avait raison. Vous avez beaucoup de choses à faire dans votre vie, ma chère. Vous marier avec l'homme que vous aimez n'est pas essentiel. C'est bien lorsque cela arrive mais la plupart d'entre nous font un mariage de raison.

— C'est ce que vous avez fait ? demanda-t-elle.

— Oui, j'ai épousé la femme que mes parents ont choisie. Mais l'amour meurt, comme vous le découvrirez un jour. Et où donc disparaît ce désir brûlant qui était la chose la plus importante du monde ?

Il poussa un soupir puis la regarda en face.

— Philippe voulait se joindre à nous ce soir mais je suis un vieil égoïste. Je vous voulais pour moi seul. Auriez-vous aimé qu'il soit là ?

Elle hocha la tête.

— Seulement parce qu'il vous ressemble tant.

— Comme quand j'étais jeune ?

— Peut-être.

— Alors vous serez contente parce que je lui ai dit de vous inviter à déjeuner et de vous emmener à la gare demain.

Elle ne put contrôler la rougeur qui lui monta aux joues.

— Vous voyez, dit-il. La jeunesse appelle la jeunesse.

— Pas toujours, répondit-elle en pensant à la dernière nuit sur le bateau.

Il lui sourit.

— Non, pas toujours, acquiesça-t-il. Mais cela n'aurait pas pu marcher entre vous et moi. Je suis trop vieux. Vous m'auriez accompagné au cimetière trop vite et vous seriez seule à nouveau. Non, retournez dans votre nouvelle famille. Mettez au monde ce bébé et donnez un sens à votre vie. Je sais que vous le ferez. Les femmes se rendent rarement compte du pouvoir qu'elles ont. Apprenez à votre Clovis à devenir un amant. Vous êtes douée, vous pouvez le former comme vous voulez. Et ne gaspillez pas votre joli corselet noir avec un vieil homme comme moi, ajouta-t-il en souriant.

— Vous vous moquez encore. Pourquoi ? dit-elle avec un soupçon de tristesse dans la voix.

— Parce qu'il révèle tant de choses sur vous, ma chère Rosie. L'enfant qui veut devenir une dame et une femme en même temps.

— Je ne comprends pas, dit-elle, radoucie.

— C'est un vêtement qu'une dame ne porterait pas — à moins d'être une femme qui sait plaire à son amant. Et ça, c'est quelque chose que vous avez instinctivement. Je ne vous critique pas, Rosie.

C'est un grand compliment que je vous fais. Toute votre vie, les hommes vous désireront comme je vous désire en ce moment.

Il était venu dans sa chambre ce soir-là, timide et prêt à se faire renvoyer mais elle l'avait accueilli. Si lui l'aimait, elle avait pour lui un sentiment spécial qui n'avait rien de commun avec ce qu'elle ressentait pour Jean-Paul ou Philippe. Le désir qu'elle avait éprouvé sur le bateau s'était évanoui mais, par gratitude et tendresse, elle fit des miracles avec ses mains et sa bouche, ce soir-là. Elle lui dit qu'il était le plus beau cadeau d'anniversaire qu'elle aurait pu souhaiter.

Dans le train elle soupira en repensant à cette soirée. Dehors, le monde était plongé dans l'obscurité. Ils l'attendaient certainement à la gare avec la voiture. C'était si différent de la dernière fois. Elle poussa un nouveau soupir et se remit à sa lettre.

« Ainsi donc, Lizzie, je retourne à mon destin. Mais j'y vais avec espoir. Philippe, le fils d'André, m'a amenée déjeuner puis m'a accompagnée à la gare. Il m'a persuadée d'investir mon énergie dans le domaine, si Clovis me le permettait. Dans quelque temps, Philippe ira dans une école spécialisée en Champagne où l'on étudie le raisin et les méthodes les plus modernes de production du vin. Pour lui, ce ne sera que passager. Il semble que sa compagnie veuille que les employés connaissent tous les aspects de leur commerce. Il dit que je devrais y aller aussi et que, peut-être, je deviendrais un véritable expert. Ma seule crainte c'est que la famille ne trouve pas convenable que je le fasse mais si je le prends à ma charge, ils ne pourront pas me le refuser. Je me marie peut-être pour donner une famille à mon enfant mais cette famille ne me possèdera jamais.

« Clovis m'a déjà promis de planter les boutures que j'ai ramenées de Californie. Oui, elles sont arrivées en bon état et sont enfouies dans le sable, attendant d'être greffées. J'utiliserai mon argent pour en acheter d'autres s'il ne veut pas le faire. Mais madame Dupuis est si excitée par l'arrivée du bébé qu'elle ne me refusera rien et Clovis semble tenir à moi. C'est triste de ne rien éprouver pour lui. La vie serait tellement idyllique autrement. »

Tout en écrivant, elle pensait à Philippe dont elle aurait pu être amoureuse. Elle lui avait trouvé, une fois de plus, le style et l'allure qui l'attiraient tant. Celui de Lizzie et d'André. Madame Dupuis aussi, mais pas ses enfants. Elle se demanda comment avait été son mari. Avait-il ce brin de rudesse qui avait plu à madame Dupuis ? Et elle-même, était-elle toujours attirée par des hommes comme André et Philippe à cause des qualités qu'elle désirait acquérir à son tour ?

Philippe avait été correct et charmant mais son instinct lui disait, haut et clair, que leur attirance était mutuelle. Maintenant qu'elle connaissait ce regard des hommes, il ne la surprenait plus. Elle savait déchiffrer le désir et elle ressentait les mêmes envies. La blessure était rouverte. Elle posa ses mains sur son ventre qui gonflait doucement, en se demandant comment elle pouvait éprouver une telle envie pour un homme qu'elle connaissait à peine. Et elle était certaine que cela se reproduirait encore. Où et quand, cela n'avait guère d'importance.

Pour le moment, avec cette pensée pour la consoler, elle épouserait Clovis. Elle porterait sa robe de chez Worth, serait une mariée belle et souriante et suivrait les conseils d'André et de madame Dupuis. Quand le bébé naîtrait, sa vie lui appartiendrait à nouveau. Alors, tout serait possible. Absolument tout. Il lui suffisait d'attendre.


## Californie, mai 1900

Peter n'était pas pressé et Castor et Pollux trottaient tranquillement sur la route poussièreuse, baignée par le soleil. Ils agitaient leurs oreilles pour chasser les mouches et Castor hennit pour protester, à cause du poids de la charrette qu'il tirait. Les chevaux prenaient de l'âge, pensa Peter, pensant à la promesse de Jean-Paul d'acheter une voiture plus légère pour qu'ils puissent aller à Calistoga sans avoir l'air de fermiers appauvris.

Il devait faire vite mais n'avait aucune intention de se presser. Peter savait toujours reculer les moments désagréables. Et des mois de vie commune et de frustration causée par la présence de la catin au mauvais caractère que Jean-Paul avait ramenée à la maison, lui avaient appris à être sans pitié. Elle était arrivée enceinte de Jean-Paul et il avait eu peur que Jean-Paul épouse cette garce. Puis, à son grand soulagement, il avait découvert que le Français avait dit à la fille qu'il était déjà marié en Champagne et qu'il avait des enfants. C'était peut-être vrai. Peter en doutait et Sarah Senders aussi.

Il se demanda combien de mensonges Jean-Paul lui avait faits. Quand Peter l'avait accusé de coucher avec Rosie, Jean-Paul avait juré qu'il ne l'avait jamais touchée. Mais Peter ne le croyait pas. Le souvenir de son corps nu dans la lumière de la lampe, cette nuit-là, le remplissait encore d'un curieux mélange de jalousie et d'embarras. Il se demanda aussi à quel point ce qu'il avait raconté sur ses origines était vrai. Ses goûts, son éducation et ses manières ne correspondaient pas à ceux d'un simple vigneron, comme l'avait été son père et qu'il était lui-même. Pourtant, comment un homme d'un certain raffinement pouvait-il s'encombrer d'une Sarah Saunders ? Sarah était jolie à sa façon mais elle était vulgaire, d'une propreté douteuse et mal élevée. C'est qu'elle cuisinait comme un ange. Et au lit, c'était une diablesse comme se plaisait à le lui répéter Jean-Paul quand il voulait le pousser vers de nouveaux excès sexuels.

« Elle vous fait comprendre pourquoi les hommes font l'amour aux femmes, mon cher Peter » lui disait-il. « Je la partagerais avec toi, si cela t'intéressait. Quel dommage que ce ne soit pas le cas. Tu ne sais pas ce que tu manques. Ah ! vous avoir tous les deux ensemble… »

Sarah n'était pas aussi naïve que Rosie l'avait été. Elle avait immédiatement compris la relation de son amant avec Peter. Jalouse et colérique comme lui, elle se moquait tous les jours de son manque de virilité. Peter espérait qu'elle n'irait jamais à Calistoga où elle aurait parlé. Lui et Jean-Paul seraient certainement passés au goudron et roulés dans les plumes. Mais il se rassurait en se disant qu'elle pouvait difficilement parler sans impliquer le père de l'enfant qu'elle avait commencé à mettre au monde au moment où il avait quitté la maison.

On l'avait envoyé chercher une sage-femme à Calistoga. Jean-Paul lui avait dit de se dépêcher. Sarah était presqu'à terme. « Qu'elle souffre » avait murmuré Peter en harnachant Castor et Pollux. Il n'avait aucune intention de se presser. À Calistoga, la sage-femme était absente mais il avait laissé le message à sa mère qui lui avait donné des instructions sur ce qu'il fallait faire. Il avait rebroussé chemin.

— Gardez le bébé au chaud quand il sera né, lui avait crié la vieille femme alors qu'il avançait déjà.

— Oui, oui, lui avait-il répondu en donnant un coup de fouet aux chevaux.

Même la pensée du bébé le déprimait. Maintenant, il ne passait plus qu'une nuit ou deux par semaine avec Jean-Paul et, au début, Sarah avait refusé de leur faire la cuisine ces jours-là jusqu'à ce que Jean-Paul la batte. Elle leur avait servi des repas brûlés et Jean-Paul l'avait battue à nouveau.

La présence du bébé ne pourrait qu'aggraver les choses, le séparant encore plus de Jean-Paul. Peter fit une grimace de dégoût.

Mais Sarah n'avait pas pu changer la détermination des deux hommes de faire fortune avec leur vignoble. Ils étaient heureux quand ils travaillaient ensemble, loin de la maison. Peter avait été stimulé par l'ambition de Jean-Paul de fabriquer le meilleur champagne des États-Unis mais cela prenait du temps et demandait beaucoup de travail. Cependant, ils ne doutaient pas de leur réussite. Certains des vignobles avaient été replantés avec d'autres plants à l'aide des vignes et des greffes ramenées par Jean-Paul. Il faudrait trois ans avant de savoir si les greffes avaient pris et, entre temps, afin de vivre, ils fabriqueraient le même vin rouge ordinaire que le vieux Brunner avait produit.

Peter apercevait la maison dont les vieux murs de pierre brillaient au soleil. Tout paraissait calme. Les chevaux remontèrent l'allée, laissant une traînée de poussière derrière eux. Il n'y avait plus de cris maintenant, venant de la chambre que Jean-Paul partageait avec la catin. Peter sauta de la charrette. Le bébé devait être né.

Avec peu d'enthousiasme, il entra dans la maison et monta l'escalier. Il faisait plus chaud à l'intérieur et Peter se rendit compte que sa chemise lui collait à la peau. Il n'y avait pas un bruit mais la porte de la chambre était ouverte. Curieux, il regarda vers le lit vit les draps tachés de sang. Il crut, un instant, que Sarah n'était pas là. Puis il vit que le drap remontait tout en haut et couvrait les coussins et réalisa, avec horreur, que Sarah était dessous, le visage recouvert. Rien ne bougeait. Elle était morte.

Sa culpabilité lutta un moment contre le sentiment de triomphe devant sa disparition. Jean-Paul serait peut-être affligé. Peter n'avait aucune idée de la façon dont il allait réagir. Il semblait préférable d'avoir l'air triste.

Ce n'était pas la peine. Jean-Paul était assis dans le grand fauteuil près de la fenêtre et tenait dans ses mains quelque chose qui gigotait. Il leva les yeux et Peter vit qu'ils brillaient d'une espèce d'émerveillement.

— Il faut le garder au chaud, bégaya Peter.

Jean-Paul ne répondit pas. Il marmonna, comme s'il s'agissait d'une déclaration :

— Je suis père. J'ai un fils.

# Livre deux

# Chapitre 12

## Champagne, septembre 1900

Philippe avait l'intention de marcher d'un bon pas, de l'appartement qu'il venait de louer à Épernay, à l'école d'œnologie. Il était conscient que sa nouvelle vie lui laissait peu de temps pour l'exercice et, comme l'école était à deux bons kilomètres, sur la route de Reims, cela lui paraissait une bonne occasion de s'emplir les poumons du bon air de la campagne.

Mais le calme d'Épernay, comparé aux nuits bruyantes qui caractérisaient Paris, prolongea son sommeil. Après s'être levé, baigné et habillé en toute hâte, il constata qu'il lui faudrait prendre un fiacre s'il ne voulait pas être en retard au premier cours, ce matin.

Tandis que la voiture l'emportait en bringuebalant sur la route de Reims, il pensa de nouveau à la jeune Américaine que son père avait rencontrée sur le bateau. Il se demanda si elle serait là ce matin. Elle avait manifesté un tel désir de fréquenter cette école et il s'en était réjoui. Mais son père avait dit que ce ne serait peut-être pas possible car la belle Rosie attendait un bébé.

Cette nouvelle l'avait choqué et déçu car Philippe savait qu'elle n'était pas mariée et elle semblait trop jeune pour porter un tel fardeau toute seule. Puis son père lui avait raconté toute l'histoire de l'incroyable voyage de Rosie, pour retrouver le père de son enfant. Elle était venue le voir sur l'Île de la Cité pour lui demander conseil, à savoir si elle devait épouser le frère jumeau de cet homme.

— Que lui as-tu conseillé ? avait demandé Philippe.

— Je lui ai dit de l'épouser.

— L'aime-t-elle ?

— Pas le moins du monde.

Philippe avait été outré. La conversation avait eu lieu durant le petit déjeuner, le lendemain du départ de Rosie. Il se souvenait encore de ses yeux couleur d'ambre. Pour une homme qui n'avait jamais regardé une femme depuis la mort de son épouse, il l'avait trouvée étrangement attirante.

— Était-ce une bonne idée ? avait-il demandé sur un ton un peu sec.

Son père avait secoué la tête d'un air indulgent.

— Tu es aussi romantique qu'elle. Bien sûr que c'était une bonne idée. Que pouvait-elle faire d'autre ? Elle s'est plaint que le monde était injuste pour les femmes et elle avait raison. Il y a peu de justice pour elles. Mais, quand on porte un enfant, il vaut mieux être mariée et respectable. C'est préférable pour l'enfant aussi.

— Tu dois avoir raison, avait concédé Philippe à contre-cœur.

Il était cependant révolté à l'idée qu'une femme au regard aussi envoûtant puisse être piégée dans une union sans amour. Il avait lui-même connu les joies d'un mariage fondé sur l'amour. Il ne pouvait concevoir un mariage sans passion. Rosie, il en était certain, était une femme passionnée.

Il avait souvent pensé à Rosie Brunner depuis, en se demandant comment elle allait. Sébastien avait demandé de ses nouvelles, se plaignant qu'elle ne vînt pas à Paris. Philippe pensait la même chose. Et chaque fois qu'il voyait une rose dans un jardin ou chez un fleuriste, il pensait à elle. Il avait questionné son père et André lui avait dit que le mariage avait été célébré et qu'elle semblait avoir pris le parti de sa situation avec le frère jumeau du père de son enfant.

Mais, un an plus tard, André était resté vague quand Philippe lui avait demandé si elle avait toujours l'intention de s'inscrire aux cours de l'école d'œnologie à Épernay.

Il avait encore beaucoup de temps avant le premier cours quand le fiacre le déposa devant les bâtiments blancs qui abritaient l'école. Se sentant l'âme d'un écolier, il paya le cocher et se dirigea vers l'entrée. C'est alors qu'il remarqua une femme venant de la droite, de l'endroit où les voitures particulières étaient garées. Elle ne l'avait pas vu mais il ressentit une légère excitation. C'était Rosie Brunner, il en avait la certitude.

Elle avait un manteau bleu pâle, richement brodé et bordé de fourrure, dont on devinait la doublure de velours vieux rose. Serré à la ceinture, il soulignait sa taille élancée et ses rondeurs. Un col de velours rose lui montait jusqu'au menton et un large chapeau de velours orné de roses coiffait sa chevelure foncée.

Elle paraissait anxieuse et se hâtait sur le sentier, une main gantée de bleu soulevant ses jupes pour les protéger de la boue.

Il s'arrêta et l'attendit pendant qu'elle approchait. Elle ne l'avait toujours pas vu.

— Bonjour, Madame, dit-il.

Elle le regarda d'un air hautain puis son visage s'éclaira et ses yeux couleur d'ambre sourirent.

— Oh! s'exclama-t-elle. Quel plaisir! Vous êtes le fils d'André, Philippe, n'est-ce pas?

— En effet, dit-il en s'inclinant. Et vous êtes Rosie mais plus Rosie Brunner.

— Rosie Dupuis, dit-elle en tendant la main. Quelle bonne surprise de vous voir. Mais vous aviez décidé de venir, si je me souviens bien.

— Oui, et vous aussi.

Il y eut un silence embarrassant tandis qu'ils se regardaient. Elle avait les yeux grand ouverts et brillants, comme si elle était sur le point de pleurer.

— Puis-je vous accompagner?

— Je vous en serais reconnaissante. J'ai quelques appréhensions. Mais avec vous…

Elle se tut sans finir sa phrase.

On lui avait affecté le siège immédiatement derrière le sien et, la voyant prendre des notes pendant que le professeur parlait de parasites et des plus récents produits chimiques, il se rendit compte qu'il n'arrivait pas du tout à se concentrer.

Le léger parfum qui se dégageait de sa nuque était enivrant.

Il fit un effort pour fixer son attention sur le cours en s'efforçant d'oublier sa troublante présence.

En sortant de la salle, il lui emboîta le pas.

— Comment êtes-vous venue ?

Elle secoua la tête.

— J'ai pris le train à Rilly-la-Montagne. J'habite très près de là, à moins de trois kilomètres. Puis j'ai pris un fiacre pour venir de la gare d'Épernay.

— Oh, fit-il, intrigué. Ce matin, j'ai cru que vous veniez de la cour des voitures particulières.

Elle rougit. Il l'avait embarrassée mais il ignorait pourquoi.

— C'est trop loin pour venir en voiture particulière mais Henri, notre cocher, m'attendra à la gare de Rilly à mon retour.

Sans prendre le temps de réfléchir, il demanda :

— Êtes-vous obligée de repartir tout de suite ?

Elle rougit à nouveau, hésita puis secoua la tête sans rien dire.

— Voyez-vous, dit-il, tout en craignant de se mettre à bégayer, je pourrais vous raccompagner jusqu'à Épernay et peut-être pourrions-nous dîner ensemble avant de partir. J'ai loué un appartement à Épernay pour la durée du cours et ce n'est pas agréable de dîner tout seul.

— Un repas chez vous ?

Sa voix était neutre mais elle n'avait pas l'air choqué ou en colère.

— Je ne voulais pas…, commença-t-il à dire mais il changea d'avis.

Il la regarda droit dans les yeux et y vit une attente puis quelque chose d'autre qui aurait pu être du désir.

— Oui, dans mon appartement, dit-il.

— Très bien, répondit-elle doucement.

Il n'y avait pas de station de fiacre à proximité de l'école et ils durent rentrer à Épernay à pied. C'était une douce journée de septembre et quelques feuilles tombaient déjà avec les marrons. Tandis qu'ils marchaient, elle lui raconta ses tentatives pour faire revivre Les Hérissons en tant que maison de champagne. Elle lui raconta comment elle avait persuadé sa belle-mère de reprendre l'ancien *chef de cuvée* qui avait dirigé leur chai à l'époque où les Dupuis produisaient leur propre champagne.

— C'est un petit homme qui s'appelle Eugène et qui est brun comme une noix. Il m'en a déjà tant appris. Il me fait goûter tous les crus célèbres et je différencie maintenant un Krug d'un Taittinger et un Moët et Chandon ordinaire d'un simple Bollinger.

— Et entre ces deux derniers, lequel est le meilleur ? demanda-t-il en souriant.

— Eugène dit, qu'en fin de compte, c'est une affaire de goût mais je préfère le Bollinger et il a eu la gentillesse de me dire que j'ai raison.

— Dans ce cas, j'ai aussi bon goût, dit-il mais entre tous, c'est le Dom Perignon que je préfère. Nous ouvrirons une bouteille pour le repas.

La promenade lui parut enchanteresse. Elle lui parla de ses ambitions. Il se réjouissait à chaque nid de poule qui lui offrait un prétexte pour lui prendre le bras. Il avait l'impression de sentir sa chair brûlante à travers le tissu épais de son manteau. Il se demanda si elle sentait la chaleur de sa main et s'étonna du trouble qu'il ressentait pour la première fois depuis si longtemps. Il était intrigué, presque embarrassé par l'intensité de ses sentiments et en même temps ravi. Il savait qu'il aurait dû se dire qu'elle était mariée mais n'ignorait pas non plus qu'elle n'aimait pas son mari.

Il y avait cependant une question qu'il devait lui poser.

— Mon père m'a dit que vous aviez un bébé.

Son père ne lui avait rien dit de la sorte mais il fallait qu'il le sache.

Son visage s'éclaira, puis elle parut anxieuse.

— Oui, j'ai un enfant.

Il voyait qu'elle ne lui en dirait pas plus mais il ne voulut pas en savoir davantage.

— Nous sommes presque arrivés, dit-il.

Son appartement se trouvait dans une grande maison de l'avenue de Champagne. Il la conduisit jusqu'à la porte d'entrée.

— Je crains qu'il y ait beaucoup de marches, dit-il. L'appartement est au grenier mais il est parfait pour les quelques semaines que je vais y passer.

En fait, l'appartement était grand et elle s'exclama de plaisir en entrant dans le salon dont les fenêtres donnaient sur des douces collines de la vallée de la Marne. Quelqu'un avait meublé la pièce avec goût. Elle remarqua la chaise longue et le mobilier Empire. Des rideaux de damas s'accordaient au tissu des fauteuils. Un grand tapis oriental couvrait le sol.

— C'est charmant, dit Rosie, et pas petit du tout.

— Non. Il y a une chambre à coucher, dit-il puis il se tut, embarrassé.

— Et, bien sûr, une cuisine, ajouta-t-elle rapidement.

— Et c'est là que se trouve le Dom Pérignon, dit-il. Asseyez-vous, je vais l'apporter.

— Vous n'avez pas de serviteur ?

Elle paraissait surprise et un peu inquiète.

— Pas avant demain, expliqua-t-il. Il a amené quelques affaires hier et ne reviendra que demain avec le reste. Il n'y a pas vraiment assez à faire pour l'occuper à plein temps alors il aide Marius, qui se fait âgé, à Paris.

L'allusion à la maison de son père la détendit. Elle s'assit sur la chaise longue, défit le col de son manteau et commença à enlever inconsciemment les épingles de son chapeau tout en regardant autour.

— Laissez-moi vous débarrasser de votre manteau, dit-il.

Il s'approcha et elle fit un pas vers lui. Ils s'arrêtèrent tous les deux. Elle voulut défaire le premier bouton mais il s'interposa.

— Laissez-moi.

Il commença à défaire ses boutons, lentement, sans lever les yeux vers elle. Elle resta immobile jusqu'à ce qu'il fasse glisser le manteau de ses épaules. Puis, presque imperceptiblement, elle se pencha vers lui.

Il n'en avait pas eu l'intention mais il la prit dans ses bras et la tint serrée contre lui. Elle ne recula pas et posa sa tête sur son épaule. Ils restèrent immobiles puis, très doucement, il la prit dans ses bras.

— Rosie. Oh ! Rosie.

— Je sais, je sais, dit-elle.

Il desserra son étreinte pour la regarder. Ses yeux d'ambre pétillaient. Elle avait les joues en feu et les lèvres entrouvertes, comme sur le point de poser une question. Très doucement, il lui enleva son chapeau et le posa sur une petite table ; il fit glisser son manteau et le laissa tomber par terre. Elle se tint aussi immobile qu'un mannequin dans la vitrine d'un magasin jusqu'à ce qu'il lui prenne le visage entre ses mains et l'embrasse.

Sa réaction le surprit. Elle plaqua sa bouche contre la sienne et le serra très fort dans ses bras, s'agrippant à lui dans une espèce de désespoir et gémissant doucement quand il glissa sa langue entre ses lèvres. Elle ouvrit la bouche, lui permettant de l'explorer et répondant à son tour avec sa langue. Il devint fou de désir.

— Attendez, dit-elle enfin en reculant mais sans cesser de sourire. Ses doigts s'activèrent sur les boutons du manteau de Philippe et elle le fit glisser de ses épaules comme il l'avait fait.

— Maintenant, embrassez-moi encore, dit-elle d'une voix rauque. De longs baisers comme ceux dont j'ai rêvé avec vous.

— Et moi aussi, confessa-t-il.

Ils s'enlacèrent, bouche contre bouche.

— Aidez-moi avec votre robe, lui murmura-t-il à l'oreille.

Ses mains avaient trouvé une rangée de boutons à l'arrière et il craignait de ne pas pouvoir les défaire. Obéissante, elle se tourna et lui présenta le dos. La rangée de boutons commençait au cou et descendait jusqu'à la cambrure des reins.

— Ce n'est pas si difficile que cela en a l'air, dit-elle doucement.

Il n'écoutait pas vraiment. En essayant maladroitement de déboutonner la robe, il vit qu'il s'agissait de faux boutons. Il défit simplement l'agrafe et la robe s'ouvrit, révélant la courbure blanche de son dos avant de glisser sur le tapis d'Orient.

Elle se tourna tout de suite vers lui, le visage sérieux. Au-dessus de son jupon noir, elle portait un corselet noir bordé de dentelle avec un diamanté au-dessus du sein droit.

Il ne s'attendait vraiment pas à découvrir un tel vêtement sous sa robe élégante. Il en eut le souffle coupé et sentit son corps se tendre de désir.

— Oh, Rosie !

Il la prit dans ses bras, lui mordilla les oreilles, le cou puis l'embrassa avec fougue sur la bouche.

Tout en l'embrassant, il la poussait doucement vers le canapé, bien qu'il eût préféré l'emmener dans sa chambre. Elle n'offrit aucune résistance. Quand elle sentit le tissu du canapé contre ses jambes, elle se détacha de son étreinte et s'assit.

Il s'assit à côté d'elle, contemplant sa beauté pendant qu'elle délaçait son corselet lentement et de façon provoquante en le regardant droit dans les yeux. Il regarda, fasciné, la blancheur de ses seins libérés de leur prison.

Elle ne se hâtait pas et lorsqu'elle eût fini, elle laissa le corselet retomber derrière elle. Et prenant ses seins dans ses mains, elle les lui offrit.

Il les dévora d'abord du regard, s'arrêtant aux mamelons d'un rose tendre et aux pointes qui se dressaient fièrement. Il admira la blancheur laiteuse de sa peau finement veinée de bleu. Puis, lorsqu'il l'eut détaillée et caressée à satiété, il enfouit son visage entre les deux globes avant de prendre chaque pointe entre ses dents et la mordiller jusqu'à ce qu'elle se mette à gémir d'extase.

Il eut l'agréable surprise de sentir la main de Rosie descendre vers la protubérance emprisonnée dans son pantalon. Elle se mit à le caresser jusqu'à ce qu'il soit obligé de l'arrêter. Il lui saisit la main, ne parvenant pas à croire que cette belle jeune femme était assise dans son appartement à Épernay, les seins découverts, les cheveux épars, apparemment prête à le laisser lui faire l'amour.

— Rosie, commença-t-il. Cela fait longtemps...

Il hésita, ne sachant trop que dire. Elle hocha la tête.

— Pour moi aussi, cela a été long et je vous ai attendu.

— Pour moi ? Il ne comprenait pas.

Elle hocha la tête à nouveau.

— Quand vous êtes entré dans la maison de votre père, je vous ai désiré. Quand vous m'avez emmenée déjeuner, j'en étais certaine. J'attends depuis ce moment-là. J'ai espéré, j'ai prié pour que cela se produise.

Elle rit, rejetant la tête en arrière.

— Ah ! Philippe, je ne porte pas toujours des sous-vêtements comme celui-ci.

Elle désigna le corselet noir derrière elle.

— Je l'ai mis pour vous. J'ai voulu que vous le voyiez parce que ce n'est pas une chose qui sied à une dame ; seulement à une femme qui veut faire plaisir à son homme.

— Vous vouliez faire l'amour avec moi ? demanda-t-il.

Il en avait la tête qui tournait. Il essayait de comparer la candeur de cette femme aux autres qu'il avait connues. Elle aurait dû paraître impudique comme une putain mais elle était sincère et honnête et son regard était direct.

— Voulez-vous encore faire l'amour avec moi ?

Elle lui sourit.

— Bien sûr et je crois que ce serait plus confortable dans votre chambre que sur ce vieux canapé.

Ils rirent tous les deux.

— Ma chérie! dit-il avant de l'emporter dans ses bras jusque dans sa chambre où il l'allongea sur le lit à quatre colonnes. Il la déshabilla complètement, elle, soulevant ses hanches pour l'aider ce qui l'excita au point d'avoir peur de ne pas pouvoir la satisfaire.

Elle resta allongée, nue, et il lui caressa longuement le mont de Vénus, laissant glisser ses doigts plus bas jusqu'à ce qu'elle soulève ses hanches de nouveau, mue par un désir urgent. Elle le déshabilla et bientôt, il fut nu lui aussi.

L'ardeur de Rosie et la manière dont elle faisait l'amour étaient une révélation pour lui. Mais, comme il le craignait, la première fois qu'il plongea dans son corps ardent et offert, il ne put attendre et il retomba sur elle, vidé, tandis qu'elle lui caressait tendrement le dos. Il s'assoupit quelques minutes et lorsqu'il reprit conscience, la tête de Rosie n'était plus à côté de la sienne. Elle était recroquevillée à ses pieds et le prenait dans sa bouche. Elle le léchait, le titillait de la langue puis le caressait fermement jusqu'à ce qu'il renaisse.

Il l'attira vers lui pour l'embrasser sur la bouche qui avait le goût de sa propre chair puis se remit à lui mordiller la pointe des seins. Elle était allongée, ouverte, l'invitant à l'explorer. Il l'embrassa sur la gorge, les seins, le ventre puis vers la profondeur musquée de sa féminité jusqu'à ce qu'elle le supplie de la prendre.

Cette fois, changeant de position, il la pénétrait de mille façons. Elle paraissait si légère qu'elle était le prolongement de son propre corps. Pendant tout le temps où il la chevauchait, elle le caressait partout, explorant des endroits qu'aucune femme n'avait encore touchés. Puis ce fut à nouveau l'explosion pour lui… et pour elle. Elle poussa un cri et il faillit en faire autant. Ils restèrent allongés, épuisés, l'odeur de leur passion remplissant la pièce. Puis ils s'endormirent tous les deux.

Il s'éveilla le premier et s'éloigna doucement de ce corps chaud avant d'aller, nu, jusqu'à la cuisine. Il prit une bouteille de Dom Pérignon hors du bac à glace, trouva deux coupes et quelques cuisses de poulet froides que son valet avait laissées et posa le tout sur un plateau qu'il emporta dans la chambre après avoir passé un peignoir. Il ne cessait de penser à ce qui venait de se passer entre eux, encore émerveillé par l'intensité de ce qu'il avait ressenti en faisant l'amour avec elle. Ses réactions l'avaient étonné car c'était quelque chose de nouveau pour lui. Il regarda la jeune femme. Elle paraissait si innocente, si enfantine et si douce, la bouche entrouverte, ses longs cils refermés sur ses yeux, le corps si détendu qu'il s'émerveillait de l'avoir connue femme, quelques instants auparavant.

C'est le bruit du bouchon de champagne qui la réveilla. Elle s'étira et lui sourit paresseusement comme une chatte aux yeux d'ambre.

— Du champagne ! Quelle bonne idée. Quelqu'un m'a dit que c'était le vin de l'amour. Maintenant, je sais que c'est vrai.

— Oui, dit-il en lui tendant une coupe. C'est le seul vin qui convienne à l'amour. Avez-vous faim ?

— Très.

— Il n'y a que des cuisses de poulet.

— C'est parfait.

Elle s'assit et but une longue gorgée de vin sans se soucier de sa nudité.

— Hum, c'est délicieux.

— Vous l'êtes aussi.

Elle poussa un soupir de bonheur.

— Asseyez-vous près de moi, dit-elle, et parlez-moi.

— Laissez-moi vous couvrir d'abord, répondit-il. Vous pourriez attraper froid ou moi, ne plus me contrôler.

— Je ne veux pas que vous vous contrôliez, dit-elle en le laissant la couvrir avec le drap.

— Vous me trouvez impudique ? demanda-t-elle soudain, l'os de poulet à la main, la bouche brillante de graisse.

— Je ne sais pas, répondit-il pensant que le mieux était d'être honnête. Voyez-vous, j'ai peu d'expérience de l'amour. Ma femme et moi nous nous aimions beaucoup. Nous nous sommes aimés depuis l'enfance. En fait, nous *étions* des enfants et nous jouions aux adultes. Nous avons réussi à faire Sébastien mais elle ne se remit jamais vraiment de son accouchement et lorsqu'elle mourut, j'ai pensé ne jamais plus pouvoir aimer... Je croyais que l'amour était mort pour moi. Je l'aimais énormément, ajouta-t-il après un silence.

Il se sentit soulagé d'avoir enfin fait part à quelqu'un de ses sentiments devant la perte de Nicole. Il n'avait jamais laissé voir à personne, même à son père, la dévastation que sa disparition avait produite. Son but principal avait été de protéger Sébastien.

— Après sa mort, poursuivit-il, je me suis mis à voyager pour ma société. Ils ont été très bons pour moi. Ils savaient que je voulais m'éloigner de Paris. Je suis resté deux ans à Londres et presque trois à New York avant de revenir l'année dernière. Je croyais être insensible à l'amour mais le premier jour où nous nous sommes vus, vous m'avez un peu réchauffé. Vous étiez la première femme qui m'attirait. Aujourd'hui, vous m'avez réchauffé complètement. Alors ma réponse à votre question est, non, je ne vous trouve pas impudique, pas plus que je ne l'ai été tout à l'heure. Je crois que nous sommes peut-être amoureux.

— Je sais que je le suis, répondit-elle doucement. Et je crois que je le serai toujours.

Il ne savait que dire. Il était submergé par l'émotion et il aurait facilement pu se mettre à pleurer. Il but donc son champagne en silence jusqu'à ce qu'elle s'agite soudain, pressée par le temps.

Ils s'habillèrent rapidement et sortirent de l'immeuble. Il l'accompagna discrètement jusqu'à la gare mais elle ne lui permit pas d'attendre le train avec elle.

— Nous nous verrons demain, promit-elle.

— Et je vous embrasserai peut-être dans la nuque pendant le cours, dit-il.

Elle rit et lui souffla un baiser puis s'engouffra dans la gare en ne se retournant qu'une fois. Il ne comprenait pas comment il avait le courage de la laisser partir.

Il retourna dans l'appartement toujours imprégné de son odeur, l'esprit rempli d'images d'elle habillée et nue. Il respira l'odeur de leurs amours puis s'installa pour lire un roman de Zola.

Zola même ne parvint pas à le distraire. Il se mit à rêver de Rosie. L'intensité de leur passion était nouvelle pour lui et il ne savait pas encore s'il fallait en remercier le diable ou le bon dieu. Il ne savait pas que l'amour pouvait être si débridé entre un homme et une femme et si c'était mal. Il s'en moquait. Il voulait recommencer encore et toujours.

Mais quelle sorte de femme était-elle ? Il y avait tant de chose qu'il ignorait d'elle. Il y avait tant de choses qu'ils ne s'étaient pas dites mais maintenant, ils avaient tout le temps pour le faire.

Tant que son mari n'apprendrait rien à leur sujet, pensa-t-il. Il frissonna, en dépit de la chaleur qui régnait dans la pièce.

## Champagne, 1911

Debout sur la colline qui dominait Les Hérissons, tenant sa fille par la main, Clovis était dans les meilleures dispositions du monde. Sa maison, à flanc de coteau, paraissait calme et accueillante sous le ciel clair de ce jour d'avril. Des bâtiments, restaurés, entouraient la maison. Tout était propre et net. Les pelouses formaient une tache verte avec des bandes claires, là où elles étaient scindées par les allées de gravier. À l'arrière de la maison encadrée de tourelles, la forêt montait la garde et une variété d'arbres ombrageaient le chemin qui menait à la route d'Épernay.

D'où il était, il pouvait voir un ouvrier rouler un tonneau à travers la cour et le bruit des cercles de fer sur la pierre résonnait dans le calme de la journée. De quelque côté qu'il se tournât, le terrain appartenait à la famille Dupuis et il était fier de voir les dessins géométriques des nouveaux champs de vignes.

Rosalie lui secouait la main avec insistance.

— Papa, quand Maman va-t-elle revenir ?

— Ce soir ou demain, Allie. Quand elle aura fini tout ce qu'elle doit faire, dit-il en pensant toujours aux vignes.

Il était soudain soucieux. Il se demandait s'il n'y avait pas de risques avec le nouveau terrain que Rosie avait insisté pour acheter dans la vallée de la Marne, où le raisin était d'une qualité plus fine. Elle avait acheté d'autres terrains de l'autre côté de la montagne, plus près de Reims et dans la vallée de la Vesle mais, bien qu'ils soient à égale distance, cela ne la tracassait pas pour le moment.

— Elle viendra avec Sébastien ?

— S'il veut venir.

— Il le voudra sûrement !

Clovis s'en moquait mais il espérait qu'à seize ans, il se tiendrait mieux que quand il en avait neuf. Mais Rosalie l'adorait depuis que Sébastien et son père étaient venus aux Hérissons après la production de leur premier champagne, sept ans auparavant.

— Ce n'est plus un enfant, Allie, dit-il doucement pour ne pas la blesser. C'est presque un homme. Il aura peut-être envie de faire autre chose.

Elle se renfrogna et il la tira doucement par sa natte épaisse.

— Allons, ne fais pas cette tête-là. Tu m'as toujours, moi.

— Je sais.

Elle serra sa main très fort.

— Mais je voudrais tout de même voir Sébastien. Cela fait des mois...

— Je pense que ta maman t'amènera peut-être un autre jeune homme, dit-il en pensant aux jeunes hommes qui feraient bientôt la cour à sa fille, comme ils la faisaient à la mère de Rosalie. Il aimait Rosie comme au premier jour mais s'était résigné à ne jamais la posséder et à ne jamais la comprendre. Elle était hors de sa portée et l'avait toujours été.

Allie était différente. Elle avait maintenant dix ans et c'était la lumière de sa vie. C'était aussi tout son portrait. Elle avait les mêmes sourcils pointus, de longs cils, des cheveux noirs bouclés et une bouche charnue. Après sa naissance, il avait été gêné de reconnaître en elle son frère Jean-Paul mais, en grandissant, il s'était aperçu qu'elle avait le caractère de Rosie. Elle était résolue, heureuse, courageuse et, par-dessus tout, intelligente, bien plus intelligente que lui. Mais ce qui lui importait le plus, c'est sa franchise et son honnêteté. Son frère ne possédait pas ces deux qualités.

Ces deux qualités, c'étaient les siennes et cela l'avait aidé à se convaincre qu'Allie était *sa* fille. Pour lui, ce n'était qu'un accident du destin si elle ne l'était pas véritablement et il avait réussi à gommer complètement la part qu'avait Jean-Paul dans cette naissance. Il n'y pensait jamais, assuré qu'il était d'être responsable d'Allie.

L'enfant compensait toutes ses déceptions. Elle l'aimait sans se poser de questions. Elle acceptait ses défauts et l'entourait d'amour.

— Maman va amener quelqu'un d'autre ? demanda Allie en appuyant sa tête contre son bras. Quelqu'un de gentil ou quelqu'un pour les affaires ?

— Quelqu'un de gentil, je crois. Son amie américaine et son fils.

— Celle à qui elle écrit tout le temps et qui habite New York ?

— Celle-la même.

— Tu l'aimes ?

Clovis sourit intérieurement comme il lui arrivait souvent de le faire devant la vivacité d'esprit de sa fille. Elle avait deviné son malaise concernant cette visite, malaise qu'il ne s'expliquait pas en dehors du fait que dès qu'il s'agissait d'un lien avec l'Amérique, il était toujours inquiet. Il avait depuis longtemps oublié la raison de ce malaise et l'acceptait simplement, comme tant d'autres choses.

— Je ne sais pas. Je ne la connais pas.

— Si tu ne l'aimes pas, je ne l'aimerai pas non plus, affirma Allie.

— Je pense que nous devrions tous deux faire un effort pour faire plaisir à Maman, suggéra Clovis. Son fils a dix-sept ans. Il est plus âgé que Sébastien. Tu auras donc deux jeunes gens avec qui flirter.

Elle fit la moue.

— Sébastien me suffit, Papa, dit-elle gravement. Mais nous serons tous deux gentils avec les amis de Maman puisque tu le dis.

Regardant vers le fond de la vallée, il se demanda comment serait cette femme. Au cours des années, il s'était habitué à voir arriver les lettres de New York tous les mois et, malgré ses occupations et ses voyages fréquents à Reims et à Paris, Rosie trouvait toujours le temps d'y répondre. Rosie lui avait raconté comment Lizzie Webster était devenue son amie au cours de son voyage à travers l'Amérique, mais c'était aussi un épisode que Clovis avait réussi à effacer de sa mémoire. Il avait presque réussi à se convaincre que sa femme était française, née et élevée en Champagne. Il ne tenait pas à évoquer ses origines.

Une semaine auparavant, un télégramme était arrivé alors qu'ils prenaient tous deux leur petit déjeuner.

Il avait cru avec sa mère que c'était une fois de plus pour les affaires mais Rosie, toujours en peignoir et les cheveux dénoués, encore endormie comme elle l'était habituellement au petit déjeuner, avait poussé un cri de joie en le lisant.

— Oh, Maman, c'est merveilleux, s'était-elle exclamée, le visage rayonnant. Mon amie Lizzie va venir d'Amérique. Elle veut savoir si elle peut nous rendre visite. Vous permettez qu'elle vienne ? Cela me ferait tellement plaisir de l'avoir ici.

Sa belle-mère avait souri avec indulgence comme elle le faisait toujours depuis la naissance d'Allie qui lui donnait tant de joie.

— Ma chère fille. Vous êtes ici chez vous. Vous pouvez faire venir qui vous voulez. Bien entendu, votre amie sera la bienvenue.

— Et son fils vient également, dit Rosie après avoir terminé la lecture du télégramme. Il a dix-sept ans à présent. Ce n'était qu'un petit garçon quand ils m'ont hébergée à New York.

Clovis savait que rien n'arrêterait Rosie de redire à quel point ils s'étaient montrés gentils avec elle et rien n'arrêterait sa mère non plus de l'écouter avec indulgence. Il n'avait pas envie de l'écouter puisqu'il s'agissait d'un épisode de sa vie avant qu'elle ne vienne en Champagne. Il avait quitté la table pour aller voir ses vignes.

Il était fier de ses vignes. Une seule parcelle, celle qui se trouvait le plus près de la route d'Épernay, avait souffert du phylloxera. Alors que les autres vignerons en Champagne combattaient encore le terrible insecte en utilisant un gaz toxique et malodorant, le carbone disulphide, les Dupuis ne dépensèrent pas un sou pour ce dangereux remède. Le gaz tuait beaucoup d'insectes lorsqu'il était injecté dans des trous forés au pied des vignes à l'aide d'une machine primitive. Mais à quel prix ! Le gaz était coûteux, il y avait eu des accidents mortels dus à des explosions et le phylloxera n'avait pas été éliminé.

Mais pas sur ses terres.

Le jour où elle était arrivée, onze ans auparavant, Rosie avait affirmé que les greffes étaient le seul remède. Après leur mariage, elle avait transformé les vieilles granges en serres où leurs nouveaux plants avaient grandi jusqu'à ce qu'ils soient assez forts pour être replantés à l'extérieur. Et maintenant, au printemps de 1911, il était l'un des rares vignerons dont tous les plants étaient greffés sur les résistantes racines américaines.

Les plus vieux vignerons n'arrivaient pas à croire que leurs meilleures vignes pouvaient être greffées sur des plants sauvages et donner du raisin de même qualité. Ils disaient qu'il avait eu de la chance. Certains affirmaient que le phylloxera l'avait épargné parce qu'il se trouvait à l'écart des autres ou qu'il était au sommet des collines et pas dans la vallée. Ce raisonnement ne tenait pas pour ses vignes de la vallée de la Vesle, près de Reims.

Certains vignerons avaient greffé leurs plants secondaires mais conservé les meilleurs en espérant toujours les sauver, mais en vain. L'année dernière le phylloxera avait ravagé quatre fois plus de plants d'origine locale que de greffés.

L'intérêt que Rosie portait aux méthodes modernes de traitement des maladies et des parasites avait protégé Les Hérissons contre d'autres calamités. Ils avaient à peine souffert du mildiou qui avait fait des désastres dans la récolte en Champagne trois ans auparavant. Les vignerons étaient jaloux de la réussite des Hérissons dans cette période difficile. Clovis pensait qu'ils le jalousaient parce qu'il produisait son propre champagne, bien qu'en raison de cela, il achetait leur production de raisins. Même avec leurs nouvelles parcelles, ils ne parvenaient pas à produire assez pour leurs besoins.

Le succès des Dupuis avait augmenté leur impopularité et c'est sans doute pour cette raison que les commérages sur les agissements de son frère n'avaient jamais cessé.

Il savait que l'on parlait de sa femme aussi. Ils la considéraient toujours comme une énigme. Personne n'avait oublié son arrivée spectculaire dans le village, il y a onze ans, à la recherche de la famille Dupuis. Et les villageois savaient compter. Ils essayèrent de se souvenir de la date exacte de son arrivée à Chigny-les-Roses. Ils s'étaient mariés discrètement à Reims mais, au baptême d'Allie, il savait que les gens se demandaient s'il était le père du bébé. Il pensait que la ressemblance d'Allie avec lui avait fait taire les ragots mais les propriétaires des Hérissons n'était toujours pas acceptés par les villageois. Sa seule source de renseignements venait de ses contacts bi-mensuels avec Claudette chez madame Frédéric. Claudette le tenait informé.

Il avait été la voir la veille pendant le voyage de Rosie à Paris et ce qu'elle lui apprit l'avait inquiété. Cette inquiétude devait se voir car Allie lui demanda, tout en se frottant contre son bras comme un petit chien :

— Pourquoi es-tu triste, Papa ?

— Je ne suis pas triste, Allie, seulement préoccupé.

— À cause qu quoi ? demanda la petite fille dont le visage s'assombrit aussi.

— Des problèmes d'affaires, dit-il. Rien qui te concerne, toi.

— C'est Maman qui se préoccupe des problèmes d'affaires, pas toi. Toi tu ne t'inquiètes que des vignes.

Il rit.

— Tu as sans doute raison. Je m'inquiète de la nouvelle parcelle dans la vallée.

C'est en automne 1910, six mois auparavant, que Rosie avait acheté le terrain dans la vallée de la Marne, à proximité d'Ay et de la route principale d'Épernay. Ils l'avaient planté de pieds de vigne greffés. Si la parcelle produisait bien, cela démonterait les arguments des traditionalistes et prouverait que sa manière de combattre le phylloxera était la seule valable. Mais la parcelle se trouvait trop loin des Hérissons à son goût dans ce climat d'agitation.

— Pourquoi t'inquiètes-tu ? demanda Allie d'une voix grave, comme une adulte.

— Parce qu'il paraît que les esprits sont en effervescence à Ay, dit-il.

Claudette lui avait dit dans le calme de sa chambre, tout en faisant du crochet comme s'ils étaient un vieux couple marié, tandis qu'il se reposait sur le lit :

— On parle d'émeutes à Ay demain. Il y a des troupes à Épernay qui doivent les réprimer mais ils ne peuvent pas protéger les vignes. Ce serait triste si les nouveaux plants étaient endommagés. Ils se trouvent bien trop loin pour être surveillés.

— Mais pourquoi y aurait-il des émeutes ?

Allie voulait comprendre.

Les explications n'étaient pas le fort de Clovis mais il fit de son mieux.

— Ta Maman pourrait mieux te le faire comprendre. Les vignerons sont mécontents parce que les récoltes ont été très mauvaises pendant trop longtemps et qu'il ne leur reste plus d'argent. Il y a déjà eu des troubles car les grands producteurs de champagne ont utilisé du raisin moins cher venant d'autres régions au lieu de payer les nôtres au bon prix et utiliser le raisin approprié. Nous ne l'avons pas fait, Allie, s'empressa-t-il d'ajouter.

— Ta Maman ne veut pas en entendre parler. Elle dit que vous devons produire moins de vin jusqu'à ce que la récolte s'améliore. Mais il faudra lui demander ce qu'il en est. Moi, je me préoccupe seulement de la nouvelle parcelle.

L'agitation était sérieuse et il avait le sentiment que les vignerons étaient dans leur droit. Certaines des grandes maisons de champagne avaient utilisé du raisin bon marché, venant du sud, pour améliorer la qualité de leur vin et pour compenser la maigreur des dernières récoltes.

Rosie ne voulait pas en entendre parler. Elle affirmait qu'ils ne s'étaient pas battus si longtemps pour établir leur réputation de petis producteurs de bonne qualité pour tout remettre en jeu afin de réaliser un profit rapide. Seules les grappes venant de leurs vignes et celles qu'ils achetaient aux vignerons voisins servaient à fabriquer leur champagne. Et d'ailleurs, financièrement, les Dupuis pouvaient surmonter cette mauvaise période.

Normalement, Clovis ne se préoccupait jamais de l'aspect commercial de leur entreprise. Tout son plaisir venait des changements de saison qu'il observait sur ces vignes qu'il surveillait amoureusement, depuis les fleurs minuscules au parfum délicat jusqu'à la formation du raisin et à sa récolte.

Il ne se plaignait jamais du travail exigeant ni de la lutte contre le fléau que Dieu avait décidé d'infliger aux vignobles. Il avait parfois l'impression que le vin était la récompense de sa persévérance et de sa patience face à l'adversité. Comme son père avant lui, Clovis aimait la terre et l'idée de voir les jeunes plants de la parcelle d'Ay piétinés par les maraudeurs l'inquiétait.

Il s'inquiéta tout au long du retour à la maison tandis qu'Allie sautillait devant lui en ramassant des fleurs sauvages pour un bouquet à sa maman.

— C'est dommage qu'il n'y ait pas de coquelicots ici, dit-elle en lui montrant le bouquet. Maman les adore.

— Et toi aussi, répondit-il en souriant.

— Oui, ils ont une si jolie couleur. Mais si Maman ne rentre pas ce soir, ces fleurs seront toutes fanées. Il faudra que je les donne à Grand-Mère.

Elle regarda son bouquet d'un air triste.

— Pourquoi les fleurs se fanent-elles si vite lorsqu'elles sont coupées, Papa ? Pourquoi ne pouvons-nous pas les faire vivre plus longtemps ?

Il ne savait pas la réponse mais la question le fit penser à Rosie. Il soupira.

— Je ne sais pas. Mais il ne faut pas être triste si ta maman ne revient que demain. Elle a tant de travail, tu sais.

Rosie était assise dans le grand lit double et s'étirait voluptueusement. Elle était comblée d'amour et de baisers et elle s'était endormie après avoir fait l'amour une deuxième fois. Philippe n'était pas à côté d'elle mais elle l'entendait dans la salle de bains du petit appartement qu'ils louaient officiellement pour leur travail mais qui servait en réalité de lieu de retrouvailles, à Paris.

Elle se glissa à nouveau dans le lit et tira les couvertures. Elle resta couchée en regardant le chandelier qui éclairait la pièce. Les rideaux étaient tirés mais la lumière du printemps filtrait à travers. C'était une belle journée et ils auraient peut-être le temps de faire une promenade au bord de la Seine avant de retrouver Lizzie.

Elle pensa aux moments d'amour qu'elle venait de passer avec Philippe et frissonna. Cela avait été encore plus intense que d'habitude. Leurs rencontres étaient si rares, peut-être une fois toutes les trois semaines, qu'ils les vivaient chaque fois comme si c'était la dernière fois qu'ils faisaient l'amour.

Aujourd'hui, cela avait été différent. Il l'avait embrassée avec frénésie et commencé à la déshabiller dès qu'elle avait franchi le pas de la porte. Puis il l'avait conduite jusqu'au lit sans qu'elle s'y objecte et il l'avait prise vite et fort, le visage grimaçant de plaisir.

La deuxième fois avait été différente, douce et aimante, avec des soupirs, des baisers et des murmures de délice. Ils s'étaient aimés lentement jusqu'au moment où le désir les avait emportés tous les deux. Ils avaient ensuite dormi, son bras couvrant les siens d'un geste protecteur.

Maintenant qu'elle était éveillée, elle s'interrogea sur la frénésie de sa passion. Mal à l'aise, elle rejeta les couvertures et se leva. Ses vêtements formaient une tache désordonnée sur le tapis de Chine beige pâle. Elle les enjamba et se dirigea vers le fauteuil sur lequel était posé son peignoir de satin. Normalement, elle l'aurait rejoint nue, à la salle de bains, mais quelque chose la poussait à se couvrir.

Très doucement, elle frappa à la porte de la salle de bains.

— Philippe chéri, appela-t-elle.

— Un instant.

Elle entendit la clef tourner et la porte s'ouvrit. Il était habillé mais ses cheuveux blonds étaient mouillés et plaqués sur sa tête.

— J'ai pensé que nous pourrions faire un tour au bord de la rivière, mais il faudrait partir presque tout de suite, autrement je serai en retard. Une promenade terminerait bien cette journée magnifique et inattendue. Dieu bénisse Lizzie.

Elle parlait d'un ton léger et heureux. C'est vrai que cette rencontre était une surprise et un plaisir. Lizzie lui avait fourni le prétexte d'un cours séjour à Paris. Le jour où le télégramme était arrivé, Rosie avait dit à madame Dupuis et à Clovis qu'elle irait à Paris accueillir Lizzie. Elle avait aussi dit qu'elle réglerait des affaires avant de rentrer à la maison. Puis elle avait téléphoné à Philippe à Paris pour lui demander de lui accorder une entrevue au sujet des vendanges de l'année précédente. Ils avaient pris rendez-vous et ils s'étaient retrouvés à l'appartement.

Il prit une serviette et se frotta les cheveux.

— Je préfèrerais rester ici. Il faut que nous parlions.

L'impression que tout n'allait pas bien s'amplifia.

— Oui, en effet. J'ai un projet dont je voudrais discuter avec toi.

— Alors discutons-en.

Il semblait très cérémonieux après leurs ébats débridés de l'après-midi.

Elle se dirigea vers le petit salon. Il la suivit et s'assit dans un fauteuil. Elle résista à son envie de s'asseoir sur ses genoux et lui fit part de son projet.

— Je pensais que cette année nous aurions plus de bouteilles qu'aucune autre année auparavant. Mais ce n'est pas encore assez pour nous faire un grand nom. Il nous faut encore quatre ans avant de doubler notre production, à moins que nous n'achetions plus de raisin et que nous louions des caves. Mais je préfère utiliser notre propre récolte. Cela garantit la qualité du vin. J'ai pensé que nous pourrions creuser des caves à flanc de coteau, comme celles de madame Pommery à Reims, pour augmenter la surface des nôtres. Nous pourrions creuser jusqu'à la vieille caverne romaine. La température serait parfaite.

— Je veux faire du champagne vraiment bon, Philippe, mais je me fiche de la célébrité. Ton père m'a dit, il y a longtemps, que je pourrais devenir une autre madame Pommery ou Cliquot mais je ne pense pas que ce soit ce que je désire.

— Que veux-tu, Rosie ?

Sa voix était guindée. D'habitude, quand elle lui dévoilait ses plans, il la taquinait un peu. Superficiellement, il l'avait toujours traitée en jouant « aux affaires » et il tournait leurs discussions en léger badinage, lui, l'homme fort se pliant aux caprices d'une jolie femme. Mais en fait, il avait toujours pris ses suggestions au sérieux. Ensemble, ils avaient réussi à faire le succès dont jouissait le champagne des Hérissons. Philippe et elle étaient aussi bien associés en affaires, qu'amis et amants.

— Ce que je veux ?

Elle secoua la tête.

— Je te veux près de moi à chaque minute du jour et de la nuit, toutes les nuits. Je veux tes enfants. Je veux être ta femme. Mais cela, je ne peux pas l'avoir. J'emploierai donc toute mon énergie à devenir une femme riche. Si je deviens célèbre, il nous sera plus difficile de nous retrouver. Il pourrait y avoir un scandale. Aujourd'hui, personne à Paris ne connaît madame Dupuis, et c'est mieux ainsi.

Il parut saisi un instant mais elle se hâta de poursuivre avant qu'il ne puisse prendre la parole.

— Je veux faire un excellent champagne, et j'ai eu une idée. Pourrais-tu vendre ma production à quelques personnes influentes seulement ? Pas à des marchands. Vendre directement, peut-être à un membre de la famille royale anglaise ou russe ou à un chef d'État. Des gens comme cela ? Et nous leur offririons des cuvées à leur nom, ce qui leur permettrait de dire que c'est *leur* champagne. Cela ferait appel à leur snobisme, tu ne crois pas ? Nous pourrions réserver toute notre production pour une vente personnalisée. Si nous vendions le champagne de cette façon, cela nous éviterait bien des tracas. Imagine le profit que nous pourrions en tirer.

Il hochait la tête lentement.

— Je pense que cela se fait déjà, mais avec des marques secondaires. Le faire avec du bon champagne serait une bonne idée. Tu aurais un avantage sur les producteurs de grande cuvée qui ne souhaitent pas cacher leur marque.

Elle rit un peu trop à sa petite plaisanterie.

— Nous allons essayer cette année ?

— Si tu veux. Je vais à Washington la semaine prochaine et c'est un bon endroit pour commencer. Mais tu pourrais préférer devenir célèbre.

— Pourquoi ? demanda-t-elle avec précaution, devinant qu'il allait lui dire ce qu'il avait à l'esprit.

— Parce que je vais me marier, dit-il froidement.

Rosie se sentit blêmir. Elle serra son peignoir contre elle.

— Te marier ?

Il hocha la tête.

Elle ne trouvait rien à dire. Elle resta à le regarder puis dit à voix très basse :

— Tu ne m'aimes plus ?

— Rosie !

Il se leva, traversa la pièce, la prit dans ses bras et la berça doucement.

— Rosie, je t'aime plus que ma vie. Mais nous ne pouvons pas continuer comme ça. Tu as ta vie, un mari, un enfant et une maison. Moi je n'ai que Sébastien qui grandit et qui va bientôt me quitter. J'ai besoin d'une femme, d'une hôtesse, d'une compagne. J'ai besoin de toi mais je ne peux pas t'avoir. C'est si long d'attendre que tu puisses venir ! C'est terrible de t'attendre, de te désirer et de ne pas pouvoir te voir.

La vérité douloureuse de ce qu'il disait la frappa. Elle fit un effort pour se reprendre.

— Qui est-ce ? demanda-t-elle à voix basse bien qu'elle ait envie de hurler la question.

— C'est la fille d'un vieil ami qui a un château dans la Loire. Il fait du bon vin. Elle s'appelle Lorraine et elle a dix-huit ans. Elle est très belle, nous sommes tous les deux très riches et nous venons du même monde. C'est un bon parti.

Il parlait comme s'il récitait une leçon mais chaque mot était un coup de poignard.

— Tu l'aimes ?

— Pas le moins du monde. Elle pense qu'elle est amoureuse de moi.

— Si tu ne l'aimes pas, pourquoi veux-tu l'épouser ?

— Aimes-tu Clovis ?

— Tu sais bien.

— Alors ?

— Mais c'est différent.

— Vraiment ? Tu l'as épousé par nécessité. Je fais la même chose.

— Ce n'est pas la même chose, insista-t-elle. Philippe, cela fait dix ans que nous sommes ensemble. Ça ne te suffit plus ?

— Oui et non, dit-il lentement. Quand nous sommes ensemble, je sais que tu es l'amour de ma vie. Je l'ai su durant toutes ces longues nuits froides, en imaginant que tu partageais ton lit avec Clovis.

Elle ouvrit la bouche mais il posa doucement sa main dessus.

— Laisse-moi finir. Je me serais mairé il y a longtemps s'il n'y avait pas eu Sébastien. Sébastien a toujours voulu t'avoir comme mère. C'était difficile car il était trop jeune pour comprendre que tu appartenais à quelqu'un d'autre. Maintenant qu'il est grand, il comprend. Il aime bien Lorraine qu'il considère comme une sœur un peu ennuyeuse. Elle est très jeune. Sébastien a raison. Elle est parfois ennuyeuse à cause de sa jeunesse.

— Et tu ne l'aimes pas ?

Il secoua la tête.

— Alors comment peux-tu lui faire l'amour ? Comment peux-tu être un véritable mari pour elle ?

— Ma douce et romantique Rosie. Tu ne seras jamais vraiment française. Tu ne fais pas l'amour avec Clovis ?

C'était une question qui n'avait jamais été posée pendant ces dix années. Rosie sentit tout son corps rougir d'embarras.

— Oui, dit-elle doucement. Toujours après t'avoir quitté. Jamais autrement.

Il la regardait d'un air interrogateur mais il avait pâli.

— J'y étais contrainte, dit-elle. Imagine que je sois enceinte de toi. Qu'aurais-je fait ? Je faisais l'amour avec lui par nécessité.

Il était devenu blanc. Sa douleur était visible. Il paraissait au bord des larmes. Il avait les lèvres serrées mais il ajouta seulement :

— Le pauvre vieux.

— Je sais. Nous avons tous souffert mais lui, sans le savoir, il a souffert le plus.

La pièce était si silencieuse qu'elle entendant le tic-tac de la pendule. Même les bruits de la rue s'étaient estompés. Philippe s'éloigna d'elle et regarda les Champs-Élysées, par la fenêtre. Lui tournant toujours le dos, il dit :

— Faut-il que nous changions quelque chose ?

Elle sentit l'espoir renaître.

— Que veux-tu dire ?

— Je veux dire que nous avons été amants pendant dix ans. Nous ne pouvons pas nous marier, c'est impossible. Tu l'es déjà et, si je me marie, ne peux-tu pas rester ma maîtresse ?

— Je ne crois pas que je pourrais supporter l'idée que tu fasses l'amour à quelqu'un d'autre.

— Je l'ai bien supporté.

Il la forçait à regarder des choses enterrées depuis trop longtemps.

— Et maintenant, ta femme devra le supporter aussi ?

— Elle ne le saura jamais.

— C'est une femme. Elle le devinera.

— C'est une Française. Avec le temps, lorsqu'elle se lassera de son mari vieillissant, elle prendra un amant.

— Tout comme Clovis a sa *poule* au bordel.

— C'est vrai ? Qui pourrait l'en blâmer ?

— Pas moi, dit-elle tristement. Ah ! Philippe, si seulement nous nous étions rencontrés plus tôt.

— Mon père, qui t'aime autant que moi, dit que cela ne sert à rien d'avoir des regrets. Et puisque nous parlons ouvertement, ma chérie, as-tu fait l'amour avec lui ?

— Non, jamais.

La question l'avait prise par surprise et elle avait menti spontanément.

— Je voulais le savoir. Nounou prétend que si.

— Nounou ?

— Elle est jalouse de toi. Vois-tu, quand elle était jeune et ardente, j'ai fait l'amour avec elle. J'ai découvert que mon père l'avait fait aussi.

Rosie fut choquée et déçue. Elle avait l'impresison que cette révélation la mettait sur le même plan que la servante et elle n'avait jamais envisagé sa liaison avec André autrement que sous un aspect romantique et tendre.

— Je ne peux pas le croire, dit-elle en bégayant. J'aurais préféré l'ignorer. Comment avez-vous pu, tous les deux ?

— Parce que nous sommes des hommes et des Français, dit-il d'un air un peu suffisant.

Elle comprenait mais sa soudaine cruauté lui faisait horreur. Elle lui avait fait mal. Il avait besoin de la faire souffrir à son tour. L'appartement, où ils avaient été si heureux, semblait se refermer sur elle. Il fallait qu'elle sorte. Elle se rendit compte qu'elle était en colère.

— Philippe, dit-elle en se dirigeant vers la chambre. Il faut que je parte. Je vais être en retard. Je ne peux plus parler de tout cela.

Elle ramassait ses vêtements. Il parut se rendre compte qu'il avait été trop loin. Il cessa d'être provocant.

— Il faut que je sache si nous pouvons continuer à être amants, dit-il avec chaleur. Je ne peux pas vivre sans toi mais je ne peux pas continuer à vivre seul. Répons-moi, s'il te plaît. Je ne peux pas supporter l'incertitude.

— Il faut que j'y réfléchisse, dit-elle d'une voix froide. Donne-moi un peu de temps.

Il inclina la tête en silence. En s'habillant à la hâte, elle voyait qu'il était malheureux et elle en était contente. Puis, délibérément, elle lui passa les bras autour du cou et l'embrassa passionnément, se serrant contre lui et cherchant sa bouche avec la sienne. Il gémit lorsqu'elle se dirigea vers la porte.

— Est-ce que ta femme-enfant t'embrasse comme cela ? demanda-t-elle d'un air méprisant avant de refermer la porte très doucement.

Elle était en colère et perdue mais certaine d'une chose : il ne pourrait jamais renoncer à elle. Et elle, serait-elle capable de renoncer à lui ?

— Nous sommes sûrement bientôt arrivés, Alexandre. Ne devrais-tu pas rassembler les bagages au cas où nous n'aurions pas le temps de sortir ?

Lizzie tordait ses gants de cuir noir entre ses mains comme s'ils étaient mouillés et se penchait en avant sur son siège, la bouche tremblante.

— Détendez-vous, Maman, dit Alexandre patiemment. Nous allons au terminus de la ligne. Je vous promets que le train ne va pas repartir avec nous.

Sa mère ne montrait aucun signe de détente. Elle continuait de plus belle à tordre ses gants et ses pieds s'agitaient par terre. Avec un soupir dissimulé, son fils quitta son siège et se mit à descendre leurs bagages luxueux et à les empiler près de la porte de leur compartiment privé.

— Regardez le paysage, Maman, dit-il pour la distraire. C'est tellement plus vert que chez nous.

Lizzie regarda par le carreau le paysage verdoyant de cette région de la France.

— Très joli, murmura-t-elle pour lui faire plaisir, mais elle avait l'esprit ailleurs.

Elle pensait à la maison de Park Avenue où son mari et sa fille devaient s'inquiéter de savoir où elle était et ce qu'elle faisait. Du moins, elle l'espérait. Elle sentit les larmes lui monter aux yeux et, craignant d'inquiéter Alexandre, elle regarda résolument par la vitre, tout en cherchant son petit mouchoir de dentelle. Elle se tamponna les yeux, réajusta son chapeau pour qu'il lui cache le visage et se tourna à nouveau vers lui.

Elle fut soudain prise d'un sentiment de culpabilité. Elle aurait dû s'expliquer avec Alexandre. Mais comment ? Elle ne pouvait dire la vérité à personne, sauf à Rosie, son amie, avec qui elle partageait tous ses secrets. Seule Rosie pouvait entendre la terrible nouvelle car elle habitait si loin, elle ne connaissait personne de ses proches et elle était pleine de sagesse et de bonté.

— Quelle aventure ! dit-elle en prenant le ton le plus gai qu'elle put.

Il fronça les sourcils.

— Oui, Maman, mais êtes-vous certaine que Papa sait où nous sommes ? J'aurais aimé lui dire au revoir.

Ce n'était peut-être pas bien d'avoir fui de cette façon, sans un mot. Mais ce que M. Webster avait fait n'était pas bien non plus. C'était trop cruel et effrayant. Quel autre choix avait-elle que de s'enfuir ? D'autant plus que sa fille Jenny avait fait partie de la trahison.

À présent que le voyage se terminait, elle était assaillie de craintes et de doutes. Si Rosie ne se trouvait pas à la gare, qu'arriverait-il ? Le français scolaire d'Alexandre leur avait bien servi au Havre mais s'ils se retrouvaient seuls à Paris, comment trouverait-elle son amie ? Comment parviendrait-elle avec tous ses bagages jusqu'à cet endroit à la campagne où Rosie habitait ?

Elle chassa ses inquiétudes, furieuse d'être si désorientée à la fin de ce voyage. Elle avait été remarquablement sûre d'elle au cours de la traversée. Elle avait même flirté avec un monsieur qui voyageait seul et qui, de toute évidence, l'admirait. Elle se rendait compte maintenant qu'elle devait être dans un état d'euphorie lorsqu'elle avait retenu sa place et qu'elle s'était montrée intrépide et habile pour s'échapper sans se faire prendre. Mais maintenant qu'elle approchait de sa destination, elle avait peur et aurait souhaité que son mari fût là pour prendre soin de tous les petits tracas de la vie, comme il l'avait toujours fait depuis leur mariage.

Cependant, pour Alexandre, il fallait qu'elle fasse bonne figure et qu'elle sourie. Elle avait peur qu'il s'aperçoive qu'elle était au bord des larmes. Il la connaissait si bien qu'il devinerait immédiatement sa détresse.

— Papa ne peut pas savoir où nous sommes exactement mais dès que nous serons arrivés, nous lui enverrons un télégramme pour lui donner notre adresse.

Son fils parut soulagé. Son visage anguleux s'éclaira.

— Je crois que nous y sommes presque, dit-il. Regardez, Maman, il y a plus de maisons au bord de la voie et c'est une zone industrialisée. Nous sommes sans doute tout près de Paris.

Elle regarda la vitre.

— Tu as raison. Quelle aventure, Alexandre, et nous l'avons réussie ! Nous sommes arrivés !

Moins d'une minute plus tard, le train entrait en gare en crachant des volutes de fumée. Elle se leva et vint se placer à côté d'Alexandre qui regardait dehors, fasciné.

— Même les gens sont différents à Paris, dit-il d'une voix très juvénile.

C'était vrai. Il n'y avait pas un seul noir en vue. Même les porteurs étaient blancs. La foule qui attendait était un mélange de gens élégants et de personnes ordinaires, habillées de blouses bleues et de pantalons de travail.

— Trouverons-nous un porteur ? demanda-t-elle, inquiète de ne pas voir les visages noirs à casquettes rouges. Pour elle, c'était soudain le désastre. M. Webster avait toujours trouvé un porteur.

— Bien sûr, Maman.

Pour la première fois, il marquait son impatience.

— Je trouverai un porteur.

Elle le regarda, blessée. Il réagissait soudain comme un adulte et laissait paraître son exaspération tout comme le faisait son mari quand elle se comportait de façon stupide. Ce n'était plus un garçon. C'était presque un homme. Bientôt, elle le perdrait lui aussi. Une autre femme le lui prendrait et elle resterait seule au monde.

Lizzie avait l'impression que le monde s'écroulait autour d'elle, petit à petit. Et si Rosie ne venait pas ? Si Rosie ne voulait pas la voir, que deviendrait-elle alors ? Que ferait-elle ? Devrait-elle rentrer chez elle comme un chien battu et accepter l'inacceptable ? Son malheur lui paraissait sans fond et elle se mit à pleurer en regardant la foule étrangère, sans plus se préoccuper d'Alexandre.

Sa vie, pensa-t-elle en cherchant son mouchoir à tâtons, était sûrement terminée.

# Chapitre 13

Sébastien était à la gare avec au moins un quart d'heure d'avance. Il voulait y être pour accueillir Rosie. Il avait réussi. Il viendrait derrière elle et la surprendrait en la serrant très fort dans ses bras. Elle serait surprise en voyant à quel point il avait grandi depuis six mois qu'ils ne s'étaient vus.

Il se réjouissait de la voir, depuis des jours maintenant, depuis le moment où son père avait dit qu'elle allait venir à Paris et qu'il pourrait, s'il le désirait, passer quelques jours avec elle aux Hérissons.

Aller aux Hérissons était pour lui le plus grand des plaisirs qui lui permettait d'échapper à son précepteur, à sa nounou acariâtre devenue maintenant gouvernante. Il ne comprenait pas pourquoi ni son père si son grand-père ne s'étaient débarrassés d'elle, maintenant qu'il n'avait plus besoin d'une nourrice. Elle le déprimait et l'avait toujours fait. Rosie le comprenait très bien. Même quand il était petit, elle avait refusé de l'accueillir aux Hérissons et préférait s'en occuper elle-même malgré tout son travail. Le seul ennui avait été de la partager avec Allie mais Allie était presque toujours avec son père.

Rosie était le contraire de Nounou. Elle le rendait heureux. Ils riaient ensemble et elle avait toujours du temps à lui consacrer, ce qui différait des autres, surtout depuis qu'il avait grandi.

Il s'était habillé avec soin pour venir la retrouver. Il avait un pantalon de tweed anglais tenu par une large ceinture de cuir et de hautes bottes de cuir souple, et une chemise en baptiste. Il avait noué une cravate souple sous son col et mis un chapeau à large bord sur ses boucles noires. Un coup d'œil dans la glace lui avait renvoyé une image élégante, un peu canaille, vaguement artiste. C'était parfait pour la campagne, sans être rustique. Rosie serait impressionnée.

Il commença à croire qu'il l'avait manquée. C'était presque l'heure de l'arrivée du train du Havre et il ne pouvait croire qu'elle serait en retard pour accueillir sa vieille amie.

Puis il l'aperçut. Elle réglait sa course au cocher du fiacre, lui lançant presque l'argent. Elle avait le visage en feu et paraissait plus agitée qu'il ne l'avait jamais vue. Il décida de mettre son plan à exécution. Il se glissa derrière elle, la prit par la taille et la serra contre lui.

— Qui...

Elle se retourna d'un bloc, toujours entre ses bras. Sa bouche sensuelle était près de la sienne et il voyait des paillettes dans ses yeux d'ambre. Elle paraissait très en colère mais celle-ci s'évanouit en le reconnaissant.

— Sébastien ! Quelle bonne surprise !

Elle lui planta un gros baiser sur la bouche qui le fit tressaillir.

— Vous m'attendiez ?

— Pas du tout.

— Suis-je le bienvenu ?

— Bienvenu ? Tu es ce qui m'est arrivé de plus agréable aujourd'hui.

Sébastien savait qu'elle avait vu son père et ne put cacher son scepticisme..

— C'est vrai, je te le jure. Tu viens aux Hérissons ?

Il écarta les bras tout grand.

— Vous n'avez pas remarqué ? Je suis habillé pour la campagne.

— Tu es très chic.

— J'ai grandi ?

— Très certainement.

— Et je suis plus beau ?

— Plus beau que jamais.

Elle se détendait et riait. Ce qui la tracassait semblait s'atténuer.

— Vous êtes plus belle que jamais, dit-il.

— Je vieillis.

Il comprit ce qui la tracassait. Il répondit avec ferveur.

— Rosie, pour moi, vous ne serez jamais vieille. Je ne le permettrai pas.

— Qui peut l'empêcher ? demanda-t-elle tristement.

Il fut désarçonné et préféra changer de sujet.

— Le train de votre amie devrait être arrivé, dit-il. Nous devrions aller sur le quai.

— Crois-tu que je la reconnaîtrai ? demanda-t-elle comme si elle aussi préférait parler d'autre chose. Dix ans, cela fait tellement longtemps. Mais elle doit avoir un garçon de ton âge. Cela devrait nous aider.

Il prit un air outragé.

— Un garçon ? De mon âge ? Je ne suis plus un garçon, madame Dupuis.

— Pour moi, tu seras toujours un garçon, le taquina-t-elle.

— Oui, dit-il en posant la main sur son cœur. Le petit garçon qui est tombé amoureux de vous.

Elle parut mal à l'aise et il réalisa que ce qu'il avait dit était peut-être trop près de la vérité. Il la prit par le bras et l'entraîna vers le quai.

— Nous cherchons Lizzie, voilà ce que nous faisons, dit-il.

En fait, les deux femmes se reconnurent immédiatement et tombèrent dans les bras l'une de l'autre avec des cris de joie. Elles s'embrassèrent et se regardèrent avec ravissement, insensibles à ce qui se passait autour d'elles. Le jeune homme grand et blond qui devait être le fils de Lizzie resta en retrait, légèrement embarrassé et Sébastien, qui l'était aussi, vint se placer à ses côtés. Ils se regardèrent d'un air gêné, se comprenant mutuellement.

— Ma mère est un peu troublée, chuchota l'Américain dans un français lent et prudent. Elle a pleuré.

— Et Rosie aussi, dit Sébastien en saisissant l'occasion pour mettre en pratique l'anglais qu'il avait appris sur l'insistance de Rosie.

— C'est un moment très émouvant pour toutes les deux.

— C'est vrai.

L'Américain hésita puis tendit la main d'un geste un peu emprunté.

— Je m'appelle Alexandre Webster.

— Et moi Sébastien Lefèvre.

Le visage d'Alexandre s'illumina d'un sourire d'une beauté surprenante.

— J'ai entendu parler de vous. Vous êtes en quelque sorte le fils adoptif de madame Dupuis, n'est-ce pas ?

Sébastien fit la grimace. Dans ses nouveaux vêtements et avec sur les lèvres la sensation du baiser spontané de Rosie, il n'était pas certain d'avoir envie qu'on le considérât ainsi. Il préférait être pris pour son admirateur.

— Autrefois, c'était comme ça, dit-il prudemment.

Ils se turent et observèrent les deux femmes. Rosie riait et essuyait les yeux de Lizzie en lui disant de cesser de pleurer.

Madame Webster était une jolie femme, décida Sébastien, mais plus âgée que Rosie. Elle était blanche et rose et avait l'allure d'une Anglaise. Elle était très bien habillée. Il aimait la façon dont sa frange blonde bouclait sous son chapeau de fourrure aux larges bords. Elle portait un tailleur très ajusté, bordé de la même fourrure. Elle n'avait pas du tout l'allure d'une Française. Mais elle paraissait douce et appétissante, comme un gâteau à la crème, et il décida qu'elle lui plaisait.

— Venez m'aider avec les bagages, dit-il à Alexandre. Il était temps que quelqu'un prenne la situation en main. Se sentant important, il prit Alexandre sous le bras.

— Les femmes vont s'embrasser et pleurer encore pendant des siècles. Si nous ne donnons pas le mouvement, nous allons rater le train d'Épernay, ce qui veut dire que nous raterons le dîner aux Hérissons et je vous assure que c'est une chose à ne pas manquer.

D'un air très affairé, faisant tinter son argent dans sa poche, il conduisit son nouvel ami vers l'endroit où se trouvaient les porteurs.

Exceptionnellement, Allie avait été autorisée à dîner avec les adultes ce soir-là, en raison de l'arrivée de Sébastien et sans doute aussi parce qu'elle parlait anglais. Sa grand-mère était décidée à impressionner ces Américains riches. Le repas avait été servi dans la grande salle à manger qui n'était utilisée qu'à Noël et en de rares occasions spéciales. On avait sorti toute l'argenterie et Marie avait mis la table. Elle avait tout astiqué d'après les instructions de madame Dupuis. Maintenant, les plus beaux couverts brillaient sous le chandelier qui se trouvait sur la table.

Allie n'avait pas beaucoup d'occasions d'exercer son anglais. Sa mère, assise à l'extrémité de la table, avait placé l'Américaine nerveuse à sa droite et le fils de celle-ci à sa gauche. Sébastien était assis à côté de Lizzie et Allie, en face, à côté d'Alexandre. Sa grand-mère, sa chère Mimi, était à l'autre extrémité de la table. Clovis, inquiet à cause des rumeurs, était parti surveiller le terrain près d'Ay.

Allie avait envie de parler à Alexandre. Il ne valait pas Sébastien, bien sûr, mais était beau garçon. Sébastien était habillé avec panache mais Allie aimait la façon plus classique et discrète dont était vêtu Alexandre. Il aurait pu être acteur, pensa-t-elle, avec ses cheveux blonds et son visage très fin.

Ni lui si Sébastien ne lui accordaient la moindre attention. Comme de coutume, c'était sa mère qui attirait tous les regards. Ce n'était pas surprenant car elle était très belle dans sa longue robe verte. Elle avait un décolleté très osé mais voilé par de la dentelle, la même qui bordait le bas de ses manches. C'était une robe à la dernière mode d'un grand couturier de Paris dont Allie avait oublié le nom. À côté d'elle, Lizzie paraissait très démodée. La robe que portait Allie lui déplaisait aussi. Elle ne comprenait pas pourquoi sa mère insistait pour qu'elle s'habille comme une petite fille.

Puisque personne ne semblait s'intéresser à elle, Alexandre étant suspendu aux lèvres de sa mère et Sébastien s'entretenant avec sa grand-mère, Allie se laissa emporter par une de ses rêveries habituelles. Elle se voyait habillée de la même façon que sa mère et présidant la table. Elle était seule avec Alexandre et Sébastien, plus séduisante et spirituelle encore que sa mère. Les deux hommes ne la quittaient pas des yeux. Elle avait le regard brillant mais soudain, on frappait brutalement à la porte. Celle-ci s'ouvrait et laissait entrer les Boches. Il y en avait quatre, de grands hommes brutaux. Sébastien et Alexandre voulaient bondir sur leurs pieds mais étaient maintenus assis, le couteau sur la gorge. L'officier, titubant dans ses bottes, le monocle à l'œil et une cicatrice à la joue, la saisissait et, se penchant sur elle, lui murmurait « C'est vous que je veux. Vous allez venir avec moi. »

Allie comprenait tout de suite qu'il voulait la violer. Elle n'avait aucune expérience personnelle des Boches mais sa grand-mère disait que c'étaient des gens brutaux et des violeurs.

Elle se débattait dans les bras de la brute qui essayait de l'emporter. Voyant cela, Sébastien et Alexandre échappaient à leurs adversaires. Saisissant des couteaux, ils se battaient avec les soldats pendant qu'elle donnait des coups de pied et qu'elle mordait celui qui la tenait.

« Soyez courageuse » lui criait Sébastien. « Tout ira bien. »

Un Boche tombait, mortellement blessé. L'épaule d'Alexandre était ensanglantée. « Oh, non ! » s'écriait-elle en le voyant.

— Allie, dit sa mère sévèrement, la faisant sursauter. Ta grand-mère te parle.

— Excusez-moi, Mimi, dit-elle en revenant à la réalité. Je ne vous avais pas entendue.

— Elle rêve encore, dit sa grand-mère à Sébastien. Elle rêve tout le temps et quand elle ne rêve pas, elle est plongée dans un livre... Je demandais si ton père t'avait dit quand il rentrerait à la maison.

— Quand les manifestations auront pris fin, s'il y en a, répondit Allie. Il ne risque rien, Grand-Mère ?

— Bien sûr que non, répondit sa grand-mère, mais il y avait de l'inquiétude dans sa voix. Il eût mieux valu qu'il reste en dehors de tout cela.

Elle expliquait à Sébastien la raison de l'absence de Clovis quand Henri se glissa dans la pièce, le visage soucieux.

— Excusez-moi, Madame, dit-il à madame Dupuis, mais le gardien dit qu'il y a un attroupement sur la route et il pense qu'ils viennent ici.

C'était tellement proche de son rêve éveillé qu'Allie en resta pétrifiée.

Sa mère posa immédiatement ses couverts et se leva de son air décidé habituel.

— Le gardien est-il là ?

— Oui, Madame.

Rosie se tourna vers les invités pour s'excuser puis disparut dans l'entrée. Sébastien se leva et la suivit.

— Que se passe-t-il ? demanda Lizzie, inquiète, en s'adressant à Allie.

C'était l'excuse parfaite.

— Je vais aller voir, répliqua-t-elle et elle suivit Sébastien.

Thomas, le gardien, se tenait près de la porte avec Henri et Marie. Il avait l'air effrayé.

— Il y a environ trente hommes, Madame, dit-il à sa mère. Tous armés de torches enflammées. Ils crient et je crois qu'ils ont l'intention de mettre le feu à la maison. C'est difficile de comprendre avec tout le bruit qu'ils font mais je crois que c'est ce qu'ils veulent faire. J'ai fermé les grilles. Cela devrait les retenir pendant un moment. Mais pas très longtemps.

Allie était partagée entre l'excitation et la peur. C'étaient ses rêves devenus réalité.

— Vous avez des fusils ? demanda Sébastien à Rosie.

Elle secoua la tête.

— Je crois que Clovis les a pris. Mais les fusils ne résoudront pas le problème. Pas dans une maison avec quatre femmes et deux garçons.

— Je vous l'ai dit, répliqua Sébastien en se redressant. Je ne suis plus un garçon.

Il n'en avait pas l'air à ce moment-là, pensa Allie, fière de son allure.

Grand-mère arrivait à présent, demandant des explications. Derrière elle, la suivant sur ses talons, venait madame Webster et son fils, l'air ahuri tous les deux.

— Il faut nous défendre, dit Sébastien. Nous ne pouvons pas rester sans rien faire pendant qu'ils mettent le feu à la maison.

Rosie n'avait pas l'air d'écouter. Elle réfléchissait et, lorsqu'elle était ainsi, elle n'entendait et ne voyait rien jusqu'à ce qu'elle ait trouvé une solution.

— Henri, dit-elle. Prenez Marie et tout ce que vous pourrez trouver et allez chercher du champagne à la cave, le meilleur que nous ayions.

Elle se tourna vers Thomas.

— Trente hommes, dites-vous ?

Il hocha la tête.

— Douze bouteilles et trente de nos plus beaux verres avec des napperons et quelques biscuits sur des plateaux. Mettez tout dans le vestibule, aussi vite que possible.

— Nous allons faire une dégustation ? demanda Sébastien, les sourcils levés.

— Exactement, répondit-elle. Quand ils arriveront, nous sortirons sur le porche. Tu te mettras à côté de moi et Allie de l'autre côté.

Elle se tourna vers sa fille.

— Allie, tu es assez courageuse ?

Allie se sentit offusquée par la question.

— Bien sûr, Maman, dit-elle avec indignation.

— Bien. Mama, vous resterez à l'intérieur pour vous occuper de madame Webster et du jeune Alexandre.

Allie vit sa grand-mère se raidir.

— Si nous avons une dégustation, j'ai l'intention d'y assister.

Rosie rit.

— Bien sûr. Vous êtes chez vous.

Elle se tourna et parla rapidement à madame Webster.

— Ma chère Lizzie, c'est trop compliqué de vous expliquer maintenant mais nous allons recevoir la visite de gens pas aussi amicaux qu'ils pourraient l'être. Je pense qu'il serait préférable que vous restiez à l'intérieur avec Alexandre pendant que je m'en occupe. Il n'y a pas de vrai problème. Tout ira bien.

— Je pense que Maman devrait rentrer mais j'aimerais rester avec vous et Sébastien, dit Alexandre.

Allie était ravie. Il était aussi héroïque qu'il en avait l'air. Mais sa mère paraissait sceptique.

— Je ne resterai pas à l'intérieur si vous êtes en danger, dit-il doucement. C'était exactement comme dans les histoires qu'Allie s'inventait.

Le bruit des verres sur l'immense plateau d'argent que portait Henri, le visage blême, s'entendait à l'autre extrémité du couloir. Marie et la cuisinière suivaient, les bouteilles sous les bras.

— C'est le meilleur que nous ayons ? demanda Rosie.

— Oui, Madame.

— Bien. Maintenant, attendons. Sébastien, peux-tu porter le plateau ? Attention, il est lourd. Mama, Alexandre, Allie et moi allons prendre deux bouteilles chacun. Henri, pouvez-vous commencer à les ouvrir et rester ici avec Madame Webster jusqu'à ce que je vous appelle ?

Henri parut vouloir discuter mais se tut et se contenta de s'incliner.

On distinguait clairement le bruit de la foule. On aurait dit des loups hurlant dans la forêt en hiver, décida Allie qui se demandait comment elle décrirait plus tard cette scène impressionnante à son père.

— Ils ont franchi les grilles, Madame, dit Thomas. Le pauvre vieux avait l'air terrifié. C'est lui qui l'emmenait à ses cours de danse à Épernay, une fois par semaine, et il ronchonnait à chaque fois. Bien fait pour lui s'il avait peur.

— Il est temps d'accueillir nos hôtes, dit Rosie.

Les lumières étaient allumées devant le grand porche et, lorsque les intrus arrivèrent à quelques pas de la maison, le champagne et les biscuits étaient prêts. Les torches enflammées jetaient des ombres bizarres. Allie se délectait de la peur qu'elle éprouvait. Elle se tint aux côtés de sa mère en imitant son allure mais elle tremblait intérieurement en entendant les hommes crier. Leurs visages étaient contorsionnés de fureur en voyant la famille Dupuis et leurs amis s'avancer vers eux.

Rosie, d'un calme imperturbable, s'avança, une bouteille de champagne à la main. Comme une fontaine qui se tarit, les cris cessèrent, remplacés par un silence lugubre.

— Bonsoir, messieurs.

La voix de sa mère au léger accent américain, résonna dans le silence de la nuit étoilée.

— Bienvenue. Je suis désolée que mon mari ne soit pas là pour vous accueillir mais vous connaissez, bien sûr, madame veuve Dupuis et ma fille Rosalie. Ces personnes sont des amis d'Amérique et de Paris.

Elle désigna Alexandre et Sébastien.

— Je crois savoir pourquoi vous êtes ici. Parce que votre raisin, dûrement cultivé, est délaissé pour du raisin inférieur. Vous êtes en colère parce que ceux qui fabriquent du champagne ternissent sa réputation. Ils dévalorisent un produit unique et rare et vous avez raison d'être en colère.

Elle claironna les derniers mots puis se tut et les hommes devant elle s'agitèrent. Allie avait l'impression qu'ils reculaient.

L'un d'eux, encore hardi, cria :

— Et que savez-vous sur le champagne ?

— Mon père a cultivé des vignes toute sa vie, dit-elle fièrement. Ce que je sais du champagne, je l'ai appris de vous depuis que j'ai fait de cet endroit mon pays. Moi aussi, j'attache de la valeur à la pureté de nos vins. Et je pense avoir gagné le droit de les appeler nos vins, les vôtres et les miens.

Elle se redressa encore plus, rejeta la tête en arrière et brandit la bouteille qu'elle tenait à la main. Sa voix devint passionnée et elle s'écria :

— Je crois, comme vous, que seul le raisin cultivé dans cette région doit servir à fabriquer ce noble vin.

Allie sentit un frisson lui courir le long du dos. Sa mère était magnifique. Les hommes groupés devant elle le sentaient aussi. La foule était devenue un auditoire. Les torches enflammées illuminaient le visage passionné de Rosie. À contre-cœur, quelques voix s'élevèrent pour l'acclamer timidement.

— Ce vin, dit-elle en présentant la bouteille qu'elle tenait des deux mains, provient des grappes des Hérissons et de celles de M. Lasserre, d'Ay. Un fameux vigneron. Je vous demande, mes amis, de goûter ce cru. Vous verrez que c'est un pur produit de la région. Et, avec ce noble vin, buvons à de meilleurs temps que ceux que nous venons de vivre.

Elle se tourna et fit un signe de tête. Sa belle-mère, subjuguée par Rosie, se mit à verser le vin pétillant dans les verres que tenait Sébastien. Allie prit les deux premiers verres et les porta aux hommes les plus près. Elle remarqua M. Rombaud qui travaillait auparavant pour son père avant qu'il ne réussisse à économiser assez d'argent pour acheter son propre petit vignoble. Elle savait que M. Rombaud avait eu des difficultés depuis et elle était véritablement heureuse de le revoir. Elle lui tendit un verre en souriant.

— Monsieur Rombaud, quel plaisir de vous voir ! J'espère que vous allez bien.

L'homme prit le verre d'un air penaud, s'inclina légèrement et dit :

— Je vais bien, Mademoiselle. Et vous ?

— Je vais bien aussi. Comment va Stéphane ? Je ne l'ai pas vu depuis longtemps.

Stéphane était le fils de M. Rombaud et avait dix ans, comme elle. Elle ne comprenait pas pourquoi il avait l'air si mal à l'aise alors qu'elle se montrait si aimable mais elle voulait vraiment avoir des nouvelles de Stéphane. Pour le mettre à l'aise, elle lui sourit à nouveau puis retourna chercher d'autres verres en lui disant par-dessus son épaule :

— Dites à Stéphane de venir me voir.

Sa mère avait fait signe aux hommes de s'approcher et certains d'entre eux s'avancèrent jusqu'au porche, prenant leur coupe de champagne et la buvant rapidement en murmurant des remerciements. Quatre minutes plus tard, ils repartaient tous, penauds et tristes.

— Qu'est-ce qu'ils ont, Maman ? demanda Allie.

— Ils ont honte, répondit sa mère à voix basse. Ce sont de braves gens. Ils ont raison d'être en colère mais j'aurais préféré qu'ils n'aient pas honte.

Madame Dupuis mit un bras autour des épaules de Rosie, geste qu'Allie ne lui avait jamais vu faire auparavant.

— Ne soyez pas triste, dit-elle. Vous avez fait ce qu'il fallait. Ils auraient été plus honteux encore demain s'ils avaient brûlé cette maison. Vous avez été courageuse, Rosie, et je suis fière de vous.

Allie observait la scène depuis la porte d'entrée. Elle voyait l'expression d'adoration sur le visage de Sébastien et l'étonnement sur celui d'Alexandre tandis que tous deux regardaient sa mère. Elle sentit un peu de jalousie lui nouer la gorge. Elle aurait voulu être celle qu'ils admiraient. Elle éprouva une sorte de désespoir que sa mère soit toujours la première qui comptât pour ceux qu'elle, Allie, aimait. Elle aurait voulu que son père soit là pour pouvoir lui dire à quel point elle aussi s'était montrée courageuse. Qu'elle avait fait face aux émeutiers alors qu'elle n'avait que dix ans.

Quelque temps plus tard, Rosie fut incapable de comprendre comment elle avait réussi à survivre à ces moments pénibles. Ils n'avaient jamais terminé le repas. Plus personne n'avait faim et madame Dupuis avait insisté pour qu'ils boivent tous une bonne rasade de marc de champagne pour se remettre du choc.

— Mais de quoi s'agissait-il ? avait demandé Lizzie. Ces hommes voulaient brûler votre maison ? Pourquoi ?

— Parce que nous sommes nantis et qu'eux ne le sont pas, avait répondu Rosie. Ces hommes ont faim. Ils ne veulent que ce qui leur est dû. Ce sont des vignerons et ils sont fiers des récoltes qu'ils produisent. Mais depuis trois ans, la récolte est mauvaise. Il semblerait que Dieu ait envoyé tous les fléaux imaginables sur cette région. Pour survivre, ils sont contraints de demander le prix fort pour le peu de raisin qu'ils récoltent. Certains fabricants de champagne ne sont pas prêts à payer ce prix et préfèrent acheter du raisin bon marché dans le sud. Évidemment ce qu'ils produisent avec ce raisin de qualité inférieure n'est pas du vrai champagne. Le vrai champagne ne peut être produit qu'avec le raisin venant de cette région. Ces fabricants ont non seulement trompé les vignerons mais encore ils dénaturent le vin.

Elle se tut et secoua la tête.

— Je suis désolée de me montrer aussi passionnée, dit-elle. En réalité, c'est encore plus compliqué que cela. Mais je voulais surtout vous faire comprendre que ce ne sont pas de mauvaises gens. Ce sont d'honnêtes Français qui ont été trompés. Ils ne pouvaient pas savoir que nous, aux Hérissons, n'avions pas pris part à cette fraude.

Les yeux de Lizzie se remplirent de larmes à la fin de son explication.

Rosie comprit plus tard dans la journée que son amitié avec Lizzie n'avait pas changé. C'était comme si elles s'étaient vues une semaine auparavant. L'amitié qui les avait rapprochées onze ans plus tôt était toujours aussi forte. Leurs lettres l'avaient entretenue. Rien n'avait changé. Elle était seulement déçue que Lizzie puisse penser qu'elle était venue dans un endroit peu sûr. C'est pour cette raison qu'elle lui avait fourni ces explications bien qu'elle se sentît épuisée et qu'elle eût envie de dormir.

C'est madame Dupuis qui lui en donna la possibilité. Lorsqu'elle jugea que tout le monde était plus détendu, que l'excitation et les félicitations mutuelles se calmaient, elle les renvoya tous dans leurs chambres.

Rosie tomba épuisée dans son lit après avoir installé Lizzie dans sa chambre. Elle avait aussi mis Allie au lit en la félicitant pour son courage. Sa fille, habituellement bavarde, était étrangement silencieuse. Ce silence inquiétait Rosie qui espérait qu'Allie n'avait pas été marquée par ce qu'elle avait vécu ce soir-là. Elle se sentait aussi terriblement coupable d'avoir mis sa fille en danger. Elle savait que cela aurait pu être terrible malgré sa certitude que, aussi furieux qu'ils puissent être, les émeutiers n'auraient jamais fait de mal aux femmes et aux enfants. Tout s'était bien passé mais aurait pu mal tourner. S'il était arrivé quelque chose à Sébastien, Philippe ne le lui aurait jamais pardonné. S'il était arrivé quoi que ce soit à l'un d'eux, elle ne se le serait jamais pardonné.

Elle était contente de l'absence de Clovis. Sans aucun doute, il aurait fait des erreurs. Mais si elle avait pris les choses en main en sa présence, cela aurait mécontenté sa belle-mère et peut-être provoqué une de ses beuveries. C'était une chose qu'elle ne supportait pas.

Elle resta étendue sur le dos, contemplant le plafond où le feu de l'âtre projetait des ombres qui lui rappelaient les torches enflammées des émeutiers. Du moins, pensa-t-elle tristement, l'incident avait chassé de son esprit le problème de Philippe. Sans la colère qui bouillait encore en elle en pensant à son futur mariage, elle n'aurait peut-être pas eu le cran d'affronter ces hommes. Cependant, elle avait été triste de les voir partir d'un air si abattu.

Elle chassa de son esprit les événements de la soirée et se remit à penser au mariage de Philippe. Pouvait-elle l'empêcher d'épouser cette jeune fille ? C'était ridicule même d'y songer. S'il avait pris cette décision, elle était impuissante. Depuis dix ans qu'elle le connaissait, en dépit de tout son amour, elle avait pris conscience de la volonté de fer qui l'animait, en dépit de son charme. C'était la même volonté que son père possédait et Sébastien peut-être aussi.

Cela faisait mal, mal, mal de l'imaginer avec une autre femme mais comment pourrait-elle se plaindre alors que demain, elle s'arrangerait pour faire l'amour avec Clovis ? Ce n'était pas de l'amour, juste du sexe, rien d'autre. Et encore.

Clovis avait tenu sa promesse de ne jamais l'importuner, mais après avoir fait l'amour pour la première fois avec Philippe, elle avait été terrorisée à l'idée d'être enceinte. Comment aurait-elle pu se justifier ? La seule chose à faire, avait-elle conclu, était de coucher avec son mari. Elle n'était pas fière de cette décision ni de ce mensonge mais tempérait sa culpabilité en pensant au plaisir qu'elle donnait à Clovis. Car il s'était montré à la fois craintif et ravi de se voir pardonné, la première fois qu'elle l'avait accueilli dans le lit conjugal. Elle éprouvait encore de la gêne en y pensant. Dès le début, ils avaient dormi dans la même chambre et le même lit. Clovis le lui avait demandé afin que sa mère ne sache pas que leur mariage n'était pas consommé. Elle avait accepté, et, tous les soirs, ils s'étaient couchés en ayant peur de se frôler, même accidentellement. Puis, après un an, à la suite de sa rencontre avec Philippe, elle avait été contrainte de se tourner vers Clovis pour qui elle ne ressentait rien.

Elle avait vite appris à le contenter. Il n'était pas exigeant. Puis elle avait essayé de lui apprendre à donner du plaisir, dans l'espoir que leurs étreintes seraient plus tolérables. Il avait appris ses leçons. Il lui caressait les seins avec application, cherchait l'endroit entre ses cuisses qui la rendait folle de désir mais elle pensait parfois qu'il confondait les ébats amoureux avec le labourage des champs. Il n'avait jamais été capable de l'éveiller au plaisir. Même les attouchements les plus délicats étaient douloureux avec lui et la faisaient sursauter. Pourtant, quand Philippe lui infligeait de la douleur involontairement, c'était l'extase.

Elle poussa un soupir, cherchant en vain le sommeil. La question qui la tracassait le plus était de savoir si elle resterait la maîtresse de Philippe. Elle s'inquiétait aussi de la tristesse de Lizzie et de la présence étrangement troublante de Sébastien. Il avait complètement changé durant les six mois qu'ils ne s'étaient pas vus. Cela la troublait d'être confrontée à un homme au regard vif et charmeur au lieu du petit garçon qu'elle connaissait. Il avait certainement une maîtresse, décida-t-elle.

Elle commençait à s'assoupir quand elle fut brutalement réveillée par des sanglots. Ceux d'Allie. Elle sauta du lit, enfila sa robe de chambre et courut jusqu'à la chambre de sa fille. Allie était assise dans son lit, les joues ruisselantes de larmes. Quand elle vit sa mère, elle tendit les bras.

— Oh ! Maman, Maman ! J'ai fait un rêve si terrible. J'ai eu si peur.

Rosie s'assit sur le lit et la prit dans ses bras.

— Tout va bien. Ce n'était qu'un cauchemar. Ne pleure plus et dis-moi ce que c'était. Ensuite, tu l'oublieras.

— Mais je ne m'en souviens plus, dit Allie en se frottant les yeux. J'ai eu si peur, Maman.

Rosie n'était pas surprise. Elle la berça en lui caressant les cheveux.

— Veux-tu venir avec moi ? Nous ne le dirons ni à grand-mère ni à Papa.

Allie se cramponnait à elle, les bras passés autour de son cou.

— Oh ! Oui ! Je t'aime vraiment, Maman, je te le promets.

— Chut ! Plus de larmes, plus un mot. Viens avec moi.

Rosie la souleva dans ses bras et Allie se laissa porter comme un bébé jusqu'à la chambre de sa mère.

Quand elles furent toutes les deux dans le grand lit, elle s'endormit presque immédiatement. En écoutant sa respiration régulière, Rosie trouva elle aussi le sommeil.

Elle dormit tard et fut réveillée par quelqu'un qui frappait doucement à sa porte.

— Entrez, dit-elle.

La porte s'ouvrit doucement et la tête blonde de Lizzie apparut prudemment comme si elle n'était pas sûre d'être au bon endroit.

— Allie m'a dit que vous dormiez encore, dit-elle d'un air contrit.

Rosie se rendit compte qu'Allie n'était plus à ses côtés.

— Non, non. Je sommeillais seulement.

Lizzie se glissa dans la pièce et referma doucement la porte derrière elle.

— Je suis désolée de venir vous importuner, dit-elle précipitamment, mais il faut que je vous parle, Rosie. Voyez-vous, il est arrivé quelque chose de terrible.

Rosie se redressa d'un bond dans son lit.

— Qu'y a-t-il ? s'exclama-t-elle, craignant tout à coup que les émeutiers soient revenus pendant qu'elle dormait. Quelqu'un est blessé ?

— Tout le monde va bien, dit Lizzie en cherchant son mouchoir dans sa manche, à part moi. Je suis la femme la plus malheureuse du monde.

Ses yeux étaient baignés de larmes.

Inquiète, Rosie sortit du lit et vint prendre la main de Lizzie.

— Venez ici. Je vais faire monter du café, puis vous me raconterez tout.

— Oui, faites monter du café, dit Lizzie distraitement tandis que Rosie soufflait dans le tube à côté de son lit et qu'elle donnait ses instructions à Marie dans la cuisine en dessous.

— Vous n'avez pas pris votre petit déjeuner. J'aurais dû attendre, Rosie, mais je suis si malheureuse.

Elle se cacha le visage dans ses mains et Rosie la prit dans ses bras.

— Qu'y a-t-il ? demanda-t-elle. Cela ne peut pas être si terrible.

— Si. C'est terrible. Imaginez ! M. Webster a une maîtresse.

Rosie sentait les larmes de Lizzie mouiller sa chemise de nuit. La révélation de Lizzie lui causa un choc.

— Racontez-moi tout, dit-elle en lui caressant les cheveux.

— C'est une telle honte, expliqua douloureusement Lizzie. Cela dure depuis des années et je ne l'ai jamais su. Tout le monde en ville était au courant, excepté moi. Il l'emmenait même parfois dans des réceptions officielles, pas du genre de celles auxquelles j'assistais, bien sûr. Vous vous rendez compte, elle est plus vieille que moi et, bien que je ne veuille pas me vanter, je crois pouvoir dire qu'elle est moins jolie. Je l'ai appris quand on m'a téléphoné de chez Tiffany's pour me dire que mon bracelet était prêt. Je ne savais pas de quoi ils parlaient mais j'ai cru que M. Webster m'avait fait une surprise. Je leur ai répondu qu'il fallait le prévenir au bureau. Après quelques jours, M. Webster ne m'ayant toujours pas donné de bracelet, je me trouvais sur la Cinquième Avenue à côté de chez Tiffany's. Je suis entrée pour voir s'il me plaisait. J'ai expliqué au jeune homme que j'étais venue voir le bracelet que M. Webster avait commandé et ils me regardèrent tous d'un air soupçonneux. Puis un autre vendeur que je ne connaissais pas m'a demandé si c'était au bracelet orné de diamants et d'émeraudes auquel je faisais allusion. J'ai dû avouer que je n'en savais rien. Alors, d'un ton glacial, il m'a dit que Mme Webster était déjà venue chercher le bracelet avec M. Webster. J'étais sur le point d'ouvrir la bouche pour dire que j'étais Mme Webster lorsque je compris la vérité et je m'enfuis du magasin.

— Pauvre chérie, dit Rosie en la serrant plus fort contre elle.

— Ce n'est pas fini. Quand je suis rentrée à la maison, j'ai pleuré beaucoup et Jenny a voulu savoir ce que j'avais. Je n'avais pas l'intention de le lui dire parce qu'il s'agissait de son père mais j'avais besoin de me confier à quelqu'un et elle a toujours été une fille si raisonnable. Je lui ai dit ce qui était arrivé et elle m'a répondu :

— Oh, Maman, tu l'as découvert. C'est terrible.

— Il m'a fallu une minute pour comprendre, tant j'étais bouleversée. Puis je me suis rendu compte qu'elle était au courant. Ma propre fille savait. Je l'ai accusée. J'étais tellement en colère qu'elle m'ait caché la vérité et tout ce qu'elle arrivait à me répondre c'est qu'elle avait espéré que je ne l'apprenne jamais et que son père se lasse de cette femme.

— Jenny m'a dit que c'était une femme de mauvaise réputation et, quand M. Webster est rentré ce soir-là, je lui ai dit ce que je savais. J'avais retrouvé mon calme. J'étais en colère et blessée. Tout ce qu'il a pu me dire c'est qu'il était attiré par elle physiquement mais qu'elle ne signifiait rien pour lui. Je lui ai demandé pourquoi il lui offrait des bracelets de chez Tiffany's. Il est devenu très pâle et m'a demandé comment j'étais au courant. Puis il m'a dit de ne pas m'inquiéter et qu'il m'offrirait exactement le même. Pouvez-vous imaginer pire insulte. Imaginer que je puisse vouloir le même bijou que cette... cette traînée.

Rosie fut incapable de répondre pendant un moment car, malgré tous ses efforts, elle n'arrivait pas à dissocier la situation de Lizzie de la sienne. Il avait dit que ce n'était qu'un attrait physique et elle se demanda ce que pourrait dire philippe à son épouse si elle apprenait leur liaison.

— Alors, poursuivit Lizzie, je lui dis que je ne voulais certainement pas quelque chose qu'il avait donné à sa putain et il m'a presque brisé le cœur quand il m'a répondu que si j'avais été un peu plus putain moi-même, il n'aurait pas eu besoin d'aller chercher ailleurs. Rosie, je n'arrivais pas à le croire. Comment pouvait-il dire une chose pareille ? J'ai quitté la pièce en larmes et me suis enfermée dans notre chambre. Il a frappé toute la soirée pour essayer d'entrer mais je ne lui ai même pas répondu. Je faisais mes valises. Je savais qu'il fallait partir mais j'ignorais où aller. Puis j'ai pensé à vous. Le lendemain matin, après qu'il soit parti travailler, j'ai découvert que l'Atlantique appareillait le jour même pour le Havre. Alexandre était à la maion et je lui ai dit que nous allions partir quelque temps. Je ne lui ai pas dit pourquoi et, fort heureusement, il n'avait pas vu sa sœur et ne savait pas ce qui s'était passé.

— Nous sommes partis le matin même et nous voici. Maintenant, je ne sais plus quoi faire. Voyez-vous, Rosie, il me manque tant. Je suis en colère et blessée mais j'ai compris que je l'aimais. Pendant des années, je n'y ai pas accordé d'importance. Vous connaissez les circonstances de notre mariage et j'ai toujours pensé que j'étais dépourvue de romantisme. C'est pourquoi vous m'avez tant plu lorsque nous nous sommes rencontrées. Vous souffriez mais vous saviez ce qu'étaient l'amour et la souffrance. Je n'ai jamais été très romantique mais je vois maintenant tout ce que Jim m'a apporté. C'était l'homme qu'il fallait à une étourdie comme moi et ce n'est qu'à présent que je l'apprécie. Mais comment pourrais-je le retrouver, maintenant qu'il m'a fait une chose pareille ?

Elle reposa sa tête sur l'épaule de Rosie et se remit à pleurer.

— Calmez-vous, dit Rosie avec douceur en cherchant son propre mouchoir sous l'oreiller et en chassant ses préoccupations personnelles. Cessez de pleurer. Dommage que vous ne soyez pas française. Cela vous permettrait de mieux comprendre.

Intérieurement, elle sourit à sa propre hypocrisie, elle à qui on avait dit la même chose pas plus tard que la veille.

— Écoutez, Lizzie, les hommes sont ainsi faits. Ils sont tous pareils. Même ce pauvre Clovis a une maîtresse.

Les sanglots de Lizzie s'arrêtèrent brusquement.

— C'est vrai ? Vous le savez et vous restez avec lui ?

— Oui. Rosie hocha la tête. Il couche une fois par semaine avec une petite putain rondouillette à la maison close de madame Frédéric sur la route d'Épernay. Il aurait dû l'épouser. Ils s'entendent remarquablement bien. Elle se contente de sa façon de faire l'amour et lui se suffit d'une fois la semaine.

Lizzie devint rouge d'embarras.

— Ne rougissez pas Lizzie, dit doucement Rosie. Nous sommes deux femmes et nous avons le même problème. La différence, c'est que cela ne me gêne pas. Dites-moi, aimez-vous faire l'amour avec M. Webster ?

Lizzie détourna la tête.

— Pas vraiment, murmura-t-elle. Je crois que je n'aime pas beaucoup ça.

— Moi non plus avec Clovis, dit Rosie. Mais j'aimais beaucoup cela avec Jean-Paul. (Et encore plus avec Philippe, pensa-t-elle).

Vous devriez peut-être essayer avec quelqu'un d'autre.

— Je trouve cela sale, dit Lizzie avec une fermeté surprenante. Et je ne l'ai jamais fait que parce que c'est le devoir d'une épouse. Nous n'avons pas le choix. Et je l'ai fait aussi peu que possible.

— Alors vous ne pouvez pas vraiment blâmer M. Webster de prendre une maîtresse, dit Rosie.

Elle le pensait vraiment et peut-être était-elle devenue plus française dans sa manière de voir que ne le pensait Philippe.

— Je suis très heureuse que Claudette prenne soin de Clovis.

— Eh bien moi, je ne suis pas du tout contente que cette femme prenne soin de M. Webster.

— Alors il faudra faire un effort pour le garder dans votre lit.

— Comment ?

Rosie ne put s'empêcher de rire.

— Si je vous le disais, vous rougiriez vraiment, ma chère Lizzie. Peut-être que si vous détestez tant cela, vous devrez apprendre à faire semblant, comme je le fais avec Clovis. Clovis n'est pas un bon amant. Votre mari ne l'est peut-être pas non plus. Mais ce ne sont pas de mauvais hommes, ce en quoi nous avons de la chance. La société veut que s'ils nous donnent leur nom, nous jouerons notre rôle et cela veut dire aussi bien au salon que dans la chambre à coucher.

Elle se tut, consciente de prêcher sur un sujet où elle n'en avait pas le droit.

— Mais je suis une bonne épouse et une bonne mère, fit Lizzie, indignée. Je ne vous comprends pas, Rosie. Les hommes ne peuvent pas s'attendre à ce que nous leur fassions les mêmes choses que leur font les putains ? J'ai toujours fait mon devoir envers M. Webster. Je ne me suis jamais refusée à lui, jamais.

— Vous ne vous êtes jamais refusée mais l'avez-vous accueilli avec joie et plaisir ?

Le visage de Lizzie était rouge d'embarras.

— Oh ! Rosie, je croyais que vous comprendriez.

— Je comprends, dit Rosie. Je comprends plus que vous ne pouvez l'imaginer mais vous vouliez mon avis et je vous l'ai donné, consciente que vous ne l'accepteriez peut-être pas. M. Webster sait-il que vous êtes ici ?

— Non.

Soudain, Rosie se souvint qu'André lui avait recommandé d'écrire à son père, des années auparavant, pour lui dire où elle se trouvait.

— Il faut que vous l'avertissiez immédiatement, dit-elle. C'est cruel de lui faire peur à ce point. Il doit s'imaginer les pires choses.

— Je l'espère bien, dit Lizzie d'un air féroce. Je ne lui pardonnerai jamais, jamais. J'espère qu'il va s'inquiéter longtemps encore sans savoir où nous sommes, Alexandre et moi.

Rosie fit l'économie d'une réponse grâce à Marie qui arrivait avec un plateau et les tasses de café.

— Je vais servir, Marie, dit-elle et la servante posa le plateau sur une table. Passez-moi simplement ma robe de chambre.

Marie avait certainement remarqué le visage baigné de larmes de Lizzie et les langues iraient bon train à la cuisine ce matin. Les quelques minutes qu'il lui fallut pour verser le café suffirent à Lizzie pour se moucher et essuyer ses yeux. Quand elle prit la tasse que lui tendait Rosie, elle avait retrouvé son calme.

— Nous n'allons plus en parler pour l'instant, dit-elle résolument. Nous allons parler de vous. Nous n'avons pas eu une minute à nous avec tout ce qui s'est passé hier soir. Vous êtes toujours la même, Rosie et pourtant vous avez changé. Vous paraissez si forte. Vous avez grandi : c'est la seule façon dont j'arrive à exprimer ce que je ressens. Vous étiez une enfant quand je vous ai rencontrée, mais vous avez su dominer tous vos problèmes comme vous avez su régler cette affaire hier soir.

Elle secoua la tête.

— Pensez-vous parfois à Jean-Paul ?

— Jamais.

Rosie répondit d'une façon catégorique. Elle n'était pas certaine de vouloir en parler, même après tant d'années.

— Aujourd'hui, je comprends à quel point j'étais une enfant pour me laisser berner ainsi. Jean-Paul était un méchant homme, Lizzie. J'ai eu de la chance de ne pas le retrouver. Dieu merci, Allie ne tient pas du tout de lui. Elle adore Clovis ce qui compense un peu le fait que je ne l'aime pas. Mais je le respecte maintenant.

252

Il est ennuyeux et lent mais il a beaucoup de qualités. Sa mère avait raison lorsqu'elle disait qu'il était le meilleur des deux. Pourtant, j'avoue que si je n'étais pas si prise par les affaires, je me serais sauvée en Amérique pour aller vous rejoindre, par pur ennui.

— Je me demande où il est, dit Lizzie, songeuse.

— Qui ?

— Jean-Paul, bien sûr. Il doit être quelque part.

Rosie haussa les épaules.

— Il fabrique du vin peut-être. Sans doute dans l'État de New York. Philippe me dit qu'ils commencent à y produire du bon vin.

— Vous n'avez jamais dit grand chose à propos de vous et de Philippe dans vos lettres.

— Non ?

Rosie savait parfaitement qu'elle n'en avait pratiquement jamais parlé. Il y avait peu de choses qu'elle aurait pu dire que Lizzie pouvait comprendre. Pour une faute de jeunesse, le cœur de Lizzie avait pu saigner tant d'années auparavant. Mais elle n'aurait jamais approuvé qu'une femme mariée ait un amant, un appartement secret et une vie passionnelle comme celle que menait Rosie et qui lui était aussi vitale que boire et manger. Lizzie ne connaîtrait jamais la merveille des baisers et des caresses de quelqu'un que l'on aime vraiment, et du plaisir que de telles caresses pouvaient amener. Il était triste de ne pas pouvoir lui en parler. Elle ressentit soudain une grande vague de tristesse et de solitude et le besoin de parler à quelqu'un, n'importe qui. Mais à qui aurait-elle pu parler à part Philippe ?

— Non, jamais, dit Lizzie sur un ton qui cachait mal sa curiosité.

Rosie finit son café et se leva pour leur en verser une autre tasse à chacune.

— Nous n'aurions pas réussi sans lui, dit-elle. Il vend le champagne pour moi et nous aide à nous faire une bonne clientèle en Grande-Bretagne, en Amérique et en Russie. Bien sûr, c'est difficile parce que nous sommes en concurrence avec les grandes marques. J'essaie de fabriquer du bon champagne. Je ne veux pas produire le vin vendu dans les épiceries, à moins bien sûr que l'épicier s'appelle Fauchon. J'ai l'intention de devenir très riche, Lizzie.

— Mais ce n'est pas nouveau. Vous avez toujours détesté être sans argent.

— Et j'ai été malheureuse d'avoir à voler pour venir ici. Savez-vous qu'il me reste encore quelque chose de cette somme originale ? Juste deux pièces d'or. Un jour, je vais les rendre à mon père, s'il est encore vivant. Je lui ai écrit du bateau que j'allais bien mais je n'ai jamais envoyé une autre lettre. Sans doute ne m'a-t-il jamais pardonné. Mais il doit être mort et je me demande parfois ce qu'est devenu Peter. J'aurais peut-être dû lui écrire...

Elle se tut. Lizzie lui faisait évoquer des choses qui étaient restées enterrées très longtemps. Ni Clovis ni madame Dupuis n'aimaient l'entendre parler de l'Amérique et aucun d'eux n'aimait parler de la façon dont elle était arrivée chez eux. Le sujet était tabou. Rosie était certaine qu'ils s'étaient tous deux convaincus qu'Allie était la fille de Clovis et qu'elle-même était née et avait grandi en France.

— Votre Alexandre est un charmeur, dit-elle pour changer de sujet. C'était si courageux de sa part de venir braver les hommes avec nous hier soir.

— Il est brave et droit, dit Lizzie avec simplicité, et votre Allie est une magnifique fille.

— Vous trouvez ? dit Rosie, heureuse du compliment. Quel dommage que je n'aie pas eu d'autres enfants.

— Vous auriez aimé en avoir un autre ?

— Oui, mais le jour de sa naissance, on m'a dit que c'était peu problable. Cela n'a pas été facile.

— En dépit de vos nausées ? la taquina Lizzie. Vous vous en souvenez ?

— Vous pensez bien ! Et vous avez deviné tout de suite de quoi il retournait. Mais Lizzie, quelle joie lorsque le bébé naît.

Elle secoua la tête en se souvenant de la joie qu'elle avait ressentie.

— Cela valait bien toute la douleur. Cela valait la peine aussi d'épouser Clovis et d'éprouver toutes ces craintes et cette tristesse. Quelle merveille de tenir cette petite chose dans mes bras, de la sentir à mon sein et de la regarder grandir ! C'est la seule chose au monde qui m'appartienne vraiment.

Elle était au bord des larmes et se força à rire.

— Mais toutes les mères doivent ressentir la même chose. Pas vous ?

— Oh, oui, dit Lizzie avec ferveur. Mais Dieu est injuste de nous forcer à nous unir à un homme pour pouvoir éprouver une telle joie.

Rosie ferma les yeux, imaginant quelle joie ce serait de porter l'enfant de Philippe. Doucement, elle aiguilla la conversation sur des sujets moins brûlants.

Mais à la première occasion, elle envoya Henri à Épernay avec un télégramme urgent à expédier.

Allie s'était glissée doucement hors du lit en prenant soin de ne pas réveiller sa mère et était retournée dans sa chambre pour se laver et s'habiller. Elle avait vu le soleil briller à travers les lourds rideaux que sa mère avait choisis pour que la chambre reste dans l'obscurité le matin. Il y avait des jours où elle avait de la difficulté à s'endormir et la lumière du jour la réveillait trop tôt.

Allie ne comprenait pas pourquoi sa mère aimait tant dormir. Elle était très active, le jour, mais aimait prendre son petit déjeuner au lit après le départ de Clovis dans les vignes et elle montait parfois dans sa chambre très tôt, bien avant les autres, avec un livre qu'elle semblait lire rarement. Mimi disait qu'elle fait partie de ces personnes qui ont besoin d'avoir du temps à eux.

Allie aimait aussi se coucher de bonne heure mais seulement quand elle avait un très bon livre qui la tenait éveillée très longtemps, parfois jusqu'à ce qu'elle l'ait terminé. Sa mère lui confisquait sa lampe de chevet quand elle trouvait qu'il était trop tard.

Elle descendit pour le petit déjeuner, mal à l'aise mais ne sachant pas pourquoi. Elle cessa de se poser des questions lorsqu'elle trouva Alexandre assis à table, paraissant seul et un peu perdu.

— Bonjour, dit-elle joyeusement. Vous a-t-on apporté le petit déjeuner ?

— Oui, merci, répondit-il d'un ton grave comme si elle lui demandait quelque chose d'important concernant, par exemple, la religion. Il lui sourit de son air charmeur.

— Vous parlez un anglais excellent.

Elle fit la grimace.

— Maman a insisté pour que je l'apprenne. Quand j'étais petite, nous le parlions toute la matinée et elle le fait encore parfois.

Souvent, c'est elle qui oublie des mots à présent. Ma gouvernante est anglaise et j'ai donc de l'entraînement.

Il hocha la tête.

— Vous avez été très courageuse hier soir. Ce genre d'incident se produit-il souvent ici ?

— Jamais ! dit Allie, horrifiée qu'il puisse penser une chose pareille. Mais vous avez été très courageux aussi et Maman a été magnifique.

Elle comprit la raison de son malaise : l'affreux sentiment de jalousie qu'elle avait éprouvé la veille. Ce matin, elle se sentait honteuse.

— Mais vous êtes jeune, dit-il. Quel âge avez-vous ?

— Dix ans... mais j'en aurai onze en juin. Et vous ?

— Dix-sept.

— Vous êtes vraiment adulte.

— Oui, dit-il en souriant. J'aimerais que Maman s'en rende compte.

— Elle vous traite comme un enfant aussi ?

— J'en ai bien peur.

— J'espère que la mienne cessera de le faire quand j'aurai dix-sept ans, dit Allie avec un soupir théâtral.

Elle se versait une tasse de café lorsque Sébastien fit irruption dans la pièce comme un ouragan. Elle le regarda d'un air sévère.

— Tu fais beaucoup de bruit, Sébastien.

— J'ai toujours été bruyant, dit-il gaiement en lui prenant la cafetière de la main. Qu'y a-t-il ? Tu y es habituée.

Il aperçut Alexandre et se mit à parler anglais.

— Bonjour, Alexandre. Avez-vous bien dormi après tout ce tumulte ?

— Tu as un accent épouvantable, lui dit Allie sans laisser le temps à Alexandre de répondre.

Elle se sentait soudain agressive en se souvenant que Sébastien ne lui avait pas prêté la moindre attention la veille au soir.

— On dit que les femmes trouvent cela séduisant, répondit-il en riant.

— Les femmes ! s'exclama-t-elle. Tu n'es qu'un enfant. Alexandre a dix-sept ans.

— Et toi, dit-il toujours gaiement, tu n'en as que dix et cela se voit.

Il ne lui avait jamais dit quelque chose d'aussi méchant. Ils étaient si bons amis depuis toujours. Blessée, Allie se leva et dit avec raideur :

— Je vais me promener avant d'aller faire mes devoirs.

Alexandre repoussa sa tasse de café et posa sa serviette sur la table.

— Puis-je vous accompagner ? demanda-t-il.

— Bien sûr.

— Allez-y, dit Sébastien en étalant une épaisse couche de confitures d'abricots sur une tranche de pain frais. Je vous rattraperai plus tard.

Elle hésita, espérant qu'il se joigne à eux malgré tout.

— Je vais montrer les caves à Alexandre. Tu nous trouveras là.

Il ne semblait pas très intéressé par l'endroit où ils allaient. Il hocha simplement la tête. Elle sortit de la pièce, avec Alexandre sur les talons.

Le jeune Américain était très impressionné par les caves où, à la lueur des bougies, on voyait des milliers de bouteilles de champagne, empilées du sol à la voûte.

— Nous sommes en-dessous de la cour en ce moment, expliqua Allie, mais les caves vont presqu'au vignoble et jusqu'à la grille d'entrée. Avant ma naissance, elles s'arrêtaient sous la maison. Maman a agrandi il y a six ans. Elle dit qu'il n'y a toujours pas assez de place et veut creuser sous le coteau. C'est assez facile car le sol est crayeux ici.

Elle se sentait très importante et fière d'expliquer tout cela à un jeune homme si séduisant. Elle le conduisit au sous-sol inférieur où les bouteilles étaient stockées dans des casiers triangulaires, le goulot vers le bas.

— Vous voyez cet homme, là-bas ? dit-elle en désignant un ouvrier en bleus de travail, assis sur un tabouret, qui tournait deux bouteilles à la fois d'un mouvement circulaire à peine perceptible.

Alexandre hocha la tête.

— Que fait-il ?

— Il secoue très doucement les bouteilles pour faire descendre le dépôt, lui expliqua-t-elle. Quand celui-ci se trouve dans le goulot, nous l'enlevons pour que le champagne soit limpide.

— Comment vous y prenez-vous pour ne pas perdre de champagne ?

— C'est facile. Nous gelons le goulot de la bouteille ce qui transforme le sédiment en une sorte de bouchon. Puis, lorsque nous débouchons la bouteille, les bulles font sortir ce bouchon avec une petite explosion. Je vous la montrerai plus tard quand nous irons dans la chambre de *dégorgement*. C'est amusant à voir.

On gelait au deuxième sous-sol et elle vit qu'il avait froid. Elle lui expliqua qu'il fallait qu'il fasse froid car autrement les bouteilles exploscraicnt.

— Papa dit qu'autrefois, tout le monde perdait beaucoup de bouteilles à cause de la casse. Mais aujourd'hui, bien sûr, nous savons mieux nous y prendre.

Elle le conduisit ensuite en haut, dans la cour, vers un bâtiment en pierre où se trouvaient les cuves de fermentation.

— Nous gardons le vin ici jusqu'à ce qu'il soit prêt à mettre en bouteille, lui dit-elle. Mais il se passe tant de choses avant qu'il vous faudrait passer une année ici pour tout voir.

Il lui répondit de son air solennel que ce serait intéressant puis lui demanda si elle voulait devenir une femme d'affaires comme sa mère quand elle serait grande.

— Oh non ! Je vivrai à Paris dans mon propre appartement et je serai actrice. La plus grande actrice de tous les temps, comme Sarah Bernhardt. Ou sinon, je serai écrivain. Je n'ai pas encore décidé. Le seul problème, c'est mon nom. Rosalie Dupuis est ordinaire, vous ne trouvez pas ? J'ai pensé que quand je serai assez vieille, je le changerai en Blanche Le Beau. Mais si je suis laide — Maman dit qu'il ne faut pas tabler sur la beauté — Le Beau ne serait pas approprié du tout. De toutes façons, si j'étais laide, il faudrait que je sois écrivain ou quelque chose de plus sérieux encore.

— Moi, je veux être écrivain, dit Alexandre.

— Vraiment ? dit-elle en réfléchissant. Mais vous êtes si beau garçon que vous pourriez être comédien.

Il rougit.

— Je pense que mon père ne l'approuverait pas. Il ne voudrait pas que je sois écrivain non plus. Il veut que je reprenne les affaires familiales.

— Lesquelles ?

— Principalement les chemins de fer mais je crois qu'il s'occupe aussi d'électricité de voitures. Je ne suis pas très au courant
mais ce sont des affaires où l'on gagne beaucoup d'argent.

Elle secoua la tête en s'apitoyant sur lui.

— Cela paraît bien ennuyeux. Et qui s'intéresse à l'argent?

— Je pense que beaucoup de gens s'y intéressent, dit-il.

— Oui, comme monsieur Rombaud. Je trouve que Papa devrait
lui donner de l'argent. Après tout, nous en avons beaucoup.

— Qui est monsieur Rombaud? demanda-t-il mais une voix
anglaise, aigüe, appela de la fenêtre.

— Rosalie, où êtes-vous? Il est l'heure de faire vos devoirs.

Allie ronchonna. C'était trop bête. Elle faisait bien de l'anglais avec Alexandre. Mais il n'y avait pas à discuter avec Miss et
lorsqu'elle essayait de le faire, sa mère prenait toujours le parti de
sa gouvernante.

— J'arrive, cria-t-elle, puis elle se tourna vers Alexandre.
Désolée, je suis obligée de partir. Le devoir m'appelle.

Elle fit une grimace et courut vers la maison, se retournant
brièvement pour lui faire un signe de la main tout en se demandant
ce qu'il pensait d'elle et en espérant qu'elle lui plaisait.

Sébastien ne chercha pas du tout à suivre Rosalie et Alexandre. Il
voulait voir Rosie. Toute la nuit, il avait pensé à elle. Il pensait ne
jamais pouvoir l'oublier affrontant ces brutes, la veille. Elle avait
été comme la proue d'un navire, une guerrière flamboyante dans la
lueur orange et rouge des torches en feu. Elle était belle et fière, la
tête haute, le vent moulant sa robe et accentuant sa féminité.
Sébastien avait l'impression de ne l'avoir jamais vraiment vue
auparavant. Il l'avait toujours aimée comme il aurait aimé sa mère,
si elle avait vécu, ou Nounou, si celle-ci avait été plus chaleureuse
et gentille.

La façon dont Rosie était venue à sa rescousse sur le bateau
constituait un des ses souvenirs d'enfance les plus marquants. Il se
souvenait aussi de son étonnement quand elle s'était enfuie de la
maison de son grand-père, ce jour d'hiver où elle était venue pour
la première fois à Paris. Il n'avait que cinq ans à l'époque, mais il
avait compris qu'elle n'était pas heureuse. Après son départ, il
avait été si infernal qu'il avait fini par recevoir une fessée de Nounou

qui l'avait mis au lit. Il se souvenait cependant que son grand-père était venu le voir dans sa chambre pour le réconforter et il lui avait promis que Rosie reviendrait un jour.

— Elle va nous manquer à tous les deux, avait dit le vieil homme et sa tristesse n'avait fait qu'accroître celle de Sébastien.

Il ne l'avait jamais oubliée. Il avait presque neuf ans quand elle était revenue à la maison de l'Île de la Cité. Elle accompagnait son père qui avait l'air heureux et fier de l'avoir à ses côtés. Sébastien savait déjà qu'elle était en affaires avec lui et il avait été très heureux de la revoir. Bien que les grands garçons de neuf ans ne font plus de câlins et ne donnent plus de baisers, il s'était jeté dans ses bras comme s'il n'avait que cinq ans.

À dix-sept ans, il réalisa que Rosie était la seule femme qui lui ait donné de l'amour et de la tendresse quand elle était partie. Et elle n'avait pas cessé de le faire depuis.

Il s'était demandé au cours de toutes ces années, quels étaient ses rapports avec son père. Sébastien, n'ayant jamais été un enfant innocent, avait une connaissance naturelle du monde et soupçonnait qu'il se passait quelque chose entre elle et son père. Quand il avait fait la connaissance de Clovis, ses soupçons s'étaient accrus. Comment la belle Rosie avait-elle pu épouser un tel paysan ? Pendant des années, il avait espéré qu'elle s'enfuirait des Hérissons pour venir vivre avec eux dans la maison de son grand-père à Paris. Elle ne l'avait jamais fait.

Bien sûr, le problème était et avait toujours été Allie. Allie adorait son père ennuyeux et Rosie était trop bonne pour les séparer. Elle n'aurait jamais abandonné sa fille. Sébastien savait que c'était là le nœud du problème.

Au début, il en voulait à Allie mais en grandissant, il comprenait mieux et commençait secrètement à la considérer comme sa sœur, prétendant que son père était aussi le sien. Il suffisait pourtant de la regarder pour savoir qu'Allie était bien la fille de Clovis.

Maintenant, il en voulait à son père qui allait briser le cœur de Rosie. Il en était certain.

Il entendit son pas dans l'escalier et quitta la salle à manger au cas où elle aurait déjà pris son petit déjeuner. Elle se dirigeait vers la porte arrière de la maison quand il l'appela. Elle s'arrêta et revint vers lui.

— Vous ne prenez pas de petit déjeuner ? demanda-t-il.

— J'ai pris le café dans ma chambre.

— Et où alliez-vous si vite ?

Elle portait une simple blouse ressemblant à une chemise d'homme, une jupe de laine couleur lie de vin et une veste du même tissu.

— Travailler, répondit-elle.

— Puis-je vous accompagner ? Je voudrais vous parler.

— Tu peux venir mais pas me parler. Je dois prendre une décision pour la *cuvée*.

Elle reprit sa course vers l'arrière de la maison. Il la suivit. Elle ouvrit la porte et s'engagea dans l'étroit passage qui menait à l'annexe. Ils ouvrirent une autre porte puis entrèrent dans une pièce d'une propreté immaculée où se trouvait une table entourée de chaises. Il vit sur la table un crachoir, des verres rétrécis au sommet, plusieurs bouteilles sans étiquette et une collection de mesures en verre.

Elle déboucha les bouteilles et prépara une mesure, consultant des notes inscrites sur un bloc.

— En vérité, j'ai déjà pris ma décision, mais je veux vérifier une fois de plus. Je voulais le faire il y a quelques jours mais j'ai dû aller à Paris chercher Lizzie. Il faut prendre une décision aujourd'hui si l'on veut faire les recoupements avant qu'il fasse plus chaud.

— Que faites-vous exactement ? demanda-t-il, enchanté par son allure professionnelle si différente de celle, passionnée, de la veille.

— En bref, il faut décider des mélanges de plusieurs vins de diverses qualités. C'est la première année que je décide du mélange moi-même. Notre chef de cuvée qui travaillait jadis pour madame Dupuis, est revenu quand nous avons recommencé à produire du champagne. Il est mort en novembre dernier. Il m'a appris tout ce qu'il pouvait. Il m'a fait boire différents champagnes puis essayer de couper nos propres vins pour qu'ils s'en rapprochent. Ce n'est pas facile. Mais il avait la gentillesse de dire que j'ai un bon palais et du nez.

— Un très joli nez, dit Sébastien.

— Merci, mais il vaut mieux avoir un bon nez qu'un beau nez pour ce travail.

— Expliquez-moi.

Elle rit.

— Un bon champagne ne vient pas d'un seul vin mais de plusieurs. Je mélange du vin de raisin noir, le Pinot, et de raisin blanc, le Chardonnay. J'y ajoute du vin que nous avons conservé en cave, les bonnes années, comme 1906. Une fois que nous avons décidé du mélange, nous mettons exactement les mêmes proportions de ces différents vins dans d'immenses cuves et y ajoutons des ferments pour démarrer la seconde fermentation, celle qui donne les bulles. Et dans trois ans, je t'en servirai un verre. Voilà la fin de ta leçon sur le champagne.

Elle se tut un moment, remplissant une des mesures. Puis elle recommença avec une autre.

Il la regarda, fasciné, jusqu'à ce qu'elle ait fait quatre mélanges différents. Elle remplit ensuite quatre verres et les goûta les uns après les autres, recrachant le liquide dans le crachoir.

— Goûte. Lequel préfères-tu ?

Il les goûta les uns après les autres, ne sentant pas grande différence. Il se souvint que Rosie avait montré plus de satisfaction en goûtant le verre de droite.

Il le choisit.

Elle le regarda, ravie.

— Parfait ! C'est celui que je préfère aussi.

Il ne voulait pas la décevoir mais Sébastien n'avait jamais cherché la facilité.

— Je l'ai deviné. C'est celui que vous sembliez préférer.

Elle fit la moue ce qui ne la rendait pas moins jolie. Elle le regarda d'un air réprobateur.

— J'imagine que tu n'as pas l'intention de reprendre l'affaire de ton père ? dit-elle froidement.

— Non, répondit-il. Je vais entrer dans l'armée.

Il l'avait surprise.

— Ton père est au courant ?

— Non mais mon grand-père le sait.

— Et qu'en pense-t-il ?

— Il pense que je suis fou. Il dit qu'il y aura sûrement une autre guerre contre les Boches et que de faire la guerre n'est pas une occupation pour les hommes civilisés. Mais je lui ai répondu qu'il savait très bien que je n'avais jamais été civilisé. Il a soupiré et m'a dit que l'armée me ferait peut-être du bien mais il a ajouté qu'il en doutait.

— Ton père sera malheureux, dit-elle lentement en regardant le verre de vin qui allait devenir la cuvée de l'année.

— Je ne crois pas mais, de toute façon, je ne souhaite pas rester à la maison. Vous savez qu'il va se marier ?

Il attendait sa réaction mais elle ne le laissa pas voir son visage.

— Je sais.

— Lorraine est ennuyeuse. Jolie mais ennuyeuse.

— Elle est jeune.

— Je suis jeune mais pas ennuyeux.

Elle rit et le regarda, les yeux pétillants.

— C'est vrai, Sébastien. Tu n'es pas ennuyeux.

— Je veux dire, poursuivit-il patiemment, déterminé à lui faire comprendre son point de vue, que je ne souhaite pas rester dans une maison où ma belle-mère aurait deux ans de plus que moi.

Dans un accès de témérité et sans trop réléchir à ce qu'il disait, il ajouta :

— Je préfèrerais de loin avoir une maîtresse de quatorze ans mon aînée.

C'était exactement l'écart d'âge qui les séparait. Elle le lui avait souvent rappelé quand il jurait qu'il n'épouserait personne d'autre qu'elle. Voyant son expression figée, il nuança ses propos.

— Ou plutôt que mon père ait une maîtresse de quatorze ans de plus que lui ou de son âge.

— Ton père a sa propre vie, dit-elle doucement. Il est resté seul très longtemps. Et, comme tu le dis, tu vas bientôt partir et il va rester seul.

Il poussa un grognement.

— Il sera bien seul avec elle, je vous l'assure. C'est une vraie tête de linotte. Elle est stupide et elle le rendra fou. Elle me rendrait fou aussi et pourtant, je ne suis qu'un garçon comme vous me l'avez fait remarquer, et Allie me l'a redit ce matin.

— Les hommes veulent différentes choses à différentes périodes de leur vie, dit-elle.

Il vit qu'elle était au bord des larmes. Il préféra cesser de la taquiner.

— Faut-il que nous recrachions ce vin ? Ne pouvons-nous pas le boire ? Je prendrai ceux que vous n'avez pas choisis et vous, prenez la cuvée car, à dire vrai, je suis incapable de voir la différence.

— Philistin ! s'excalama-t-elle en lui tendant le verre.

Clovis fit un petit détour en rentrant chez lui d'Ay. Il s'arrêta chez madame Frédéric. Il était fatigué et courbaturé. Il avait passé la nuit dans une cabane sur son terrain. Il avait vu les feux et entendu les cris de la foule qui traversait la ville mais personne n'était venu près de son vignoble. Claudette le réchaufferait et l'apaiserait. Il n'avait pas peur qu'elle soit prise quand il arriverait. Ces derniers temps, peu de clients réclamaient Claudette. Elle avait pris du poids et ses petits cris s'accordaient mal avec sa corpulence et son visage trop fardé.

Mais madame Frédéric la gardait, peut-être seulement pour lui, quoique ses visites hebdomadaires pouvaient difficilement payer son entretien. Il se demanda si Madame ne la gardait pas pour qu'elle prenne un jour sa place, car la santé de Madame n'était pas bonne. Elle était maintenant si monumentale qu'elle arrivait difficilement à se lever de sa chaise et le moindre mouvement la faisait souffler comme une locomotive.

Elle l'accueillit avec les effusions habituelles, lui tendant sa main, qui avait l'air d'un jambonneau, pour se la faire baiser. Les bagues avaient disparu depuis longtemps, coupées par un bijoutier d'Épernay, car elles étaient si incrustées dans la chair qu'elles risquaient de couper la circulation.

— Quel plaisir de vous revoir si tôt, dit-elle. Vous trouverez Claudette dans sa chambre. Elle fait un peu de raccommodage mais ce n'est pas urgent.

Il monta les escaliers, passa le tableau qui lui faisait toujours baisser les yeux et parvint à la soupente qui lui tenait lieu de chambre depuis qu'elle avait moins de clients. Elle était entourée de ses trésors, des coussins bariolés, des peluches, des babioles gagnées à la foire et une collection de petites boîtes que Clovis lui avait offertes au cours des années.

Elle parut surprise mais contente de le voir. Elle se leva d'un bond et posa sa couture. Elle avait une robe de chambre noire, de coupe japonaise, et il vit qu'elle était gênée d'être surprise dans une tenue aussi négligée.

— Non, non, restez assise, dit-il. Je voulais vous voir un instant avant de rentrer à la maison.

Elle se rassit et reprit son aiguille pendant qu'il lui racontait comment il avait passé la nuit sur son terrain sans qu'il n'arrive rien.

— Mais à Ay, cela a été tragique, dit Claudette. Ils ont brûlé la maison de cette pauvre madame Bissinger, ils ont lacéré tous ses tableaux et volé son argenterie et ses bijoux. Ils ont incendié les bâtiments des maisons Deutz, Ayala et Gelderman. Il faudra longtemps avant qu'ils ne produisent à nouveau. Les dégâts en ville sont considérables, disent-ils.

— Mais les Deutz et les autres n'utiliseraient jamais de raisin inférieur. Pourquoi s'en sont-ils pris à eux ?

— Ils étaient ivres et enragés, dit Claudette catégoriquement. Ils voulaient tout simplement faire des dégâts. Les dragons étaient à Épernay et donc ils ne pouvaient tout saccager là-bas. C'est pour ça qu'ils se sont rabattus sur Ay. On dit qu'ils ont détruit cinq millions de bouteilles de champagne et que les dégâts dans les vignes sont considérables. Mais l'infanterie est arrivée. Ça va les calmer.

— C'est terrible !

— Oui, mais c'est fini maintenant.

Elle posa son ouvrage et ajouta :

— Voulez-vous…

— Non. Je venais bavarder. Je n'avais pas le courage de rentrer aux Hérissons avant de me reposer un peu. C'est plein d'Américains, des amis de ma femme.

— Des Américains ! Ça alors !

— D'ailleurs, ajouta Clovis d'un air sinistre, elle aura sans doute envie de faire l'amour, ce soir. Elle est allée voir son ami à Paris. Chaque fois qu'elle revient de Paris ou de Reims, elle veut faire l'amour. Cela ne me dérangerait pas si c'était comme avec vous mais elle veut toujours que je lui fasse des choses. Elle me le *demande*. Ce n'est pas correct pour une femme d'agir ainsi. Et, de toutes façons, quoi que je fasse, cela n'a jamais l'air de la contrarier.

Il savait qu'il s'était déjà plaint de la sorte à Claudette, mais s'il y avait une personne au monde avec qui il pouvait le faire, c'est bien avec elle. En dépit de tout l'amour qu'il éprouvait pour Rosie, son cerveau lent ne comprendrait jamais certaines choses. Claudette ne lui posait pas de tels problèmes.

— Elle est peut-être comme un homme, suggéra celle-ci. Ils disent que les hommes ont envie de femmes après avoir été dans le train. C'est peut-être la même chose pour elle.

— Je ne sais pas ce que c'est, dit Clovis, mais j'aimerais bien qu'elle me laisse faire à ma façon. Cela poserait moins de problèmes.

— Mais alors, vous n'auriez plus besoin de venir me voir, dit Claudette avec une touche de coquetterie.

— Ne soyez pas idiote. J'aurais toujours soin de venir vous voir. À qui d'autre pourrais-je parler ?

Elle rit.

— Ce n'est pas ce que vous êtes censé venir faire, lui rappela-t-elle.

— Nous ne rajeunissons pas, dit-il d'un air placide en se caressant la moustache.

— Cela me change de bavarder.

Elle se pencha sur son ouvrage.

— Je suis toujours très heureuse de vous voir, Clovis. Je ne devrais pas le dire mais je crois que vous êtes mon meilleur ami.

Il en fut profondément touché et se surprit à souhaiter lui présenter Allie. Mais, bien sûr, c'était impossible.

— Je suis content de l'entendre, Claudette, dit-il en se penchant pour l'embrasser sur la joue.

Quand ses lèvres touchèrent sa joue douce et poudrée, il constata qu'il ne l'avait jamais encore fait.

Elle leva les yeux et se toucha la joue à l'endroit où il l'avait embrassée.

— Oh ! Clovis, dit-elle doucement.

— Il faut que je parte.

En dépit de sa fatigue et de ses courbatures, il s'en alla en sifflotant, laissant sa jument trotter à son allure. Aux Hérissons, il supporta stoïquement les reproches de sa mère et fit de son mieux, malgré le problème de la langue, pour être poli avec Lizzie qu'il ne put s'empêcher d'apprécier. En fait, il regretta qu'elle ne parle pas français. Son fils aussi paraissait un brave garçon.

Rosie, semblait-il, avait été héroïque et Allie aussi. Il leur dit à toutes deux qu'il était fier d'elles mais elles paraissaient très calmes. Sébastien était toujours aussi bruyant mais avait grandi de façon surprenante. Harassé par tout ce qui se passait, Clovis trouva refuge dans les vignes et les tonneaux jusqu'à tard ce soir-là. Il attendit que tout le monde ait fini de dîner dans la salle à manger puis prit son repas à la cuisine avec Marie et Henri. Il se racontèrent tour à tour ce qu'ils savaient sur les émeutes.

Comme il l'avait craint, la main de Rosie se tendit vers lui dans le lit. À leur surprise mutuelle, il ne se passa rien.

— Désolé, Rosie, murmura-t-il. Je ne me sens pas très bien.

Il la sentit hésiter puis le caresser à nouveau.

— Cela ne sert à rien. Il faut que je dorme.

À peine l'avait-il dit qu'il s'assoupit.

# Chapitre 14

— Et que penses-tu de celui-là ?

Le garçon, vêtu d'un costume de marin blanc à bordure bleue et portant des chaussures à boucles d'argent, prit le verre de la main de son père. Avec la gravité exagérée d'un enfant de dix ans, il en aspira une gorgée, goûta et recracha le liquide.

— Plutôt meilleur que le précédent, Papa, dit-il.

Jean-Paul éclata de rire et se tapa sur la cuisse.

— Tu as raison, fiston. C'est du vrai. Du champagne français. Le meilleur de chez Bollinger. Nous n'avons pas encore réussi à en produire de cette qualité mais c'est notre but.

— Tu le lui as dit un million de fois déjà.

La femme s'étira sur le grand canapé de cuir, un bras négligemment posé sur le dossier. De sa fine main blanche ornée d'un gros rubis, elle fit un geste vers la bouteille que tenait Jean-Paul.

— Recracher du Bollinger est un crime. Passe m'en un verre que je le boive.

Jean-Paul prit une coupe en cristal sur une étagère derrière lui et versa le vin délicat et ambré. Des milliers de petites bulles remontèrent à la surface et il hocha la tête de satisfaction.

— Tiens, Pierre, dit-il. Va porter ce verre à tata Clara.

Pierre prit le verre de la main de son père et traversa le tapis d'orient en faisant attention de ne pas en renverser une goutte. Il aurait eu des ennuis s'il en avait renversé et encore plus s'il avait vidé le contenu du verre sur les genoux de tata Clara. C'est exactement ce qu'il avait envie de faire. Tata Clara n'était pas du tout sa tante, simplement la dernière en date d'une longue suite de tatas, de plus en plus jeunes et de plus en plus idiotes, qui semblaient indispensables à son père pour quelque raison inconnue.

— Merci, gamin.

Clara tendit la main et prit le verre. Elle buvait trop vite, pensa Pierre. Il espérait qu'elle aurait le hoquet.

— Tu en veux un verre, fiston?

— Oui, s'il-te-plaît Papa, répondit-il humblement.

Son père prit un autre verre et le remplit à moitié.

— Cet enfant est trop jeune pour boire.

Clara leva le bras et fit un geste en direction de la bouteille.

— Je n'arrête pas de te dire que ce n'est pas une boisson pour les enfants.

Elle veut tout garder pour elle, pensa Pierre.

— Il ne boit pas, il apprend, répliqua sèchement Jean-Paul. S'il doit hériter de tout ceci, il faut qu'il apprenne à distinguer un champagne d'un autre.

Une ombre passa sur le visage de Clara, qu'elle ne put contrôler. Elle indiquait clairement qu'elle avait d'autres idées sur la personne qui allait hériter des caves de Champagne d'Or et de tous ses trésors. Pierre sirota son verre comme un grand tout en pensant qu'elle ne tarderait pas à avoir une surprise. Les tatas ne duraient que le temps des déplacements de Peter à New York ou à Chicago. Dès qu'il revenait, elles disparaissaient, remplacées par une autre quand Peter repartait pour un voyage autour des États-Unis. Cette tata-là était parmi les pires. Elle n'osait pourtant pas se plaindre de lui à son père. Aussi stupide soit-elle, elle avait vite compris que le petit garçon à l'apparence angélique était le trésor de son père. Celui-ci ne permettrait jamais qu'on dise du mal de lui.

Bien sûr, il n'était pas angélique. L'avant veille, il avait mis un serpent dans son bain. Un serpent tout à fait inoffensif mais, comme elle venait de San Francisco, elle ne pouvait pas le savoir. Quand elle l'avait vu, elle avait failli tomber raide morte. On aurait pu entendre ses hurlements jusqu'à Calistoga.

Il avait aussi découvert qu'il la mettait mal à l'aise simplement en la regardant fixement. Quand il le faisait, elle devenait nerveuse, sortait son miroir pour voir si elle n'avait rien sur la figure et lui demandait finalement ce qu'il y avait. « Rien, tata Clara » répondait-il alors en souriant et elle détournait la tête en marmonnant quelques méchancetés sur les gamins insupportables.

Elle avait une garde-robe impressionnante, surtout offerte par son père, et une collection d'immenses chapeaux qu'elle portait de côté, ce qui lui permettait de lancer des regards séducteurs à tout homme qui se trouvait de l'autre côté.

Il avait trouvé un nid de souris dans les caves et l'avait soigneusement transporté avec la mère, pour le mettre dans son plus grand chapeau. Elle ne l'avait pas encore trouvé mais, quand elle se mettrait à hurler, l'adorable petit Pierre serait le premier à venir à son secours.

Il sirota le champagne avec plaisir, se demandant comment il pourrait en obtenir un autre verre. Pierre aimait le vin bien plus que son père ne s'en rendait compte.

— N'allons-nous pas faire quelque chose ? demanda Clara avec entrain.

— Plus tard, dit son père. J'ai du travail. Va donc te reposer pour être fraîche ce soir.

Son père sourit de son air froid, en bougeant à peine les lèvres. En fait, il ne souriait pas du tout. Quand il était petit, Pierre avait eu peur de ce sourire. Mais c'était avant qu'il ne comprenne que son père voulait seulement qu'il soit parfait. Maintenant, tant que son père croyait qu'il était parfait, la vie était facile. Il suffisait de contenter son père et personne d'autre, à part peut-être Peter mais cela ne le gênait pas de faire plaisir à Peter. Il l'aimait. La perfection ne s'appliquait qu'à son père qui se moquait de son comportement avec les domestiques ou même ses gouvernantes. Mais Pierre avait compris à six ans qu'il était facile de faire croire aux gens qu'il était vraiment gentil. Alors, on pouvait faire des choses vraiment méchantes en secret, comme le serpent et les souris, et personne ne vous soupçonnait. Il pensait que Clara le devinait mais son père ne la croirait jamais.

Tata Clara se leva d'un air maussade et se dirigea vers la porte en traînant derrière elle son déshabillé de mousseline. La gouvernante de Pierre disait que ce n'était pas un vêtement approprié pour la journée mais, comme Clara ne sortait jamais de la maison, elle ne savait sans doute pas s'il faisait jour ou nuit.

Il attendait le retour de Peter avec impatience.

Dès qu'elle fut sortie, son père appuya sur la sonnette de son bureau et, peu de temps après, Angelo, leur directeur commercial, arriva dans la pièce. Angelo était habile. Peter l'avait trouvé quelque part à New York, sur la côte Est et l'avait ramené en Californie. C'était il y a six ans, peu de temps avant que le tremblement de terre ne ruine la plupart de leurs voisins. Pierre avait cru que c'était la fin du monde ce jour-là, quand la terre avait tremblé et rué comme un jeune cheval. Mais quand son père en parlait, c'était pour évoquer l'incroyable chance du Champagne d'Or. Ils n'avaient perdu que quelques milliers de bouteilles et les cuves n'avaient pas été endommagées. La plupart des autres viticulteurs n'avaient pas eu autant de chance. Peter se trouvait à San Francisco ce jour-là et il racontait des histoires qui tenaient Pierre en haleine, comment le sol bougeait et s'ouvrit et comment les gens s'étaient servis de leur vin pour éteindre les incendies dans leurs maisons. À San Francisco, des millions de litres de bon vin avaient été perdus.

Angelo, un petit homme aux jambes arquées et aux bras velus, attendait qu'on lui adressât la parole.

— Où en sommes-nous dans les emprunts ? demanda finalement Jean-Paul en regardant des papiers qu'il venait d'étudier.

— De quel point de vue ? demanda Angelo.

— Du nôtre.

— De ce côté-là, tout va bien. Il n'y a presque pas d'entrées d'argent des locations ce mois-ci.

— Dans ce cas-là, pouvons-nous faire des saisies ?

— Une ou deux peut-être. Les deux Yougoslaves sont très en retard.

Jean-Paul fit la moue en réfléchissant. Pierre savait exactement de quoi ils parlaient. Son père l'avait toujours tenu au courant du fonctionnement de l'entreprise. Pierre était l'héritier et, si jeune fût-il, son père tenait à ce qu'il sache exactement de quoi il s'agissait.

Dans le cas présent, le problème était le suivant: son père avait acheté autant de terrain qu'il avait pu quand Pierre était bébé. Ayant dépensé tout son argent liquide pour l'achat des terres, il ne lui restait plus d'argent pour engager des ouvriers pour la cultiver. Il avait eu une idée brillante. Peter allait souvent dans les grandes villes et, à Ellis Island, beaucoup d'immigrés débarquaient à New York. Il avait trouvé des paysans qui ne parlaient presque pas anglais et qui avaient travaillé dans des vignobles dans leur pays d'origine. Il leur offrait une parcelle à cultiver, un minuscule salaire, un peu de nourriture et la possibilité de racheter le terrain. Mais les neuf dixièmes de leur récolte appartenait aux Champagne d'Or jusqu'à ce qu'ils aient racheté le terrain. Tout ce qu'ils avaient à faire était de payer cinq dollars par mois jusqu'à ce que le terrain leur appartienne. Pierre, qui était bon en calcul, savait que ce serait difficile.

Au début, étant donné qu'ils avaient besoin d'argent liquide, Jean-Paul et Peter veillaient à ce que leurs métayers s'acquittent des cinq dollars mensuels. Avec le temps, et quand leur situation financière s'améliora, ils avaient laissé les ouvriers payer de leur propre gré. Ceux-ci s'acquittaient rarement de leurs dettes. Les immigrants n'arrivaient jamais à réunir les cinq dollars et Peter avait coutume de dire qu'il se passerait un million d'années avant que les Champagne d'Or aient à céder du terrain.

— Les Yougoslaves produisent-ils bien ? demanda son père.

Angelo haussa les épaules.

— Pas beaucoup.

Alors rendez-leur ce qu'ils ont payé et débarrassez-vous-en.

Pierre était enthousiasmé par l'autorité de son père.

Angelo paraissait sceptique.

— Je ne sais pas, dit-il. Ce sont des Rouges.

— Vous croyez qu'ils nous feront des ennuis.

Ils parlaient des enfants qui faisaient la récolte en automne.

— Ce n'est pas de ma faute si les métayers utilisent leurs enfants comme main-d'œuvre, dit son père. Nous ne payons pas les enfants. Nous employons les parents.

— Oui, mais la loi…

— Gardez les Yougoslaves.

Son père avait changé d'avis.

— Mais dites-leur qu'il faudra améliorer leur production sinon nous serons contraints de diminuer leurs gages.

— Entendu.

Son père changea brusquement de sujet.

— Qu'en est-il de ce vin piqué ? Le chimiste a-t-il pu faire quelque chose ?

— Non. Il dit que cela fera du champagne épouvantable. Il vous suggère de le jeter.

— Non. Gardez-le et mettez-le en bouteille comme vin non pétillant et donnez-le aux métayers. Cela leur fera un petit cadeau. Y a-t-il d'autres problèmes ?

Angelo se lança dans une conversation compliquée sur l'espace dans les caves. Il n'y en avait jamais assez. Jean-Paul avait suggéré que l'on creuse la colline pour agrandir les caves mais en attendant, il fallait trouver de l'espace pour stocker leurs réserves.

Ne voyant plus d'intérêt à leur conversation, Pierre remarqua que tata Clara n'avait pas complètement fini son verre et il se glissa à travers la pièce pour le boire. Son père ne remarqua rien. Il s'ennuyait et il sortit par les portes-fenêtes qui donnaient sur la cour où, autrefois, la sœur de Peter nourrissait les poulets.

Il ne savait trop que faire. C'était dimanche et il n'avait pas de leçons. Sa gouvernante française était partie à Calistoga sans lui demander s'il avait envie de venir aussi.

Il alla jusqu'à la vieille grange qui ne servait plus mais que Peter refusait de démolir. Il y avait une chambre délabrée au-dessus où Pierre allait parfois jouer au savant pauvre. Il n'y avait pas été depuis longtemps et, quand il ouvrit la porte, il effraya une colonie de chauve-souris qui pendaient aux poutres. Pierre n'avait peur de rien dans la nature et il referma rapidement la porte derrière lui pour les observer. Il aimait les animaux et les insectes. Il savait approvoiser un chat sauvage, les plus grandes araignées le fascinaient, il avait une magnifique collection de papillons et il aimait les serpents. Il savait même comment prendre un serpent à sonnettes.

Il se tint immobile et les chauve-souris se calmèrent. Il réfléchit ensuite comment faire pour en prendre une et l'amener dans la chambre de Clara. Cela la ferait peut-être partir avant le retour de Peter. Elle se plaignait toujours qu'il ne se passait rien et qu'elle mourait d'ennui. Avec une chauve-souris dans sa chambre, elle ne s'ennuirait plus.

Il poussa un soupir. Attraper une chauve-souris l'occuperait au moins pendant quelque temps. Parfois, il aurait souhaité aller à l'école comme les autres ou, au moins, qu'un enfant de son âge lui rende visite. Mais son père n'aimait pas qu'il fréquente d'autres garçons et filles. La maison était si grande, avec deux ailes modernes de chaque côté du bâtiment principal, qu'il se sentait parfois très petit. Son père lui avait donné tous les jouets imaginables. Il avait sa bibliothèque personnelle remplie de livres pour enfants qu'on lui achetait à San Francisco. Il y avait des balançoires, des tobogans et même un manège dans le jardin. Mais il se sentait si seul qu'il n'arrivait à se divertir qu'avec les farces, surtout celles qu'il dirigeait contre les tatas.

Il souhaitait vraiment que Peter revienne.

Quand Angelo retourna à son bureau dans les bâtiments du chai, Jean-Paul réléchit un moment à la façon dont il pourrait agrandir ses caves. Il était convaincu que le climat, aussi proche fût-il de celui de la Champagne, n'était pas exactement approprié et, pour cette raison, il ne pourrait jamais atteindre la perfection d'un bon Bollinger ou d'un Krug. Il savait et acceptait qu'il ne pourrait jamais recréer un Dom Pérignon en Californie mais il était persuadé qu'on pouvait faire du si bon champagne californien que même les experts ne feraient pas la différence entre celui-ci et le meilleur champagne moyen que la France avait à offrir.

Il s'était déjà fait une solide réputation aux États-Unis avec du vin mousseux américain. Il n'arrivait cependant pas à produire du champagne répondant à ses propres exigences.

Les caves creusées à flanc de montagne pourraient être un peu plus fraîches que ses caves actuelles et cela ferait toute la différence. Mais ce serait une tâche énorme de creuser, bien plus énorme que dans les coteaux crayeux de Champagne. Cependant, s'il voulait s'étendre, il fallait creuser de nouvelles caves dans la roche.

Il n'y avait pas de problème financier. En ce printemps de 1911, Jean-Paul était un homme très riche. À part sa main d'œuvre et le travail qu'il en tirait, tout dans son empire était parfaitement honnête et au-dessus de tout soupçon.

Son champagne était fabriqué dans les meilleurs conditions, sans rien laisser au hasard. Il employait un brillant *chef de cuvée* pour mélanger ses vins et son propre palais l'aidait dans les décisions à prendre. Il avait les machines les plus perfectionnées. Les produits chimiques qu'il utilisait auraient été acceptables, même en Champagne.

Mais il n'en avait pas toujours été ainsi.

À l'origine, il n'y avait pas assez d'argent sous les lattes du parquet de la chambre à coucher du vieux Hans pour améliorer le vignoble. La première année, il avait été contraint de produire les mêmes vins de table que les Brunner avaient fabriqués pendant qu'il greffait les vignes pour les protéger du phylloxera et qu'il essayait d'acheter plus de terrain afin d'y planter du Chardonnay.

Il avait produit son premier champagne quand Pierre avait quatre ans. Il était de bonne qualité mais il n'y en avait pas beaucoup. Il savait qu'il ne pouvait pas en demander un prix intéressant parce que c'était une marque inconnue et qu'il en serait allé de sa poche.

Il avait donc acheté une petite machine à imprimer et avait payé un graveur beaucoup d'argent pour reproduire l'étiquette du Moët et Chandon. Il avait ensuite mis son vin en bouteille sous l'étiquette du vin français. Il ne pouvait pas imiter les bouchons mais il avait néanmoins expédié Peter, malgré ses protestations, avec deux wagons de bouteilles à Chicago et lui avait dit de les vendre pour du champagne français, aux prix français, puis de disparaître rapidement.

Peter l'avait fait et ils avaient répété l'opération frauduleuse deux années encore, choisissant chaque fois des villes du Middle West où, estimait Jean-Paul, les palais n'étaient pas aussi sophistiqués qu'à New York, Boston ou San Francisco. Et il priait le ciel que personne ne regarde le bouchon.

Il avait acheté des terres, fait venir une main-d'œuvre d'immigrés de l'Est et, petit à petit, les problèmes financiers s'étaient résorbés. Le tremblement de terre de 1906 l'avait épargné, et donné la possibilité de percer. La plupart des producteurs avaient tout perdu et il avait pu obtenir des prix équivalents à ceux du champagne français sous sa propre étiquette. Le Champagne d'Or, appelé ainsi en l'honneur du sac d'or qui avait permis sa création, était lancé.

Assis maintenant dans sa chemise de lin et sa veste de velours rouge, il se versa un autre verre de Bollinger et alluma un Havane. Il enfonçait dans son fauteuil quand le téléphone sonna. Il décrocha. C'était Peter.

— Ça s'est bien passé ? lui demanda-t-il.

La voix de Peter lui parvint de Washington.

— Bien, dit-il. J'ai trouvé deux excellents débouchés. Ils prendront un millier de caisses chaque année. Tu peux fournir ?

— Peter, vends tout ce que tu veux et je produirai ce que tu as vendu, dit Jean-Paul.

Le rire de Peter résonna à trois mille kilomètres de là.

— Nous avons perdu un client, dit-il..

— En faveur de qui ?

— Une maison française. Ils ont un procédé commercial habile. Ils mettent leur champagne en bouteille — et il est bon — sous l'étiquette de l'acheteur. Plusieurs sénateurs ont été séduits et nous avons perdu le grossiste qui les fournit. Je me demandais si nous ne pourrions pas essayer la même chose.

Jean-Paul réfléchit rapidement.

— Non. Je préfère que nous nous fassions un grand nom plutôt que de satisfaire la vanité de quelques sénateurs. Mais nous en reparlerons plus tard. Tu rentres ?

— Oui. Je prends le transcontinental demain. Je serai là au début de la semaine prochaine.

Ils parlèrent encore quelques secondes puis Jean-Paul raccrocha. Peter s'était très bien débrouillé, décida-t-il, mais il lui devait tout. Jean-Paul avait effacé toute trace de ses origines paysannes. Il avait insisté pour qu'il parle correctement, lui avait laissé la possibilité de s'acheter des vêtements élégants et avait développé son goût. Peter était devenu un charmant beau jeune homme avec un talent pour la vente. Il était discret et encore un peu nerveux mais ses manières effacées réussissaient mieux pour la vente du champagne que le bagout habituel des représentants.

Il aimait voyager. Les petites aventures qu'il avait pendant ses voyages , le satisfaisaient. Il avait oublié depuis longtemps ses protestations juvéniles d'amour éternel pour Jean-Paul. Ils formaient toujours un couple dans leur vie privée et dans les affaires mais leur vie sexuelle avait décliné au fil des ans. Jean-Paul s'était aperçu que les femmes lui plaisaient de plus en plus et il en choisissait une nouvelle à chaque voyage de Peter dans l'Est. Il ne voulait en aucun cas avoir de femme. Il avait Pierre, son fils, sa joie et sa fierté. Une épouse n'aurait pu que se mettre en travers de leur relation.

Il refusait toujours d'envoyer Pierre à l'école et Peter le lui reprochait souvent parce qu'il trouvait injuste que l'enfant n'ait pas d'amis de son âge. Mais Jean-Paul ne voulait pas qu'il fréquente les enfants du pays. Son expérience dans l'enseignement lui avait appris à quel point les enfants étaient bavards et s'intéressaient aux affaires des autres. Il partait du principe que moins il y avait de gens au courant de ses affaires familiales, mieux cela valait.

Si donc Pierre devait aller à l'école, il faudrait que ce soit dans l'Est. Loin de Calistoga. Le garçon était indubitablement brillant et, bien qu'il voulût qu'il soit poli, il le trouvait parfois trop parfait pour y croire vraiment. Il ne faisait aucun doute qu'il faudrait qu'il parte mais cette séparation serait presque trop pénible pour être supportable. Pierre était tout ce qui restait de sa chair et de son sang.

La silhouette langoureuse de Clara apparut à nouveau dans la pièce. Elle reprit son verre de champagne là où elle l'avait laissé, fit la grimace en voyant qu'il était vide et se dirigea vers le bureau pour le remplir.

— As-tu fini ton travail ? demanda-t-elle.

Il hocha la tête.

— Qu'allons-nous faire ?

— L'amour ? suggéra-t-il.

Elle rit.

— Pourquoi pas ? Ici ?

— Non, Pierre pourrait venir.

Elle eut l'air de vouloir dire quelque chose mais se contenta de faire un signe de tête.

— Ta chambre ou la mienne ?

— La tienne.

C'était la plus éloignée de cette de Pierre.

Elle voulut prendre le reste de la bouteille mais il l'arrêta.

— Je vais en prendre une au frais.

— Très bien, dit-elle et, tandis qu'elle se dirigeait vers l'escalier, laissant dans son sillage une traînée de parfum, Jean-Paul prit une nouvelle bouteille dans le bac à glace. Sans se presser, il la suivit dans sa chambre.

Dommage qu'elle n'ait plus que quelques jours de sursis. Elle allait peut-être même partir tout de suite, alors autant en profiter.

Elle l'attendait dans sa chambre. Elle avait remplacé sa robe de chambre vaporeuse par des bracelets de cuir noir autour de ses poignets et ses chevilles. Elle ne portait rien d'autre. C'était une putain de naissance de vingt et un ans. Elle avait de gros seins fermes et de larges mamelons aux pointes bien dressées. Son pubis était couvert d'une généreuse toison noire, prouvant qu'elle n'était pas blonde naturelle, mais cela ne gênait pas Jean-Paul.

Il se déshabilla.

— Couche-toi, ordonna-t-il.

Elle s'allongea humblement, écartant les bras et les cuisses. Il savait dans quel tiroir se trouvaient les lanières de cuir. Il les prit et, en quelques mouvements experts, l'attacha aux montants du lit. Puis il prit un foulard de soie et lui banda les yeux.

Sans dire un mot, il s'allongea à ses côtés et lui mortit les seins et le cou, assez fort pour qu'elle se débatte mais pas au point de la faire saigner. Sa bouche explora son corps jusqu'à son sexe et elle gémit de douleur sous les caresses de ses doigts, sa langue et ses dents.

Ensuite, il roula sur elle et la pénétra brutalement. Il ne lui fallut pas longtemps. Moins de trois minutes après, il était debout à côté du lit et s'habillait.

— C'est tout? demanda-t-elle d'une voix plaintive.

— C'est tout, répondit-il.

— Alors, détache-moi.

Il s'assit au bord du lit et lui enleva le bandeau des yeux.

— J'ai quelque chose à te dire, dit-il en fronçant ses sourcils de satyre.

Elle fronçait les sourcils aussi. Son visage était tout rouge, sa bouche humide. Des bleus se formaient déjà sur son corps.

— Quoi?

— Il va falloir que tu partes.

Elle ne comprenait pas.

— Où?

— Que tu retournes à San Francisco. Dans l'Est. N'importe où. Mais que tu partes d'ici.

— Pourquoi?

Elle essaya de se libérer de ses liens mais il l'avait attachée avec trop de soin.

— Parce que ma femme revient à la maison.

— Ta femme !

— Ma femme.

— Mais tu ne m'as jamais dit que tu étais marié. Personne ne me l'a jamais dit.

— J'ai dû oublier.

Elle le fixait et il était content qu'elle soit attachée. Elle aurait certainement essayé de le mordre et de le griffer.

— Détache-moi, dit-elle, les dents serrées.

— Dans une minute. Si tu pars dans deux ou trois jours, ce sera parfait mais tu préféreras peut-être partir tout de suite puisque les choses se présentent comme cela. Tu peux emporter tous les vêtements et les bijoux et tu recevras cinq cents dollars. Cela devrait te suffire pour aller où tu veux.

— Détache-moi, siffla-t-elle.

— Dans une minute. Je vais d'abord chercher l'argent.

Il se pencha tout en la maintenant d'une poigne solide. Il lui mit rapidement le bandeau non pas sur les yeux mais sur la bouche et la bâillonna malgré les efforts qu'elle faisait pour se dégager en tournant la tête de tous côtés.

— Ce ne sera pas long, dit-il et il quitta la pièce.

Mais il avait menti. Une demi-heure passa tandis qu'elle restait là, allongée, impotente, folle de rage et incapable de bouger.

C'est Pierre qui la trouva en se glissant dans la chambre avec une chauve-souris soigneusement cachée dans sa casquette. Il fut tellement surpris de la voir ainsi, nue et attachée, roulant des yeux au-dessus de son bâillon noir et gémissant à travers la soie, qu'il laissa tomber sa casquette.

La chauve-souris, libérée, se mit à voleter à travers la pièce, cherchant une issue. Les cris étouffés de Clara et sa terreur immobile et nue firent fuir le petit garçon. Jean-Paul, qui fumait tranquillement un cigare, comprit que son fils l'avait vue, en l'entendant crier au secours d'une voix paniquée.

Lizzie et Alexandre étaient aux Hérissons depuis deux semaines et Rosie rêvait d'avoir un moment de solitude. Lizzie était triste, malade et mal à l'aise, incapable de communiquer avec Clovis ou madame Dupuis et Rosie se sentait obligée de rester avec son amie pour lui tenir compagnie et faire de son mieux pour lui remonter le moral.

Heureusement, elle n'avait pas trop à faire. À présent que la *cuvée* était choisie, Clovis était responsable des mélanges et de la mise en bouteille et, avec Philippe parti en Amérique, elle n'avait aucun prétexte pour quitter Les Hérissons pour de soi-disant discussions commerciales.

Elle restait discrète au sujet du télégramme qu'elle avait fait expédier par Henri ; elle se demandait même s'il était parvenu à destination.

Sébastien était rentré à Paris après quatre jours et il lui manquait. Il l'aurait aidée à retrouver sa gaieté. Malgré son jeune âge, l'adoration qu'il lui manifestait avait atténué le sentiment de rejet qu'elle avait éprouvé en apprenant le mariage imminent de Philippe. Elle ne parvenait pas à chasser de son esprit l'image de Lorraine devenant madame Lefèvre. C'était comme le bourdonnement constant d'une mouche dans sa tête et elle avait soif d'en parler à quelqu'un pour l'exorciser. Elle avait besoin d'y voir clair et de décider ce qu'elle allait faire de sa vie. Parfois, elle avait envie de courir rejoindre Philippe en prenant Allie avec elle et d'abandonner Clovis. Mais le bon sens reprenait le dessus car elle savait que c'était impossible.

Afin de passer le temps et d'essayer de distraire Lizzie, elle l'avait emmenée plusieurs fois dans sa Léon Bollée rouge, une voiture qu'elle avait achetée au début de l'année. Elle avait coûté une fortune mais ni Clovis, ni madame Dupuis n'avaient protesté. Elle pensait parfois que, même si elle vendait la maison sans les consulter, ils ne se plaindraient pas. Elle n'arrivait pas à savoir si leur confiance était une bonne ou une mauvaise chose, mais la plupart du temps, elle se contentait de prendre toutes les décisions. C'était plus facile.

Tout le monde était impressionné par la grande et confortable voiture qui roulait à cent à l'heure. Et comme le siège du chauffeur était à l'abri, c'était plus agréable pour Henri qui souffrait de rhumatismes, surtout à cette époque de l'année où les averses étaient imprévisibles. Il les conduisit plusieurs fois à Reims où les vieilles maisons, les jolies places et les rues étroites éveillèrent un peu l'enthousiasme de Lizzie. Puis, un matin, Rosie suggéra d'aller à

Paris en train. Henri préférait conduire doucement et, à son rythme, ils n'auraient pas pu revenir le même jour.

Tout fut donc arrangé. Allie prendrait une journée de vacances et irait faire des courses avec Lizzie et Alexandre pendant que Rosie irait à une réunion d'affaires.

Ce n'était pas exactement une réunion d'affaires. Rosie pensait que la seule personne au monde à qui elle pourrait parler et qui pourrait la soulager de son fardeau était André Lefèvre. Elle voulait le voir. Elle n'était pas certaine de lui faire part de tous ses tracas mais elle était sûre qu'il l'apaiserait. Il n'avait jamais cessé d'être son ami et elle essayait de le voir chaque fois qu'elle allait à Paris. Mais elle n'avait jamais vraiment pu lui parler de tout ce qui se passait dans sa vie.

Elle téléphona à la maison de l'Île de la Cité et laissa un message pour prévenir qu'elle y serait le lendemain matin à onze heures.

Elle quitta Lizzie et les deux jeunes gens sur les Champs-Élysées après avoir donné à Lizzie l'adresse de Poiret qu'elle considérait comme le meilleur couturier parisien. Elle pensait qu'il était temps que son amie se mît à la mode de Paris. Puis elle prit un fiacre pour aller chez André.

Sur les Champs-Élysées, les voitures automobiles étaient plus nombreuses que les fiacres. Il paraissait impossible que les choses aient changé autant depuis son arrivée, il y a onze ans. Mais André, qu'elle n'avait pas vu depuis six mois, n'avait guère changé, pas plus que son cadre de vie. Elle fut accueillie par les sourires des domestiques et il l'attendait dans son petit salon. Il avait les cheveux un peu plus gris, ne se tenait plus tout à fait aussi droit mais il était encore bel homme et elle le trouva désirable.

— Rosie ! s'exclama-t-il. Quel plaisir de vous voir !

Il l'embrassa sur les deux joues et l'écarta de lui pour mieux la regarder.

— Vous avez l'air fatiguée. Nous allons boire du champagne pour vous égayer un peu.

Elle resta tranquillement assise, appréciant le calme de la pièce tandis qu'il s'affairait avec le bouchon de la bouteille qui se trouvait déjà dans un seau à glace. Il lui tendit sa coupe.

— Maintenant, dites-moi pourquoi vous êtes triste et fatiguée.

— Vous n'êtes pas censé le remarquer. Vous devriez me dire que je suis belle.

Il secoua son index dans sa direction.

— Sébastien me dit que vous avez des amis américains chez vous. Votre amie Lizzie et son fils. Sont-ils toujours là ?

Elle hocha la tête.

— C'est trop. Voilà pourquoi vous êtes fatiguée. Les invités et le poisson sentent mauvais après trois jours.

— C'est seulement parce qu'ils ne parlent pas français, se défendit Rosie. Je ne peux pas les laisser seuls.

— Bon, nous savons pourquoi vous êtes fatiguée, poursuivit-il en caressant le revers de son veston. Mais pourquoi êtes-vous triste ? Puis-je hasarder une hypothèse, ma chère ? Serait-ce en rapport avec mon fils ?

Elle esquissa un sourire, pensant qu'elle avait été bien stupide de croire qu'il n'était pas au courant.

— Mon fils se marie et cela vous rend peut-être triste. Est-ce pour cela que vous êtes venue me voir ?

— J'avais besoin de parler, dit-elle doucement. André, il n'y a personne autour de moi à qui je puisse parler, à part vous. Je n'avais jamais réalisé à quel point je suis seule.

Il hocha la tête et dit froidement :

— La plupart d'entre nous sommes seuls, ma chère. Mais ne pouviez-vous pas vous confier à votre amie ?

— Non. Elle a ses propres problèmes et elle ne pourrait jamais comprendre.

— Que vous avez un amant ?

Elle hocha la tête, pas vraiment surprise par sa franchise.

— Vous étiez au courant ? demanda-t-elle.

— Depuis des années déjà. Au début, j'ai été follement jaloux puis j'ai été content pour vous deux.

Les yeux de Rosie se remplirent de larmes à l'idée de l'avoir blessé.

— Oh, André, je l'aime vraiment. je vous aime aussi et je vous aimerai toujours. Mais vous avez dit une fois que la jeunesse attirait la jeunesse et c'est ce qui s'est passé entre Philippe et moi.

Il inclina la tête, l'encourageant à continuer, et les mots refoulés se mirent à déferler.

— Je ne vous ai jamais parlé de mon mariage. Je me suis mariée parce que vous avez dit que c'était ce qu'il fallait faire. Je n'avais pas le choix, et comment aurions-nous pu prévoir, vous et moi, à quel point j'aimerais Philippe. Mais cela n'aurait peut-être pas résolu le problème. Il n'aurait peut-être pas accepté l'enfant d'un autre homme. Je ne lui ai jamais demandé s'il l'avait envisagé parce que, quoi qu'il eût répondu, cela n'aurait rien changé à ma situation. Et souvenez-vous, vous ne l'auriez pas accepté non plus.

Il fit un petit geste de protestation mais elle se hâta de poursuivrc.

— J'ai donc épousé Clovis. André, cela a été le pire jour de ma vie. Nous nous sommes mariés à Reims, vite et en cachette parce que j'étais enceinte. Il y avait seulement madame Dupuis et Clovis, raide, mal à l'aise et malheureux dans son plus beau costume. J'avais ma robe de chez Worth, celle que vous m'aviez achetée. C'était un geste de défi. J'essayais de dire que j'étais toujours Rosie qui vous aimait plus que ce jeune homme qui allait devenir mon mari. Je ne me souviens pas vraiment de la cérémonie, à part qu'elle n'avait rien d'un mariage religieux, que ça ne se passait pas dans une église et qu'il n'y avait pas de prêtre. Une cérémonie légale. Ensuite, madame Dupuis nous a emmenés dans un restaurant très connu. Je ne me souviens pas de cela non plus. Nous avons loué une voiture et sommes retournés aux Hérissons. Sans l'avoir voulu, j'étais soudain madame Clovis Dupuis. Et j'avais tellement envie d'être à Paris avec vous ! Vous aviez raison en ce qui concerne Clovis. Il n'a pas essayé d'abuser de moi. Il a tenu parole et m'a seulement demandé de partager sa chambre, à cause de sa mère. Que pouvais-je faire sinon accepter ? André, essayez d'imaginer ce que c'est de dormir toutes les nuits dans le lit d'un homme qui vous répugne physiquement, d'éviter de le frôler, de dormir toute raide à une extrémité du lit. Je ne voulais pas l'exciter. Puis il y avait les nuits où il rentrait ivre. Je dormais dans un fauteuil pour ne pas risquer qu'il perde contrôle. Et pourtant, tout ce temps, j'avais soif d'amour.

— Et vous n'avez jamais fait l'amour avec lui ? demanda-t-il doucement. Il semble me souvenir vous avoir dit qu'il serait sage d'essayer.

Elle poussa un soupir.

— Oui, j'ai fait l'amour avec lui, mais pas avant ma liaison avec Philippe. Alors, j'y ai été contrainte. Au cas où j'aurais été enceinte. Elle le dit de façon brutale et attendit sa réaction.

Il se contenta de hocher la tête comme si elle n'avait révélé qu'un aspect normal de la vie conjugale.

Elle but nerveusement une gorgée de champagne avant de poursuivre.

— Une fois mariée, j'ai commencé à m'affirmer. Cela ne paraissait gêner personne. J'ai acheté des vignes greffées et fait replanter les champs. Je me suis lancée dans la modernisation des caves et la construction de nouveaux bâtiments pour la fabrication du champagne. J'ai convaincu madame Dupuis de reprendre à son service son ancien *chef de cuvée*. Il était déjà à la retraite mais, voyant mon enthousiasme, il m'a appris à mélanger les vins et à distinguer un bon champagne d'un mauvais. Clovis semblait ravi et madame Dupuis n'intervenait jamais. Pour ma part, il fallait que je fasse quelque chose, autrement je serais devenue folle. Avant la naissance de Rosalie, je m'occupais frénétiquement. J'insistais même pour aider Marie, notre servante, à nettoyer la maison. Madame Dupuis croyait que j'avais perdu la tête et elle avait peut-être raison.

André, la naissance de Rosalie a guéri beaucoup de choses. Je l'ai adorée dès que la sage-femme me l'a mise dans les bras. Elle ne pleurait pas. Elle restait là, sans bouger, les yeux fermés, faisant de petites grimaces. Madame Dupuis était avec moi et nous avons pleuré toutes les deux. Nous étions folles de joie devant ce petit paquet qui était le mien mais que je devrais partager avec elle. Si le jour de mon mariage a été le pire de ma vie, celui de la naissance d'Allie a été le meilleur. Il n'y a rien de comparable. Madame Dupuis et moi sommes restées très proches l'une de l'autre à partir de ce moment-là. Depuis ce jour, je l'appelle Mama et je l'aime énormément mais je ne peux pas lui confier ma peine. Cela lui briserait le cœur. Voyez-vous, elle a réussi à se convaincre que Rosalie était la fille de Clovis et que Clovis et moi étions heureux. Je crois même qu'elle a effacé de sa mémoire le fait que je ne suis pas française et que son fils Clovis est le père de sa petite fille.

— Tout cela n'est pas mauvais, dit-il fermement en se caressant la moustache. Vous aviez besoin d'une vie nouvelle et Rosalie vous l'a donnée.

— Je sais. Mais il y a Philippe. Depuis le jour où vous lui avez dit de m'accompagner pour le déjeuner, je n'ai jamais cessé de penser à lui. Je crois qu'il y a quelque chose qui ne tourne pas rond chez moi. Quand je rencontre un homme qui me plaît, je deviens obsédée. Je veux qu'il soit près de moi, je veux qu'il me fasse l'amour. C'est comme si j'avais quelque chose dans le sang que je ne contrôle pas. C'était comme cela avec Jean-Paul, puis avec vous. Et depuis onze ans, c'est comme cela avec Philippe.

Elle se tut, craignant d'en avoir trop dit.

— Si cela peut être une consolation, je crois qu'il éprouve la même chose envers vous. Sinon, il y a longtemps qu'il serait re-marié.

— Je lui ai peut-être gâché la vie alors, dit-elle en se demandant si c'était vrai. Voyez-vous, c'est moi qui lui ai couru après au début. Je savais qu'il me trouvait intéressante. Je m'en suis rendu compte le jour du déjeuner. Il m'a dit qu'il allait suivre des cours d'œnologie cet automne-là, alors j'ai dit à Mama et à Clovis que je voulais en suivre aussi. Je m'attendais à des résistances mais ils étaient si heureux de la naissance de Rosalie qu'ils ne s'y op-posèrent pas. Je suis donc allée m'inscrire et on m'a acceptée sans difficulté, même si je suis une femme. Peut-être parce que le cham-pagne a toujours permis aux femmes de se mettre en valeur, comme vous me l'avez affirmé un jour.

Et, bien entendu, l'automne suivant, j'ai retrouvé Philippe. Vous vous en souvenez ? Il avait loué un petit appartement à Épernay pour la durée du cours. Il devint notre refuge. C'est encore de ma faute. Le jour du premier cours, je suis arrivée tôt et je l'ai attendu. Il est venu en fiacre et n'avait pas changé. Il vous ressemblait tant ! Dieu merci, il m'a vue, ce qui m'a évité de lui courir après. Il avait l'air si content que cela m'a transportée de joie. Oh ! André, j'avais tellement besoin d'amour.

Il était assis derrière moi pendant le cours et, à la sortie, il m'a suggéré que nous dînions ensemble. J'ai fait délibérément sem-blant de ne pas comprendre. J'ai fait comme s'il m'avait invitée à dîner dans son appartement. Il n'en était rien mais il a immédiate-ment accepté et j'ai su alors qu'il avait envie d'être seul avec moi. J'étais aux anges. Il aurait dû me trouver osée sans être chape-ronnée mais je pense qu'il comprenait et j'ai découvert par la suite que vous lui aviez raconté ma vie.

André hocha la tête.

— Quand la porte s'est refermée derrière nous, il m'a aidée à enlever mon manteau et je suis tombée dans ses bras. Je me souviens qu'il m'a tenue très fort en me berçant et j'ai pensé à vous et au réconfort que vous m'aviez prodigué. J'avais l'impression d'être revenue chez moi. Toute ma solitude et mes regrets avaient disparu. Il m'a regardée dans les yeux, puis m'a embrassée.

Elle hésita puis ajouta à voix basse :

— Après cela, il semblait naturel de faire l'amour et je le désirais tant. C'est comme cela que tout a commencé et cela a duré jusqu'à il y a deux semaines.

— Quand il vous a dit qu'il allait se marier ?

— Oui.

La pièce resta plongée dans le silence pendant un moment puis André dit :

— Et maintenant, vous échaffaudez un tas de plans pour vous enfuir et le rejoindre pour toujours ? N'est-ce pas ?

Il avait raison et elle hocha la tête sans répondre.

—Mais vous savez que ce n'est pas raisonnable ?

Elle acquiesça encore.

— Il veut que je reste sa maîtresse. C'est trop demander.

— Que peut-il demander d'autre ? Vous voudriez qu'il vous demande d'affronter le scandale et de quitter votre mari et votre enfant ? Ou encore qu'il vous demande de ne plus jamais le revoir ? Vous n'avez pas d'autre choix que de rester amants.

— Lui a le choix, dit-elle passionnément, sachant qu'elle était injuste. Il n'est pas obligé de se marier.

— C'est vrai mais vous en demandez trop. Philippe est modeste. Vous ne vous rendez peut-être pas compte à quel point il est estimé dans le milieu du vin. Il a consacré sa vie à sa carrière parce qu'il n'avait pas autre chose, mais même une carrière a besoin d'assises, d'un chez-soi. Un homme ne devrait pas vivre avec son père vieillissant et son jeune fils. Un homme doit vivre avec une femme.

— Vous ne vous êtes jamais remarié. Vous avez choisi de vivre seul.

— J'avais plus de soixante ans quand je vous ai rencontrée, ma chère, dit-il en souriant, comme s'il acceptait l'objection. Philippe en a trente-cinq.

287

— Mais une fille de dix-huit ans !

Elle ne se souciait pas d'avoir l'air de se plaindre.

— Il a deux fois son âge.

— Elle est jeune, dit André d'un air presque satisfait. C'est moi qui l'ai choisie pour lui. Elle est aussi stupide, ma chère Rosie. Tant qu'elle aura assez d'argent à dépenser pour s'habiller, elle sera contente, je vous l'assure. Et, avec de bons domestiques, elle fera une hôtesse très décorative pour recevoir les gens qu'il faut afin d'asseoir la position sociale de Philippe et de faire fructifier ses affaires. Les relations de son père ne peuvent qu'être utiles à Philippe et, indirectement, à vous aussi.

Rosie resta sans voix.

— Alors, ma chère fille, pourquoi ne continueriez-vous pas à être ce que vous avez été durant ces dix dernières années ? Vos affaires et celles de Philippe vont prospérer et vous donner de plus en plus de prétextes de vous retrouver. Vous avez votre petit appartement à Paris et un autre à Reims, je crois ?

— Vous êtes au courant ? demanda-t-elle, soudain embarrassée.

— Bien entendu, mais Lorraine ne le saura jamais.

Elle resta silencieuse puis quitta son fauteuil pour s'asseoir à ses pieds, les genoux repliés sous sa jupe, la tête reposant sur une jambe d'André.

— Oh ! André, soupira-t-elle. Qu'aurais-je fait si nous ne nous étions jamais rencontrés ? Vous avez toujours été mon soutien. Pourquoi ne vous ai-je pas parlé avant ? J'aurais voulu le faire depuis longtremps mais je ne savais pas si vous...

Elle hésita.

— Si je le savais ? Si j'approuvais ? dit-il en riant. C'est vrai, cela m'a fait mal au début mais ensuite je me suis dit que j'avais beaucoup de chance de vous garder dans la famille.

— À la limite de la famille, dit-elle tristement.

— Dans la famille, répéta-t-il fermement en se penchant pour l'embrasser sur le front. Mais une fois dans la famille, vous avez cessé d'avoir confiance en moi.

Et c'est ce tableau que Lorraine Delperrier surprit quand Nounou, affichant un sourire narquois, l'introduisit dans la pièce.

Il sembla à Rosie qu'elle n'avait rien fait d'autre pendant des semaines que de se rendre à la gare de l'Est, l'esprit confus, oscillant entre la rage et le désespoir. Elle était presque heureuse d'avoir rencontré l'inoffensive Lorraine Desperrier bien qu'elle eût préféré être prévenue. Elle se serait passé de la conversation qui avait suivi mais celle-ci avait répondu à bien des questions qu'elle se posait. Elle avait envie de diriger sa colère contre quelqu'un et l'avait fixée sur Nounou. Il ne lui appartenait pas de faire entrer des visiteurs non attendus dans le salon particulier de son maître. D'ailleurs, le maître d'hôtel d'André l'avait suivie, le visage inquiet et désapprobateur.

André était resté imperturbable. Il avait appuyé sa main sur la tête de Rosie pour lui signaler de ne pas se relever, puis avait souri à la jeune fille qui se tenait sur le pas de la porte.

— Entrez, entrez, ma chère. Pardonnez au vieil homme que je suis de rester assis. George, puisque vous êtes là, versez donc une coupe de champagne à Mademoiselle.

Soulagé, George s'était empressé de le faire.

— Vous pouvez disposer, Nounou, avait dit André, d'une voix glaciale qui avait échappé à Lorraine.

Quand la nourrice eut disparu, il se retourna vers la jeune fille.

— Ma chère Lorraine, la femme qui est à mes pieds, là où, bien sûr, je pense que toutes les femmes devraient se trouver, est ma chère amie madame Dupuis, en visite de Champagne. Rosie, ma chère, voici mademoiselle Delperrier, de Tours.

La jeune fille, dont la chevelure blonde formait une masse bouclée sous le chapeau à larges bords qu'elle portait coquettement incliné, avait paru mal à l'aise, ne sachant trop comment se comporter devant une personne assise par terre.

Pour la mettre à l'aise, Rosie s'était levée et lui avait tendu la main. Les deux jeunes femmes avaient murmuré *enchantée,* puis Rosie avait repris sa place par terre. Elle pensait qu'en dépit du côté non-conformiste de la chose, c'était ce qu'André attendait d'elle.

— Asseyez-vous là-bas, avait dit André en lui indiquant la chaise que Rosie occupait auparavant. Et dégustez votre champagne.

— Il faut me pardonner, Monsieur, avait répondu la jeune fille en s'asseyant. J'ignorais que vous aviez une invitée. Personne ne me l'a dit.

Elle avait une voix haut perchée qui ne manquait pas de charme chez une personne aussi jeune. Son teint clair et crémeux seyait bien à de grands yeux bleu pâle. Elle battait souvent des paupières, comme la poupée préférée d'Allie. Elle était habillée à la dernière mode. Sa robe était ceintrée haut à la taille et sa jupe étroite cachait des bottines pointues qui avaient dû coûter une fortune, estima Rosie.

— Rosie n'est pas une invitée, avait dit André. Elle fait presque partie de la famille. C'est comme une belle-fille pour ne pas dire une fille pour moi.

Rosie savait que ses yeux pétillaient de malice mais elle n'avait pas osé le regarder. Elle aurait été prise d'un fou-rire.

— Vraiment? fit la jeune fille, légèrement décontenancée. Elle se mordilla les lèvres avec ses jolies dents blanches, et Rosie se dit que cette mimique devait plaire aux hommes.

— Vous êtes à Paris pour quelque temps? avait-elle demandé poliment à Rosie.

— Non, seulement pour la journée. J'accompagne des amis américains. Ils ont quelques achats à faire et comme je n'aime pas courir les magasins, je suis venue voir André.

— J'arrive de faire des courses, avait dit la jeune fille, soudain animée. J'adore ça. Je cherchais une robe de mariée. J'ai été chez Worth et chez Poiret mais je pense que Poiret est un peu trop moderne et osé pour moi. Je crois que les mariées devraient s'en tenir aux robes traditionnelles, vous ne pensez pas? Mais je n'ai pas encore décidé. Cela prend du temps et de la réflexion. Après tout, on ne se marie qu'une fois, n'est-ce pas? Et il est absolument essentiel d'avoir la robe qu'il faut. Les photographies restent et témoignent de notre bon goût n'est-ce pas?

Elle fit une petite moue en joignant ses mains.

— Oh! Mon Dieu, j'aurais dû vous expliquer. Voyez-vous, je dois épouser le fils de monsieur Lefèvre dès son retour d'Amérique. N'est-ce pas excitant?

Rosie avait senti sa gorge se nouer.

— C'est un heureux homme, Mademoiselle, avait-elle murmuré.

— Comme c'est aimable à vous de me le dire, avait répondu gracieusement la jeune fille avant de s'adresser à André.

— Maman voulait que je vous parle de la liste des invités. Papa aimerait que la réception ait lieu au Ritz. Nous devons nous marier à Paris, expliqua-t-elle à Rosie, ce sera tellement plus pratique pour les invités.

Elle s'était retournée vers André.

— Papa a obtenu une salle plus grande et si vous voulez inviter plus de monde, ce sera avec plaisir. Je suis tellement heureuse ! Nous allons pouvoir inviter beaucoup d'amis !

André avait posé sa main sur l'épaule de Rosie pour l'apaiser.

— C'est très aimable de la part de votre père, avait-il dit. Mais il faudra que vous en parliez avec Philippe. À mon âge, on n'a plus beaucoup d'amis.

Rosie n'avait pas pu s'empêcher de parler.

— Quand a lieu le mariage ? avait-elle demandé, surprise par le calme de sa voix.

— Le vingt et un juin, le jour le plus long, avait répondu Lorraine en joignant les mains comme dans un geste de prière. C'est le meilleur mois pour un mariage, vous ne trouvez pas ? Puis nous allons en Italie quinze jours. Dommage que ce soit si court mais Philippe ne peut pas s'absenter plus longtemps, à cause de ses affaires.

Elle fit la moue.

— Je lui ai dit que nous n'avions qu'une lune de miel mais vous savez comment sont les hommes dès qu'il s'agit des *affaires*. Il prétend que j'aurai assez à faire pour préparer notre appartement et, en effet, il y a beaucoup de travail.

Rosie sentit son cœur se glacer. Un appartement ? Pourvu que ce ne soit pas le leur.

— Où allez-vous habiter ?

— Philippe a acheté un appartement dans un nouvel immeuble à Neuilly. Bien sûr, je suis habituée à vivre à la campagne mais personnellement, je pense que Neuilly est un compromis parfait. C'est à quinze minutes seulement du bureau de Philippe et le quartier est rempli d'arbres et d'avenues très larges. Et nous avons un parc presque privé puisqu'il n'y a que quatre appartements dans l'immeuble. Philippe a promis de m'offrir un petit chien pour que je ne sois pas seule quand il sera en voyages d'affaires. J'ai pensé à un caniche blanc, ils sont si adorables, quoiqu'un carlin serait plus facile d'entretien. Oh ! je n'aurai pas le temps de m'ennuyer et, bien sûr, je pourrai rendre visite à monsieur Lefèvre ou aller voir ma famille à Tours. J'espère que j'aurai un enfant très vite pour occuper mon temps.

André avait resserré son étreinte pour lui donner du courage.

— Madame Dupuis est une collègue d'affaires de Philippe, avait dit André. Elle fabrique un excellent champagne et est une cliente de Philippe.

— Je crois que j'ai entendu Sébastien parler de vous, dit Lorraine. Ne l'avez-vous pas sauvé sur un bateau quand il était tout petit ?

— Pas exactement sauvé, dit Rosie. Il était seulement perdu, pas en danger.

Elle se leva, sachant qu'elle ne pourrait plus supporter cette situation très longtemps. Elle ressentait une pointe de pitié pour Philippe. La jeune fille était ennuyeuse et déjà un peu vieille. Toute jolie qu'elle était, elle ne constituait pas un danger pour la passion qu'elle partageait avec Philippe.

— C'était très gentil de me confier Sébastien, dit-elle à André en lissant sa robe.

— Il n'est pas d'endroit où il préfère aller, répondit André.

— Vous ne trouvez pas qu'il a grandi ?

— C'est un homme maintenant, acquiesça-t-elle.

— Et il insiste pour entrer dans l'armée.

— Je le sais. Il dit que vous ne l'approuvez pas.

— Les tueries ne sont pas faites pour les gens bien, répondit André d'une voix sombre, quoiqu'il y ait peu de gens de mon avis. Je suis convaincu que nous aurons encore des ennuis avec les Boches. Et la prochaine fois, une guerre moderne avec des armes perfectionnées fera un carnage.

Rosie frissonna. C'était l'homme le plus sage qu'elle connaissait et son inquiétude était contagieuse. Pas pour Lorraine qui dit avec entrain :

— Mais il sera si beau dans son uniforme.

— En effet, avait acquiescé André, soudain exubérant. Il aura toutes les filles à ses pieds.

— Soyez tolérante, elle n'a que dix-huit ans, avait-il murmuré en raccompagnant Rosie à la porte après qu'elle eût fait ses adieux à la future épouse de Philippe. Elle lui avait même présenté ses vœux de bonheur bien que les mots avaient eu du mal à sortir.

— Dix-huit ans, allant sur quarante, avait-elle répondu. Et idiote en plus.

— Mais pas dangereuse.

— Non, pas dangereuse du tout.

Non, pas dangereuse du tout, pensa Rosie en marchant. La distance était longue entre l'Île de la Cité et la gare de l'Est mais elle avait du temps à perdre avant son rendez-vous avec Lizzie, Alexandre et Allie pour prendre le train de retour. Elle aurait aimé passer la plus grande partie de la journée avec André mais il y avait des limites à ce qu'elle pouvait supporter si mademoiselle Delperrier était restée pour le déjeuner. Le mariage, l'appartement, le petit chien, toutes ces choses partagées avec Philippe, elle les aurait voulues pour elle-même. Mais elle ne pourrait jamais les avoir. L'envie lui brûlait les entrailles comme si elle avait bu du mauvais vin.

Pas dangereuse, il est vrai, mais la stupide petite Lorraine serait sa femme. Elle aurait toutes ces choses importantes et la primauté sur tout. Comment pourrait-il supporter de vivre avec elle ? Il le pourrait à cause d'elle réalisa-t-elle. Ce serait un faux mariage. Elle savait qu'il aurait dû faire un mariage heureux mais elle était un obstacle. André avait raison. Ils devaient saisir toutes les occasions de bonheur parce que le bonheur normal, conjugal, n'était pas fait pour eux.

Elle prit un déjeuner solitaire dans une brasserie en face de la gare de l'Est et s'attarda en buvant son café. Puis elle descendit le boulevard Magenta jusqu'à la place de la République et revint d'un bon pas. Se moquant d'elle-même pour cacher sa peine, elle attendit Lizzie et les autres.

Le vingt et un juin serait le jour le plus long. Le plus long de tous.

# Chapitre 15

Heureusement, Lizzie était dans de meilleures dispositions que le jour de son arrivée. Elle avait acheté un tas de vêtements et Lizzie, Allie et Alexandre étaient chargés de paquets soigneusement emballés.

— J'ai fait tant de bêtises, Rosie, dit-elle gaiement. J'ai dépensé une fortune et je crains de devoir vous faire un emprunt jusqu'à l'arrivée de Jim.

Ils étaient confortablement installés dans le train qui traversait la banlieue de Paris. Le crépuscule tombait et les lampadaires à gaz scintillaient dans les rues. Les deux jeunes gens regardaient filer le paysage dans le couloir.

Jim ? Cela sonnait comme un changement de disposition.

— Vous avez été en contact avec M. Webster ? demanda prudemment Rosie.

— Pas encore mais je crois que je le ferai demain. Il me manque, j'en ai bien peur. Je suis encore très fâchée contre lui mais je ne peux pas rester éloignée pour toujours.

Elle poussa un soupir.

— Je pense que la séparation nous aura fait du bien. Croyez-vous que je lui ai manqué ?

— J'en suis certaine, dit Rosie fermement. Et demain à la première heure, j'enverrai Henri télégraphier que vous êtes ici. Pensez-vous qu'il viendra vous chercher ?

— J'en suis persuadée, dit Lizzie avec une touche de suffisance. Il sera surpris d'apprendre que je suis venue ici toute seule mais il ne me laissera pas faire le voyage de retour sans lui.

Rosie hocha la tête en espérant que son amie ait raison. Elle se demandait pourquoi elle n'avait eu aucune réponse au télégramme qu'elle avait expédié le lendemain de l'arrivée de Lizzie. Ce serait épouvantable si M. Webster avait saisi cette occasion pour aller vivre avec sa maîtresse. Lizzie avait très bien pu lui donner, malgré elle, l'occasion de reprendre sa liberté.

Ayant pris sa décision en ce qui concerne M. Webster, Lizzie se lança dans le récit de sa journée. Elle avait fait des achats jusqu'à en être épuisée puis avait pris un petit en-cas au Crillon. Une journée très agréable, disait-elle. Et, à l'arrivée de M. Webster, elle l'emmènerait faire des achats aussi.

— Il sera surpris de voir comment je me suis débrouillée. Vous savez, Rosie, tout ceci m'a été très utile. Je sais maintenant que je ne suis pas aussi stupide que je l'ai toujours cru. Je peux faire des choses toute seule et je crois que je ne suis pas si laide que cela. J'ai près de quarante ans mais il y avait un monsieur au Crillon qui me lançait des regards admiratifs. Même Alexandre l'a remarqué.

— Vous êtes une très jolie femme, Lizzie, dit Rosie, craignant que son amie ait besoin de sa nouvelle indépendance si M. Webster avait pris la poudre d'escampette.

— Quand je serai rentrée à New York, j'ai l'intention de suivre vos conseils, Rosie.

Elle commençait à rougir un peu.

— Pourriez-vous me dire ce que je dois faire pour garder Jim auprès de moi ? Je me rends compte que vous avez raison et que c'est de ma faute. Tout cela est nécessaire aux hommes, il me semble, dit-elle d'une voix résignée.

— J'essaierai, dit Rosie en pâlissant à l'idée d'avoir à lui donner des explications. Mais la meilleure façon serait encore de demander à M. Webster ce qu'il aimerait et ensuite d'essayer... de le faire.

Elle se tut.

— Il faut que je change d'attitude, c'est certain.

Lizzie hocha la tête fermement en prenant des résolutions.

— Maintenant que je ne l'ai plus tout à moi et que je suis loin de lui, je me rends compte que je l'aime. Et si je ne veux pas qu'il aille avec d'autres femmes il faut que je sois une épouse dans tous les sens du terme. Voilà la différence entre vous et moi. Je crois que vous ne pourrez jamais aimer Clovis, alors cela vous est indifférent.

Rosie se contenta de hocher la tête en souhaitant n'avoir jamais expédié ce télégramme. Si elle ne l'avait pas fait, elle n'aurait pas eu ce sombre pressentiment. Elle se jura de ne jamais plus se mêler de choses qui ne la regardaient pas.

Lizzie s'était adossée à son siège en fermant les yeux, un petit sourire aux lèvres. Allie et Alexandre étaient toujours dans le couloir, côte à côte. Comparé à Sébastien, Alexandre faisait jeune pour son âge, pensa Rosie. Il paraissait se satisfaire de la compagnie d'Allie, mais il est vrai qu'Allie était appréciée par tout le monde. Rosie avait remarqué que sa fille avait souffert, les deux premiers jours de la visite de Sébastien parce que celui-ci ne s'occupait pas d'elle. Ils avaient toujours été inséparables, comme un frère et une sœur. Mais, heureusement, son anglais était meilleur que celui de Sébastien et Alexandre s'était tout naturellement rapproché d'elle. Ses attentions semblaient avoir guéri assez rapidement son cœur brisé.

Mais les jeunes cœurs n'étaient qu'éraflés.

Elle s'assoupit un peu et se réveilla quand le train entra en gare de Rilly-la-Montagne. Il y eut un moment de panique pendant qu'ils essayaient de rassembler les paquets. Ils étaient tous chargés et descendirent sur le quai en riant.

— Henri va s'en occuper, disait Rosie quand soudain Lizzie laissa tomber tous ses paquets, pâle et vascillante sur ses jambes.

— Lizzie! Qu'y a-t-il? s'exclama Rosie en saisissant son amie par le bras.

— Tout va bien, s'écria Alexandre en se mettant à courir le long du quai. C'est Papa!

Marchant vers eux sur le quai se profilait la silhouette massive de M. Webster dont l'épaisse moustache avait blanchi. Il avait moins de cheveux et son visage était plus rouge. Il avait l'air de ce qu'il était: un homme de pouvoir et de décision.

Lizzie n'avait pas bougé mais, quand il fut à trois pas d'elle, elle poussa un cri étouffé et se jeta dans ses bras. Il la serra très fort pendant qu'elle sanglotait contre son épaule. Rosie éprouva un immense sentiment de soulagement.

Lizzie avait bien sangloté deux minutes dans les bras de Jim quand il l'écarta doucement pour la regarder en face.

— Assez maintenant, dit-il doucement.

Mais Lizzie continua à pleurer tout en exprimant son soulagement.

— Oh, Jim, je n'arrive pas à croire que tu es ici. Comment m'as-tu trouvée ? Oh ! Jim, tu dois m'aimer puisque tu as réussi à me retrouver. Je ne voulais pas te le dire. J'allais le faire demain mais pas avant. Je voulais te manquer et que tu regrettes de m'avoir blessée. Mais tu m'as trouvée, à une telle distance de chez nous. Oh ! Jim, il n'y a que toi qui pouvais le faire.

M. Webster parut légèrement déconcerté et Rosie, qui se tenait derrière son amie, croisa son regard et posa un doigt sur ses lèvres d'un air suppliant et promettant de lui fournir des explications plus tard. M. Webster n'était pas meneur pour rien. Il comprit le message.

— Bien sûr que je t'ai trouvée, dit-il en lui caressant les cheveux. Je serais allé au bout de la terre pour te retrouver.

Rosie approuva d'un hochement de tête.

Lizzie poussa un énorme soupir et posa sa tête sur la poitrine de son mari tout en attrapant le mouchoir qui dépassait de la poche de sa veste.

— Jim, je te pardonne, dit-elle. Je t'aime. Dire que tu m'as trouvée...

M. Webster sourit à Rosie par-dessus l'épaule de sa femme puis, apercevant le visage intrigué de son fils, redevint sérieux.

— Heureux de te revoir, mon fils, dit-il en lui tendant la main qui ne tenait pas Lizzie. J'espère que tu t'es occupé de ta mère.

— Non, dit Lizzie en s'écartant de lui d'un air offusqué. C'est moi qui ai pris soin de nous deux.

— Je vois, dit-il et Rosie remarqua à nouveau son air intrigué. Rapidement, elle intervint.

— Pourquoi faut-il toujours qu'on se rencontre dans une gare ? Bienvenue en France et en Champagne, M. Webster.

— C'est bon d'être ici, dit-il en se dégageant avec douceur de Lizzie. J'ai cru que je n'y arriverais jamais. J'ai eu beaucoup de mal à me faire comprendre. Mais Henri m'a aidé. Il nous attend dans cette incroyable voiture qui vous appartient. Il faut que j'achète exactement la même.

Rosie comprenait son problème. Personne aux Hérissons ne parlait un mot d'anglais.

— Cela a dû être terrible mais de toute évidence, quelqu'un a réussi à vous expliquer que nous étions à Paris.

— Pas vraiment, dit-il. Henri m'a traîné jusqu'à la gare. J'ai d'abord cru qu'il voulait me réexpédier mais quand j'ai voulu prendre le train, il m'en a empêché. Il est plein de bon sens, ce Henri.

Rosie commença à se détendre. Cela semblait marcher encore mieux qu'elle ne l'avait prévu. Elle espérait seulement qu'il ne gâcherait pas tout en mentionnant le télégramme.

Heureusement, il n'y fit pas allusion et quand ils arrivèrent à la maison, Lizzie se précipita dans sa chambre pour se refaire une beauté. Jim Webster voulut savoir le fin mot de l'histoire. Il était seul avec Rosie, les jeunes gens étaient partis donner à manger aux lapins, madame Dupuis donnait des ordres pour le dîner à Marie et à la cuisinière et, comme d'habitude, Clovis avait disparu.

— Lizzie n'a pas envoyé ce télégramme? demanda M. Webster.

Rosie secoua la tête.

— Non, c'est moi ou plutôt Henri et il a sans doute oublié de le signer. Je ne l'ai pas dit à Lizzie parce qu'elle voulait que vous soyez inquiet. J'ai pensé qu'il valait mieux vous le dire. Vous auriez pu faire appel à la police ou Dieu sait quoi. Mais elle était si en colère que cela lui était égal.

— Je le sais bien! Je suis devenu fou lorsque j'ai vu qu'elle était partie mais j'ai pensé qu'elle ne ferait rien de terrible parce qu'Alexandre était avec elle. Je n'avais aucune idée d'où elle pouvait bien être passée. La moitié de New York était à sa recherche. Ça ne m'a jamais traversé l'esprit qu'elle pourrait faire quelque chose d'aussi intrépide que de prendre le bateau et de se rendre dans un pays étranger toute seule.

— Elle était avec Alexandre, dit Rosie en souriant, et je pense que vous la trouverez changée après cette expérience. Plus intéressante peut-être, ajouta-t-elle sans pouvoir résister à un petit clin d'œil.

Il fronça les sourcils.

— Elle n'a pas...

— Non, elle n'a rien fait sauf réfléchir beaucoup sur elle-même et sur votre mariage. Je crois qu'elle va essayer de jouer son rôle si vous respectez les règles.

— Elle vous a tout dit ?

— Oui.

— Vous pensez que je suis un salaud ?

— Pas vraiment.

— Vous n'êtes pas choquée ?

Il était rouge de confusion.

— Non, pas vraiment. Je vis en France depuis longtemps, M. Webster. Les attitudes sont différentes ici. J'ai l'impression que vous n'aviez pas grand choix.

Il poussa un soupir.

— Pas vraiment. J'ai cinquante-deux ans, le temps passe. J'ai gagné beaucoup d'argent et j'aime Lizzie. Je l'ai aimée dès le premier jour et je l'aimerai toujours. C'est la meilleure femme du monde...

— Mais vous vouliez une mauvaise femme pendant quelque temps, suggéra Rosie en souriant.

— C'est à peu près cela.

Il la regarda soudain figé.

— Je ne devrais pas parler ainsi à une femme. Je suis désolé.

— Ce que vous devriez regretter, c'est de ne pas avoir parlé à votre femme de cette façon, dit Rosie. Cela vous aurait évité bien des peines.

Faisait-elle la morale ? Il était temps de changer de sujet.

— Pourquoi avez-vous mis si longtemps à venir ? Je commençais à croire que vous en aviez profité pour partir avec l'autre.

— À vrai dire, j'étais si furieux que j'ai voulu la laisser mijoter un peu.

Il baissa la tête comme un écolier pris en faute.

— Je vois. Eh bien, puisqu'elle pense que vous avez ratissé la terre pour la retrouver, je n'y ferais pas allusion si j'étais vous, dit sèchement Rosie. Vous êtes en Europe ? Offrez-lui une seconde lune de miel. Elle serait sans doute meilleure que la première.

Son visage s'éclaira.

— Je pensais exactement la même chose. J'envisageais d'aller en Italie. Qu'en pensez-vous ?

L'Italie ! Il disait l'Italie !

— Un bon choix, répondit-elle posément. L'Italie est très courue cette année. Pourquoi n'en faites-vous pas le tour ?

Il fut décidé qu'Alexandre resterait aux Hérissons pensant que ses parents partiraient pour leur deuxième lune de miel. Cet arrangement ne déplaisait pas à Alexandre et ravissait Allie.

Ainsi, tout est bien qui finit bien, pensa Rosie, d'autant plus que M. Webster, mis au courant de ses projets de personnalisation des étiquettes de champagne trouva l'idée excellente et promit d'en acheter de grandes quantités pour les wagons Pullman de ses trains.

Sur la défensive, Rosie lui dit que ce n'est pas exactement à cela qu'elle pensait. Même les wagons Pullman. Elle le conduisit donc, avec Alexandre, dans la salle de dégusation et leur fit goûter, à l'aveugle, un Dom Pérignon, un Pommery 1904 et sa propre cuvée 1906.

Alexandre, fasciné par la salle de dégustation, trouva les trois également bons. M. Webster connaissait le champagne et réfléchit avant de dire que le Dom Pérignon était le meilleur des trois et qu'il y avait peu de différence entre le Pommery et sa cuvée.

— Je suis flattée, lui dit-elle, mais maintenant vous voyez que mon vin est très bon, et très cher.

— Dans ce cas, au diable les passagers. J'en prendrai pour le conseil d'administration. Mais vous serez loin d'en vendre autant.

— Je ne cherche pas un marché gigantesque, avait dit Rosie. Je veux faire un bon champagne et le vendre à des gens qui l'apprécient vraiment et qui n'hésiteront pas à cause de son prix. Je ne veux pas faire de vin pour les épiciers.

Il avait hoché la tête.

— Je vais reprendre un verre de votre cuvée 1906, si vous le voulez bien. Ce n'est certainemant pas un vin pour les épiciers.

Après le départ des Webster pour l'Italie, la vie reprit son cours normal et plus calme aux Hérissons. Clovis, comme toujours, disparaissait des journées entières dans les vignes et Alexandre, très observateur, trouva que Rosie passait beaucoup de temps au lit. On aurait dit quelqu'un qui cherchait à ne rien faire.

Mais il était heureux avec Allie. Elle le fascinait. Il n'avait jamais rencontré quelqu'un comme elle. Bien qu'elle n'eût que dix ans – bientôt onze, insistait-elle – elle avait plus de maturité que les filles américaines de son âge. Elle adorait lui apprendre des choses, le français, le fonctionnement du chai, comment faire pousser des vignes en bonne santé, fabriquer la meilleure moutarde avec ses propres graines, le cycle de reproduction des lapins.

Allie n'était jamais ennuyeuse parce qu'elle avait le don de tout transformer en histoire. S'ils rencontraient un vieil homme et une jeune fille ou n'importe qui au cours de leurs longues promenades dans les rues de Chigny, Allie inventait tout de suite une histoire à leur sujet.

Elle savait aussi écouter. Il lui parla de sa vie à New York et de son inscription à l'Université de Harvard que son père trouvait plus chic que Yale. Il lui raconta des choses qu'il n'avait jamais dites à personne.

Pendant un certain temps, il se demanda comment quelqu'un qui parlait tant, sauf quand elle lisait, pouvait connaître autant d'histoires. Puis il comprit. Elle savait écouter. Les gens lui racontaient des histoires et elle les stockait dans sa mémoire comme les écureuils de Central Park stockaient les noisettes dans leurs joues.

Il pensait sérieusement à l'épouser plus tard. La différence d'âge n'était pas grande. Seulement sept ans, rien qui approchât celle qui séparait ses parents. Il apprit qu'elle rêvait de découvrir l'Amérique.

— Vous savez que Maman est américaine, avait-elle dit. Mais personne n'en parle. Grand-mère prétend qu'elle est Champenoise. Je ne sais pas pourquoi mais un jour je découvrirai le grand mystère que cela cache.

Tout était « un jour » pour Allie. Un jour elle ferait ceci. Un jour elle ferait cela. Alexandre avait l'impression qu'elle réaliserait tous ses rêves et que, par conséquent, quand elle serait grande, elle ne voudrait pas épouser quelqu'un d'aussi calme et insignifiant que lui.

Elle était très jolie. Sa grand-mère l'avait prévenue qu'elle pourrait devenir quelconque en grandissant mais il pensait qu'il y avait peu de chances pour que cela se produise. Ses longs cheveux noirs retombaient en longues vagues dans son dos sauf quand

« Miss », sa gouvernante, insistait pour qu'elle se fît une natte. Son visage, avec ses yeux noirs, ses épais sourcils et sa bouche pulpeuse ne changeraient plus maintenant. Elle aurait des centaines de prétendants.

C'était de la folie de penser ainsi à une petite fille de dix ans mais, folie ou pas, il se dit « qu'un jour » il épouserait Allie.

Avril et mai passèrent. Il faisait chaud et sec et les vignes fleurirent tôt. Lizzie rentra de sa deuxième lune de miel en juin et repartit en paquebot avec Alexandre et son mari.

Elle confia à Rosie qu'elle n'aimait toujours pas beaucoup « ça » mais que son changement d'attitude avait été bénéfique.

— Les hommes veulent faire d'étranges choses, n'est-ce pas ? dit-elle d'une voix à la fois résignée et intriguée.

Elles pleurèrent toutes les deux au moment du départ et Lizzie supplia Rosie de venir à New York et d'emmener Allie avec elle.

— Alexandre est tout à fait séduit et Allie lui a dit qu'elle aimerait beaucoup visiter New York et l'Amérique, le pays de votre naissance. Venez nous rendre visite je vous en supplie, Rosie. Ce serait une telle joie pour Jim et moi.

— Je viendrai un jour, promit Rosie.

Quelques jours seulement après leur départ — les Hérissons paraissaient étrangement calmes – Philippe l'appela au téléphone.

Il le faisait rarement et elle eut peur de se trahir par son excitation en répondant à l'appareil.

— Rosie ?

Son cœur battit la chamade en entendant sa voix.

— C'est Philippe. J'ai de bonnes nouvelles pour toi.

Un instant elle crut qu'il allait lui annoncer que son mariage n'avait pas lieu, qu'il avait changé d'avis.

— Vos projets ont changé ? demanda-t-elle avec précaution.

— Non, répondit-il sèchement, sachant à quoi elle faisait allusion. Il s'agit d'affaires. Il faut que nous en discutions. Dois-je venir à Reims ou veux-tu venir à Paris ?

Elle se souvint de la présence à Paris de l'épouvantable Lorraine.

— Il vaudrait mieux que ce soit à Reims.

— Oui, sans doute. Demain, alors ? Vers midi ? Au bureau ?

Elle hésita et il ajouta : Je t'en prie.

— J'y serai, répondit-elle.

Après avoir raccroché, elle ferma les yeux. Elle avait eu l'intention de dire « non », de signifier que c'était fini. Mais, dans son for intérieur, elle savait qu'elle ne pouvait pas dire une chose pareille.

Elle chercha fiévreusement quelque chose à porter pour le lendemain. Bien sûr, elle ne lui permettrait pas de lui faire l'amour mais elle sortit néanmoins ses nouveaux dessous de soie, les plus jolis. C'était un cadeau de Lizzie, acheté pendant leur séjour parisien. Mais en regardant dans la commode, elle trouva le corselet noir qu'elle avait acheté il y a si longtemps à San Francisco. Elle sourit en se rappelant la dernière fois qu'elle l'avait mis, le jour où elle avait retrouvé Philippe la première fois. Elle décida de la remettre le lendemain, au cas où…

À son arrivée, il l'attendait depuis un moment dans l'appartement et regardait par la fenêtre. Il fut surpris quand elle ouvrit la porte avec sa clef.

— Je voulais te voir arriver, dit-il, mais tu as dû passer sous la fenêtre.

Elle marchait toujours de l'autre côté de la rue pour qu'il puisse la voir venir. Aujourd'hui, elle avait délibérément changé de trottoir. Sans répondre, elle posa son parapluie et enleva soigneusement son chapeau.

— Comment vas-tu, Philippe ? demanda-t-elle d'une voix anodine. Le voyage a été un succès ?

— Un grand succès, répondit-il gravement.

Sachant qu'il voulait l'embrasser, elle se déplaça de telle sorte qu'une petite table se trouva entre les deux. Elle dut se faire violence pour ne pas se précipiter dans ses bras tant elle était heureuse de le voir. Il avait l'air fatigué et amaigri et elle remarqua que sa moustache blonde perdait de son lustre. Son cœur se serra à ce signe de vieillissement. Elle aussi ne rajeunissait pas.

— J'en suis heureuse pour toi, dit-elle.

— Tu devrais être contente pour toi aussi.

Il avança d'un pas et elle faillit reculer, tant elle craignait ce qui pourrait se passer s'il approchait davantage.

— Tu m'as demandé de vendre ton champagne à un membre de la famille royale anglaise et je l'ai fait.

Elle le regarda d'un air abasourdi et il sourit de toutes ses dents.

— Tes désirs sont des ordres pour moi, dit-il en s'inclinant. Ton client a donné des instructions détaillées, même un dessin de l'étiquette qu'il désire. C'est un duc de la famille royale et tu es conviée à la garden party de leurs Majestés à Buckingham Palace, en juillet.

— Répète, dit-elle d'une voix à peine audible.

Il ouvrit la bouche mais elle leva la main pour l'arrêter.

— Non, je pense que j'ai compris. Je n'arrive pas à y croire, tout simplement.

— Tu es conviée à titre de propriétaire de la marque fabriquant du champagne pour un membre de la famille royale. Clovis n'est pas invité.

— Comme c'est étrange d'inviter une femme seule, dit-elle.

— Et moi, je dois venir en tant que fournisseur de la famille royale. Ma future femme n'est pas invitée.

Elle ne savait que répondre. Voyant son hésitation il ajouta :

— Irons-nous à Londres ensemble, Rosie ?

Ses yeux bleus l'interrogeaient. Elle examina son visage intelligent, sa bouche sensuelle, ses cheveux blonds soyeux et pensa qu'elle l'aimait tant, qu'elle le désirait tant.

Le moment était venu de cesser de jouer. Elle hocha la tête.

— Et ce n'est pas fini. J'ai vendu ton champagne des Hérissons à des sénateurs et des membres du congrès à Washington et à des hommes influents de New York. Tu es invitée à un congrès sur le vin qui aura lieu fin juillet à New York. Tu auras tout juste le temps de prendre le bateau en Angleterre. Irons-nous à New York ensemble, Rosie ?

Elle respira profondément, n'arrivant pas à croire ce qu'elle entendait.

— Oui, si c'est possible, Philippe, dit-elle.

Il souleva la petite table qui les séparait, faisant glisser dangereusement les objets posés dessus, et la posa à l'écart. Puis il la prit dans ses bras. Avec un soupir, elle y resta.

— Rosie, ma Rosie, je t'aime tant. Rends-toi compte que, pour la première fois, nous serons libres, ensemble, jour et nuit, pendant très longtemps.

— Est-ce possible ? demanda-t-elle, appréhandant les difficultés. Que diront Mama et Clovis ?

— Ils seront excités quand tu leur montreras les invitations.
Une invitation du roi d'Angleterre !

Elle s'accrocha à lui.

— Oserai-je ?

— Je quitte ma femme après un mois de mariage : ne peux-tu
pas quitter ton mari après onze ans de vie conjugale ?

— Mais Philippe, tu sais que c'est différent pour les femmes.

— Ces invitations ne sont pas adressées à une femme mais à
la propriétaire d'une maison de champagne, dit-il, têtu.

— Alors, elles auraient dû être adressées à madame Dupuis.

Il rit et la serra contre lui.

— Je ne me serais pas donné tant de mal pour les obtenir pour
ta belle-mère.

Elle rit aussi.

— Sérieusement, ils seront furieux si l'un des deux ne vient
pas avec moi. Cela paraîtra suspect de partir seule avec toi. Même
si tu es marié à ce moment-là, ajouta-t-elle, provocante.

— Alors emmène Allie, suggéra-t-il. Ça lui fera du bien.

C'était une solution. Elle réfléchit.

— Lizzie a insisté pour qu'Allie visite New York. Alexandre
est subjugué par elle, toute jeune qu'elle soit.

— Mais que ferons-nous d'elle à Londres ? demanda-t-il.

— Il faudra que je la garde avec moi, dit-elle lentement. Je ne
connais personne à Londres et nous serons obligés de la garder
tout le temps avec nous sur le bateau, à moins que je n'emmène
Miss avec moi. Elle pourrait s'en occuper mais il faudra être très
prudents.

— Rosie, je me contenterai de t'avoir près de moi, même si je
ne dois jamais te prendre dans mes bras, dit-il en la serrant plus
fort contre lui. Miss pourrait peut-être l'emmener quelque part en
Angleterre. Après tout, aucune d'elles n'est invitée à la garden
party. Nous ne resterons à Londres que deux jours.

— Et que vas-tu dire à ta jeune épouse ? demanda-t-elle en se
dégageant de son étreinte. J'ai appris que le mariage aurait lieu le
vingt et un juin et que vous alliez voyager en Italie avant d'occuper
votre charmant appartement dans la banlieue parisienne où, avec
un peu d'imagination, on se croirait à la campagne.

Il parut surpris.

— Comment sais-tu tout cela ?

— Ton père ne t'en a pas parlé ?

Elle s'éloigna de lui et regarda la cathédrale par la fenêtre.

— Non, je n'ai guère vu Papa depuis mon retour. Qu'aurait-il à me dire ?

— Que je lui ai rendu visite et que Lorraine a surgi à l'improviste pour lui parler du mariage. Sais-tu que tu pourras avoir plus d'invités parce que son papa a réussi à louer une salle plus grande au Ritz.

Il paraissait de plus en plus mal à l'aise.

— Elle t'a dit tout cela ?

— Oui. Toute la conversation a porté sur votre futur mariage, lune de miel et projets de famille. Elle nous a assuré à tous les deux qu'elle serait bientôt occupée avec un membre de plus pour la famille Lefèvre.

— Oh ! mon Dieu ! s'exclama-t-il doucement. Je suis désolé, ma chérie.

— Cela n'a pas d'importance, dit-elle d'une voix résignée.

Après des semaines de tristesse, elle avait surmonté le cauchemar de cette conversation. Mais elle n'était pas prête à cesser de le provoquer et ajouta, en se tournant vers lui avec un sourire :

— Elle est très jolie.

— C'est vrai.

— Et très bête.

— Rosie ! Je vous en prie.

— C'est vrai, non ?

— Elle est très jeune.

— Et très bête.

— Oui, si tu insistes, elle est très bête. Et c'est pour cela que toi et moi irons à Londres et à New York ensemble car nous serons tous les deux mariés à des partenaires stupides.

Il se tut, puis demanda, d'un air inquisiteur :

— As-tu fait l'amour avec Clovis après notre dernière rencontre ?

La question la prit par surprise.

— Non. Il n'a pas voulu. Je crois qu'il était allé voir sa putain et il n'est pas très performant.

Elle préférait ne pas mentir.

Il parut préoccupé.

— Tout va bien ?

— Qu'arriverait-il dans le cas contraire ?

— Rosie, si tu étais enceinte de moi, je serais l'homme le plus heureux du monde. L'es-tu ?

Elle secoua la tête sans rien dire.

— Ah, ma chérie, dit-il tristement, nous sommes secoués par la tempête mais nous partirons ensemble, profitant de tout le bonheur que nous pourrons vivre. Ne sois pas amère, je t'en prie. Cela te ressemble si peu que je ne peux pas le supporter.

Elle fondit à ces paroles et se serra contre lui.

— Je suis désolée, vraiment désolée. Mais cela m'a fait si mal de l'entendre parler de l'enfant qu'elle espère avoir de toi. Il faut me comprendre.

Il se pencha pour l'embrasser sur la bouche.

— Plus de disputes, fit-il. Dis-moi simplement si tu viendras avec moi.

— Je viendrai.

— Et nous serons amants ?

— Oui.

— Dans ce cas, puis-je te faire l'amour maintenant ?


Madame Dupuis fut très fière quand Rosie lui montra l'épais carton d'invitation blanc invitant sa belle-fille à la garden pary du roi d'Angleterre.

— Mais c'est incroyable, s'exclama-t-elle. Vous irez, bien sûr, Rosie. Que de choses vous aurez à nous raconter en rentrant.

— Je crois que notre champagne devient célèbre, Mama, dit Rosie en choisissant ses mots avec soin, parce que je suis aussi invitée au Congrès International du Vin à New York, la semaine suivante. J'aurai juste le temps de m'y rendre. Tout cela bien sûr, grâce à Philippe Lefèvre. Il a travaillé dur pour faire connaître notre champagne à l'étranger. Nous devrions lui en être très reconnaissants. Nous devons approvisionner un duc de la famille royale, un des fils du vieux roi, avec des bouteilles spécialement étiquetées pour lui. Voilà pourquoi Philippe et moi avons été invités à Buckingham Palace. Et à New York, des membres du gouvernement achètent notre champagne. Nous avons donc été invités à participer à un concours qui déterminera le meilleur champagne du monde.

Madame Dupuis parut troublée.

— Monsieur Philippe s'y rend également ?

— Naturellement, dit Rosie en s'efforçant d'avoir l'air surprise.

— Je vois.

Madame Dupuis fronça les sourcils.

— Est-il avisé de voyager en sa compagnie ?

— J'ai pensé à prendre Allie et Miss avec moi, expliqua Rosie.

Le visage de madame Dupuis se détendit et elle poussa un soupir de soulagement.

— Ce sera une merveilleuse expérience pour Allie, dit-elle. Mais si je puis me permettre, ma chère Rosie…

— Bien entendu.

— Nous ne dirons pas à Clovis que monsieur Philippe doit voyager avec vous. Cela ne ferait que l'inquiéter.

— Si vous pensez que c'est préférable, Mama… acquiesça Rosie.

Elle ne parvenait pas à croire que le destin lui avait apporté un soutien inespéré en la personne de sa belle-mère.

Le jour le plus long passa sans trop de douleur. Rosie était tellement occupée qu'elle savait à peine quel jour on était. Et dans quelques jours, elle serait avec Philippe. Elle pouvait se permettre d'attendre.

Elle écrivit à Lizzie, acceptant son invitation, et eut fort à faire au chai, supervisant sans arrêt la fabrication du champagne. Celui qu'elle avait l'intention de présenter au congrès devait être choisi et expédié. Il devait arriver à l'entrepôt newyorkais de Philippe à temps pour reposer avant d'entrer en compétition avec les vins mousseux du monde entier. Madame Dupuis était horrifiée à l'idée que l'on puisse comparer ce qu'elle appelait les vins pétillants d'Italie ou d'Espagne ainsi que d'Amérique avec le véritable champagne.

— Comment peut-on appeler cela du champagne alors que ça ne vient pas de Champagne ? dit-elle avec mépris.

Rosie expliqua qu'elle pensait qu'il y avait différentes catégories.

— Je l'espère bien, dit madame Dupuis.

Rosie voyait peu Clovis. Il était occupé au vignoble avec les ouvriers. Après trois années difficiles, la température fut idéale pour les vignerons. Clovis était heureux. Il était fier que sa femme soit invitée par la famille royale d'autant plus qu'il n'avait pas à l'accompagner. Il aurait souffert de se retrouver parmi tous ces gens parlant une langue étrangère. À ses yeux, il était parfaitement normal que sa femme rende visite à un roi et une reine parce qu'elle était une reine elle-même. Il en fit part à tous ses clients et les langues allèrent bon train à Chigny-les-Roses. Rosie n'allait pas à une simple garden party, elle aurait un tête à tête avec la nouvelle reine d'Angleterre, une Allemande, ce qui n'était pas en sa faveur, apparemment charmante.

Les ouvriers des vignes et du chai étaient fiers de savoir que le fruit de leur travail allait recevoir une consécration officielle et rafraîchir le gosier du roi. À la demande de Rosie, Clovis ouvrit quelques bouteilles de leur cru 1906 et organisa une petite fête pour le personnel. Les hommes burent à la santé et au succès de leur champagne et, sur les instances de Rosie, Clovis leur annonça qu'ils recevraient une prime.

Miss, qui était anglaise, était aussi très impressionnée par la nouvelle. Miss s'appelait Thoronson, un nom presque imprononçable pour les Français. C'est la raison pour laquelle tout le monde aux Hérissons l'appelait Miss. Allie l'aimait bien, quoiqu'elle fût sévère et ne permît aucun écart. C'était une fille calme de vingt et un ans, dont le père était vicaire dans le sud de l'Angleterre. Quand Rosie lui annonça qu'elle accompagnerait Allie, elle en fut enchantée.

Elle demanda timidement à Rosie si elle pouvait emmener Allie chez ses parents pendant que Rosie serait à Buckingham Palace.

— À dire vrai, madame, j'ai très envie de voir ma famille mais je crois également qu'il serait bon pour l'éducation d'Allie de voir comment vivent les Anglais. J'ai de jeunes frères et sœurs qui l'amuseraient.

Elle expliqua qu'elle vivait entre Winchester et Southampton et qu'il lui serait facile de rejoindre Rosie après sa visite.

Rosie se rendit à Paris pour acheter de nouvelles robes. Elle passa de longues heures chez Paul Poiret jusqu'à ce qu'elle eût choisi sa garde-robe pour le voyage. Elle était un peu affolée à l'idée de tout l'argent qu'elle dépensait mais Philippe lui dit que sa présence à ces deux événements ne pourrait que contribuer au succès de sa maison de champagne.

Les visites à Paris lui permirent de voir son cher André et, fort heureusement, l'odieuse Lorraine ne fit plus d'apparition. Les yeux d'André pétillèrent en apprenant les nouvelles et il lui demanda si son fils voyagerait avec elle. Quand elle lui répondit par l'affirmative, il dit :

— Vous lui avez donc pardonné son mariage ?

Elle poussa un soupir et sourit.

— En effet.

Son départ fut annoncé par *La Champagne,* le journal local, et l'événement donna lieu à une petite fête. Le jour du départ, tous les habitants des Hérissons étaient présents à la gare de Rilly-la-Montagne. Madame Dupuis, Clovis, Marie et Henri étaient là de même que la petite aide-cuisinière et certains ouvriers qui leur firent de grands signes quand le train quitta la gare. Rosie aperçut quelques-uns des vignerons à qui ils achetaient du raisin. De toute évidence, ils pensaient avoir une part légitime dans l'honneur qui était fait aux Hérissons. Depuis la nuit des émeutes d'Ay, l'attitude des habitants de la région avait changé imperceptiblement. Des voisins qui leur disaient à peine bonjour auparavant se trouvaient sur le quai de la gare. Le prêtre vint de sa vieille église de Chigny pour bénir leur départ, et ceux de Rilly et Mailly en firent autant. Le chef de gare, qui cumulait les fonctions de contrôleur, guichetier et homme de charge (quand sa femme refusait de balayer les quais) était non seulement vêtu de son uniforme mais encore coiffé de son képi. Il ne manquait que l'orchestre municipal.

Rosie sentit les larmes lui monter aux yeux en regardant la foule s'amasser devant le petit bâtiment de la gare. Ils étaient heureux et bruyants parce qu'elle contribuait à la gloire de leur vin, comme bien d'autres l'avaient fait avant elle et d'autres le feraient dans les années à venir. Elle présentait sa propre *cuvée*. Il importait surtout que ce soit du champagne et que cela contribue à la gloire du vin de la région.

Vive les Hérissons ! Vive Madame ! Vive la Champagne ! Vive la France ! Crièrent-ils en levant le poing tandis que le train se mettait en marche. Elle fut soudain assaillie par un sentiment de culpabilité. Elle était en route pour rejoindre son amant.

— Tu étais sans conteste la plus belle femme, dit-il paresseusement, une main posée sur son sein.
— Flatteur !

Elle bougea la tête sur l'oreiller, juste assez pour l'embrasser sur la joue.

— Ce n'est pas de la flatterie, assura-t-il. C'est la vérité. Je jurerais à mon Créateur que tu étais la plus belle femme présente.

Elle poussa un long soupir.

— C'était merveilleux, dit-elle. C'est la chose la plus excitante qui me soit jamais arrivée, à l'exception peut-être de faire l'amour avec toi.

— Flatteuse, dit-il à son tour.

— Je jurerais devant mon Créateur que mes péchés devraient m'être pardonnés parce que l'amour avec toi est la chose la plus excitante du monde.

Ils restèrent silencieux un moment, corps emmêlés, les jambes de Rosie repliées contre les siennes, son bras sous ses épaules, se touchant partout où c'était possible.

La lumière rose du soleil couchant filtrait à travers les longues fenêtres de leur suite, réfléchie par les vaguelettes grises de la Tamise. La chambre était grande mais le lit un peu petit pour tous les deux. Cela n'avait pas d'importance.

Elle était parfaitement paisible et pensait à l'après-midi qu'ils venaient de passer. Elle revoyait la pelouse verte, les beaux jardins et le lac, entourés de hauts murs, accueillant des gens bien habillés, des hommes en chapeau haut-de-forme ou en uniforme bariolé, des femmes en robe d'été avec des chapeaux extravagants. Il y avait deux fanfares militaires, une de chaque côté de la vaste pelouse, jouant des airs militaires ou des extraits d'opérette, et trois immenses marquises, chacune décorée d'une façon différente. En arrivant, elle avait aperçu l'intérieur du palais avant de sortir sur la terrasse dominant le jardin du roi. L'ensemble était d'une élégance et d'un style qu'elle n'avait jamais vus. Elle avait eu cette impression, éprouvée quelques rares fois au cours de sa vie, d'appartenir à cet endroit. Et pour son plus grand bonheur, Philippe était avec elle, pas avec Lorraine.

Ils avaient convenu d'oublier l'existence de Lorraine pendant les trois semaines à venir.

— J'ai bien aimé le duc, dit-elle paresseusement. Quelle magnifique barbe et quel charme !

— Il est tombé amoureux de toi. Il était comme un écolier à tes pieds. Je doute qu'il ait jamais rencontré une aussi belle femme, entouré qu'il est par toutes ces Anglaises aux visages chevalins.

Elle savait qu'il la taquinait et elle rit.

— Si tu l'avais voulu, tu aurais pu lui vendre toute ta production de champagne. Ce n'est pas moi qu'il a invité sous la marquise royale, mais toi.

Il lui dit tout cela en lui pinçant la pointe du sein si bien qu'elle poussa un petit cri en simulant la frayeur.

— Si j'étais venu sans toi, j'aurais pris mon thé et mes fraises à la crème avec la foule. Et si j'avais été jaloux, je l'aurais provoqué en duel.

— Hum, fit-elle en se frottant le menton au creux de son épaule nue. J'ai trouvé certaines femmes très jolies. Pas habillées aussi bien qu'elles auraient pu l'être, peut-être, mais si blondes et semblables à des poupées. On voyait bien qui s'habille à Paris. J'ai trouvé le roi George très beau. J'ai aimé sa barbe et ses yeux bleus extraordinairement pâles. Vous ne trouvez pas que la reine Mary est absolument merveilleuse ? Elle a dû être très belle quand elle était jeune. Mais pourquoi passaient-ils parmi leurs invités en carrosse ?

— Pour éviter d'être bousculés, peut-être et pour se faire voir. Et ils t'ont remarquée dans ta robe jaune.

— Monsieur Poiret disait que les membres de la famille royale portaient toujours des vêtements aux couleurs vives pour qu'on les voie bien. Il a insisté pour que je prenne une robe jaune pour leur faire concurrence.

Rosie savait qu'elle avait été remarquée. Elle savait que quand elle s'était avancée dans la foule avec Philippe, errant parmi les gens qui cherchaient tous à voir des membres de la famille royale, on l'avait suivie du regard, elle. Les femmes, envieuses, la détaillaient des pieds à la tête. Le regard des hommes exprimait tout autre chose.

Elle était au bras de Philippe et avait fait une profonde révérence au passage du roi et de la reine dans leur carrosse. C'était la première garden party qu'ils présidaient en tant que monarques régnants. Rosie se demanda s'ils étaient nerveux étant donné qu'ils n'avaient été couronnés que le lendemain du mariage de Philippe, trois semaines auparavant.

C'est après le passage du couple royal qu'ils avaient rencontré le duc, resplendissant dans son uniforme de la marine. Son œil s'était posé sur Rosie puis, reconnaissant Philippe, il avait dépêché son écuyer pour les faire venir.

L'écuyer lui avait demandé son nom à voix basse. Elle le lui avait chuchoté puis il l'avait présentée officiellement à son maître. Elle avait fait une profonde révérence, s'efforçant d'avoir l'air de quelqu'un qui fréquente la famille royale tous les jours, les yeux modestement baissés en se disant qu'il ne fallait pas oublier qu'elle n'était que la petite Rosie Brunner de Calistoga.

Le duc leur avait parlé dans un français parfait et les avait invités à prendre le thé sous la marquise royale.

— C'est tellement plus confortable que les marquises publiques, avait-il expliqué. Les gâteaux sont faits par le cuisinier du palais et non par un traiteur. Je puis vous dire, par expérience, que ceux des traiteurs sont d'une qualité nettement inférieure.

Ils avaient tous les trois traversé la pelouse en parlant de champagne.

— Mon père, feu le roi appelait toujours le champagne « the boy ». Quand il chassait, il se faisait toujours suivre par un garçon avec des bouteilles de champagne dans un seau de glace. Il le faisait venir quand il voulait une bouteille et, avec le temps, on appela cela une bouteille de « the boy ».

— Et quelle champagne buvait-il, votre Altesse Royale ?

Il rit en renversant la tête en arrière.

— Ce serait rapporter, dit-il.

Rosie s'était rendu compte que les gens chuchotaient autour d'eux et qu'ils se demandaient qui elle était. Tandis qu'elle marchait en tenant la traîne de sa robe d'une main et l'ombrelle jaune, assortie à sa robe, de l'autre (Paul Poiret avait affirmé qu'il fallait prévoir de la pluie à une garden party anglaise) Rosie ne put s'empêcher d'éprouver un sentiment de triomphe. Prendre le thé avec la famille royale anglaise n'était peut-être pas la chose la plus importante du monde mais, sur le moment, elle décida de s'accorder le droit de le croire.

Sous la marquise, le duc avait dit à son écuyer de leur trouver une place et de les faire servir, puis il avait pris la main de Rosie et l'avait portée à ses lèvres.

— Il faut m'excuser, madame Dupuis mais je dois faire mon devoir et me mêler à la foule. J'espère que nous nous reverrons. Peut-être pourrons-nous partager une bouteille de votre admirable champagne un jour.

— Ce serait un grand plaisir, votre grâce.

— Restez ici un moment. Vous pourrez voir la foule sans vous faire bousculer et, dans peu de temps, leurs Majestés viendront ici prendre leur thé. Vous pourrez les voir de très près, dit-il d'un air malicieux, si cela intéresse la jeune Française démocrate que vous êtes.

— Il y a peu de gens qui ne s'intéressent pas à ces choses et la plupart de ceux qui le nient ne disent pas la vérité.

Il rit et se pencha légèrement vers elle.

— Je suis sûr que nous nous reverrons.

— Moi aussi.

Elle sourit en repensant à toute cette scène.

— Il est marié ? demanda-t-elle à Philippe pour le taquiner tout en lui grattant les poils blonds sur la poitrine.

— Qui ?

— Le duc, bien sûr.

— Je ne le pense pas.

— Imagine ! dit-elle. Si je joue bien mes cartes, je pourrais devenir duchesse.

— Tu es duchesse, reine et princesse et cesse de parler du duc. Occupe-toi de moi.

— Je viens de le faire. Je croyais que tu voulais dormir.

— J'ai changé d'avis, dit-il et il se retourna pour s'allonger sur elle en glissant sur les yeux puis les joues et enfin sur la bouche.

— Je ne peux pas respirer, se plaignit-elle.

Il se souleva sur les coudes et lui sourit.

— Tu étais vraiment la plus belle, le sais-tu ?

— Et toi le plus séduisant.

— Plus séduisant que le duc ?

— Oui et plus jeune.

— Tu préfères les hommes plus jeunes ?

— Je te préfère, toi.

— Bien.

Il roula sur le côté, lui embrassant le bout du nez en passant.

— Parce que ce soir, nous dînons avec un lord âgé qui voulait faire ta connaissance avant de décider de te permettre gracieusement de lui fabriquer son champagne.

— Il est riche ?

— Très riche.

— Alors, nous fabriquerons son champagne, dit-elle avac assurance. Conduis-moi jusqu'à lui.

Philippe se leva, tout nu et posa ses mains sur ses hanches. Son corps mince était magnifiquement musclé, pensa-t-elle.

— Je vais le faire, dit-il, à condition que tu t'habilles d'abord.


Allie n'était pas sûre d'apprécier ce voyage. Elle était déçue d'apprendre qu'elle n'assisterait pas à la garden party et que, pendant ce temps, elle passerait deux jours dans un presbytère de campagne avec Miss.

Il s'avéra que les parents de Miss étaient des gens très âgés, aussi désséchés que des feuilles mortes. Mais ils étaient gentils et contents de faire sa connaissance. Ils étaient si heureux de revoir leur fille – qu'ils appelaient Pam – qu'Allie fut ravie d'être venue. Elle avait vraiment l'impression que les parents Thoronson ne vivraient plus longtemps. Leurs jeunes enfants se montraient un peu condescendants avec elle. Mais, étant donné que leur français était exécrable alors que l'anglais d'Allie était excellent, elle trouvait cette attitude un peu déplacée. Ils posaient aussi beaucoup de questions stupides sur la France et la vie qu'on y menait, comme si c'était un pays barbare.

Le presbytère était une immense bâtisse, glaciale même en ce mois de juillet, mais le jardin était magnifique, avec des fleurs qu'elle n'avait jamais vues auparavant. Il s'en dégageait une odeur si merveilleuse le soir qu'elle prit l'habitude de se tenir au milieu de la pelouse en aspirant l'air à grandes bouffées. Allie aurait aimé que sa mère puisse le voir. Ils avaient même des coquelicots, poussant en plates-bandes, cultivés pour leur beauté et non pas arrachés comme mauvaises herbes.

Mais elle s'ennuyait un peu et ses parents lui manquaient. Elle se dit avec philosophie qu'elle ne resterait éloignée de sa mère que deux jours et supporta avec résignation les légumes pâteux et la viande trop cuite qui semblaient de rigueur chez le pasteur. Heureusement, des framboises précoces et des fraises tardives, agrémentées d'une extraordinaire crème fraîche venant d'une ferme locale, compensèrent la terrible façon d'accommoder les mets de Mme Thoronson. Elle aimait aussi le petit village au milieu duquel se dressait l'église du révérend Thoronson et le trouvait bien plus charmant que les villages de Champagne.

Mme Thoronson pleura quand Miss et Allie lui firent leurs adieux. Elle inventa une histoire selon laquelle elle avait attendu la venue de Pam pour mourir en paix.

Mais quand Allie dit à Miss qu'elle était désolée de savoir que la santé de sa mère n'était pas bonne, Miss parut extrêmement surprise. Elle lui dit que sa mère était en pleine forme et lui demanda ce qui avait bien pu lui donner une telle impression. Allie décréta intérieurement que tous les Anglais avaient l'air desséchés et racornis. C'était peut-être parce qu'ils ne buvaient pas de vin à table.

À Southampton, Allie fut un peu surprise de constater qu'ils voyageaient avec le père de Sébastien. Elle ne savait pas pourquoi, mais sa présence la mettait mal à l'aise. Elle fut aussi déçue de voir qu'elle partageait une cabine avec Miss sur le pont inférieur à celui où se trouvait celle de sa mère. Cela l'indignait d'autant plus qu'elle avait dormi dans la cabine de sa mère pendant la traversée de France en Angleterre.

La cabine de sa mère était grande et confortable, avec des hublots par lesquels on pouvait voir la mer. Mais, tout compte fait, sa petite cabine, avec ses deux couchettes et son lavabo, était bien plus agréable. La cabine de sa mère avait l'air d'une chambre ordinaire.

Allie était fascinée par le bateau. Il était au moins dix fois plus grand que celui sur lequel ils avaient traversé la Manche. Un peu avant qu'il ne lève l'ancre, elle avait fait le tour du paquebot, découvrant la bibliothèque, le restaurant, les salles de jeux, les ponts accessibles aux passagers et ceux réservés à l'équipage. Elle prit la ferme décision de trouver le moyen de visiter ceux qui étaient défendus.

Elle aimait le bruit des moteurs, surtout la nuit quand on avait l'impression d'entendre les battements de cœur du bateau comme ceux d'une personne. Et, en haute mer, elle fut impressionnée par l'étendue et la solitude grise des vagues de l'Atlantique.

Il y eut quelques déceptions. Sa mère et monsieur Philippe dînaient à la table du Capitaine alors que Miss et elle étaient reléguées dans un coin. Elle choisit une place d'où elle pouvait observer sa mère séduire toutes les personnes présentes. Rosie était incontestablement une des femmes les mieux habillées et la plus belle de toutes les passagères, décida-t-elle, bien qu'elle n'avait pas de bijoux comparables à ceux de certaines femmes plus âgées et plus élégantes. Sa mère n'avait pas besoin de bijoux, pensa Allie, mi-fière, mi-envieuse. Elle resplendissait sans diamants.

Dès le départ de Chigny, Miss avait insisté pour qu'elle étudie malgré tout ses leçons. C'était ennuyeux de se battre avec l'arithmétique mais elle tenait un cahier dans lequel elle inscrivait ce qu'elle faisait chaque jour en français et en anglais. C'était un peu frustrant car Miss notait ce qu'elle écrivait, elle ne pouvait donc pas y mettre tout ce qu'elle aurait voulu, comme ses réflexions sur la cuisine de la mère de Miss ou bien l'attitude de ses sœurs et frères vis-à-vis d'elle. Mais elle contourna la difficulté en tenant un journal secret afin de n'oublier aucun détail à raconter à son père à son retour.

Elle passait donc le plus clair de son temps dans la bibliothèque du bateau, écrivant en s'efforçant de ne pas faire de taches avec le nouveau porte-plume reçu en cadeau de sa grand-mère pour son anniversaire en juin.

Elle prenait le thé tous les jours avec sa mère dans l'un des salons du bateau. Monsieur Philippe était parfois présent. Elle préférait quand il ne venait pas. Elle sentait une intimité entre eux qui l'inquiétait et lui faisait regretter l'absence de son père.

— Est-ce que tu t'amuses, Allie ? lui demanda sa mère quelques jours après leur départ.

— Beaucoup, répondit Allie sans mentir. J'aimerais pourtant déjeuner avec toi plutôt qu'avec Miss.

— Comment ! Tu voudrais laisser Miss manger toute seule ?

— Elle pourrait déjeuner avec monsieur Philippe, suggéra Alice.

Sa mère rit plutôt fort.

— Mais Allie, monsieur Philippe et moi sommes en voyage d'affaires. Nous faisons la promotion du champagne de ton père. Nous traitons des affaires à table. C'est toi qui es en vacances.

— Alors pourquoi Miss me donne-t-elle des leçons ? demanda Allie, en colère.

— Parce que ça te fera passer le temps jusqu'à ce que nous arrivions à New york.

— Mais il y a des millions de choses que je pourrais faire sur ce bateau, protesta Allie. Maman, je voudrais cesser de suivre des leçons.

Sa mère céda avec une facilité surprenante.

— Si tu veux. Mais tu risques de t'ennuyer.

— Comment pourrais-je m'ennuyer ici ? dit Allie, sincèrement étonnée que sa mère puisse croire une chose pareille.

— Maman, tu n'as pas idée de tout ce qu'il y a à explorer.

— Alors, sois prudente, dit Rosie. Les bateaux peuvent être des endroits dangereux. Ne t'approche pas des rambardes.

— Maman ! s'exclama Allie avec toute sa dignité. J'ai onze ans. Je ne suis plus un bébé.

— Très bien, ma chérie.

Sa mère posa sa tasse de thé et se leva.

— Je dirai à Miss que tu es dispensée de tes leçons.

Monsieur Philippe traversait l'épais tapis du salon et, déposant un rapide baiser sur la tête de sa fille, Rosie se hâta à sa rencontre. C'était comme si elle avait oublié la présence d'Allie.

Allie aurait aimé expliquer à sa mère ce qu'elle ressentait mais elle ne semblait pas avoir de temps à lui consacrer. Il y avait monsieur Philippe par ci, monsieur Philippe par là. Bien qu'elle appréciât sa gentillesse et sa distinction et le fait qu'il était le père de Sébastien, Allie s'indignait de l'emprise qu'il exerçait sur sa mère.

Pendant ses flâneries sur le bateau, elle explora les canots de sauvetage, se glissant sous les bâches pour voir ce qu'il y avait en dessous et comment cela fonctionnait. Elle inventa une histoire au cours de laquelle ils faisaient naufrage après avoir heurté un immense rocher. Elle mettait toute seule un canot à l'eau pour sauver sa mère qui était sur le point de se noyer. Monsieur Philippe était sur le pont et sa mère l'appelait désespérément au secours. Mais ne sachant pas nager, il ne savait que faire. C'est Allie qui les sauvait tous les deux en faisant monter monsieur Philippe dans le canot de sauvetage puis en sortant sa mère de l'eau.

— Comment pourrons-nous jamais te remercier ? lui disaient-ils tous deux et elle leur pardonnait de l'avoir délaissée.

Bien qu'ils l'ignoraient, elle n'était pas solitaire. Pendant ses expéditions sur le bateau, les autres passagers bavardaient avec elle et les marins étaient gentils. Ils lui montraient différents oiseaux quand elle était sur le pont, oiseaux qu'elle ne verrait jamais sur terre, affirmaient-ils. Elle vit un albatros, ce qui lui rappela un poème que Miss lui avait fait lire, parlant d'un vieux marin condamné à naviguer sur les mers pour l'éternité. C'était un poème difficile, se souvenait-elle, plein de drôles de mots. Mais en regardant les magnifiques couchers de soleil, elle pensa que ce n'était pas une si terrible épreuve, à part l'albatros mort enroulé autour du cou du marin. C'était un grand oiseau et il aurait certainement senti très mauvais.

C'est en regardant le coucher du soleil qu'elle décida de se lever très tôt pour voir le jour se lever. Elle décida de n'en rien dire à Miss. Miss avait pris l'habitude de revenir dans la cabine assez tard et un peu décoiffée. Elle s'y glissait sans bruit pendant qu'Allie faisait semblant de dormir. Miss n'était pas mécontente de ne plus avoir à s'occuper de son élève. Elle flirtait gentiment avec un jeune Anglais plutôt raide qui voyageait seul à New York. Il semblait très épris de la gouvernante d'Allie et lui adressait des regards langoureux dans la salle à manger au cours de repas. Allie savait que Miss aurait préféré déjeuner avec lui mais, puisqu'elle devait se mettre au lit de bonne heure, ils pouvaient dîner et danser ensemble tous les soirs. À la suite de ces longues soirées, Miss avait de plus en plus de difficulté à se lever de bonne heure le matin.

Les marins disaient que cinq heures était la meilleure heure pour voir le lever du soleil. Le dernier jour, Allie voulut se réveiller avant cinq heures. Elle y réussit en se tapant cinq fois la tête contre l'oreiller avant de s'endormir. Cela marcha à la perfection. Elle se réveilla à la minute près, descendit prudemment de sa couchette et s'habilla. Puis, doucement, afin de ne pas réveiller Miss, elle se glissa hors de la cabine, dans la chaleur étouffante du couloir faiblement éclairé. Elle aimait les couloirs. Les rangées de portes fermées les rendaient intimes et secrets. Les couloirs étaient pleins d'histoires.

Marchant sur la pointe de pieds de façon à ne déranger personne, elle monta sur le pont où se trouvait la cabine de sa mère. En tournant le coin du couloir, imaginant que sa mère dormait paisiblement, elle aperçut une porte qui s'ouvrait. Instinctivement, elle recula dans l'ombre mais la silhouette qui sortait de la cabine se hâtait, tête baissée, également sur la pointe des pieds, dans la direction opposée. Allie retint sa respiration et reconnut monsieur Philippe qui avait une allure étrange et coupable. Pourquoi, se demanda-t-elle, quittait-il la cabine de sa mère à cinq heures du matin et pourquoi avait-il l'air si coupable ?

Lorsqu'il disparut à l'autre bout du couloir, Allie pensa qu'il avait dû faire quelque chose de terrible à sa mère pour se trouver là à cette heure avec un air aussi coupable.

Prise de panique, oubliant toute précaution, elle courut jusqu'à la porte de sa mère. Elle n'était pas fermée à clef et elle fit irruption à l'intérieur de la cabine.

— Maman, Maman, tout va bien ? Que t'a-t-il fait ?

Puis elle s'arrêta. Sa mère était assise à sa coiffeuse, immobile, une brosse à la main, avec une expression de terreur et de consternation. Le lit derrière elle était défait et il y avait des vêtements en tas par terre.

Mais le plus terrible, c'est que sa mère était complètement nue.

Il fallut quelques secondes à Rosie, durant lesquelles son cœur cessa de battre, avant de retrouver ses esprits en voyant apparaître sa fille qui la regardait d'un air terrorisé.

Puis elle retrouva le réflexe de survie qui ne lui avait jamais fait défaut jusqu'alors.

— Allie, ma chérie, dit-elle calmement. Que t'arrive-t-il ?

Tout en parlant, elle prit son peignoir, posé sur le dossier de la chaise, et l'enfila avant de s'avancer vers l'enfant. Elle posa sa main sur le front d'Allie comme pour voir si elle avait de la fièvre.

— Tu ne te sens pas bien ? Ne me dis pas que tu as encore mal à la tête.

— Je ne suis pas malade, merci Maman.

La voix de sa fille et son attitude étaient hostiles.

— Alors que fais-tu hors du lit à cette heure ?

— Je voulais voir le lever du soleil.

— Oui ? l'encouragea doucement Rosie.

— Et j'ai vu monsieur Philippe sortir de ta chambre. Il marchait à pas de loup. J'ai cru qu'il t'avait fait quelque chose de terrible.

— À moi ? Philippe ? Pourquoi monsieur Philippe voudrait-il me faire du mal ?

— Je ne sais pas. C'est la façon dont il se déplaçait. Il avait l'air coupable, comme s'il cachait quelque chose.

Elle était toujours sur ses gardes, soupçonneuse, ses yeux noirs plantés dans ceux de Rosie, hostile.

— Il ne voulait sans doute réveiller personne. Ce pauvre Philippe ne se sentait pas bien. Il est venu me voir pour me demander des cachets contre le mal de mer et les maux de tête. Il était très mal en point.

— Pourquoi n'avais-tu rien sur toi ?

Elle avait une voix étranglée.

— Que dirait Papa ?

— Allie, ma petite fille.

Rosie parlait sur un ton exaspéré, à la limite de la colère.

— Tu n'imagines pas que je n'avais rien sur le dos quand monsieur Philippe était ici ! Tu es très vilaine d'oser penser une chose pareille. J'allais justement me recoucher quand tu as fait irruption dans ma cabine en me faisant une peur bleue. Ne refais jamais une chose pareille. Tu ne devrais pas être hors de ton lit ni te promener à cette heure, et encore moins me faire de telles frayeurs.

Elle voyait, à son grand soulagement, que ses remontrances avaient de l'effet. Allie baissa la tête.

— Je suis désolée, Maman.

Rosie retint un grand soupir de soulagement.

— Ce n'est pas grave, ma chérie, dit-elle en prenant Allie dans ses bras. C'est gentil de t'être inquiétée. Oublions cet incident et allons voir le lever du soleil ensemble puisque nous sommes toutes les deux complètement réveillées.

— Oh, oui ! dit Allie.

— Très bien alors. Laisse-moi simplement m'habiller.

Ensemble, elles regardèrent le soleil se lever dans le sillage du bateau, transformant la mer en feu et Rosie serra sa fille contre elle sous prétexte qu'elle avait froid. Allie, qui se raidissait un peu au début, se laissa finalement aller et se blottit contre elle.

— Aimerais-tu prendre ton petit déjeuner avec moi dans la grande salle à manger ? demanda Rosie.

Les yeux d'Allie brillèrent de plaisir. Devant sa joie, Rosie se sentit coupable du peu de temps qu'elle avait passé avec sa fille depuis son départ de France.

— Bien, dit-elle. Retourne à ta cabine te taver et t'habiller correctement puis viens me rejoindre dans à peu près une heure. Je vais commander un petit déjeuner anglais pour nous deux. Tu es contente ?

Allie était ravie et elle partit en courant tandis que Rosie se précipitait vers la cabine de Philippe.

Elle frappa très doucement et, environ une minute après, il lui ouvrit la porte, encore endormi et vêtu d'une robe de chambre en soie bleue.

Il fut surpris de la voir.

— Que se passe-t-il ? demanda-t-il tandis qu'elle se glissait sous son bras pour entrer.

— C'est terrible, dit-elle en se tournant vers lui. Allie t'a vu quitter ma cabine.

— Oh, mon Dieu ! s'exclama-t-il. Mais comment ?

— Elle allait voir le lever du soleil. Tu sais à quel point elle est romantique. Il se trouve qu'elle a choisi juste le moment où tu partais.

— Que s'est-il passé ?

— Elle est entrée en courant. Elle avait l'impression que tu te sentais coupable de quelque chose et que tu m'avais fait du mal. J'étais assise, complètement nue. J'ai cru mourir.

Rapidement, elle lui raconta tout ce qui s'était passé.

— Je pense qu'elle m'a crue, dit-elle pour terminer. Mais, mon chéri, il faut que tu restes dans ta cabine aujourd'hui. Tu es malade et tu as décidé de te reposer. Je n'ai rien trouvé d'autre. Je l'ai invitée à prendre son petit déjeuner avec moi alors, pour l'amour du ciel, reste ici. Ce n'est que pour une journée. Nous arrivons demain et tu pourras faire semblant de te remettre.

Elle était au bord des larmes.

— Oh, mais Philippe, j'aurais donné tout au monde pour que cela n'arrive pas. Je suis si furieuse contre moi. Je l'aime tant et j'ai sacrifié tant de choses pour elle et maintenant, j'ai peut-être tout gâché à cause de cette chance unique d'être avec toi. Allie et toi êtes les deux personnes que j'aime le plus au monde mais je crois que je t'aime plus, et aucune mère ne devrait ressentir une chose pareille. Si elle se rend compte de la signification de ce qu'elle a vu...

Elle se tut.

— Elle adore son père. Si elle pense que je le trahis...

— Elle est trop jeune pour comprendre, dit-il fermement. J'en suis certain et je trouve que tu as réagi magnifiquement, ma chérie.

Il la prit dans ses bras et la berça.

— Ne t'inquiète pas. D'ici demain, elle aura tout oublié.

Rosie n'en était pas sûre. Elle connaissait l'intelligence de sa fille et sa vivacité d'esprit. Elle ignorait ce qu'Allie pouvait savoir de la vie. Elles n'avaient eu aucune conversation à ce sujet et, comme Allie n'allait pas à l'école du village, elle avait peu d'occasions d'entendre ce que chuchotaient les enfants de son âge. Mais Rosie se souvenait de sa propre compréhension instinctive de ces choses lorsqu'elle était enfant. Elle avait peur qu'Allie ne mette en doute son explication, lorsqu'elle prendrait le temps d'y réfléchir un jour.

Elle n'y pouvait pas grand chose excepté ne pas faire voir son sentiment de culpabilité, agir naturellement et prier...

« Cher journal,

« Cette journée a été de loin la meilleure de tout le voyage, bien qu'elle ait mal commencé et que j'aie cru que quelque chose de terrible était arrivé.

« J'avais décidé de regarder le lever du soleil pour pouvoir le décire à Miss et je me suis levée toute seule à cinq heures du matin. Je venais d'arriver dans le couloir où se trouve la cabine de Maman, quand j'ai vu un homme sortir de chez elle en se cachant.

« Puis, j'ai reconnu monsieur Philippe et j'ai cru qu'il avait fait du mal à Maman parce qu'il paraissait si coupable. Je me suis précipitée à son secours.

« Le plus terrible, c'est que, quand je suis entrée dans la cabine, Maman n'avait rien sur elle et cela a été un choc car ne n'avais jamais vu d'adulte nu auparavant. Je n'a pas pu m'empêcher de la fixer et de voir ses formes et les poils qu'elle a sur le corps, au bas du ventre. Je me demande si c'est normal.

« Elle a mis son peignoir et m'a grondée parce que j'étais entrée sans prévenir dans sa cabine et que j'ai dit de vilaines choses sur monsieur Philippe. Il était venu lui demander des cachets contre le mal de tête car il n'allait pas bien. Je n'ai pas pu m'empêcher d'être contente qu'il soit malade parce que, grâce à cela, j'ai passé le dernier jour à bord avec Maman. Elle est venue regarder le lever du soleil avec moi, se serrant contre moi pour avoir chaud puis j'ai pris mon petit déjeuner avec elle.

« Mais ce qui est encore mieux, c'est qu'elle m'a permis de déjeuner avec elle à la table du capitaine. J'avais promis de ne pas bavarder et je n'ai pas dit un seul mot. Je voulais seulement écouter les conversations. Tous les gens à table avaient beaucoup voyagé et parlaient de ces pays et ces endroits où j'irai un jour. Certains d'entre eux faisaient le projet d'aller en Amérique l'année prochaine sur le Titanic. C'est le bateau le plus luxueux du monde et on vient de le construire. Un monsieur a dit qu'ils devraient profiter au maximum de la vie parce qu'il pensait qu'il y aurait bientôt une autre guerre, ce qui va certainement bouleverser Grand-Mère si c'est encore contre les Boches.

« Ils paraissaient tous impressionnés par Maman et ils lui ont demandé des nouvelles de monsieur Philippe. Ils ont tous été gentils avec moi. Le capitaine voulait savoir ce que je pensais de son bateau et, quand je lui ai dit que j'aimerais beaucoup voir tous les coins interdits, il a ri et dit qu'il me les ferait visiter si Maman le permettait. Elle a dit oui, à condition de pouvoir venir aussi.

« C'était merveilleux, journal. Nous sommes allés sur le pont d'où l'on dirige le bateau, et à la salle des machines pour que je puisse voir d'où viennent ces fameux battements de cœur. On nous a même permis de jeter un coup d'œil dans les cuisines. Tu n'imagines pas la quantité de gens qui y travaillent.

« C'est méchant de ma part mais je suis de plus en plus ravie que monsieur Philippe ait été malade.

« Maman a même permis de rester debout plus longtemps, mais elle a dû s'habiller pour le bal du capitaine ce soir-là. Elle avait une robe toute blanche, parsemée de perles brillantes et des plumes blanches dans les cheveux. J'ai eu le droit de venir l'embrasser et de la voir partir au bal puis Miss a reçu l'autorisation de m'amener voir les invités. Maman était sans aucun doute la plus belle et Miss était fâchée car elle voulait y aller avec son jeune ami et moi je ne voulais pas partir avant d'avoir vu Maman danser.

J'ai vu que monsieur Philippe y était. Son mal de tête était sans doute guéri. Il dansait avec Maman et la regardait dans les yeux, comme au cinéma. J'aurais aimé qu'il ne soit pas là et que Maman ait été habillée ce matin. Cela ne semble pas très correct de l'avoir vue toute nue, même si elle était comme cette femme que j'ai vue sur un tableau au Louvre.

« Je crois qu'il vaut mieux que je ne dise rien de tout cela à Papa. Je pense que cela le bouleverserait. Et je crois que Maman serait fâchée aussi.

« Il faut que j'arrête maintenant, cher journal et que j'écrive dans mon cahier. Mais je ne parlerai que de notre visite guidée. Ce qui concerne Maman est intime. »

Philippe prévint Rosie qu'il ne fallait pas espérer gagner de médaille d'or au congrès.

— Nous sommes ici pour trouver des clients, dit-il en présentant sa carte d'invitation à l'entrée du Waldorf Hotel où avait lieu le congrès, et pour te présenter au monde international du vin. Et pour passer du temps ensemble.

Elle lui sourit.

— C'est surtout de cela dont j'ai envie, si, bien sûr, tu as du temps à me consacrer.

Elle le taquinait parce qu'elle avait été impressionnée de découvrir qu'il faisait partie des juges, non pas du champagne, mais des bordeaux. Elle comprenait maintenant ce que son père avait voulu dire en affirmant qu'il était tenu en haute estime dans le monde du vin.

— Je ne me rendais pas compte de ta célébrité, chuchota-t-elle après que la dixième personne rencontrée l'ait salué dans le foyer du Waldorf, où il avait pris une suite.

— Je ne te dis pas tout mais je suis populaire uniquement parce que je suis juge. Ces hommes présentent leurs vins. Mais comme toutes les bouteilles sont enveloppées de la même façon et que les bouchons sont retirés, il est théoriquement impossible de savoir quel vin est produit par qui. Ils perdent leur temps en essayant de me charmer. Les juges cherchent simplement à déterminer quel vin est le meilleur. Et, comme tu le découvriras toi-même, aucun propriétaire n'a le droit d'être présent quand on juge son vin.

En dépit de ses avertissements, elle avait toujours l'espoir que le champagne des Hérissons recevrait une distinction, ne serait-ce que pour faire plaisir à madame Dupuis, à Clovis et à tous les gens qui travaillaient sur la propriété. Pendant les réceptions et les réunions privées auxquelles Philippe et elle étaient toujours conviés, elle se rendit compte que les concurrents s'intéressaient à elle.

Les Européens parlaient toujours de phylloxera et elle put faire part de ses succès avec les greffes sur les plants importés. La plupart des vignerons présents partageaient enfin son point de vue.

Le problème des Américains, qui étaient enchantés de découvrir qu'elle était des leurs, tournait autour des prohibitionnistes. Prendaient-ils le pouvoir ou non ? Elle fut choquée d'apprendre que la prohibition signifiait l'interdiction par le gouvernement de toute espèce d'alcool. Il y avait déjà des endroits en Amérique où les gens n'avaient pas le droit d'acheter du vin.

— Je comprendrais qu'ils interdisent le whisky ou le gin, dit-elle à Philippe, mais interdire le champagne, le vin et le bon cognac est un crime contre la nature. Mama ne croira jamais une chose pareille. Mais elle a toujours pensé que nous autres Américains étions barbares.

— Nous autres Américains !

Ses yeux pétillaient.

— Qu'est-ce que cela signifie ?

Elle rit, un peu embarrassée. Il était vrai cependant qu'elle se sentait soudain fière d'être américaine. New York était plus étonnante que jamais. L'animation, l'électricité dans l'air, l'excitaient. Elle savait qu'elle ne reviendrait pas y vivre, la France étant devenue son pays, mais en regardant les gratte-ciel, en observant la vie moderne dans cette ville et en sentant l'énergie qui émanait des gens, elle pensait que ce n'était pas un mauvais héritage.

Elle vit très peu Lizzie et M. Webster. Allie semblait satisfaite et bien occupée avec Alexandre. Celui-ci restait à la maison pendant les vacances avant de partir à Harvard et il fit découvrir New York à Allie, avec beaucoup de plaisir. Rosie était très occupée, ne retournant chez Lizzie que le soir pour dormir et prendre le petit déjeuner le matin. Elle avait très envie de passer ses nuits à l'hôtel avec Philippe mais c'était trop dangereux. D'ailleurs, elle se contentait de sa présence. Elle trouvait sa compagnie aussi agréable que leurs étreintes amoureuses. Elle avait l'impression qu'ils formaient un vrai couple.

M. Webster, qui l'avait accueillie chaleureusement, la menaça de faire une apparition au congrès.

— J'amènerai un millionnaire ou deux, promit-il. Ils pourront goûter votre remarquable champagne et je ne pense pas que vous voyiez d'inconvénient à vendre à des millionnaires, même si vous dédaignez les wagons Pullman.

Elle rit et lui répondit que s'il en avait vraiment l'intention, elle organiserait une réception à cette occasion.

Plus tard, le *New York Times* décréta que sa réception avait été l'événement le plus remarquable du congrès. Philippe avait fait une liste d'invités et, bien que la plupart des hôtes aient été français et titrés, il avait convié aussi une poignée de nobles anglais, des Américains de vieille souche et même des Japonais et des Sud-Américains.

Il y eut, bien entendu, les millionnaires de M. Webster. Lizzie rayonnait de fierté devant le succès de son amie.

Sous le titre « Appelez-moi Rosie », le journaliste du Times écrivait :

« Est-elle américaine ou française, la ravissante jeune femme dont la réception dans la suite présidentielle du Waldorf la nuit dernière a éclipsé toutes les autres réceptions du Congrès International du Vin ? Demandez-le à Mme Dupuis ou Rosie, ainsi qu'elle préfère se faire appeler et qui répond dans son anglais à l'accent charmant : « Je suis née ici mais je suis retournée au pays natal de ma mère où je fabrique maintenant du champagne.

« Et quel champagne ! Les connaisseurs étaient impressionnés. Je l'ai été aussi tout comme la brochette de comtes, de barons et de princesses français se frottant aux lords, comtes et chevaliers anglais.

« J'ai aperçu un Rockefeller et un Vanderbilt, et un magnat, Jim Webster qui était là avec sa charmante épouse issue d'une famille bostonienne de la première heure et qui m'a assuré que madame Rosie était une vieille amie de la famille. Jim Webster avait aussi amené quelques amis millionnaires qui furent charmés par leur ravissante hôtesse.

« Son partenaire d'affaires, monsieur Philippe Lefèvre, qui sera juge à la dégustation de bordeaux demain, est le premier des marchands de vin parisien et très connu comme spécialiste mondial des vins de Bordeaux. Il m'assure qu'il a un grand respect pour nos vins régionaux et m'a rappelé qu'un vin californien a gagné une médaille d'or au dernier congrès parisien.

« Madame Rosie espère que son champagne aura du succès.

« Nous ne le produisons que depuis sept ans, dit-elle, mais je n'aimerais pas qu'il devienne une marque courante. Nous cultivons notre raisin et mélangeons notre vin sur notre propriété pour les seuls connaisseurs. Nous ne reculons devant aucune dépense pour satisfaire le client qui veut du bon champagne, soigneusement produit et que nous mettons en bouteille sous sa propre étiquette. Je ne fais pas de vin pour les épiciers. »

« Madame Rosie a du succès depuis son retour en France. Elle approvisionne un frère du Roi d'Angleterre et une foule d'autres personnages titrés.

« Que son champagne gagne la médaille d'or au congrès ou non cette semaine, madame Rosie est la perle du congrès, une dame de la même classe que ses prédécesseurs en Champagne, madame Pommery ou la Veuve Cliquot.

« Tout New York veut faire la connaissance de cette élégante et charmante expatriée qui a la réputation d'être une des femmes les mieux habillées de Paris.

« Hier soir, elle portait une robe dessinée par le célèbre Poiret. Une invitée la décivit comme étant d'inspiration orientale, avec une jupe flottante surmontée d'une tunique brodée, avec un turban et des bracelets d'esclaves assortis, le chic du chic à Paris.

« Bienvenue chez vous, madame Rosie. Pourquoi ne restez-vous pas ? »

— Mais ce n'est pas vrai. Je ne lui ai jamais parlé, s'exclama Rosie en lisant l'article le lendemain matin à la première heure. D'où tire-t-elle toutes ces informations ?

— De moi, dit M. Webster d'un air satisfait. Rien de tel qu'un peu de publicité pour faire connaître un produit.

Rosie resta sans voix puis éclata de rire.

— M. Webster, dit-elle, vous êtes extraordinaire. Que serais-je devenue si je ne vous avais pas rencontré sur ce quai de gare ?

— Je pense que vous vous seriez débrouillée, dit-il en faisant signe à la servante de lui verser encore du café. Vous faites partie des gens que rien ni personne ne peut arrêter. Comme moi. Je le sais. Avez-vous aimé le coup d'*appelez-moi Rosie* ? Démocrate, voilà ce qu'il faut paraître dans ce pays. Si vous avez de la classe, que vous êtes riche, un peu snob et démocrate en même temps, vous ne pouvez pas échouer. Et en parlant de cela, ne serait-il pas temps que vous m'appeliez Jim ?

Elle fut surprise de constater que Philippe était ravi par l'article et disait à peu près la même chose que Jim Webster.

— Je n'aime pas que ce ne soit pas entièrement vrai, dit-elle. Cela me fait passer pour une sorte de renégat au sang-bleu.

— C'est assez vrai, dit-il gaiement, et tu veux être riche, n'est-ce pas ? Tout le monde veut faire ta connaissance. Les Américains comprennent l'importance de la publicité. Tu es devenue une des célébrités de New York en une seule nuit.

Elle secoua la tête et rit.

— Je dois avouer que c'est plutôt amusant.

Les invitations à des réceptions se multiplièrent, dont une chez les Vanderbilt. Pour ne pas être en reste, Lizzie donna un superbe dîner réservé à l'élite, avec Rosie comme invitée d'honneur. Elle ne servit que du champagne des Hérissons avec du caviar, des homards frais de la baie, un parfait filet mignon et des montagnes de fraises à la crème.

Ce fut encore une réception qui eut droit aux premières colonnes du *Times* mondain.

— J'en suis toute étourdie, confessa Rosie à Philippe le jour où les champagnes devaient être jugés. Après tout, c'est pour cela que nous sommes venus.

— Je regarderai à ta place, dit-il. Va faire des courses.

Elle fit comme il le lui avait dit et dépensa une petite fortune en cadeaux pour la maison et pour ses nouveaux amis. Dans un esprit de malice, elle acheta des dessous très coquins à Lizzie.

Son champagne ne gagna pas la médaille d'or mais reçut une mention honorable accordée à un nouveau concurrent au congrès. Elle fut déçue qu'il n'ait pas obtenu plus mais, quand Philippe lui dit que sa mention avait été gagnée devant vingt autres concurrents, elle se consola.

— Et après-demain, nous rentrons à la maison, dit-elle tristement, après avoir déjeuné dans sa suite. Moi je retouve Clovis et toi Lorraine.

— Qui est Lorraine ? demanda-t-il en la faisant taire d'un geste avant de l'embrasser.

Il devait y avoir un dîner de clôture et un bal auquel tous les participants étaient invités. Rosie décida de mettre sa robe blanche et argent qu'elle avait portée pour le bal du capitaine sur le bateau. C'était sa plus belle robe et Philippe voulait qu'elle soit la femme la mieux habillée de toutes.

— Il faut que personne ne t'oublie, dit-il et, timidement, il lui présenta une petite boîte, alors qu'ils se trouvaient dans sa suite.

Il ne lui avait jamais acheté de cadeau auparavant à cause de la difficulté qu'elle aurait eue à le justifier aux Hérissons. Elle lui prit le paquet de mains d'un air interrogateur.

— Je ne sais pas ce que tu vas dire à tout le monde en rentrant à la maison, mais tu peux les jeter par-dessus bord durant notre retour si tu veux. Mais porte-les ce soir pour moi, je t'en prie. C'est ma façon de te remercier pour les jours les plus heureux que j'aie jamais vécus.

Doucement, elle défit l'emballage du paquet. Elle trouva une petite boîte bleue gravée au nom de Tiffany's et attachée par un ruban de satin blanc. Dans la boîte, une paire de boucles d'oreilles de diamants en forme de grappe de raisin scintillait de tous ses feux. Ses yeux se remplirent de larmes.

— Oh ! Philippe, elles sont magnifiques...

Elle fondit en larmes en se jetant dans ses bras.

— Je ne supporte pas l'idée de te quitter, s'écria-t-elle. Ne pouvons-nous pas rester ici, ensemble, pour toujours ? Refaire notre vie ? Beaucoup de gens le font maintenant. Je ne peux pas retourner chez Clovis. Je ne peux pas.

Elle s'agrippait à lui désespérément.

— Rosie, c'est impossible, dit-il en lui caressant les cheveux. Pense à madame Dupuis et à Allie. Et la vie que tu t'es construite ? Pense aussi à mon père et à Sébastien. Nous ne pouvons pas les abandonner tous.

— Tu ne veux pas de moi, l'accusa-t-elle.

— Bien sûr que si mais nous savons tous deux que c'est impossible.

Il la laissa sangloter et reprendre contrôle d'elle-même. Elle chercha un mouchoir et il lui tendit le sien avec lequel elle se tamponna les yeux.

— Je suis désolée, dit-elle, mais c'était si merveilleux.

— Et nous aurons d'autres moments comme ceux-ci, dit-il pour l'apaiser. Et comme nous sommes déjà partis ensemble, les gens trouveront normal que nous partions tous deux pour affaires.

Elle se moucha énergiquement puis demanda soudain :

— As-tu dit à Lorraine que je serais ici ?

Il parut mal à l'aise.

— Non. L'as-tu dit à Clovis ?

— Non.

Ils se regardèrent et elle éclata soudain de rire.

— Nous sommes bien coupables, soupira-t-elle.

— En effet. Maintenant essaie tes boucles d'oreilles. Elles ne sont pas faites pour te faire pleurer.

Les boucles d'oreilles étaient superbes avec la robe blanche. Rosie rentra chez Lizzie pour se préparer pour le bal et la femme de chambre, assez douée pour la coiffure, lui arrangea ses boucles noires en une masse bouffante assez haute qui mit en valeur les boucles d'oreilles. C'étaient les premières pierres précieuses qu'elle possédait. Et ce n'est pas parce qu'elles étaient en diamant qu'elles lui étaient précieuses, mais parce que Philippe les lui avait offertes. Elle avait déjà inventé un mensonge pour les Hérissons. Elle dirait que c'est le cadeau qui accompagnait la mention honorable. Clovis ne le mettrait jamais en doute. Madame Dupuis lèverait peut-être les sourcils mais Rosie lui expliquerait que les Américains étaient incroyablement riches.

Jim Webster hocha la tête d'un air approbateur en la voyant.

— Vous ai-je déjà dit que vous étiez devenue vraiment jolie en grandissant ? Et quelle classe. Vous vouliez avoir de la classe et vous y êtes parvenue.

Rosie était sur le point de pleurer mais cela lui aurait rougi le nez. Elle se contenta donc de renifler et de le prendre dans ses bras pour l'embrasser, pendant que Lizzie les regardait d'un air attendri.

— Jim a raison, dit-elle. Vous êtes belle. Je suis si fière de vous.

Tous deux, suivis d'Allie et d'Alexandre, l'accompagnèrent à la porte d'entrée où l'attendait la Cadillac de Jim.

— Je me sens comme Cendrillon allant au bal, dit Rosie en leur faisant un signe de la main.

— Mais tu as l'air d'une princesse, Maman, cria Allie tandis qu'elle s'éloignait.

Philippe l'attendait avec anxiété à la porte du Waldorf. Il la conduisit dans le hall et lui enleva son étole de fourrure blanche qu'il tendit à un groom.

— Tu es incroyablement belle !

Elle vit dans son regard qu'il disait vrai.

— Je suis fier d'être avec toi.

— C'est grâce aux boucles d'oreilles, murmura-t-elle en secouant légèrement la tête pour les faire bouger.

Ils se rendirent dans la salle de réception où l'on servait le champagne qui avait gagné la médaille et Rosie fut immédiatement entourée par un cercle d'admirateurs.

Elle parlait à un groupe de vignerons de l'État de New York quand elle constata que Philippe s'était éloigné. Elle s'écarta doucement du groupe et se mit à sa recherche. Il était à quelques pas et discutait avec un jeune homme blond dont la silhouette lui était étrangement familière. Rosie s'avança vers eux et vit Philippe sourire et dire quelque chose à son compagnon.

L'homme se retourna au moment où elle arrivait. Elle commença à dire « bonjour » machinalement, puis s'arrêta net.

L'homme qui lui faisait face était son frère. Plus âgé, plus sophistiqué, mais c'était Peter sans aucun doute possible.

Peter n'en crut pas ses yeux ni ses oreilles quand la séduisante femme en robe blanche et argent lui sauta au cou et le serra fort dans ses bras.

— Peter ! Oh, Peter ! Je n'arrive pas à le croire. Que fais-tu ici ?

Il commençait à comprendre que la femme aux boucles d'oreilles était sa grande sœur. Avec prudence, tandis qu'elle reculait pour mieux le voir, le visage rayonnant de bonheur, il demanda :

— Êtes-vous Rosie ?

— Bien sûr que je suis Rosie ! Tu ne me reconnais pas ? Je t'ai reconnu immédiatement. Oh ! Peter, je suis tellement contente de te voir.

Peter avait le vertige en la voyant se tourner vers Lefèvre, le juge, à qui il parlait sur les instructions de Jean-Paul. Jean-Paul lui avait recommandé de faire connaissance avec tous les juges.

— Philippe, voici mon frère, Peter Brunner. Je vous en ai parlé. Comme c'est merveilleux !

Le juge devait être le mari de Rosie, pensa Peter. Mais comment avait-elle fait pour épouser un Français ?

— Je ne t'aurais pas reconnue, Rosie, dit-il faiblement. Tu as beaucoup changé.

— J'ai onze ans de plus. Mais toi, tu n'as pas changé. Tu es là pour le congrès ? Tu es venu de la maison ? Comment ça va là-bas ? Comment va Papa ?

Philippe Lefèvre les avait tous deux pris par le bras et les entraînait vers un coin plus tranquille.

— Vous avez besoin de parler, dit-il. Cela ne vous gêne pas si je reste ?

— Papa est mort, dit Peter brutalement.

C'est la seule chose qu'il pouvait dire en toute sécurité en attendant d'avoir le temps de réfléchir. Une chose lui apparut clairement. Il ne devait pas dire à Rosie qu'il vivait avec Jean-Paul et que celui-ci était revenu. Il comprit pourquoi elle était mariée à un Français. Elle avait dû aller en France pour chercher Jean-Paul.

Le visage de Rosie s'était assombri en apprenant la nouvelle.

— Quelle tristesse, dit-elle. Je me doutais bien que c'était arrivé. Quand est-il mort ?

— Peu de temps après ton départ. Il a fait une mauvaise chute et attrapé une pneumonie.

— Oh ! C'est terrible ! Et tu es resté seul. Je suis désolée. Comment t'es-tu débrouillé ?

— J'ai décidé de fabriquer du champagne, commença-t-il prudemment.

— C'est extraordinaire ! J'en fabrique en France. Quelle coïncidence ! Es-tu resté dans la même maison, sur la même terre ?

— Je l'ai un peu améliorée et j'ai acheté plus de terrain.

Il ne voulait pas trop se trahir au cas où elle déciderait de revenir.

— Tu es marié ?

— Non. Je n'en ai jamais eu le temps.

— Je le pense bien, avec tout ce que tu avais à faire tout seul.

Il y eut un silence gêné, interrompu par le maître des cérémonies qui les conviait à table.

— Pourquoi ne vous arrangez-vous pas pour revoir Peter plus tard ? suggéra Philippe. Ce n'est pas un lieu propice avec tout ce qui se passe autour. Allez dans ma suite après dîner. Vous pourriez vous retrouver ici vers, disons, dix heures et demie.

— Qu'en penses-tu, Peter ? Je veux que tu me racontes tout. Tout ce qui t'est arrivé depuis mon départ.

Il savait qu'il ne lui dirait pas grand chose mais accepta quand même la proposition de Philippe.

— Bien sûr ! Dix heures et demie.

Elle l'embrassa encore puis, tout en lui faisant un signe de main, elle se dirigea vers la salle à manger avec Philippe.

Peter resta songeur. Devait-il quitter immédiatement ou rester pour le dîner ? Il décida de rester. Après tout, il avait payé le repas et il pouvait toujours partir avant le début des discours. Dans la foule, personne ne remarquerait son départ.

Mais deux choses étaient certaines. Il n'allait pas avoir une conversation à cœur ouvert avec sa sœur et il ne dirait pas à Jean-Paul qu'il l'avait rencontrée.

Rosie eut du mal à contenir son excitation durant tout le dîner.

— Nous étions si proches quand nous étions enfants, expliqua-t-elle à Philippe. Il y avait Peter et moi contre mon père. Nous étions si proches ! Je ne supporte pas l'idée qu'il s'est retrouvé seul sur le domaine, à la mort de Papa. Je n'aurais pas dû le quitter. Ce n'était qu'un gamin de dix-sept ans et il détestait la solitude. Je suis fière de lui. Il est si élégant ! Et il a réussi. Je n'aurais jamais cru que mon petit Peter y serait arrivé tout seul.

Elle était impatiente et n'arrêtait pas de demander l'heure à Philippe.

— Détends-toi, dit Philippe avec indulgence. Il ne va pas se sauver.

Mais Philippe avait tort. Rosie attendit, attendit, faisant les cent pas dans la salle de réception, demandant à tous ceux qui passaient s'ils n'avaient pas vu un jeune homme blond. Il était près de onze heures et demie quand Philippe vint la retrouver. Elle était au bord des larmes.

— Oh! Philippe! Il n'est pas venu, dit-elle d'une voix tragique. Je ne comprends pas. Pourquoi? Pourquoi?

Pendant tout le retour vers la Californie, pendant que le train sillonnait les montagnes et les plaines, Peter pensa à l'incroyable hasard qui lui avait fait rencontrer Rosie à New York. À présent qu'il s'était défilé, il était curieux. Comment se faisait-il qu'elle fabriquait du champagne alors que son mari était spécialiste en bordeaux? Comment avait-elle réussi à se rendre en France? Il se souvint de l'homme qui l'avait humilié à la gare, puis la façon dont son père l'avait humilié quand il était rentré.

Il n'avait aucune raison d'aimer Rosie, pensa-t-il, même s'ils étaient proches quand ils étaient petits. Elle l'avait abandonné. Que lui serait-il arrivé si Jean-Paul n'était pas revenu? Il n'osait y penser. Il décida d'oublier cette brève rencontre.

Jean-Paul était déçu que le Champagne d'Or n'ait gagné aucune médaille.

— N'aurais-tu pas pu influencer les juges? demanda-t-il.

— Ce n'est pas comme cela que ça marche, protesta Peter. Ils goûtent le vin à l'aveugle. Il n'y avait aucune façon de leur indiquer le nôtre.

— Qui a gagné?

— Un Roederer a eu la médaille d'or et, dans la catégorie des nouveaux concurrents, c'est un champagne français qui a emporté le prix. J'ai ramené l'étiquette à la maison. Le nom a quelque chose à voir avec Les Hérissons, apparemment.

— Les Hérissons!

Jean-Paul parut soudain très intéressé.

— Fais voir cette étiquette.

— Elle est dans mon attaché case.

— Eh bien, va la chercher.

Jean-Paul arpentait la pièce dans tous les sens quand il revint avec l'étiquette des Hérissons. Il la lui arracha des mains et regarda le dessin représentant un hérisson devant un champ de vignes taillées qui a la forme d'un hérisson géant. À l'arrière-plan, on distinguait une maison à tourelles.

— Les Hérissons, lut-il. Chigny-les-Roses, Champagne. Bien, bien, bien.

— C'est la firme qui nous a pris ce client de Washington, dit Peter, soudain mal à l'aise. Jean-Paul avait une expression étrange.

— Vraiment ? Ils ont du succès ?

Peter haussa les épaules.

— On dirait que oui mais je ne sais rien à leur sujet. Et toi ?

— Rien du tout, répondit Jean-Paul lentement, sans grande conviction. Mais je crois que je vais me renseigner un peu.

Philippe était très fatigué en descendant de la nouvelle Panhard que Lorraine avait choisie. Le nouveau chauffeur, également choisi par elle, l'attendait à la gare. Il se sentait très déprimé à l'idée de retourner dans son nouvel appartement pour retrouver sa nouvelle femme, de nouveaux serviteurs et il eut envie d'aller chez son père pour se reposer et bavarder avant de rentrer à la maison.

Finalement, sa mauvaise conscience et le fait qu'il n'était marié que depuis six semaines et qu'il s'était absenté un mois, le fit décider de rentrer à Neuilly. Son cœur et sa tête étaient toujours pleins de Rosie et il ne savait pas comment il allait réagir devant sa femme. En vérité, il n'avait pas envie de la voir avant d'avoir pris un bain, de s'être rafraîchi et reposé un peu.

Le nouveau chauffeur, dont il n'avait pas retenu le nom, donna un discret coup de klaxon quand ils arrivèrent à proximité de l'appartement. La porte s'ouvrit immédiatement et un maître d'hôtel impassible, qui s'appelait Quilliam et que Lorraine avait fait venir de Tours, se tint prêt à lui prendre son manteau.

— Madame est sortie, monsieur, murmura-t-il tandis que Philippe entrait dans le vestibule en marbre. Elle m'a demandé de vous prévenir qu'elle serait bientôt de retour.

Il poussa un soupir de soulagement et entra dans son bureau qui donnait sur le vestibule. Il s'installa dans un fauteuil en cuir et prit un livre qu'il avait commencé à lire avant son départ.

L'appartement semblait anormalement silencieux mais il entendit soudain des bruits étouffés comme si quelqu'un s'approchait sur la pointe des pieds. Agacé, il se demanda pourquoi les domestiques ne marchaient pas de façon normale, quand la porte s'ouvrit brusquement. Lorraine était là, affichant un grand sourire. Elle n'était pas seule.

— Bienvenue à la maison, chéri ! s'écria-t-elle en courant pour se jeter dans ses bras. Et regarde, j'ai réuni des amis pour t'accueillir.

Les gens s'avançaient dans la pièce.

— Tu as tout gâché, chéri.

Lorraine riait.

— Nous étions tous cachés et nous t'attendions dans le salon mais tu n'es pas venu.

Il s'efforçait à sourire, serrant des mains, cherchant à paraître content.

— Je crois que nous ferions bien de retourner là-bas, chérie, dit-il en se dégageant de son étreinte. Nous sommes un peu à l'étroit, ici.

— Bien sûr, dit-elle en sortant. Suivez-moi, tous au salon. Le champagne nous attend.

Il devait y avoir cinquante personnes et il n'était pas sûr d'en connaître dix. Il fut soulagé de voir son père et Sébastien, debout près des grandes fenêtres qui donnaient sur le parc. Il s'avança vers eux.

Son père paraissait amusé.

— Le voyage a été bon ?

— Ça s'est bien passé.

Un des nouveaux domestiques lui mit un verre dans la main et il fut contrarié de voir que ce n'était pas le champagne de Rosie. C'était un Mercier ordinaire, comprit-il en le reniflant. Il posa le verre.

— Rosie a été récompensée pour son champagne et elle est tombée amoureuse d'un duc.

— Je ne te crois pas, Papa, dit Sébastien.

Philippe embrassa son fils sur les deux joues.

— Tu grandis chaque fois que je te vois, dit-il. Tout va bien ? Es-tu heureux ici ?

— C'est très bien, Papa, dit son fils doucement comme s'il voulait le consoler.

Lorraine, dans une jolie robe de mousseline rose, vint se joindre à eux.

— N'est-ce pas la chose la plus merveilleuse du monde de l'avoir de nouveau à la maison ? dit-elle en glissant son bras sous le sien et en s'accrochant à lui comme une poussière sur une veste en velours.

— Tu as été surpris n'est-ce pas ? Tu ne t'attendais pas à une telle réception ?

— J'ai été surpris et je ne m'y attendais pas, chérie, dit-il en souriant, réagissant malgré lui à son enthousiasme.

— J'adore les réceptions. Tu sais, mon papa prétend que je prends n'importe quel prétexte pour en organiser une mais, aujourd'hui, c'était l'occasion idéale. Quoi de plus naturel que de bien accueillir un mari adoré. Et j'ai prévu qu'une douzaine d'entre nous dînions au Café Anglais. C'est une bonne idée ?

Elle attendait des félicitations. Elle était si jeune et enthousiaste qu'il se surprit à lui passer les bras autour des épaules en lui disant que c'était une brillante idée, une merveilleuse surprise et qu'il ne pouvait imaginer un meilleur accueil.

— Et le voyage a été un succès ? demanda-t-elle.

Avant qu'il ne puisse répondre, elle appela un jeune homme élancé qui tenait un mouchoir à la main d'un geste nonchalant.

— Didier, vous ne connaissez pas mon mari. Philippe, voici Didier Le Brune, un vieil ami de la famille. Il était au mariage mais je crois qu'on ne vous a pas présentés.

Elle se précipita pour accueillir un nouvel arrivant. Philippe et son père furent contraints de faire la conversation à monsieur Le Brune.

La soirée fut interminable et Philippe comprit peu à peu que cela venait du jeune âge de ses convives. Lorraine avait invité tous ses amis qui lui semblèrent incroyablement bruyants. Au Café Anglais, ils s'interpellaient à haute voix, d'un bout à l'autre de la table, faisant des plaisanteries qu'il ne comprenait pas et qu'il n'avait pas envie de comprendre. Lorraine avait la chance d'être entourée d'André et de Sébastien et s'amusait de toute évidence beaucoup.

Il charma les deux jeunes femmes ennuyeuses assises à côté de lui, en écoutant tout ce qu'elles disaient et en les encourageant à parler. Elles s'intéressaient surtout à la mode, aux meilleurs restaurants et aux voyages qu'elles avaient faits.

Il était plus d'une heure du matin quand les voitures ramenèrent les jeunes amis riches et ennuyeux de sa femme.

Il était mortellement fatigué et savait que son sourire et son affabilité commençaient à être un peu forcés. Il espéra que personne ne l'avait remarqué.

Dans la Panhard, Lorraine se blottit contre lui et lui chuchota à l'oreille d'un air provoquant :

— Chéri, nous serons bientôt seuls.

Il grogna de dépit. Il avait découvert que sa jeune épouse était aussi riche, bête et insignifiante qu'il l'avait soupçonné. Mais ses manières un peu pédantes disparaissaient quand ils étaient seuls. Elle jouait alors à la petite fille. Il trouvait cela tout aussi fatigant. Mais il y avait une compensation. Elle était étrangement intéressée par le lit. Ses réactions et sa passion avaient aidé à aplanir une situation qui aurait pu être embarrassante et elle savait éveiller son désir. Elle n'avait certes pas d'expérience mais il prenait un certain plaisir à l'initier. Leur nuit de noces n'avait pas été un désastre comme il le craignait. Et une fois déflorée, elle se montra avide d'expériences. Les conversations étaient une torture mais leurs ébats amoureux étaient supportables bien qu'incomparables avec ce qu'il vivait avec Rosie.

Mais ce soir ? Fatigué, ayant mangé une nourriture trop riche et encore baigné dans le souvenir de la dernière nuit sur le bateau, dans le lit de Rosie, dans les bras de Rosie... il ne pensait pas pouvoir satisfaire les appétits de sa jeune femme.

— Je suis très fatigué, chérie, dit-il en ayant conscience que c'était une faible excuse.

— Pauvre toi ! dit-elle. Mais ne t'inquiète pas. Ta petite Lorraine réussira à éveiller son Philippe.

Et c'est ce qu'elle fit. Philippe n'aurait jamais cru cela possible mais sa chair douce, son parfum fleuri, ses mains habiles et sa bouche dévorante l'éveillèrent en effet. En revenant à la vie et en l'écoutant lui demander ce qui lui ferait plaisir, il se sentit perdu. Il se détestait, détestait sa chair qui réagissait à une femme, à n'importe quelle femme, alors qu'il n'aimait que Rosie. Quand tout fut terminé, il resta haletant sur la poitrine juvénile de sa jeune femme-enfant à la toison peu fournie, ayant l'impression d'avoir commis l'adultère et d'avoir trahi Rosie.

— Je t'avais dit que je te réveillerais, dit-elle d'un air satisfait. Et j'y suis arrivée, n'est-ce pas ?

Il ne voulait pas qu'on lui rappelât sa traîtrise. Il ne répondit rien.

— Mon chéri, dit-elle en lui chatouillant la joue avec ses cils. Ne t'endors pas, je veux te parler.

— Lorraine, dit-il, désespéré, je suis debout depuis l'aube. Il doit être trois heures du matin. Je suis fatigué.

— Tu ne le seras plus quand tu auras entendu la nouvelle, dit-elle d'un air suffisant.

— Quelle nouvelle ? demanda-t-il, trop épuisé pour penser.

Il y eut un long silence puis sa femme se mit à rire doucement.

— Tu vas être père de nouveau.

Elle avait raison. Sa fatigue s'évanouit.

— Qu'est-ce que tu dis ?

— Je dis que tu vas être père de nouveau.

Il eut l'impression qu'on lui avait marché dessus, lui coupant le souffle. Et puis cela commença, la lente montée d'orgueil et l'excitation. La sensation d'être un homme. De l'étonnement mêlé à de la joie, la même qu'il avait éprouvée le jour lointain où Nicole lui avait annoncé qu'elle était enceinte de Sébastien.

Il se redressa d'un bond et la mère de son futur enfant se mit à rire.

— Je t'ai dit que cela te réveillerait, répéta-t-elle en se blotissant contre lui.

Son rire mit fin à son moment d'euphorie. Il ne pensait qu'à une chose. Comment l'annoncerait-il à Rosie ?

Le matin du cinq mai, au lever du jour, il faisait froid et gris comme il avait fait depuis le début de l'année. Ce ne sera pas une bonne année pour le vin, pensa Rosie en marchant de la maison à son bureau. L'année précédente avait été excellente. Les vignes avaient fleuri très tôt, l'été avait été chaud et sec et les vendanges étaient terminées au début septembre. Le vin promettait d'être excellent, sans doute le meilleur depuis 1874 lui avait assuré madame Dupuis. Les troubles en Champagne s'étaient calmés sous le ciel ensoleillé, grâce à la promesse d'une bonne récolte.

Cette année, Les Hérissons étaient bien partis pour gagner beaucoup d'argent. Philippe continuait à lui trouver une clientèle impressionnante. Cela servait leurs affaires et leur donnait l'occasion de se retrouver souvent. En novembre, ils avaient à nouveau été invités en Angleterre, pour un bal à la résidence de campagne du duc. Ils avaient prolongé leur voyage de deux jours, qu'ils passèrent au Savoy à Londres, avant de rentrer.

Ils ne parlaient jamais de Lorraine.

En s'installant à son bateau, Rosie se demanda si elle ne ferait pas un voyage éclair à Paris, la semaine suivante. Elle était sans nouvelles de Philippe depuis un mois et il n'était pas en voyage. Il lui avait dit qu'il resterait à Paris la majeure partie des mois de mars et d'avril.

Elle décida de lui téléphoner plus tard pour savoir quel jour lui conviendrait le mieux pour une rencontre.

Elle commençait à se mettre au travail quand elle entendit Allie courir dans l'entrée.

— Maman, Maman, criait-elle. Viens vite. J'ai une surprise pour toi.

Rosie posa son buvard et Allie fit irruption dans la pièce et lui prit la main.

— Tu ne devineras jamais, dit-elle, toute excitée. C'est une merveilleuse surprise.

Amusée par cette excitation et un peu curieuse, Rosie se laissa entraîner à travers le vestibule jusqu'à la porte d'entrée de la maison. Elle était fermée mais Allie l'ouvrit précipitamment.

—Regarde ! dit-elle.

Dehors, au pied des marches, monté sur une jument bai reluisante, se tenait Sébastien. Mais quel Sébastien ! Splendide, en bottes noires avec éperons, pantalon rouge, veste bleue avec ceinturon et képi à bordure rouge.

Dès qu'il la vit, il la salua vivement puis sauta à terre avant de monter les marches en courant pour l'embrasser sur les deux joues.

— Sébastien, dit-elle. Tu es magnifique !

Il s'était fait pousser une petite moustache et avait encore grandi de quelques centimètres. Il s'était étoffé aussi mais avait gardé son sourire moqueur et son regard averti. Pas de doute, c'était un homme maintenant.

— Comment me trouvez-vous ? demanda-t-il. Je suis dans le vieux régiment de mon grand-père. Je suis cuirassier. Cela fait déjà six semaines.

— Six semaines ! s'exclama-t-elle. Pourquoi ne me l'as-tu pas fait savoir ?

— Cela s'est fait un peu précipitamment. Je voulais quitter avant la naissance du bébé. J'ai réussi à partir deux semaines avant.

Rosie était intriguée.

— Quel bébé ?

Il parut soudain embarrassé.

— Celui de Lorraine, dit-il à contre-cœur. Ma nouvelle petite sœur.

Rosie crut qu'elle allait s'évanouir. Elle ne sut jamais comment elle réussit à tenir le coup. Elle fut incapable de dire un mot.

— Maman, ça ne va pas ? entendit-elle Allie lui dire comme si elle parlait d'une autre planète.

Sébastien la prit par le bras pour la soutenir.

— Cela va parfaitement bien, Allie, finit-elle par dire.

Elle lutta pour retrouver son équilibre.

— Je n'ai eu qu'un petit étourdissement. Je ne savais pas que le bébé était né, Sébastien. Je pensais qu'il était attendu plus tard dans l'année.

Il la regarda attentivement.

— Vous le saviez ?

— Bien sûr, mentit-elle. Comment va Lorraine ?

— Elle en profite. Elle traîne au lit, couverte de volants roses, dit-il gaiement, soulagé de ne pas être porteur de mauvaises nouvelles. La petite est très mignonne et Papa, bien entendu, est complètement gâteux.

La voix toujours calme, elle demanda :

— Et comment s'appelle-t-elle ?

— Françoise, du nom de la mère de Lorraine.

— C'est joli. Ton grand-père doit être ravi.

— Il ne l'a pas vue. Il est toujours à Menton.

André avait décidé que ses vieux os ne supportaient plus le froid hivernal de Paris. Dès que les feuilles de marronnier s'étaient mises à tomber sur les Champs-Élysées, il était parti passer l'hiver dans le sud de la France. Était-il vraisemblable de penser qu'il avait préféré s'éloigner pour ne pas être là au moment de la naissance ?

Le choc et la déception se transformaient maintenant en colère. Tout en questionnant Sébastien sur sa nouvelle vie, elle pensait à la cruauté et à la duplicité de Philippe.

Comment avait-il pu l'emmener à Londres et lui faire l'amour de façon si ardente ? Comment avait-il pu continuer à passer ces heures idylliques dans leurs appartements de Reims ou de Paris, sans lui dire que sa femme était enceinte ?

La colère lui nouait les entrailles mais elle ne voulait pas, ne pouvait pas montrer à Sébastien à quel point elle était blessée et furieuse.

— Ton père sait-il que tu es ici aujourd'hui ? demanda-t-elle.

— Non. Il est bien plus intéressé par Françoise que par moi en ce moment. Quand l'attrait de la nouveauté sera passé, il prendra de mes nouvelles.

En dépit de son sourire et de son ton amusé, Rosie détecta une pointe d'amertume chez lui aussi. Il était vulnérable en dépit de son magnifique uniforme et de son allure martiale.

— Eh bien, moi, je veux tout savoir, dit-elle en chassant ses pensées lugubres. Viens à l'intérieur et raconte-moi tout sans rien oublier.

Il la prit dans ses bras et la serra très fort.

— Ce qui est bien avec vous, Rosie, c'est que vous êtes toujours là, dit-il et elle comprit qu'il se sentait très seul.

Elle s'efforça de ne pas penser à Philippe tant que Sébastien était là. Il avait besoin de se sentir aimé et apprécié et d'avoir à le rassurer l'aida à se calmer. Mais après son départ, après qu'il eût embrassée un peu trop près de la bouche, en lui promettant de revenir bientôt, toute sa colère remonta à la surface.

— N'est-ce pas merveilleux que monsieur Philippe ait eu un bébé, dit Allie innocemment.

Ils étaient tous réunis autour de la table de la salle à dîner.

— Pensez-vous que je pourrais aller le voir un jour? J'aime beaucoup les bébés.

Madame Dupuis leva la tête d'un air interrogateur.

— Un bébé? Philippe? demanda-t-elle. Quand est-ce arrivé?

— Il y a un mois environ, je crois, dit Rosie en coupant sa côtelette de mouton avec application.

— C'est extraordinaire. Vous étiez au courant?

— Je pense qu'il y a fait allusion.

Sa belle-mère lui jeta un regard sagace puis prit un air offusqué.

— Comme c'est étrange de n'en avoir parlé à personne.

Rosie ne répondait pas.

— Une fille ou un garçon?

— Une fille. Elle s'appelle Françoise.

Madame Dupuis fronça les sourcils.

— C'est dur pour Sébastien.

— Oui. J'ai l'impression qu'il se sent délaissé.

Madame Dupuis avait toujours eu un faible pour Sébastien.

— Dites-lui de venir quand il voudra. Je dois avouer que je trouve cela étrange.

— Il a peut-être pensé qu'il aurait l'air bête d'avoir un enfant si tard, suggéra Clovis.

Rosie pensa qu'il regrettait peut-être de ne pas avoir d'enfant lui-même. Elle se rendit compte que son malheur la rendait sensible à celui des autres.

— C'est probablement un malentendu, murmura-t-elle.

Mais il n'y avait pas de malentendu. Philippe l'avait délibérément trompée. Une fois seule dans le petit salon, elle arpenta la pièce en essayant de se raisonner. De toute évidence, il avait eu peur de le lui dire. Elle ne l'avait pourtant jamais considéré comme un homme faible de caractère. Il était contraint de coucher avec sa femme et celle-ci risquait donc d'être enceinte. Lorraine voulait un bébé le plus vite possible. Toutes ces vérités ne servaient à rien. Elles ne diminuaient pas son angoisse.

Il était subjugué par l'enfant et ne lui avait pas fait signe depuis un mois. Le contrôle qu'elle avait manifesté toute la journée s'évanouit soudain. Elle se mit à pleurer.

La colère prenant le dessus sur la douleur, elle saisit une plume et écrit avec frénésie une lettre décousue qui dévoilait toutes ses peines.

« Philippe,

« Comment avez-vous osé me blesser et m'humilier à ce point ? Sébastien m'a appris que vous êtes père. Vous n'avez pas eu le courage de me dire que votre femme était enceinte ni de me confesser la naissance du bébé, c'est la chose la plus terrible et la plus cruelle que je puisse imaginer.

« Mon cœur est déchiré. J'ai l'impression que je ne supporterai plus jamais de vous revoir. Oh ! je sais qu'il était nécessaire que vous couchiez avec elle. Je sais qu'elle voulait un enfant... mais ne pas me le dire... me laisser l'apprendre de cette façon, c'est impardonnable.

Vous l'avez fait, il n'y aura donc plus rien entre nous. Sébastien raconte que vous êtes gaga devant votre fille. Devant votre femme aussi peut-être, puisqu'elle vous a fait ce présent. Je voulais vous donner un enfant mais quelle chance y avait-il que cela se produise ? Je voulais être votre femme mais cela n'a jamais été possible.

Je sais que je ne suis pas raisonnable et que je m'apitoie sur mon sort, mais peu m'importe. Je suis malheureuse.

Vous avez une fille. Quelle place y aura-t-il pour moi ? Elle doit passer la première. C'est un lien qui vous unit à Lorraine et qui ne laisse aucune place pour moi. Je serai en marge de votre vie, votre maîtresse seulement si j'accepte ce rôle. Et je choisis de ne plus l'être et ne le serai plus jamais.

J'arrive presque à vous détester à cause du choc que vous m'avez fait subir. Si vous aviez été honnête, j'aurais sans doute pu le supporter. Je me demande pourquoi vous ne m'en avez rien dit. Vous répondrez que vous saviez que cela me ferait souffrir. Mais, si je m'y étais préparée, la douleur aurait été supportable.

Je vous méprise pour votre lâcheté, bien que je la comprenne. Ce que nous avons partagé aurait dû vous inciter à mieux me traiter. Mais aujourd'hui, d'autres personnes sont plus importantes à vos yeux que je ne le suis.

Philippe, c'est fini. Je vous dis adieu. N'essayez pas de me faire changer d'avis. Ma tragédie, c'est que je vous aimerai toujours.

Rosie

Épuisée, elle réfléchit, la lettre sur ses genoux, regardant le feu jusqu'à ce qu'il fasse nuit. Elle descendit doucement au rez-de-chaussée et s'échappa dehors. Elle marcha à travers le bois jusqu'au sommet de la colline où la perpective s'ouvrait, dévoilant les nombreux hectares de vignes en rangs ordonnés qui se découpaient sur le ciel assombri. La terre était humide mais elle s'assit, les bras autour des jambes, posant son menton sur ses genoux en regardant la lumière changer, les yeux secs, malheureuse.

Il faisait nuit quand, se glissant dans le lit conjugal, Clovis grogna et se retourna dans son sommeil, lui passant accidentellement un bras autour du corps. Elle regarda le plafond en réfléchissant.

Le lendemain matin, elle s'enferma dans son petit salon et prit dans un tiroir fermé à clef la lettre qu'elle avait écrite la veille. Elle la lut et secoua la tête avant de la déchirer en mille morceaux. Elle jeta les confettis dans la cheminée. Ils s'enflammèrent quelques secondes puis furent réduits en cendres. Elle prit une nouvelle feuille de papier et, les lèvres serrées, sans une larme, elle se mit à écrire.

« Cher Philippe,

« Toutes mes félicitations pour la naissance de votre petite fille. Sébastien m'a annoncé la bonne nouvelle à l'occasion d'une petite visite aux Hérissons, hier. Il raconte que vous êtes fou de la petite Françoise et qu'elle vous donne beaucoup de joies.

« Comme je vous aime, je me réjouis avec vous. Et je m'incline devant l'inévitable. Votre vie a maintenant retrouvé son sens et il est temps de mettre fin à ce que nous avons partagé.

« Je mentirais si je vous disais que je ne suis pas profondément blessée et même en colère, parce que vous m'avez caché cette nouvelle. C'est très cruel de votre part et bien plus difficile à supporter que ne l'aurait été la vérité.

« Je comprends qu'il ne vous était pas aisé de me le dire, mais, où est votre courage et votre honnêteté, Philippe ?

« Nos liens commerciaux sont trop serrés pour être rompus, alors, si vous croyez que c'est possible, continuons à être associés et amis.

« N'essayez pas de changer ma décision, je vous en prie. Je ne veux même pas en discuter. Je n'ai pas le courage d'en parler pas plus que vous n'avez eu celui de le faire plus tôt.

Soyez gentil, acceptez l'inévitable.

Croyez-moi, je ne pense qu'à votre bonheur. Une nouvelle vie commence pour vous et vous devrez être libre pour bien la vivre.

Rosie

Elle ne relut pas sa lettre. Elle adressa au bureau de Philippe à Paris avec la mention « confidentiel ». Elle sonna ensuite Henri et lui demanda de s'assurer que la lettre partirait avec le premier courrier.

# Livre 3

# Chapitre 16

— Oh ! Madame ! C'est arrivé, cela nous est tombé dessus.

Marie, la petite Marie, avec sa frange noire et son tablier immaculé, se tenait dans la salle à manger des Hérissons en se tordant les mains, le visage baigné de larmes.

Les Dupuis mangeaient leur dessert. Madame Dupuis et Rosie posèrent leurs fourchette et leurs cuillères et se levèrent d'un bond.

— Comment le savez-vous ? demanda Rosie d'une voix calme.

— Les affiches pour la mobilisation sont sur tous les murs d'Épernay et de Reims, dit Marie en refoulant ses sanglots. Mon Robert est déjà parti s'enrôler. Oh ! dire que nous en sommes arrivés là.

— Que dit-elle ? demanda Clovis.

— C'est sans doute la guerre puisqu'ils se mobilisent, dit madame Dupuis à voix basse.

— Bien sûr que c'est la guerre, dit Rosie. C'était inévitable. Pourquoi croyez-vous que les dragons et l'infanterie ont quitté Reims la semaine dernière ? Mon Dieu ! Plus de trois mille hommes en rouge et bleu, fusil à l'épaule, suivant des fanfares qui jouaient comme au quatorze juillet. Le drapeau et le garde d'honneur ! C'est obscène. Une parade ! Plutôt une marche à la mort.

— Rosie !

L'expression de madame Dupuis indiquait que Rosie avait blasphémé.

— Marie, vous pouvez disposer.

— Non, Marie, dit Rosie. Racontez-nous ce qui est arrivé.

Marie ne cherchait pas à cacher ses larmes.

— C'est vrai, Madame. C'est la guerre. Les affiches sont sur la Place Royale, à l'Hôtel de Ville et à tous les carrefours. Tous les hommes valides doivent s'enrôler. Ils disent que nous en serons informés à Chigny demain. Oh! Madame, mon Robert est déjà parti.

— Où est-il parti? demanda Clovis.

— À l'Hôtel de Ville de Reims, dit Marie. Ce sera une guerre terrible.

Rosie frissonna en se souvenant des paroles d'André. La prochaine guerre serait un carnage.

— Quarante-quatre ans, dit madame Dupuis comme si elle se parlait à elle même. Quarante-quatre ans depuis que les Allemands sont entrés avec leurs sales bottes à l'Hôtel de Ville et maintenant, cela recommence.

Clovis se leva.

— Je dois partir, dit-il.

— Clovis, non, protesta sa mère. Attends.

— Attendre? dit Clovis. Si le Robert de Marie est parti, je dois faire mon devoir aussi.

— Votre devoir! Votre devoir! s'écria passionnément Rosie. Est-ce votre devoir de mourir, Clovis? Je ne le veux pas.

Tout en parlant, elle réalisa qu'elle pensait vraiment ce qu'elle disait.

— La guerre! C'est écœurant. En quoi nous, gens ordinaires, sommes-nous concernés? Nous vivons nos vies du mieux que nous pouvons et les politiciens et les chefs d'état nous amènent la guerre. Pour quoi faire? Clovis, tuer des hommes n'est pas une occupation pour un homme de bien.

Elle était au bord des larmes et craignait pour ceux qu'elle aimait. Elle avait entendu les récits d'horreurs de la guerre franco-prussienne qui avait désolé la Champagne mais cette fois, comme l'avait dit André, ce serait une guerre moderne avec des armes modernes et ce serait bien pire.

— C'est la fin de la Belle Époque, dit madame Dupuis tristement. Peut-être la fin de beaucoup d'autres choses. Mais il faut nous battre, Rosie. Nos hommes doivent se battre pour nous protéger de la botte de l'envahisseur. Nous n'avons pas le choix.

— Mais il devrait y en avoir un, s'écria Rosie. Nous devrions tous avoir le choix.

Mais il n'y en avait pas. La guerre fut déclarée le lendemain, 2 août 1914. Les journaux parlaient des énormes pertes allemandes et de la résistance héroïque des Belges tandis que les Allemands traversaient une fois de plus ce petit pays neutre et le Luxembourg.

Furieuse, impuissante, Rosie voyait les hommes partir de leurs villages en chantant, d'une humeur euphorique. Jamais homme n'était parti à la guerre avec plus d'enthousiasme. Clovis, qui n'avait pas compris ce qu'elle avait voulu dire ni ce qu'elle avait ressenti, était de ceux-là, emportant quelques affaires dans un sac à dos. Elle n'avait plus entendu parler de lui. Mais Clovis détestait écrire.

Une semaine plus tard, *L'Éclaireur de l'Est* titrait « Victoire ! ». Les Allemands avaient peut-être envahi la Belgique mais ils avaient été chassés de Liège. L'armée française était en Alsace. L'Angleterre avait déclaré la guerre à l'Allemagne. Rosie ne faisait pas confiance à cet optimisme et on la grondait pour son scepticisme et son défaitisme.

Les trains militaires traversaient Rilly tous les jours en direction de l'Est. Ils portaient des inscriptions humoristiques à la craie : « Train d'agrément pour Berlin. En route pour la saison à Baden-Baden. Train spécial pour l'exécution du Kaiser. »

La réalité était différente. Les beaux dragons qui avaient laissé les filles de Reims en larmes furent massacrés en Belgique. Peu des jeunes gens du 132e régiment d'infanterie local reviendraient sur le sol crayeux de la Champagne. Ils étaient enterrés dans la boue de la Somme et des Flandres.

— Ils leur élèveront un splendide monument, sans nul doute, dit amèrement Rosie.

André, le vieux soldat, lui avait tout expliqué lorsqu'elle était allée le voir à Paris début de juillet, un mois à peine avant la déclaration de la guerre. Il était certain que la guerre était inévitable et doutait que l'armée française puisse tenir contre la puissance des mitrailleuses et des gigantesques canons que les Allemands avaient fabriqués.

— Et, avait-il dit d'un air dégoûté, nos troupes sont vêtues de pantalons rouges. Ils seront des cibles parfaites pour les mitrailleurs.

Aller à la guerre en rouge et bleu ! Quelle folie ! Et savez-vous pourquoi ils portent des pantalons rouges ? ajouta-t-il, furieux. L'argent, ma chère Rosie. Ce n'est qu'une question d'argent. La France a inventé une nouvelle teinture rapide rouge. Les industriels français veulent briser le monopole de la teinture rouge des Anglais. Quelle meilleure forme de publicité que d'habiller les pauvres soldats en rouge ?

— Sébastien devra se battre ? demanda-t-elle avec angoisse.

— Et Philippe aussi. Il va rejoindre mon ancien régiment et se battre aux côtés de son fils. Personne n'y échappera, pas même votre pauvre Clovis. Aucun d'eux n'aura le choix.

Il pencha sa tête et se plongea dans ses pensées.

— Si je le pouvais, j'irais à leur place. Je n'ai pas élevé mon fils et mon petit-fils pour les voir tués par un bout de métal chauffé à blanc. Avec une épée, c'était au moins propre et honorable.

Le 26 août, elle reçut enfin une lettre de Clovis, mal écrite et remplie de fautes. Il était dans les Ardennes avec la quatrième armée. Il écrivait que tous les hommes étaient braves et fidèles. Allie pleura quand la lettre arriva. Elle se sentait perdue depuis le départ de son père, dormant mal et souffrant de cauchemars. Bien qu'elle eût quatorze ans et qu'elle fût grande pour son âge, Rosie la prenait dans son lit la plupart des nuits.

Elle avait elle-même besoin de réconfort.

Elle avait reçu une lettre froide et formelle de Philippe, deux jours après le départ de Clovis, qui lui fit peur et la bouleversa.


« Ma chère Rosie,


« Je dois vous prévenir que je me suis engagé aujourd'hui dans l'ancien régiment de mon père et que je pars pour le front dans quelques jours. Sébastien est déjà parti.

« J'ai laissé vos affaires et les miennes dans le meilleur ordre possible bien qu'il soit difficile de prévoir ce que deviendra le commerce du vin en France en ces périodes de conflit.

« Monsieur Brunel, qui est heureusement trop âgé pour se battre, va prendre soin de vos clients et faire ce qui lui est possible, dans l'intérêt de tous. C'est un homme bien et il fera se son mieux.

Il est cependant difficile de savoir s'il y aura des exportations tant que durera cette guerre.

« L'État major nous assure qu'elle sera courte et se terminera à la fin de l'automne. Nous ne pouvons que prier pour qu'ils disent vrai.

« Je prie aussi pour que votre vie ne soit pas bouleversée ni les belles terres de Champagne, souillées par les chars, les canons et les troupes.

« Mes pensées, comme toujours, sont avec vous et les vôtres.

Philippe

Cela ne servait à rien. Elle ne pouvait pas s'empêcher de l'aimer et l'idée de le voir partir à la guerre la remplissait de terreur.

Depuis qu'elle lui avait écrit plus de deux ans auparavant, ils avaient eu peu de contacts. Il avait continué à s'occuper des ventes de champagne et les affaires avaient fructifié. En dépit de sa répugnance à devenir célèbre, ses vins étaient appréciés des connaisseurs comme étant d'excellente qualité et elle avait été forcée de limiter sa clientèle à ceux qui pouvaient acheter en grande quantité.

À la déclaration de la guerre, les nouvelles caves creusées dans la colline étaient presque terminées. Rosie avait pu les prolonger jusqu'aux vieilles fosses romaines qui se trouvaient sur la propriété. Elles étaient, comme les caves Pommery à Reims, à trente mètres sous terre. Jadis, elles étaient inaccessibles, avec seulement une ouverture étroite à la surface, qui était entourée de barrières pour la sécurité. Au pied du puits, il y avait une salle immense où l'on pouvait entreposer de grandes quantités de vin.

Jusqu'au matin du 2 août, tout allait à merveille, même si elle n'avait cessé d'aimer Philippe et qu'il lui manquait. Sans lui, elle se sentait aride, comme si elle avait perdu toute sa sève. Elle se reprochait périodiquement d'avoir rompu avec lui. Elle savait cependant que c'était ce qu'il fallait faire. C'était dfficile de ne pas être à lui. Le partager avec sa nouvelle famille aurait signifié se retrouver de plus en plus en marge de sa vie. Pourtant, elle n'arrivait pas à le chasser de son cœur ni de son esprit.

Mais, durant ces belles journées chaudes du mois d'août, tandis que le raisin mûrissait parfaitement sur les vignes, il était difficile de penser à autre chose qu'à la guerre. L'optimisme était en perte de vitesse. Le département de la Marne avait été déclaré zone opérationnelle et, tous les jours, le bruit de la bataille se rapprochait alors que l'armée française était repoussée plus loin des frontières. Marie et Henri transmettaient des nouvelles de ce qui se passait en ville grâce à leurs parents qui habitaient Épernay et Reims.

— Les trains reviennent, Madame, dit Marie tristement, remplis de blessés. Ils les emmènent à l'hôpital de la place Belle-Tour. Il y a beaucoup de dragons. C'est un spectacle terrible et ils disent qu'il y a des centaines de milliers de morts et, Madame, je n'ai pas de nouvelles de mon Robert.

Marie pleurait et Rosie essayait de la réconforter en lui disant que « pas de nouvelles, bonnes nouvelles ». Robert, un bon Champennois solide, capable de prendre soin de lui-même, serait bientôt de retour.

Mais elle ne croyait pas ce qu'elle disait, bien que les autorités continuaient à affirmer que les Allemands étaient repoussés et que la fin de la guerre était proche.

Vers la mi-août, les réfugiés se mirent à affluer à Reims et dans les villages environnants. Les Belges arrivèrent les premiers, dans des wagons à bestiaux, en gare de Reims, épuisés, hagards : des hommes et des femmes sans domicile, qu'il fallait loger. Après eux arriva un flot de réfugiés français, hommes et femmes, venus des Ardennes, et vers la fin du mois, des réfugiés de la Marne.

Madame Dupuis et Rosie mirent une douzaine de lits dans les bâtiments annexes et installèrent une cuisine.

— Mais c'est si peu, dit Rosie. Il faut faire plus.

Le deux septembre, l'autre Henri vint dire que des soldats de différents corps s'étaient repliés sur Reims.

— Ils dorment sur les pavés, Madame, dit-il, les larmes aux yeux. Des hommes épuisés, battus et qui ont faim. Et ils se replient toujours. J'ai peur que nous soyons perdus.

Rosie alla au sommet de la colline d'où elle voyait la route serpenter à travers le village et les vignes et, plus au sud, disparaître vers Épernay. Des colonnes de soldats s'avançaient, toujours vêtus de leurs pantalons rouges, le fusil à l'épaule, traînant des pieds dans leurs godillots mais disciplinés malgré la retraite. Leur avance pénible soulevait des nuages de poussière de craie, faisant un halo blanc autour de chaque silhouette. Un peu plus tard, elle vit une maigre colonne de dragons passer sur des chevaux épuisés. Ils étaient si fatigués qu'ils ne gagnaient guère de terrain sur les fantassins qui les précédaient.

Les Allemands ne pouvaient pas tarder à venir.

Ce soir-là, ils entendirent pour la première fois le grondement des canons qui fit taire le concert des grenouilles. Le ciel était illuminé d'éclairs oranges et bleus, semblables aux feux d'artifice du quatorze juillet.

Ce soir-là, après dîner, Rosie, madame Dupuis et Allie se rassemblèrent dans le salon avec leur personnel. Sur la table se trouvaient six bouteilles de la cuvée 1906 des Hérissons avec des coupes en cristal pour tous.

— D'abord, dit Rosie, debout, le dos à la cheminée avec madame Dupuis à ses côtés, nous allons boire à la France, à nos braves soldats, à ceux que nous aimons et à la victoire. Puis il faudra décider que faire pour notre sécurité et celle de la propriété. Demain ou après-demain, les Allemands seront ici. Il faut que nous soyons prêts. Henri, débouchez les bouteilles, et Allie, remplis les verres, s'il-te-plaît.

Il régnait un silence absolu, rompu seulement par le bruit des bouchons qui sautaient. Puis Allie remplit les verres et le silence était tel que Rosie pouvait entendre les bulles éclater à la surface.

Allie tendit un verre à chacun.

— *Vive la France !* s'écria madame Dupuis et sa voix résonna comme un clairon.

— À la victoire ! À ceux que nous aimons et puissions-nous vivre longtemps aussi.

Solennellement, ils levèrent leurs coupes et burent. Marie pleurait.

— Oh ! Madame, dit-elle, j'ai si peur.

Madame Dupuis s'avança comme si elle voulait la frapper.

— Balivernes ! dit-elle. Je vous interdis d'avoir peur des Boches. S'ils viennent, nous les recevrons la tête haute et ne nous laisserons pas faire. Nous sommes ici chez nous. Que peuvent-ils faire, à part nous tuer ? Et je préfère mourir que de leur montrer que j'ai peur.

— Oui, Madame, renifla Marie sans pour autant paraître d'accord.

— Oui, Marie, soyez courageuse, dit Rosie. Et pensez à ce que nous pouvons faire de mieux. Y a-t-il des fusils dans la maison?

Il y eut un long silence pendant lequel chacun réfléchit.

— Quelque part dans le grenier il y a le vieux fusil de chasse de mon mari, dit madame Dupuis, et aussi un vieux mousquet à poudre accroché au mur du vestibule. Mais rien d'autre.

— Des couteaux de chasse?

— Un dans le garde-manger, dit Henri. La cuisinière s'en sert parfois pour dépouiller un lapin.

— Quelque chose d'autre qui puisse servir d'arme?

— Mon grand hachoir de cuisine, dit la cuisinière, et ces barres de fer lourdes que nous n'avons jamais refixées à la fenêtre du garde-manger.

— Vous voulez essayer de les combattre, Madame? demanda nerveusement Henri.

— Non, pas du tout, le rassura Rosie. Mais je crois que tout ce qui peut servir d'arme devrait être caché dans un endroit qui nous soit accessible et qu'ils ne pourront pas trouver. Au cas où nous en aurions besoin. Ils confisqueraient certainement les fusils.

— Ils l'ont fait la dernière fois, dit madame Dupuis.

— Bien. Voulez-vous vous en occuper? demanda Rosie à la cuisinière.

Celle-ci, une femme d'une maigreur étonnante, généralement lugubre et qui n'était jamais plus heureuse que quand elle désossait un cochon, sourit d'un sourire inhabituel.

— Je sais exactement où il faut les mettre, dit-elle. À portée de mains dans la cuisine, juste au cas où j'aurais l'occasion...

— Personne ne doit rien faire d'imprudent, dit Rosie. Ensuite, nous devrons cacher autant de champagne que nous le pouvons, surtout les meilleurs vins et les millésimés. C'est malheureux d'avoir à les bouger mais ce serait encore pire de les voir disparaître dans des gosiers allemands.

— Les réfugiés nous aideront, Madame, dit Marie, soudain très intéressée par ce qui se passait et qui en oubliait ses larmes. Ils vous sont très reconnaissants.

— Nous pourrions peut-être mettre des barriques dans la salle sous le puits romain, dit Rosie, et en boucher l'accès.

— Ne pourrions-nous pas boucher toutes les entrées des nouveaux tunnels, maman ? demanda Allie. Nous pourrions y cacher beaucoup de bouteilles.

— En effet, dit Rosie. Ce serait bien de garder les entrées des tunnels secrètes. Mais nous ne sommes pas assez nombreux pour tout déplacer et, s'ils ne trouvaient rien du tout, ce serait suspect.

— La dernière fois, dit madame Dupuis avec indignation, ils ont volé notre champagne et l'ont expédié en Allemagne.

— Nous pourrions faire appel aux garçons du village, dit Miss.

Elle avait été nommée professeur d'anglais à l'école de Chigny, par le nouveau maître d'école.

— Je connais ceux à qui on peut faire confiance, ajouta-t-elle.

— Pourquoi pas ? dit Rosie. Mais tout le monde devra jurer de garder cela secret. Entendu ?

Ils furent tous d'accord et, en buvant du champagne, ils élaborèrent des stratégies pour duper l'ennemi. Tout le monde alla se coucher avec un moral raisonnablement bon.

Rosie, qui constatait que, pour une raison inexplicable, Clovis lui manquait au lit, ne put s'endormir. Elle réfléchissait à la manière de déplacer les immenses barriques sans les abîmer. Quel matériel de ferme pourrait être employé ? se demandait-elle. Pour une fois, elle aurait eu besoin de l'esprit pratique de Clovis. Mais il n'était pas là.

Rosie priait rarement car elle croyait que Dieu venait en aide à ceux qui s'aidaient eux-mêmes. Ce soir-là, elle récita une prière silencieuse pour Philippe, Clovis, Sébastien et le Robert de Marie. Leur sort à tous était entre ses mains. Puis elle s'endormit.

Un léger bruit, comme une branche heurtant la fenêtre, la réveilla. Elle tendit l'oreille mais le bruit avait cessé. Puis, une seconde ou deux après, il recommença. Elle sortit du lit et traversa la pièce. Dehors, le grondement des canons s'était tu. Une faible lueur éclairait la cour et les vignes. Elle écarta les rideaux, et entendit le bruit à nouveau. Elle aperçut une silhouette sombre et indisctincte qui bloquait la vue.

Tout d'abord elle fut alarmée mais elle se raisonna ensuite, car quelqu'un qui lui voudrait du mal ne l'aurait pas prévenue. Elle tendit la main vers le bouton de la fenêtre et vit le reflet de la lune sur un casque de dragon ou de cuirassier.

Elle ouvrit la fenêtre.

— Qui est là ? murmura-t-elle.

— Sébastien. Rosie, laissez-moi entrer, je vous en prie, pour l'amour du ciel, avant que je tombe.

Immédiatement réveillée et alerte, elle le tira à travers la fenêtre. Quand ses bottes touchèrent le tapis, il gémit et s'écroula par terre.

— Dieu merci ! murmura-t-il.

Elle s'agenouilla à côté de lui et défit son casque ainsi que le col raide de sa tunique.

— Qu'est-il arrivé, Sébastien ? Comment es-tu venu ici ?

— Nous fuyons, Rosie, dit-il douloureusement. Mon cheval a été tué près de Reims. Je crois que tous les autres sont morts. J'ai marché jusqu'ici. Comme je l'ai déjà dit, Rosie, ce qui est bien, c'est que vous êtes toujours là.

— Chut, dit-elle. Levez-vous. Laissez-moi vous mettre au lit.

Il se redressa d'un bloc.

— Sont-ils ici ? Les Allemands ?

— Non, pas encore. Nous avons le temps, je pense. Il s'assit sur le lit pendant qu'elle allumait la lampe à gaz.

— Maintenant, laissez-moi vous regarder. Vous êtes blessé ?

— Pas physiquement. Seulement écœuré à mort.

Dans la douce lumière bleuâtre, son jeune visage était blanc, avec des cernes noirs sous les yeux. Il avait vieilli de dix ans et il était épuisé.

Sans parler, elle lui retira ses bottes, difficilement. Puis, elle lui souleva les pieds et les posa sur le lit. Si seulement il pouvait dormir...

— Restez étendu et parlez-moi, dit-elle. Racontez-moi tout.

Allongé, les yeux fermés, il ne bougea pas quand elle lui retira son ceinturon et son revolver et lui déboutonna sa tunique.

— Allongez-vous à côté de moi et je le ferai, dit-il enfin. Ramenez-moi à la réalité, Rosie. Dites-moi que cette guerre est un mauvais rêve.

— Hélas, dit-elle en lui caressant le front. Cette guerre est une terrible réalité.

— Vous ne pouvez pas imaginer, dit-il, les yeux toujours fermés. Je m'en souviendrai jusqu'au jour de ma mort. Des jeunes hommes, des hommes comme moi. Nous sommes partis si gaiement. C'était un jeu et ils sont tous morts, tous morts. Des blessures à la tête, vous ne pouvez pas imaginer, Rosie. Des têtes fendues en deux et leur cervelle qui s'en échappe. Ils étaient coupés en deux dans leurs uniformes napoléoniens. Ils avaient les jambes, drapées de pantalons rouges, emportées. Ils n'avaient pas la moindre chance. Les blessés hurlaient, pleuraient ou se taisaient pitoyablement. Nous ne pouvions rien pour eux. Et le sang, tant de sang. Saviez-vous que le sang a une odeur ? Douce, comme une bonne boisson. Il doit l'être car la terre l'a bu si vite. Je sais maintenant à quoi ressemble l'enfer. Ce n'est pas un jeu, Rosie. Pas un jeu.

Il se mit à pleurer mais les mots continuèrent à se bousculer.

— Les hommes étaient aussi courageux que pouvait le souhaiter n'importe quel chef. L'infanterie restait en rangs. Ils marchaient dans la chaleur et la poussière, la poussière blanche de Champagne. Elle est étouffante. Je ne l'avais jamais remarqué auparavant. Puis les canons se mirent à nous tirer dessus et les mitrailleuses aussi et nous nous sommes tous dispersés dans les champs. Cela ne nous a pas sauvés. Les obus continuaient à nous poursuivre en sifflant. La mort vient dans un sifflement, Rosie. Ils ajustèrent leur tir. D'autres obus arrivèrent en grondant. Nous autres, officiers, n'étions pas censés nous mettre à l'abri. Nous devions encourager les troupes. Il ne fallait pas que nous perdions le contrôle. Quelques braves imbéciles restèrent debout tandis que les hommes s'accroupissaient, cherchant un refuge, n'importe lequel. Un obus a coupé les jambes de ma jument. J'ai dû l'achever, la pauvre bête, d'une balle dans la tête. Puis un poilu s'est caché derrière sa carcasse. Certains hommes utilisaient les cadavres des autres pour s'abriter. Il y en avait assez. Moi, je suis resté debout à brandir mon revolver comme un écolier jouant à la guerre. Et je n'ai pas été touché. Les officiers sont morts debout et les hommes accroupis. La façon dont ils sont morts n'a pas d'importance. Ils sont morts. Et j'ai survécu.

Il avait commencé à frissonner et, voulant absolument qu'il dorme, elle se mit à le déshabiller. Puis, avec un peu plus de difficulté, elle parvint à le recouvrir. Elle s'allongea à côté de lui sur les couvertures et le serra très fort dans ses bras. Il avait chaud et sentait mauvais, comme si l'odeur du sang et de la mort était imprégnée dans sa peau.

— Tu es en sécurité maintenant, dit-elle. Essaye de dormir. Tu en as besoin.

— J'ai besoin de sommeil, dit-il avec amertume. Et ceux qui se sont endormis pour toujours ?

Elle voulut lui faire penser à autre chose.

— Tu es venu de l'autre côté de Reims, lui rappela-t-elle. C'est normal que tu sois fatigué. As-tu faim ?

— Je n'aurai peut-être plus jamais faim, répondit-il. Et demain, il faudra que je rejoigne mon régiment à pied.

— Demain il sera temps d'y penser. Essaie simplement de dormir, je t'en prie.

Il resta silencieux pendant une minute entière puis grogna et se tourna dans ses bras, sortant les siens de dessous les couvertures pour la serrer contre lui.

— Rosie, vous sentez bon. Vous sentez la femme civilisée. Vous sentez la sécurité.

Puis, sans le prévenir, il se mit à l'embrasser, à la couvrir de baisers passionnés, d'une intensité qu'elle avait oubliée. Sans le vouloir elle se mit à y répondre, ce qui lui fit pousser un soupir de soulagement qui fit peur à Rosie. Elle essaya de s'éloigner. Mais il avait trouvé ses seins sous sa fine chemise de nuit et défaisait les boutons qui descendaient jusqu'à sa taille. Il embrassa un sein et se mit à le téter, momentanément apaisé.

Elle savait qu'elle aurait dû l'arrêter mais ne pouvait pas. Elle savait ce qui était inévitable mais ne fit rien. « Quel mal y a-t-il ? » se demanda-t-elle silencieusement tandis qu'il continuait à la téter. Elle sentit qu'elle réagissait, et en eut des remords.

Elle le laissa faire, comme un bébé, comme Allie, mais il était grand maintenant. C'était un homme. Ses mains l'explorèrent et, quand il la sentit prête, il hésita un instant.

— Rosie ? Je peux ? S'il vous plaît. Vous savez que je vous aime. Je vous ai toujours aimée.

Elle ne répondit pas mais enleva sa chemise de nuit. Il roula sur elle et elle dut l'aider à enlever ses sous-vêtements, puis elle le guida en elle.

Cela ne dura que très peu de temps. Ses mouvements étaient aussi précipités que ses baisers et bientôt, avec un grognement final, il s'écroula sur elle.

— Vous me sauvez toujours quand je suis perdu et que je pleure, murmura-t-il. Je vous aime, Rosie.

Puis il s'endormit. Épuisée, elle ne tarda pas à s'endormir aussi.

Quand elle se réveilla le lendemain matin, il n'était plus là. Il était parti comme il était venu, par la fenêtre. Il n'avait pas laissé de mot, mais l'insigne de son régiment était soigneusement épinglé sur son oreiller.

Allie pensa que le 3 septembre était le jour le plus excitant de sa vie et elle le nota dans son journal intime. Sa mère s'était levée plus tôt que d'habitude mais elle semblait préoccupée tout en dirigeant les opérations pour sauver Les Hérissons. Ils avaient fait venir autant de personnes qu'ils en avaient trouvé. Les réfugiés, des hommes et des femmes âgés, ne pouvaient pas aider beaucoup. Miss avait réussi à faire venir de jeunes élèves volontaires qui considéraient le dur travail comme un jeu ou comme leur participation à l'effort de guerre.

Leurs aînés étaient moins gais mais travaillèrent toute la journée, déplaçant barriques et bouteilles, bouchant les entrées des caves de la colline et empilant des gravats dans celles situées sous la maison. Il était impossible de tout cacher mais ils avancèrent bien. La cuisinière, dont le père et les frères avaient été tués par les Boches pendant la guerre franco-prussienne, travailla aussi dur que les autres, veillant à ce que tous soient bien nourris.

Le cousin d'Henri arriva en fin d'après-midi avec des nouvelles de Reims et tout le monde s'arrêta de travailler pour l'écouter.

— Reims est une ville morte, dit-il, d'une voix chargée d'émotion. Les volets sont fermés, seuls quelques magasins sont encore ouverts. L'armée a disparu. Le général Foch est à Sillery, à moins de dix kilomètres mais il a décidé que Reims ne serait pas défendue. Le Dr Langlait, maire de la ville, et son conseil sont à leurs postes. Le Dr Langlait a fait afficher un communiqué nous demandant de rester calmes et de faire le nécessaire afin de traverser cette terrible épreuve. Il nous demande le silence, de rester dignes et prudents. Hélas, les Allemands vont prendre la ville demain.

— Le 4 septembre, dit doucement madame Dupuis. Le même jour qu'en 1870. Un jour qui se répète.

—L'affreuse journée meurtrière, murmura la cuisinière.

Tout le monde resta silencieux. Marie pleurait et Allie remarqua que les yeux de sa Mimi étaient trop brillants. Elle se rapprocha pour lui prendre la main et la lui serrer.

Sa mère parlait à voix basse mais avec tant d'intensité qu'on entendait chacune de ses paroles. Elle avait les yeux secs et paraissait fiévreuse. Elle se tenait droit, comme la nuit où les émeutiers étaient venus aux Hérissons.

— C'est un revers, rien de plus. Il faut être courageux. Nous devons garder l'espoir et le moral. Il est trop tard pour être défaitiste maintenant. Par respect pour ceux qui meurent, nous devons rester forts et préserver ce pour quoi ils se sont battus. Ne craignez rien, nous vaincrons. La justice triomphera de la brutalité.

— Vive la France ! s'écria la cuisinière.

— Vive la France ! reprirent-ils tous en chœur et Allie ressentit un étrange picotement de la peau. Elle avait le sentiment d'être au début de quelque chose de très important. Elle n'avait pas besoin de rêves aujourd'hui. Elle en vivait un.

# Chapitre 17

La garde prussienne entra dans Reims le lendemain après-midi, mais non sans incident. D'abord, ils firent des représailles. Le général Von Bülow, croyant à tort, ou voulant croire que ses hommes envoyés à Reims pour parlementer avaient été kidnappés, donna l'ordre d'ouvrir le feu. Le bombardement sauvage toucha le centre de la ville. Deux cents Rémois furent tués ou blessés et, en fin d'après-midi, les Allemands entrèrent sans encombre dans la ville à la cathédrale.

D'autres poursuivirent leur avance, à travers la Champagne. Rosie espéra un moment que leur colline isolée échapperait au conflit. Cachée par les arbres, la maison n'avait pas été bombardée. Mais bientôt elle put voir de ses propres yeux ce que Sébastien avait décrit si douloureusement. Du haut de sa colline, elle vit des colonnes d'hommes ressemblant à des fourmis et les accrochages entre Français et Allemands. Elle entendit le bruit des mitrailleuses et vit comment les obus, tirés par les canons sur roues, déchiraient le sol, tuant les hommes, détruisant les vignes. Elle vit les chars qui avançaient comme des bêtes et, occasionnellement, un avion qui traversait le ciel.

Elle retourna à la maison, le cœur gros.

Les Français se repliaient sans cesse. Les Allemands qui les poursuivaient étaient souvent ivres et les routes étaient jonchées de bouteilles de champagne cassées, qui abîmaient les roues des voitures de ravitaillement, bien que les convois fussent le plus souvent tirés par des chevaux.

L'ennemi avançait rapidement, bombardant d'abord, puis occupant chaque petit village. Ils traversèrent Chigny, en faisant beaucoup de dégâts et on disait qu'Épernay et Château-Thierry, au sud de la Marne, allaient être évacuées.

— Ils se sont battus dans certains de nos champs, dit Rosie à madame Dupuis. Mama, c'est terrible, il y a des morts dans nos champs.

Madame Dupuis baissa la tête et Rosie réalisa qu'elle priait.

C'est au matin du 6 septembre que deux voitures allemandes apparurent devant les grilles. Le vieux Thomas les laissa entrer. Il n'avait pas d'autre choix. Il ne pouvait pas non plus prévenir qui que ce soit de ce qui arrivait, mais Allie les arperçut alors qu'ils étaient à mi-chemin dans l'allée et courut le dire à sa mère.

Quand les véhicules s'arrêtèrent au pied des marches, Rosie et madame Dupuis les attendaient.

Un jeune homme, petit et au teint verdâtre, en casque à pointe, bondit hors de son siège et se hâta d'aller ouvrir la porte arrière. Puis il se mit au garde-à-vous.

L'homme qui descendit de la voiture était plus âgé, près de la cinquantaine. Il était vêtu de gris avec des écussons rouge et or au cou, des épaulettes dorées et des bandes rouges de chaque côté de son pantalon, glissé dans ses bottes. Il était trapu, avait les traits marqués et une barbe et des moustaches bouclées. Il paraissait un peu gros mais son visage n'était pas déplaisant.

Lorsque son supérieur fut sorti de la voiture, le jeune officier s'avança et dit dans un français hésitant :

— Vous devez quitter cette maison. Le Lieutenant Général Maurer la réquisitionne.

Rosie sentit madame Dupuis se hérisser.

— Certainement pas, dit-elle d'une voix faussement douce. Ceci est mon domicile, jeune homme. Vous et vos compatriotes pouvez être mes hôtes mais ma famille et moi ne partirons pas.

Rosie regarda madame Dupuis du coin de l'œil. Elle levait la tête d'un air hautain, ses cheveux gris encadraient sa tête et elle se tenait parfaitement droite. Rosie faillit rire en voyant la confusion momentanée du jeune officier devant ce défi. Puis il posa la main sur son revolver d'un air menaçant. Madame Dupuis ne broncha pas. Elle le regarda d'un air méprisant.

Le Général aboya une question. Le jeune homme, le visage rouge de colère, lui répondit en allemand en saluant avant de parler.

Rosie essaya désespérément de se souvenir des bribes d'allemand de son enfance, mais en vain. Elle essaya autre chose.

— La veuve Dupuis a raison, dit-elle en anglais. Je suis sûre que les Allemands ne chassent pas les femmes et les enfants sans défense de chez eux.

Le général la regarda attentivement et lui répondit également en anglais.

— Vous êtes britannique ? demanda-t-il.

— Non, je suis germano-américaine. Je suis née Brunner. Nous sommes originaires du Rheingau. Mon mari est un soldat français.

— Je vois, dit-il.

Il parlait anglais avec un accent mais s'exprimait mieux dans cette langue, que l'officier en français.

— Et qui est cette femme ?

— C'est ma belle-mère, la veuve Dupuis.

— Et qu'a-t-elle dit ?

— Que vous êtes les bienvenus comme hôtes mais que vous ne devez pas vous attendre à ce que nous quittions notre domicile.

Rosie pensa qu'il était préférable d'adoucir un peu les propos de madame Dupuis.

— Je vois, répondit-il. Votre belle-mère est une forte femme, n'est-ce pas ?

Il souriait légèrement.

— Parfois, dit Rosie en souriant aussi comme s'ils partageaient un secret.

Il serra les lèvres, hocha la tête d'un air pensif plusieurs fois et la regarda.

— Nous avons besoin d'un quartier général. Ceci est la plus belle maison du village.

— C'est une grande maison, Général, habitée seulement par des femmes, des enfants et des vieillards. Je suis certaine que je peux vous aider sans que personne n'ait à quitter la maison.

Le visage rond de l'officier exprimait la contrariété et il se mit à tripoter nerveusement les franges de ses épaulettes.

Son supérieur s'adressa à lui d'une voix autoritaire et lui parla une minute tandis que Rosie et sa belle-mère se tenaient immobiles, devant les deux hommes, bloquant l'entrée de la maison. Quatre autres hommes, sans doute des sous-officiers, descendirent de l'autre voiture en tirant sur leur col à cause de la chaleur.

— Vous resterez à condition de ne pas intervenir dans nos affaires, dit finalement le Général. Je prendrai personnellement la plus grande pièce de la maison. Vous pourrez rester mais après que mes hommes aient choisi leurs quartiers.

Rosie hocha la tête d'un air soumis.

— Puis-je expliquer ce que vous venez de dire à ma belle-mère ? demanda-t-elle.

Il fut un signe de tête brusque mais il la ragardait d'un air qu'elle connaissait bien. Rosie jubila intérieurement. Elle était certainement capable d'y faire face.

L'officier était différent. Son visage était mobile, sa bouche très rouge avec une lèvre inférieure proéminente, un peu moite. Il plissait les yeux sous son casque et avait quelque chose qui mettait Rosie mal à l'aise. Cela n'avait rien de commun avec la guerre, ni avec sa nationalité, mais elle avait le sentiment que cet homme était mauvais.

Après que madame Dupuis eût exagéré son rôle d'hotesse et accueilli les Allemands dans sa maison, l'officier, qui était l'aide de camp du général, visita toutes les pièces, suivi des deux femmes. L'expression de madame Dupuis disait clairement qu'elle le soupçonnait de vouloir voler quelque chose s'il était laissé sans surveillance et lui, avait l'air également soupçonneux. Il regardait dans les placards, sous les lits et insista pour visiter toutes les chambres.

Ils rencontrèrent Allie dans la cuisine avec la cuisinière et Rosie le vit se lécher les lèvres en examinant sa fille, comme si c'était de la marchandise.

— Qui est-ce ? demanda-t-il dans son mauvais français en pointant un doigt autoritaire vers Allie qui se tenait à côté de la table.

— Ma petite fille, répondit madame Dupuis d'un ton glacial.

— Et la vieille femme ?

— Notre cuisinière.

— Vous nous ferez la cuisine à compter d'aujourd'hui, vieille femme, lui dit-il. Et vous avez intérêt à ce que ce soit bon.

La cuisinière fit semblant de ne pas comprendre.

Avant qu'ils ne quittent la cuisine, il se tourna encore vers Allie, les lèvres humides et Rosie sentit son estomac se contracter.

Elle se rendit compte que cela faisait longtemps qu'elle n'avait pas regardé Allie de près. L'enfant devenait femme ; la petite fille avait disparu. À quatorze ans, elle était presque aussi grande que Rosie et sa poitrine était formée. Elle avait les cheveux noirs bouclés de son père et ses traits délicats. Ses grands yeux bleus étaient encore plus grands que ceux des frères Dupuis et sa peau plus claire. C'était une fille extrêmement jolie, à l'expression alerte et curieuse. Au repos, son visage était pensif, comme celui d'une madone, mais quand elle souriait, elle avait l'air espiègle.

— Vous aimeriez peut-être vous rafraîchir avec une coupe de champagne, murmura Rosie pour détourner son attention de sa fille. Notre servante vous servira dans le salon.

Il la regarda d'un air soupçonneux.

— Je crois qu'il vaut mieux que je finisse l'inspection d'abord, répondit-il. Au cas où il y aurait quelque chose que vous souhaiteriez me cacher.

Rosie haussa les épaules et continua la visite.

Le général choisit sa chambre et l'officier prit celle d'Allie, pleine de ses trésors de petite fille. Que ce soit par politesse ou pour éviter les commentaires de la vieille dame, ils laissèrent madame Dupuis dans la sienne. Henri, Marie, Miss et la cuisinière durent céder les leurs. La maison avait suffisamment de chambres libres dont deux dans le grenier. Rosie y installa son personnel et convertit le petit salon du premier étage en chambre, pour elle et Allie. Elle pensa qu'il valait mieux que sa fille restât auprès d'elle.

Tandis qu'elles portaient du linge dans le salon, Rosie dit à sa fille :

— Chérie, évite le jeune officier. Essaie de rester hors de sa vue.

Allie la regarda d'un air grave et acquiesça.

— Ne t'inquiète pas, Maman, je le ferai. Il est dangereux, n'est-ce pas ? dit-elle.

Rosie poussa un soupir de soulagement en constatant qu'Allie s'en était aperçue aussi.

Les jours passèrent. Les habitants des Hérissons déménagèrent leurs affaires personnelles et leurs vêtements tandis que les Allemands installaient le téléphone. Ils réquisitionnèrent le bureau de Rosie qui devint la salle des cartes et opérations.

Madame Dupuis ne cédait pas d'un pouce. Pour anticiper tout ordre de l'envahisseur détesté, elle envoya Henri chez le général afin de convier son aide de camp à dîner à dix-neuf heures trente. Henri devait aussi lui dire que le champagne serait servi au salon à dix-neuf heures. Henri s'acquitta de la commission en ronchonnant, même après que madame Dupuis lui eut expliqué les raisons de cette démarche.

Ce fut un étrange repas. Le général, qui paraissait un convive assez joyeux et qui avait un regard égrillard chaque fois qu'il regardait du côté de Rosie, semblait amusé par la tactique de madame Dupuis.

Son aide de camp était tout sauf aimable et ne parla pratiquement pas tandis que le général expliquait en anglais qu'il avait passé quelques années en Angleterre.

— J'espère que vous ne préparez aucun mauvais coup, mesdames, dit-il en coupant un excellent morceau de poulet. Vous n'avez pas d'hommes ou d'armes cachés, j'espère.

Rosie rit et ouvrit les yeux tout grand.

— Si nous avions des armes, nous ne vous le dirions pas, fit-elle d'un air coquin, et même si nous en avions, je doute que nous sachions nous en servir. Quant aux hommes, il y a Henri, bien sûr, et quelques ouvriers. Tous sont trop vieux pour se battre.

— Ils ont mon âge, sans doute ?

— Beaucoup plus âgés, dit Rosie en souriant.

— Ce serait stupide de nous causer des problèmes, dit-il en souriant toujours. Aujourd'hui, nous avons traversé la Marne et la chute de Paris est inévitable.

Soudain, l'officier parla.

—Où est votre fille ? demanda-t-il, un sourire déplaisant aux lèvres. Nous aurions été ravis de sa compagnie.

— Allie mange toujours à la cuisine quand nous avons des invités, l'informa Rosie.

Se tournant vers le général, elle lui demanda :

— Vous connaissez la Rheingau ? Mon père en parlait souvent. Un jour, il faudra que j'y aille en visite.

C'est étrange comme les gens acceptent les situations nouvelles, pensa Rosie. Après quatre jours, elle avait l'impression que les Allemands avaient toujours été là. Elle les détestait autant mais ils étaient devenus familiers. Dormir par terre et dîner chaque soir avec ces intrus était devenu presque normal.

Elle appréciait même les repas qu'ils partageaient. Le général était un soldat de la vieille école et, parfois, il lui rappelait André. Il aimait parler des batailles et de la vie militaire. Il était surtout ravi de parler anglais. Ennemi ou pas, elle trouvait cela facile de s'entretenir avec lui, et sa conversation l'amusait.

L'officier Schmidt était d'une autre trempe. Marie, chargée de nettoyer sa chambre, rapportait qu'il avait accroché partout des images qu'elle ne pouvait pas décrire.

— Toutes des petites filles et il ne fait aucun effort pour les cacher. Il est dégoûtant.

Il fouinait aussi partout dans le domaine. Il disparaissait puis réapparaissait brusquement sans que personne ne s'y attende. Il donnait des ordres contradictoires au personnel, si bien qu'ils ne savaient jamais quand il devait partir ou revenir. Il avait tenté de contraindre une enfant à monter dans sa voiture pour l'emmener aux Hérissons. Sa mère, rendue courageuse par le danger que courait sa fille de dix ans, l'avait arrachée à ses griffes et cachée dans sa maison. Tout le voisinage avait été prévenu de se méfier de lui et de garder les enfants à la maison quand il était dans les parages.

Il buvait rarement mais les quatre sous-officiers n'avaient jamais été sobres depuis qu'ils s'étaient installés aux Hérissons et avaient découvert la cave à vins. Ils mangeaient le soir à la cuisine et, bien malgré elle, la cuisinière devait leur préparer des repas. Ils étaient gourmands, ignorants, arrogants et se plaignaient constamment de la nourriture, tout en réclamant plus de champagne.

Le général semblait avoir peu de contrôle sur eux et, avec un haussement d'épaules, les décrivait comme des guerriers d'occasion.

Quelques-unes des parcelles les mieux exposées étaient prêtes pour la récolte. Toute la famille et le personnel purent s'échapper de la maison pendant la majeure partie des journées, travaillant à flanc de coteau, là où les vignes rejoignent les bois. Les réfugiés étaient partis mais Miss amena sa classe pour aider. De nombreux villageois se joignirent à eux aussi.

La récolte paraissait fameuse, bien que quelques parcelles aient été détruites durant les combats. Le soir, tout en travaillant aux pressoirs après la récolte de chaque jour, Rosie pensait à son enfance en Californie. Le travail avait été pénible alors, tout comme à présent, parce qu'il n'y avait pas assez de main-d'œuvre.

Le quatrième soir, madame Dupuis, qui travaillait aussi dur que les autres, dit à voix basse à Rosie, quand elles se rendirent aux cuves après le dîner :

— Henri a vu son cousin aujourd'hui.

Le cousin d'Henri était imprimeur au journal de Reims, donc une mine d'informations, bien que les Allemands censuraient toutes les nouvelles du front.

— Et ?

— La contre-offensive a commencé. Nos hommes repoussent les Allemands. Les Marocains les ont arrêtés dans les marais de St-Gond et ont repris du terrain. Demain, les troupes françaises traverseront la Marne. Paris est sauvé.

— Dieu merci, dit Rosie.

Elle resta immobile un moment en se tenant le dos qui lui faisait mal. Elle pensait à Sébastien. Elle n'avait parlé à personne de sa visite mais elle pensait sans cesse à lui et priait pour sa sécurité.

Quant à ce qui s'était passé entre eux, elle savait instinctivement que cela n'avait pas d'importance et qu'elle avait eu raison. Elle lui avait donné de l'amour, du réconfort et du sommeil. Il avait désespérément besoin des trois. Il n'y a rien d'autre qu'elle aurait pu lui donner.

— Ce sera peut-être bientôt fini, dit-elle, les mains et le visage tachés de jus de raisin. Je désinfecterai la maison quand ces cochons seront partis.

Vers le 10 septembre, le malaise des Allemands était perceptible chez les « invités » de Rosie. Le général passait beaucoup de temps dans son bureau et au téléphone. Les vignes sous le soleil, avec le raisin attendant d'être cueilli, étaient désertes mais Rosie voyait parfois un haut nuage de poussière venant de la bataille dans le ciel. Le soir, elle croyait entendre la canonnade.

Le onze, le général manifestait clairement son inquiétude et le bruit de la canonnade n'était pas imaginaire. C'était comme le grondement de tambours gigantesques. Il se taisait pendant le dîner et ne parlait plus de la chute de Paris. Son aide de camp devint encore plus maussade, jetant de petits coups d'œil furieux dans toutes les directions. Il continuait à surveiller Allie et Rosie ne la perdait jamais de vue.

Le matin du douze, elles nettoyaient des tonneaux ensemble dans l'une des remises, quand madame Dupuis appela Rosie. Elle retourna à la maison et vit, à son étonnement, qu'un de ses agents commerciaux de Reims l'attendait.

— J'ai un message de monsieur Brunel, lui expliqua-t-il. Il dit qu'il a prévu l'expédition de cinq cent caisses pour les États-Unis si vous pouvez les faire parvenir à Paris dans trois semaines. Si vous les avez en stock, je trouverai un moyen de les lui faire parvenir.

— Je les trouverai, dit-elle.

Elle le raccompagna jusqu'à la porte et il repartit sur sa vieille bicyclette. Tandis qu'elle se hâtait vers la remise, elle entendit Allie hurler.

Madame Dupuis l'entendit aussi et elles se précipitèrent jusqu'à la remise. La porte était ouverte et Allie était couchée par terre. Sur elle, se trouvait l'officier, pantalon baissé jusqu'aux chevilles. Son derrière blanc obscène gigotait dans la pénombre, tandis qu'Allie hurlait et pleurait.

Il ne les avait pas entendues et Rosie, sans hésiter, saisit une fourche appuyée contre un mur. Sans pitié, sans réfléchir, elle la plongea dans son dos de toutes les forces que lui donnait sa colère.

Son cri, durant la dernière jouissance qu'il devait éprouver de sa vie, se transforma en hurlement de mort. Le sang gicla des quatre blessures dans son dos et il s'effondra sur la fille de Rosie.

— Enlevez-le vite de là, dit madame Dupuis.

C'était plus facile à dire qu'à faire. C'était un poids mort et, en raison de sa mort soudaine, son sexe était toujours en érection.

— Maman, Maman, aide-moi, sanglota Allie. Oh, mon Dieu, aidez-moi.

Les femmes réussirent à les séparer pendant qu'Allie pleurait de peur et de douleur. Rosie releva sa fille et la serra contre elle.

— Il m'a frappée, Maman, sanglota Allie. Il m'a obligée. C'était horrible, horrible !

— Ma chérie, ne pleure pas. Sois courageuse encore un peu. Laisse grand-mère t'emmener à la maison et te nettoyer.

Elle savait qu'elle devait se débarrasser du corps, sinon les représailles des Allemands seraient terribles. Elle espérait surtout que le général ne chercherait pas son aide de camp.

— Mama, faites-lui prendre un bain, si vous le pouvez, et envoyez-moi quelqu'un pour m'aider. Henri, Marie, peu importe.

Ce furent la cuisinière et Miss qui vinrent en fin de compte, traversant la cour d'un air nonchalant comme si elles venaient inspecter les barriques.

— Oh ! mon Dieu ! s'exclama Miss en vomissant lorsqu'elle vit le corps étendu avec la fourche plantée dans le dos.

La cuisinière était d'une autre trempe. Elle arracha calmement la fourche, faisant preuve d'une force étonnante.

— Inutile de gaspiller une bonne fourche. Je la nettoierai rapidement avec de la terre. Maintenant, qu'allons-nous faire de ce porc ?

Miss, le visage encore blanc, s'était reprise et regardait le corps avec horreur.

— Nous pourrions le mettre dans une barrique, suggéra-t-elle, et l'enterrer quand il fera nuit.

— Ils le trouveront avec les chiens si nous l'enterrons, dit Rosie.

— Il n'y a qu'à le découper en morceaux, dit la cuisinière avec un rictus. Laissez-moi faire. Ce sera un plaisir. Je me débarrasserai de sa tête de façon à ce que personne ne puisse savoir que c'était lui.

Rosie crut qu'elle allait être malade et ses mains tremblaient de façon incontrôlable. Mais si une demoiselle anglaise pouvait être calme, elle le pouvait aussi.

— La barrique est une bonne idée, dit-elle. C'est rapide et facile mais nous ne pouvons pas le laisser ici longtemps. Ils le trouveront quand ils commenceront à le chercher.

— Amenez la barrique dans le garde-manger, c'est toutce que vous aurez à faire, dit la cuisinière. Il a violé notre petite Allie, n'est-ce pas ? Eh bien, il est peut-être mort mais, en ce qui me concerne, il n'a pas encore fini de le payer.

Elles parvinrent à replier son corps sanglant et à le mettre dans une des barriques.

— N'en gaspillez pas une propre pour lui, dit la cuisinière. Je vais vous aider à la rouler à travers la cour jusqu'à la cuisine. Marie nous donnera un coup de main quand nous serons là-bas.

Elle semblait avoir pris la direction des opérations et Rosie se sentit soulagée.

— Je vais nettoyer le sang par terre, dit Miss en anglais.

Rosie et la cuisinière poussèrent la barrique à travers la cour. Elle faisait un bruit terrible et Rosie pria pour qu'aucun Allemand ne s'en aperçoive. Le seul qui l'aurait vraisemblablement fait, c'était l'officier Schmidt lui-même. Elle commençait à se détendre un peu mais, quand elles arrivèrent à la cuisine, Henri entra par la porte d'en arrière. Il était très pâle.

— Madame, le général veut vous voir, dit-il.

Elle sentit ses mains se glacer et son estomac se nouer.

— Donnez-moi un cognac, dit-elle à la cuisinière qui la servit immédiatement. Elle l'avala d'un trait.

— Il faut tout oublier maintenant, Madame, dit la cuisinière d'un ton apaisant. Vous ne savez rien. Je vais m'en occuper.

Reprenant son courage, Rosie se hâta vers le bureau où elle trouva le général assis, tunique déboutonnée, les coudes sur la table. Il avait l'air fatigué et vieux.

— Nous ne resterons peut-être plus très longtemps, dit-il sans préambule, soudain très officiel. J'attends l'ordre de retourner à Reims. J'aimerais vous remercier pour votre courtoisie envers un envahisseur et vous demander de dire que nous avons été corrects avec vous, si on vous pose la question.

Rosie se sentit soulevée par une vague de soulagement.

— Je n'y manquerai pas, en ce qui vous concerne, Général, parce que c'est vrai, dit-elle clairement. Je vous suis également reconnaissante de votre courtoisie. Nous nous rencontrerons peut-être à nouveau en des temps meilleurs.

— Si vous allez dans le Rheingau, dit-il en souriant.

Il se passa la main sur le visage.

— Bientôt, vous pourrez remettre cette maison en ordre. Mais pas pour longtemps, je le crains. Cette guerre ne se terminera pas rapidement.

— Je sais, dit-elle.

Il se leva et lui tendit la main.

— Au revoir, madame Rosie.

Elle lui tendit sa main et il se pencha pour la lui baiser.

— Adieu, Général.

Elle se tourna pour partir.

— Rosie, appela-t-il.

Elle se retourna.

— Je m'appelle Max.

Elle réussit à sourire.

— Au revoir, Max, dit-elle.

Prenant la cuisinière au mot, elle se précipita à l'étage. Mama était assise à côté de la baignoire et Allie, dans le bain, les yeux fermés.

— Ma chérie, demanda Rosie, tu vas bien ?

— J'ai mal, mais je crois que ça va, Maman, dit Allie.

— Alors, je veux que tu sois très brave, que tu t'habilles et que tu agisses normalement comme si rien ne s'était passé.

— Il est mort ?

— Oui.

— Tu l'as tué ?

— Oui.

— Bien, dit Allie. Je suis contente. Je ferai ce que tu me dis.

— Merci, ma chérie.

Rosie se tourna vers madame Dupuis.

— Le Général dit qu'ils vont repartir d'une minute à l'autre maintenant. Ils ne vont pas tarder à chercher l'aide de camp.

— Ils partent ? Dieu merci.

Madame Dupuis s'appuya contre le rebord de la baignoire.

— Si seulement nous pouvions tenir jusque-là.

— Il le faut, dit Rosie. Agissez normalement. Je retourne laver les barriques.

Malheureusement, Allie rencontra le général dans le couloir qui revenait du bureau de Rosie. Il voulut savoir comment elle s'était écorché le visage.

Allie lui dit qu'elle était tombée de la balançoire.

— C'est une vilaine écorchure, dit-il. Veillez à la garder propre. C'est pour cela que je vous ai entendue hurler ?

— Maman m'a dit que je faisais un drame pour rien, dit Allie solennellement. Mais cela faisait vraiment mal.

— Je vous crois, dit-il en lui tapotant doucement la tête.

Le reste de la journée se passa sans incident jusqu'à l'heure du dîner. Il y avait une chaise vide.

— Où est Karl ? demanda le Général.

— Je ne l'ai pas vu de la journée, dit madame Dupuis en piquant son œuf mayonnaise avec sa fourchette.

— Moi non plus, dit Rosie.

Le général prit un air pensif puis appuya sur la sonnette. Henri entra dans la pièce.

— Allez trouver l'officier Schmidt et dites-lui de ma part de venir à table, ordonna-t-il.

Madame continua à manger.

Quelques secondes plus tard, Henri revint.

— Il n'est pas dans sa chambre. Il n'y a pas trace de lui et il a emporté ses vêtements.

Rosie ferma les yeux. Qu'avaient fait les autres ? se demanda-t-elle. Essayaient-ils de donner l'impression que le lieutenant avait déserté ?

— Je vois, dit le Général. Eh bien, nous le chercherons quand nous aurons terminé cet excellent plat.

Il termina son œuf mayonnaise et s'excusa cinq minutes.

Madame Dupuis et Rosie se regardèrent sans rien dire. Henri se glissa à nouveau dans la pièce.

— Il demande aux autres dans la cuisine s'ils l'ont vu, chuchota-t-il. Miss s'est débarrassée de ses vêtements, elle a brûlé toutes ses images dégoûtantes mais elle n'a pas eu le temps de tout brûler.

Ils entendirent le bruit des pas du général et, quelques secondes après, il revenait à table.

— Puis-je vous servir maintenant ? demanda Henri.

— Oui, dit le général. Et qu'allons-nous manger ce soir ?

— Feuilleté de ris de veau, dit Henri, le visage inexpressif.

Il revint un moment plus tard avec trois assiettes sur un plateau d'argent. Dans chaque assiette, il y avait un morceau de feuilleté recouvert de sauce. Henri en plaça une devant chacun et servait le général en dernier, avant de passer les légumes.

Ils mangèrent en silence jusqu'à ce que le général ait terminé son assiette.

— C'était délicieux, dit-il.

— Merci, dit Henri. J'en informerai la cuisinière.

— Et maintenant, dit le général, je dois faire rechercher Karl.

— Y a-t-il quelque chose que nous puissions faire ? demanda Rosie.

— Je ne crois pas. Il a peut-être déserté.

Il arborait une expression équivoque.

— Certainement pas, dit Rosie.

— Cela ne correspondrait pas à son tempérament. Mais nous verrons.

Il se tut et la regarda d'un air songeur. Passant à l'anglais, il lui dit :

— Ou bien nous pourrions nous arranger, vous et moi, madame Rosie. Vous pourriez retourner dans votre ancienne chambre ce soir et je pourrais dire à mes hommes que le lieutement a sûrement déserté et que je m'y attendais. Mais nous savons tous deux que ce n'est pas vrai, n'est-ce pas ?

Rosie hésita, réfléchissant à toute vitesse sur les possibilités de découverte du corps de Schmidt ou de ses vêtements. Mais elle ne savait pas ce que la cuisinière et les autres avaient fait.

Le plus sage serait d'accepter mais qu'est-ce que cela impliquerait si elle le faisait ? Une nuit, peut-être plus, dans le lit du Général.

Et si elle n'acceptait pas, c'était le peloton d'exécution pour eux tous.

Comme s'il pouvait lire ses pensées, le général dit :

— Si quelque chose lui est arrivé, je crains que les conséquences pour vous tous soient terribles.

Rosie avait peu de temps pour réfléchir mais son instinct de conservation était bien en éveil.

— Général, je suis certaine qu'il n'est rien arrivé. Il a peut-être trouvé une jeune fille au village. Et si je retourne dans ma chambre, c'est que j'en ai envie et non que j'y suis obligée.

— Et en avez-vous envie ?

— Je n'y avais pas encore songé. Je ne connais pas la réponse. Il me faut du temps pour y réfléchir.

— Ma chère madame Rosie, dit-il en se caressant la barbe, mon expérience me dit que c'est une décision que les femmes prennent sans réfléchir. Mais je vous attendrai. Demain, seulement, nous commencerons les recherches.

Il s'inclina avec raideur, à la manière prussienne.

— Qu'a-t-il dit? demanda madame Dupuis. Vous êtes devenue toute blanche.

Un autre secret à garder. Rosie savait qu'elle ne pouvait pas charger sa belle-mère de ce fardeau.

— Je crois qu'il sait, dit-elle. S'ils trouvent quelque chose, il y aura des représailles.

— Café, Madame? demanda Henri. Tout est réglé, poursuivit-il à voix basse. La cuisinière l'a coupé en morceaux. Nous l'avons emmené jusqu'à la lisière des bois. Les chiens sauvages et les renards l'auront dévoré avant demain matin. La cuisinière voulait le donner à un fermier qui élève des cochons à Chigny. Elle a dit que ce serait approprié. Mais le fermier a refusé.

Il fit passer le sucre et le lait.

— À propos, mesdames, la portion de feuilleté du général et de ses hommes étaient faites, pardonnez-moi dit-il en toussotant, avec les testicules du lieutenant. La cuisinière a pensé que c'était approprié aussi.

Miss n'avait pas pu se débarrasser de tous les vêtements du lieutenant. Elle avait essayé de les brûler dans les fourneaux de la cuisine mais cela sentait trop mauvais, particulièrement le cuir et les boutons qui ne fondaient pas. En attendant, elle avait tout plongé, bottes comprises, dans une petite cuve à vin et, heureusement, le tout était tombé au fond. Mais les caves seraient le premier endroit où les Allemands chercheraient le lendemain à l'aube.

Et si les renards et les chiens ne faisaient pas ce que la cuisinière attendait d'eux, les restes du lieutenant seraient retrouvés. Le général ferait venir des chiens du quartier général à Chigny.

Assise dans le salon, Rosie réfléchit au problème. Elle pouvait prendre le risque et coucher dans le petit salon avec Allie ou bien assurer leur sécurité à tous et rejoindre le général.

Elle savait parfaitement que si ses hôtes pensaient que quelque chose était arrivé à Schmidt, ils aligneraient les membres de la maisonnée et les fusilleraient tous, même Allie. Elle était surprise qu'ils ne l'aient pas encore fait.

Il n'y avait pas de choix.

À dix heures, elle monta les marches à contre-cœur, vers sa chambre, en se disant que cela ne pouvait pas être pire que de faire l'amour avec Clovis. Ce serait peut-être mieux.

Elle frappa doucement à la porte qui s'ouvrit immédiatement. Le général était en robe de chambre de velours noir et avait un bonnet de nuit à pompon.

— Je croyais que vous ne viendriez pas, dit-il.

— J'avais une ou deux choses à régler, répondit-elle. Je n'avais pas l'intention de vous faire attendre.

— Je suis honoré de vous voir.

Il sourit, lui prit les deux mains et l'attira dans la chambre.

Il venait de la prendre dans ses bras et elle essayait de ne pas se crisper, lorsqu'elle entendit un bruit de bottes dans l'escalier. Un des sous-officiers appelait le général d'une voix urgente.

Rosie se sentit glacée. Ils devaient avoir trouvé quelque chose.

Mais le général écouta simplement puis la repoussa doucement. Il secoua la tête.

— Il faut que j'aille au téléphone, ma chère. On m'appelle du quartier général.

Il enleva son bonnet de nuit et quitta la pièce. Elle resta indécise puis décida de le suivre. Elle ne voulait pas qu'Henri ou quelqu'un d'autre la découvre dans cette chambre.

Elle attendit dans le vestibule et, cinq minutes plus tard, il revint en appelant ses hommes. Quand il la vit, il s'arrêta comme à la parade.

— J'ai ordre de partir immédiatement pour Reims, immédiatement, lui dit-il brusquement. Nous partirons à l'aube. Je dois rejoindre mes hommes. Dites à Henri de faire avancer les voitures.

Elle n'arrivait pas à croire qu'elle était sauvée, si facilement.

— Bien sûr, dit-elle. Y a-t-il quelque chose que je puisse faire ?

Il s'arrêta et lui sourit. C'était un sourire triste et fatigué et elle ne put s'empêcher d'avoir pitié de lui.

— Oui, dit-il. Dites-moi honnêtement pourquoi vous êtes venue dans ma chambre ce soir.

Elle n'hésita même pas.

— Parce que j'en avais envie, Max.

# Chapitre 18

Dès que les Allemands eurent disparu dans l'allée, Rosie se précipita dans le salon. Allie était assise, la tête basse et les bras repliés sur elle.

— Oh, Allie ! dit Rosie.

L'enfant leva la tête et son visage se décomposa. Sa lèvre inférieure se mit à trembler et elle éclata en sanglots.

Rosie s'assit à côté d'elle et attira sa tête contre son épaule.

— Tu es ma petite fille courageuse et merveilleuse, dit-elle. Je suis fière de toi. Tu nous a tous sauvés.

— Maman, j'ai eu si peur, sanglota Allie. Grand-mère a dit que nous serions tous fusillés s'ils découvraient ce qui s'était passé. Le général voulait savoir ce que je m'étais fait au visage et j'ai dit que j'étais tombée de ma balançoire. Il m'a répondu que c'était sans doute la raison pour laquelle je m'étais mise à hurler et je lui ai dit que tu m'avais grondée parce que je faisais toute une histoire pour rien.

Rosie ferma les yeux en essayant de trouver quoi dire.

— Tu es la fille la plus courageuse du monde, dit-elle en essayant de ne pas se leurrer elle-même. C'était très habile et tu as eu beaucoup de présence d'esprit. Oh ! ma fille adorée !

Elle la serra très fort dans ses bras, ne sachant trop comment aborder ce qui s'était passé dans la remise.

— Maman, dit Allie en sanglotant encore. Il m'a violée, n'est-ce pas ?

Rosie sentit sa gorge se contracter.

— Oui, ma chérie.

— Grand-mère disait toujours que c'est ce que les Boches faisaient. Mais ce n'est pas de ma faute, Maman. Il est arrivé juste après ton départ et il...

Elle hésita.

— Tu veux en parler ? demanda Rosie avec douceur.

— Je ne sais pas. C'était si horrible. Maman, est-ce que c'est ça, le sexe ?

— Non, ma chérie, dit Rosie. Ce n'est pas ça. Ça c'est un viol. C'est quand on ne le veut pas. C'est ce qui t'est arrivé. Mais il ne faut pas que tu penses que c'est cela le sexe parce qu'un jour, quand tu aimeras quelqu'un, il se passera quelque chose de très semblable. La différence, c'est que tu le désireras et que tu seras heureuse d'avoir un homme bon et doux auprès de toi. Le sexe est synonyme d'amour. Cet homme-là était incapable de donner de l'amour.

Allie réfléchit un moment, la tête posée sur l'épaule de sa mère.

— Je n'arrive pas à imaginer que cela puisse être agréable.

Elle était plus calme maintenant.

— Un jour, tu comprendras.

Allie se tut pendant un moment puis dit :

— Il est vraiment mort ?

— Tout à fait mort, dit Rosie en réprimant un frisson au souvenir de ce qui lui était arrivé.

— Je suis contente qu'il soit mort, dit Allie simplement, parce que je n'aurai pas à craindre qu'il revienne pour recommencer. Et s'il est mort, je pourrai peut-être oublier ça un jour.

— Il faut que tu l'oublies si tu peux, dit Rosie. Demain, quand tu auras dormi, nous en reparlerons. Tu me raconteras tout et, quand tu m'auras tout dit, ce sera balayé. Je te le promets.

— Ce sera difficile d'en parler, dit Allie.

— Pas quand tu auras commencé.

Allie se tut à nouveau et Rosie sentit qu'elle tremblait un peu.

— Maman ?

— Oui ?

— Est-ce que je peux dormir avec toi ce soir ?

— Bien sûr. Tous les soirs de la semaine si tu veux.

Allie poussa un soupir de soulagement.

— J'aimerais tellement que Papa soit là. Il n'aurait jamais laissé cet homme faire ça.

— Ton père l'aurait tué, dit Rosie férocement.

— Mais ça, tu l'as fait, Maman, lui rappela Allie.

Les mots assommèrent Rosie. Elle n'avait pas admis, dans son for intérieur, qu'elle avait tué un homme. Elle comprit soudain toute l'horreur des événements. Sa fille avait été violée et elle, Rosie, qui se croyait civilisée, avait mis fin brutalement à la vie du violeur avec une fourche. Elle avait permis qu'il soit découpé en morceaux et jeté aux renards. Il n'aurait même pas un enterrement chrétien.

Pire encore, parce qu'elle craignait qu'ils soient tous fusillés, elle n'avait même pas réagi quand on lui dit qu'on avait servi ses testicules au dîner à ses compagnons allemands.

Elle se sentit soudain affreusement malade mais lutta contre son malaise pour continuer à consoler Allie.

— Je pense que ce serait une bonne idée si tu prenais un autre bon bain chaud pour laver tout cela, suggéra-t-elle. Puis nous nous mettrons toutes les deux au lit. Qu'en penses-tu ?

— Oh, oui, Maman !

Allie mit du temps à s'endormir. Elle gémissait en sommeillant, ou se mettait à pleurer. Elle se plaignit d'avoir mal et Rosie se demanda si elle ne devrait pas la faire examiner par le médecin du village le lendemain. Elle dormit tard le matin suivant et Rosie se leva plus tôt que de coutume. Elle voulait parler à madame Dupuis. Elle avait soudain besoin de partager son fardeau avec quelqu'un.

Madame Dupuis secoua la tête.

— Seulement si c'est nécessaire, conseilla-t-elle. Moins il y a de gens au courant, mieux cela vaut. Autrement, tout le village continuera à chuchoter qu'elle a été violée. J'ai fait jurer le silence à tout le personnel et, vu les circonstances, il est peu probable qu'ils en parlent jamais à personne.

— Vous devez avoir raison.

Rosie n'était pas convaincue.

— Bien sûr que j'ai raison, dit madame Dupuis. Allie devra vivre toute sa vie dans cette communauté. Nous ne voulons pas qu'elle soit l'objet de moqueries ou de pitié. Personne ne doit savoir.

Rosie hocha la tête.

— Mais si elle a toujours mal cet après-midi, il faut que je l'emmène chez le docteur.

— Bien sûr, dit madame Dupuis, puis elle ajouta de sa façon directe : J'en doute. C'est presque une adulte.

Elle vit l'expression étonnée de Rosie.

— Ma chère fille, dit-elle avec douceur. Dans des moments comme celui-ci, il faut être pratique et raisonnable et faire face aux situations du mieux qu'on le peut. Exactement comme vous l'avez fait hier.

Rosie se sentit trembler à nouveau comme chaque fois qu'elle pensait à la fourche qui s'enfonçait dans le dos de l'officier.

— Mama, je ne suis pas certaine de pouvoir supporter l'idée d'avoir tué un homme, dit-elle douloureusement. Et ce qui est arrivé ensuite est horrible. Mais tout s'est passé si vite. Ce n'était pas le moment de faire des manières.

— Bien sûr.

Madame Dupuis avait un ton très pragmatique.

— C'était une question de survie pour nous tous. Il n'y a pas place pour les manières quand il s'agit de survie.

— Je trouve qu'il devrait y en avoir.

— Allez parler au prêtre, ma chère fille, suggéra madame Dupuis en prenant la main de Rosie. Libérez-vous de votre fardeau sur lui. C'est son rôle.

— Mais, Mama, je vais si rarement à la messe, protesta Rosie. Vous savez que je ne suis pas très croyante. Comment puis-je me décharger de mon fardeau sur lui puisque je l'ignore quand tout va bien ?

Madame Dupuis parlait d'une voix patiente, comme à une enfant.

— C'est pour cela qu'il est là, répéta-t-elle.

Quand Allie fut levée, qu'elle eut pris son petit déjeuner et qu'elle sembla calme, Rosie la laissa avec sa grand-mère et s'en fut à Chigny, sur le vieux vélo de Clovis. Elle avait décidé de suivre le conseil de madame Dupuis mais ne savait pas vraiment pourquoi.

Tandis qu'elle pédalait le long des routes sur lesquelles elle rencontrait des cadavres gonflés de chevaux et des arbres fendus comme par l'éclair, ainsi que d'immenses cratères, elle pensa à tous ceux qu'elle aimait et qui devaient faire face à des épreuves plus pénibles que celles qu'ils vivaient aux Hérissons. Malgré tout ce qui s'était passé, ils avaient la vie sauve. Mais Sébastien, Clovis et son Philippe tant aimé, où étaient-ils ? Elle regarda le ciel gris, fit une courte prière pour que Dieu les garde sous sa protection puis continua à pédaler tristement.

La petite église, avec son clocher trapu, paraissait déserte. Elle appuya sa bicyclette contre les vieux murs. Il n'y avait personne à l'intérieur. Le confessionnal était vide. Le Christ sur la Croix avait l'air serein sous le vitrail. Il y avait une odeur de poussière, de fleurs séchées et d'encens.

Rosie sortit et marcha vers le petit cimetière sur la route de Ludes. Elle y aperçut le prêtre. Il était occupé à nettoyer les tombes et le vent faisait battre sa soutane contre se bottines craquelées. Il sifflotait tout en jetant des géraniums fanés dans un seau cabossé.

Il se redressa en la voyant approcher.

— Bonjour. Vous êtes madame Dupuis, n'est-ce pas ?

Elle fut soudain décontenancée et se contenta de hocher la tête.

— Je faisais un peu de ménage, dit-il. J'aime bien que ce soit propre. Particulièrement la tombe de madame Pommery, là-bas. Elle aimait que tout soit en ordre de son vivant. D'habitude, sa famille s'occupe de sa tombe mais c'est une période trouble.

— C'est un endroit paisible, dit-elle en voyant les murs épais du cimetière et la vue agréable sur les vignes.

— Oui.

Son visage, frippé comme une vieille pomme, s'éclaira d'un grand sourire.

— J'aime à y venir quand quelque chose me tracasse et je pense que c'est peut-être votre cas. Vous vouliez vous confesser ?

— Non.

Elle se rendit compte que ce n'était pas ce qu'elle voulait.

— Mais j'aimerais vous parler.

— Pourquoi pas ? dit-il. J'ai presque fini ici et il va sans doute pleuvoir. Pourquoi n'irions-nous pas nous asseoir dans l'église ? Il y fait plus chaud et c'est paisible aussi.

Elle le suivit et remarqua qu'il marchait d'un pas énergique, comme un homme beaucoup plus jeune. À l'intérieur de l'église, il s'installa à l'extrémité d'un banc et lui fit signe de s'asseoir en face de lui. Puis il hocha la tête d'un air encourageant.

— J'ai tué un homme, dit-elle platement puis elle s'arrêta.

Il se contenta de hocher la tête, attendant qu'elle poursuive.

— C'était un soldat allemand, un lieutenant qui vivait chez moi avec d'autres Allemands. Ils avaient réquisitionné la maison. C'était un mauvais homme. Je l'ai surpris en train de violer ma fille de quatorze ans et, sans réfléchir, sans culpabilité et sans conscience, je l'ai tué.

Il ne dit toujours rien.

— Je l'ai tué avec une fourche pendant qu'il la violait, dit-elle d'une voix presque inaudible. Il est mort immédiatement.

— Et où se trouve son corps ? demanda doucement le prêtre.

— Disparu. Elle hésita. D'autres en ont disposé mais je ne les ai pas arrêtés. Si on l'avait trouvé, nous aurions tous été fusillés aux Hérissons.

— Je vois.

Il se tut un instant.

— Et que voulez-vous faire maintenant ?

— L'oublier, si je peux. Mais je ne suis pas certaine de pouvoir le faire.

— Hum ! Les Allemands sont partis ?

— Ils sont partis hier soir avant d'avoir eu le temps de le chercher vraiment.

Elle poussa un soupir.

— Son chef a deviné ce qui était arrivé. Il a dit que si je passais la nuit avec lui, il ferait semblant de croire que le lieutenant avait déserté.

— Et qu'avez-vous fait ?

— J'ai acquiescé. Mais je n'ai pas eu à le faire. Il a dû partir immédiatement à Reims. Son quartier général l'a rappelé. J'étais déjà dans sa chambre.

— Dieu vous a sauvée, dit le prêtre d'une voix pleine de confiance.

— Dieu ? Après avoir tué un homme, mon père ?

Cela n'avait pas de sens.

Le prêtre se leva, les mains dans le dos et fit quelques pas dans l'allée puis revint dans l'autre sens.

— Les Allemands quittent Reims aujourd'hui, dit-il sur le ton de la conversation. Ils ont réclamé des otages. Le Dr Langlait a été contraint de donner une liste de cent personnes au général von Bülow, qui seront fusillées si les habitants se conduisent de façon hostile envers les Allemands. Le Maire a mis son nom en tête de liste, suivi de celui de Monseigneur Neveux, le coadjuteur du Cardinal. Les autres ont été choisis parmi les conseillers municipaux, les membres de la Chambre de commerce, des hommes de cet acabit.

Ils devront partir avec l'armée allemande, sous bonne garde, bien entendu. Mais personne ne doute qu'ils seront fusillés si le général en décide ainsi. Souvenez-vous de ce que les Allemands ont fait aux otages en Belgique. Ils ont massacré cent personnes, des civils, des enfants, des vieillards. C'était à Dinant, au mois d'août. Il n'y a pas si longtemps. Et combien d'autres sont morts depuis ? J'ai assisté à beaucoup d'enterrements de gens qui ne faisaient pas partie de mes ouailles dernièrement, ma chère.

Quelque part, il y avait un message pour elle dans ce qu'il disait. Elle attendit.

— Mais pour ceux qui offenseront ces humbles gens qui croient en moi, il sera préférable de leur attacher une pierre autour du cou et de les noyer au fond de la mer, dit-il en hochant la tête. Les écritures sont formelles à ce sujet.

Il resta debout à réfléchir pendant un long moment, puis se tourna vers elle brusquement.

— Votre fille ? Elle va bien ?

— Elle est contente que l'homme soit mort et ce n'est pas bien qu'une enfant se réjouisse de la mort. Mais elle dit que s'il est mort, elle n'aura pas peur et qu'elle pourra peut-être oublier ce qui est arrivé.

— Elle voit, avec les yeux non voilés des enfants, mais ne comprend pas que la vengeance appartient au Seigneur.

Il se retourna encore et regarda pensivement un autel dédié à la Vierge.

— Cette époque s'accorde mieux aux enseignements de l'Ancien Testament. Œil pour œil...

Il esquissa un sourire.

— Vous devriez bien sûr en faire part à la police. L'ennui c'est qu'ils vous donneraient sans doute une médaille.

— Mon père, essayez-vous de me faire comprendre que ce que j'ai fait n'est pas mal ?

Il gonfla ses joues comme un crapaud buffle.

— Je ne dis rien de la sorte. Bien sûr que c'est mal de tuer un homme, quel qu'il soit. Mais disons qu'il y a des circonstances atténuantes, des circonstances qui échappent à votre contrôle. Et bien que je doute que ce soit un catholique, je prierai pour lui et pour son âme. Et vous devriez faire la même chose. Nous allons prier ensemble maintenant pour qu'il se repente, que ses péchés soient pardonnés et qu'il trouve une paix céleste.

Le vieux prêtre se laissa tomber douloureusement sur ses genoux et Rosie l'imita. Il marmonna des prières en latin qu'elle ne comprit pas et, les yeux fermés, avec les dalles de pierre froides qui lui meurtrissaient les genoux, elle se rendit compte qu'il lui était impossible de prier pour l'âme de l'officier Schmidt. Elle souhaitait qu'il pourrisse en enfer. Pourquoi, alors, trompait-elle ce vieil homme sincère ? Hypocrite, se dit-elle. Tu es une hypocrite et tu as voulu te vanter d'avoir tué un homme. La vérité, c'est que tu es contente de l'avoir fait.

Elle se leva.

— Mon père, dit-elle, je ne peux pas prier pour lui. La vérité, c'est que je suis contente de l'avoir tué. Pourquoi devrait-il vivre alors que tant d'hommes bien sont en train de mourir ? Vous avez été très bon mais j'ai eu tort de venir troubler votre paix. Je ne suis pas prête à lui pardonner. La vengeance, dans ce cas, était la mienne. Celle du Seigneur aurait pris trop de temps.

Le visage tanné du prêtre resta calme.

— Vous ne m'avez pas dérangé, ma chère, dit-il. Les temps que nous vivons chargent notre conscience d'un fardeau intolérable. Allez en paix et souvenez-vous que je suis toujours là.

Elle rentra chez elle, pédalant avec vigueur contre le vent. Elle se sentait régénérée. Elle avait l'impression d'être le dieu des armées. L'officier avait mérité de mourir. Et il était mort. C'était une chose réglée.

Elle allait ranger sa bicyclette derrière la maison quand elle aperçut madame Dupuis qui lui faisait signe dans la fenêtre du salon. La vieille dame ouvrit et cria :

— Vous avez une visite.

Sébastien lui vint d'abord à l'esprit et elle lâcha la bicyclette et se précipita vers la porte d'entrée. Mais ce n'était pas Sébastien. C'était Philippe.

Il se tenait dans le salon, mal à l'aise, en bottes noires, pantalons rouges, veste bleue, ceinturon et épaulettes à franges. Il avait un revolver sur la hanche droite.

— Bonjour, Rosie, dit-il doucement.

Pendant plus de deux ans, ils n'avaient eu de rapports que pour les affaires. Elle l'avait à peine vu et le retrouver aux Hérissons lui noua la gorge et la fit rougir.

— Je vous laisse, dit madame Dupuis précipitamment. Je ne faisais que tenir compagnie à Philippe. J'ai des milliers de choses à faire. Ne partez pas sans me dire au revoir, Philippe.

Elle quitta la pièce en refermant doucement la porte.

Ils restèrent un moment à se regarder. Il avait vieilli et son visage était gris, fatigué.

— Je ne peux rester qu'un très court moment, dit-il. Mais il fallait que je te voie avant… il hésita. Madame Dupuis m'a dit que vous aviez passé de durs moments ici. Tu vas bien ?

Elle hocha la tête, ne sachant pas ce que madame Dupuis lui avait raconté.

— Je suis venu pour deux raisons. D'abord, j'ai quelque chose à te dire. De mauvaises nouvelles, je le crains.

Elle se taisait toujours. Elle savait ce qu'il allait lui dire.

— Sébastien est mort.

Elle resta immobile, luttant pour ne pas pleurer, le cœur abîmé de tristesse.

— Je ne pense pas pouvoir le supporter, dit-elle. Je l'aimais tant.

— Nous l'aimions tous les deux, dit-il d'une voix sombre. Je n'arrive pas à croire qu'il n'est plus.

Il s'avança vers elle et lui prit les mains.

— Sois courageuse, Rosie. Il ne voudrait pas que tu sois triste.

— Je l'ai vu, il y a une semaine. Il est venu la nuit, pendant la retraite de l'armée. Il était couvert de boue, fatigué et il avait peur. Il m'a décrit ce qu'il avait vu. C'était un avant-goût de l'enfer. Il a dormi. Il m'a dit que je le sauvais toujours quand il était perdu et qu'il pleurait.

Elle ne pouvait pas lui en dire plus mais, en pensant à cette nuit-là, elle fut heureuse d'avoir aimé Sébastien et de ne pas l'avoir repoussé. Elle se mit à pleurer, à grosses larmes, triste et furieuse devant ce terrible gâchis.

— Il t'aimait plus que personne au monde, dit Philippe. Je suis content que tu l'aies revu. Il voulait se montrer dans son uniforme. Il était fier d'être soldat. C'est ce qu'il avait choisi.

— Il est mort au combat ?

Elle s'obligea à poser la question.

— Oui, à la tête de ses hommes. Courant au-devant du feu et des baïonnettes. Il semblait si confiant. Mais il était jeune. S'il avait été plus vieux, plus sage...

— La mort ne respecte pas l'âge, dit-elle.

— Je sais. Écoute, Rosie, je ne veux pas que tu penses que je dramatise mais il se peut que je ne revienne pas de cette guerre non plus. Peu de gens survivront. Je ne pouvais pas laisser passer plus de temps sans te dire que je t'aime et que je t'aimerai toujours. La mort de Sébastien m'a fait prendre conscience qu'il pourrait facilement être trop tard pour te dire ce que je ressens. J'ai ta dernière lettre sur moi. Elle ne m'a jamais quitté. J'ai respecté tes exigences mais pour moi, ces deux dernières années n'ont pas de sens. Tu m'as manqué plus que je ne saurais le dire. Il ne se passe pas un jour sans que je pense à toi. Cette guerre n'a pas de sens pour moi parce que, t'ayant perdue et ayant perdu Sébastien, il me reste peu de chose à perdre.

Il se tut, la tête toujours penchée.

— Cela m'aiderait, dit-il doucement, de repartir en pensant que tu éprouves quelque chose pour moi.

Ils se tenaient toujours les mains et il avait froid en dépit de la chaleur. Elle se sentit soudain incroyablement légère. Mais la mort de Sébastien la ramena à sa douleur. Joie et tristesse se mêlaient. Elle retira ses mains des siennes et lui caressa tendrement la joue.

— Tu as l'air fatigué, mon chéri, dit-elle, comme je suis fatiguée de te désirer et de t'attendre. Cela fait si longtemps...

Il soupira et la prit dans ses bras, l'embrassant sur les yeux, les joues, les cheveux, la bouche tout en lui disant des paroles d'amour.

Puis il s'écarta.

— Rosie, Rosie, pourquoi as-tu fait cela ? Pourquoi m'as-tu éloigné de toi ? demanda-t-il.

— Je pensais que c'était mieux ainsi, répondit-elle simplement. Avec ta jeune femme et ta petite fille, il m'a paru préférable de cesser d'encombrer ta vie. J'ai été égoïste d'une certaine façon. Je crois que je ne supportais pas de passer après ta fille. Et j'étais blessée. Je savais que Lorraine pouvait te donner un enfant. Mais la façon dont je l'ai appris...

Il la serra plus fort dans ses bras.

— Je n'arrivais tout simplement pas à te le dire. Je ne savais pas par où commencer. Je t'ai écrit plusieurs fois et j'ai déchiré les lettres. J'ai répété les mots des milliers de fois et n'ai jamais trouvé le courage de les dire. Je crois que je savais que tu ferais ce que tu as finalement fait. Bien sûr, je t'en aurais parlé en fin de compte. J'y aurais été contraint. Sébastien l'a fait avant moi, tout simplement. Mais comment aurait-il pu savoir le mal qu'il te faisait ? Alors, nous avons perdu deux longues années de nos vies. Et nous avons perdu Sébastien. Sa mort nous a appris à quel point la vie est précieuse. Il ne faut plus que nous perdions de temps. M'aimeras-tu à nouveau ? Je t'en prie, Rosie, ramène-moi dans ta vie.

— La vérité, c'est que tu n'en as jamais été absent, dit-elle.

Ils se tenaient un peu loin l'un de l'autre mais se regardaient et leurs sourires étaient comme des caresses.

— J'aimerais rester, dit-il, mais les Allemands quittent Reims et nous y entrons. Mon supérieur m'a donné la permission de t'annoncer la mort de Sébastien, puisque nous étions si près.

— Nous avons toujours notre appartement là-bas, dit-elle en pensant à des jours meilleurs.

— S'il n'a pas été détruit par les bombardements.

— Nous pourrions peut-être nous y retrouver bientôt.

— Peut-être.

Il se pencha et l'embrassa doucement sur la bouche.

— En attendant de nous revoir. Et n'oublie pas que, quoi qu'il arrive, je t'aime.

Il salua et disparut.


Madame Dupuis tint parole. Après le départ des Allemands, elle voulut que chaque pièce qu'ils avaient polluée, soit lavée, brossée et astiquée, avec l'aide de Marie.

Pendant que Rosie parlait à Philippe, elle monta à l'étage, suivie de Marie qui portait des balais, des seaux et des chiffons. Les deux femmes travaillaient ensemble. Marie faisait le travail le plus dur pendant que madame Dupuis astiquait la chambre de Rosie jusqu'à ce qu'elle soit impeccable.

— Bien, dit madame Dupuis, et maintenant nous allons faire la chambre de Miss.

Puisqu'Allie dormait avec Rosie, elle laissa le nettoyage de la chambre de sa petite-fille pour le lendemain.

— Nous passerons toute la matinée à faire la chambre d'Allie, dit-elle à Marie, afin qu'il ne reste pas la moindre trace de cette ordure. Puis, petit à petit, nous finirons le reste de la maison.

Elles travaillèrent dans la chambre d'Allie toute la matinée du quatorze, suspendant même le matelas de plume à la fenêtre pour l'aérer. Soudain Marie, qui venait de laver le plancher, se redressa en se tenant le dos.

— Écoutez, Madame, dit-elle. Ce sont les canons à nouveau.

Madame Dupuis, qui devenait un peu sourde, pencha la tête, sa bonne oreille vers la fenêtre.

— Vous avez raison, Marie, dit-elle. Est-ce qu'ils reviennent ?

— Ils ont chassé les Allemands de Chigny hier soir. Ils sont tous partis, dit Marie. Et ce général a dit vrai : ils quittent Reims. Le bruit court qu'ils sont déjà partis.

— Mais ils font du mal quelque part, dit madame Dupuis, en écoutant toujours de sa bonne oreille. Eh bien, nous ne pouvons rien faire. Finissons de nettoyer cette chambre.

Quand Marie eut fini de brosser le plancher, madame Dupuis l'envoya nettoyer les chambres des domestiques pendant qu'elle mettait en ordre les petits trésors enfantins d'Allie. Elle vérifiait si les tiroirs du bureau de sa petite-fille n'avaient pas été dérangés, quand elle aperçut un cahier d'exercices sous une pile de manuels scolaires. Écrit soigneusement sur la couverture, se trouvait le titre : MON JOURNAL, par mademoiselle Rosalie Marie Dupuis, Les Hérissons, Chigny-les-Roses, Champagne, France, le Monde, l'Univers.

Madame Dupuis ramassa le cahier et tourna les pages négligemment en souriant.

« Cette journée a été de loin la meilleure de tout le voyage, bien que mal commencée et que j'ai cru que quelque chose de terrible était arrivé » lut-elle.

Encore une de ses histoires inventées, pensa madame Dupuis en poursuivant sa lecture pour savoir ce qui était arrivé de si terrible.

Elle découvrit comment Allie avait décidé d'aller voir le lever du soleil à cinq heures du matin et, trouvant que sa petite-fille écrivait très bien, elle allait reposer le cahier, quand elle lut qu'un homme avait quitté subrepticement la cabine de sa mère.

Consciente qu'il s'agissait d'un journal personnel qu'elle ne devrait pas lire, elle hésita. Mais sa curiosité l'emporta.

« Puis j'ai reconnu monsieur Philippe et j'ai cru qu'il avait fait du mal à Maman parce qu'il paraissait si coupable. Je me suis précipitée à son secours.

« Le plus terrible, c'est que, quand je suis entrée dans sa cabine, Maman n'avait rien sur elle et cela a été un choc car je n'avais jamais vu d'adulte nu auparavant. Je n'ai pas pu m'empêcher de la fixer et de voir ses formes et les poils qu'elle a sur le corps, au bas du ventre. Je me demande si c'est normal. »

Mais il était trop tard pour s'arrêter. Madame Dupuis continua à lire jusqu'au passage où Allie parlait du bal sur le bateau.

« J'ai vu que monsieur Philippe y était. Son mal de tête était sans doute guéri. Il dansait avec Maman et la regardait dans les yeux, comme au cinéma. J'aurais aimé qu'il ne soit pas là et que Maman ait été habillée ce matin. Cela ne me semble pas très correct de l'avoir vue toute nue, même si elle était comme cette femme que j'ai vue sur un tableau au Louvre. »

Puis elle reposa le cahier exactement là où elle l'avait pris et descendit au rez-de-chaussée, songeuse.

Elle alla dans son propre petit salon et prit sa tapisserie pour se calmer pendant qu'elle réfléchissait à ce qu'elle avait lu. Madame Dupuis aimait Rosie. Elle l'aimait pour sa force et son caractère ainsi que pour sa bienveillance. Elle savait que Rosie n'avait jamais aimé Clovis mais elle avait toujours pensé qu'ils s'entendaient à leur façon et que leur mariage était loin d'être un désastre.

Elle s'était parfois posé des questions sur son amitié avec Philippe Lefèvre mais avait fermement chassé tout soupçon de son esprit. Rosie était devenue la personne la plus importante des Hérissons. Elle leur avait donné Allie, elle avait restauré leur prestige en Champagne et avait donné à Clovis une *raison d'être* sur son vignoble.

Madame Dupuis connaissait l'existence de Claudette de de madame Frédéric. Elle l'avait toujours su. Mais c'est une chose pour Clovis d'avoir sa Claudette et une autre pour Rosie d'avoir Philippe. Claudette n'était qu'une putain. Philippe était un amant. Cela pouvait être dangereux et, de toutes façons, l'infidélité est différente pour une femme. Madame Dupuis n'approuvait pas les femmes adultères alors qu'elle était prête à fermer les yeux sur la conduite des hommes.

Cela ne la gênait pas que son fils soit cocu mais elle n'avait pas envie de perdre Rosie. Puis elle se souvint que Philippe s'était remarié et qu'il était à nouveau père. Il y avait donc des chances pour qu'il n'y ait pas de changement et madame Dupuis détestait les changements.

Elle poussa un soupir et pensa à la chance qu'ils avaient eue, elle et son mari, de s'aimer autant. Même si elle ne l'avait pas gardé aussi longtemps qu'elle l'aurait souhaité, avant que le Seigneur le lui reprenne, elle avait été remarquablement chanceuse.
Elle décida d'essayer d'oublier ce qu'elle avait lu ou du moins de ne pas se laisser influencer par cela.

Savoir pouvait être dangereux mais, parfois, décida-t-elle en allant voir où en était Marie, savoir un peu pouvait être très utile.

# Chapitre 19

Les canons que madame Dupuis et Marie avaient entendus appartenaient aux Allemands qui bombardaient Reims. Mais le vrai bombardement ne commença pas avant ce dix-neuf septembre noir.

À huit heures du matin, depuis les hauteurs de Brimont, Berru, Nogent-l'Abesse et Cernay vers le nord-est, où les Allemands étaient solidement retranchés, ils ouvrirent le feu sur Reims. Leur objectif était la cathédrale du treizième siècle. Leur tir était précis. Les premiers obus atteignirent la Tour Nord.

Toute la journée, le bombardement continua, systématique et implacable. Les Rémois se mirent à l'abri, soit dans les caves de craie où était entreposé le champagne, ou bien fuirent à l'ouest, sur la route de Paris, ou encore vers le sud, en direction d'Épernay. Les obus touchèrent le centre ville à coups répétés. La Place Royale et la place Godinot étaient en flammes ainsi que les plus anciens quartiers où il fut impossible d'éteindre les feux. Tout brûla pendant quatre jours et les Rémois désespérés appelaient les pompiers, ignorant que la caserne avait été réduite en cendres.

À trois heures de l'après-midi, le toit de la cathédrale reçut un coup direct des vandales. Les citoyens qui avaient encore des maisons debout ou ceux qui s'étaient abrités dans les caves, sortirent pour regarder brûler, avec colère et effroi, un des bâtiments historiques les plus célèbres du monde. Il n'y avait rien à faire.

La charpente s'effondra dans un grondement en projettant des étincelles.

Ce soir-là, un halo rouge éclaira le ciel sous un nuage de fumée au-dessus de Reims. Et, alors que la famille Dupuis et son personnel se tenaient sur la colline dominant les Hérissons, regardant, horrifiés, par delà la Veste, en direction de Reims, Clovis rentra à contre-cœur à la maison.

Il n'arrivait pas à comprendre pourquoi Claudette insistait pour l'amener ici. La maison aux tourelles, l'allée, les marches qui conduisaient à la porte principale ne lui disaient rien. Il avait essayé de lui expliquer qu'il voulait rester dans sa chambre et écouter le cliquetis de ses aiguilles à tricoter ou regarder ses doigts agiles faire du crochet. Mais elle avait insisté pour venir ici.

Cela l'ennuyait de ne pas arriver à lui faire comprendre ce qu'il voulait. La difficulté, c'était le bruit des canons qui résonnaient dans sa tête. Il aurait aimé qu'ils s'arrêtent un moment pour retrouver ses esprits. Quand ce n'était pas le bruit des canons, c'était l'éclair des explosions qui l'aveuglait, qui l'empêchait de voir clairement. Toutes les couleurs étaient teintées d'orange. quand il essayait de parler pour expliquer quelque chose, les canons se remettaient à tirer, comme s'ils cherchaient à l'empêcher de penser. Il avait marché si longtemps pour retrouver Claudette et il ne pouvait pas lui dire à quel point c'était important et à quel point cela avait été difficile.

En raison de l'angoisse qui le tenaillait de ne pas retrouver sa route, il avait oublié que madame Frédéric était morte. L'établissement appartenait maintenant à Claudette, bien sûr. C'était bien, parce qu'elle serait à lui seul maintenant, bien qu'il n'eût jamais pensé qu'elle ait pu appartenir à d'autres.

Il avait été heureux de la retrouver mais elle avait paru effrayée et l'avait fait monter rapidement à l'étage, loin des autres filles. Puis elle lui avait demandé s'il était retourné à la maison.

C'était ici, sa maison, lui avait-il expliqué, mais elle avait eu l'air encore plus effrayée et lui avait dit que non.

Il en avait pleuré et elle l'avait pris dans ses bras et l'avait embrassé en pleurant elle-même, en répétant sans fin « Clovis, oh mon pauvre Clovis » et, pendant une fraction de seconde, les canons dans sa tête s'étaient tus.

Elle l'avait laissé dormir un moment puis lui avait préparé un bain. Elle l'avait baigné, tout comme le faisait sa mère quand il était petit. Puis elle avait brossé son uniforme et lui avait trouvé des sous-vêtements propres. Elle avait ensuite insisté pour que son chauffeur le reconduise en voiture chez lui. Il avait pleuré à nouveau et lui avait demandé de le ramener dans sa chambre avec les peluches et les petites boîtes qu'il lui avait données.

Il avait essayé d'arrêter de pleurer parce que chaque fois, cela la faisait pleurer aussi. Il ne voulait pas qu'elle soit triste, maintenant qu'ils étaient ensemble de nouveau. Mais lorsqu'il cessait de pleurer, les explosions recommençaient et sa tête était pleine de lumières oranges, jaunes et rouges. Alors, il l'avait laissée faire ce qu'elle voulait, pensant que tout s'arrangerait quand les canons se tairaient.

Ils laissèrent le chauffeur sur la route principale et elle parut contrariée quand elle trouva la maison vide. Il lui expliqua, du mieux qu'il put, que c'était probablement parce que les Allemands étaient passé par là et avaient tué tout le monde. Pendant qu'il cherchait à la rejoindre, il avait vu beaucoup, beaucoup de maisons comme celle-ci et, parfois, des villages entiers. Quand il le lui dit, cela la fit encore pleurer.

— Je ne peux pas vous laisser ici tout seul, dit-elle.

— Pourquoi ferais-tu une chose pareille ? demanda-t-il, étonné.

— Oh, Clovis, je ne le ferai pas. Bien sûr que non. Nous allons rester assis sur ces marches jusqu'à ce que quelqu'un vienne. Mais il ne faudra pas être triste s'ils me renvoient.

— Je partirai avec toi s'ils le font.

Il ne comprenait pas pourquoi ils la renverraient.

— Je ne veux pas rester ici de toute façon.

Si elle voulait s'asseoir sur les marches, c'est ce qu'ils feraient. Il s'installa à côté d'elle, lui prit la main et bâilla. Il était très fatigué et le bruit des canons était terrible.

Le temps n'avait plus de signification pour lui, donc il ne savait pas combien de temps ils avaient passé sur les marches quand des gens arrivèrent par l'allée. Il y avait beaucoup de gens, dont une jeune fille qui se détacha du groupe et courut vers lui.

Elle criait : « Papa, Papa ». Il regarda autour de lui pour voir à qui elle s'adressait, puis comprit qu'il s'agissait de lui.

Claudette disait : « Clovis, je vous en prie, embrassez-la. C'est votre fille. Ne lui faites pas peur. »

Il ne comprenait pas comment Claudette pouvait croire qu'il voulait effrayer une jeune fille et ne comprenait surtout pas pourquoi elle croyait qu'il avait une fille. Mais l'urgence du ton de sa voix calma un instant le bruit des canons.

Quand la jeune fille se jeta dans ses bras, il l'entoura docilement avec les siens. Puis, tandis qu'elle s'agrippait à lui, il tourna la tête vers Claudette et lui demanda :

— Que dois-je faire maintenant ?

Claudette fixait la femme qui menait le groupe. Elle ne faisait plus attention à lui.

Avec la fille inconnue dans les bras, les canons qui continuaient à gronder dans sa tête et Claudette qui l'ignorait, il eut soudain très peur. Il aurait voulu se cacher. Il se dégagea de la jeune fille et courut se réfugier sous le porche, se roula en boule, se faisant le plus petit possible, les mains sur les yeux pour que les obus ne puissent pas le trouver et pour ne pas voir leurs éclairs oranges.

Et, un court instant, il se sentit en sécurité.

Rosie n'avait pas reconnu Clovis quand elle et madame Dupuis remontèrent l'allée vers la maison. Henri, Marie et la cuisinière chuchotaient derrière eux en évoquant le terrible bombardement. Elle vit deux personnes, une femme et un soldat, assis sur les marches et dit à madame Dupuis qu'ils avaient des visiteurs, sans doute encore des réfugiés.

Mais Allie, qui marchait à quelques pas devant, s'était soudain mise à courir.

— Je crois bien que c'est Clovis, avait dit madame Dupuis.

Rosie avait ressenti une vague de soulagement de le savoir sain et sauf. Elle n'avait plus eu de ses nouvelles depuis son unique lettre et, bien que les événements ne lui laissaient que peu de temps pour s'inquiéter à son sujet, son retour lui enlevait un poids sur les épaules.

Elle ne reconnut pas la femme en rose assise à côté de lui. C'est la femme qui s'était levée la première et qui avait fait lever Clovis. Tandis que madame Dupuis et elle accéléraient le pas, elle vit que c'était une petite femme boulotte avec beaucoup de boucles blondes sous un chapeau canaille. Elle devina soudain qui elle était.

Clovis sembla fuir quand elles s'approchèrent, repoussant Allie et se couchant en boule sous le porche, comme un hérisson effrayé.

— Maman, qu'est-ce qui arrive à Papa ? demanda Allie.

La femme en robe rose s'avança vers eux mais s'arrêta à distance respectable, ne lui laissant aucune possibilité de lui serrer la main.

— Pardonnez-moi, Madame, dit-elle à Rosie en se tordant les mains, mais il n'y avait rien d'autre à faire.

— Vous devez être Claudette, dit Rosie.

La femme rougit sous sa couche épaisse de fard.

—Oui, Madame, dit-elle dans un souffle. Il est venu me retrouver. Je crains qu'il ait subi un choc. Je l'ai amené ici mais il ne se souvient de rien. Je suis désolée, il ne se souvient que de moi. Ne soyez pas bouleversée s'il ne vous reconnaît pas.

Rosie savait qu'elle aurait dû être offensée par la présence de la poule de Clovis mais elle ne ressentait rien de la sorte. La maquillage de la femme était strié de larmes et elle avait l'air moins inquiète que malheureuse. Sa bouche tremblait tandis qu'elle essayait de se maîtriser. Cette femme était peut-être une putain mais elle avait du cœur.

— Il serait préférable que nous rentrions tous à l'intérieur, ne pensez-vous pas ? demanda-t-elle en se tournant vers sa belle-mère, raide d'indignation. Mama, je vous présente madame Claudette. Elle a eu la bonté de nous ramener Clovis et dit qu'il a sûrement subi un choc.

Rosie fut fière de voir comment sa belle-mère releva le défi. Elle tendit la main et Claudette la lui serra timidement. À ce moment-là, Henri qui était rentré à la maison par l'arrière, ouvrait justement la grande porte. Les convenances ayant été respectées, Rosie grimpa les marches et s'agenouilla à côté de son mari.

— Clovis, dit-elle avec douceur, je suis si contente de vous voir. Levez-vous, je vous en prie, nous allons rentrer. Ce sera plus confortable.

Il se roula encore plus en boule et ne dit rien.

Allie était livide, ahurie.

— Maman, il est malade ?

Rosie hocha la tête et madame Dpuis s'avança, et lui dit sur un ton autoritaire :

— Clovis, lève-toi immédiatement.

Il ne bougea toujours pas. Rosie regarda sa belle-mère et secoua la tête. Puis Claudette s'avança et s'agenouilla à côté de lui. Elle lui écarta doucement les mains des yeux.

— Clovis, levez-vous s'il vous plaît. Pour moi. J'ai froid. Je veux rentrer.

Immédiatement, il se déplia maladroitement et, sa main dans la sienne, lui permit de le guider à l'intérieur. Tout le monde le suivit, mal à l'aise, et madame Dupuis les fit entrer au salon. Clovis s'arrêta sur le pas de la porte, méfiant, cherchant les pièges invisibles.

— Tout va bien, dit Claudette. Vous êtes en sécurité ici.

— Asseyez-vous sur le canapé, suggéra Rosie. Comme cela il pourra s'asseoir à côté de vous.

Lorsqu'ils furent tous installés, un silence gêné retomba. Il fut interrompu par madame Dupuis.

— Racontez-nous ce que vous savez, madame Claudette, si vous voulez bien.

— Il y a peu de choses à dire. Clovis est arrivé ce matin, très sale et très fatigué. Il a dit qu'il avait beaucoup marché pour trouver...

Elle hésita puis poursuivit d'une toute petite voix.

— Pour me trouver. Je l'ai lavé pour qu'il ne vous effraie pas mais il ne semble pas se souvenir de grand chose.

— Vous croyez qu'il a subi un choc ? demanda Rosie.

Claudette hocha la tête.

— En êtes-vous certaine ? demanda madame Dupuis. Vous avez l'expérience de ces choses ?

— Dans mon métier, en temps de guerre, nous avons l'expérience de beaucoup de choses qui arrivent aux hommes, dit Claudette doucement. Oui, j'ai déjà vu des hommes ayant subi un traumatisme. C'est terrible.

— Mais il est vivant, dit Rosie en pensant à Sébastien.

— À moitié seulement parce que son esprit est atteint, dit Claudette.

— Et il ne se souvient que de vous ?

— Je crois. Nous nous connaissons depuis bien des années, dit-elle comme pour s'excuser.

Rosie se leva et alla s'agenouiller devant Clovis.

— Vous rappelez-vous de moi, Clovis ? demanda-t-elle.

Il la regarda de ses yeux sombres et inexpressifs. Puis, petit à petit, un léger étonnement apparut sur son visage.

— Suis-je censé vous connaître ? demanda-t-il en détachant ses mots.

— Je suis votre femme, Clovis.

Il la fixa attentivement.

— Je vous ai peut-être déjà vue. Mais ma femme ? Est-ce possible ? J'ai peur de ne pas m'en souvenir.

— Et cette dame assise là, en face, est votre mère. La jeune fille qui pleure est votre fille.

Son angoisse augmenta. Il s'agrippa au bras de Claudette.

— Est-ce vrai, Claudette ?

— Oui, c'est vrai, Clovis. Vous avez simplement perdu la mémoire. Elle reviendra avec le temps, dit-elle pour l'apaiser.

— Ce sont les canons, marmonna-t-il. Pardonnez-moi, dit-il à Rosie. Je ne me souviens de rien.

Il se retourna ensuite vers Claudette et demanda, comme un enfant :

— Pouvons-nous rentrer à la maison, maintenant ?

Pour une fois dans sa vie, Rosie ne sut que faire. Les terribles épreuves des dernières années l'avaient moralement épuisée. Elle regarda Claudette et lui demanda :

— Que devrions-nous faire à votre avis ?

Claudette se leva et s'éclaircit la gorge comme si elle était sur le point de faire un petit discours.

— Si je puis faire une suggestion, dit-elle, je pourrais le prendre chez moi quelques jours. Quand il sera bien reposé, dans le calme, son état devrait s'améliorer. Je pourrais alors tout lui expliquer et le ramener ici. S'il reste maintenant, j'ai peur qu'il ne soit effrayé et perdu.

Rosie hésita. Cela ne semblait pas juste de faire reposer cette responsabilité sur quelqu'un d'autre. Elle se tourna vers madame Dupuis.

—.Qu'en pensez-vous, Mama ?

— Je pense que c'est une excellente idée et que c'est très gentil de la part de madame Claudette, répondit sa blle-mère avec fermeté. Mais, si c'était possible, il serait préférable que madame Claudette reste ici avec Clovis. Pardonnez ma franchise, madame Claudette, mais je préfèrerais qu'on ne puisse pas dire au village que j'ai laissé mon fils dans votre établissement alors qu'il était malade.

Claudette pâlit puis rougit.

— Vous me suggérez de rester chez vous ?

— Exactement. De cette façon, il pourra s'adapter et vous serez là pour l'aider à le faire.

— Mais il y a mes affaires...

Claudette pensait à voix haute.

— J'ai des devoirs envers les filles et envers les clients ces jours-ci. Nous avons fermé l'établissement quand les Allemands étaient là. Je ne voulais pas permettre à mes filles d'avoir affaire à eux. Mais elles doivent gagner leur vie à nouveau.

Ce que disait Claudette était sensé. Ce ne serait pas juste de s'attendre à ce qu'elle néglige son gagne-pain.

— Pourriez-vous passer une partie de votre temps ici ? demanda Rosie. Je sais que c'est beaucoup vous demander.

— Nous vous dédommagerions, dit madame Dupuis.

Claudette se redressa de toute sa petite taille et dit avec hauteur :

— Je ne voudrais pas d'argent pour m'occuper de monsieur Clovis. Je suis très attachée à lui.

Rosie se rendit compte qu'ils parlaient tous de Clovis comme s'il était absent. Elle était furieuse contre sa belle-mère.

— Non, non, dit-elle précipitamment. Pas de l'argent pour vous, madame, mais pour les dépenses occasionnées par votre absence dans votre établissement. C'est ce que vous avez voulu dire, n'est-ce pas, Mama ?

Madame Dupuis vit le regard furieux de Rosie.

— En effet, c'est exactement ce que je voulais dire.

— Dans ce cas, dit Claudette en se détendant un peu, je ferai tout en mon possible pour vous aider.

Rosie voyait qu'Allie bouillait de curiosité.

— Madame Claudette, vous ne connaissez pas ma fille Rosalie qui vous aidera autant qu'elle le pourra. Allie aime son père et souhaite qu'il se rétablisse le plus vite possible.

Allie s'avança et fit une petite révérence à madame Claudette.

— J'aimerais beaucoup vous aider, dit-elle.

— Madame Claudette est très gentille d'accepter de rester chez nous, expliqua Rosie à sa fille. Elle a un établissement près d'Épernay qu'il lui est difficile d'abandonner. Il faut donc que nous fassions tout pour que Papa se rétablisse rapidement.

— Quel genre d'établissement ? demanda Allie, toujours curieuse.

— Une maison de couture, répondit fermement Rosie.

C'était une situation étrange que d'avoir la tenancière locale à la maison. Ce qui rendait les choses plus difficiles encore, c'est que Clovis ne pouvait pas dormir à moins d'avoir Claudette à ses côtés. On lui installa donc un lit de fortune à côté de Clovis. Claudette y dormait quand elle pouvait. Rosie déménagea dans une autre chambre.

Rosie appréciait cette femme. Par certains côtés, elle était stupide, et maligne par d'autres, mais son dévouement pour Clovis était indéniable. Elle retournait à son établissement, ainsi qu'ils appelaient poliment le bordel, pendant presque toute la journée. Clovis avait repris son travail dans les vignes sans difficulté et, puisque le reste du raisin était prêt maintenant pour la récolte, il passait son temps à couper et à empiler doucement les grappes dans les paniers d'osier qu'ils utilisaient pour les vendanges. Il n'avait pas perdu son habilité.

Le médecin de Rilly confirma le diagnostic de Claudette. Il n'y avait pas d'autre cure que le temps et la patience. Sa mémoire reviendrait sans doute un jour. Il ne pouvait rien promettre de plus. Il fit les démarches nécessaires pour que Clovis ne soit pas considéré comme déserteur.

— Bien qu'on l'aura sans doute porté disparu, dit-il avec un soupir.

Peu à peu, avec l'aide de Claudette, Clovis se stabilisa. Assez étrangement, en redécouvrant sa famille, sans les reconnaître, il retrouvait avec chacun ses anciennes habitudes.

Il adorait Allie et, en dehors de Claudette, préférait sa compagnie à toute autre. Il traitait Rosie avec respect et un peu de crainte. Sa mère restait ce qu'elle avait toujours été, celle qui l'effrayait un peu et qui le faisait obéir.

C'était une période étrange, pensa Rosie en prenant le thé un jour avec Claudette qui s'était hâtée de venir, pour s'assurer que Clovis se coucherait tôt.

— Vous avez été si bonne, dit Rosie tandis que la petite femme, qui montrait des signes de fatigue, buvait nerveusement son thé.

— Clovis a toujours été bon pour moi quand j'étais jeune, dit-elle. Ce n'est pas toujours comme cela avec les clients.

— J'imagine que non, dit Rosie, pensive, et elle ajouta impulsivement : Vous savez, je n'ai jamais été jalouse de vous. Je pensais même qu'il aurait dû vous épouser. Cela aurait peut-être été mieux ainsi.

Les mains de Claudette se mirent à trembler. Elle posa sa tasse mais ne dit rien.

— Pourquoi pensez-vous qu'il se souvient de vous et pas de nous ? insista Rosie qui, voyant l'expression de Claudette, ajouta : Non, dites-le moi s'il-vous-plaît. Je veux le savoir.

L'autre femme se mit à parler lentement.

— Peut-être parce que je suis moins compliquée que vous, Madame. Il vous adorait mais il ne vous a jamais comprise. Il pouvait toujours être naturel avec moi parce que je ne suis pas maligne non plus. Maintenant, avec sa pauvre cervelle ébranlée par le canon, il lui est plus facile de communiquer avec moi. Et je crois qu'il a aussi de l'affection pour moi, dit-elle avec défi.

— J'en suis persuadée, dit sincèrement Rosie. Pauvre Clovis. Il n'a pas eu une vie très heureuse.

— Je ne suis pas d'accord avec vous, Madame, dit fermement Claudette. Avant cette terrible guerre, il aimait sa fille et il aimait son travail. Il n'en revenait pas d'avoir eu la chance de vous épouser. Et il m'avait moi, pour d'autres choses. Je crois que Clovis était heureux. Peut-être plus heureux que nous tous parce qu'il demandait très peu. Je sais qu'il n'était pas bien malin mais l'intelligence n'apporte pas toujours le bonheur.

Rosie ne savait trop que dire.

— Pardonnez-moi, Madame, dit Claudette. Je crois qu'il vaut mieux que j'aille voir s'il est rentré des champs.

Rosie comprit qu'elle fuyait une intimité qu'elle trouvait embarrassante.

Dix jours plus tard, Clovis avait repris ses habitudes aux Hérissons et il n'était plus nécessaire que Claudette y vienne. Certains soirs, après son travail, il prenait un cheval pour aller la retrouver. Les premières fois qu'il le fit, tout le monde s'affola jusqu'à ce que Claudette les prévienne par téléphone qu'il était sain et sauf chez elle. Cela devint une habitude. Il travaillait toute la journée et, certains soirs, allait passer la nuit chez Claudette, revenant le matin pour se remettre au travail. Cela ne gênait pas Rosie. C'était presque un soulagement.

La plus grande partie de leurs terres était maintenant inaccessible. Les riches terrains que Rosie avait achetés dans la vallée de la Vesle et près de Reims faisaient maintenant partie du *no man's land*. Derrière eux, sur le vieux domaine des Hérissons, les Français avaient installé des batteries de canons. Les troupes françaises s'étaient retranchées sur le flanc nord de la Montagne de Reims. Les Allemands, de l'autre côté de la Vesle et sur le canal de l'Aisne, bombardaient constamment le secteur. Un obus égaré avait déjà touché un des bâtiments où ils gardaient le premier jus du raisin. Heureusement, la maison n'avait pas encore été touchée.

Clovis s'était toujours plaint que les terrains de la Vesle, comme celui d'Ay, étaient trop loin de la maison. Les événements lui donnaient raison. Rosie savait qu'elle ne pourrait pas compter sur la récolte de ces terrains et sa production de champagne en souffrirait considérablement. Mais elle n'avait pas envie de s'en inquiéter.

Clovis ne se souvenait toujours pas de sa famille mais se rappelait de plus en plus de choses concernant le domaine. Sa mémoire était étrange. Parfois, Rosie avait l'impression qu'il se souvenait de ce qu'il voulait bien. Et, malheureusement, il se souvenait des terrains de la vallée de la Vesle et cela le préoccupait.

Il ne pouvait pas faire grand chose, là où l'artillerie française s'était retranchée. Les vignes étaient détruites. Les jours de brume ou de brouillard, à la fin du mois de septembre, il partait avec sa vieille bicyclette, un panier devant et un autre derrière, pour cueillir le raisin dans le *no man's land,* juste derrière les lignes françaises.

C'était une opération dangereuse, qui le contraignait à ramper pour ne pas se faire tirer dessus par les guetteurs français ou allemands. S'il se faisait voir, il se faisait immédiatement tirer dessus.

Il ne semblait pas se rendre compte du danger et il prit l'habitude d'emmener Allie avec lui sans que Rosie et sa mère le sachent.

Allie était de mèche avec lui et, quand sa mère la gronda un jour pour lui avoir donné une telle frayeur, elle répondit que ce qui pouvait lui arriver lui était indifférent et que, de toute façon, tous les enfants des villages champenois faisaient la même chose.

— C'est plus facile pour nous, dit-elle. Nous sommes plus petits et nous nous cachons plus facilement. Et il faut bien s'occuper des vignes, n'est-ce pas ?

Elle avait raison et, honteuse que ce soit sa fille qui lui donne l'exemple, Rosie prit aussi l'habitude de faire le dangereux trajet à travers le bois, puis jusqu'aux vignes. Elle rampait derrière Clovis, regrettant de ne pas être plus agile, tandis qu'Allie se faufilait devant eux comme un serpent. Des obus éclataient parfois très près d'eux et Rosie avait peur. Mais Clovis avait la chance de son côté et ne manifestait aucune crainte. Alors qu'elle était assourdie et aveuglée par les explosions, son mari ne semblait rien remarquer.

Ce qu'ils faisaient n'avait cependant rien d'exceptionnel. Les Champenois, pris dans la zone de combats, faisaient tous preuve du même courage et de la même détermination à ne pas perdre leurs moyens d'existence. Allie, qui fréquentait maintenant la petite école de Chigny, rentrait parfois à la maison en annonçant qu'un des enfants avait été tué en allant dans les vignes la nuit prédédente. Elle disait cela comme une chose naturelle puis ajoutait qu'on avait récité des prières pour l'enfant mort.

Et la vie continuait. Les vendanges furent terminées avec l'aide des nombreux prisonniers allemands qui avaient été capturés durant la retraite. Ce fut une belle récolte. Mais la profusion de gros Pinot Noir fit frissonner Rosie. Elle s'imaginait que leur couleur sombre venait du sang des hommes tombés sur la terre de Champagne.

Au mois de novembre, les vignes s'étaient dénudées et la campagne était noyée dans le brouillard. À l'approche de Noël, Rosie remarqua que sa fille, habituellement si mince, s'arrondissait. Après un moment de doute, il devint évident qu'Allie était enceinte.

Madame Dupuis était affolée, craignant l'opprobre. Rosie y attachait moins d'importance mais appréhendait les effets sur la santé mentale de sa fille. Se souvenant de sa propre expérience, elle aurait préféré en parler et... dire à Allie à quel point c'était excitant d'avoir un bébé.

— Après tout, dit-elle, nous n'allons pas la blâmer ou lui dire de ne plus jamais ternir notre réputation. Elle n'a rien fait de mal.

Mais madame Dupuis ne voulait pas en entendre parler.

— Je n'aime pas évoquer le passé, dit-elle. Souvenez-vous de ce que vous ressentiez. Les temps ont changé mais pas beaucoup dans une petite communauté comme celle-ci. Quelle chance aura Allie de trouver un mari et quelle chance aura l'enfant si l'on apprend qu'il est celui de l'officier Schmidt. Et si ce n'est pas Schmidt, qui est-ce ? Allie et son enfant ne peuvent pas gagner, même si ce n'est pas de leur faute. Ils ne sont pas responsables mais nous devons l'être et prendre une décision.

Rosie écoutait, révoltée, l'esprit en déroute. C'était si injuste. Finalement, elle se plia à la logique de madame Dupuis.

— Le mieux serait de s'en débarrasser, dit-elle.

— Si j'étais certaine qu'il n'y a pas de risque et si je connaissais quelqu'un prêt à le faire, je pense que c'est ce qu'il y a de mieux. Mais il est déjà tard et c'est dangereux. Si cela se passait mal, elle pourrait ne plus jamais avoir d'enfant.

Rosie se mit à arpenter le salon. Elle s'arrêta, dos à la cheminée, et réfléchit.

— Alors c'est moi qui devrai avoir le bébé, n'est-ce pas ?

— Je pensais la même chose, murmura madame Dupuis. C'est toujours la meilleure solution dans un tel cas. Vous partez avec Allie et revenez avec un enfant, le vôtre. C'est bien cela que vous aviez à l'esprit ?

Elle fit une grimace.

— Heureusement que Clovis est rentré à la maison puisque vous allez être mère.

— Et je déclarerai que c'est mon bébé, dit Rosie.

— Exactement, dit madame Dupuis. Beaucoup de gens devineront la vérité mais ils n'en auront jamais la certitude. C'est toujours ainsi que l'on a réglé ce genre de problèmes en France. Beaucoup de mères sont en réalité des grand-mères, dans les villages. C'est plus facile, bien sûr, de cacher un bébé dans une grande famille mais nous nous débrouillerons.

— Je vais devoir commencer à me gaver ou bien rembourrer mes vêtements, dit Rosie avec résignation. Dans combien de temps croyez-vous que cela commencera vraiment à se voir ?

— Encore un mois, peut-être. Vous devriez planifier votre départ pour la mi-janvier.

Rosie refit le tour de la pièce.

— Cela signifie que je serai absente d'ici pendant au moins cinq mois. Et les affaires ?

— Allez quelque part où vous pourrez garder un œil sur ce qui se passe. Pourquoi pas Paris ?

Rosie secoua la tête.

— Paris ne conviendrait pas. C'est trop loin. Il faudrait, en fait, que je reste à Reims. Mais comment faire pour y emmener Allie avec tous les bombardements ? Je ne sais même pas si l'appartement est habitable.

— Alors, il faudra que ce soit Paris.

— Je ne veux pas aller à Paris, s'entêta Rosie.

Elle ne pouvait pas expliquer à sa belle-mère que si elle allait à Paris, elle serait contrainte d'habiter chez André. Philippe avait quitté l'appartement qu'ils avaient partagé. Et si elle habitait chez André, elle verrait Lorraine et cela, elle ne le voulait pas.

— Dans ce cas, le mieux est de se renseigner sur la situation à Reims, dit madame Dupuis.

Rosie interrogea Henri pour savoir s'il avait des nouvelles de son cousin.

— Il faut que j'aille à Reims pour affaires, lui dit-elle. Votre cousin pourrait-il vous renseigner sur les conditions de vie là-bas ?

Henri n'était pas mécontent qu'on s'adresse à lui.

— Les bombardements ne s'arrêtent que la nuit, Madame, comme nous pouvons l'entendre. Parfois, ils continuent. Ceux qui sont restés sont installés confortablement dans les caves. Mon cousin me dit que même la police a son quartier général dans les caves et, petit à petit, même les commerçants s'y installent. Mumm, Pommery, Krug, Champion ont tous ouvert leurs caves à la population. Au-dessus, c'est terrible. La ville est presque rasée.

— Mais les gens survivent ?

— Oui.

— Alors je survivrai.

Sa décision prise, il ne restait plus qu'à tout expliquer à Allie.

Allie était plongée dans une profonde mélancolie. Elle ne se sentait pas bien physiquement et, pire que tout, elle n'arrivait pas à oublier les événements de l'automne. Tout restait gravé dans sa mémoire : le moment où Schmidt était arrivé dans la remise, comme une apparition, lui arrachant ses vêtements de ses mains osseuses, où il l'avait frappée violemment au visage, la faisant tomber par terre. Elle sentait encore son odeur musquée, se souvenait de son membre monstrueux quand il avait baissé son pantalon devant elle. Le reste, elle ne se permettait pas d'y penser. Mais elle avait noté chaque détail pénible dans son journal secret avant d'en coller soigneusement les pages avec une pâte faite de farine et d'eau. Elle voulait que les faits soient inscrits mais ne voulait pas les relire.

Elle pleurait aussi Sébastien qu'elle avait aimé. Elle ne pouvait pas imaginer la vie sans lui et regrettait de ne pas s'être sentie plus proche, les dernières fois qu'elle l'avait vu. Elle était malheureuse aussi à cause de son père. Ils étaient proches à nouveau mais cela lui faisait mal qu'il ne se *souvienne* pas d'elle. Elle avait l'impression qu'il lui manquait quelque chose puisqu'il se souvenait de la dame d'Épernay, mais pas d'elle ni de sa mère.

Miss avait choisi de retourner chez elle en Angleterre et elle manquait à Allie. Sa mère semblait préoccupée la plupart du temps et, au loin, on entendait toujours le bruit de la guerre. Elle aurait souhaité être morte elle aussi.

Elle était dans sa chambre, en train de lire *Les Trois Mousquetaires,* un de ses livres préférés, quand sa mère passa la tête par la porte.

— Chérie, demanda-t-elle. Pourrions-nous avoir une petite conversation ?

— Bien sûr, Maman.

À contre-cœur, Allie rangea son livre. Elle préférait la fiction à la réalité ces temps-ci.

Sa mère entra et s'assit sur le lit. Elle respira profondément.

— Allie, t'es-tu demandée pourquoi tu n'avais pas eu tes règles dernièrement ?

On avait déjà évoqué ce sujet et Allie le trouvait embarrassant. On ne parlait pas de ces choses-là.

— Non, Maman, dit-elle d'un air maussade.

— Te souviens-tu de la première fois que cela t'est arrivé ? Je t'ai dit que cela signifiait que tu étais une femme et que tu pouvais avoir un enfant.

Allie hocha la tête. Le sujet lui déplaisait tout autant.

— Eh bien, ma chérie, je suis certaine que tu vas avoir un bébé. C'est pour cela que tu n'as pas tes règles depuis trois mois. Je vais être grand-mère. Imagine ça !

Allie ne pouvait pas l'imaginer. Elle resta pétrifiée, fixant sa mère, effondrée, ne comprenant pas.

— Mais comment est-ce possible, demanda-t-elle. Tu as dit que ce serait avec un homme que j'aimerais…

L'affreuse vérité se faisait jour.

— Oh, Maman, ce n'est pas à cause de l'officier ?

Sa mère ferma les yeux. Elle ne répondit rien.

Les semaines de malheur refoulé explosèrent à la surface. Allie s'entendit hurler.

— Non ! non ! non ! Ce n'est pas possible. Je ne veux pas. Que dira-t-on ?

Elle ne pouvait pas supporter la honte. Elle se jeta dans les bras de sa mère en sanglotant.

— Aide-moi, Maman. Je ne veux pas que cela se fasse. Je t'en supplie.

Rosie la berça comme un bébé mais Allie ne se consolait pas. C'était pour elle la chose la plus affreuse au monde. Elle se mit à hurler à nouveau. Puis elle entendit sa grand-mère.

— Allie, reprends-toi.

La voix était si autoritaire qu'elle se mit à geindre. Sa grand-mère était dans l'encadrement de la porte. Elle entra et referma derrière elle.

— Ta mère t'a mise au courant ? demanda-t-elle avec une expression sévère.

Allie hocha la tête.

— Écoute, mon enfant. Nous sommes en guerre.

La voix de Mimi n'était pas douce. Le ton autoritaire subsistait.

— Nous sommes tous victimes. Sébastien est mort, c'est encore pire. La santé de ton père est détruite mais il s'en remettra. Ce qui peut arriver de pire à une femme t'est arrivé à toi. Mais tu t'en remettras aussi. Et d'ici à ce que ce carnage insensé prenne fin, qui sait ce qui arrivera encore ?

Sa mère lui caressait doucement les cheveux. Allie s'appuya contre elle et refoula un sanglot en écoutant sa grand-mère lui parler avec sévérité. Elle n'était pas consolée mais elle n'était plus hystérique.

— Il n'y a pas d'autre solution que d'avoir l'enfant. Mais nous ne permettrons pas que ton avenir en souffre ni que tu sois méprisée. Nous avons un plan. Ta mère te l'expliquera.

— Il faut que nous partions d'ici jusqu'à la naissance de l'enfant, Allie, dit sa mère calmement. Seulement toi et moi. Et après, nous reviendrons à la maison et je dirai que c'est le mien. Il sera élevé comme si c'était ton frère ou ta sœur.

Allie réfléchit puis dit rageusement :

— Je ne veux pas partir d'ici, jamais. Et je me moque de ce qui peut arriver au bébé. Si c'est celui de cet homme ignoble, j'espère qu'il mourra.

Madame Dupuis se signa.

— Nous ne pouvons pas tabler sur cela.

— Et, ajouta Rosie, tu changeras peut-être d'avis quand ils sera né.

— Jamais ! s'exclama Allie. Je le détesterai toujours.

Elle vit soudain sa mère et sa grand-mère échanger un regard. Allie se sentit soudain épuisée.

— J'aimerais que vous me laissiez seule toutes les deux, dit-elle avec dignité. J'ai besoin de réfléchir.

Aucune des deux femmes ne bougea. Elles avaient l'air inquiètes.

— Je vous en prie, ajouta Allie.

Sa mère se leva.

— Je reviendrai tout à l'heure, dit-elle en l'embrassant. Veux-tu que je t'apporte quelque chose ?

— Je veux seulement rester seule.

Elle se sentait adulte, comme si elle avait vieilli de plusieurs années en quelques minutes.

— Je t'appellerai quand je serai prête à te parler.

Elles sortirent toutes les deux, refermant soigneusement la porte derrière elles. Allie se laissa alors submerger par toute l'horreur de ce qui lui arrivait. Elle tendit la main vers le tiroir de sa table de nuit et, de dessous une pile de cahiers d'école, elle sortit son journal secret.

« Cher journal, écrit-elle. Il m'arrive la chose la plus terrible et incroyable que l'on puisse imaginer. J'attends un bébé. »

# Chapitre 20

On était presque en février quand Rosie décida de quitter Les Hérissons avec Allie, pour Reims. Allie était si malheureuse et nerveuse qu'il était difficile de la faire manger. Elle n'avait presque pas pris de formes et tout cela inquiétait Rosie. Madame Dupuis dit que ce n'était pas une mauvaise chose. Les bébés avaient l'habitude de survivre en dépit de leur mère et, de toute façon, celui-ci serait petit. La naissance n'en serait que plus facile, le moment de l'accouchement venu.

Tous les préparatifs de la supercherie furent menés par madame Dupuis. C'est elle qui avertit le personnel que Rosie allait être mère à nouveau mais les prévint qu'il fallait éviter d'en parler car elle était embarrassée. Elle inventa une histoire pour expliquer que Rosie avait besoin de s'installer à Reims pour ses affaires. Elle allait prendre Allie avec elle pour lui tenir compagnie et pour mettre un terme aux sorties dangereuses que la jeune fille faisait en première ligne avec son père.

Rosie, qui avait craint tout d'abord d'emmener sa fille dans la ville bombardée, se dit qu'elle ne courrait pas plus de danger là-bas.

À Reims, elles furent surprises de constater que l'appartement de la rue Cérès était encore intact, bien qu'une partie du toit de l'appartement du dessus avait été emporté. Les arbres devant la maison étaient noircis et le petit bassin du jardin, que l'on apercevait de la fenêtre, avait été détruit.

Rosie n'arrivait pas à croire ce qui était arrivé à Reims. D'énormes brèches, comme des dents cassées, déformaient les rues. Des tas de gravats s'empilaient partout. La coupole du grand théâtre s'était effondrée. La cathédrale, mutilée, restait debout comme par défi. Les immeubles qui avaient résisté étaient entourés de trous d'obus et avaient perdu leurs vitres.

Et pourtant, les livreurs, arborant des casques allemands volés pour se protéger des éclats d'obus, poussaient toujours leurs voiturettes chargées de bidons de lait pour ravitailler les habitants qui restaient. Les rues étaient déblayées autant que faire se peut par des vieillards et des jeunes garçons qui tiraient les charrettes, puisque tous les cheveaux avaient été requisitionnés. Les enfants allaient toujours en tablier à l'école Ste-Anne. La vie continuait même si beaucoup de gens se réfugiaient dans les champs avoisinants, le jour, ne rentrant en ville que le soir.

Allie resta muette d'horreur devant la dévastation. Elle était venue à bicyclette, à contre-cœur et maussade. Elles avaient fait un baluchon de leurs vêtements et Rosie avait dit qu'elles achèteraient là-bas ce qui leur serait encore nécessaire. Mais Allie ne voulait pas quitter les Hérissons et elle l'avait manifesté clairement.

Le cœur de Rosie saignait pour elle. Sa petite fille joyeuse et bavarde avait disparu sous un nuage de malheur que rien ne parvenait à disperser. La gentillesse, la sympathie, les câlineries, rien ne l'atteignait. Elle était amère et révoltée et s'était réfugiée dans une vie secrète, à elle.

Mais le malheur de Reims sembla lui faire oublier le sien. Elles pédalaient à travers les rues en ruines et les immeubles sur le point de s'effondrer sous la pluie glaciale, et Allie regardait autour d'elle, curieuse et intéressée à nouveau, triste, mais pas pour elle-même.

— Maman, il y a tant de gens qui ont perdu leurs foyers.

— Et leurs vies. Ils disent qu'il y en a plus de six cents.

— C'est terrible.

— La guerre est terrible pour tout le monde.

Rosie espérait que sa fille cesserait de s'apitoyer sur son sort.

Allie se tut en entrant dans l'immeuble et en montant à l'appartement du troisième étage. Dans les pièces où Philippe et Rosie avaient été si heureux, il y avait une épaisse couche de poussière. Le lit était recouvert de plâtras qui s'étaient aussi accrochés dans les rideaux. Les carreaux étaient fendus et l'ensemble de l'appartement avait un aspect peu accueillant.

— Nous avons de la chance qu'il soit toujours debout, dit Allie sans conviction.

— Je ne sais pas encore si c'est très prudent de rester ici, dit Rosie.

Elle entendait le bruit de la canonnade.

— Laissons tout en plan et allons acheter de la nourriture.

Elles étaient installées depuis un mois et l'appartement était redevenu à peu près vivable quand Allie la supplia de lui trouver une occupation quelconque. Elle était enfermée presque tout le temps, pour éviter de rencontrer quelqu'un qui les connaissait. À contre-cœur, Rosie emmena sa fille chez un de ses agents commerciaux, monsieur Marceaux, dans ses bureaux, rue Gambetta.

— Nous lui dirons que tu es là pour la journée.

Il officiait dans sa cave où il avait installé son bureau, entouré de bouteilles de champagne, à l'abri de murs épais.

— Nous exportons toujours, dit-il gaiement en demandant à Rosie de l'excuser s'il gardait son chapeau melon à cause du froid.

— Seulement la moitié de ce que nous vendions avant la guerre mais, en tenant compte des conditions, c'est admirable. Avez-vous quelque chose pour moi, chère Madame ?

— Environ la moitié de la quantité habituelle, dit Rosie. Nous n'avons pas eu de bouteilles cassées, mais nous avons manqué de main-d'œuvre. Presque tous nos ouvriers étaient jeunes et sont partis immédiatement. Nous n'arrivons pas à trouver les produits chimiques ni les engrais. Et nous avons perdu la plupart de la récolte dans les parcelles de la vallée de la Vesle.

— Tout le monde raconte la même histoire, dit-il, mais nous essayons de vendre tout ce que nous pouvons.

Elle promit de faire parvenir une nouvelle livraison et lui dit qu'elle allait travailler à Reims maintenant, pour la plus grande partie de son temps. Allie et elle se hâtèrent par les rues en ruines. Le bombardement avait recommencé mais les Rémois s'y étaient habitués. Elles étaient arrivés à la hauteur de la rue Chanzy quand le bruit et le danger devinrent trop évidents pour être ignorés. Elles se réfugièrent dans l'encoignure d'une porte, à peu près tout ce qui restait d'un magasin en ruines.

— On dit que la foudre ne frappe jamais deux fois au même endroit. Espérons que c'est vrai, dit Rosie en attendant la fin de la salve.

—Maman !

Allie avait soudain pris la main de sa mère et Rosie s'émut de cette petite marque d'affection.

— Le bébé ressemblera-t-il à l'officier Schmidt ?

La question prit Rosie par surprise. Personne n'avait fait allusion au bébé ni à l'officier depuis le jour où elle avait annoncé à sa fille qu'elle était enceinte.

— Pas nécessairement, dit-elle lentement. Ton grand-père, mon père, n'était pas un homme très bien. Il était avare, méchant, exigeant et pouvait être brutal. Crois-tu que je sois comme ça ?

— Pas du tout, dit Allie après avoir réfléchi un moment.

— J'ai un frère en Amérique — ton oncle Peter — qui ne me ressemble pas du tout, pas plus qu'à mon père ou à ma mère. Il est simplement lui-même.

— Miss ne ressemblait pas du tout à ses parents, ajoute Allie.

Elles se baissèrent toutes deux en entendant une explosion particulièrement proche.

— Elle ne ressembait pas non plus à ses frères et sœurs.

— Exactement. Je pense que nous sommes tous faits de petits bouts de gens remontant à de nombreuses générations. Nos parents directs n'y sont peut-être pas pour grand-chose, Allie. Personne ne sait à quoi ressemblera un bébé avant sa naissance. Je ressemble à ma mère et toi à ton père mais tu n'as pas le même caractère que lui ni le même esprit. On sait que tu es sa fille seulement parce que tu lui ressembles physiquement. C'est le seul indice.

— J'espère que le bébé ne lui ressemblera pas, murmura Allie. Je ne pourrais jamais l'aimer dans ce cas.

— Quoi ! S'il ressemblait à ton père ? s'exclama Rosie en riant.

— Non, Maman, fit Allie, indignée. S'il ressemble à l'officier Schmidt.

— J'aime mieux ça, dit Rosie, décidée à détendre l'atmosphère. Il va falloir attendre pour le savoir, n'est-ce pas ?

Le bombardement continuait et elle ne put s'empêcher de penser que ce n'était pas le meilleur moment pour une discussion aussi sérieuse. Quand le calme sembla revenu, elles poursuivirent leur chemin en silence pendant quelque temps. Elles venaient de dépasser la cathédrale en ruine et s'engageaient dans la rue Cérès, quand Allie poussa un petit cri.

— Je crois que notre appartement a été touché, s'écria-t-elle d'une voix excitée.

Elle avait raison. Il y avait un trou béant dans la façade, là où un obus avait pénétré droit dans le salon de Rosie. À l'intérieur de l'immeuble, l'obus avait fait un trou immense dans le plancher du salon. L'explosion avait détruit tout le mobilier des deux appartements. Un piano à queue était perché de travers sur le tas de gravats.

— Pouvons-nous rentrer à la maison maintenant? demanda Allie d'un air satisfait et sa mère eut envie de la gifler.

— Non, répondit-elle. Il faut trouver un autre endroit.

Il y avait peu de maisons intactes et même les plus têtus des Rémois commençaient à comprendre qu'il était imprudent de rester chez eux. Dieu ne s'occupait même pas des siens. La mère supérieure d'un couvent de Betheny avait été tuée par un coup direct sur les bâtiments du monastère.

Il ne restait qu'une chose à faire. Comme tous les Rémois, elles seraient contraintes de se réfugier dans les caves. Il était peu probable qu'elles y rencontrent quelqu'un qu'elles connaissaient. Les citoyens les plus influents avaient depuis longtemps quitté la ville pour des secteurs plus calmes de Paris. Rosie décida qu'elles s'appelleraient à présent madame Dupont et madame Crémont et que madame Allie Crémont serait une jeune femme dont l'époux est parti à la guerre. Elle avait l'air à peine assez âgée pour être mariée, mais on n'y pouvait rien.

Elle découvrit qu'il y avait de la place dans les caves de Mumm et fit du charme à deux grands gars qui, pour une somme coquette, consentirent à déménager un lit, une table, quelques chaises et d'autres objets de première nécessité, de l'appartement ruiné, jusqu'au Champ de Mars où se trouvait l'entrée des caves. Elle aurait toujours l'occasion de retourner à l'appartement pour chercher d'autres choses quand elles seraient installées.

Allie fut enchantée dès qu'elles descendirent les marches menant aux caves. C'était en effet un spectacle étonnant. Dans les galeries de craie, parmi les bouteilles de champagne empilées, les Rémois s'étaient installés, utilisant des caisses comme cloisons. Rosie et Allie passèrent d'abord devant un groupe de femmes assises sur des chaises, qui tricotaient, chaudement vêtues. Une autre femme en long tablier blanc faisait la cuisine sur un poêle au pétrole. Les réfugiés s'étaient installés confortablement dans des pièces bien meublées avec des rideaux pour préserver leur intimité. Certains avaient réussi à emmener beaucoup de meubles et les caves grouillaient d'activité.

— Maman, chuchota Allie. N'est-ce pas excitant ? C'est comme les habitants des cavernes.

Rosie et Allie s'installèrent à côté d'autres familles rémoises. Le calme régnait à trois étages sous le sol. Certains avaient apporté des lampes à l'huile mais la plupart s'éclairaient avec des bougies. Les écoles fonctionnaient sous terre et Rosie insista pour qu'Allie suive les classes de madame Cavarott. Il y avait une chapelle catholique (les protestants avaient la leur dans les caves de Krug) où les fidèles allaient à la messe. Des magasins s'étaient installés.

Mais, surtout, le moral était excellent. Les habitants avaient le sentiment de ne pas avoir abandonné leur ville et leur cathédrale et que rien ne pourrait les vaincre. Ils avaient la conviction d'être le cœur vivant de la France et que la vie continuait.

Dans les caves, les gens se mariaient et mouraient. Quelques jours à peine après leur arrivée, une jeune femme donna naissance à un solide garçon, entre les bouteilles de champagne qui servaient de murs à sa chambre.

Allie, qui avait repris goût à la vie dans l'austère mais amicale ambiance des caves, refusa de s'intéresser à cet événement. Mais, ce soir-là, en se mettant au lit, elle avait soudain demandé :

— Quand Sébastien est-il mort, Maman ?

— Je ne sais pas exactement, répondit sa mère. Sans doute vers la fin du mois d'août ou début septembre.

— Crois-tu que Dieu pourrait donner son esprit à mon bébé ?

C'était une idée curieuse pour une fille de quatorze ans.

— Je ne vois pas pourquoi il ne le ferait pas, dit Rosie dans l'espoir que cela la réconforterait. Qu'est-ce qui t'a fait penser à cela ?

— J'ai parfois l'impression que Sébastien est près de nous, expliqua Allie. Je me sens mieux comme cela. Comme si rien ne pouvait nous arriver.

— Je crois qu'il nous protégerait s'il le pouvait, dit Rosie. Il nous aimait beaucoup toutes les deux.

— Vers la fin, il t'aimait plus que moi.

— Pas vraiment, dit Rosie avec douceur. Cela aurait été différent s'il avait vécu. Quand il avait dix-neuf ans, tu paraissais une petite fille à ses yeux parce qu'il était adulte. Mais quand tu en aurais eu dix-sept, cela aurait changé à nouveau.

— Et maintenant, cela ne changera plus. La voix d'Allie était si triste que Rosie la prit dans ses bras.

— Dors maintenant, dit-elle.

Rosie rendit visite une dernière fois à monsieur Marceaux, environ un mois avant la naissance du bébé. Elle avait renoncé à l'idée de rembourrer ses vêtements, c'était trop compliqué. Elle avait simplement pris une grande cape dans laquelle elle s'enveloppait avant de sortir. À la mi-mai, cela paraissait étrange.

Six semaines auparavant, elle avait prévenu monsieur Marceau de l'arrivée prochaine du bébé et il l'avait félicitée ainsi que ce cher monsieur Dupuis mais lui avait suggéré qu'elle serait sans doute plus en sécurité aux Hérissons.

— Mais nous sommes constamment bombardés là-bas aussi, lui avait-elle répondu en exagérant un peu. Et au moins, dans les caves, nous sommes parfaitement en sécurité. On n'entend même pas le bruit du bombardement.

— C'est vrai, c'est vrai, avait-il soupiré.

Au cours de cette visite, la dernière avait-elle décidé, il lui remit deux lettres des Hérissons.

L'une venait de New York et ne pouvait être que de Lizzie. L'autre était une enveloppe officielle sur laquelle elle reconnut l'écriture de Philippe. Mais c'est la lettre d'Amérique qui attira l'attention de monsieur Marceaux. Il paraissait ravi de lui présenter une lettre venant de si loin.

— Bien sûr, avait-il dit en la lui donnant. Nos affaires marchent bien en Amérique. Je peux vendre tout ce que vous me livrerez. Savez-vous, Madame, que nous exportons presqu'autant qu'avant la guerre ? Quelle performance ! Nous pouvons tous en être très fiers.

— Vous avez raison, monsieur Marceaux, avait-elle répondu, impatiente d'ouvrir ses lettres.

Elle s'était assise dans un petit parc en face de la gare, savourant le soleil printanier après l'obscurité des caves. Laquelle de ses deux lettres allait-elle lire en premier ? Elle décida de faire attendre la plus précieuse, celle de Philippe, et de lire d'abord cette de Lizzie.

« Votre lettre concernant Clovis et Sébastien m'a bouleversée. Bien sûr, je ne connaissais si l'un ni l'autre très bien mais je sais combien vous aimiez le jeune Sébastien. Quel terrible gâchis de voir quelqu'un d'aussi jeune mourir, alors qu'il avait tant de choses à espérer de la vie. Votre pauvre Clovis sera au moins guéri un jour.

« J'ai eu du mal à croire ce que vous disiez du comportement des Allemands chez vous. Il semble impossible que de telles choses se produisent. Je suis folle de curiosité quant à la façon dont tout cela s'est terminé. C'est sans doute un secret militaire que vous n'osez pas coucher sur papier mais il faudra que vous me racontiez tout quand nous nous reverrons. »

Rosie n'avait pas parlé à Lizzie du viol ni de la mort de l'officier Schmidt, surtout parce qu'elle pensait que son amie, loin des réalités de la guerre, serait anéantie par ce qui était arrivé. Elle pensait aussi que c'était le secret d'Allie et que celle-ci ne devait le dévoiler qu'à ceux à qui elle avait envie de le faire.

« Jim pense que nous devrions prendre part à cette terrible guerre mais je me dis qu'il serait préférable que nous restions neutres. Jim avance toutes sortes d'arguments politiques contre les séparatistes. Je pense, pour ma part, aux jeunes gens de ce pays allant à la mort comme tant d'autres l'ont fait en Europe, tel ce pauvre Sébastien. En fait, je pense surtout à Alexandre.

« Et bien sûr, je ne comprends pas vraiment de quoi il retourne mais je ne peux pas m'empêcher d'être d'accord avec notre Président qui dit que les Américains sont venus ici pour échapper aux guerres européennes. Jim, lui, est convaincu que nous en subirons les conséquences si nous ne déclarons pas la guerre à l'Allemagne.

« Tout va bien ici. J'essaie de persuader Jim de travailler moins mais je crains que ce ne soit là une tâche impossible. Il s'est lancé dans une nouvelle aventure. Alexandre, qui est maintenant diplômé de Harvard, a refusé net d'entrer dans l'affaire familiale. Je ne peux pas vous dire combien de drames et de disputes cela a provoqué, ma chère Rosie. Je n'ai jamais vu M. Webster si en colère et, bien que moi aussi je sois déçue, je suis très fière de la manière dont Alexandre a tenu tête à son père.

« Finalement, son père lui a demandé en criant ce qu'il voulait faire et Alexandre, aussi impassible qu'un bouddha, lui a répondu qu'il voulait être écrivain et qu'il commencerait en étant journaliste. D'après la réaction de M. Webster, on aurait cru que le garçon lui avait dit qu'il voulait devenir assassin. M. Webster a dit que c'était une vie horrible, au contact de gens horribles et que, dans aucun cas, il ne le permettrait.

« Alex lui fit alors remarquer qu'il avait plus de vingt et un ans et que, par conséquent, son père ne pouvait pas l'en empêcher. Jim lui a alors répliqué qu'il ne lui donnerait pas un centime. Alex a répondu que c'était parfait et qu'il ne voulait pas de son argent.

« La pauvre Jenny a essayé d'intercéder en faveur de son frère et s'est fait rembarrer.

« Alex a donc quitté la maison et s'est mis en quête d'un travail mais il n'a eu aucun succès. Jim a alors acheté une énorme quantité de parts d'un petit journal de New York et, sans le dire à Alex bien sûr, l'a fait embaucher comme chroniqueur. Le voilà donc lancé et j'admets que je suis très fière quand je vois son nom dans le journal. Je dois dire aussi qu'il écrit très bien.

« J'ai peur, cependant, qu'il soit terriblement déçu s'il apprenait que son père a virtuellement acheté son poste. J'espère qu'il trouvera bientôt une autre place qu'il aura conquise par ses propres mérites. Je serai alors rassurée sur son compte.

« J'ai bien peur qu'aucun des deux enfants ne soit dans les bonnes grâces de leur père en ce moment. Jenny dit qu'elle veut travailler et ne veut pas rester à la maison à faire de la broderie en attendant que quelqu'un la demande en mariage. Elle veut être infirmière et a commencé sa formation à l'Hôpital St-Vincent. Elle aussi pense que c'est terrible que l'Amérique ne soit pas en guerre et parle de s'engager dans la Croix-Rouge. Je prie pour qu'elle ne le fasse pas car j'aurais si peur si elle allait au front.

« Je suis satisfaite en ce moment, bien que mes parents me donnent de l'inquiétude. Ils vieillissent et j'aimerais habiter plus près. Mais ils refusent de quitter Boston et la maison et je ne peux pas insister. Il ne me reste pas d'autre solution que de m'inquiéter.

« Je prie pour vous et pour les vôtres, ma chère Rosie, et j'aimerais que vous veniez vous mettre en sécurité ici. Vous savez que vous êtes toujours la bienvenue mais, puisque tant de bateaux coulent dans l'Atlantique, je crains que la traversée ne soit aussi hasardeuse que la vie en Champagne.

« Écrivez vite pour m'assurer que tout va bien.

« Toutes mes amitiés et mes prières,

Lizzie

Rosie décacheta soigneusement l'autre enveloppe et en retira les feuilles de papier. Elle ne se mit pas à lire immédiatement mais resta avec la lettre à la main, l'imaginant en train d'écrire et priant pour qu'elle contienne de bonnes nouvelles.

« Ma très chère Rosie,

« J'ai été si heureux de pouvoir te voir, même aussi brièvement et triste d'être porteur de mauvaises nouvelles. Je n'arrive toujours pas à croire que Sébastien est mort et je suis hanté par un terrible sentiment de culpabilité. C'est moi qui aurais dû partir, pas lui. C'est un sentiment avec lequel il est difficile de vivre, bien qu'il soit irrationnel. Mais perdre un fils au champ d'honneur, alors qu'on continue à vivre, semble une affreuse injustice. Malheureusement, il est impossible d'y remédier.

« Ainsi que tu peux l'imaginer, mon père a été profondément affecté par la mort de Sébastien mais, en vieux soldat qu'il est, il l'a acceptée comme tant d'autres ont dû le faire. Je crains cependant que cela l'ait fait vieillir. Je doute que tu aies l'occasion d'aller à Paris mais cela lui ferait plaisir de te voir.

« J'ai été réconforté de t'avoir vue et tenue dans mes bras à nouveau. Tu m'as donné espoir en l'avenir maintenant que je sais que tu m'aimes encore. Je regrette aussi le temps que nous avons perdu.

« Tout coupable que je me sente par rapport à Sébastien, j'ai l'intention de vivre et, si possible, de revenir. Je sais que nous ne devons pas parler de Lorraine mais mon père m'a appris qu'elle ne se plaignait pas de vivre à Paris sans moi. Elle travaille pour la Croix-Rouge, lance des souscriptions et ma fille, Françoise, est maintenant élevée par Nounou. J'ai rarement des nouvelles de Lorraine mais cela ne me cause aucune peine. Elle dit qu'elle n'aime pas écrire et, curieusement, la vie à Paris est encore très joyeuse. Je suis sûr qu'elle a donc mieux à faire pour s'occuper.

« Je ne vois pas la fin de cette guerre. En effet, nous sommes enlisés dans les tranchées, les deux ennemis s'envoyant mutuellement des tonnes d'explosifs brûlants. C'est l'impasse et, quand nous montons au combat, la bataille est sanguinaire, vicieuse et inutile. Les hommes meurent ou sont estropiés pour gagner ou perdre quelques mètres de terrain. Tout cela n'a aucun sens et je ne veux pas t'ennuyer avec ça. Là où tu es, tu as tes propres fardeaux et je te supplie d'être prudente.

« Je pense à toi sans cesse, ma chérie. Je suis triste de ne pas avoir de photographie de toi mais il me suffit de fermer les yeux pour te voir clairement : tes longs cils sur tes joues quand tu fermes les yeux en m'embrassant. Je me souviens de la douceur de tes bras. Je repasse tant de choses dans ma mémoire. Ton visage, quand nous avons fait l'amour la première fois et tes mains m'offrant tes seins. Ta confiance aussi et ton courage. Te souviens-tu comment le duc a été séduit par toi ? Comment en aurait-il été autrement ?

« Les femmes ne peuvent pas vraiment savoir ce que de tels souvenirs représentent pour les hommes, surtout pour ceux qui sont loin et en danger de mort. Pour tenir, nous rêvons de nos foyers, d'amour et de réconfort. Parfois, dans les tranchées, quand les canons se taisent, je vois les hommes avec qui je suis, des hommes qui jurent et qui s'imaginent que c'est viril d'être grossier, je les vois recroquevillés, fatigués et gelés et je vois surtout à leur visage qu'ils pensent à leur foyer et à *leur* Rosie. Et le souvenir de choses plus douces les réconforte.

« Je sais que mon visage doit toujours être le même, qu'il trahit mon amour et le désir que j'ai de toi. Je pense à toi tout le temps.

« Ne me quitte plus jamais, ma chérie.

Ton Philippe.

# Chapitre 21

Le bébé d'Allie naquit le dix-neuf juin 1915, à 8h05 du matin. Ce fut un accouchement facile et le bébé était petit, confirmant les prévisions de madame Dupuis. Les contractions d'Allie se manifestèrent vers minuit et, à sept heures le lendemain matin, quand la naissance sembla imminente, Rosie courut chercher la sage-femme qui avait son « appartement » au niveau supérieur.

Allie traversa toute cette épreuve dans un silence effrayant. Elle poussa occasionnellement un grognement étouffé tandis que son corps se tordait de douleur mais elle se mordait les lèvres jusqu'au sang pour ne pas crier.

— Hurle, lui disait Rosie. Personne ne s'en offusquera et cela t'aidera.

Silencieuse, les poings serrés, le visage blême, Allie secouait le tête.

La sage-femme réussissait tout juste à la faire pousser et n'obtint de coopération de sa patiente qu'en lui criant dessus.

— Vous voulez un enfant mort-né ?

Rosie transpirait malgré la fraîcheur qui régnait dans les caves et retint sa respration. La sage-femme ne savait pas à quel point sa question était mal venue.

— Ce n'est pas la faute du bébé, chuchota Rosie à sa fille qui se mit à pousser à contre-cœur.

Un petit groupe de femmes s'étaient rassemblé à l'extérieur, demandant s'il n'y avait rien qu'elles puissent faire. La sage-femme demanda de l'eau bouillante et une femme proposa des boissons chaudes.

—Restez avec elle, dit-elle à Rosie puis elle ajouta avec un regard perçant : Elle est très jeune, n'est-ce pas ?

— Elle est plus vieille qu'il ne paraît, répondit calmement Rosie. Son mari est parti à la guerre.

La sage-femme, une femme osseuse avec une masse de cheveux gris, poussa un grognement. Il était évident qu'elle n'en croyait pas un mot.

Rosanne Dupuis, qui portait le nom de sa grand-mère, fit son apparition peu après, avec une touffe de cheveux noirs, un beau petit visage rouge et un cri vaillant qui fit sourire de plaisir tout son auditoire.

— Petite mais parfaite, annonça la sage-femme.

— C'est une fille, Allie, dit Rosie tendrement en essuyant la sueur sur le front de sa fille et en épongeant le sang de ses lèvres.

Allie se taisait puis elle dit soudain :

— Alors, nous ne pourrons pas l'appeler Sébastien.

— Je ne vois pas pourquoi.

Il était difficile de paraître convaincante.

— Sébastien ne peut pas être une fille, dit Allie d'un ton méprisant.

— Eh bien, c'est une très belle petite fille, dit Rosie avec désespoir. Tu veux la prendre ?

— Non merci.

Et Allie se retourna pour faire face au mur de craie de la cave.

Rosie ne s'était jamais sentie aussi perdue de sa vie. Elle se tourna vers la sage-femme, en quête de réconfort.

— Est-ce que cela arrive souvent ? demanda-t-elle.

— Parfois, quand elle sont aussi jeunes et souvent quand elles ne sont pas mariées, répondit la sage-femme. Mais cela s'arrange. Ne vous inquiétez pas. Elle est fatiguée et vous aussi. Tout ira mieux quand vous aurez dormi.

Rosie prit le minuscule bébé dans ses bras. Ses mains parfaites étaient fermées et sa petite bouche s'avançait en faisant des bruits de succion. Puis elle ouvrit ses yeux bleu laiteux qui avaient l'air de la regarder tout droit et bâilla de sa bouche édentée.

Rosie rit de ravissement.

— Je t'en prie, Allie, dit-elle. Regarde-la. Elle est belle. Elle ressemble exactement à toi quand tu es née.

Elle semblait avoir trouvé ce qu'il fallait dire car Allie se retourna et permit à Rosie et à la sage-femme de l'asseoir.

Sans grand enthousiasme, elle prit le bébé.

— Avais-je vraiment cet air-là lorsque je suis née ?

— Elle pourrait être ta sœur jumelle, dit Rosie en appuyant sur ses mots. Et il faudrait la nourrir.

Ce fut une performance de persuader Allie de lui donner le sein. Elle insista pour que personne ne soit présent et ne puisse la voir et essaya de se couvrir. Elle faisait la grimace chaque fois que sa fille la tétait.

Quand Rosanne s'endormit sur le sein de sa mère, Allie annonça que jamais plus elle n'allaiterait son enfant.

La sage-femme ne parut pas surprise.

— Il faudra que nous trouvions une nourrice, dit-elle simplement.

De nombreuses femmes dans les caves s'offrirent pour nourrir le nouveau-né. Avec le temps, elle fut adoptée comme une mascotte et servit de distraction les jours de tristesse. La seule femme qui ne lui manifestait aucun intérêt était sa propre mère. Mais Rosie succomba au charme de sa petite-fille. Elle était heureuse que ce ne fut pas un garçon et déjà, elle effaçait l'origine du bébé de sa mémoire. Son seul regret était de ne pas pouvoir le nourrir elle-même et elle était triste de voir le refus catégorique d'Allie car elle se souvenait du plaisir qu'elle avait pris à l'allaiter. Elle craignait que la mère et la fille n'établissent jamais de vrais liens, puis pensa que c'était peut-être mieux ainsi.

Elles restèrent dans les caves de Mumm jusqu'à ce qu'on trouve une nourrice dans l'un des villages près des Hérissons puis elles rentrèrent à la maison.

Ce fut un retour triomphal. Tout le monde félicita Rosie. Bien qu'il n'arrivait pas vraiment à comprendre à qui était ce bébé, Clovis, quand il était à la maison, prit l'habitude de s'asseoir à côté de son berceau, et aimait tenir la petite fille sur ses genoux. Un spectacle qui faisait grimacer Allie.

Madame Dupuis s'attacha bientôt au bébé tout comme Rosie. La petite fille pleurait rarement, souriait de son petit sourire édenté dès qu'on s'occupait d'elle et se montrait toujours satisfaite. Comme si elle était décidée à se faire aimer malgré son mauvais départ dans la vie.

Les gens venaient du village pour la voir. La baptème eut lieu à Chigny, dans l'église du village, par un bel après-midi de juillet, avec le bruit de la canonnade faisant concurrence à la musique de l'orgue. L'église était pleine et il y avait un air de festivité. Il n'y avait pas beaucoup de naissances depuis que les hommes étaient partis.

Il fallut contraindre Allie à assister au baptême. Elle devait être la marraine de l'enfant et le vieux prêtre fut si doux avec elle que Rosie se demanda s'il n'avait pas deviné la vérité. Allie dut tenir le bébé, ce qu'elle refusait habituellement. Elle ne voulait jamais tenir Rosanne, ne voulait jamais parler d'elle et se comportait comme si elle n'existait pas. Quand les gens lui disaient qu'elle devait être contente d'avoir une petite sœur, elle murmurait quelques mots inintelligibles ou se contentait de froncer les sourcils.

Marie dit à Henri qu'elle devait être jalouse de ne plus être la fille unique après tant d'années.

Mais madame Dupuis avait une autre théorie. Un jour qu'Allie était sortie avec son père, elle se rendit dans sa chambre et chercha le journal secret. Elle se sentait coupable de le faire mais c'était la seule façon de savoir ce qui se passait dans la tête de sa petite-fille.

Consciente de violer son intimité, elle retrouva le journal dans le tiroir où elle l'avait trouvé la première fois, et lut directement les dernières pages.

Allie avait décrit ses douleurs au moment de l'accouchement puis continuait ainsi :

« Maman avait raison. Elle me ressemble et c'est un très gentil bébé. J'ai pensé que j'avais peut-être eu tort et que c'est bien que ce soit une fille, comme ça elle me ressemblera plus qu'à lui. Je ne pourrais pas supporter qu'elle lui ressemble.

« Elles pensent que je n'ai pas de cœur parce que je ne semble pas aimer Rosanne mais Maman et Grand-mère devraient mieux comprendre. C'est mon bébé. J'ai vécu toutes ces choses terribles pour l'avoir mais je ne pourrai jamais dire qu'elle est à moi. Maman me l'a enlevée comme elle prend tant de choses. Il vaut donc mieux que je ne m'y attache pas. Je dois rester seulement sa sœur.

« Le plus difficile, c'est que je ne peux pas m'empêcher de l'aimer. Je voudrais la tenir et la câliner et dire « elle est à moi », particulièrement quand les gens disent qu'elle est un beau bébé. Mais je n'en ai pas le droit et je souhaiterais ne pas en avoir envie. »

Madame Dupuis resta songeuse tandis qu'elle remettait le cahier à sa place.

Un jour, elle surprit Rosie jouant avec le bébé et lui donnant des baisers sur le ventre pendant qu'on lui changeait ses couches. Allie, qui se trouvait également dans la pièce, sortit en refermant la porte derrière elle sans faire le moindre bruit.

— Il vaudrait peut-être mieux que vous soyez un peu plus indifférente avec le bébé quand Allie est là, suggéra madame Dupuis.

Rosie la regarda d'un air interrogateur puis acquiesça.

— Vous avez sans doute raison, dit-elle. J'ai été insensible, n'est-ce pas ?

— Un peu.

— Mais je trouve cela si triste qu'elle ne soit pas aimée de sa mère. Et cette petite chose est la chair de ma chair. Je veux qu'elle soit aimée.

— Elle l'est peut-être plus que nous ne le pensons, dit madame Dupuis.

Une première étape franchie, madame Dupuis attendit son heure. Un jour, se trouvant seule avec Allie dans son petit salon, elle dit avec précaution :

— J'avais l'intention de te dire, Allie, que les filles peuvent manifester beaucoup d'amour pour leurs petits frères et sœurs, tu sais. J'en connais certaines qui se comportent comme de véritables mères. Surtout lorsqu'elles ont ton âge.

Elle posa son ouvrage de couture.

— C'est difficile, ma chérie, je le sais, mais ne te retiens pas trop. Un jour, nous pourrons dire la vérité à Rosanne et elle t'en voudra de l'avoir toujours ignorée.

— Je ne l'ignore pas, s'exclama Allie avec passion, puis elle se tut et regarda son livre.

— Je le sais, dit madame Dupuis. Je sais ce que tu ressens et ta mère le sait aussi mais ton bébé a le droit d'être aimé. Tous les bébés ont ce doit et ta mère ne fait donc que ce qu'elle a le devoir de faire. Il ne faut pas lui en vouloir. Elle fait ce qu'il y a de mieux pour nous tous.

Elle n'attentit pas de réponse et quitta la piàce en faisant une caresse à Allie en sortant.

Jean-Paul alluma un autre cigare dans sa suite du Palace Hotel. Il avait un peu trop bu mais il y avait une bonne raison à cela. Son vin avait reçu le premier prix du champagne californien au Congrès du Vin qui se tenait à San Francisco en ce mois de juillet 1915.

Il tirait des bouffées de son cigare. C'était un bel homme de trente-neuf ans, avec des cheveux gris aux tempes. Le reste de sa chevelure était resté noir et bouclé et son visage avait peu de rides. Il s'était volontairement éloigné de ses compagnons et regardait avec satisfaction le groupe d'invités distingués venus célébrer avec lui la victoire du Champagne d'Or au Temple du vin cet après-midi-là. Il aurait souhaité que Peter et Pierre soient présents pour voir son triomphe mais Peter était à Philadelphie et Pierre fréquentait l'école en Nouvelle-Angleterre.

Parmi les invités se trouvait Henry Lachman, petit et râblé, sans doute le meilleur tastevin d'Amérique et l'œnologue le plus qualifié de Californie. Il était debout près de Charles Carpy, Français de naissance, qui avait présidé le jury. Carpy était en grande conversation avec le Japonais américain Kanaye Nagasawa, considéré comme le plus grand connaisseur des vins californiens.

Il y avait Mosby, l'Australien, Quirago, l'Argentin, Talocchini, venu d'Italie et LeClerc de New York. Les hommes les plus estimés du monde du vin, tous rassemblés dans sa suite pour boire au succès de son champagne.

Monsieur Gendrot, le membre parisien du jury, grand et élancé, vint se joindre à lui. Il ne parlait pas bien anglais et Jean-Paul s'adressa à lui en français.

— Je vous présente mes félicitations. C'est un très bon vin que vous faites, dit le Parisien.

— Très bon seulement ? dit Jean-Paul en souriant.

— Excellent, rectifia précipitamment Gendrot. Mais, bien sûr, ce n'est pas du champagne. Je le décrirais comme un excellent vin de type champenois.

Jean-Paul se sentit hérissé.

— Monsieur, dit-il, je suis moi-même champenois. Ma famille produit du champagne. Je fais pousser ici de bonnes variétés de vigne et j'utilise les mêmes méthodes qu'en France. Le processus ne varie pas sur un seul point.

— Mais vous n'avez pas le même sol qu'en Champagne, monsieur, lui fit remarquer monsieur Gendrot, et, par conséquent, je crains que le champagne produit en Californie ne soit jamais qu'un vin de méthode champenoise.

Il avait raison et Jean-Paul décida de capituler.

— Je n'avouerai jamais ceci à personne d'autre qu'à un Français, dit-il en baissant la voix, mais vous n'imaginez pas à quel point c'est frustrant de ne pas pouvoir atteindre les finesses de goût et de qualité obtenues si naturellement à Ay ou à Reims. J'ai cru d'abord que c'était une question de température et j'ai dépensé une fortune pour faire creuser des caves dans la roche.

Il fit la grimace.

— C'est tellement plus simple de creuser dans la craie à la maison. Mais tout cela en vain. Comme vous le dites, le sol est différent.

— C'est un excellent vin mais pas le même, dit Gendrot d'un ton apaisant. Vous êtes un vrai viticulteur. N'avez-vous jamais songé à retourner sur le sol natal ?

L'avait-il fait ? Jean-Paul ne regardait jamais en arrière. Il allait de l'avant.

— Je n'ai aucune raison de le faire, dit-il. C'est mon frère qui tient le domaine maintenant. Nous ne sommes plus en contact.

— Vous vous appelez Dupuis, n'est-ce pas ?

Jean-Paul hocha la tête.

— Ah oui, la famille Dupuis, aux Hérissons. Ils fabriquent un fameux champagne que la jeune madame Dupuis commercialise sous étiquettes personnelles. Ils avaient beaucoup de succès, mais la guerre est venue. Pauvre France. Pauvre Champagne, envahie une fois de plus par les Boches. J'ai moi-même combattu pendant la guerre franco-prussienne sur le même sol.

— La guerre a été très favorable aux affaires ici, dit Jean-Paul mal à propos, l'esprit occupé par l'information qu'il venait de recueillir, et a retardé la prohibition.

Gendrot parut offusqué. Il recula d'un pas et s'inclina avec raideur.

— Je vous souhaite une bonne journée, Monsieur, dit-il d'un ton glacial et il s'éloigna.

La guerre avait en effet favorisé les affaires et retardé la prohibition, pensa Jean-Paul, indifférent à la réaction du vieil homme. Il était d'accord avec le président Wilson qui avait dit que c'était courageux de rester neutre. Non seulement courageux, pensa-t-il, mais extrêmement profitable pour le commerce du vin.

Il s'avança vers le groupe où se trouvait Claus Schilling. C'était un excellent homme d'affaires et un très bon producteur de vin, connu pour son franc-parler.

Il félicita Jean-Paul, but une gorgée de vin d'un air approbateur puis demanda brusquement :

— Vous avez toujours des métayers sur vos terres ?

Jean-Paul frissonna comme cela lui arrivait toujours quand il fallait être prudent.

Il hocha la tête.

— Hum ! fit Schilling. Y en a-t-il beaucoup qui ont réussi à racheter du terrain ?

— Je l'ignore, dit Jean-Paul. Je laisse ce soin à mon directeur. J'imagine que certains y sont parvenus.

— Ce n'est pas ce qu'on dit.

Schilling regarda Jean-Paul attentivement de dessous ses sourcils broussailleux.

— Vous pourriez faire une mauvaise réputation à votre vin avec tout cela, vous savez.

Il but une autre gorgée et ajouta :

— Et c'est un vin excellent. On dit qu'ils vont se syndiquer. Vous devriez éclaircir cela avec votre directeur. Autrement, vous pourriez perdre une récolte.

Jean-Paul le remercia pour l'information, quoiqu'il ignorait si elle lui avait été donnée par malice ou par amitié. Il savait qu'aucun de ces hommes ne l'appréciait vraiment. Il leur inspirait de l'hostilité mais son champagne avait gagné parce que c'était des hommes honorables. Et aussi, pensa-t-il avec cynisme, parce qu'il était impossible de tricher pendant le concours. L'auraient-ils laissé gagner s'ils avaient su que c'était son vin ? À contrecœur, il dut admettre que oui. Leur amour du vin passait avant leur antipathie pour lui.

Mais il devait faire quelque chose avec les métayers. La syndicalisation l'inquiétait beaucoup. Si son système d'exploitation nuisait à son champagne, il faudrait qu'il le change.

L'occasion se présenta plus tôt qu'il ne l'aurait espéré. Tandis que les derniers invités prenaient congé, il reçut une invitation à dîner au Palm Court, de la part de Gino Angelino.

L'invitation lui fut apportée par le groom de l'hôtel et Jean-Paul siffla doucement en l'ouvrant. Gino Angelino était un homme de grand pouvoir et très influent. C'était aussi un truand. Il possédait une chaîne d'excellents hôtels, une distillerie de whisky dans le sud et une brasserie dans le Midwest. Né d'une famille d'immigrés italiens de New York, il avait gagné une fortune par des moyens douteux. On disait qu'il était venu au congrès pour acheter du vin pour ses hôtels.

« Et pourquoi veut-il dîner avec moi ? » se demanda Jean-Paul. Devait-il accepter ou refuser l'invitation ? Sachant qu'il jouait avec le feu, mais incapable de résister, il accepta. Cela n'avait pas de sens de refuser. Si Angelino voulait vraiment le voir, d'une façon ou d'une autre, il s'arrangerait pour le faire.

Il semblait raisonnable de penser que le truand voulait acheter du champagne d'Or pour ses hôtels mais, étant donné sa réputation, les choses ne seraient pas aussi simples qu'elles le paraissaient. Jean-Paul prit une douche froide pour se dégriser. Il but aussi plusieurs tasses de café noir avant de quitter sa suite pour aller au restaurant. Il décida d'arriver avec dix minutes de retard.

Angelino était déjà attablé et le maître d'hôtel semblait nerveux en conduisant Jean-Paul à sa place. Angelino, un petit homme corpulent et boudiné dans son habit de soirée bien coupé, avait une bouteille de Dom Pérignon devant lui et un homard.

Il découvrit une rangée de dents gâtées dans un sourire sans aménité tandis que Jean-Paul prenait place.

— Puisque vous avez eu l'impolitesse d'arriver en retard, dit-il d'un air rieur, j'ai eu celle de commander. Voulez-vous du homard ?

— Non merci, dit Jean-Paul en souriant sans s'excuser. Avec le Dom Pérignon, je préfère un peu de caviar.

Angelino grogna et remplit son propre verre avant de servir Jean-Paul. Le serveur essaya de lui prendre la bouteille mais Angelino le renvoya d'un geste de la main.

— Apportez le caviar, dit-il avant de se tourner pour jauger Jean-Paul.

Les deux hommes se mesurèrent du regard. Jean-Paul observa les petits yeux noirs et la peau ridée de son vis-à-vis. À soixante-dix ans, son hôte avait un sérieux problème d'acné. Jean-Paul, ressentant de nouveau son frisson prémonitoire, décida qu'il se concentrerait sur les pustules de cet homme. Cela le rendait moins impressionnant.

L'expression menaçante du regard d'Angelino disparut soudain et se transforma en sourire.

— Vous n'avez pas peur de moi, eh?

— Je n'ai jamais eu peur de rien ni de personne de ma vie, répliqua Jean-Paul tout en pensant que si cela devait lui arriver, cet homme-ci serait un bon candidat.

Angelino hocha la tête.

—J'ai entendu parler de vous. J'aime votre style.

Le serveur était revenu et servait le caviar à la cuillère. Jean-Paul l'arrêta quand il en eut six tas brillants dans son assiette. Tout en étalant généreusement le caviar sur un toast, il demanda:

— Qu'avez-vous entendu dire?

— Rien que du mal, dit Angelino en riant, ce qui multiplia les rides sur son visage. Mais votre champagne est bon.

— Il a gagné la médaille d'or aujourd'hui.

— On m'a dit qu'elle était bien méritée. On m'a dit également qu'il n'y avait aucun racket. Même si vous l'aviez voulu, vous n'auriez pu y arriver.

— Mais j'aurais bien sûr essayé si j'avais pu, dit Jean-Paul gaiement.

Le vieil homme éclata de rire.

—J'avais l'intention de prendre des parts dans vos affaires, annonça-t-il.

— Vraiment?

Jean-Paul savoura une autre bouchée de caviar puis repoussa son assiette.

— Je préfère le béluga, murmura-t-il avant d'ajouter: Malheureusement, mon affaire n'est pas à vendre et je n'ai besoin ni d'associés ni de financement.

Toute convivialité disparut.

— Je ne m'intéresse pas aux affaires qui ont besoin d'associés ou de financement, jeune homme.

— Alors vous devez avoir du mal à en trouver, répliqua Jean-Paul, un peu trop désinvolte.

— Pas du tout, répliqua doucement Angelino. Pas du tout. La plupart des gens finissent par adopter mon point de vue.

Le frisson le reprit.

— Je crois que je pourrais facilement adopter votre point de vue, dit Jean-Paul, sous certaines conditions bien sûr.

Il but une longue gorgée de champagne.

— Je déteste le dire, soupira-t-il, mais le Dom Pérignon est meilleur que mon champagne.

— Le Dom Pérignon est meilleur que tout et appelez-moi Gino. Tous mes associés le font.

Il sourit encore de façon menaçante.

— Quelles étaient ces conditions que vous aviez à l'esprit ?

Jean-Paul pensa que, pour un moment seulement, il tenait les rênes. D'une façon ou d'une autre, il devait maintenir une longueur d'avance sur l'homme assis en face de lui.

— Comment pourrais-je vous le dire si j'ignore ce que vous avez à l'esprit ?

Il apprit alors que son nouvel ami, Gino, voulait acheter du Champagne d'Or à un prix dérisoire pour ses hôtels et payer une somme globale pour la moitié de l'affaire.

Jean-Paul réfléchit. Plus irrité qu'effrayé, il savait qu'il devait trouver un arrangement avec cet homme. S'il ne le faisait pas, ses tonneaux seraient fracassés. Les truands de Gino le contraindraient à venir le supplier de s'associer avec lui avant qu'il ne soit ruiné. D'un autre côté, un bon marché avec Gino pouvait être avantageux.

— Bien, dit-il lentement en improvisant vite. Cela me paraît intéressant mais laissez-moi vous expliquer la situation. Je ne peux pas vous vendre la moitié de l'affaire parce qu'elle n'est pas à moi. J'ai un associé et aussi un fils. Il y a quelques mois, j'ai mis légalement l'affaire au nom de mon fils. Il serait impossible d'annuler cette donation et je n'ai pas l'intention de le faire. En tant que chef de famille, vous devez le comprendre, ajouta-t-il en pensant qu'il devait consulter son avocat le plus vite possible et lui demander si une donation pouvait être post-datée.

— Je pourrais vous vendre une part de l'autre moitié de l'affaire. Néanmoins, ajouta-t-il en improvisant toujours, les terres que j'ai acquises moi-même il y a quelques années, ne font pas partie de la donation.

— Celles sur lesquelles vous avez vos métayers? demanda Gino.

Il s'était bien renseigné.

— Précisément. La plus grande partie de ma récolte vient de ces terres-là. Elle me coûte très peu. En fait, cela ne me coûte rien. Je l'achète à un prix très avantageux à mes métayers et si vous rachetiez ces terres et que vous preniez soin des métayers, vous l'auriez également à un prix très avantageux. Vous pourriez même trouver un moyen de racheter le tout pour rien. Je veux un très bon prix pour ces terres et je m'attends à acheter votre raisin à un coût avantageux et vous pouvez espérer obtenir mon champagne à un prix légèrement inférieur à celui du marché. Ce que vous en obtiendrez ailleurs, ne me regarde pas. Après tout, si nous devons être associés, nous n'allons pas nous voler mutuellement.

C'était tout improvisé mais il pensa qu'avec ce qu'il avait suggéré, il aurait une marge suffisante de manœuvre et que, finalement, il serait gagnant sur le plan financier.

Gino Angelino rejeta la tête en arrière et rit. Ce n'était pas un spectacle très ragoûtant. Mais Jean-Paul pensait déjà à l'immense parcelle de terrain plus bas dans la vallée, où le sol était moins pierreux, et qu'il pourrait acheter avec l'argent de Gino. Discrètement, bien sûr. Sous un autre nom. Il s'en occuperait plus tard.

— Vous avez du cran, dit Gino sans rancœur. Pourquoi devrais-je accepter? Je sais que vous avez des problèmes avec vos métayers.

— Et qui serait mieux placé que vous pour en venir à bout...

Jean-Paul fit un grand geste circulaire comme s'il voulait englober Gino et toute son organisation.

— Il est temps que je devienne plus respectable mais je pense que nous sommes de la même trempe. Nous aurions dû nous rencontrer plus tôt.

— J'ai dit que j'aimais votre style, grogna Angelino. Nous nous retrouverons chez mes avocats demain.

— Objection, dit Jean-Paul. Nous nous y retrouverons la semaine prochaine. Mon avocat est en voyage et mon associé est à Philadelphie. Je veux qu'ils soient présents tous les deux.

Le vieil homme le regarda par-dessous ses lourdes paupières, ses yeux globuleux soudain inexpressifs.

— Ne devenez pas trop arrogant, fiston, dit-il doucement. C'est un jeu dangereux.

# Chapitre 22

## Champagne, septembre 1915

Philippe, assis le dos à la paroix crayeuse d'une tranchée du nord-est de la Champagne, se dit qu'un homme ayant de l'énergie et le goût pour l'inconfort, pourrait marcher depuis la Mer du Nord jusqu'aux Alpes sans sortir des tranchées.

Il était quatre heures en ce samedi matin brumeux. Il se trouvait dans l'une des tranchées occupées par les troupes de première ligne des deux armées en guerre, et attendait avec ses hommes le début de l'offensive. La tranchée ennemie n'était plus qu'à trente mètres.

Dans très peu de temps, quand le général en donnerait l'ordre, le commandant Philippe Lefèvre et ses hommes, plus des milliers d'autres, s'élanceraient par-dessus le parapet. Leur objectif : saboter les lignes de chemin de fer allant de Reims à Mézières et au Luxembourg, et celle allant de Mézières à Hirson. Si l'ennemi pouvait être coupé de ces têtes de lignes, il perdrait sa route de ravitaillement de la vallée centrale du Rhin. Tous les vivres seraient contraints d'emprunter la même route et la congestion qui s'en suivrait serait un désastre pour l'armée allemande.

Mais est-ce qu'ils réussiraient ?

Tous les matins, il y avait des duels aériens. Des hommes en machines volantes se battaient à coups de fusil, haut dans le ciel, au-dessus des tranchées, et de ces étranges collines crayeuses aux vallées peu profondes où couraient de petits ruisseaux boueux. Tout cela constituait le paysage de cette partie de la Champagne. Il avait fait un temps idéal depuis le début du mois, un vent d'Est avait amené des journées claires et fraîches. Mais le vent avait tourné au sud-est la veille, apportant l'humidité et le brouillard qui enveloppèrent le paysage aride.

C'était le même terrain sur lequel les Français avaient repoussé Attila le Hun, des siècles auparavant et les soldats, encore optimistes malgré les défaites, croyaient que ce terrain portait chance à la France.

Au début du mois, les bombardements avaient commencé sur toute la longueur du front, ce fossé qui courait depuis la Mer du Nord jusqu'aux Alpes. Les tirs visaient à embrouiller l'ennemi qui ne saurait pas quelle région les Français choisiraient d'attaquer. Les Allemands avaient bombardé en représailles mais, là aussi, il s'agissait plus d'une démonstration de force que d'une attaque. Mais les dégâts avaient été importants.

Derrière les lignes françaises, on avait construit de nouvelles tranchées, installé de nouvelles lignes téléphoniques et établi de nouveaux dépôts d'obus. Tous les civils entre Châlons-sur-Marne et Bar-le-Duc furent évacués et le secteur déclaré zone militaire. Les troupes et les canons étaient en constant déplacement.

Philippe, qui, jusqu'à la semaine prédédente, logeait dans une confortable casemate taillée dans la craie à deux kilomètres du front, ne connaissait que les ordres relatifs à ses hommes. Mais les hommes eux-mêmes, grouillant dans les dédales des tranchées étroites, sentaient venir la bataille. La tension qui précède un événement important les rendait taciturnes tandis qu'ils avançaient. Les alliés, pour la première fois, reprenaient l'offensive et pouvaient espérer que la guerre serait bientôt finie.

Les plus gros bombardements avaient débuté la veille, le vingt-trois. Les premières lignes allemandes furent méthodiquement détruites par une pluie d'obus, pendant que les deuxièmes lignes subissaient des bombardements épisodiques. L'offensive atteint son apogée à minuit. Tous les canons aboyaient et des boules de feu éclairaient les trous dans lesquels les hommes des deux côtés se cachaient. Le bruit était indescriptible et Philippe, tapi dans l'odeur fétide de la tranchée, essayait de se convaincre que le pire dans cette guerre, était ce bruit infernal. Cela l'empêchait de penser à la bataille à venir.

Dans la nuit du vingt-quatre, il se mit à pleuvoir et les hommes reçurent une ration supplémentaire de vin, et des baïonnettes pour le corps à corps qui allait suivre. Philippe, vêtu du nouvel uniforme bleu-ciel, gardait les lettres que Rosie lui avait écrites, sous sa tunique, près du cœur. Il attendait en pensant à elle et les hommes attendaient en ronchonnant, entassés dans les profondeurs de la tranchée. Les mitrailleuses étaient installées dans des abris de béton armé et des tranchées plus étroites avaient été creusées en direction des lignes allemandes afin que les hommes puissent en jaillir comme des anges de la mort d'une boîte de polichinelle.

Au lever du jour, les canons cessèrent de tirer. Le silence soudain était aussi effrayant que l'avait été le bruit infernal. Un malaise courut tout au long des lignes.

— Tout va bien, les gars, dit Philippe aux hommes groupés autour de lui. Les artilleurs allongent leur tir pour nous couvrir. Il est presque l'heure.

— À quelle heure attaquons-nous, mon commandant ? demanda un soldat qui n'avait pas plus de dix-neuf ans.

Il avait son couteau passé dans son ceinturon, son fusil à la main et son masque en bandoulière.

— Cinq heures et quart, dit Philippe.

— Cinq minutes, dit le soldat d'une voix effrayée. Il ne nous reste que cinq minutes.

Philippe pria pendant que passaient les minutes. Il ne pensait pas survivre à ce qui allait suivre. Il connaissait la force des Allemands et leurs tranchées fortifiées étaient équipées des armes les plus modernes. Il avait peur pour ses hommes, il avait peur pour lui et peur pour la France.

Le moment venu, les canons se mirent à tirer un barrage d'obus entre les Français et leurs ennemis et des vagues de soldats bleu-ciel déferlèrent des tranchées sous les obus allemands.

Philippe se retrouva à courir aveuglément sous la pluie qui transformait la terre crayeuse en bourbier gorgé de sang. Les morts jonchaient déjà le sol. Les trente mètres qui séparaient Philippe et ses hommes des tranchées allemandes semblaient interminables. Et quand ils y furent, une mitrailleuse ennemie qu'un pauvre soldat allemand héroïque essayait désespérément de recharger leur barrait la route. Le soldat français qui avait demandé quand commencerait l'attaque, le tua froidement.

Philippe ordonna de « nettoyer » la tranchée, de prendre des prisonniers, des mitrailleuses et toute autre arme qu'ils trouveraient. Puis il laissa des hommes pour occuper les fortifications conquises et attaqua la ligne Lübeck, la deuxième ligne allemande.

C'était une bataille aveugle, confuse. Il menait ses propres hommes ainsi que ceux d'autres bataillons dont les chefs avaient été tués ou qui avaient perdu leurs officiers.

Il était calme tandis que le combat se poursuivait, la plupart du temps à plat ventre pour échapper au tir des mitrailleuses ennemies. Ils cherchaient tous les abris qu'ils pouvaient trouver, chaque arbre renversé, chaque monticule, tuant tous les Allemands qu'ils pouvaient. Ses hommes tombaient autour de lui mais il continuait à avancer, glissant dans la boue pleine de sang, se disant que s'ils atteignaient la ligne Lübeck, ils seraient sauvés. Trois kilomètres seulement.

C'est à midi que les hommes qui avaient survécu arrivèrent à la ligne fortifiée.

— En avant, cria-t-il.

Il parcourut les derniers mètres debout, poussa un cri de triomphe et ressentit soudain une douleur fulgurante. Il fut aveuglé par un éclair… puis, plus rien.

Le jour de son trente-quatrième anniversaire, Rosie resta sans nouvelles de Philippe. Elle avait trente-quatre ans et le sentait parfois. Elle avait peur pour Philippe et il lui manquait. Elle avait besoin d'amour. Certains jours, elle avait tellement soif de baisers et de caresses qu'elle avait presque envie d'accueillir Clovis dans son lit. Mais Clovis, qui vivait toujours dans son monde de rêves, passait la plupart de ses nuits au bordel sur la route d'Épernay. Quand il était à la maison, ils ne simulaient plus de vie conjugale. Madame Dupuis et Rosie lui avaient installé une chambre à lui, à côté de celle de Rosie. Même madame Dupuis avait dû reconnaître qu'il n'y avait rien d'autre à faire. Elles n'en parlaient jamais, ni l'une ni l'autre. Elles ne savaient pas si Clovis couchait encore avec Claudette mais avaient conclu tacitement que s'il la voyait si ouvertement, ce ne serait pas convenable qu'il partage le lit de Rosie.

La sécurité de Philippe était pour elle un souci constant. Tant d'hommes étaient morts, et pourquoi ? La guerre continuait à gronder à quelques kilomètres seulement de la vallée de la Vesle. Le bruit du canon faisait partie de leur vie. Parfois, il y avait un accrochage et les ennemis gagnaient quelques centaines de mètres de terrain. Les Français les reprenaient trois jours après. Et, pour chaque mètre conquis, il y avait des morts et des blessés, mutilés à vie.

Secrètement, elle trouvait du réconfort avec la petite Rosanne. Parfois, elle donnait le sein au bébé et cela la calmait. Elle n'avait pas de lait pour le nourrir mais le bébé semblait heureux d'être niché dans ses bras. Se sentant coupable, elle ne pouvait pas s'empêcher de s'imaginer que c'était la bouche de Philippe qui la tétait.

Allie paraissait être retombée en enfance et avoir retrouvé sa gaieté. Elle était retournée à l'école du village où on la considérait comme une héroïne, à cause de son séjour à Reims. Mais elle refusait de s'approcher des prisonniers allemands qui travaillaient aux Hérissons.

Elle jouait maintenant occasionnellement avec le bébé et semblait bien adaptée à la situation. Mais madame Dupuis et Rosie la surveillaient toutes deux avec anxiété et la couvraient d'affection à tel point que si elle avait eu cette tendance, elle aurait été une enfant gâtée. Quand Rosie la voyait lire des livres pour enfants, elle se demandait si cette régression n'était pas plutôt une forme de défense.

Ils avaient réussi à maintenir la production, bien que les terrains de la vallée de la Vesle aient été détruits et qu'il était impossible de s'occuper de ceux d'Épernay. Ils avaient à peine la main-d'œuvre nécessaire pour s'occuper des terres entourant la maison et, sans les prisonniers de guerre, la récolte aurait été perdue. Tout le monde, y compris les domestiques, faisait de son mieux pour aider mais ils n'atteignaient pas la production d'avant-guerre. Les vendanges avaient eu lieu de bonne heure cette année. Les grappes étaient prêtes à être cueillies le six septembre. La récolte fut terminée grâce à l'aide des soldats venus en permission.

Rosie détestait la guerre mais avait appris à s'en accommoder. Madame Dupuis était de plus en plus révoltée. Elle perdait du poids et on ne voyait plus que son nez aquilin et ses cheveux gris en bataille. Elle arrivait à peine à rester polie avec les prisonniers allemands qui travaillaient aux Hérissons. Elle disait qu'il ne lui restait plus de fils depuis que les Boches lui avaient enlevé Clovis. Sa petite-fille avait été souillée et sa vie ruinée par eux.

Rosie regardait les jeunes Allemands au visage frais qui travaillaient, soulagés d'être loin du front, ne cherchant pas à s'évader pour y retourner, trop contents d'avoir la guerre derrière eux. Elle ne pouvait pas les rendre responsables du carnage. C'étaient de jeunes êtres humains, entraînés dans l'horreur de la guerre par leurs politiciens et leurs aînés. Leur présence la confortait dans sa conviction que la guerre était une folie.

Elle ne le disait pas à madame Dupuis qui l'aurait accusée de «mentalité américaine», car l'Amérique refusait toujours de se lancer dans le conflit. C'était peut-être la seule chose au sujet de laquelle elles étaient prêtes de se quereller.

Noël était passé et la neige avait isolé les vignes du froid quand une lettre d'André leur parvint enfin.

Rosie tenait l'enveloppe à la main, n'osant pas l'ouvrir. Dans le vestibule, les yeux fermés, elle priait en silence. «Mon Dieu! Faites qu'il soit sain et sauf.» Puis elle alla l'ouvrir dans son petit salon.

«Ma chère Rosie, j'ai de bonnes et de mauvaises nouvelles. J'en ai enfin reçu par le supérieur de Philippe et je suis heureux de pouvoir vous dire qu'il est en vie. Malheureusement, il ne va pas bien. Mais il ne va pas mourir.

«Il a été blessé au cours de l'offensive de septembre. Nous étions sans nouvelles parce qu'il est resté inconscient pendant un certain temps et que, dans la confusion, les autorités n'arrivaient pas à savoir qui il était.

«Il a reçu une médaille pour courage exceptionnel, mais la médaille ne lui rendra pas la vue.

«Notre Philippe est aveugle.

«Il est dans un hôpital militaire dans un endroit tenu secret, mais où l'on s'occupe de ses blessures à la tête. On m'a appris sa convalescence prochaine. Pour l'instant, seule Lorraine a le droit de le voir mais ceci va bientôt changer.

« J'espère avoir d'autres nouvelles sous peu et vous convaincre de venir me voir ici, à Paris. Je sais que les déplacements sont dangereux et difficiles mais j'ai besoin de vous parler d'urgence. Je suis un vieil homme que la mort de Sébastien et cette nouvelle épreuve ont laissé brisé. Votre douce présence me remettrait sur pied.

« Je vous écris avec tristesse mais tout n'est pas perdu. Il vit. Soyez courageuse.

André

Elle se tenait recroquevillée dans son fauteuil et se berçait d'avant en arrière en tenant la lettre froissée à la main. Il était vivant. Elle était soulagée et ne pensait presque pas au côté tragique de la nouvelle. Sa cécité n'avait guère d'importance du moment qu'il était en vie. Elle avait tellement cru que la lettre lui annoncerait sa mort. Elle pouvait être heureuse malgré tout. Elle pouvait toujours l'aimer. Ils pourraient encore se tenir et se caresser. Et il pourrait faire ce qu'il connaissait le mieux, goûter le vin. Et si Lorraine ne voulait pas être ses yeux, elle, le serait. Les siens étaient remplis de larmes brûlantes, son cœur battait à tout rompre et elle avait la tête qui tournait mais, avant tout, il était vivant et n'aurait pas à retourner au front. À quoi servirait un soldat aveugle ? Mais un homme aveugle pouvait faire beaucoup de choses. Puis, elle se mit à pleurer. Quand ses larmes tarirent, elle repensa à la cécité de Philippe.

Ne pas voir. À quel point est-ce terrible ? Elle ferma les yeux et marcha à travers la pièce. C'était assez facile. Elle savait où se trouvaient les choses. Les yeux fermés, elle alla jusqu'à sa garde-robe. Au toucher, elle reconnaissait les vêtements. Elle n'eut pas de problèmes non plus avec sa coiffeuse, bien qu'elle fit tomber une brosse qu'elle ne parvint plus à retrouver.

Cette petite expérience la laissa songeuse. Il était supportable d'être aveugle dans un lieu familier. Mais comment faisait-on dans le monde extérieur, se demanda-t-elle en allant apprendre la triste nouvelle à madame Dupuis et à Allie.

Elle partit pour Paris le lendemain matin. Le voyage fut plus ennuyeux qu'autre chose. Le train d'Épernay passait par Château-

Thierry. Il était rempli de soldats en permission ou allant rejoindre leur unité sur la Somme. Les hommes, fatigués, dormaient dans leurs sacs de couchage dans les couloirs et il faisait très froid. Mais ils arrivèrent comme toujours à la gare de l'Est et, comme toujours, il y avait des taxis en attente, les mêmes peut-être qui avaient transporté les troupes françaises vers la Marne quinze mois auparavant.

Au cours du trajet le long des boulevards, jusqu'à l'île de la Cité, elle fut choquée par le nombre d'hommes marchant avec des béquilles, une jambe en moins ou une manche épinglée sous leur Croix de Guerre. Ils marchaient tête haute, rigides, encore soldats mais de retour chez eux.

Elle fut aussi attristée par l'espect d'André. Tout comme madame Dupuis, il avait beaucoup maigri, et semblait s'être tassé sur lui-même. Il avait les cheveux clairsemés et sa moustache était d'une blancheur immaculée. Mais il était toujours bel homme et n'avait rien perdu de sa distinction.

Quand ils furent seuls, il la serra très fort dans ses bras en murmurant :

— C'est gentil de votre part d'avoir laissé le bébé pour venir me voir.

— J'aurais dû le faire plus tôt.

— Les déplacements sont compliqués en temps de guerre.

Il s'écarta d'elle.

— Vous allez bien ? lui demanda-t-il tendrement.

— André, je suis tellement soulagée qu'il soit vivant. J'étais persuadée qu'il allait mourir. Et maintenant, il ne risque plus rien. La guerre est finie pour lui.

— C'est une sorte de mort, répondit-il d'une voix sombre. L'obscurité perpétuelle. Il ne verra plus jamais Paris, ses ponts, ses boulevards. Il ne vous verra plus. Que peut-il faire de sa vie à présent ? Il n'a même pas trente-huit ans. Il n'a plus d'indépendance. Lorraine dit qu'il est désespéré. Elle a parlé à son commandant en chef et, apparemment, Philippe ne voulait pas qu'on sache ce qui lui était arrivé. Il pense qu'il ne peut qu'être un fardeau pour nous à présent.

Il secoua la tête, alla s'asseoir et tapota le canapé pour qu'elle vienne le rejoindre.

— C'est une terrible tragédie.

Elle ne s'assit pas et refoula ses larmes.

— Ce n'est pas vrai.

Il esquissa un sourire, comme s'il s'était attendu à cette réponse.

—Pourquoi serait-il un fardeau? demanda-t-elle passionnément, furieuse de la tournure pessimiste que prenait la conversation. Il a besoin de son nez et de son palais pour sa carrière. Il ne verra pas la couleur du vin mais il pourra toujours le goûter. Il a encore son affaire et, ce qui importe le plus, c'est qu'il est vivant.

—À vous écouter, tout est très simple, dit-il avec douceur.

— Bien sûr que ce n'est pas si simple! Mais s'il pense que sa vie est finie et qu'il n'est plus qu'un poids mort, il faut le persuader que ce n'est pas vrai. Il adore la littérature? Il apprendra le Braille. Il aime se promener? Il trouvera un bras pour le guider. Il aime la bonne chère et le bon vin? Il les a toujours. Il aime son travail? Il n'a besoin que d'un bras pour se déplacer. André, il est vivant. Vous comprenez? Seule la mort est une fin.

Elle arpentait la pièce, les joues en feu.

— Mais il est dépendant et aucun homme n'aime cela. Qui va être son bras et ses yeux?

— C'est le privilège de Lorraine. J'aimerais que ce soit le mien.

Elle s'immobilisa.

— Comment a-t-elle pris la nouvelle?

— Elle est consternée à l'idée d'avoir un mari aveugle. Elle essaie de ne pas le montrer et elle est ravie de faire part de son drame à ses amies mais, au fond de son cœur, elle est vraiment consternée. Il faut dire qu'elle n'a que vingt-deux ans. Je serais bien plus tranquille si vous étiez sa femme.

— Moi aussi. Et je suis consternée qu'elle réagisse ainsi, dit Rosie. J'aimerais tant le voir ou au moins lui écrire. Comment pourrais-je le faire, André?

— Pour le moment, c'est impossible, dit-il. Mais je me suis renseigné depuis que je vous ai écrit. De nombreux officiers devenus aveugles se sont malheureusement suicidés. Il y a maintenant un organisme pour leur venir en aide. Pour l'instant, son quartier général se trouve au Crillon, ici à Paris. Le propriétaire de l'hôtel leur a prêté un local. Leur but, c'est d'aider ces hommes, de leur apprendre le Braille, etc. L'association est présidée par une de vos compatriotes, une certaine Miss Winifred Holt, qui a travaillé avec des aveugles à New York. J'ai fait des démarches pour que Philippe puisse y aller. J'essaie de me renseigner et Lorraine m'a promis de me dire où et quand il serait envoyé en convalescence. Elle pense que j'irai le voir à sa place. Vous pourriez en profiter pour aller le voir, vous-même.

Rosie n'en croyait pas ses oreilles.

— Elle ne va même pas lui rendre visite ?

— Elle a beaucoup de travail. Il semblerait qu'elle soit la secrétaire d'un jeune homme qui s'appelle Didier et qui est capitaine au régiment du général Galliéni, chargé de la défense de Paris. Je l'ai rencontré une fois à une affreuse soirée qu'elle a donnée. Elle dit que son travail est d'une importance vitale.

— Je vois, dit Rosie.

— Je pense qu'une visite de vous lui ferait beaucoup plus de bien que si moi j'allais le voir.

Il commençait à être plus gai et son regard pétillait un peu.

— Mes propres enquêtes porteront bientôt leurs fruits. Il y a quelques avantages à être un vieux soldat. On doit me dire où Philippe a été envoyé dans deux ou trois jours. Je le saurai peut-être avant Lorraine, au cas où elle changerait d'avis et voudrait accomplir son devoir conjugal, bien que mon vieux camarade n'ait rien pu me promettre à ce sujet.

— Alors, ce ne sera peut-être pas trop long ? demanda Rosie avec impatience.

— Ce sera sans doute très bientôt. Après tout, cela fait déjà quatre mois qu'il a été blessé. J'ai pensé que nous ne devrions pas lui dire que vous avez l'intention de lui rendre visite, au cas où il ne voudrait pas vous recevoir. Il est, semble-t-il, très déprimé.

— Il ne le sera plus quand nous serons réunis, dit Rosie, pleine de confiance.

André fit la moue puis hocha la tête en souriant des yeux.

— Vous, les Américains !

Mais sa confiance diminua lors du voyage de retour en fin de journée. André et elle avaient déjeuné à la Tour d'Argent, quai de la Tournelle. Ils avaient mangé du canard et bu du Laurent Perrier, le champagne d'André. La nourriture était toujours aussi bonne car, heureusement, M. Delair, le propriétaire, avait gardé ses élevages de canards en dépit de la guerre.

On leur avait donné une table avec vue sur la Seine et Notre-Dame car Rosie était la femme la plus élégante du restaurant. Elle portait son manteau de zibeline sur une robe haute couture, boutonnée du cou à la taille, et un chapeau à larges bords. Elle se réjouit qu'André, malgré son âge, appréciât encore d'être vu avec une jolie femme.

André était fatigué après le repas et c'est Marius qui la reconsuisit à la gare. En raison des temps moins conventionnels, il se permit de lui rappeler le jour où, tant d'années auparavant, il l'avait accompagnée jusqu'à Chigny-les-Roses.

— Cela s'est bien terminé, Madame. Vous êtes devenue une célébrité dans le monde du champagne.

Dans le train, son euphorie retomba un peu en voyant un jeune soldat en face d'elle avec un immense bandage autour de la tête.

André avait raison. C'était terrible d'être aveugle mais elle se dit qu'il ne fallait pas se laisser aller à penser de cette façon. Il fallait être positive et persuader Philippe que la vie valait d'être vécue. Elle se souvint avec terreur de ce qu'André avait dit au sujet des officiers qui se suicidaient et de l'état dépressif de Philippe. Elle avait hâte de le voir.

De retour à la maison, elle fit souvent semblant d'être aveugle, se mettant parfois un bandeau sur les yeux quand il n'y avait personne à proximité. Elle trébucha et tomba même et, lorsqu'elle se trouvait à l'extérieur, elle se perdait souvent et devait arracher le bandeau. Mais elle pensait qu'en faisant ainsi, elle comprendrait mieux ce que Philippe devait subir et qu'elle pourrait mieux l'aider.

La deuxième lettre arriva quatre jours plus tard, un matin humide du mois de février. Elle était brève. Philippe avait été envoyé dans un petit hôtel de Cannes, dans le sud de la France. Elle poussa un soupir de soulagement puis s'inquiéta de la distance à parcourir. Que dirait-elle à madame Dupuis ?

Elle aborda le sujet au cours du déjeuner.

— J'ai reçu des nouvelles d'André ce matin, dit-elle en essayant de paraître indifférente. Philippe a été envoyé en convalescence à

Cannes. André est bouleversé parce que Lorraine ne veut pas se rendre aussi loin pour le voir et parce qu'il est trop âgé pour faire le voyage.

Elle était consciente d'être tendue.

— Et vous irez donc à sa place ? demanda madame Dupuis en se resservant de la soupe.

Ce n'était pas la réponse qu'attendait Rosie et elle resta un moment sans rien dire.

— Votre visite lui fera le plus grand bien, poursuivit madame Dupuis calmement, même s'il ne peut pas vous voir. Quand avez-vous l'intention de partir ?

Rosie était désarçonnée.

— Eh bien, dit-elle en hésitant, j'ai pensé que le plus vite serait le mieux. Apparemment, Philippe est très déprimé.

— C'est un soldat courageux qui a donné ses yeux pour la France, dit madame Dupuis. Il faut partir tout de suite. Il a besoin de vous.

Madame Dupuis était-elle transportée par le patriotisme ou bien avait-elle deviné la vérité ? Si c'était le cas, comment pouvait-elle accepter que sa belle-fille soit infidèle à son fils ?

C'était très intrigant mais Rosie était soulagée qu'il n'y ait pas de problèmes pour son départ.

La guerre poursuivit Rosie dans le Sud. Il n'y avait plus le bruit des canons mais les vitres des wagons étaient couvertes d'affiches conseillant de ne pas parler aux étrangers, « l'ennemi écoute », il y avait aussi de nombreux blessés dans le train.

Rosie avait quitté Paris vers dix heures le matin et, quand la responsable du wagon-lit vint la réveiller le lendemain, elle vit la Méditerranée par la vitre. Il faisait plus chaud et le soleil brillait comme au jour du printemps à Paris. Elle avait laissé l'hiver derrière elle. Son manteau de zibeline était trop chaud mais elle le destinait à un autre usage. Elle était excitée, car elle n'avait pas vu de paysage semblable à celui-ci depuis qu'elle avait quitté la Californie. Ici, la campagne était bien plus peuplée qu'en Californie, avec de charmantes petites maisons et des vignes à perte de vue. Elle pensa qu'elle se sentirait bien ici et puis, il y aurait Philippe.

Sa gorge se noua en pensant à lui. Elle débordait de désir pour lui mais il faudrait qu'elle se montre patiente. Il ne fallait pas le bousculer.

Le train entra en gare de Cannes après avoir longé la côte d'une beauté spectaculaire. Elle prit un taxi jusqu'à l'hôtel qui se trouvait sur le port et elle se laissa réchauffer par les rayons du soleil, admira la mer étincelante et les fleurs qui s'épanouissaient déjà dans les jardins autour du bâtiment imposant du Casino d'hiver. Le port était rempli de petits bateaux et, sur la colline tout près, une vieille église au clocher carré contemplait cette scène tranquille. Il était dix heures trente précises.

À l'extérieur de l'hôtel, deux jeunes gens, enveloppés dans des grands manteaux, étaient assis au soleil. Ils la regardèrent avec curiosité. Dans la petite entrée, un autre soldat, avec un bandage autour de la tête, regardait le port par la fenêtre. Il lui dit bonjours et lui indiqua où était le bureau. Elle sonna la cloche pour appeler la concierge. Une femme apparut, en tablier blanc. Elle s'essuyait les mains. Elle avait un visage agréable, rond et rose et devait avoir environ quarante ans mais était encore séduisante.

— Bonjour, dit-elle. Puis-je vous aider ?

— Oui, dit Rosie. Je viens de Paris pour voir le commandant Lefèvre. Est-ce possible ?

La femme posa ses coudes sur le bureau et se pencha en avant d'un air confidentiel.

— Oui, dit-elle. Le pauvre homme a en effet besoin de compagnie. Il est si malheureux. Vous êtes sa femme ?

— Non, répondit Rosie. Mais je crois qu'il sera content de me voir.

La femme rit.

— Je n'en doute pas. Voulez-vous que je vous conduise jusqu'à sa chambre ?

— Merci, dit Rosie.

Elle tendit la main.

— Je vous en prie. Je voudrais monter toute seule. J'aimerais lui faire la surprise. C'est important, voyez-vous.

Elle bégayait, ne sachant pas trop comment se justifier.

La femme hocha la tête d'un air entendu.

— Je vois, dit-elle. Eh bien, voici une clé. Il est dans la chambre cinq, au premier étage.

— Merci, dit Rosie, reconnaissante. Puis-je laisser mes affaires ici ?

— Bien sûr. Mais vous ne pouvez pas rester, j'en ai peur. Nous ne prenons que des soldats en convalescence en ce moment. Voulez-vous que je vous retienne une chambre à l'hôtel ?

Elle regarda la manteau de zibeline de Rosie.

— Au Carlton peut-être ?

— Où vous voulez, dit Rosie, impatiente de monter au premier étage. Et merci !

Elle monta les marches en courant et hésita sur le palier, puis s'avança lentement vers la chambre cinq. Elle glissa silencieusement la clé dans la serrure et entra sans frapper. C'était une chambre austère avec un plancher de bois, un grand lit recouvert d'un tissu en dentelle blanche et quelques meubles en bois. Les grandes fenêtres donnant sur le balcon étaient ouvertes, laissant entrer le soleil et elle vit Philippe assis sur le balcon, en robe de chambre, des lunettes noires sur les yeux, la tête tournée vers la mer.

Elle ferma la porte avec un déclic et il leva la tête pour écouter.

— Elisabeth ? demanda-t-il.

— Non.

— Qui est-ce ?

Le souffle soudain coupé, elle traversa la pièce.

— Rosie ? demanda-t-il d'une voix intriguée. Est-ce toi ?

— Oui, dit-elle. C'est moi. Comment as-tu deviné ?

— Le bruit de tes pas… j'ai reconnu… Que…

Elle était près de lui maintenant, sur le petit balcon, et elle se pencha pour lui enlever ses lunettes noires.

— Rosie ! Non ! dit-il avec angoisse.

— Pourquoi pas ?

Elle parlait d'une voix normale à présent.

— Comment veux-tu que je t'embrasse si tu les gardes ?

Il avait les yeux fermés et de grandes cicatrices aux tempes et sur le front. Il avait l'air bien plus âgé, avec de grandes rides aux commissures des lèvres et les traits tirés par la douleur.

— Oh ! mon chéri. Mon merveilleux chéri. Laisse-moi te regarder.

Elle lui prit le visage dans ses mains et il resta sans bouger, la bouche tremblante.

— Je ne peux pas te voir, dit-il.

—Ce n'est pas la peine, dit-elle en riant. Je t'assure que je suis plus belle que jamais.

Elle se pencha et l'embrassa doucement sur les yeux.

—Et si tu te lèves et que nous rentrons à l'intérieur, tu pourras m'embrasser correctement. Viens. Donne-moi la main.

Elle comprit qu'il avait peur de marcher et qu'il cherchait la rampe à tâtons. Elle lui prit la main puis, fermement, l'invita à se lever et l'entraîna dans la pièce.

— Il y a des hommes sur les bateaux dans le port qui nous regardent, dit-elle en l'entourant de ses bras et en posant la tête contre son épaule comme elle l'avait toujours fait.

Instinctivement, comme il en avait l'habitude, il se mit à la bercer.

—Voilà qui est mieux, soupira-t-elle. Tu es de retour. Oh! Philippe, j'avais tellement peur que tu sois mort. Cela a été si long. Pourquoi ne m'as-tu pas écrit?

— Comme c'est déjà arrivé, je ne savais pas quoi dire, répondit-il à voix si basse qu'elle eut du mal à l'entendre.

—Tout ce qu'il fallait me dire c'était que tu étais vivant, aveugle et que tu m'aimais.

— Je suis aveugle, dit-il amèrement.

—Tu es vivant, dit-elle avec passion. Tu es encore un homme, mon homme, et je ne peux pas supporter que tu penses autre chose.

Elle leva le visage vers lui pour l'embrasser et il s'agrippa à elle convulsivement, l'embrassant sauvagement. Ils pleuraient tous les deux et se cramponnaient l'un à l'autre, chacun dans sa propre obscurité.

Lorsqu'il se calma, elle essuya leurs visages et, comme il ne bougeait pas, elle lui prit la main et le conduisit jusqu'au lit.

— Je veux te parler, dit-elle. Nous avons tant à nous dire. Je voudrais sortir avec toi, marcher, prendre un café, me promener encore puis aller déjeuner quelque part.

Il parut agité.

— Je ne sais pas, dit-il. Je ne suis pas vraiment sorti depuis que je suis arrivé. Je ne saurais pas où aller.

— Cela n'a aucune importance du moment que nous sommes ensemble. C'est une journée magnifique. As-tu senti le soleil sur ton visage? Il pleuvait en Champagne. Philippe, c'est si étrange de ne pas entendre le bruit du canon. Cela doit l'être encore plus pour toi. J'ai l'impression que nous avons retrouvé la paix, que c'est un nouveau début. Nous avons tous les deux des choses à apprendre.

— J'ai besoin d'apprendre à vivre, dit-il. Et toi, qu'as-tu donc à apprendre ?

— À t'aider comme tu m'as toujours aidée, dit-elle en riant. Et ma première leçon sera de te prouver que tes jambes fonctionnent encore. Plus tard, on pourra se prouver que quelque chose d'autre fonctionne encore, si bien sûr tu tiens toujours à moi.

Il esquissa un sourire.

— Décidément Rosie, tu n'es pas une dame.

— Je ne l'ai jamais été, dit-elle gaiement, en dépit de tous mes efforts. Bon, on va se promener ?

— D'accord, dit-il. Allons marcher.

— Alors, habille-toi.

Elle évita délibérément de l'aider à s'habiller. Il trouva ses vêtements à côté du lit et parvint à les passer correctement. C'était une chose qu'il avait maîtrisée et, s'il en avait maîtrisé une, il en maîtriserait d'autres.

Elle se demanda si elle devait le faire descendre par l'escalier mais décida d'aborder chaque chose en son temps. Ils prirent un ascenseur grinçant et descendirent au rez-de-chaussée. Il s'agrippa à elle pendant toute la descente.

Lorsqu'ils arrivèrent dans le vestibule, il leva la tête et écouta.

— Elisabeth ? appela-t-il.

La femme qui avait accueilli Rosie réapparut.

— Oui, commandant ?

— Nous allons nous promener. Je ne serai pas là pour le déjeuner.

Le visage d'Elisabeth s'éclaira d'un large sourire et elle fit un signe de tête ravi à Rosie.

— Bien, commandant. J'ai retenu une chambre au Carlton pour Madame et j'ai fait porter ses valises. Est-ce que ça va ?

Il se tourna vers Rosie.

— Tu restes ? demanda-t-il.

— Aussi longtemps que tu le voudras, répondit-elle. Merci, Elisabeth. Le commandant Lefèvre me dit qu'il n'est pas sorti. Pourriez-vous nous recommander un restaurant pour le déjeuner ?

— Le Carlton est très bien, Madame. Ou la Belle Époque, au marché. Mais tous les restaurants à Cannes sont bons, Madame. Vous n'aurez aucune difficulté.

Et où se trouve le Carlton ? demanda Rosie.

— Sur le Front de Mer. C'est assez loin. Cela fera du bien à Monsieur. On m'a dit qu'il fallait qu'il fasse de l'exercice. Mais, jusqu'à présent...

Elle leva les bras et rit d'un air complice.

Ils longèrent le port et Rosie décrivit les bateaux à Philippe qui lui tenait fermement le bras. Quand ils atteignirent le Casino, il avait repris confiance et marcha avec plus d'assurance. Elle le guidait le plus discrètement possible pour lui faire franchir des obstacles comme les marches et, tandis qu'ils avançaient, elle lui raconta la vie qu'ils avaient menée aux Hérissons. Il oublia son propre désespoir en apprenant ce qui était arrivé à Allie.

—Alors, je suis redevenue mère par procuration, dit Rosie. Tu es la seule personne au monde à connaître la vérité, en dehors de madame Dupuis. J'ai menti à ma chère Lizzie qui est ravie de la nouvelle et même à ton père qui soupçonne secrètement que le bébé est de toi, je pense. Et maintenant, j'adore la petite chose. C'est une grande charmeuse, tout comme doit l'être ta petite Françoise.

— Ah ! oui, dit-il en souriant. Mais je ne l'ai pas vue depuis si longtemps.

Son visage s'assombrit.

— Et maintenant, je ne la verrai jamais se transformer en femme.

—Tu l'entendras, tu pourras la tenir et l'aimer, dit Rosie, décidée à chasser toute tristesse. Ce sera triste de ne pas la voir mais je te la décrirai.

— Oh ! Rosie, j'ai tellement eu besoin de toi. Au début, je voulais mourir. J'ai pensé prendre mon pistolet et me tuer. Je ne l'ai pas fait à cause de la honte qui aurait rejailli sur mon père et de la douleur qu'il aurait ressentie de me perdre après avoir perdu Sébastien. Mais je ne voyais aucune raison de vivre.

— Mais tu n'as pas pensé à moi ? demanda Rosie avec tristesse.

— Non. Je sais que tu es forte. Je savais que tu survivrais. J'avais besoin de me reposer sur toi comme je le fais maintenant.

Elle serra son bras.

— Parfois, Philippe, la force n'est que détermination à ne pas plier ou être vaincu. C'est ce dont tu as besoin maintenant. Le courage de ne pas capituler. Pas mon courage à moi.

— Et c'est ce que je parviendrai à trouver maintenant que tu es là, dit-il.

Ils prirent un café à la terrasse de l'hôtel et elle lui décrivit la vue. Puis ils se promenèrent sur le bord de mer jusqu'à ce que les grands immeubles disparaissent, faisant place à de petites maisons. Ils parlaient tout le temps. Il lui raconta la vie dans les tranchées et elle lui décrivit comment ils avaient réussi à récolter le raisin de la vallée de la Vesle. Elle lui parla des enfants morts. Elle voulait qu'il se rende compte que la cécité était préférable à la mort.

Puis ils retournèrent à l'hôtel et déjeunèrent au restaurant. Il parvint à manger sans faire trop de saletés et elle se rendit compte qu'il avait dû s'y exercer tout comme il s'était exercé à s'habiller tout seul.

— Tout le monde doit regarder le soldat aveugle qui renverse sa nourriture, dit-il avec colère lorsqu'il découvrit que sa fourchette était vide en la portant à sa bouche.

— Nous sommes dans un coin, tu as le dos tourné au restaurant comme il sied à une homme bien élevé et tout le monde ici est trop occupé à manger pour s'intéresser à toi. Ce qui importe c'est que tu trouves cela bon.

— Très bon, dit-il.

Après le déjeuner, elle lui fit traverser la route et l'entraîna sur la plage. Ils marchèrent sur les galets jusqu'au bord de l'eau et elle lui dit de se pencher pour toucher la première petite vague qui courut vers eux.

— Goûte-la, dit-elle. Elle est si salée. Je n'avais jamais goûté à l'eau de mer auparavant.

Il fit comme elle lui disait et fronça les sourcils.

— Je sais maintenant pourquoi on parle de bleu méditerranéen, lui dit-elle.

— La couleur des yeux d'Allie.

— Exactement.

Ils retournèrent à l'hôtel, main dans la main. Elle lui demanda s'il sentait les fleurs et lui décrivit ce qu'elle voyait, lui faisait tâter la surface lisse d'un galet ou celle, rugueuse, d'un coquillage. Elle lui dit leurs couleurs.

À l'hôtel, elle l'installa dans un grand fauteuil en cuir pendant qu'elle allait chercher la clé de sa chambre. Puis elle le fit monter avec elle.

Le concierge parut consterné un instant puis, remarquant que l'homme qui donnait le bras à Rosie était aveugle, il ne lui prêta plus attention.

L'hôtel était tout nouveau, très moderne, meublé avec goût et très luxueux. Elle avait une suite immense avec salon, chambre et salle de bain, et un grand balcon qui donnait sur la mer. Elle entraîna Philippe dans la chambre.

— Je pense que tu devrais te reposer maintenant, dit-elle. As-tu déjà marché aussi loin depuis que c'est arrivé ?

Il secoua la tête.

— Non, mais je ne suis pas fatigué, dit-il

— Une sieste après le déjeuner est une bonne habitude à prendre dit-elle. Et je dois ranger mes affaires.

Elle le conduisit jusqu'au lit, le fit asseoir et s'agenouilla pour lui enlever ses bottes. Puis elle ferma les volets pour adoucir la lumière dans la chambre.

—Enlève simplement ta tunique et allonge-toi, lui dit-elle fermement. Je reviens dans un instant.

Il fit ce qu'elle lui disait en protestant mais elle remarqua qu'il poussait un soupir de soulagement en allongeant ses jambes sur le lit et en reposant sa tête sur l'oreiller.

—Je défais ma valise, lui dit-elle. Tu peux m'appeler si tu as besoin de quelque chose.

Il s'endormit presque immédiatement et elle s'affaira silencieusement dans la chambre. Elle le laissa dormir une heure. Elle s'était changée et avait passé un lourd peignoir de soie. Elle prit son manteau de zibeline et le posa de l'autre côté de l'immense lit dans lequel il dormait.

Puis elle s'assit à ses côtés et se mit à lui caresser les cheveux très doucement.

Il gémit un peu puis soupira de plaisir. Il gardait les yeux fermés et elle ne savait pas s'il était réveillé. Il avait un petit tic nerveux au coin de la bouche.

Elle continua à lui caresser les cheveux, teintés de gris à présent, et il poussait de temps à autre un grognement de satisfaction. Il chercha son autre main à tâtons et la lui prit silencieusement tandis qu'elle continuait à le caresser.

— Je n'avais pas remarqué à quel point ma tête me faisait mal jusqu'à ce que tu me caresses, dit-il.

— Tu as encore mal ?

— Non. La douleur a disparu.

Il se redressa sur un coude et, de sa main libre, lui prit le bras.

— De la soie, dit-il.

— C'est le peignoir de notre appartement parisien.

— Je m'en souviens. Il s'attachait avec un ruban.

Il la caressa de l'épaule à la taille, trouva le ruban et le défit.

— Viens te coucher avec moi, murmura-t-il.

Sans rien dire, elle se leva et alla de l'autre côté du lit pour se coucher sur la zibeline.

— Viens vers moi, dit-elle.

Il roula sur lui-même et ses mains rencontrèrent le manteau.

— De la fourrure, dit-il.

— De la zibeline. Pour nous servir de couche. Douce et agréable au toucher.

Il ouvrit son peignoir et chercha ses seins. Ses doigts curieux suivirent les contours du motif de dentelle et hésitèrent en rencontrant quelque chose de dur, en forme de diamant.

— Tu te souviens ? chuchota-t-elle à son oreille.

— C'est le corselet ? Celui que tu avais la toute première fois ?

Elle apprenait qu'il ne suffisait plus de hocher la tête.

— Oui. Tu te souviens à quoi il ressemble ?

— Je l'ai évoqué des millions de fois. Oh, Rosie !

Il grogna et ses doigts défirent les crochets entre ses seins.

— Et je peux encore te le retirer, même sans voir.

— J'ai fermé les volets et nous faisons tous les deux l'amour dans le noir, dit-elle.

Elle jeta le corselet par terre, le peignoir suivit le même chemin et elle le déshabilla dans l'obscurité. Il l'aida, sans faire de difficulté, puis s'assit dans le lit, chercha sa tête à tâtons et lui passa la main dans les cheveux.

— On dirait qu'ils sont plus longs.

— Seulement un peu.

Il prit une de ses longues tresses dans sa main et la pressa contre son visage, respirant profondément

— Ils sentent si bon. J'ai l'impression qu'ils sont comme de la soie.

Il trouva ses yeux et les embrassa puis parcourut la ligne de sa joue, explora ses oreilles et enfin sa bouche. Elle lui mouilla les doigts du bout de la langue puis, d'un mouvement rapide, prit son index dans sa bouche et le suça très fort.

— Attends, dit-il.

Il lui caressa le cou et la gorge puis les épaules et le dos.

— Le creux de tes reins est toujours là, dit-il. Je m'en souviens si bien.

Elle resta passive, le laissant l'explorer. Il lui caressa les bras puis les doigts, un à un, puis il revint à sa gorge et à ses seins dont les pointes étaient dures. Il les pinça doucement avant de les prendre, à pleines mains. Elle commençait à gémir et balança des hanches, emportée par le désir.

— Attends, répéta-t-il.

Un de ses doigts découvrit son nombril puis il lui caressa le ventre des deux mains, glissant lentement vers les poils de son pubis. Il la chatouilla doucement avant de descendre plus bas pour découvrir qu'elle était offerte et mouillée de désir.

— Le bouton de rose de Rosie, mumura-t-il. Qui m'attend.

Ce fut le tour des cuisses. Il les caressa l'une après l'autre, descendant jusqu'aux genoux puis enfin aux pieds.

— De si petits pieds, dit-il. J'y ai pensé aussi. Souvent. À présent que mes mains t'ont redécouverte, c'est au tour de ma bouche.

Rapidement, il se glissa contre elle et l'embrassa, d'abord sur le front, puis les oreilles, explorant avec sa langue chaque recoin de chair. Il trouva ensuite sa bouche et ils s'unirent l'un à l'autre dans un baiser interminable avec le seul bruit de leur respiration qui troublait le silence de la pièce. Il goûta sa langue puis suça doucement ses lèvres, grignotant la chair douce et rosée à l'intérieur. Elle ne pouvait pas rester passive plus longtemps et commença à lui caresser les épaules et la poitrine, puis le ventre plat, et découvrit qu'il était prêt pour elle.

— Maintenant ! Je t'en supplie. Cela a été si long !

— Attends, dit-il seulement et sa bouche quitta celle de Rosie pour trouver ses seins qu'il téta, mordilla et titilla du bout de la langue. Elle était folle de désir mais il continuait à l'embrasser, de doux baisers au creux de sa taille, sur son ventre et, enfin, il plongea au creux de ses cuisses et l'humidité de sa bouche se mêla à celle de Rosie.

C'était presque aussi bon que de l'avoir en elle et elle changea de position pour le prendre dans sa bouche jusqu'à ce qu'il l'arrête.

— Oh ! Ton odeur, la douceur de ton corps, mumura-t-il en la laissant le guider en elle. Il la prit avec frénésie et Rosie répondit avec la même ardeur. Il ne fallut pas longtemps avant qu'ils n'atteignent le point culminant du plaisir et ne retombent dans les bras l'un de l'autre, sur la douce fourrure de zibeline.

— Eh bien, nous savons maintenant que tout va bien de ce côté-là, dit-elle paresseusement après quelques minutes. Elle fut ravie de l'entendre rire.

— Cela va même très bien mais il en a toujours été ainsi.

— On pourrait recommencer si tu me laisses dormir un peu, dit-il.

Elle resta avec lui toute la semaine de sa convalescence et Elizabeth fit semblant de ne pas remarquer qu'il passait très peu de temps dans son petit hôtel. La confiance de Philippe augmentait et ils parlèrent de l'avenir. Elle ne voyait pas pourquoi il ne pourrait pas reprendre son travail s'il avait un bras pour le guider.

— Il y a celui de Lorraine, le mien, celui de George, d'Henri et de ton père. Nous considérerions tous cela comme un privilège, lui dit-elle, bien qu'elle eût des doutes au sujet de Lorraine.

Celle-ci lui avait écrit pour dire qu'elle était heureuse d'apprendre que son état s'améliorait mais qu'elle ne pouvait pas venir le voir à Cannes à cause de son travail. Cependant, disait-elle, elle avait hâte de le voir à Paris.

Il devait rentrer à Paris pour suivre les cours de Winifred Holt au Crillon. Rosie dit qu'elle ne voyait pas pourquoi elle ne pourrait pas venir le voir une fois par semaine à Paris. Elle chercherait un appartement qui pourrait leur servir de bureau et ils reprendraient leur routine d'avant-guerre.

— Il ne faut pas être trop optimiste, Rosie. Sans toi, je trébucherai beaucoup.

—Bien sûr, lui répondit-elle. Je souhaite seulement être toujours là pour te remettre sur pied.

— Tu es sans doute la seule personne au monde de qui je l'accepterais, dit il tristement.

Jetant la prudence par-dessus bord, ils prirent le train ensemble et firent l'amour dans le wagon-lit, au rhythme des halètements du train. À la gare de Lyon, Rosie resta en arrière pour ne pas être vue tandis que George venait chercher son maître pour le reconduire à l'appartement de Neuilly.

Puis, le cœur lourd, elle traversa Paris jusqu'à la gare de l'Est pour rentrer à la maison et rejoindre son foyer qui ne serait jamais vraiment le sien sans lui.

# Chapitre 23

Champagne, mai 1917.

Alexandre était seul à Paris dans une voiture avec chauffeur et tenait un papier bleu à la main, précisant qu'il était autorisé à se rendre « à un certain endroit dans la zone des combats pendant dix jours ».

Il était l'hôte du ministère de la Guerre et envoyé par son nouvel employeur, le *New York Times*. L'Amérique était en guerre depuis moins d'un mois et sa mission, en tant que correspondant de guerre, était de témoigner de la dévastation de Reims et de s'approcher le plus possible du front.

Il essayait de faire semblant d'être un vieux baroudeur mais l'excitation le faisait trépigner. Il ne se sentait pas bien dans l'uniforme d'officier d'état-major qu'on lui avait fourni. Mais il était fier de le porter. Et il était heureux de l'avoir depuis que son éditeur lui avait expliqué que, sans cela, s'il était pris par l'ennemi, il serait fusillé comme espion.

Le chauffeur était un homme amical appelé Jacques, qui était venu le prendre à l'hôtel Robin où il logeait. Jacques se débrouillait avec les gendarmes qui les arrêtaient pour contrôler leur laissez-passer. C'était lui aussi qui lui indiquait les points de repère tandis qu'ils s'éloignaient de Paris vers l'est. Il y avait quelques traces de la guerre mais le chauffeur expliqua que ses compatriotes avaient déblayé la plupart des ruines laissées par les batailles de 1914.

— Il ne reste plus grand-chose de Reims, dit-il à Alexandre. Les Allemands la bombardent tous les jours. Ils sont fous, ces Rémois, ajouta-t-il, admiratif. Ils refusent de partir. Ils vivent dans les caves à champagne comme des rats, pendant qu'au-dessus d'eux, la ville croule sous les obus.

— Qu'en est-il de la campagne environnante ? demanda Alexandre. J'ai des amis qui habitent pas très loin et j'aimerais leur rendre visite quand j'aurai fini mon travail.

— Cela dépend d'où ils sont, dit Jacques. Dans quel village ?

— Chigny-les-Roses.

Jacques réfléchit.

— Je suis à peu près certain que c'est derrière les premières lignes mais assez près pour que la vie y soit inconfortable. Je peux vous y emmener cependant parce que ça ne fait pas partie de la zone militaire.

Tandis qu'ils approchaient de Reims, Alexandre entendit le bruit du canon pour la première fois. Les clochers jumeaux de la cathédrale apparurent au loin, enveloppés dans un nuage de fumée.

— Ces salauds ont touché quelque chose, dit Jacques. Vous êtes sûr de vouloir y aller ?

— Absolument, dit Alexandre.

Les Allemands avaient touché l'hôtel de ville. Alexandre le regarda brûler pendant que les pompiers essayaient en vain d'éteindre l'incendie. Les hommes entraient et sortaient en courant de l'immeuble en flamme, portant des tableaux, des meubles et tout ce qu'ils pouvaient sauver. Les soldats français aidaient à lutter contre le feu mais il était évident qu'il n'y avait aucun espoir de sauver le beau bâtiment ancien.

Alexandre était effrayé par la dévastation. La Place Royale était en ruine, pas un immeuble intact, mais la fière statue de Louis XV le Bien-aimé trônait toujours au centre. La cathédrale, dont les vitraux irremplaçables étaient détruits à jamais, était entourée de planches et de sacs de sable. Le palais de l'archevêque était en ruine. La place du marché n'existait plus. Il n'y avait plus un carreau en ville et les immeubles encore debout menaçaient de s'écrouler. Pourtant, la statue de Jeanne d'Arc se dressait encore fièrement dans le jardin de la cathédrale. Alexandre souleva sa casquette en passant devant.

Son chauffeur le mit entre les mains d'un jeune lieutenant qui le guida poliment à travers les rues dévastées. Il lui fit visiter la cathédrale mutilée dont on avait retiré tous les tableaux, les tapisseries et les statues. Le sacristain lui parla des poutres en feu, des prisonniers allemands tués et blessés pendant le premier bombardement. Il parla aussi des prisonniers qui avaient aidé à sauver les trésors que leurs compatriotes détruisaient.

Et pendant tout ce temps, les obus sifflaient au-dessus de leurs têtes. Le lieutenant les ignorait. Alexandre essayait de faire la même chose mais il ne pouvait pas s'empêcher de broncher quand l'explosion venait de la rue d'à côté.

De retour à la voiture, il griffonna des notes pendant que Jacques le conduisait plus à l'est, vers les tranchées. Là, il le confia à un autre jeune lieutenant qui, pour un homme vivant dans les tranchées, semblait remarquablement joyeux.

Le lieutenant décrivit sa tranchée comme étant le pont d'un navire coulé sous terre. Il montra sa tourelle de commandement — un télescope installé sous une plaque de blindage, avec lequel il pouvait surveiller la campagne environnante. Dans la tranchée, il y avait des bureaux, une infirmerie, une cuisine, un central téléphonique, l'eau courante et l'électricité. Dans son abri, il y avait un tapis par terre, un lit à baldaquin et des photographies sur sa table de toilette.

— On ne croirait jamais que nous sommes sous terre, n'est-ce pas ? dit-il, apparemment ravi de son installation. Les aménagements ne sont pas aussi confortables près des lignes cependant. C'est là que vous voulez aller, n'est-ce pas ?

— Oui, dit Alexandre. J'aimerais m'approcher aussi près que possible du front.

Le lieutenant prit un air sceptique.

— Je ne sais pas, dit-il. Voyons comment vous réagissez en chemin.

C'était un long parcours qui commençait dans une tranchée laborieusement creusée dans le sol crayeux.

— Attention à votre tête, dit le lieutenant en indiquant les rouleaux de fils de fer barbelés suspendus au-dessus de leurs têtes.

Si nous devions reculer, nous les ferions tomber dans les tranchées. Les Boches auraient du fil à retordre.

Alexandre commençait à se sentir mal à l'aise quand soudain ils débouchèrent sur une petite ville éclairée par le soleil mais entièrement en ruine. C'était un tas de gravats. Même les arbres avaient été détruits et pas un mur ne restait debout.

— Reims paraît en bon état à côté, n'est-ce pas ? dit le lieutenant en le guidant à travers les cratères de ce qui avait été la rue principale.

— Maintenant, faites attention. C'est plus difficile par ici.

Ils étaient arrivés à une immense barricade de poutres et de ferraille qui bloquait, semblait-il, le passage. Mais l'officier se glissa par un trou et Alexandre le suivit. Ils descendirent dans un puits. Il faisait sombre et humide. Les barreaux étaient glissants et difficiles à trouver. Alexandre transpirait quand ils atteignirent enfin le fond et commencèrent à remonter. Un carré de soleil apparut et ils se trouvèrent bientôt au milieu d'un cimetière avec des ifs, des haies et des allées soigneusement entretenues entre les pierres tombales.

Il regarda autour de lui, effaré. La guerre n'était pas venue jusqu'ici. Un merle chantait dans un arbre et le soleil souriait aux fleurs artificielles ornant les vieilles tombes.

— Tout va bien ? demanda le lieutenant en avançant sur l'allée de graviers.

— Oui, répondit Alexandre alors qu'ils plongeaient dans une autre tranchée.

Elle serpentait et tournait, coupée par des portes blindées à chaque tournant, les conduisant à travers des maisons en ruine, un jardin abandonné, sous des voies de chemin de fer et à travers les caves de maisons écroulées. C'était comme un rêve étrange. Rien ne paraissait réel à part les extincteurs, les caisses de munitions, de vivres et les réservoirs d'eau ainsi que les postes de premiers soins pour les blessés. Le tout sous terre.

— Il faudra attendre la nuit pour franchir la dernière étape, dit le guide d'Alexandre. C'est la pleine lune alors ce ne sera pas trop difficile. Vous devrez porter un casque d'acier, cependant.

— À quelle distance serons-nous des lignes allemandes ?, demanda Alexandre.

— Nous verrons comment ça va, dit le lieutenant. Mais la première ligne se trouve à environ vingt-cinq mètres de la leur. Il vaut mieux ne pas sortir la tête là-bas. Vous pourriez la perdre.

Alexandre résolut de garder sa tête à l'abri.

La dernière partie du trajet fut la plus désagréable. L'air, dans la tranchée plus étroite qui menait au front, était vicié et ils durent ramper la plus grande partie du chemin. Des voix sépulcrales les avertissaient des obstacles qu'ils allaient rencontrer. Au bout de vingt minutes, ils arrivèrent dans la tranchée qui formait le front, en haletant.

— Voilà, dit le lieutenant. Nous sommes en première ligne. Les Boches sont à un jet de pierre d'ici.

Alexandre était impressionné par ce qu'il voyait. Des hommes montaient la garde, silencieux dans l'obscurité de la tranchée. Les rayons de lune donnaient un aspect argenté à leurs casques et leurs uniformes. Au-dessus de la tranchée, les fusils aboyaient. Les rats couraient dans le fond, passant sur les pieds des hommes. Alexandre, réprimant un frisson, donna un coup de pied à l'un.

— Inutile, chuchota le lieutenant. Ils sont entêtés et ils mordent.

Le silence était étrange. Personne ne parlait mais, de temps à autre, un soldat, croyant avoir vu un mouvement, prenait son fusil et tirait vers les barbelés opposés. Une explosion, un éclair, puis le silence retombait à nouveau.

— Bon, chuchota son guide au bout d'une dizaine de minutes. Vous avez vu les premières lignes. Je pense qu'il est temps de retourner en arrière avant que vous ne vous fassiez tuer.

— Nous ne pouvons pas rester encore un moment? demanda Alexandre.

— Cela n'en vaut pas la peine. Je n'aurais pas dû vous amener aussi loin. Nous ne laissons jamais un correspondant de guerre voir cette dernière tranchée. C'est à cause de votre maudit sourire que je l'ai fait. Alors, considérez que vous avez de la chance et ne discutez pas.

Humblement, conscient qu'on lui avait fait une faveur, Alexandre le suivit.

Allie terminait son petit déjeuner quand Marie entra dans la salle à manger, paraissant tout excitée.

— Où est votre mère ? demanda-t-elle. Ou Madame Dupuis ? Je n'arrive pas à les trouver.

— Maman est allée dans les caves pour goûter la réserve et je ne sais pas où se trouve grand-mère. Pourquoi ?

— Il y a un jeune homme qui attend. Un Américain. Monsieur Webster. Si beau et élégant dans son uniforme. Il vient d'arriver dans une voiture avec chauffeur. Il veut voir votre maman.

— Alexandre ? C'est Alexandre ? s'écria Allie.

— Lui-même, dit Marie avec un grand sourire.

Allie quitta la table et se précipita dans le vestibule où, en effet, se tenait Alexandre.

— Je n'arrive pas à y croire, s'écria-t-elle en se jetant dans ses bras. Alex, quelle joie ! Que faites-vous ici ? Et en uniforme ? Vous êtes venu avec le contingent américain ?

— Doucement ! dit-il en l'écartant pour la regarder. Mon Dieu, que vous avez grandi.

— Vous aussi, dit-elle. Mais que faites-vous ici ?

— Je suis correspondant de guerre, dit-il.

Allie était impressionnée.

— Un vrai correspondant de guerre, fit-elle respectueusement. *Formidable.*

— Papa n'est pas de cet avis, dit Alex, et maman est malade d'angoisse. Pour ma part, je suis plutôt satisfait.

Allie l'examinait des pieds à la tête.

— Et ils vous ont donné un uniforme ?

— C'est pour que je ne me fasse pas fusiller au cas où je tomberais aux mains de l'ennemi.

— Zut ! s'exclama Allie.

Il sourit de son sourire si charmeur.

— C'est bon de vous revoir, Allie.

— Oh ! oui. Voulez-vous prendre le petit déjeuner ?

— Je veux bien. Pourriez-vous en donner au chauffeur aussi ?

— Bien sûr. Je vais dire à Marie de le servir dans la cuisine.

Elle retourna dans la salle à manger avec lui, tout excitée. Elle voulait savoir tout de ce qui se passait à New York.

— Vous savez, lui dit-elle. Je vais avoir dix-sept ans au mois de juin. Pensez-vous que votre maman accepterait que je vienne en visite quand la guerre sera finie ? J'y ai beaucoup réfléchi. J'ai adoré ça quand j'y étais avec Maman et Monsieur Philippe. J'aimerais aller vivre en Amérique, voyez-vous. Je veux partir d'ici.

Il eut l'air surpris.

— Pourquoi voulez-vous partir ? demanda-t-il.

Les yeux fixés sur la nappe à carreaux rouges et blancs, elle émietta un morceau de pain en réfléchissant à ce qu'elle allait dire.

— Je ne sais pas vraiment. Je pense que je préférerais vivre dans une ville et m'amuser pendant que je suis encore jeune. Maman est très occupée avec ma petite sœur ces temps-ci et Papa n'est jamais redevenu le même depuis son amnésie. Vous êtes au courant de ça ?

— Oui. Je le sais par maman. Elle était ravie d'apprendre que vous aviez une petite sœur.

— Oui, mais elle est encore trop jeune pour être très amusante. Vous verrez.

— Et vous voulez vivre à New York ?

— Oui, vraiment.

— Moi aussi, je serais heureux si vous y veniez.

Il avait dit cela d'une voix bizarre qui fit lever la tête à Allie mais elle ne remarqua rien car il buvait son café. Il posa sa tasse.

— Maintenant, racontez-moi tout ce qui s'est passé quand les Allemands étaient là.

Allie blêmit et se leva précipitamment.

— Maman vous en parlera, dit-elle. Je vais aller la chercher. Je reviens tout de suite.

Elle remarqua son air surpris tandis qu'elle sortait en toute hâte mais elle ne voulait pas aborder ce sujet. C'était assez dur d'y être constamment ramenée avec la présence de Rosanne.

Alexandre avait dit qu'il ne pourrait rester que deux jours mais, le lendemain matin, il reçut un télégramme de New York.

Henri l'apporta sur un plateau d'argent tandis qu'il prenait son café avec Rosie, Madame Dupuis et Allie. Il l'ouvrit et Allie le vit rougir de plaisir.

— Bonnes nouvelles ? demanda sa mère.

— Oui. C'est de mon éditeur qui me félicite pour mon article sur le front. Il dit que je peux prendre un bref congé puis que je dois aller rejoindre les premières troupes américaines qui débarqueront ici.

— C'est vraiment une bonne nouvelle, dit Rosie. C'est sans doute votre première grande mission pour le *New York Times*.

Il hocha la tête.

— Je n'y suis que depuis trois mois. J'ai été surpris qu'ils me choisissent. C'est peut-être parce que je parle raisonnablement bien français.

— Cela ne me surprend pas, dit Allie avec conviction. Je parie que vous êtes leur meilleur rédacteur. Mais cela signifie-t-il que vous pouvez rester ici plus longtemps ?

— Oui, si votre mère veut bien de moi.

Rosie rit.

— Je pense que nous arriverons à vous supporter encore un peu.

— Hourra !

Allie se leva d'un bond et courut embrasser Alexandre sur la joue.

— C'est épatant, dit-elle.

Elle remarqua qu'il avait rougi mais elle pensait déjà à autre chose.

— Pourrions-nous demander à votre chauffeur de nous emmener à Épernay cet après-midi ? Nous n'avons pas l'occasion de nous promener ces temps-ci. Nous n'arrivons pas à avoir de l'essence et c'est si loin en bicyclette.

Alexandre consentit à l'emmener à Épernay où ils flânèrent devant les vitrines des magasins et se promenèrent avenue de Champagne. Allie insista pour aller à Ay afin de lui montrer où se trouvaient leurs vignes.

Il fut enchanté par le paysage, les champs en pente douce descendant vers la rivière et les vignes verdoyantes. Il y avait un léger parfum dans l'air et Allie lui dit qu'il venait des fleurs de vigne.

— Vous ne devinerez jamais que tout ceci a été détruit par les Allemands quand ils sont passés par là, n'est-ce pas ? dit-elle, ravie de voir qu'il appréciait le doux paysage de la Marne.

Elle pouvait parler des Allemands parce qu'ils ne l'avaient pas touchée à cet endroit.

— C'était dévasté quand ils sont partis, mais tout le monde s'y est mis pour remettre les choses en place. Papa dit que nous pouvons tous en être très fiers. Mais notre vignoble de la vallée de la Vesle est détruit. Papa doute qu'on puisse un jour y faire repousser des vignes. Je pourrais vous y emmener mais il faudrait attendre une nuit brumeuse pour ne pas nous faire voir par les Boches.

Au cours du voyage de retour, plus heureuse qu'elle ne l'avait été depuis des mois, elle se blottit contre lui et posa la tête sur son épaule. Elle poussa un soupir.

— C'est si merveilleux d'avoir un ami à nouveau. Je me suis sentie si seule depuis le départ de Miss.

— Je peux comprendre, dit-il d'une voix étranglée.

— Que se passe-t-il ? demanda-t-elle en se redressant.

— Rien. J'ai un chat dans la gorge.

Ce soir-là, Rosie vint dans sa chambre et s'assit sur son lit. Allie posa son livre et attendit de savoir ce que sa mère lui voulait.

— Tu aimes beaucoup Alexandre, n'est-ce pas ? lui demanda Rosie.

— Je l'*adore*. J'aimerais qu'il puisse rester. C'est merveilleux de l'avoir ici.

— Oui. Enfin, c'est un homme maintenant. Ce n'est plus un petit garçon. Il a vingt-deux ans.

Sa mère s'éclaircit la gorge et parut choisir ses mots avec soin.

— C'est difficile pour lui d'avoir une jolie jeune fille qui s'accroche à lui. Ce n'est pas une de tes amies, ma chérie. C'est un homme.

Allie ne savait pas au juste où sa mère voulait en venir.

— Pourquoi lui serait-il difficile d'être mon ami ? Je ne comprends pas. Je le connais depuis toujours.

Sa mère avait l'air mal à l'aise.

— Il a peut-être envie de passer son temps avec des gens plus âgés.

Allie était révoltée.

— Je ne suis plus une enfant, dit-elle. Tu voulais dire qu'il passe plus de temps avec toi.

— Ce n'est pas ce que j'ai voulu dire.

Sa mère paraissait sur la défensive.

— Tu te mets toujours en travers du chemin, lui dit Allie, encore en colère, sur la défensive elle-même et ne sachant toujours pas ce que tout ceci signifiait.

Sa mère poussa un soupir.

— Ce n'est pas mon intention, ma chérie. Oublie tout cela. Reprends ton livre et dors bien.

Elle planta un ferme baiser sur le front d'Allie puis sortit en refermant doucement la porte derrière elle.

Allie la regarda partir avec rancune. Sa mère était trop méchante. Elle gâchait tout et ramenait toujours les choses à elle. Elle n'allait pas lui prendre son ami Alex. Certainement pas ! Pleine d'une vertueuse indignation, Allie replongea dans sa lecture. Le monde des livres était meilleur. C'était terrible d'avoir à vieillir.

La veille du départ d'Alexandre, Rosie insista pour fêter l'événement autant que les restrictions dues à la guerre le permettaient. La cuisinière tua deux beaux coqs et les cuisina avec du champagne en faisant une farce avec le foie et des truffes.

Rosie sortit quelques bouteilles de leur récolte 1906 et Allie reçut l'autorisation de trinquer avec eux. Alexandre dit que cela lui rappelait le premier soir où il était venu aux Hérissons.

— Quand vous nous avez sauvés des émeutiers, dit-il à Rosie.

Allie sentit qu'elle se raidissait. Un peu ivre, elle riait trop fort et appuyait sans cesse sa tête sur l'épaule d'Alexandre. Sa mère lui lança un regard d'avertissement. Allie se rebella et décida de défier vraiment sa mère.

— Alexandre pense que sa mère voudra bien que j'aille habiter chez eux à New York, annonça-t-elle avec insolence. C'est ce que ferai quand cette guerre sera finie. Je ne veux pas rester enterrée ici toute ma vie.

Il y eut un silence gêné.

— Oui, mais cela dépend de l'autorisation de ta mère, n'est-ce pas ? dit sa grand-mère d'un ton glacial. Il faudra que tu grandisses et que tu apprennes à te conduire correctement avant cela.

Allie rougit et sentit les larmes lui monter aux yeux.

— Allie, dit Alexandre d'un air dégagé. Je crois que j'ai besoin de prendre l'air. Voulez-vous m'accompagner ? Vous n'y voyez pas d'inconvénient, Madame ?

Madame Dupuis fit un signe d'assentiment.

Bouche fermée, Allie se leva.

— Nous t'excusons, dit sa grand-mère en lui rappelant une fois de plus les bonnes manières.

— Merci, Grand-mère, parvint-elle à dire.

Dehors, dans la fraîcheur de cette soirée de la mi-mai, Alexandre lui dit avec douceur :

— Qu'y a-t-il ?

— Je ne sais pas. Je me sens si bizarre tout le temps. Nerveuse, misérable. J'ai l'impression de détester tout le monde et je voudrais être n'importe où sauf ici. Il n'y a que vous qui me compreniez. Si vous n'étiez pas venu, je ne sais pas ce que j'aurais fait. Je me serais tuée, peut-être, dit-elle sombrement.

— Je ressentais un peu la même chose quand j'avais seize ans, répondit-il.

— Mais j'en ai presque dix-sept, gémit-elle.

— Oui, et vous êtes très belle.

Il avait une voix étrange à nouveau mais il se mit à rire et lui passa le bras autour de la taille. Elle se tourna vers lui et posa sa tête sur son épaule.

— Vous demanderez à votre mère si je peux venir chez vous à New York, n'est-ce pas ? demanda-t-elle d'une voix étouffée puis elle leva la tête vers lui d'un air suppliant en ouvrant les yeux aussi grands que possible.

Il l'avait prise dans ses bras et son expression était très étrange. Elle lui rappelait quelque chose qu'elle n'arrivait pas bien à situer. Puis il resserra ses bras et baissa la tête. L'expression bizarre s'intensifia. Horrifiée, elle comprit qu'il allait l'embrasser. Qu'il allait vraiment l'embrasser, comme les grands.

— Non ! siffla-t-elle. Ne me touchez pas. Ne me touchez jamais.

Et, se dégageant de son étreinte, elle s'enfuit à travers la cour et se réfugia dans la maison.

Elle l'entendait l'appeler mais n'y prit pas garde. Comment avait-il pu ? se demandait-elle en se précipitant, tremblante, vers sa chambre. Sa mère avait raison après tout. On ne pouvait pas rester simplement amie avec un homme. Ils voulaient toujours quelque chose et ce qu'ils voulaient, aucun homme ne l'obtiendrait plus jamais d'elle.

# Chapitre 24

Paris, avril 1918.

L'année mil neuf cent dix-huit avait vu fleurir une petite quantité de vignes odorantes en Champagne mais, en regardant les champs ravagés par la guerre, Rosie se dit que la récolte serait bien modeste cette année.

L'Europe n'avait pas encore retrouvé le calme. On disait que cette année verrait la fin de la guerre, mais cette fin n'était pas encore en vue. On disait aussi que la guerre apporte la peste et cette année, la peste c'était la grippe. Celle-ci tuait les gens plus vite que la guerre. L'Allemagne en avait beaucoup souffert, perdant de nombreux soldats. Mais tous les pays européens étaient atteints et chaque ville, bourg ou village, chaque famille avait eu à souffrir de cette épidémie. Les Hérissons furent épargnés, peut-être en raison de leur éloignement de tout.

Paris avait souffert et l'une des victimes fut André.

Tôt ce matin-là, un garçon était venu de la poste de Chigny à bicyclette pour amener à Rosie un télégramme urgent. Les lignes téléphoniques avaient été endommagées pendant les combats et le téléphone ne fonctionnait pas. Le message, envoyé par Philippe, lui demandait de se rendre à la maison de l'Île et de la Cité aussi vite que possible. André était mourant et voulait la voir.

La famille n'avait pas voulu qu'elle parte. Madame Dupuis s'inquiétait pour sa sécurité et la petite Rosanne avait pleuré en voyant partir sa mère. Allie, toujours repliée sur elle-même mais d'une beauté ombrageuse, dix-huit ans, avait demandé à l'accompagner. Mais Rosie avait préféré partir seule pour éviter le risque d'infection.

Philippe l'attendait avec George à la gare de l'Est. George ne le quittait pas depuis son retour de la guerre. Philippe leva la tête d'un air interrogateur en entendant le bruit de ses pas sur le quai. Elle l'appela en s'approchant et il hocha la tête de satisfaction.

— Ne m'embrasse pas, dit-il lorsqu'il sentit qu'elle était tout près. Ce n'est pas prudent. Avez-vous échappé à cette terrible épidémie aux Hérissons ?

— Oui, jusqu'à présent, dit-elle en lui prenant la main.

— Alors, il faut éviter de la ramener avec toi si possible, dit-il. Je ne voulais pas te demander de venir mais j'ai pensé que tu ne me le pardonnerais jamais si je ne le faisais pas.

— Comment va-t-il ? demanda Rosie. Le train a mis si longtemps que j'ai eu peur d'arriver trop tard.

— Pas très bien, j'en ai peur. Ce ne sera pas long. Mais c'est un très vieil homme, Rosie. Il ne faut pas être trop malheureuse.

Elle était très malheureuse mais essayait de se dominer.

— Je n'ai jamais su quel âge il avait.

— Moi non plus. Son médecin me dit qu'il a presque soixante-dix-neuf ans. Il a vécu sa vie.

George était parti en tête jusqu'à la voiture et, sans rien dire, elle prit le bras de Philippe et le conduisit vers la sortie.

— Et toi, ma chérie, tu vas bien ? demanda-t-il. Avez-vous été touchés par les combats en Champagne ? Je m'inquiète tout le temps à ton sujet.

— Cela n'a pas été facile mais nous avons tous survécu. Le pire a été de ne pas pouvoir te voir, dit Rosie. Je m'inquiète aussi de toi tout le temps. Et avec une raison de plus, dit-elle en lui serrant le bras.

Elle le conduisit là où George attendait avec la voiture. Il les aida tous les deux à monter puis s'engagea dans la circulation d'une densité surprenante. Paris avait l'air en fête, pensa Rosie et ce n'était pas étonnant. La ville avait échappé aux bombardements et à l'occupation. Les Allemands ne l'avaient pas atteinte et ne l'attendraient plus jamais s'il fallait en croire les prévisions.

Ils parlèrent peu durant le trajet. Rosie avait la tête pleine de souvenirs d'André et se contenta de tenir la main de Philippe jusqu'à leur arrivée. Tandis qu'ils franchissaient la porte d'entrée où la servante les attendait sans sourire, Rosie murmura :

— Comment va-t-il ?

— Il est vieux et fatigué, répondit-elle.

Philippe attendit au rez-de-chaussée pendant qu'on la conduisait à l'étage jusqu'à la chambre d'André. Une infirmière lui fit signe d'entrer. Pendant toutes ces années où elle avait connu André, elle n'était jamais venue dans cette grande chambre sombre avec son lit à baldaquin et ses lourds rideaux de velours. André était dans son lit, la tête reposant sur les oreillers. Il paraissait assoupi et elle s'avança vers lui sur la pointe des pieds.

Son visage n'avait pas changé mais ses pommettes étaient rouges. Son nez fin avait l'air plus fin encore mais sa moustache était bien taillée. En le voyant, les larmes lui montèrent aux yeux.

— Rosie ? demanda-t-il d'une voix à peine audible.

— Oui, c'est moi, André.

— Ne vous approchez pas trop, murmura-t-il. Asseyez-vous dans ce fauteuil que je vous ai fait préparer.

Il était contraint de s'interrompre souvent et sa respiration était rauque. Ses mains osseuses reposaient sur le dessus du lit et elle se rendit compte que respirer le faisait souffrir.

S'efforçant de ne pas pleurer, elle s'installa dans le fauteuil placé assez près pour qu'elle puisse l'entendre.

— Sommes-nous seuls ? demanda-t-il.

Elle voulut répondre mais se mit à sangloter.

— Il ne faut pas être bouleversée, dit-il d'une voix plus ferme. Je suis vieux. J'ai fait mon temps. Je n'ai pas peur de la mort. Beaucoup de ceux que j'aimais sont partis avant moi. Mais c'est vous, Rosie, que j'ai aimée le plus. Et je voulais vous le dire. Je vous ai aimée comme femme, comme ma fille et comme mon amie. Ces dix-huit dernières années, j'ai conservé précieusement en mémoire les deux nuits que nous avons passées ensemble. Je veux vous remercier pour ça.

Il dut s'arrêter pour reprendre son souffle et elle renonça à ne pas pleurer et laissa couler librement ses larmes.

— Mais vous avez fait plus. Vous avez donné à Sébastien l'amour qui lui manquait et maintenant, c'est grâce à vous que mon fils est sain d'esprit. Je ne sais pas pourquoi mais je crois fermement qu'un jour vous trouverez le bonheur ensemble. Dieu ne peut pas avoir la cruauté de vous séparer à jamais.

Il attendit de retrouver ses forces.

— Mais Lorraine est si jeune et comment pourriez-vous abandonner votre pauvre Clovis ? Clovis est un brave homme, Rosie. Lorraine, je le crains, est une femme stupide, ainsi que vous l'aviez dit.

Il resta silencieux un moment puis reprit.

— J'ai laissé mes biens à Philippe mais je vous ai fait don d'une somme d'argent suffisante pour que vous ne soyez jamais pauvre. Quoi qu'il advienne. Vous aviez toujours si peur d'être pauvre, ma Rosie. Lorraine essaiera peut-être de s'y opposer mais Philippe la découragera. La petite Françoise sera bien assez pourvue.

Il se tut à nouveau. Elle était incapable de parler. Sa gorge était nouée et elle ne voulait pas qu'il se rende compte à quel point elle était malheureuse.

— Je vous ai laissé l'argent sous prétexte d'agrandir votre affaire pour que mon fils ait toujours du travail et un revenu malgré sa cécité.

— Vous savez que je serai toujours là pour remplacer ses yeux quand ce sera possible, parvint-elle à dire.

— Je sais. Je le laisse entre vos mains, ma belle Rosie dans sa belle robe blanche. La grande dame qu'elle voulait être. Ma grande dame.

Sa voix était si rauque qu'elle arrivait à peine à le comprendre. Elle se demanda s'il ne délirait pas.

— J'étais si fier ce soir-là. La plus belle femme de Paris, à moi pour un moment. Mais je ne vous ai jamais perdue, Rosie. Vous avez toujours été à moi dans mon cœur. Votre amour était si rare, si parfait, mais j'en ai conservé le meilleur. J'avais votre amour le plus vrai et le plus pur et vous aviez besoin de moi. C'est vers moi que vous veniez quand vous aviez besoin d'aide. Mais vous survivrez, Rosie. Vous avez grandi et vous êtes devenue assez forte pour que d'autres puissent prendre appui sur vous et, la dernière chose que vous ferez pour moi, ce sera de sauver mon fils.

Sa voix s'éteignit.

— Si fatigué, soupira-t-il. Si fatigué…

Elle s'avança pour prendre sa main dans la sienne. Il ne bougeait pas et avait du mal à respirer mais soudain, il ouvrit les yeux, ses yeux d'un bleu brillant, comme ceux d'un jeune homme, et il dit d'une voix forte et claire :

— Au revoir, ma Rosie.


Philippe fut atterré par le chagrin de Rosie. Elle pleura sans arrêt et rien ne pouvait la consoler. Il la tenait, s'efforçant de l'apaiser et il en oubliait son propre chagrin.

André était mort en lui tenant la main.

— Il m'a dit au revoir et il est mort, sanglota-t-elle quand elle put enfin parler. Mais tu aurais dû être là. Ce n'est pas juste. Philippe, je l'aimais tant. Il me manquera terriblement. Il a dit que j'étais forte mais c'est faux. Je ne le suis pas. Pas toujours. Si j'étais forte, c'est parce qu'il me montrait la voie. Que vais-je faire sans lui ?

— Continuer à vivre comme il aurait voulu que nous vivions, dit-il doucement en pensant à tout ce qu'il devait à son père.

— Il a dit que nous serions réunis un jour et que Dieu ne pouvait pas nous séparer éternellement.

— Il m'a dit la même chose. Nous nous sommes dit adieu ce matin, avant ton arrivée. Il avait peur de ne pas durer jusque-là.

— Et maintenant, quoi ? demanda-t-elle tristement.

— Maintenant, je vais rentrer et prévenir Lorraine. Je ne l'ai pas vue depuis deux jours. Et il faut que tu te reposes. Ta chambre t'attend.

— Tu rentres chez toi ? demanda-t-elle, prise de panique.

— Il le faut. Je n'en ai pas envie mais dans des moments comme celui-ci, il faut faire ce qui se doit.

Elle restait debout entre ses bras et parlait d'une voix brisée. Il sentait sa détresse.

— Je viendrai te retrouver plus tard, dit-il. Essaie de comprendre, ma chérie. Il faut que je la prévienne et ensuite je reviendrai. En fait, c'est nécessaire. Il y a tant de choses à régler et j'aurai besoin de ton aide.

Il avait frappé juste. Il la sentit se détendre dans ses bras.

— Très bien, dit-elle.

George le conduisit à Neuilly et le guida jusqu'à l'ascenseur. Il le laissa à la porte de l'appartement. Philippe ne s'était pas entièrement résigné à la cécité mais il ne voulait pas se laisser abattre. Il pouvait ouvrir la porte tout seul et entrer. Dans l'appartement, il connaissait la place des meubles et savait se diriger. Il était indépendant. Il le fallait puisque Lorraine était si souvent absente.

Françoise serait certainement dans sa chambre en train de goûter avec Nounou. Il n'avait pas été ravi à l'idée de prendre Nounou chez lui car il savait que Sébastien ne l'avait jamais aimée mais elle faisait tellement partie de la famille que la tradition voulait qu'elle élève les générations successives. D'ailleurs, son père et lui avaient des dettes envers elle.

Lorraine, pensa-t-il, devait être à la maison. Elle revenait généralement vers quatre heures, bien que ces derniers temps, elle ressortît souvent le soir.

Il l'appela en posant soigneusement son chapeau sur le porte-manteaux.

— Ici, répondit-elle.

Sa voix venait du salon. Avec prudence, chaque fois qu'il était seul il faisait très attention, il s'avança dans le couloir qui menait au salon. Les portes étaient ouvertes. Il remarqua le léger changement de nuance de l'obscurité qui voilait ses yeux et entra dans la pièce dont les grandes fenêtres donnaient sur le parc à l'extérieur.

Il avait fait deux pas dans la pièce quand son pied rencontra quelque chose qui bougea. Cela bougeait tant et si bien qu'il glissa sur le parquet ciré et tomba lourdement.

— Oh ! mon Dieu ! s'exclama Lorraine d'un ton dégoûté. Lorraine n'avait jamais accepté sa cécité.

Étourdi, il s'assit. Sa main et son bras lui faisaient mal là où il s'était cogné contre quelque chose.

— Que diable était-ce ? demanda-t-il en colère.

— C'était, dit Lorraine de sa voix froide, le petit cheval sur roues de Françoise. Elle jouait avec avant d'aller goûter.

— Et tu n'aurais pas pu le ranger ?

— Je ne l'avais pas remarqué avant que tu ne trébuches dessus, répondit-elle froidement. Tu ne peux pas me demander de faire comme si toute la maisonnée était aveugle.

— Non, mais moi je le suis, dit-il.

Il voulait se lever mais avait peur de le faire, ne sachant pas où il était.

— Je n'aurais pas pensé que c'était une telle corvée que d'enlever les obstacles devant une seule personne. Et peux-tu m'aider ? Je n'ai aucune idée de l'endroit où je suis.

Elle poussa un soupir théâtral et il l'entendit traverser le parquet ciré. Il sentit son parfum Guerlain puis sa main qui se posait sur son épaule. Elle l'aida à se relever.

— Merci.

Il savait que le ton de sa voix était sarcastique mais il était furieux d'avoir perdu sa dignité et il avait mal à la main et au bras.

— Tu t'es fait mal ? demanda-t-elle pour la forme.

— Ça ira.

Elle l'avait guidé jusqu'à son fauteuil habituel et il se sentit à nouveau en sécurité.

Il entendit le bruit de ses talons claquer sur le parquet.

— Je ne vois pas pourquoi tu es de mauvaise humeur parce que tu es tombé, dit-elle d'un ton glacial. Ce n'est pas de ma faute si tu es aveugle.

— C'est ta faute si tu laisses traîner les fichus jouets là où je risque de buter dessus. Tu peux les voir ces satanés obstacles, moi pas.

— Inutile de jurer. Je t'ai demandé pardon.

— Vraiment ? Je n'ai rien entendu.

— Si tu es sourd en plus…

Avait-elle dit pardon ? Bien sûr que non. Ce n'était pas dans ses habitudes ces temps-ci. Il était fou de rage.

— Je ne suis pas sourd et tu ne t'es pas excusée.

— Eh bien, je suis désolée. Tu es satisfait ?

— Pas dit sur ce ton.

— Et quel ton veux-tu que j'emploie ?

Soudain, sa colère s'évapora. Quel sens avait cette discussion stupide dans laquelle il perdait plus de dignité qu'il n'en avait perdu en tombant. Son père était mort. Rosie l'attendait. Il avait dû ravaler son chagrin et s'était laissé exaspérer par cette femme frivole. Il se renfonça dans son fauteuil et décida de faire la paix. Il allait lui dire que son père était mort. Elle aimait son père. Cela mettrait fin à la dispute.

Mais avant qu'il ne puisse parler, il l'entendit faire un pas vers lui.

— Il faut que nous parlions, dit-elle.

— De quoi ? demanda-t-il prudemment.

— De nous.

— Oui ?

— Philippe, je suis désolée, mais je ne peux pas rester mariée à toi.

Elle parlait avec précipitation.

— Vois-tu, je suis au courant.

— Au courant de quoi ?

Ses mots lui avaient causé un choc et il ne savait que penser. Devait-il se sentir soulagé ? Malheureux ? Ou se mettre en colère parce qu'elle choisissait un tel moment pour lui dire une chose pareille ?

— De ce qu'il y a entre toi et Rosie Dupuis.

— Et que sais-tu de Rosie Dupuis et de moi ?

— Que vous êtes amants. Que vous l'êtes depuis des années, avant et après moi.

— Et pourquoi devrais-tu croire une chose pareille ? demanda-t-il en essayant de gagner du temps.

Son esprit fonctionnait à toute vitesse. Qu'impliquerait cette situation ? Si Lorraine partait, cela ne lui ferait rien mais il y avait Françoise, toute ronde et câline, qui s'asseyait sur ses genoux et, toute jeune qu'elle était, lui décrivait ce qui se passait autour de lui. Il aimait sa fille. Il avait perdu Sébastien. Il n'avait pas envie de la perdre aussi.

— Je le crois parce que c'est Nounou qui me l'a dit. Tu n'as pas été très discret depuis que tu es revenu de la guerre. Tous ces jours que tu passes avec elle à Paris, sous prétexte de t'occuper d'affaires.

— C'est bien de cela qu'il s'agit, répondit-il tout en notant la traîtrise finale de Nounou.

— Des affaires ? Et bien plus. Comment oses-tu me ridiculiser ainsi avec une femme presque assez âgée pour être ma mère et qui a été la maîtresse de ton père ? Si ça se sait, je serai la risée de Paris. Tu n'avais pas le droit de m'épouser si tu avais l'intention de poursuivre ta relation avec elle. En fait, je ne comprends pas pourquoi tu m'as épousée. Tu ne m'as jamais aimée. Je m'en suis vite rendu compte. Mais je t'ai aimée jusqu'à ce que je comprenne que je ne comptais pas pour vous. Tu me l'as fait assez comprendre sans en avoir l'intention.

Il resta silencieux. Il savait qu'il y avait du vrai dans ce qu'elle disait. Mais il pensait plus à la fable que Nounou perpétuait, selon laquelle Rosie avait couché avec son père. Rosie avait dit que c'était faux et Rosie ne mentait pas. Ou mentait-elle ?

— Mais j'en ai assez, poursuivait sa femme passionnément. Tu peux aller rejoindre ton Américaine intéressée. Une femme sans aucune classe. Je ne vois vraiment pas ce que tu lui trouves.

— Elle n'est pas stupide, répliqua-t-il, piqué au vif.

— Et moi je le suis.

— Oui. Et tu es la maîtresse d'un homme presque assez jeune pour être mon fils. Ne suis-je pas par conséquent la risée de Paris ? Je suis peut-être aveugle mais je ne suis pas imbécile. J'ai compris ce qui se passe depuis longtemps entre toi et ton Didier ennuyeux.

Il l'entendit soupirer.

— Mais cela t'est indifférent, dit-elle à voix basse. C'est là toute la différence.

Il y eut un très long silence puis il entendit le bruit sec de ses pas se dirigeant vers la porte du salon. En arrivant dans l'encadrement de la porte, elle se retourna.

— Comment va ton père ?

— Il est mort.

Cette fois, le silence fut terrible.

— Je suis désolée, dit-elle d'une voix pesante. Mais il a toujours été du côté de Rosie.

Il écouta le bruit de ses pas s'éloigner dans le vestibule. Son mariage était fini, elle allait rejoindre son amant, Didier, et tout ce qu'il ressentait, c'est un immense soulagement.

Le soleil brillait par intermittence pendant l'été de 1918 et les grappes mûrissaient de façon inégale. La guerre avait retrouvé un regain de férocité. Depuis le début du mois de juin, c'était comme si les deux côtés, également épuisés par les combats, faisaient une dernière tentative pour gagner et en finir, enfin.

Au début, les Allemands avaient l'avantage et les civils avaient enfin été évacués de Reims. Les caves de champagne furent laissées aux troupes françaises qui repoussèrent une tentative des Allemands pour occuper de nouveau la ville. Mais au mois de juillet, les Allemands avancèrent une fois de plus à travers la Champagne, atteignant la Marne et s'établissant à l'ouest d'Épernay et à Château-Thierry. Tandis que la bataille faisait rage sur la route Reims-Épernay, Rosie et Madame Dupuis remontaient sur la colline pour regarder la parade mortelle qui se déroulait en contrebas. Elles contemplaient, anéanties, les affûts de canons inutiles traînés par des chevaux effrayés et les hommes épuisés qui se repliaient en titubant de fatigue. Les Allemands étaient sur leurs talons.

— C'est la répétition de 1914, soupira Madame Dupuis. Et quels progrès avons-nous faits ?

— Quelques-uns, dit Rosie ironiquement. Les soldats français ne portent plus de pantalons rouges et les Américains sont avec nous.

Le vignoble des Hérissons avait souffert. Les grappes de raisins mûrs étaient piétinés sous les bottes militaires et des tranchées de fortune avaient été creusées parmi les vignes. Le jus du Pinot noir se mêlait au sang des soldats français et allemands. Chaque soir, quand les canons se taisaient, Rosie et Madame Dupuis allaient chercher des blessés dans leurs champs. Elles les ramenaient dans une carriole et pansaient du mieux qu'elles pouvaient leurs terribles blessures, conscientes de leur manque de compétence dans le domaine médical. Durant ce mois de juillet sanglant, toutes les chambres et toutes les granges étaient remplies de blessés en attendant qu'ils soient évacués vers un hôpital où ils pourraient recevoir des soins appropriés.

Puis, vers la mi-août, les alliés firent une poussée par le sud et ce fut au tour des Allemands de se replier. Les Français et les Anglais, leur confiance revenue avec le sentiment de la victoire proche, frappaient et frappaient encore, chassant l'ennemi vers la Belgique, le Luxembourg, jusqu'en Allemagne.

Au mois d'octobre, avec les bottes allemandes chassées de son sol et le kaiser demandant la paix, la France commençait à respirer à nouveau. C'était presque fini.

Le onze novembre 1918, à onze heures, la paix fut proclamée. La guerre était finie. Les Alliés avaient gagné. Madame Dupuis fit monter des bouteilles de la cuvée 1906 et la maisonnée tout entière s'assembla pour boire à la victoire.

Le champagne était un peu caramélisé et plat — comme la célébration. Clovis ne semblait pas comprendre de quoi il retournait, Allie était repliée sur elle-même, silencieuse, et Marie, dont le Robert était rentré à la maison sans son bras gauche, éclata en sanglots et s'enfuit de la pièce. Même la petite Rosanne, qui ressemblait de plus en plus à Allie, sentant la tristesse ambiante, se mit à pleurer sans savoir pourquoi.

Rosie essaya d'apporter un peu de gaieté, surtout pour Madame Dupuis, mais la tristesse de la guerre ne pouvait pas s'effacer simplement parce qu'elle venait de prendre fin. Ils burent aux Anglais et aux Américains qui avaient combattu sur le sol de la France. Ils burent à la santé du général Foch, l'homme qui n'avait jamais perdu la foi et ils burent à ceux qui avaient perdu la vie durant ces quatre années de conflit.

Puis, déprimés, ils reprirent chacun leur travail.

Rosie se glissa hors de la maison et monta sur la colline d'où elle pouvait voir à la fois la maison et le domaine. Le domaine avait depuis longtemps perdu son aspect coquet et net, et la maison paraissait vieille et mal entretenue. La grange atteinte par l'obus allemand n'avait pas encore été réparée et les allées de gravier étaient mal entretenues. L'herbe qui les bordait était trop haute. Les réserves de vin dans les caves étaient épuisées.

Les champs de la vallée de la Vesle devaient être entièrement replantés ainsi qu'une bonne partie de ceux entourant la maison. Le terrain d'Ay avait besoin d'être défriché. Il y avait beaucoup à faire.

Assise sur un tronc d'arbre renversé, frissonnant de froid en regardant le paysage gris, Rosie pensa à toutes les autres calamités que la guerre avait apportées. Sébastien était mort. Philippe était aveugle. La vie d'Allie était compromise et le pauvre Clovis n'avait pas encore retrouvé ses esprits. André était mort et Lorraine quittait son mari. Philippe habitait à présent dans la maison de l'Île de la Cité et sa fille lui manquait.

Il y avait beaucoup à réparer dans les champs et dans la vie, pensa Rosie.

Elle resta assise encore une dizaine de minutes, pleurant ses morts, jusqu'à ce que le froid la fasse frissonner. Elle soupira et regarda autour d'elle. Un rayon de soleil perçait dans le ciel gris, lui redonnant un peu de courage. Elle chassa sa tristesse. Cette journée était un nouveau commencement. Demain, les choses changeraient. Elle ferma les yeux pour se souvenir de l'aspect ordonné et fécond de ce paysage tel qu'il avait été autrefois. Elle fit un serment. La vie aux Hérissons reviendrait bientôt à la normale. Mais elle l'améliorerait encore. Ce serait plus fertile, plus beau. Elle ferait ce qu'elle avait toujours voulu faire avec la maison et le domaine. Elle relancerait les affaires à nouveau.

Elle autoriserait Allie à partir en Amérique chez Lizzie si c'était cela que sa fille souhaitait. Elle ne pouvait pas faire grand-chose pour Clovis. Les médecins lui avaient assuré que seul le temps pouvait le guérir. Mais, au moins, il était satisfait de son travail et enchanté par la petite Rosanne qu'il avait reconnue comme sa fille. Madame Dupuis vieillissait. La paix lui apporterait une certaine paix.

La France n'était pas vaincue et elle non plus. Ce nouveau départ était un défi dont elle avait besoin et le généreux héritage qu'elle avait fait d'André l'aiderait à se relever. Le souvenir d'André lui donnait aussi du courage. Il avait dit que Philippe et elle seraient réunis. Lui aussi avait besoin d'elle. Elle passerait la moitié de son temps à Paris avec Philippe, s'occupant des affaires des Hérissons et l'autre moitié en Champagne avec Clovis, Madame Dupuis et Rosanne. La guerre était finie, tout devenait possible.

Ayant retrouvé son optimisme, elle redescendit la colline en sifflotant comme un garçon, la tête pleine de projets. Le soleil se mit à briller plus fort.

La guerre était finie, la paix était conclue et tout irait bien.

# Chapitre 25

Allie était à New York depuis cinq mois et son intention avait été d'y rester six mois. Mais, alors que le soleil de mai réchauffait les rues de New York, elle se mit à penser à son dix-neuvième anniversaire et à celui de Rosanne. Rosanne allait avoir quatre ans et elle avait déjà manqué cinq mois de sa croissance. Beaucoup de choses pouvaient se produire dans la vie d'une enfant en cinq mois.

Un matin, donc, au cours du petit déjeuner, elle demanda à madame Webster si elle ne voyait pas d'inconvénient à ce qu'elle rentre à la maison pour l'anniversaire de sa petite sœur.

— Bien sûr, ma chérie, mais nous serons tous tristes de vous voir partir. M. Webster et moi avons été enchantés de votre compagnie. Et si vous partez, Alexandre sera très malheureux.

Il paraissait évident que la souriante madame Webster espérait et priait pour une union entre son fils et Allie. Il était également évident qu'Alexandre espérait la même chose. C'était une raison de plus pour rentrer à la maison, pensa Allie.

Tout le problème d'Alexandre était contrariant et elle ne savait pas exactement comment le résoudre. Dans son sac à main, elle gardait toujours la lettre, écornée à présent, qu'il lui avait écrite après l'incident aux Hérissons où il avait essayé de l'embrasser.

« Très chère Allie,

« Pardonnez-moi de vous avoir effrayée ainsi. Je n'en avais pas l'intention mais je me suis mépris sur votre gentillesse et votre affection et j'ai cru qu'il s'agissait d'autre chose.

« Lorsque vous m'avez laissé vous prendre par la taille et que vous m'avez regardé, j'ai oublié que vous étiez si jeune. J'ai eu tort de manifester mes sentiments. Mais il faut vous persuader que je ne l'ai fait qu'avec le plus grand respect et par amour pour vous. Je ne jouais pas avec vous ni avec mes sentiments.

« J'espère que cet incident ne vous fera pas changer d'avis et que vous voudrez toujours venir rendre visite à ma famille à New York quand la guerre sera finie. Je vous en prie, venez.

« Je ne peux pas vous promettre que mes sentiments changeront à votre égard ni que je renonce à vous tenir dans mes bras un jour mais ce sera seulement lorsque vous le voudrez bien.

« Pardonnez-moi, je vous en supplie. Votre serviteur,

Alexandre. »

La lettre l'avait à la fois effrayée et ravie, et sa présence à New York avait produit le même effet. C'était excitant de se savoir aimée mais c'était encore trop tôt. Cependant, elle se mit à l'aguicher, à faire la coquette mais, au premier signe d'une réaction de sa part, elle devenait froide, fuyait ou le repoussait.

Elle réussit à le rendre aussi malheureux qu'elle l'était elle-même. Elle le savait mais ne pouvait pas s'en empêcher.

Sa sœur Jenny, une fille pratique et sans histoire, observait la façon dont elle traitait son frère avec une exaspération croissante.

— Vous n'aimez pas mon frère ? lui demanda-t-elle un dimanche où les jeunes de la famille étaient sortis à Central Park pour donner à manger aux écureuils.

Alexandre marchait à quelque distance devant elles.

— Je l'aime beaucoup, dit Allie.

— Est-ce une habitude française de traiter les gens si mal dans ce cas ?

— Je le traite mal ?

Allie savait parfaitement que c'était vrai mais n'était pas prête de l'admettre.

— Vous le traitez d'une façon abominable, dit Jenny. Il vous adore et vous le faites marcher. Si vous ne pouvez pas être gentille avec lui et si vous ne l'aimez pas, vous devriez cesser de le mener par le bout du nez. Et si c'est impossible, vous devriez peut-être retourner en France où les gens comprennent ce genre de comportement.

Allie avait regardé la fille avec étonnement. Elle n'était pas habituée à une telle franchise. Pendant un instant, elle eut envie d'expliquer ses sentiments complexes au sujet d'Alexandre mais le visage de Jenny était rouge de confusion d'avoir dit ce qu'elle pensait, et Allie mit un terme à la conversation.

— Je ne comprends vraiment pas ce que vous voulez dire.

Sur quoi, Jenny poussa un grognement indiquant qu'elle n'en croyait rien.

En y repensant ce soir-là dans sa chambre avant de s'endormir, Allie se rendit compte que ses sentiments confus au sujet d'Alexandre rendaient son séjour à New York aussi inconfortable que sa vie aux Hérissons. La différence étant qu'aux Hérissons, quand elle avait une de ses « crises », tout le monde le comprenait. New York était agréable d'une certaine façon. Avec des étrangers, elle ne pouvait pas se permettre de se laisser aller à ses humeurs. Elle devait faire un effort pour cacher sa dépression. Et le pauvre Alex supportait le contre-coup de ces moments où elle se sentait si malheureuse qu'elle se serait volontiers jetée dans le vide du haut d'un des immeubles les plus élevés de Wall Street.

En plus de tout cela, sa mère lui avait écrit une lettre lui disant qu'elle manquait à tout le monde, surtout à son père qui semblait inquiet et perdu à cause de son absence.

« Bien sûr, écrivait sa mère, il adore la petite Rosanne parce qu'elle te ressemble tellement quand tu étais petite et que cela lui rappelle peut-être quelque chose. Mais il est certain que tu lui manques. Je me demande parfois s'il ne commence pas à se souvenir de qui tu es. Hélas, il ne se rappelle toujours pas que Madame Dupuis est sa mère ni que je suis sa femme.

« Rosanne pleure aussi parce que tu n'es pas là. Je suis contrainte de passer beaucoup de temps à Paris et, pendant mon absence, elle se plaint beaucoup de ne pas voir sa « grande sœur ». J'ai peur qu'elle ne se sente un peu perdue malgré la gentillesse de sa nourrice. Madame Dupuis, qui est âgée, est la seule personne stable dans sa vie.

« En relisant cette lettre, je m'aperçois que je donne l'impression de vouloir te persuader de revenir. Ne crois pas cela. Nous voulons tous que tu restes là-bas aussi longtemps que tu le désires, tant que tu es heureuse, en bonne santé et que tu t'amuses. Mais cela ne fait peut-être pas de mal que tu saches à quel point tu nous manques et combien nous t'aimons. »

La lettre et l'arrivée prochaine du mois de juin la décidèrent. Le soir après sa conversation avec madame Webster, Alex l'emmena dîner au Plaza.

— Maman m'a dit que vous repartiez à la maison, dit-il soudain pendant qu'ils examinaient le menu.

— Oui, pour l'anniversaire de Rosanne. Je ne vais rien leur dire pour leur faire une surprise.

— Reviendrez-vous ?

Elle réfléchit.

— Sans doute, répondit-elle. J'aime New York. Je crois cependant que je ne suis pas encore prête à quitter ma famille pendant une période trop longue. Ils ont besoin de moi.

— Moi aussi, j'ai besoin de vous, laissa-t-il échapper.

Sa décision de repartir l'avait calmée et elle se sentait mieux.

— Je ne crois pas que je sois prête pour quoi que ce soit, Alex, dit-elle avec douceur. Je suis vraiment quelqu'un de très compliqué.

Il se pencha sur la table et lui prit les mains. Elle sentit qu'elle commençait à paniquer.

— Allie, dit-il, le visage éclairé par la sincérité. Je ne crois pas que vous comprenez. Je vous aime. Je veux vous épouser. Je l'ai décidé quand vous aviez dix ans.

Elle retira brusquement ses mains et le regarda, atterrée. Le mariage ! Il voulait l'épouser.

— Mais Alexandre, je ne peux pas me marier, réussit-elle à dire. Je ne peux épouser personne.

— Pourquoi pas ?

Il était impossible de lui répondre. Comment pourrait-elle dire à ce jeune homme charmant et élégant qu'elle avait été violée, qu'elle avait eu un enfant du violeur, un officier allemand perverti et que cet enfant passait pour sa petite sœur. Comment aurait-elle pu le lui dire ? Elle savait qu'elle ne pourrait jamais le confier à personne.

Mais comment faire s'il devait y avoir quelque chose de sérieux entre eux ?

Elle respira profondément.

— Parce qu'il s'est passé beaucoup de choses depuis ce temps, et que je suis encore trop jeune pour penser à quelque chose d'aussi sérieux et parce que je retourne en France, dit-elle froidement. À présent, pouvons-nous commander ?

Et, tandis qu'elle se plongeait dans le menu, essayant d'ignorer son expression malheureuse, elle pensait au triste avenir qui l'attendait, sans amour et sans mariage. Parce que si la vérité venait au grand jour, qui voudrait d'elle ?

Californie, juin 1919.

— Alors, quelle est la situation ? demanda Jean-Paul en tapant du poing sur son grand bureau.

Son avocat, un homme aux cheveux gominés, aux petits yeux noirs et au visage étroit et osseux, sursauta et prit une expression peinée.

— La situation n'est pas bonne. À cette date, le mois prochain, vous n'aurez plus d'affaire.

— Qu'en est-il de l'arrêt de suspension contre la loi demandé par ces viticulteurs du sud ?

— Le gouvernement l'a rejeté. Il paraît certain à présent que le Congrès n'exemptera pas l'industrie du vin de l'Acte de Prohibition.

— Mais n'avons-nous pas jusqu'au mois de janvier ? demanda Peter de l'endroit où il se tenait au bord du canapé de cuir.

— Le problème, dit Al Friedman, son avocat, d'une voix patiente, c'est qu'à compter du premier juillet, il sera illégal de fabriquer des boissons alcoolisées à partir de denrées alimentaires. Le raisin, bien entendu, est une denrée alimentaire. Lorsque la loi Volstead sera votée par le Congrès et applicable l'année prochaine, il sera également illégal de fabriquer, vendre ou transporter des boissons alcoolisées. On prétend qu'il y aura des autorisations pour la fabrication de vin de messe ou d'alcool à usage médical mais le champagne ne tombe dans aucune de ces catégories. Et on prétend qu'il est question d'autoriser tout chef de famille à produire sept cents litres de jus de fruit ou de cidre pour usage personnel. À part cela, rien.

— C'est sans doute la raison pour laquelle ces gens à Calistoga offraient 30 $ la tonne pour la récolte de raisins de cette année, dit Peter.

— Combien ? Jean-Paul n'en croyait pas ses oreilles.

Le cours moyen de l'année précédente avait été de 10 $ la tonne. Il avait payé Gino 7,50 $, car Gino avait terrorisé les métayers afin qu'ils acceptent un prix encore inférieur à celui que Jean-Paul leur donnait.

— Trente dollars, dit Peter, mais certains producteurs attendent. Ils pensent que les prix vont encore monter.

Jean-Paul réfléchit. Les États-Unis seraient bientôt desséchés comme un squelette, avec rien d'autre que de la salsepareille pour se mouiller le gosier. Un tas de gens dans les états où la vigne ne poussait pas allaient acheter du raisin pour faire du vin dans leur arrière-cour et dans leurs baignoires. Et il y avait beaucoup d'états où la vigne ne poussait pas.

— Bien sûr qu'ils vont monter, dit l'avocat. Rien ne va empêcher les gens de boire. Et la seule chose que ces nouvelles lois vont faire, c'est de créer un champ de manœuvres pour des gens comme votre ami Gino. En fait, je sais que certain des hommes qui offraient trente dollars la tonne pour du raisin travaillent pour Gino.

— Et dire que je lui ai vendu tout mon raisin et que j'ai gardé les chais pour moi, dit doucement Jean-Paul. Il devait prévoir ce qui allait se passer et je suis tombé dans le panneau.

— Il pourra vendre le raisin. Vous ne pourrez rien faire avec le chai. Rien du tout, dit l'avocat.

— Nous avons les terrains en haut de la vallée, dit Peter.

Ces derniers temps, Peter ne s'occupait plus du tout de la fabrication. Il vendait le champagne. Peter n'aurait plus rien à vendre. Il était au chômage. Et Peter avait fort heureusement oublié tout ce qu'il avait pu savoir sur la culture de la vigne.

— Rectification. Nous *aurons* les nouvelles vignes, dit Jean-Paul. Elles ne produisent pas. Il reste une année à attendre. Il faut quatre ans, tu te rappelles ?

— Vous êtes assez riche pour tenir un an et vous feriez bien de vendre tout le champagne que vous avez en stock rapidement, conseilla l'homme de loi. Dans six mois, ce sera illégal. Mais vous devriez obtenir un très bon prix pour celui que vous avez. Tout le monde va faire des provisions.

Jean-Paul réfléchissait déjà à la façon dont il se sortirait de ce désastre. Il avait environ 500 000 bouteilles de champagne à différents stades de la fabrication dans ses caves, plus ses cuves de vin de réserve pour les mélanges. Il était fou de colère contre ce gouvernement idiot et puritain qui interdisait le vin, boisson qui avait réconforté les hommes à travers les âges et qui ruinait aujourd'hui les gens qui le fabriquaient.

— Je n'arrive pas à y croire, marmonna-t-il. C'est de la folie.

— Je suis d'accord avec vous, dit Al en remettant ses papiers dans son attaché-case. Mais ce sera la loi.

Plus tard dans l'après-midi, Gino l'appela de New York.

— Vous connaissez la nouvelle ? demanda-t-il.

— Oui, dit Jean-Paul.

— Pas bon, hein ? Écoutez, je veux toutes les bouteilles de champagne que vous avez.

— Cela va vous coûter cher, Gino. J'ai entendu dire que le prix du raisin grimpait. Et vous n'aurez pas besoin de me le vendre au prix convenu, n'est-ce pas ? Je n'en aurai pas besoin.

Il y eut un long silence menaçant.

— Combien de bouteilles de champagne avez-vous ? Gino voulait savoir.

— Environ quatre mille caisses prêtes à être consommées, dit Jean-Paul en divisant le chiffre réel par deux.

— Ne les vendez pas. Nous discuterons du prix plus tard. Je vais venir vous voir, O.K. ? Et, Jean-Paul...

Il attendait une réponse.

— Oui ?

— Si je découvre que vous en avez plus, je vous couperai personnellement les couilles.

Jean-Paul rit.

— Écoutez, en ce moment, j'ai envie de me les couper moi-même.

— Nous en reparlerons, dit Gino et il raccrocha.

Jean-Paul passa le reste de l'après-midi à réfléchir à ce qu'il allait faire. Que faire avec le raisin qui en était à sa première fermentation, à moins de le vendre sous forme de vin non pétillant ? Que faire du vin pour les coupages dans les grandes cuves, bien trop grandes pour être transportées ? Que faire de celui qui en était à la deuxième fermentation et qui entamait le processus de vieillissement. La plupart auraient dû attendre encore trois ans. À quoi s'attendait le gouvernement ? Qu'il détruise tout ? Qu'il le jette ? Qu'il boive tout en un mois ?

La plupart des bouteilles en seconde fermentation étaient dans les nouvelles caves qu'il avait creusées dans la roche. Il pouvait les cacher en fermant l'accès à ces caves et en laissant le vin vieillir. Il s'occuperait des phases finales plus tard. Il pourrait aussi cacher une grande partie de son produit fini dans ces nouvelles caves. Peter et lui devraient les transporter de nuit dans ces caves. Moins il y aurait de gens au courant, mieux cela vaudrait. Mais quatre mille caisses ! Il gémit rien que d'y penser.

Gino lui reparla vers la fin de cette semaine-là. Il voulait savoir si Jean-Paul pouvait continuer à faire fonctionner les chais.

— Je vais toujours avoir besoin de champagne pour mes hôtels et mes clubs, dit-il. La brasserie et la distillerie sont trop grandes pour que, même moi, je puisse m'en sortir. Je serai contraint de les fermer mais je trouverai d'autres moyens de fabriquer de l'alcool plus fort. Vous êtes dans un coin reculé. Pourriez-vous passer inaperçu ? Y a-t-il quelqu'un que vous pourriez soudoyer ?

Jean-Paul avait pensé la même chose et le dit, affirmant qu'il cherchait sérieusement.

Pour l'instant, Gino avait besoin de lui et, de toute façon, Gino avait des parts. C'est autant son affaire qui allait être en difficulté que celle de Jean-Paul. Et quand Gino lui offrit 2,50 $ la bouteille, un dollar de plus que ce que Jean-Paul espérait, il lui trouva trois mille caisses, mais garda le reste en réserve.

Il vendit beaucoup en petites quantités dans la région. Les gens étaient paniqués par la nouvelle et nombre de ses voisins et des gens de Calistoga vinrent le trouver pour acheter. Il fixa le prix à 3,50 $ la bouteille, le prix du champagne dans un restaurant de luxe, et fut surpris par les quantités qu'il vendit. Les clients de Peter le harcelèrent mais il préférait ne pas trop vendre en dehors de l'état au cas où les sbires de Gino apprendraient ce qu'il faisait. Pour le moment, la vente n'était pas illégale et les caisses quittaient ses caves à toute vitesse. Il calcula qu'à Noël, il en tirerait cinq dollars la bouteille.

Il amassait de l'argent mais cela ne durerait pas.

Pierre rentra à la maison au début du mois de juillet, pour les vacances. Il était à Harvard depuis un an et avait grandi. Il était plus grand que son père. Il avait le visage fin de son père mais une douceur qui avait toujours manqué à Jean-Paul. Parfois, il lui rappelait Clovis. Mais son séjour dans l'est l'avait changé. Il était décontracté, discret et parlait peu. Jean-Paul était très ému de le revoir après si longtemps.

— Ce ne sont pas des bonnes nouvelles, fils, dit Jean-Paul au cours du dîner aux chandelles, le soir de son retour. Les trois hommes de la maison, Peter, Pierre et Jean-Paul étaient à table, tous en tenue de soirée, servis par un maître d'hôtel. Il n'y avait pas de femmes.

— La prohibition ? suggéra Pierre en prenant son verre comme si cela lui avait donné soif.

— Oui, dit Jean-Paul. L'œuvre de ma vie, détruite. Ils disent que nous devons jeter ce qui reste de vin sur le domaine. Jeter tout cela ! C'est un crime. Le champagne est une chose vivante. Je ne peux pas m'y résoudre. Ce n'est même pas une question d'argent, c'est une question de principe. Il n'y a que deux choses que j'aime dans la vie : toi et le champagne.

— Merci beaucoup, dit Peter, vexé.

— Très bien, trois, dit Jean-Paul avec impatience. Mais c'est la bêtise de tout cela, le gâchis, le sacrilège, qui me mettent hors de moi.

Pierre donnait rarement son opinion. Il se contenta de demander :

— Alors, que vas-tu faire maintenant ?

— Enfreindre la loi. Continuer. Cacher ce que je peux des réserves. Poursuivre tant que je peux. Que faire d'autre ? Quand ils me découvriront, les fonctionnaires des fraudes casseront tout. Ainsi soit-il. Je serais incapable de le faire moi-même.

Pierre hocha simplement la tête et attaqua son steak.

— Mais l'empire que j'ai bâti pour toi, avec l'aide de Peter, ajouta-t-il précipitamment, aura disparu.

— Cela n'a pas d'importance, dit Pierre en souriant. Je n'ai jamais eu l'intention de fabriquer du champagne, de toute façon.

Jean-Paul en resta bouche bée.

— Que veux-tu dire ? s'écria-t-il.

— Étant donné les circonstances, c'est tout aussi bien, tu ne crois pas ? dit Pierre en reprenant son verre. J'aime le boire, remarque bien. Ce sera certainement une perte. Mais je n'ai pas envie d'en fabriquer.

Peter paraissait légèrement amusé par le tour qu'avait pris la conversation et Jean-Paul lui jeta un regard noir.

— Que veux-tu faire ? demanda-t-il.

— Je veux être entomologiste, répondit Pierre calmement.

— Quoi ?

— Entomologiste. C'est quelqu'un qui étudie les insectes.

— Les insectes ?

— Oui. Comme le phylloxera.

— Et comment vas-tu gagner ta vie avec cela ?

— Jusqu'à la prohibition, la question ne se posait pas, n'est-ce pas ? Tu es très riche et le seras toujours, je pense. Je ne suis pas vraiment intéressé par l'argent.

— Peut-être parce que tu en as toujours eu, suggéra doucement Peter.

Pierre le regarda avec intérêt.

— As-tu déjà été pauvre ?

— Très.

Pierre esquissa un sourire et secoua la tête.

— Tu donnes l'impression d'être né avec de l'argent.

— C'est ton père qui m'a enseigné cela.

Pierre les regarda l'un après l'autre d'un air entendu qui alarma Jean-Paul. Avait-il deviné la nature de ses relations avec Peter ? Une chose est certaine, son gentil petit garçon obéissant avait disparu. À sa place se trouvait un homme mûr et indépendant. Jean-Paul ne savait pas s'il fallait être fier ou furieux d'avoir donné à son fils un style d'éducation qui l'éloignait de lui.

— Je n'apprécierais peut-être pas la pauvreté, dit le garçon. Et si je n'aimais pas cela, je ferais en sorte que cela change, comme vous avez fait.

— Certainement pas en étudiant les insectes, dit Jean-Paul.

— Il faudra voir, n'est-ce pas ?

Abasourdi, Jean-Paul laissa tomber la conversation.

Depuis deux mois que Pierre était à la maison, Jean-Paul avait l'impression que son fils ne l'aimait pas beaucoup. Il n'y avait aucune chaleur entre eux. Le garçon ne lui manifestait aucun respect. Il était toujours d'une politesse exquise et faisait ce qu'il voulait. Il ne manifestait aucun intérêt pour le vignoble et leurs problèmes. Il parlait plus souvent à Peter qu'à son père mais cela n'avait rien de nouveau.

Un matin, avant le déjeuner, ils étaient assis dans la cour arrière de la maison avec une bouteille de champagne interdite. Après en avoir bu deux coupes, Pierre demanda soudain :

— Y a-t-il des photos de ma mère ?

Une chose dont Jean-Paul était certain, c'est qu'il n'y avait pas de photos de la putain Sarah. Mais une image malvenue d'elle lui revint à l'esprit. Écartelée sur un lit, le regardant d'un air provocant. Il n'avait pas pensé à elle depuis très, très longtemps.

— Je ne pense pas, dit-il. Comme le disait Peter, il n'y avait pas beaucoup d'argent à cette époque pour les choses de ce genre.

— Comment était-elle ?

Jean-Paul pensa à nouveau à cette femme qui lui tenait tête, bec et ongles, qui cuisinait divinement, était insatiable au lit et à la façon dont elle était capable de lui lancer une assiette à la tête, à son langage grossier et à la manière forte qu'il fallait employer pour l'obliger à se laver.

— Un ange, dit-il solennellement. Une femme très belle, douce, aimante, bonne et qui est morte trop tôt, hélas.

— Qui étaient ses parents ?

Que diable faisaient-ils ? Irlandais, sans doute. Romanichels probablement. Ce qui était certain, c'est qu'elle avait un tempérament irlandais.

— Anglais, dit-il. Des gens de qualité. Tous deux maîtres d'école à Philadelphie.

— Et comment s'appelait-elle, je veux dire son nom de jeune fille ?

Jean-Paul ne s'en souvenait pas. Il pensait qu'il commençait avec un s.

— Smith, dit-il.

— J'ai toujours eu l'impression que Peter ne l'aimait pas.

Il faudrait qu'il parle à Peter.

— Balivernes. Tout le monde aimait ta mère.

— Et toi, tu as de la famille ?

Jean-Paul comprit que le garçon recherchait ses racines. C'était une grande préoccupation américaine.

— Peut-être, dit-il. En Champagne. Nous avons perdu contact. J'avais un frère jumeau et une mère. Mon père était déjà mort quand je suis arrivé ici.

C'était un soulagement de ne pas avoir à mentir.

— Pourquoi n'es-tu pas resté en rapport avec eux ?

Pourquoi en effet ?

— C'est comme ça, dit-il avec un haussement d'épaules.

— Tu ne t'es pas inquiété d'eux pendant la guerre ?

Cela ne lui avait jamais traversé l'esprit.

— Tout le temps, mon garçon, tout le temps. Et un jour, toi et moi nous irons les retrouver si tu veux.

Pierre ne répondit pas à sa question mais il dit pensivement :

— J'apprendrai peut-être le français le trimestre prochain.


Ce fut en février que les fonctionnaires fédéraux arrivèrent. Jean-Paul en reconnut un, l'un de ses vieux adversaires à l'époque où les métayers faisaient travailler leurs enfants aux champs. Il avait essayé de le poursuivre pour exploitation de main-d'œuvre infantile mais il avait été capable de démontrer, fort justement, que les métayers récoltaient le raisin sur ce qui serait un jour leur terre. Et, puisque les enfants ne recevaient pas de salaire, comment pouvait-on prétendre qu'il les employait ?

Dans le groupe de fonctionnaires, il remarqua le visage d'un des Yougoslaves que Gino avait renvoyé quand il avait acheté les terres. L'homme souriait.

Il ne leur fallut pas longtemps. Ils l'informèrent qu'ils savaient que Jean-Paul enfreignait la loi. Il fabriquait des breuvages alcoolisés, les transportait et les vendait.

Ils brisèrent ses tonneaux et le sol du chai baigna dans le vin, un vin merveilleux, soigneusement élevé. Le Yougoslave leur montra triomphalement l'entrée des caves secrètes et ils brisèrent toutes les bouteilles, laissant des mares de champagne pétillant doucement sur la roche. Quand ils en eurent terminé avec leurs marteaux et leurs pioches, ils lui dirent qu'ils ne le poursuivraient pas cette fois-ci mais que s'il recommençait...

Puis ils s'en allèrent.

Recommencer ? Il ne restait pas de quoi fabriquer un fond de verre de vin. Tout était détruit. L'œuvre de sa vie, son ambition, tout avait disparu.

Bien qu'il s'y fût préparé, il ne put les regarder faire jusqu'à la fin. Il retourna à la maison et ferma la porte qui menait aux chais avec un déclic final. Il trouva Peter dans le salon qui pleurait. Jean-Paul l'ignora et alla prendre une des dernières bouteilles qui restaient dans son bureau. Il choisit un Krugg.

— Qu'allons-nous faire, Jean-Paul ? sanglota Peter.

Jean-Paul déboucha la bouteille d'un geste rageur. Il avait déjà pris sa décision. L'idée le tarabustait depuis un certain temps et c'était Pierre qui la lui avait donnée. Il n'allait pas rester entouré par la ruine de ses rêves et n'allait pas pleurer pour du champagne. Le champagne pouvait toujours se fabriquer.

— Pour l'amour du ciel, arrête de pleurer, dit-il avec irritation en tendant un verre à son associé et amant de toujours. Ce que nous allons faire pour le moment, c'est boire à l'avenir. Puis nous partirons en voyage. Un très long voyage. Alors, quand nous aurons fini cette bouteille, tu peux cesser de pleurer et de geindre et faire quelque chose de positif. Comme d'appeler Gino, de me le passer puis de commencer à faire tes valises.

# Chapitre 26

Les Hérissons, mars 1920.

Clovis savourait un lapin en sauce moutarde, un de ses plats préférés que la cuisinière préparait particulièrement bien.

Il était dans un de ses bons jours et s'était joint aux autres autour de la table familiale. Les mauvais jours, il mangeait habituellement à la cuisine, à une petite table, loin de tout le monde. La cuisinière lui servait alors son assiette puis le laissait manger seul tandis que le bruit du canon l'assourdissait et lui coupait l'appétit. La guerre rageait toujours dans la tête de Clovis.

Il mangeait goulûment, sans écouter la conversation autour de la table. Allie, celle qu'on disait sa fille, décrivait un gratte-ciel d'Amérique. Il décida qu'elle exagérait. Il l'aimait beaucoup mais pensait qu'elle avait tendance à tout exagérer. Il était possible qu'elle soit sa fille puisqu'elle lui ressemblait tant mais il n'arrivait pas à s'en convaincre.

Puis il y avait les femmes qui se disaient sa mère et son épouse. Il avait tendance à croire que la vieille dame aux cheveux gris et au regard autoritaire était bien sa mère parce qu'elle lui donnait des ordres et le brimait un peu. Il lui semblait qu'elle n'aurait pas agi ainsi si elle n'en avait pas eu le droit.

Mais il n'arrivait pas à croire que Rosie, qui se disait son épouse, l'était vraiment, bien que Claudette lui ait affirmé que c'était vrai. Il voulait épouser Claudette mais elle disait que c'était impossible. Tout simplement parce qu'il était déjà marié à cette femme incroyablement belle qui semblait tout commander aux Hérissons. Une telle femme ne l'aurait jamais épousé, lui semblait-il.

Chaque fois qu'il mangeait en famille, il s'interrogeait sur les trous de mémoire et les mystères de sa vie. On lui avait dit qu'il avait perdu la mémoire mais il n'arrivait pas à croire que toute une tranche de vie puisse disparaître comme cela. Comment pouvait-on oublier sa femme et son enfant ? Il n'avait pas oublié Rosanne pourtant. Il avait accepté qu'elle était à lui. Rosie était partie comme le faisaient certaines femmes quand elles attendent des enfants et, un soir qu'il revenait de chez Claudette, il avait trouvé ce petit être qui lui ressemblait parfaitement. Il pensait qu'ils ne lui disaient pas souvent la vérité. Alors il préférait manger à la cuisine dans ses mauvais jours. Là-bas, il n'avait pas besoin de penser du tout. Certainement pas à quelque chose de troublant.

Il était si absorbé par le plaisir de manger son lapin qu'il sursauta en entendant frapper à la porte d'entrée et renversa une cuillerée de sauce.

Madame Dupuis demanda d'un air agacé :

— Qui peut bien arriver au beau milieu du dîner ?

Il continua à manger mais les autres s'arrêtèrent quand Marie entra dans la salle à manger, à la fois agitée et excitée. Se demandant ce qui avait bien pu se produire, il détacha soigneusement un morceau de viande d'un os.

— Madame, dit Marie d'une voix étranglée, vous avez de la visite.

— Eh bien, qui est-ce ? demanda Madame Dupuis avec impatience.

— Il dit qu'il vous connaît, Madame, et c'est vrai.

Elle ouvrit grande la porte de la salle à manger. Le silence soudain fut interrompu par un grand fracas. C'est celui-ci qui contraignit Clovis à abandonner son dîner.

Il leva la tête et vit que Madame Dupuis s'était évanouie. Allie se précipita et s'agenouilla près de sa grand-mère. Rosie restait assise, le visage pétrifié, blanche comme un drap. Et, debout dans l'encadrement de la porte, se tenaient deux hommes, l'un blond, l'autre brun.

Clovis cligna des yeux et regarda à nouveau. L'un des deux hommes, le brun, c'était sûrement lui, Clovis. Mais comment Clovis pouvait-il être à table en train de manger et debout dans l'encadrement de la porte, souriant, les deux à la fois ? C'était impossible. Il réfléchit en regardant ce sosie de lui-même qui se tenait là, en manteau noir et en chapeau de feutre. Il n'avait pas de manteau noir ni de chapeau de feutre. Et, bien qu'il évitait de se regarder dans une glace, il savait qu'il ne paraissait pas beaucoup plus âgé mais qu'il était plus usé que cet homme.

Et soudain, il comprit qui c'était et fut saisi d'une telle rage que les canons se turent dans sa tête.

Il reposa bruyamment sa fourchette et son couteau.

— Alors, tu es de retour, Jean-Paul ? dit-il d'une voix hostile, sans se lever. Comme toujours, tu as réussi à bouleverser Maman. Et que veux-tu, au juste ?

— Clovis ! s'exclama son jumeau d'un air moqueur. Quel accueil après tant d'années ! Tenez, Marie, prenez nos manteaux.

Il enleva le sien et fit signe à son compagnon d'en faire autant.

— Nous avons voyagé toute la journée. Dites à Henri ou à celui qui le remplace d'apporter deux autres couverts et à manger.

Il déposa les manteaux dans les bras de Marie et regarda autour de lui.

— Rien n'a changé, dit-il avec satisfaction et il s'avança pour relever Madame Dupuis.

Elle semblait retrouver ses esprits. Clovis regardait la scène et se sentait impuissant et furieux.

Son frère avait l'air prospère. Il avait des habits d'excellente qualité et un air autoritaire. Il assit Madame Dupuis à sa place et lui planta deux baisers sonores sur les joues.

— Regarde, Maman, ton fils prodigue est revenu.

Sans doute, pensa Clovis avec amertume, et il veut le veau gras. Et sa mère le tuerait. Elle ferait tout ce que Jean-Paul voudrait.

En effet, sa mère, encore toute pâle et tremblante, commençait à sourire. Elle tendit les mains vers son fils perdu depuis si longtemps.

— Mon cher Jean-Paul, je n'arrive pas à croire que tu es de retour. Comme je suis heureuse !

Clovis remarqua que si l'arrivée de son frère enchantait sa mère, il n'en était pas de même pour sa femme. Rosie restait toujours pétrifiée, regardant fixement les deux hommes. D'après l'expression de son visage, Clovis comprit qu'elle connaissait aussi l'étranger blond.

Jean-Paul s'était tourné vers la femme de Clovis. Il se pencha, prit son visage entre ses mains et l'embrassa sur le front.

— Ah, ma petite Rosie ! Il parlait d'une voix tendre, je vous ai ramené votre frère.

Clovis vit Rosie rougir avant de pâlir de nouveau. Elle ferma les yeux.

— Vous êtes en retard de vingt ans, Jean-Paul, dit-elle d'une voix inexpressive.

Jean-Paul fit claquer sa langue.

— La ponctualité n'a jamais été mon fort, dit-il gaiement. Et d'ailleurs, j'ai dû attendre Peter.

Rosie sembla retrouver ses esprits.

— Mama, Clovis, voici mon frère Peter. Celui que je vous ai dit avoir rencontré à New York.

Elle regarda l'homme blond droit dans les yeux et il parut gêné.

— Pourquoi ne m'as-tu pas attendu pour me parler ce soir-là ? demanda-t-elle en anglais.

L'homme se tortilla, mal à l'aise.

— J'ai reçu un message urgent. J'ai dû prendre le train. Je n'ai pas pu te trouver pour te prévenir.

— Ce que tu veux dire, répondit-elle froidement, c'est que tu ne voulais pas que je sache que tu étais encore avec Jean-Paul.

Elle lui tourna le dos et passa le bras autour de la taille d'Allie, debout près de sa grand-mère à qui elle tenait la main. Allie avait l'air ahuri.

— Allie, dit Rosie toujours en anglais, voici mon frère Peter, ton oncle et frère jumeau de ton père, Jean-Paul.

Puis elle poussa doucement la jeune fille vers les deux hommes.

— Allie est ma fille et celle de Clovis. Notre autre fille est au lit et elle dort.

— Vous êtes mariée avec Clovis ? demanda Jean-Paul en relevant les sourcils.

— C'est ma femme, dit Clovis d'un ton belliqueux.

Jean-Paul rejeta la tête en arrière et éclata de rire.

— Qui aurait pu croire une chose pareille? Mon Dieu! Nous en avons des choses à apprendre.

Il se tourna vers Allie.

— Vous êtes une vraie Dupuis, ma chère. Vous ressemblez à votre père, et à moi par conséquent. Quel âge avez-vous?

— Presque vingt ans, dit Allie, le visage brûlant de curiosité.

— N'exagère pas, dit Rosie sévèrement. Tu as dix-neuf ans trois quarts.

La fille parut surprise et Clovis remarqua l'air pensif de Jean-Paul, ce qui le mit en rage.

Pendant cinq minutes encore, la situation resta confuse. Henri ajouta deux couverts et Madame Dupuis fit chercher du champagne. Clovis se remit à manger, réalisant soudain que tous les mystères de sa vie s'étaient envolés. C'est vrai qu'il avait perdu la mémoire mais, maintenant, elle lui était revenue d'un bloc. Les détails n'étaient pas encore bien précis mais il sentait que tout s'éclaircirait bientôt.

Tandis qu'on apportait de nouveaux plats, Jean-Paul se mit à parler. Il raconta comment il avait agrandi le vignoble du père de Rosie et comment le chai avait été détruit à cause d'une nouvelle loi américaine.

Rosie et Clovis écoutaient en silence. Peter semblait ne rien comprendre et paraissait inquiet. On aurait dit qu'il souhaitait être de retour en Californie. Allie écoutait de toutes ses oreilles et Madame Dupuis ne comprenait pas que l'on puisse détruire une telle quantité de champagne.

— Ne t'en fais pas, Maman, dit Jean-Paul quand il eut fini son histoire de triomphe et de désastre. Tout n'est pas perdu. Pas tant que nous avons les Hérissons et que tu es là.

Il regarda autour de la table avec son sourire peu engageant. Clovis se rendit compte, avec désespoir, que son frère était venu pour rester. Il allait sans aucun doute réclamer sa part de l'affaire et du domaine, ce à quoi il avait droit légalement.

Mais Clovis savait qu'une part ne suffirait pas à Jean-Paul. Son frère chercherait à tout prendre en main et à diriger la fabrication et les affaires. Rien ne serait plus pareil.

D'une façon ou d'une autre, lui, Clovis, ferait en sorte que Jean-Paul ne leur prenne pas ce qu'ils avaient réalisé. Jean-Paul ne pourrait le faire qu'en lui passant sur le corps, pensa-t-il résolument. Et, s'il le fallait, c'est Jean-Paul qui mourrait, pas lui.

Rosie était complètement désemparée par le choc qu'elle avait subi en voyant Jean-Paul et son frère dans l'encadrement de la porte. Elle n'avait su ni que dire, ni que faire. Elle avait eu le souffle coupé en voyant l'homme qui lui avait fait tant de mal des années auparavant. Elle était donc restée silencieuse pendant que Jean-Paul leur racontait ce qu'il avait à leur dire. Elle le soupçonnait fortement d'embellir son histoire.

À trente-neuf ans, elle comprenait pourquoi elle était tombée amoureuse de lui lorsqu'elle en avait dix-huit. Mais, depuis, elle avait appris beaucoup de choses. Il était beau, c'était vrai. Mais d'autres hommes l'étaient aussi. C'est son magnétisme qui le rendait si attirant et qui lui inspirait aujourd'hui de la méfiance.

Elle voyait la fascination qu'il exerçait sur Allie et fit une prière pour que ni l'un ni l'autre ne devine la vérité. Mais elle craignait que Jean-Paul y parvienne d'une manière ou d'une autre et qu'il s'en serve pour obtenir ce qu'il voulait. Elle l'avait pris autrefois pour un honnête homme. Il était évident à présent que c'était un menteur et un filou.

Pourtant, bien malgré elle, elle ressentait la même attirance pour lui. Elle l'écoutait parler avec entrain. Il lui faisait ouvertement la cour comme il l'avait fait chez son père et elle était furieuse de se sentir encore vulnérable. Elle le voyait tel qu'il était mais il restait remarquablement attirant à ses yeux. Et elle voyait aussi sa belle-mère s'épanouir grâce au retour de son fils préféré.

Rosie resta assise, parlant peu et ignorant son frère, bien qu'elle eût mille choses à lui demander. Il aurait été correct de lui adresser la parole en anglais car, de toute évidence, il ne comprenait rien de ce qui se disait autour de lui et ne pouvait pas participer à la conversation. Il restait assis sans dire un mot. Elle aurait eu pitié de lui s'il n'avait pas pris part à la trahison qui l'avait conduite ici, aux Hérissons. En les observant, vêtus de leurs costumes élégants, elle s'accrochait au souvenir de Philippe. Philippe, si vrai et si doux. Au moins, tous les événements qui s'étaient produits l'avaient conduite à lui.

Elle se rendit compte que Clovis avait retrouvé la mémoire et, d'après l'expression du visage de son mari, elle voyait que cela ne le transportait pas de joie. Il devait penser comme elle, que le véritable père d'Allie était là. Mais, en ce qui la concernait, cela avait moins d'importance. Elle resterait toujours la mère d'Allie, quoi que puisse faire Jean-Paul.

Madame Dupuis ne se lassait pas d'écouter le récit des aventures de son fils et, quand on servit enfin le café, Rosie s'excusa et dit qu'elle allait se coucher. Clovis était parti depuis un moment sans parler à personne.

Jean-Paul se leva d'un bond et vint l'embrasser sur les deux joues.

— Nous parlerons demain, ma petite Rosie, promit-il en s'adressant à elle en anglais. Vous êtes plus belle que jamais, vous savez.

C'étaient les premières paroles que Peter comprenait et Rosie le vit se hérisser. Il était toujours jaloux et elle en éprouva une certaine satisfaction.

La porte de la salle à manger refermée, elle se hâta vers son bureau où elle avait son téléphone personnel. Bien que l'heure fût tardive, elle voulait parler à Philippe. Elle ne le dérangerait pas trop, à cause de sa cécité il avait le téléphone à côté de son lit et il serait sans doute en train de lire un de ses livres en braille.

Il répondit presque immédiatement.

— Je te réveille ? lui demanda-t-elle.

— Non, la rassura-t-il, je lisais.

— Il est arrivé quelque chose de tout à fait extraordinaire, lui dit-elle en parlant vite et à voix basse. Le frère jumeau de Clovis est revenu ce soir avec mon frère Peter. Tu te souviens que nous l'avions rencontré à New York et qu'il avait disparu ?

— Oui, je m'en souviens. Et il est avec le frère jumeau de Clovis ? L'homme que tu... ?

— Oui, celui-là même, l'interrompit-elle.

Elle ne voulait pas qu'il en dise plus au téléphone. Il était inutile de s'étendre sur le sujet. Philippe savait tout d'elle en dehors de ses brèves aventures avec son père et Sébastien.

— Il va y avoir de terribles complications. Il semblerait qu'ils aient exploité le vignoble de mon père et fabriqué du champagne qui a eu beaucoup de succès. Maintenant, en raison de la loi sur la prohibition, il ne leur reste rien. Imagine, on leur a tout détruit : l'équipement, les stocks, les tonneaux, les bouteilles. Je crois que le gouvernement américain est devenu complètement fou.

— Que veut-il ? demanda Philippe.

— Je ne sais pas. Il a dit que tout n'était pas perdu tant qu'il y avait Les Hérissons.

— Il veut son héritage, dit Philippe. C'est certainement ce qui l'a poussé à revenir.

— Son héritage ?

— Selon la loi française, il n'est pas facile de déshériter les enfants. Il est légitimement propriétaire de la moitié des Hérissons. L'autre moitié appartient à Clovis. Tu as le droit d'en vivre mais, en fin de compte, tout reviendra à Allie et à Rosanne.

— Il a dit qu'il avait un fils.

— Alors, son fils héritera d'une part.

Rosie pensait aux conséquences.

— Il pourrait donc légalement prendre ma place et gérer le tout avec Clovis ?

— Je le crains.

— Et Clovis ne pourrait pas s'y opposer ?

— Je ne vois pas comment.

— Oh ! mon Dieu, dit-elle doucement.

— Rosie. Le ton de sa voix était insistant. Tu ne peux pas rester avec lui. Je ne voulais pas t'en parler mais Lorraine parle de faire annuler notre mariage.

— Non !

— Si. Elle veut épouser Didier. Les parents de Didier sont beaucoup plus riches que moi mais ce sont aussi des catholiques pratiquants, si bien que seule une annulation leur paraît acceptable. La famille connaît un prêtre qui a de l'influence au Vatican et il semblerait que les choses suivent leur cours.

— Tu serais donc libre ?

— Rosie, tu pourrais faire la même chose avec Clovis. Il ne se rendrait même pas compte de ton absence. Et sa liaison avec Claudette t'attirerait la sympathie de tout le monde.

Elle avait ressenti une certaine allégresse mais celle-ci retomba.

— Je crains qu'il ait retrouvé la mémoire en voyant son frère ce soir, lui dit Rosie d'une voix morne.

Il resta silencieux.

— Cela fait-il une différence ? demanda-t-il.

— Pas en ce qui concerne mon désir de vivre avec toi, répondit-elle, mais je ne peux pas le laisser à la merci de son frère. Ce serait mettre un agneau dans la cage d'un lion.

— Rosie ?

— Oui ?

— Tu ne veux pas rester là-bas parce qu'il est revenu ?

— Oh ! Philippe, comment peux-tu penser une chose pareille ? dit-elle d'un ton passionné tout en pensant qu'il y avait un fond de vérité dans cette réflexion. Écoute, je t'appellerai demain quand je verrai un peu mieux ce qui se passe ici. Et je viendrai à Paris à la première occasion. Dieu merci, je t'ai, toi. Ne doute pas de moi, Philippe, je t'en prie.

— Je t'aime, dit-il.

— Moi aussi.

Elle monta à toute vitesse dans sa chambre sur la pointe des pieds, se demandant où Marie avait logé Jean-Paul et son frère. La porte de sa chambre était entrebâillée. Elle l'ouvrit et regarda à l'intérieur. Un feu brûlait dans l'âtre, projetant des ombres sur les murs et les meubles. Et quelqu'un était allongé sur son lit. Elle retint sa respiration et vit la personne se relever.

— Vite, Rosie, entrez, dit Clovis. Il faut que nous parlions.

Clovis lui dit à peu près la même chose que Philippe, bien que ses craintes fussent plus grandes. Il avait peur que Rosie ne retombe amoureuse de son frère jumeau et il craignait que ce dernier apprenne qu'Allie était sa fille.

— Il pourrait me dépouiller de vous deux, dit-il avec angoisse.

Rosie fit de son mieux pour le rassurer et le serra dans ses bras en lui disant à quel point elle était heureuse qu'il ait retrouvé la mémoire.

— Ce serait peut-être mieux si je ne l'avais pas retrouvée, dit-il d'un air sombre.

Elle dormit mal. Elle n'était plus habituée à partager son lit et elle avait un tel poids sur le cœur. Elle pensa à tout l'amour avec lequel elle avait bâti puis rebâti Les Hérissons, à tout le travail et l'argent qu'elle y avait investis, à l'importance que représentait le côté commercial pour elle et Philippe. Pourquoi Jean-Paul avait-il le droit de réclamer le tout ? Madame Dupuis ne serait pas une alliée, c'était sûr. Elle était à nouveau sous le charme de son fils préféré. Longtemps après que Clovis se soit endormi, Rosie veillait encore.

Elle se leva de bonne heure le lendemain matin et trouva son frère debout dans le vestibule, l'air perdu.

— Bonjour Peter, dit-elle. Tu es perdu ?

— Tu peux le dire, fit-il, furieux. Je me demande ce que je fais ici.

— Viens prendre un café, dit-elle.

Son aspect de gamin perdu l'avait radoucie. Il avait très bien vieilli, pensa-t-elle. Il s'était étoffé et ressemblait à un acteur de cinéma. Mais il avait quelque chose de mou et de faible.

Elle le conduisit à la salle à manger et sonna pour qu'on leur apporte le petit déjeuner.

— Tu ferais bien de me dire maintenant tout ce que tu as voulu me cacher à New York, dit-elle avec fermeté.

Il paraissait sur la défensive.

— Il n'y a rien d'extraordinaire en réalité. Environ un mois après ton départ, Jean-Paul est revenu. Papa est mort d'une pneumonie et, après sa mort, Jean-Paul a trouvé de l'argent sous une latte du parquet. Il a pensé que c'est là que tu avais pris l'argent pour partir.

Elle hocha la tête.

— Oui. J'en ai pris un tiers, ma part. Papa a-t-il reçu la lettre dans laquelle je lui expliquais tout ?

— Pas que je sache.

Elle poussa un soupir.

— Alors, il est mort sans savoir ce que j'étais devenue ?

— Je pense que oui.

— Qu'est-il arrivé alors ?

— Nous avons utilisé tout l'argent pour acheter de nouveaux pieds de vigne et nous avons commencé à fabriquer du champagne. Jean-Paul a fait venir une femme pour s'occuper de nous et elle lui a donné un fils. Elle est morte en couches. Le reste, tu l'as appris hier soir. Mais le garçon est épatant. Il est à Harvard maintenant. Jean-Paul va le faire venir pour les vacances cet été.

— Alors, vous avez l'intention de rester ici ?

Son visage de beau garçon prit un air sinistre.

— On dirait. Je ne sais pas comment je vais le supporter étant donné que je ne connais pas la langue. Il ne m'avait même pas dit que tu serais ici. Je n'ai fait aucun rapprochement entre cet endroit et toi. Je croyais que cet homme avec qui tu étais à New York était ton mari. C'est seulement quand nous remontions l'allée qui mène à la maison que Jean-Paul m'a prévenu des liens que tu avais avec Les Hérissons. Je ne sais pas comment il l'a su. C'est du bon vin que tu fabriques, Rosie, et Jean-Paul a un marché tout prêt pour le vendre. J'espère que je pourrai retourner aux États-Unis pour m'occuper de cette partie-là de l'affaire. C'est moi qui serai chargé de la vente, tu comprends.

— Nous avons déjà nos propres clients pour notre champagne, dit-elle fermement.

— Jean-Paul a d'autres idées en tête, je le crains.

La voix de Peter s'était affermie.

— Il fera ce qui lui plaît. Il le fait toujours. Et, de toute façon, il m'a expliqué que cet endroit lui appartenait, Rosie.

— La moitié seulement, lui répondit-elle en se levant. Ton café ne va pas tarder. Profites-en bien.

Elle sortit de la salle à manger, pétrifiée de colère. Dans le couloir, elle hésita un instant. Elle résolut d'aller goûter le vin de cette année pour préparer la prochaine *cuvée*. Cela la calmerait. Elle travaillait dessus depuis plusieurs semaines déjà et avait presque fixé son choix. Elle fit demi-tour et se dirigea vers ce qu'elle appelait son petit laboratoire. Sa colère n'était pas retombée quand elle ouvrit la porte. Puis elle s'immobilisa.

Jean-Paul se trouvait devant sa table. Il avait passé sa blouse blanche et tendait un verre de champagne vers la lumière.

— Que faites-vous ici ? siffla-t-elle.

— Je goûte vos mélanges, Rosie, dit-il en souriant. Ce n'est pas mal du tout. Qui est notre *chef de cuvée* maintenant ? Celui que nous avions auparavant, je ne me souviens pas de son nom, doit être mort depuis longtemps.

— C'est moi, le *chef de cuvée,* dit-elle, les dents serrées.

— Vraiment ? Je suis impressionné, ma petite Rosie.

— Ne m'appelez pas comme ça. Je ne suis pas votre petite Rosie.

— Ah, dit-il d'un air de reproche, vous êtes en colère contre moi. Je croyais que vous seriez heureuse de me revoir. Après tout, vous êtes venue ici pour me retrouver, non ? Et me voici.

Il ouvrit les bras.

— Comment avez-vous su que j'étais ici ?

— Un de vos compatriotes me l'a dit. Il m'a dit aussi que vous faisiez de l'excellent champagne et c'est vrai. Mais j'en ferai du meilleur.

Se dominant avec un grand effort, Rosie traversa la pièce et s'assit sur une chaise à haut dossier.

— Jean-Paul, que voulez-vous ?

Ses yeux bleus se mirent à pétiller. Il parla d'une voix douce comme une tourterelle.

— Ce que je veux ? Ce que je veux ? Mais rien. Je suis revenu chez ma mère et mon frère pour prendre ma part d'héritage, ma chère Rosie. Et je découvre que vous êtes ma charmante belle-sœur et que j'ai également une adorable nièce.

Il avait élevé la voix d'un air interrogateur en parlant de sa nièce.

— C'est une excellente surprise. J'ai de grands projets pour Les Hérissons, Rosie. C'était trop modeste de vendre notre champagne sous d'autres étiquettes. Croyez-moi, dans trois ans, nous produirons du champagne aussi bon que Rodier, Crystal, Krugg et le meilleur des Bollinger.

Il lui faisait maintenant des confidences.

— En vérité, je ne suis pas fâché d'avoir perdu le Champagne d'Or. Vous ne pouvez pas imaginer à quel point c'est frustrant d'essayer de faire de l'excellent champagne ailleurs que sur le sol de France. Je n'ai jamais atteint les sommets dont je rêvais. Ici, ce sera différent. Et avec Peter chargé de la vente, Les Hérissons deviendront célèbres et nous serons riches. Votre frère est un excellent vendeur, je puis vous l'assurer.

— Nous avons déjà notre propre circuit commercial qui est parfaitement au point, éclata-t-elle maintenant que Philippe était mis en cause. Et comment Peter pourrait-il vendre ? Il ne parle même pas français.

— Nos ventes seront surtout axées sur les États-Unis à compter de maintenant.

— Avec la prohibition ? dit-elle d'une voix méprisante.

— Imaginez ce que les gens seront prêts à payer, lui rappela-t-il doucement.

— Et si Clovis n'est pas d'accord ?

— Clovis ? Pas d'accord ? Allons, allons Rosie. Pouvez-vous imaginer Clovis s'opposant à moi et à sa mère ?

Il vit son air effaré.

— Oui, Maman est enthousiasmée par cette idée. Nous avons parlé jusqu'à très tard dans la nuit après votre départ. Maman veut que je sois heureux à nouveau.

Rosie se leva.

— J'imagine que toute la propriété en Californie vous appartient, dit-elle, amère.

— Peter me l'a vendue il y a longtemps. Vous pensez à votre part ? Votre père l'a donnée à Peter.

— Je ne vous crois pas, dit-elle platement.

— Bien sûr que si. Vous vous étiez enfuie en prenant son argent et vous êtes partie à ma recherche.

Il avançait vers elle et la prit fermement dans ses bras. Puis il la regarda. Elle était fascinée par ses yeux bleus.

— Pourquoi êtes-vous venue ici, Rosie ?

— Parce que vous aviez laissé un mot disant que vous retourniez chez vous. Vous vous en souvenez ?

— C'est vrai ?

Il avait l'air sceptique.

— Oui. Je l'ai encore. Je l'ai amené ici avec moi, alors, inutile de me mentir.

Il rit.

— C'est possible, alors. Mais pourquoi m'avez-vous suivi ?

— J'étais assez stupide pour croire que je vous aimais.

— Et il n'y avait pas d'autre raison ?

— Aucune autre.

— Vous aussi, vous pouvez mentir aux autres mais pas à moi, Rosie. Souvenez-vous de celui qui a fait une femme de vous.

D'une main, il la tenait fermement tandis que de l'autre, il lui caressait les cheveux.

— Vous avez toujours le même appétit, Rosie ? Vous étiez si gourmande, je ne peux pas croire que vous ne l'êtes plus.

Elle parvint à s'arracher à son regard.

— J'ai très faim et je vais prendre mon petit déjeuner. Si vous voulez bien lâcher mon bras…

Il la lâcha mais lui caressa la joue d'une main.

— Ne me détestez pas, Rosie, dit-il les yeux grand ouverts avec un air si honnête. Pourquoi pensez-vous que je suis retourné chez votre père ? J'y suis retourné parce que je ne pouvais pas vivre sans vous. Et vous étiez partie. Si vous m'aviez attendu, tout aurait été différent. Je vous aimais, Rosie. Je suis parti pour nous et je suis revenu à cause de vous. Il faut me croire. Pouvons-nous recommencer là où nous nous étions arrêtés ? Je vous ai toujours aimée, ma petite Rosie.

Sans répondre, elle sortit. Elle se rendit dans la salle à manger. Elle tremblait, et, à son grand désarroi, elle avait été touchée par ses paroles, par son regard et par ses bras. Était-il possible qu'il dise la vérité ? Son instinct lui disait que non. Elle gémit, maudissant les lois promulguées à six mille kilomètres de là et qui l'avaient fait revenir.

Peter n'était plus dans la salle à manger mais Madame Dupuis s'y trouvait. Elle avait l'air fatigué mais heureuse.

— Oh ! Rosie, dit-elle alors que sa belle-fille entrait dans la pièce. C'est merveilleux, n'est-ce pas ? N'êtes-vous pas excitée ? J'ai à peine dormi cette nuit. Quelle joie qu'il soit de retour. Et quelle réussite que la sienne. J'ai pensé que nous devrions peut-être lui dire la vérité au sujet d'Allie. Après tout, depuis qu'il a perdu la mémoire, Clovis ne la reconnaît plus, alors quel mal y aurait-il ?

La colère de Rosie éclata pour un motif légitime.

— Maman, dit-elle en parlant doucement avec difficulté. Si vous faites une chose pareille, je vous tuerai et lui aussi, je le jure.

Sa belle-mère la regarda bouche bée.

— Ne me regardez pas comme ça. Avez-vous pensé à Allie ? Elle aime Clovis. Mais vous, vous étiez si contente de retrouver votre fils dévoyé que vous n'avez même pas remarqué que Clovis avait retrouvé la mémoire hier soir. Et à quel moment ! Quand son frère revient pour lui enlever à nouveau votre affection et avec l'intention de le dépouiller de tout ce que nous avons bâti durant ces longues années. Et vous allez le laisser faire, n'est-ce pas ?

— Il est dans son droit, répliqua Madame Dupuis d'une voix glaciale.

— Il n'a pas le droit moral de le faire. J'ai travaillé pour faire revivre cet endroit et j'y ai mis tout l'argent que je possédais. C'est l'argent d'André qui nous a tirés d'affaire après la guerre. Je n'ai jamais hésité à le dépenser parce que cet endroit était mon foyer, mon avenir et celui d'Allie aussi. Et maintenant ? Clovis n'a-t-il pas son mot à dire aussi ? Vous avez deux fils, vous savez.

Les mains de Madame Dupuis tremblaient.

— Je trouve ce souci pour Clovis touchant, dit-elle d'une voix caustique. Vous ne l'avez épousé que parce qu'il n'y avait rien d'autre à faire. Vous avez été une bonne belle-fille, Rosie, je dois vous accorder cela, et j'ai beaucoup d'affection pour vous. Mais vous n'avez pas été une bonne épouse. Je sais que Philippe et vous êtes amants depuis des années. Et si le retour de Jean-Paul y met un terme, ce sera au moins cela de gagné. À moins, bien entendu, que vous ne décidiez de nous quitter et de partir le rejoindre. Je vous soupçonne de vouloir le faire depuis des années.

— Pourquoi n'avez-vous rien dit si vous étiez au courant ? demanda Rosie.

— Parce que je vous comprenais, dit doucement Madame Dupuis. Il n'est pas facile d'aimer Clovis. Je n'ai jamais pu l'aimer moi-même et nous avions toutes deux perdu Jean-Paul.

— Mais j'aime Clovis, dit Rosie en réalisant que c'était vrai. Vous avez dit, il y a longtemps, qu'il était bon et c'est vrai. Il a été bon avec nous tous et, je suis désolée, Mama, je ne veux pas qu'on lui fasse du mal. Il est terrifié à l'idée que Jean-Paul puisse être au courant pour Allie et je ne veux pas qu'elle le sache, elle non plus. Je sais combien vous êtes heureuse de retrouver Jean-Paul mais il est mauvais. Je le vois clairement à présent et vous le savez aussi. Vous l'avez dit cent fois quand je suis arrivée ici et que vous m'avez poussée à épouser Clovis. C'est simplement parce que Jean-Paul tisse toujours un tas de mensonges et qu'il a du charme. Je le sens, même en ce moment. Vous êtes sa mère, alors vous ne pouvez pas vous empêcher de l'aimer. Faites ce que vous voulez du domaine mais ne le laissez pas faire de mal à Clovis et à Allie. Je ne le laisserai pas me faire du mal à moi. Je reste et je le combattrai de toutes mes forces.

515

— Pourquoi ? demanda Madame Dupuis.

La question fit réfléchir Rosie.

— Je ne sais pas vraiment, dit-elle, mais je le combattrai.

— Jusqu'à ce que vous ne soyez plus attirée par lui ? demanda Madame Dupuis.

Rosie réfléchit encore.

— Peut-être bien, dit-elle.

# Chapitre 27

Rosie s'efforça de rester raisonnable. Elle essaya de se dire que la moitié des Hérissons appartenait à Jean-Paul. Elle fit de son mieux pour accepter le fait qu'il avait légalement le droit d'être là et qu'elle n'avait rien à y redire. Mais une chose était certaine : le domaine avait été bien géré sous sa coupe. Rien n'avait été négligé pour améliorer la qualité du raisin et du vin. Jean-Paul avait les mêmes ambitions qu'elle et ne rechignait pas à faire des économies quand il s'agissait de gagner quelques sous.

Le terrain d'Ay produisait maintenant le meilleur raisin possible mais il décréta qu'il était trop éloigné et revenait donc trop cher. Il le vendit avec un bon bénéfice. Elle fut consternée lorsqu'il décida d'arracher les plants qu'elle avait ramenés d'Amérique et qu'elle avait plantés sur une petite parcelle entourée de murs, près de la maison. Pour des raisons sentimentales, elle avait laissé ces vignes pousser à la sauvage, sans les tailler, mais Jean-Paul avait décidé que le terrain devait être replanté pour une production normale.

Une de ses premières interventions fut de décréter qu'ils employaient trop de personnel avec des gages trop élevés. Certains devraient partir et d'autres travailler plus pour gagner leur vie. L'un des limogés était le Robert de Marie. Jean-Paul avait décidé qu'un manchot n'était pas d'une grande utilité en dépit du fait que

Robert, malgré son bras en moins, travaillait plus vite au *remuage* qu'aucun autre homme. Même Madame Dupuis fut choquée par cette décision et Marie rendit promptement son tablier, disant qu'elle avait trouvé une meilleure place dans la famille Pommery. Et ils allaient embaucher son Robert aussi car il avait la réputation d'un bon et loyal ouvrier.

Jean-Paul décréta aussi qu'un aveugle ne faisait pas l'affaire comme vendeur. Rosie essaya de lui expliquer que Philippe ne faisait pas que vendre leur produit. Il faisait partie de l'affaire depuis le début. C'était grâce à son palais et à ses contacts que l'affaire avait connu le succès.

— Si on peut appeler cela un succès, avait répliqué Jean-Paul. Qui donc a entendu parler du champagne des Hérissons ? Vous avez peut-être fait de bonnes affaires mais vous n'avez aucun prestige.

Rosie était au désespoir. Philippe ne mourrait pas de faim. Il était riche et il était représentant d'un des meilleurs Bordeaux, ce qui lui rapportait plus d'argent que ne le faisait son champagne. Mais s'il ne s'occupait plus de ses affaires, quelle excuse aurait-elle pour aller le retrouver ?

Elle dut reconnaître que Jean-Paul déployait une fantastique énergie. Il prit la direction du personnel, régissant tout et ne laissant aucune autorité à Clovis à qui il laissa le travail manuel. Il décréta qu'à l'avenir, il s'occuperait de l'aspect commercial de l'entreprise et exigea de Rosie qu'elle lui remît les livres de compte. Il réquisitionna son petit bureau et changea les serrures pour qu'elle ne puisse plus y aller. Elle était réduite à tenir les comptes et écrire des lettres sous sa dictée. Et il y avait peu de courrier. Jean-Paul préférait le téléphone qui ne laissait pas de traces. Elle n'était qu'une secrétaire au courant de rien.

Il expédiait de vastes cargaisons de leurs réserves en Amérique du Sud, aux frais de leurs clients réguliers, et restait discret quant aux acheteurs. Peter était à Paris la plupart du temps et, au bout de six semaines, ils avaient tous deux pris le contrôle absolu sur toutes les ventes et la production du domaine.

Rosie avait dit qu'elle lutterait contre lui de toutes ses forces mais ses efforts étaient comme des coups d'épée dans l'eau. Il n'y avait rien à combattre. Il faisait tout simplement ce qu'il voulait, sans en rendre compte à personne et, malheureusement, il en avait le droit. Et il le savait.

Madame Dupuis devint plutôt taciturne après le départ de Marie et se plaignit qu'elle était trop vieille pour instruire une nouvelle bonne. Celle-ci, choisie par Jean-Paul, était jeune et délurée. Elle lui faisait les yeux doux. Peter et lui se disputèrent à son sujet.

La vie était d'autant moins facile que Jean-Paul poursuivait Rosie de ses assiduités. Il lui avait dit froidement qu'il avait l'intention de la reprendre, que leur liaison n'était pas terminée. Il ne cherchait en rien à cacher ses intentions. Clovis, furieux, regardait son frère flirter avec sa femme. Il ne disait jamais rien mais il voyait bien que Jean-Paul ne perdait pas une occasion pour lui toucher le visage, le cou, les mains. Parfois il lui glissait le bras autour de la taille, un peu trop haut. Rosie savait qu'il voulait simplement la tourmenter ainsi que Clovis mais il mettait également Peter hors de lui. Il n'y avait dans ces gestes aucun amour, aucune affection. Elle doutait même qu'il ait envie de faire l'amour avec elle. Il voulait seulement la conquérir. André et Philippe lui avaient appris ce qu'est l'amour et c'est une chose que Jean-Paul ne connaissait pas.

Mais il éveillait en elle quelque chose qu'elle croyait enseveli depuis longtemps. Peut-être était-ce ce qu'il appelait l'appétit, mais ses mains n'éveillaient en elle que du désir. Elle savait que si elle lui cédait, elle serait perdue. Il fallait qu'elle fît quelque chose pour lui échapper.

— Mama... dit-elle un matin alors qu'elles brodaient toutes les deux au petit salon. Rosie s'était mise à la broderie depuis qu'elle n'avait plus grand-chose à faire.

— Je crois que je vais aller à Paris pour Pâques avec les enfants. Vous n'y voyez pas d'inconvénients ?

Madame Dupuis la regarda d'un air sagace.

— Vous n'êtes pas heureuse, n'est-ce pas ?

— Non.

Cela n'avait pas de sens de mentir.

— Allez-vous voir Philippe Lefèvre ?

— Je l'espère.

Madame Dupuis poussa un soupir et posa son ouvrage.

— Rosie, dit-elle, j'ai fait une erreur grossière.

Rosie resta silencieuse.

— Mais, voyez-vous, j'étais si heureuse de le revoir. De l'euphorie, voilà ce que c'était. C'est mon fils, je dois donc lui pardonner et l'aimer. Mais vous avez eu raison de me rappeler qu'il était mauvais. Je crains les conséquences de ce que j'ai fait.

Elle semblait se parler à elle-même.

— Mais que pouvais-je faire ? Il est ici chez lui. Mais il a commis une grave injustice en vous traitant comme il l'a fait. Il humilie son frère et le vôtre également. Et, quand il a congédié Robert... Après tant d'années... Marie me manque. Je suis vieille. Elle faisait partie de ma vie. Quels dégâts peut-il encore faire ? Comment pouvons-nous l'arrêter ?

— C'est impossible, dit tristement Rosie. Il n'y a rien que nous puissions faire.

— Vous pourriez tout abandonner pour aller vivre à Paris.

— Je ne peux pas abandonner Clovis. Je ne peux pas lui enlever les enfants. Il les aime trop. Ma situation semblait vivable autrefois mais maintenant... elle est désespérée.

— Je suis désolée, dit Madame Dupuis.

— C'est inutile, répondit Rosie. Nous n'y pouvons rien.

Et, voulant donner de l'espoir à Madame Dupuis afin qu'elle se sente moins coupable, elle ajouta :

— Seul le gouvernement américain peut quelque chose pour nous mais il ne nous écouterait pas, n'est-ce pas ?

Allie fut soulagée quand sa mère lui proposa un voyage à Paris pour Pâques. Avec l'arrivée de ses deux oncles étrangers, l'atmosphère aux Hérissons avait subi un changement subtil. Elle savait que son père avait raison quand il prétendait qu'elle exagérait toujours, mais l'ambiance était menaçante. Et tout se faisait de façon si secrète, avec oncle Jean-Paul qui s'enfermait pour travailler et oncle Peter qui se promenait avec un air maussade, refusant d'apprendre le français et essayant toujours de la faire parler en anglais.

Cela ne la gênait pas en fait. Il était bizarre et elle n'arrivait pas bien à le situer, mais il était gentil. Il aimait bavarder et il avait tant voyagé à travers les États-Unis qu'il avait toujours quelque chose d'intéressant à lui raconter.

Elle lui confia qu'elle aimerait bien retourner à New York pour y vivre plus tard. Elle pensait qu'elle devait se consacrer un peu à son père pour qu'il ait le temps de se remettre de son amnésie.

Elle ne se sentait jamais menacée par Peter. Peut-être parce qu'il était beaucoup plus âgé qu'elle ou peut-être parce qu'il la considérait comme une enfant. Quelle qu'en fût la raison, elle s'était liée d'une étrange amitié avec lui, qui leur donnait du plaisir à tous les deux. Mais il ne devait pas rester en permanence aux Hérissons, semblait-il. Dix jours auparavant, il était parti un mois en voyage d'affaires à Chicago. Il avait paru tout excité à l'idée de partir, disant qu'il retournait dans un endroit civilisé où les gens parlaient une langue civilisée.

Oncle Jean-Paul était bien différent. Tous ses instincts l'avertissaient que cet homme était dangereux. Elle voyait la façon ouverte dont il faisait la cour à sa mère et comment celle-ci s'efforçait de l'ignorer. Elle observait à quel point cela rendait son père malheureux. Un jour, elle s'était trouvée seule avec Jean-Paul dans une pièce, et il avait tenté les mêmes manœuvres ambiguës avec elle. Elle s'était levée et était sortie.

Il lui déplaisait énormément. Elle voyait bien qu'il avait détruit le bonheur de son père et exclu sa mère de tout ce qu'elle avait bâti pendant des années. Ses parents étaient malheureux et Allie croyait qu'il n'était apparu dans leur vie que pour les dépouiller. Personne ne disait pourquoi il était parti en premier lieu.

Elle savait qu'il y avait un secret, parce qu'elle avait entendu Marie se plaindre à la cuisinière avant son départ. Marie disait qu'elle ne comprenait pas qu'il ait eu le culot de revenir après ce qui s'était passé. Mais la cuisinière avait répondu que c'était très loin et que personne n'allait plus rien faire à ce sujet.

Que s'était-il passé? Si elle parvenait à le savoir, peut-être serait-ce un moyen de s'en débarrasser. Qui d'autre pouvait être au courant?

Elle posa la question d'abord à Henri. Il eut l'air extrêmement gêné et, mentant visiblement, lui avait répondu qu'il n'en avait pas la moindre idée et qu'elle pouvait s'adresser à Marie.

Marie, encore indignée par la façon dont Robert avait été traité, fut ravie de le lui dire.

Cet après-midi-là, dans la cuisine confortable des Pommery, l'ancienne servante des Dupuis lui raconta l'histoire de l'instituteur à qui on avait confié les enfants du village et qui avait trahi la confiance des parents.

— C'était dégoûtant. Il s'en prenait à tous, particulièrement aux petits garçons et il les menaçait de choses terribles s'ils osaient le dénoncer. Mais il a été trop loin. Il a fait vraiment mal au jeune Michel, le fils de madame Dupré. Il n'est plus jeune maintenant, bien entendu. Le petit gars est rentré chez lui en pleurant et tout s'est su ensuite. Les enfants l'ont dénoncé et leurs parents l'au-raient tué s'ils avaient pu mettre la main dessus. Mais il est parti... et vite. Avant que la police et les parents n'arrivent. Mais je vous le dis, ce n'est que lorsque votre mère est arrivée et les a séduits qu'ils ont consenti à adresser la parole à la famille Dupuis à nou-veau. Dire qu'ils étaient si respectés dans la région auparavant.

Allie écoutait, abasourdie.

— Il est en train de tout gâcher aux Hérissons, Marie. Une fois de plus, dit Allie. Ce n'est peut-être pas aussi terrible mais il rend tout le monde malheureux.

— Cela ne m'étonne pas, dit Marie en attisant le feu éner-giquement. Il ferait bien de ne pas aller se montrer au village. Il y a des gens qui ne se gêneraient pas pour lui dire son fait. C'est un mauvais, cet homme-là. Il aura une triste fin un jour, je vous le dis.

Allie était songeuse en pédalant vers la maison. C'était une information précieuse mais elle ne savait pas comment s'en servir. Les révélations de Marie ne l'avaient pas particulièrement surprise. Elle avait déjà catalogué oncle Jean-Paul comme quelqu'un de malfaisant. Elle n'espérait qu'une chose, c'est que Marie ait raison pour sa triste fin.


Ce dimanche après-midi du mois d'avril, Clovis ressentit aussi le besoin de s'éloigner des Hérissons et, tandis qu'Allie bavardait avec Marie dans la cuisine des Pommery, il prit sa bicyclette et se dirigea vers Epernay pour aller voir Claudette. Elle était rarement très occupée le dimanche après-midi.

Elle l'accueillit froidement au début. Il n'avait pas été la voir depuis l'arrivée de Jean-Paul. Cependant, elle confia le salon à son assistante et le conduisit dans sa chambre.

— J'ai retrouvé la mémoire, Claudette, lui dit-il immédiate-ment. J'ai subi un choc et elle est revenue d'un seul coup.

— Mon Dieu! s'exclama-t-elle et elle le fit asseoir dans un fauteuil. Quel genre de choc?

— Jean-Paul est revenu.

— Je sais. Il a du culot.

— Tu en as entendu parler?

— Beaucoup de mes clients étaient ses élèves dans ce temps-là. Et quand il a congédié Robert, cela s'est su. Marie s'en est chargée. Certains de mes clients aimeraient bien lui dire deux mots, je puis vous l'assurer. Comment est-il maintenant?

— Doux, charmant quand il le veut. Comme il a toujours été, répondit-il d'un air maussade. Il sourit tout le temps sans que cela ait aucune signification. Il a tout bouleversé aux Hérissons.

— Comment cela?

Claudette lui prépara un grog chaud comme il aimait en boire quand ils bavardaient.

— Il a mis la main sur tout. Je ne fais que du travail manuel à présent. Il dirige tout. Je le déteste, ajouta-t-il sur un ton presque anodin. Je sais que Rosie dirigeait tout avant mais j'avais ma place et elle me laissait libre. Je faisais tout ce qui me plaisait et tout ce que je sais bien faire. Je me rends compte maintenant que j'étais assez heureux. C'est sans doute la raison pour laquelle je ne me souvenais que de mon travail et de toi pendant toute cette période. Les deux choses qui me rendaient heureux.

Elle rougit de plaisir.

— J'aime Rosie, poursuivit-il doucement, et je ferais n'importe quoi pour elle. Mais je ne peux pas dire qu'elle m'ait jamais rendu heureux. Allie, oui! Mais je ne me souvenais même pas d'elle quand j'étais malade. Rosanne me rend heureux aussi maintenant. C'est drôle comme elles me ressemblent.

— Pourquoi ne vous ressembleraient-elles pas? demanda Claudette en lui tendant son verre.

— Parce qu'aucune des deux n'est de moi.

— Quoi?

Claudette faillit faire tomber son propre verre.

— Non, c'est vrai. En réalité, Allie est la fille de Jean-Paul. C'est pour ça que c'est si dur de le voir revenir maintenant. Rosie l'a connu en Amérique. Elle est tombée amoureuse de lui et elle est venue ici pour le rejoindre. C'est un exploit quand on y pense, d'arriver jusqu'ici par ses propres moyens. Je suis tombé follement amoureux d'elle. Elle avait quelque chose d'exotique. Je l'ai épousée pour donner un nom à l'enfant. C'est ce que lui ai dit, du moins. La vérité, c'est que je la voulais. Mais ce fut une erreur. C'est toi que j'aurais dû épouser. J'ai été heureux avec toi.

Il sirota son grog et souffla dessus pour le refroidir.

— Ce sont des secrets que je te confie, tu sais, Claudette. J'espère que tu sauras les garder pour toi. Mais tu en as l'habitude, n'est-ce pas ?

Elle hocha la tête en silence.

— Rosanne est la fille d'Allie. Elle a été violée par un soldat allemand et Rosie a fait passer le bébé pour le sien. J'avais perdu l'esprit à l'époque mais je comprends tout maintenant. Mais personne ne m'a jamais dit qu'elle n'était pas ma fille. Ils pensent sans doute que cela me bouleverserait. Cela ne me gêne pas de faire semblant que les enfants sont à moi. Elles croient que je suis leur père et je les aime. Surtout Rosanne maintenant, mais c'est peut-être parce qu'elle n'a aucun lien avec Jean-Paul. Mais je n'ai jamais rien eu à moi, tu sais. Jamais. Et cela ne changera pas maintenant que Jean-Paul est de retour. Et j'ai toujours dû te partager.

Des larmes coulaient sur les joues poudrées de Claudette.

— Pourquoi me dites-vous tout cela ? demanda-t-elle.

— Je ne sais pas vraiment. Je me demande sans doute s'il n'y a pas un moyen de se sortir de tout cela. Si tu le veux, j'aimerais bien t'épouser. Mais je te l'ai déjà demandé quand j'ai perdu la mémoire et tu as répondu que ce n'était pas possible. Si ça l'était, serais-tu d'accord ?

— Oh ! Clovis, comment voudriez-vous que cela puisse se faire ? Moi, tenancière de bordel et vous, totalement dépendant de votre frère. Que ferions-nous pour vivre ? Pourquoi ne pouvons-nous pas continuer simplement comme par le passé ?

Il avala son verre et fit la grimace en se brûlant.

— Je savais sans doute que tu allais me répondre cela, dit-il. Puis-je avoir un autre grog ? Un peu plus fort cependant. Après, nous irons au lit si tu veux.

Il était plutôt ivre en partant de chez Claudette, autant à cause des émotions qu'il ressentait que parce qu'il avait bu. Il descendit l'allée en titubant pendant qu'elle le regardait par la fenêtre. Il essaya de lui faire un signe de la main mais faillit tomber. Il évita la barrière par miracle.

Il semblait n'y avoir personne aux Hérissons. Sa mère faisait sans doute sa petite sortie du dimanche. Rosie et Allie devaient se promener et Rosanne dormait probablement dans sa chambre. L'endroit était désert et, y ayant pris goût, il s'installa dans la salle à manger avec une bouteille de marc de champagne. Il savait que sa mère l'aurait tué si elle l'avait pris sur le fait mais il n'avait pas l'intention de se faire prendre.

Il resta assis en ruminant sur l'injustice de son sort et son humeur s'assombrit encore. Après le troisième verre de marc, il décida qu'il était temps d'avoir une explication avec son frère. Il venait d'avoir une idée brillante. Il le menacerait de révéler la cause précipitée de son départ autrefois. Il dirait que les plaintes contre lui existaient encore, ce qui était d'ailleurs fort possible, et il verrait si cela le faisait partir ou le rendait plus raisonnable.

Titubant légèrement, il remit le marc à sa place avant d'aller à la recherche de Jean-Paul.

Il n'était pas dans la maison et Clovis se dirigea vers le chai. L'Hispano-Suiza jaune de Jean-Paul avec sa cigogne en vol sur le capot brillait dans l'allée. Il devait être quelque part.

Il n'était pas dans le premier bâtiment, mais il entendait du bruit qui venait de celui abritant les vins de coupage. Il entra et entendit la voix désespérée de Rosie :

— Pour l'amour du ciel, laissez-moi tranquille.

— Rosie, pourquoi êtes-vous si cruelle avec moi ?

La voix de son frère était moqueuse.

— Parce que je ne veux rien avoir à faire avec vous.

— Je pourrais dire la vérité à Allie. Elle devrait la connaître.

Clovis sentit comme un volcan en lui. Il poussa la porte de bois. Elle s'ouvrit sans bruit, laissant entrer un faisceau de lumière sur Rosie et Jean-Paul, tel un projecteur sur une scène. Ils ne s'en rendirent pas compte et Jean-Paul maintint Rosie dos au mur, ses deux bras l'emprisonnant de chaque côté. Elle avait l'air d'un lapin coincé par un renard. Il se pencha en avant jusqu'à ce que sa bouche trouvât la sienne. Clovis restait immobile, bouillant de rage et regardant Rosie se débattre comme un papillon épinglé. Puis soudain, elle cessa de se défendre et le prit dans ses bras pour joindre sa bouche à la sienne.

Il entendit son propre hurlement de rage, entendit le martèlement de ses pas et vit son frère se retourner d'un bloc. Jean-Paul n'avait aucune chance. Les grosses mains d'ouvrier de Clovis le saisirent à la gorge au-dessus de son foulard de soie. Avec la force acquise pendant des années de dur labeur, rendu fou par une colère longtemps contenue, il décolla son frère du sol et serra tant qu'il put. Les jambes de Jean-Paul pendaient dans son pantalon bien coupé. Il essaya de lui donner des coups de pied. Puis, ses yeux injectés de sang sortirent de ses orbites et sa langue de sa bouche. Clovis serra plus fort. Des mains manucurées lui griffaient le visage mais Clovis ne sentait pas la douleur. Il resserra son étreinte jusqu'à ce que le corps agité de soubresauts se raidît puis se détendît. Clovis serra encore pour être sûr, puis jeta le corps de son frère qui resta comme un pantin cassé sur le sol.

— Quant à vous ! cria-t-il en s'avançant vers Rosie recroquevillée contre le mur.

— Papa, que se passe-t-il ?

Allie se tenait dans l'encadrement de la porte avec sa bicyclette. Elle tenait sa main au-dessus de ses yeux, cherchant à voir dans la pénombre. Clovis s'immobilisa et Rosie se détacha du mur, contournant soigneusement le corps.

— N'entre pas Allie, appela-t-elle.

Mais Allie s'avançait rapidement, la bicyclette à la main.

— Qu'y a-t-il ? Que se passe-t-il ?

Elle aperçut le corps effondré sur le sol.

— Oh ! dit-elle en portant la main à sa bouche. Oh !

Clovis comprit qu'elle ne voyait pas un cadavre pour la première fois.

— Tu l'as tué ? demanda-t-elle calmement en poussant le corps de son oncle de la pointe du pied. J'imagine qu'il essayait de violer Maman.

Clovis parvint à croasser quelque chose. Il était dégrisé et la terrible chose qu'il venait de faire arrivait peu à peu à sa conscience.

— Cet après-midi, Marie m'a dit ce qu'il faisait avec ses élèves. Tu as eu raison de le tuer, Papa. C'est la meilleure façon de traiter ces gens-là. Où allons-nous cacher son corps?

Elle leur sourit à tous les deux.

Sa mère la fixait, consternée.

— Oh, Allie, dit-elle. Que t'avons-nous fait?

Et Clovis se laissa tomber sur le sol froid, la tête entre les mains, et se mit à hurler comme l'animal qu'il savait qu'il était.

# Chapitre 28

Les cris terribles de Clovis permirent à Rosie de se ressaisir.

Elle s'agenouilla à côté de lui et le gifla très fort.

— Silence ! siffla-t-elle. Pour l'amour du ciel, taisez-vous.

Il gémit et se tut mais ses hurlements terribles n'étaient pas passés inaperçus. Quelques secondes plus tard, madame Dupuis, dans sa tenue de voiture, avec son chapeau démodé retenu par un foulard de soie, entrait dans le bâtiment. Henri, sa casquette de chauffeur à la main, était sur ses talons.

— Que diable... commença madame Dupuis puis elle poussa un cri aigü. Rosie ! Allie ! Que s'est-il passé ?

— Je l'ai tué, Maman, dit Clovis. C'est moi qui l'ai fait. Il était...

Il fut secoué par un terrible sanglot puis recommença à gémir en se balançant doucement d'arrière en avant.

— Il essayait de violer Maman, expliqua Allie froidement. Papa n'avait pas le choix.

Madame Dupuis l'ignora et, pliant ses genoux raides, elle s'agenouilla à côté de son fils. Elle lui toucha le visage puis lui posa la main sur le cœur.

— Il est mort, murmura-t-elle et elle se signa.

Un silence pesant s'installa, que Rosie rompit.

— Je pense que nous devrions appeler la police, dit-elle à contre cœur.

Les paroles restèrent suspendues en l'air, menaçantes.

— Et si nous le faisons, que dirons-nous ? demanda hargneusement madame Dupuis.

— La vérité.

La réponse de Rosie manquait de conviction.

— Alors, ils enfermeront Papa, dit Allie passionnément. Papa a assez souffert.

C'était vrai. Réduite au silence, Rosie regarda autour d'elle. Sa belle-mère était agenouillée à côté du corps brisé. Clovis était roulé en boule, exactement comme quand il était rentré du front. Allie se dressait, impérieuse, se contrôlant mieux, et moins touchée que quiquonque. Henri, à quelques pas en retrait, avait un visage impassible, conscient sans aucun doute que sa place n'était pas ici.

Mais c'est Henri qui prit la parole. Il toussota doucement.

— Pardonnez-moi, Madame, mais si nous transportions le corps ailleurs, loin d'ici, et que nous l'abandonnions, je pense que la police croirait que quelqu'un du village l'a tué. Il n'était pas populaire. Les gens étaient outrés qu'il soit revenu. Certains ont même menacé de le tuer.

Madame Dupuis se remettait péniblement sur ses pieds.

— Henri, mon vieil ami, dit-elle d'une voix émue. Je ne peux pas permettre que quiconque soit accusé à tort. Et nous ne pouvons pas laisser la police poser des questions. Clovis ne soutiendrait jamais un interrogatoire. Mais quelle honte ! Jean-Paul a toujours attiré la honte sur nous.

— Il faut faire comme s'il était parti, dit lentement Rosie. Il faut faire croire qu'il est retourné en Californie. Quand on découvrira que ce n'est pas vrai, les traces seront suffisament brouillées et personne ne s'en souciera plus.

— Maman a raison. Nous devrions l'enterrer quelque part, dit Allie. Dans un endroit où personne ne pensera à le chercher.

— Mais où ? demanda Madame Dupuis.

Henri toussota à nouveau. Rosie le regarda ce petit homme modeste mais coriace qui avait passé sa vie au service de la famille Dupuis. Il était beaucoup plus vieux, gris et racorni que lorsqu'elle était arrivée, il y avait si longtemps déjà. Henri n'avait aucune raison d'aimer Jean-Paul. Marie lui manquait beaucoup ainsi que les vieilles habitudes de la maison et il ne pouvait pas souffrir la nouvelle petite bonne. Henri leur resterait loyal, comme il l'avait déjà été à la mort de l'officier.

— Si je puis vous le suggérer, dit-il de sa manière respectueuse, vendredi dernier, Monsieur Jean-Paul a commencé le défrichage de la petite parcelle de Madame Rosie où se trouvent les plants de vigne de Californie. Un des coins à déjà été retourné et le terrain est mou. Il serait facile d'y creuser un trou profond. Ce serait un endroit approprié pour Monsieur. On pourrait presque dire poétique.

Madame Dupuis regarda son chauffeur et son visage se décomposa.

— Henri, demanda-t-elle. Il était si détesté ?

— Je le crains, Madame, dit-il avec douceur. La cuisinière nous aidera à l'enterrer et elle ne parlera jamais, ajouta-t-il après une hésitation.

— Mais il faut que je sois puni, s'exclama soudain Clovis. Ce ne serait pas bien si je n'étais pas puni.

— Papa, dit Allie en s'asseyant par terre à ses côté. Tu n'as pas à être puni. Tu as fait ce qu'il fallait.

Rosie ne pouvait pas supporter d'entendre sa fille approuver le meurtre mais elle savait qu'elle en était en partie responsable. Elle n'avait pas regretté d'avoir tué l'officier allemand et, maintenant, personne ne semblait se soucier que Clovis ait tué Jean-Paul. Chassant ses scrupules, elle se concentra sur la façon de résoudre le problème.

— Clovis, dit-elle avec douceur. Il faudra nous aider à l'enterrer. Vous êtes le seul à être assez fort pour le faire. Il faudra creuser profondément et c'est un rude travail. Si vous ne pouvez pas le supporter, creusez simplement le trou et nous nous chargerons du reste. Mais, Clovis, il faut nous aider. Nous avons besoin de votre force.

— Regardez où m'a conduit ma force, dit Clovis avec amertume.

— Ta force, Papa, a débarrassé le terre d'un méchant homme, dit Allie d'une voix perçante et Rosie eut envie de la gifler.

Ils transportèrent le corps de Jean-Paul dans une charrette à bras jusqu'à la parcelle où Clovis perça un trou. Il semblait plus calme en retrouvant quelque chose de précis à faire. Il dit qu'il n'aurait pas besoin de l'aide de la cuisinière et Rosie dit à Henri qu'il était préférable que le moins de gens possible le sachent.

— Si cela tournait mal, nous serions moins nombreux à devoir mentir, dit-elle.

Elle emmena Allie dans la chambre de Jean-Paul où elles remirent toutes ses affaires dans sa malle, comme s'il était reparti en Californie. Rosie avait l'intention de les expédier chez lui. Elle avait pensé la jeter dans la cave romaine mais trouva la chose trop risquée. Elle mit de côté ses documents et papiers personnels. Il y en avait très peu et elle les brûlerait plus tard dans la cheminée de sa chambre. Allie et elle travaillèrent en silence jusqu'à ce qu'il n'y ait pratiquement plus de trace de lui dans la chambre.

— Qu'allons-nous dire à oncle Peter quand il reviendra ? demanda Allie lorsqu'elles eurent fini.

— Nous ferons semblant d'être aussi consternés par le soudain départ de Jean-Paul, lui répondit Rosie.

— Et s'il va trouver la police ?

Allie avait raison. C'était exactement ce qu'il risquait de faire après avoir donné quelques coups de fil aux États-Unis.

— Il faudra lui donner des preuves du départ d'oncle Jean-Paul, dit Allie. Nous pourrions lui faire envoyer un télégramme par quelqu'un aux États-Unis ou quelque chose de ce genre. Je parie qu'Alexandre le ferait.

— Mais de qui serait-il censé venir ? demanda Rosie.

— Son associé s'appelle Dino ou Gino. Gino, je crois.

— En es-tu certaine ?

— Oncle Peter m'en a parlé. Il ne semblait pas l'aimer. Il a dit que c'était un malfaiteur.

— Cela ne me surprend pas, dit Allie.

— Veux-tu que j'appelle Alexandre pour demander d'envoyer le télégramme ? Que veux-tu que je lui dise ?

Rosie réfléchissait.

— Quand est-ce que Peter revient ? demanda-t-elle.

— Dans quinze jours environ.

— Alors, nous avons le temps. Non. Peter est peut-être avec ce Gino en ce moment. Ce ne serait pas prudent. Mais il faut expédier la malle. Il ne serait pas parti sans rien.

Elle réfléchissait à haute voix.

— George, le chauffeur de Philippe pourrait s'en charger pour nous à Paris. Il est brun et a environ la taille et la carrure de Jean-Paul. Si quelqu'un se met à poser des questions pour savoir qui a expédié la malle, la description correspondra à celle de Jean-Paul. Et elle mettra pas mal de temps avant d'arriver, Dieu merci. Il ne peut rien se passer tant qu'elle est en route.

Elle essayait de prévoir toutes les éventualités.

— Mais il ne serait pas parti sans laisser de message à Peter, n'est-ce pas ? demanda Allie.

— C'est peu probable en effet, concéda Rosie.

Les deux femmes réfléchirent.

— Avons-nous des échantillons de son écriture ? demanda Allie.

Rosie secoua la tête.

— Il n'aimait pas laisser des traces écrites, dit-elle puis elle poussa un petit cri d'excitation.

— Je sais, dit-elle. J'ai toujours un mot qu'il a écrit il y a des années de cela. Il dit simplement : « Je retourne à la maison. »

Elle fit la grimace.

— Peter s'en souviendra-t-il ? Il l'a vu lui aussi.

Elle réfléchit aux probabilités.

— Non, décida-t-elle. Il ne s'en souviendra pas.

— Pourquoi l'as-tu gardé, Maman ? Et où allait-il ? Allie était intriguée.

— Je ne m'en souviens plus exactement, dit Rosie, restant délibérément dans le vague.

C'était un terrain dangereux.

— Mais, Dieu merci, je l'ai gardé. Si nous pouvions simplement reproduire l'écriture sur des papiers plus récents ou le copier...

— Je sais comment faire, dit Allie, pleine de confiance.

Le lendemain matin, les ouvriers revinrent après leur congé du dimanche. Le corps de Jean-Paul était déjà sous les vignes américaines. Rosie avait appelé Philippe et lui avait demandé si George pouvait l'attendre à la gare de l'Est, lundi matin. Allie, Clovis et elle installèrent la malle dans la voiture et Henri l'emmena à la gare d'Épernay où des porteurs s'en chargèrent. Elle savait que tout cela était trop visible et imprudent mais que pouvait-elle faire d'autre ?

À la gare de l'Est, George emmena la malle au bureau de fret qui l'expédierait aux États-Unis. Elle retrouva Philippe sur l'Île de la Cité et lui expliqua ce qui était arrivé.

— N'aurait-il pas été préférable d'aller à la police? demanda-t-il, quand elle lui eut raconté l'histoire. Clovis n'a pas les idées bien claires et il n'aurait pas été sévèrement puni.

— Oui, c'eût été préférable mais Madame Dupuis ne voulait pas en entendre parler. Et peut-être qu'à la longue, on oubliera, si tout va bien.

— Rosie, ma chérie, ton seul espoir c'est que la police ne fasse jamais d'enquête.

Il paraissait vraiment inquiet.

— J'ai peur que tout ce que tu as fait soit facilement découvert s'il y a une enquête. Et, comme c'est toi qui as tout organisé, tu aurais autant d'ennuis que Clovis. Peut-être plus parce que tu es saine d'esprit. On croira qu'il a été assassiné à cause de sa part d'héritage. Je t'en supplie, va prévenir la police.

— C'est trop tard maintenant, dit Rosie essayant de paraître joyeuse. Oh! Philippe, je sais que c'est mal, mais je suis heureuse qu'il soit mort. Il était si mauvais. Mais je pense qu'il ne l'était pas assez pour mourir si jeune. Et je dois avouer que je suis terrifiée à l'idée que cela se sache. Que nous feraient-ils? Je me sens perdue, exactement comme quand j'ai tué…

Il posa ses doigts sur ses lèvres pour la faire taire.

— Chut! dit-il. Ne parle pas de cela.

Elle était allongée sur le canapé, la tête posée sur les genoux de Philippe qui lui caressait les cheveux.

Il dit brusquement, après quelques minutes de silence:

— Ce n'est peut-être pas le moment d'en parler, mais je serai libre bientôt. Lorraine pense obtenir son annulation dans les semaines à venir. Elle espère épouser Didier en juin et ils doivent aller en Italie pour leur lune de miel.

Rosie se redressa.

— Mais elle s'est mariée avec toi en juin et vous êtes allés en Italie pour votre lune de miel.

Il rit.

— Elle a soit oublié ou bien elle veut me faire comprendre que cette fois, les choses marcheront mieux.

— Vraiment !

Il rit à nouveau.

— Ma chérie, cela n'a pas d'importance. Ce qui m'importe, c'est toi. Quand seras-tu libre ?

Elle secoua la tête.

— Je ne sais pas. Peut-être jamais. Tout ce qui arrive fait qu'il me paraît impossible de quitter Clovis. Je ne pourrais pas lui laisser Rosanne et je ne veux pas la lui enlever. Mais, depuis dimanche, il est très bizarre. Je me demande s'il ne va pas perdre la raison. Il se promène en marmonnant tout seul et n'entend rien quand on lui parle. Pauvre homme. Madame Dupuis arrive à peine à lui adresser la parole. Je sais que c'est un assassin mais son esprit fragile a dû supporter tout le choc de cette horreur. Nous n'aurions pas dû lui demander d'enterrer Jean-Paul, mais il n'y avait personne d'assez fort pour le faire. Philippe, mon chéri, je vais devoir rester avec eux jusqu'à ce que tout ceci soit terminé, et Dieu sait combien de temps cela prendra. Les Hérissons sont la maison des secrets.

— Un jour, un jour, soupira-t-il. Oh ! Rosie, ma pauvre Rosie ! Tant de gens ont besoin de toi, y compris moi. Comment Allie réagit-elle ?

— Elle refuse toujours de grandir et se comporte comme une petite. fille la plupart du temps. Elle est tellement dure. Je crois même qu'elle s'est réjouie de la scène dans la grange. La mort ne l'adoucit pas. Elle n'a aucune compassion. Un jour, peut-être, elle résoudra ses problèmes, mais Rosanne est un rappel constant de ce qui en est l'origine.

Il se pencha, trouva sa bouche et l'embrassa.

— Sais-tu ce que j'aimerais faire ?

— Non.

— J'aimerais t'emmener à Cannes où nous avons été si heureux. Une semaine seulement mais quand nous y serons nous ferons l'amour, mangerons dans ces excellents restaurants et jamais, jamais nous ne ferons allusion à la maison des secrets et à ses habitants. Tu es d'accord ?

Elle poussa un soupir.

— Je t'en prie ! Dès que tu penseras qu'il n'y a plus de risques.

Elle frissonna et se tourna pour l'embrasser.

Peter rentra à Paris par une belle journée de juin. Il fit quelques achats rue du Faubourg St-Honoré puis téléphona aux Hérissons du bar du Ritz pour demander qu'on vienne le chercher à la gare de Rilly. Henri, qui avait répondu au téléphone, lui passa immédiatement Allie. Peter avait commencé à apprendre le français mais n'en savait pas encore assez pour tenir une conversation téléphonique.

— Bien sûr, oncle Peter, dit Allie. Je dirai à Henri de vous attendre à la gare.

— Pendant que j'y suis, je voudrais parler à Jean-Paul, demanda Peter.

Il y eut un bref silence.

— Mais il n'est pas là ! dit Allie.

Peter était sur le point de demander où il était puis pensa que cela n'en valait pas la peine.

— Alors, dites-lui simplement que j'arrive.

— Impossible, dit Allie. Il n'est pas ici. Il est parti.

— parti ?

— Oui.

— Où cela ?

— Je ne sais pas exactemant mais je crois que c'est quelque part en Amérique.

— En Amérique ?

— Oui.

— Mais c'est impossible.

— C'est pourtant comme ça, répondit Allie et il la trouva un peu insolente.

Déconcerté, Peter raccrocha. Si Jean-Paul n'était pas aux Hérissons, cela expliquait pourquoi il n'avait reçu aucune nouvelle de lui pendant son absence. Mais pouquoi serait-il parti subitement aux États-Unis ? Cela n'avait pas de sens. Il haussa les épaules. Pour l'instant, il n'y avait rien d'autre à faire que d'aller aux Hérissons.

Henri l'attendait devant la gare avec la conduite intérieure familiale et il se précipita pour aider le porteur à charger les nombreux bagages de Peter. Ce dernier s'installa à l'arrière pendant que les hommes chargeaient ses affaires.

Henri prit le volant et Peter lui demanda dans son français hésitant quand Monsieur Jean-Paul était parti.

— Je ne sais pas exactement, Monsieur, répondit Henri sur un ton glacial, mettant fin à toute conversation.

Peter se renfonça dans son siège, mal à l'aise, tandis que la voiture traversait le village et prenait la route d'Épernay avant de s'engager sur l'allée qui menait au domaine. Il décida qu'il était préférable de ne plus poser de questions. Après tout, le personnel devait s'imaginer qu'il savait où se trouvait Jean-Paul.

Aux Hérissons, il fut accueilli chaleureusement par Allie qui l'attendait sur le pas de la porte. Elle l'embrassa et le serra dans ses bras.

— Savez-vous que vous m'avez manqué, lui dit-elle, et il en fut ravi.

Rosie, toujours aussi froide, lui dit que le dîner serait servi dans une heure. Il n'y avait personne d'autre en vue.

— Où est Jean-Paul ? demanda-t-il brusquement quand la nouvelle bonne eut disparu après l'avoir débarrassé de son manteau.

Rosie parut surprise.

— Tu ne le sais pas ?

— Je ne te le demanderais pas si je le savais, dit-il, irrité.

— Eh, bien, nous ne le savons pas non plus. Nous pensions que tu nous l'apprendrais.

— Je n'en ai pas la moindre idée.

Rosie haussa les épaules.

— Il est parti il y a environ dix jours. Il nous a soudain annoncé qu'il devait aller aux États-Unis. Nous avons pensé que tu l'avais appelé au téléphone. Ou qu'il avait reçu un télégramme, je ne sais pas, cela c'est passé si vite. Allie s'est demandé s'il était parti voir ce Dino ou Gino dont tu lui avais parlé car il semblait un peu agité. Il a fait sa malle à toute vitesse et il parti. C'était un dimanche soir. Il a laissé un tas de choses ici et son Hispano-Suiza est toujours dans le garage, alors il va sans doute revenir bientôt.

— Tu prétends qu'il est parti sans dire à personne où il allait ?

— Oui. Nous avons cependant remarqué que sa malle était expédiée en Californie.

Il resta dans le vestibule, indécis. Il n'arrivait pas à trouver une raison au départ de Jean-Paul.

— Je crois qu'il est allé voir Dino, dit Allie.

— Gino, corrigea Peter. Ce n'est pas possible. J'étais avec Gino à Chicago il y a quinze jours. S'il avait voulu voir Jean-Paul, il me l'aurait dit.

L'aurait-il dit vraiment ? se demanda-t-il. Étaient-ils en train de monter une combine pour l'éliminer ?

Il faut que je passe un coup de fil, dit-il brusquement.

Sans souci de l'heure, il appela d'abord Gino à Chicago. Il lui fallut un long moment pour avoir la communication et malgré le grésillement sur la ligne, Peter apprit que Gino ne savait pas où se trouvait Jean-Paul. Il paraissait sincèrement étonné qu'on lui posât la question.

— J'espère qu'il a expédié cette cargaison aux Bahamas, c'est tout ce que je peux dire, fit-il d'un ton menaçant.

Peter appela ensuite Tony, qu'il sortit du lit en Californie. Leur directeur n'avait pas eu de nouvelles de Jean-Paul depuis plusieurs semaines. Le nouveau vignoble était en parfait état mais que devait-il dire si Gino commençait à poser des questions ?

— Comment le saurais-je, hurla Peter dans le combiné.

Il traversait le vestibule, abattu. Son instinct lui disait que quelque chose n'allait vraiment pas, quand Allie passa la tête par la porte de la salle à manger.

— Nous avons oublié de vous dire qu'il y a une lettre pour vous dans votre chambre, oncle Peter, dit Allie.

Pourquoi ne l'avaient-ils pas dit plus tôt ? Il se hâta dans sa chambre et, sur sa table de nuit, il y avait une épaisse enveloppe cachetée avec un P griffonné dessus.

Il la prit et la soupesa avant de l'ouvrir.

Sur un morceau de papier léger étaient écrits ces mots : « Je rentre à la maison. Jean-Paul. » Et rien de plus.

Ces quelques mots lui firent si mal qu'il eut l'impression d'être frappé. Il pensa qu'il avait une crise cardiaque. Il s'assit lourdement en haletant. Lorsque la douleur diminua, il regarda fixement le papier qu'il tenait à la main et se mit à sangloter, la tête entre ses mains.

Tout cela s'était déjà produit une fois. Il avait un sentiment de *déjà vu*... Les souvenirs lui revinrent en foule, aussi clairement que si cela s'était passé la veille. Il se voyait en train de lire le même message ce terrible matin après que Rosie l'ait surpris dans le lit de

Jean-Paul. Il se souvenait du choc qu'il avait éprouvé. Il se voyait descendre l'échelle à toute vitesse et jeter le papier sur la table de la cuisine.

Puis Rosie, d'une voix tremblante, l'avait lu à haute voix. « Je rentre à la maison. »

Puis il avait éclaté en sanglots et le mépris de son père avait été terrible.

— Je pense que je n'arriverai jamais à faire de toi un homme, fiston, avait-il dit. C'est toi l'homme de la famille, Rosie.

C'était évident. L'homme de la famille, Rosie, s'était arrangée pour se débarrasser de Jean-Paul. Elle voulait toucher l'héritage. Elle avait été hostile à Jean-Paul et s'était montrée froide avec lui. Elle les avait détestés dès qu'ils étaient apparus. Maintenant, pendant son absence, elle avait fait quelque chose à Jean-Paul. Parce que c'était le même mot que Jean-Paul avait écrit il y avait des années de cela. Elle l'avait gardé et l'avait recopié. Il *savait* que c'était le même mot. Celui qui lui avait fait tellement mal vingt ans plus tôt qu'il ne l'avait pas oublié.

Hors de lui, il descendit en courant et se précipita dans la salle à manger.

— Que lui avez-vous fait ? cria-t-il en agitant le papier. Je sais que c'est le même mot. Je sais que vous lui avez fait quelque chose je veux savoir quoi.

L'heure qui venait de passer fut certainement la plus longue de la vie de Rosie. Elle avait entendu les coups de fil frénétiques de son frère et ses cris de colère mais, après qu'Allie lui ait parlé de la lettre, le silence avait été encore plus pénible à supporter.

Madame Dupuis, Allie et elle avait décidé de prendre place à table en l'attendant. Elles avaient dit à Clovis d'agir le plus naturellement possible mais, étant donné que les deux hommes ne pouvaient pas communiquer, Rosie ne craignait pas que son mari commette une erreur.

On avait mis un couvert pour Peter et ils avaient attendu en silence. Puis Peter s'était précipité dans l'escalier en criant « Que lui avez-vous fait ? »

Rosie avait compris que tout avait mal tourné.

— Courage, avait-elle chuchoté, pour elle aussi bien que pour les autres.

Il avait fait irruption dans la salle à manger en brandissant le message. Ils l'avaient tous regardé sans rien dire. Il s'était tu et attendait une réponse. Seul Clovis l'ignorait ainsi qu'il en avait reçu l'ordre.

Rosie rompit le silence.

— De quoi parles-tu, Peter ? avait-elle demandé calmement.

— De ceci.

Il avait jeté le mot sur la table comme il l'avait fait vingt ans avant.

— C'est le même mot. Je m'en souviens. Je ne l'ai jamais oublié. Alors tu ne peux pas me tromper. Où est Jean-Paul ?

Rosie avait pris le papier, l'avait lu et avait secoué la tête.

— Je ne comprends pas.

— Oh ! que oui ! Qu'as-tu fait ? Tu as gardé ce mot pendant toutes ces années parce que tu l'aimais. Moi, je l'aimais assez pour que ces mots restent gravés dans mon cœur. Je n'avais pas besoin d'un bout de papier.

Rosie poussa un soupir, consciente qu'Allie était folle de curiosité.

— Il ne t'est pas venu à l'esprit que c'est tout à fait le genre de chose que Jean-Paul est capable de faire ? Il est assez cruel pour écrire les mêmes mots pour te faire souffrir.

— Ce n'est pas lui. Il a changé d'écriture. Ne mens pas, Rosie. Tu l'as toujours voulu et parce que tu ne pouvais pas l'avoir et qu'il a pris ta place ici, tu lui as fait quelque chose. Mais tu ne t'en sortiras pas comme cela. Je vais prévenir la police.

Il se tourna pour sortir de la pièce mais Clovis lui barra le chemin. Le mot « police » avait dû éveiller quelque chose en lui car les yeux lui sortaient de la tête.

Elle vit tout de suite que Peter était terrifié. Il se réfugia derrière la table.

Clovis s'avança et Peter recula mais Clovis n'essayait pas de l'atteindre. Il enfonça son doigt dans un bocal de confiture de groseilles puis se passa le doigt sur le front, y laissant une marque rouge. Puis il s'avança vers Peter.

— Vous voyez ça ? siffla-t-il.

— Peter recula jusqu'à ce que le mur l'empêche d'aller plus loin.

Ça c'est la marque de Caïn. J'ai tué mon frère. Comme ceci.

Il posa doucement les mains sur le cou de Peter et le décolla du sol mais sans serrer. Peter avait fermé les yeux et semblait prier.

— Votre précieux Jean-Paul, mon ignoble frère, essayait de séduire ma femme, dit Clovis d'une voix monocorde. Il voulait dévoiler des choses et il ne devait pas le faire. Il devait mourir. J'ai tué beaucoup d'hommes pour rien pendant la guerre. Lui, je l'ai tué pour quelque chose. Je l'ai tué parce qu'il était mauvais et cruel comme il a toujours été. Je suis sa Némesis mais Némesis est arrivée trop tard. Demandez à maman de vous dire ce qu'il a fait aux enfants. Je ne pourrais pas en parler moi-même.

Il se tut et lâcha le coup de Peter. Celui-ci retomba par terre et tituba vers une chaise sur laquelle il s'effondra.

— Que dit-il ? Il est fou. Il est dangeureux. On devrait l'enfermer, balbutia-t-il.

Clovis ne prêta pas attention à ce qu'il disait et reprit son monologue.

— Mais à compter de maintenant, dit-il en regardant vers le plafond comme s'il s'adressait à Dieu, je porterai la marque de Caïn et je dois être puni. Mais pas par vous. Il tendit un doigt vers Peter. La vengeance m'appartient…

Il cria ses derniers mots puis, d'un pas ferme, il sortit de la pièce.

— Oh ! mon Dieu ! dit Peter en se tâtant la gorge. Il aurait pu me tuer. Jai cru qu'il allait le faire. De quoi était-il question ?

— Il ne voulait pas que vous alliez trouver la police, dit Allie.

— Pourquoi pas ?

Rosie voyait que son frère réfléchissait à nouveau.

— Si personne n'a rien a cacher, pourquoi n'irais-je pas trouver la police ?

Madame Dupuis secoua le bras de Rosie et lui demanda ce que disait Peter. Rosie traduisit rapidement. Elle voyait la colère de son frère augmenter à cause de cette interruption.

— Ne parlez pas dans cette langue de grenouilles, s'écria-t-il. Je veux savoir ce qui se passe ici. Pourquoi s'est-il barbouillé le front avec de la confiture ? Que disait-il quand il m'a à moitié tué ? Quelque chose au sujet de Némesis. Il parlait de Jean-Paul, n'est-ce pas ? C'est lui. Il a tué son frère. C'est ça, n'est-ce pas ?

Fallait-il dire la vérité ou non ? Rosie décida de tenter un dernier mensonge.

— Personne n'a tué Jean-Paul, dit-elle. Il est parti parce qu'il avait peur.

— Peur de quoi ? demanda Peter enragé.

— Peur pour sa vie.

— Et pourquoi aurait-il eu peur pour sa vie ? grimaça Peter.

Elle voyait qu'il avait mal au cou. Il but une gorgée d'eau.

— À cause de ce qu'il a fait il y a des années de cela.

— Et qu'a-t-il pu faire qui pourrait lui faire craindre pour sa vie ?

Elle cherchait ses mots quand Allie se mit à parler.

— Oncle Peter, je vous en prie, n'appelez pas la police. Quel bien cela ferait-il ? N'importe qui dans la région aurait pu le tuer s'ils en avaient eu l'occasion et il devait le savoir. Voyez-vous, il a fait des choses terribles aux enfants du village quand il était instituteur ici. C'est pour cela qu'il a dû s'enfuir en Amérique.

— Comment le savais-tu ? demanda Rosie, étonnée.

— Tout le monde en parle au village. Ils disent qu'ils voudraient lui dire deux mots mais ils veulent plus que cela.

Rosie aurait préféré qu'Allie ne soit pas au courant de cette vieille histoire mais son intervention venait à point.

— Ces enfants dont Jean-Paul a abusé sont des adultes maintenant, Peter, dit-elle doucement. Et ils n'ont rien oublié. Leurs parents non plus.

Elle se leva et lui effleura doucement l'épaule en le voyant enfouir sa tête entre ses mains. Elle lui caressa les cheveux et se tourna vers Allie.

— Ma chérie, va trouver ton père. Essaie de le calmer si tu peux et ramène-le à la maison.

Allie hésita, regardant tour à tour Peter et sa mère puis elle hocha la tête et quitta la pièce à contre-cœur.

— Il faut prévenir la police, dit Peter d'une voix suppliante. Tu ne comprends pas. Je l'aime.

Il avait perdu tout contrôle et pleurait.

— Je me moque de ce qu'il a pu faire. Je l'ai toujours aimé. Où est-il parti ? Il faut que je le suive.

Voyant sa détresse, Rosie sentit son cœur se serrer. Il était à nouveau le petit garçon perdu, le frère qu'elle avait aimé et protégé après la mort de leur mère. Elle ne supportait pas son malheur. Elle s'assit à côté de lui, lui prit la main et lui passa un bras autour des épaules afin qu'il puisse pleurer sur la sienne. Elle essaya de le calmer, murmurant des paroles apaisantes jusqu'à ce qu'il se reprenne. Puis elle lui tendit une serviette de table pour qu'il puisse sécher ses larmes

— Il faut que j'aille prévenir la police, dit-il, têtu. Que pourrais-je faire d'autre ?

— Rester ici avec nous et attendre de voir se qui se passera, dit Rosie. Il nous a séparés une fois. Maintenant nous pouvons nous retrouver tous les deux.

Il la regarda et Rosie espéra que lui aussi se souvenait de leur enfance. Il l'avait aimée avant que Jean-Paul vienne s'interposer entre eux.

Mais madame Dupuis, en entendant le mot police, avait réagi.

— Dites-lui que s'il prévient la police, je leur dirai qu'ils étaient amants.

Rosie s'exécuta.

— Ce n'est pas vrai, s'écria-t-il.

— Bien sûr que c'est vrai, dit Rosie calmement. Madame Dupuis est peut-être vieille mais elle n'est pas folle. Nous t'avons tous entendu te glisser dans sa chambre la nuit.

— Même si c'était vrai, cela ne changerait rien, dit-il avec un air de défi. Je vais prévenir la police.

Madame Dupuis se leva d'un air menaçant et il recula dans sa chaise, toujours aussi lâche. Mais le bruit d'un terrible hurlement retint l'attention de tout le monde.

Rosie se leva d'un bond.

— C'est Allie, dit-elle, cela vient de la cuisine. Venez. Il a dû se passer quelque chose de terrible.

Elle jeta la serviette de table et se précipita vers la porte, suivi de près par madame Dupuis. Elles firent irruption dans la cuisine. Elles y trouvèrent Allie, à moitié évanouie et la cuisinière qui l'éventait.

— Oh ! Mesdames, dit Henri, le visage blanc comme un linge, c'est trop horrible ! Monsieur Clovis est tombé.

— Tombé ? Où ? dit Rosie, affolée. Pourquoi restons-nous sans rien faire ?

— Cela ne sert à rien, Maman, sanglota Allie. Il est tombé dans le puits romain. J'ai essayé de l'arrêter mais je n'ai pas pu. Il avait trop d'avance sur moi. Il marchait d'un pas décidé, sans regarder en arrière. Je l'ai appelé mais il n'y a pas pris garde, comme s'il était aveugle et sourd et il continuait à marcher. Il ne courait pas. Il ne se hâtait même pas. Il marchait tout droit vers le puits. Il n'a pas fait attention à la clôture. Il l'a simplement poussée de côté puis il a plongé à travers et a disparu. Il est tombé dans le puits.

Elle courut se jeter dans les bras de sa mère.

— Dis-moi qu'il ne l'a pas fait exprès, Maman. Il n'aurait pas fait ça, n'est-ce pas? Il ne savait pas où il allait, c'est tout. Oh! Maman, dis-moi qu'il ne l'a pas fait exprès.

Rosie berça sa fille dans ses bras.

— C'est un terrible accident, ma chérie, dit-elle fermement. Un terrible, terrible accident.

Et, tout en le disant, elle priait pour que cela fût vrai.

Deux des ouvriers ramenèrent le corps de Clovis des profondeurs du puits. Ils le transportèrent sur un brancard de fortune par les caves qu'il avait creusées pour rejoindre le puits. C'est la cuisinière qui le coucha dans son lit, mit un coussin sous sa tête et un drap sur ses blessures. Puis elle lui ferma les yeux et effaça la marque de Caïn qu'il avait sur le front.

Rosie et Madame Dupuis l'avaient regardé faire, tandis qu'Allie était agenouillée aux côtés de son père. Elle se pencha pour l'embrasser puis se jeta sur lui, en sanglotant.

S'efforçant de ne pas s'effondrer elle-même, Rosie la laissa pleurer quelques minutes puis la prit dans ses bras. Allie s'accrocha désespérément à sa mère.

— Oh! Maman, dit-elle. Il est mort! C'est terrible! Affreux! La mort est la pire chose qui puisse arriver, maman. Je comprends cela maintenant. Pauvre Papa. Pauvre Mimi et nous. Et, maman, pauvre Peter aussi. Nous avons tous perdu quelqu'un que nous aimions.

Rosie la laissa pleurer dans ses bras mais elle vit Peter entrer dans la pièce, le visage défait.

— Il voulait vraiment dire que c'était la marque de Caïn, n'est-ce pas? C'est bien lui qui a tué Jean-Paul.

# Chapitre 29

Henri, de sa propre initiative, avait appelé le docteur et maintenant, il n'y avait plus rien à faire. Le docteur appela la police.

Dans la demi-heure qui suivit, Les Hérissons se remplirent de fonctionnaires qui posaient des questions, prenaient des mesures et leur présentaient leurs condoléances.

Le gendarme de Chigny les réprimanda pour avoir déplacé le corps mais la cuisinière, jambes écartées et les mains sur les hanches, lui demanda s'il croyait vraiment qu'ils allaient laisser le pauvre homme dans le froid et l'obscurité jusqu'à ce qu'ils arrivent.

Le gendarme, un sergent qui connaissait la cuisinière depuis longtemps, n'insista pas et le docteur, après avoir examiné le corps, le recouvrit avec le drap en poussant un soupir.

— Encore une victime de la guerre, dit-il d'une voix sombre. Tout autant que s'il était mort sur le champ de bataille.

Il leur prescrivit des sédatifs à tous et dit qu'il s'occuperait des formalités. Il insista pour que Madame Dupuis, qui restait muette sous le choc, et Allie, qui pleurait toujours, aillent immédiatement dans leurs chambres.

Après son départ, le gendarme s'attarda. Mal à l'aise dans son uniforme au milieu du salon où seuls restaient Rosie et Peter, il semblait vouloir dire quelque chose. Il accepta un verre de marc et l'alcool lui donna le courage de parler.

— Madame, dit-il enfin, Monsieur Jean-Paul est revenu aux Hérissons, n'est-ce pas ?

— Oui, lui répondit Rosie. Mais il est reparti aux États-Unis il y a quinze jours.

— Je vois.

Le sergent paru soulagé.

— Vous attendez-vous à ce qu'il revienne ?

— Non, répondit fermement Rosie. Pourquoi le demandez-vous ?

— Ce n'est rien en réalité. Une plainte a été déposée contre lui au village. Quelque chose de très ancien. Je suis heureux que nous n'ayons pas à poursuivre l'enquête, ce qui aurait bouleversé madame Dupuis à nouveau.

Il hocha la tête.

— Vous êtes certaine qu'il ne reviendra pas ?

— J'en suis sûre.

Elle se tourna vers Peter, debout près de la fenêtre, qui paraissait perdu.

— Peter, dit-elle en anglais, le sergent voudrait savoir si Jean-Paul va revenir. Ils veulent l'interroger au sujet d'une plainte déposée contre lui. Je lui ai dit que je ne pensais pas qu'il reviendrait. Est-ce exact ?

Elle attendit, espérant qu'il ne la trahirait pas. Le temps parut s'arrêter.

— Non, dit-il, Jean-Paul ne reviendra jamais.

Rosie se retourna vers le sergent.

— Mon frère est l'associé de Jean-Paul. Il dit qu'il ne reviendra pas.

— Il a probablement eu vent de la plainte, dit le sergent.

— Oui, c'est une vilaine affaire, dit Rosie en grimaçant.

Le sergent parut soulagé.

— Ah ! vous étiez au courant ?

— Oui, j'ai pensé qu'il vaudrait mieux qu'il ne revienne pas.

— La plainte n'aurait pas eu de suites après tout ce temps. Mais madame Dupuis a assez de soucis sans cela. Pauvre femme. Elle a perdu son mari et ses deux fils maintenant. La vie est dure.

Il vida son verre de marc, cria au revoir à Henri et partit en secouant la tête.

Seule avec Peter, Rosie se tourna vers lui.

— Merci dit-elle simplement.

— Pourquoi ? demanda-t-il sur un ton agressif. Il n'aurait pas compris de toute façon. Tu aurais pu mentir. Que voulait-il ?

— Allie te disait la vérité. Jean-Paul est parti autrefois parce qu'il avait abusé des enfants dont il avait la charge.

Il haussa les épaules d'un air fataliste.

— Cela ne me surprend pas. Pour lui, j'étais un enfant. Mais c'est ce que je voulais. Je l'ai encouragé. Les femmes ne m'ont jamais intéressé.

— Ne t'en formalise pas, dit-elle, mais c'est quelque chose que j'ai du mal à comprendre.

— La plupart des gens ne comprennent pas, répondit-il sèchement. C'est pourquoi c'est si difficile. Mais maintenant, je veux la vérité, Rosie. Qu'est-il arrivé à Jean-Paul ? Clovis l'a tué ?

— Oui.

— Pourquoi ?

Elle hésita.

— Il voulait faire l'amour avec moi. Il a essayé de me forcer. Clovis l'a surpris.

Peter serra ses mâchoires.

— Il était différent de moi. Il a eu beaucoup de femmes. Toujours en mon absence. Je faisais semblant de ne pas le savoir. Où l'avez-vous enterré ?

— Dans le petit vignoble, sous les vignes que j'ai rapportées de Californie.

Il hocha la tête.

— Il serait préférable que j'y retourne, dit-il, mais je me demande comment on va débrouiller toute cette affaire… Que vais-je dire à Pierre ?

— Est-ce que toute la propriété revient à son fils ?

Il secoua la tête.

— Seulement une partie. Il y a des années, je lui ai fait don de la moitié de la propriété. Je lui aurais tout donné pour le faire rester. C'était peu de temps après la mort de Papa et j'étais désespéré. Tu étais partie. Il n'y avait que lui. Mais l'instinct de conservation m'a permis de ne lui donner que la moitié. Je suis propriétaire de la moitié de la maison, du chai et d'une bonne surface du terrain. Il a vendu une partie du vignoble et cinquante pour cent de l'affaire à Gino. Mais elle ne vaut plus rien maintenant.

— Il m'a dit que tu lui avais tout laissé.

Il souffla bruyamment.

— Il devait avoir peur que tu lui réclames ta moitié. Papa n'a jamais laissé de testament.

— Il m'a dit que papa t'avait tout légué parce que je m'étais enfuie.

— Oh! mon Dieu! Peter était désespéré. Il était si rusé, si vif, si malhonnête. Il ne disait jamais la vérité s'il pouvait mentir mais je l'aimais. Que vais-je faire à présent?

— Reste ici, supplia Rosie. Il y a du travail pour toi. Tu pourrais aider Philippe. Nous avons besoin de quelqu'un qui parle anglais. Peter, nous étions proches autrefois. Ne pourrait-on pas le redevenir? C'est Jean-Paul qui nous a éloignés l'un de l'autre.

Il réfléchissait

— Tout cela est très bien, Rosie, mais très compliqué aussi. Où est-il censé avoir disparu? Que vais-je dire à Pierre? Comment allons-nous régler les problèmes légaux? Il vaudrait mieux aller trouver la police.

— Tu oublies les complications que cela déclencherait, dit-elle. Clovis mort, les vieux scandales qui ressurgissent, toute la maisonnée serait sans doute arrêtée pour avoir essayé d'étouffer ce qui s'est passé. Alors que dirais-tu à son fils? Il vaut mieux qu'il ait disparu. Et d'ailleurs, la moitié des Hérissons reviendra à Pierre quand nous pourrons établir que son père disparu peut être considéré comme mort.

— Tu as sans doute raison, dit Peter dont les yeux se remplirent de larmes. J'ai l'impression d'être incapable de penser correctement. Aucun de nous ne peut se permettre d'affronter un scandale.

La bonne n'avait pas fermé les rideaux et il traversa la pièce pour aller regarder par la fenêtre. Le ciel était rempli d'étoiles.

— Je vais retourner aux États-Unis et je dirai à Pierre que son père a disparu. Je lui donnerai l'impression que Jean-Paul a offensé Gino. Beaucoup de gens qui sont en rapport avec Gino disparaissent. Puis je retournerai en Californie et je verrai si je supporte la maison sans Jean-Paul. Il faudra que je prenne une décision au sujet du terrain dont la moitié t'appartient d'ailleurs. Puis je reviendrai peut-être et nous reparlerons de ta proposition.

— J'espère que oui, dit-elle.

— Et maintenant, je vais aller dans ma chambre pleurer sa mort.

— Moi aussi, je vais pleurer les miens, dit-elle.

« Cher Philippe,

« J'ai beaucoup de choses à te dire mais je ne peux pas le faire par téléphone et je ne peux pas les écrire non plus. Je veux que nous soyons complètement seuls, loin de tout le monde. Vois-tu, ton père avait raison. Nous pouvons, enfin, vivre ensemble. Mais notre bonheur est au prix de tant de souffrances qu'il me sera difficile de tout raconter.

« Si tu envoies George à l'agence Cook à la Madeleine, il y trouvera deux billets : un pour toi et un pour lui, à destination de Cannes. Ils sont valables pour le vingt et un juin, dans une semaine.

« Je vous attendrai à la gare de Cannes, puis nous renverrons George à Paris. Tu n'auras pas besoin de lui. Tu m'auras moi, et tu m'auras pour toujours si tu veux encore de moi.

« Je t'aime et je t'aimerai toujours.

Rosie.